小說賞析學

白雲開 著

臺灣 學生書局 印行

自　序

——將此書獻予永遠愛我，支持我，我永遠懷念的慈母

緣起

上世紀九十年代，於加拿大多倫多大學修讀博士課程期間，我首次接觸敘事學（narratology），它那結構主義的本質，重視小說／敘事文本本身特點的立場，給我留下很深的印象。一直以來，眾多分析小說／敘事文本的方法中，或從社會歷史角度分析，或找來作者相關資料加以印證，或借助弗洛伊德等理論挖掘作者的潛意識，卻少有針對敘事文本本身，進行既理性又科學的分析。由敘事學相關的概念開發出來的方法，確實能從根本上解決這項難題，我在本書的嘗試就是希望能起拋磚引玉之效，讓更多從小說／敘事文本本身出發的分析，能有更廣闊和更深遠的影響。

一直以來，我從事教授文學工作，都受到缺乏適當教材的困擾，教授如何分析小說／敘事文本時，這份無助感只有更加強烈。坊間不是沒有分析小說／敘事文本的成果，只是或理念不清，或瞎說亂編，沒有從理論高度認清問題，又或全不交代理論出處，仿佛全是作者的創見，又或錯漏百出，只說些假大空的廢話，誤導讀者。

正因為這樣，要在現有出版物中找來可用於全面分析小說／敘事文本的工具或專書，難度極大，我至今仍沒有成功。因此萌生為學生撰寫這麼一部深入淺出分析小說／敘事文本專書的想法，時年 2002。當時以為只是舉手之事，畢竟唸的是敘事學理論，只要化繁為簡，弄點例子，一部像樣的專書便可以面世了。誰知道當坐下來好好思考，才發現小說／敘事文本體系宏大，當中若干概念筆者無法釐清，與分析詩歌方法的差別不在一個量級，因此越了解越不敢寫，結果反而先於 2008 年將精力弄出分析現代詩歌文本的

專書《詩賞》，它就是回應沒有分析現代詩窘境而出版的，成為我分析文學專書的首部。

期間對於敘事文本的思考和籌劃始終沒有停止，只是一直仍在尋找理想的理論架構，以承載這個課題，結果落入創作與欣賞閱讀角度的窠凹裏，走不出來。與此同時，從具體敘事文本的分析做起，慢慢累積分析敘事文本的經驗，趁機驗證那些看似有用但未經實踐的概念和方法。直到 2017 年終於大致吃透和想通這個課題的大部分概念和相關元素，以及各成分之間的關係，接著便著手建構敘事文本的結構模型。通過這個結構模型，希望將筆者能想及的各種問題，現象，概念整理出它們的理論位置以及它們之間的關係，好讓讀者能體會這些看似毫無關係的個別元件，如何在敘事文本體系內各司其職，各守本分，同時又互相關係，互相牽引和支持。正是因為這樣的初衷，使得這部專書寫來步步為艱，寫下一個元件，往往需要重新思考原有的部分，如何與之配合，以致常出現寫好又改，修前補後，甚至重新修正原有框架，以便更好地展現敘事文本的整體面貌，不僅數易其稿，甚至常需要暫停寫作，思考各元件的關係，釐清困擾著思路的概念，有時歷時數小時，有時長達數天，甚至竟月擱筆。因此之故，這部專書從當初草擬內容到最終成稿，竟已經歷十多個寒暑！如果一切順利，能於 2020 年問世，這長達十八年的等待實在有點滑稽，也有點不可思議，但也只能接受這個眼高手低的自己吧。

常看到創作者將創作比喻為自己的兒子，總覺有點別扭，現在看來，倒有點道理，這位已達十八歲的小弟，只比我女兒年幼一點，但費我心力可不在少，絕對夠得上是我的小兒，希望往後的專書不至成為我耄耋之年的笑談便好。

鳴謝

要感謝的各方面人士很多，這裏只能舉出個別的，沒有提及的請不要介意。雖然薛魏琴不是我正式的學生，但她積極參與「一盞白茶工作坊」討論文學文本，還旁聽我不少課堂，可能是最了解我思想方法和教學的學生。因

此得到她無私奉獻，認真校正本書初稿，提出很有價值的疑問，還給予我不少完善內容的建議，……。在此必須向她說聲：真的謝謝您！

當然，是書得以出版，台灣學生書局的鼎力支持是少不了的；近年，實體書籍的空間越來越窄，學生書局仍願意承擔箇中風險，這個十八歲的小兒得以面世，不能不再次向學生書局致以萬分的謝意！

後語

身處多事之秋，更覺需要勉力完成這部專著，無他，它能為社會提供不同於一般的分析方法。不管對小說／敘事文本，還是社會現象，政治事件，無不需要客觀，歸然不動，拒絕盲從附和，人云亦云的心態；不輕易受別人言論觀點思想左右，認清各種似是而非的歪理，堅持通過常理以及合理思考進行獨立分析，從而形成看法，鞏固立場。思想方法本身不分古今中外，文學還是政治，都可以適用，起碼在苦無對策的今天，對小說／敘事文本還是對身邊事件，都能提供合理，可信，可靠的分析門徑，相信這部著作仍能起著關鍵的作用，起碼這是筆者著書的初衷和目的。

序於 2019 年紛擾朦朧的香港

IV　小說賞析學

小說賞析學

目　錄

理論篇

運用篇

附　錄

1. 導言

1.1. 何謂「小說賞析學」？

　　小說泛指以故事為主要內容的文體，中國古代的傳奇，志怪以至後期的說書都是小說的濫觴，所謂「道聽途說」的原意就是指從不同來源聽回來的故事，再由文人改寫，繼而口耳相傳，經由說書人的口，向聽眾講述，這是漢語意義上的「小說」。西方與之相關的概念叫 fiction，特別強調它的虛構性質，與中國的「小說」是有一定區別的。本書不打算突顯它們的不同，也沒有意向仔細分辨小說的定義和範圍，本書主要探討的是這個以故事為主要內容的文體，是如何運作，如何產生閱讀效果等等。按理，由於「小說」一詞在漢語的語境中，與說書等傳統操作關係太密切，很難避免讀者看到「小說」二字時想起相關的歷史。因此，以「敘事文本」（narrative text）取代「小說」較為理想，因為「敘事文本」重點在強調這個文本用來敘述故事這個主要特點。事實上，敘事文本的範圍大於小說，因為敘述故事並不是小說的專利，電影，戲劇，電視劇等其他藝術形式也主要以敘述故事為主。

　　本書仍沿用「小說」一詞，主要考慮「小說」一詞較為人所接受，也避免因不熟識「敘事文本」一詞而造成不必要的誤會。當然，本書實際討論的不光是小說，而是敘事文本，這是必須向讀者清楚說明的。

　　至於仍用「賞析」一詞來概括本書的主要內容，實際上是有為這詞平反之意。「賞析」一直給人低層次不入流的感覺，屬於隨想，印象或片言隻語，那些人人能說，人人明白，但對認識小說無甚得益的閒文。此外，「賞析」也未免給人用得太濫，感覺是不管張三還是李四，只要說說對某篇小說一點意見，便馬上成為賞析文字，那種既不嚴謹，復又粗疏，而且多為感性反應，少作理性分析的感覺，總伴著「賞析」二字而來。筆者卻認為，「賞

析」幾乎是最高境界的分析，它包括感情的「欣賞」，以及理性的「分析」。要認識敘事文本，從中得到好處，增長知識，甚至懂得評價作品，分辨文本的好壞，絕對需要學懂「賞析」的方法。它能做到以理服人，即使不一定同意你的觀點，但讓人無從反駁的才是合格的賞析文字，本書就是抱著這個信念而寫就的。

最後加一「學」字，強調的是本書嘗試以理論框架建構全部內容，希望樹立屬於小說以至敘事文本自己的理論和方法，讓讀者能通過本書更有效更深入地認識，理解以至探究敘事文本這個既廣袤又深邃的世界。事實上，由於敘事文本體系宏大，內中門類繁多，要讀通當中的方方面面，談何容易。可是，敘事文本又是文學文類中生命力最強的一種，即使到了量子時代，相信敘事文本仍有生存和發展空間，當然可能不單以語言符號出現而是以聲像為主要媒體的形式出現了。筆者預計，本書所展現的理論和方法體系將可伴隨敘事文本的發展，得到進一步拓寬和深化。

1.2. 本書的框架設計

1.2.1. 分類分層面的考慮

本書採用架構分層解釋，為的是盡量撇清引起混淆的因素。事實上，現時相關敘事文本概念的解說，無論是創作還是分析，都是一併進行的，以致難以弄清每個概念的內涵，造成糾纏不清，越解說越不明白的奇怪現象。因此本書用上分層分述方法，將如角色這個重要概念，分成不同階段分別進行解說，從不同角度展現本來極為複雜的概念，希望讀者能從中獲益，達到融會貫通，理解敘事文本複雜性質的效果。分類只為釐清原來糾纏不清的現象。當然，分類也有它的缺點：不可避免出現分類過於瑣碎，或劃分不清，互有牽連的毛病。

1.2.2. 重復論述

為了闡明敘事文本各元素及它們之間在不同創作階段不同維度的情況，

解說時少不免重復論述，這是因為敘事文本本身是一個極其複雜的體系，單講一個方面，無法清楚展示它與其他方面的關係，就是用上實例說明，只能說得稍為清楚一點，實在無法一下子全面透視這個體系的每個方面，因此本書特意交代從創作角度審視敘事文本所能見到的結構，以幫助讀者了解敘事文本的複雜體系。見下面「敘事文本創作流程概念圖」。

1.2.3. 運用創作流程進行規劃和編排的考慮

本書原打算先從讀者觀點，從賞析和分析角度切入解釋敘事文本的整體面貌，只是當仔細思考，發現如光從讀者看敘事文本，忽略的方面畢竟太多，因此還是從創作角度入手，由準備階段開始，直到敘事文本成為具體文本為止，再考慮創作者在創作過程中也會將很多不同的想法和構思佈置進文本裏面，只是讀者從所見文本中未必能輕易觀察得到，因此筆者認為，先從創作流程規劃，進而以賞析角度編排相關內容，應能以最大程度呈現敘事文本的所有主要面貌，能為本書讀者提供最多而且有助於深入了解敘事文本的信息。

1.3. 本書的預想讀者對象

- 認同文學文本應從文學本質角度欣賞和分析的人士
- 希望認識和了解敘事文本內部結構和形態的人士
- 打算通過認識了解敘事文本內部結構和形態，進行創作的人士

本書針對有興趣認識和了解敘事文本的人士而設計，盡量以簡單語言交代比較複雜的理論，並盡量以比較嚴密的結構加以組織，希望幫助讀者了解敘事文本這個十分重視設計和巧思匠心的文體。內裏的專門術語盡量按理論始創者的原來面貌呈現並清楚交代出處。如屬筆者的想法，也盡量交代理由，使得讀者能得益，更能享受分析，理性閱讀敘事文本的好處和樂趣。當然，由於本書兼從賞析和創作流程角度思考，即使章節從讀者賞析角度佈置，讀者也可從另一側面看，對那些有志於進行敘事文本創作的朋友，應可

提供不少啟發。

1.4. 本書的分析對象

1.4.1. 敘事文本的語言

本書分析和討論對象以現代漢語寫作的敘事文本為限，並未包括古漢語寫作的文本，時限由明清小說到當代小說，包括傳統和現代敘事文本。當然本書所應用的工具和分析方法，不管古漢語還是外語寫的，按理同樣適用。只是筆者能力所限，以及專書篇幅有限，難以兼顧。

1.4.2. 敘事文本的範圍

不像詩歌，敘事文本的篇幅動輒幾千至十數萬字，要討論，不能不舉例說明，但又不便多引用原文，因此只能從權，多找篇幅較短的文本交代整體結構相關的概念和角度。到了討論較為微小的現象和技巧時，則可兼顧長篇鉅製，當中的權衡，難度很大。筆者只能盡力而為，希望不至於影響讀者的理解為好。

此外，對於敘事文本的全面剖析，能夠多選不同類型不同性質的敘事文本無疑是最理想的。可是，受限於筆者的識力和涉獵限制，所選文本多傾向於筆者喜歡和熟識的，難免出現範圍過於狹隘，風格並不多樣，甚至可能出現以偏概全的偏執。當然，筆者雖然盡量博采眾議，增加討論的文本數目，擴大文本的種類和範圍，但仍難盡如人意，全書討論文本數只在五十左右，這是必須向讀者告罪的。

1.4.3. 敘事文本的版本

為了避免反復考證之類學究式的探究，盡量將精力和篇幅用到分析方法這片刀刃上。因此本書不討論文本的版本問題，也不刻意選取任何版本，但嘗試交代所分析的敘事文本的出處。至於與版本真假或優劣的學術課題，就留待其他學者專家處理好了。本書所選用敘事文本資料，請參「本書討論敘

事文本目錄」。

1.5. 本書的章節結構

　　一共分為兩大部分，它們是理論篇和運用篇；此外在附錄中以「概念釐清」為題，交代與敘事文本相關的一些概念，以及常引致誤解的情況。

1.5.1. 理論篇

　　理論篇為本書的重中之重，下分事件，角色，環境，隱含空間和敘述五個章節。屬於敘事文本三大關鍵成分的事件，角色和環境，每個章節下都從故事，組織和文本三個層面作專門介紹。另兩個章節則為至關重要，但一般為人所忽視的部分，分別是專門製造閱讀效果的「隱含空間」，以及處理述說故事相關課題的「敘述」。前者集中處理潛藏於文本內各種重要的方方面面，包括主要信息，常態，隱含作者，隱含讀者以及各種基本及深層閱讀效果；後者則分別從誰知，誰感，誰說三個維度交代敘事文本如何通過說故事方式傳遞信息。

1.5.2. 運用篇

　　運用篇內收錄筆者六篇不同時期不同性質的論文，它們都以敘事文本為分析對象，都是採用本書提及的分析角度和方法進行分析的。雖然由於寫在從前，思考未夠完備，使用時也不一定稱心如意，但作為分析方法的實際操作實踐，相信仍有一定的參考價值。

　　〈短篇小說構築角色的設計與痕跡——以老舍〈馬褲先生〉為例〉[1]一文從角色功能角度，剖析文本內三個主要角色——馬褲先生，我，茶房的分工以及作用。此外，主角馬褲先生的形象和性格特點也作了重點分析。

---

[1]　收入陳學超主編：《全球化語境下的中國文學》，香港：香港教育學院，2004 年，頁 416-440。

　　〈李潼兒童短篇小說敘事模式研究——台灣兒童小說模式初探〉[2]一文綜論李潼（1953-2004）這位著名台灣兒童小說作家在《大聲公》和《大蜥蜴》兩部短篇小說集共 44 篇敘事文本所見的敘事模式，從而歸納出兒童小說的基本敘事模式為由「最初狀態」經過「介入元素」或屬「平衡」，或屬「推動」，進入「最終狀態」，從而展示「信息或教訓」。由於兒童小說相對於以成人為讀者對象的敘事文本，一般比較簡單，上述的敘事模式的歸納相信能幫助讀者多了解敘事模式的基本形態。

　　〈黃碧雲〈嘔吐〉的敘事設計〉[3]一文分析黃碧雲（1966-）文本主要角色之間的關係包括詹克明，葉細細，陳先生以及趙眉，他們的身分以及感情關係，如何構築起文本的故事和情節。此外，還兼及文本內各種物件的意象設計以及它們的象徵意義。

　　〈余秋雨〈道士塔〉敘事文字分析〉[4]一文分析這個視為散文的文本內的敘事文字部分，整理相關的事件，角色以及敘事文字在這個散文文本所發揮的作用。

　　〈王文興、施蟄存、穆時英敘事文本對讀初探〉[5]一文從敘述角度，比較三個限知敘述的文本，整理出限知敘述的不同類型，從誰知，誰感和誰說三個維度下呈現的具體情況。

　　〈微型敘事文本的經營：以黎紫書《簡寫》為例〉[6]一文分析黎紫書

---

[2]　收入《兒童文學學刊》第 16 期，2006 年 11 月，頁 127-165。後再收入許建崑編選：《李潼（1953-2004）台灣現當代作家研究資料匯編》，台南：國立台灣文學館，2016 年 12 月，頁 311-341。

[3]　發表於「香港：都市想像與文化記憶」國際學術研討會，香港中文大學中國語言及文學系、香港教育學院中國文學文化研究中心、美國哈佛大學東亞系主辦，香港，2010 年 12 月。

[4]　收入《國語文教學理論與實務的多元探索》，台北：五南圖書公司，2012 年 2 月，頁 431-443。

[5]　收入黃恕寧等主編：《無休止的戰爭：王文興作品綜論》，台北：國立台灣大學出版中心，下冊，2013 年，頁 168-188。

[6]　發表於「第二屆馬來西亞華人研究國際雙年會」，吉隆坡，2014 年 6 月。

（1971-）這位馬來西亞華裔作家的超短篇小說，由於這些敘事文本篇幅十分短小，很難在角色塑造，情節發展等方面有多少發展空間，因此一般都在結構和事件安排上多花心思。正因為這樣，這篇論文針對超短篇敘事文本的特點，通過綜覽《簡寫》內所有文本，對敘事文本在結構和安排的努力作比較系統的分析，特別藉這些文本展現敘事文本最重要的懸疑效果如何設計和建立的問題。一來可對黎紫書超短篇文本有一概括的認識，二來可增加讀者對敘事文本結構和安排的了解。

1.5.3. 附錄：概念釐清

　　一直以來，圍繞敘事文本或小說的課題有不少誤會，誤解甚至錯誤，筆者大膽就若干概念和術語，嘗試作出澄清和析疑，希望使得讀者認清真相，不至因為這類謬誤，影響對敘事文本的正確理解。這包括以下各個概念之間的分別，如敘事文本與小說，文本與作品，文本與故事，角色與人物，呈現與講述，敘述與人稱，心理活動與意識流，時空交錯與蒙太奇等等。

1.6. 往後方向

　　本書是我一系列處理文學相關課題著作的第二部，第一部《詩賞》處理現代詩，本書處理敘事文本，第三部將處理散文，第四部意象，第五部總論文學。

　　也許有人會質疑，既然要全面處理不同文學文類，為甚麼欠缺戲劇以及近年十分紅火的電影和電視劇呢？筆者認為不妥，從本質而言，文學是語言藝術，戲劇是表演藝術，戲劇唯一屬語言藝術範疇的只有劇本。可是，只要想想光從劇本欣賞戲劇，忽略演員在劇場的表現，以至場景，燈光，走位等藝術成分，是何等可笑的事便可知道，文學文類裏不應包括戲劇。同理，電影，電視劇等都沒有任何合理的學理性質的理由，足以支持它們歸入文學範圍內。

　　散文正由於定義模糊，歸類界限不一，一直以來都沒有形成系統分析體

系，因此必須從散文特質著手，建立屬於散文的理論體系，才談得上分析方法。這也將是我接著要努力的主要方向。

　　意象以至象徵被視為文學文本裏面最值得深入分析的元素，可是直至現在，坊間對於意象的研究仍極分散，而且多數只是片言隻語，成不了體系，因此有需要為文學分析樹立起意象系譜以及基本分析體系。

　　由於歷史原因，一般人談論文學都將之聯繫上社會，歷史，文化，人物，心理等，以致文學分析一直沒有遵循文學自己的特點進行，因此有必要重新認識文學，它的本質，以至它的特點，以及它與上述各個領域學科範疇之間的關係，從而為文學找回自己，再由此而產生的分析角度和方法，才是真正屬於文學，以文學為本位的方法。

　　當然，想法如此，現實未必能夠如願，上述眾多計劃不知最終有多少能夠實現，無論如何，只有盡力而為，盡其在我。

1.7.　敘事文本創作流程概念圖

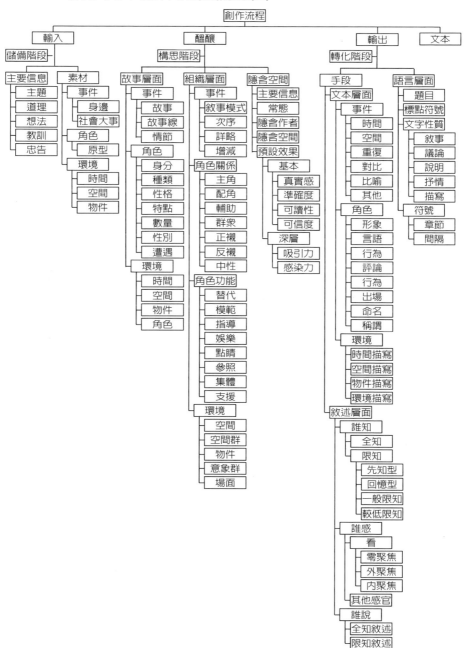

1.8. 創作流程說明

1.8.1. 輸入階段

要全面系統而且仔細地分析敘事文本，首先需要對敘事文本的創作過程有深切了解和認識才行。敘事文本的基本元素是事件，角色和環境。敘事文本的創作大致可以分為三個階段，分別是輸入，醞釀和輸出。顧名思義，所謂**輸入階段**，就是為創作敘事文本前儲備各種材料的階段。這個階段裏，最主要的內容是**主要信息**和**素材**。所謂主要信息就是敘事文本希望傳遞的信息，它是敘事文本的主旨／主題，可能含有人生道理，或是創作者的某種想法，或某種教訓或忠告。至於素材，講的就是用於創作敘事文本的原材料，從生活中積累而來。這種素材在日常生活中俯拾即是，包括接觸的人，遭遇的事，眼見的景，觸摸的物等等。如按事件，角色和環境的三個方面看，這包括作者身邊發生的事以及社會發生的大事，作為角色原型的各式各樣人物和動植物，還有現實的時間，空間，以及實存的物件。

創作過程中的儲備階段，就是搜集能用於創作的素材，經過構思和轉化階段變成文本中能傳遞信息的重要成分。一般讀者閱讀敘事文本時，感覺文本裏面有著日常生活的影子，或很多人所謂「源於生活」的說法，指的是就是這些從生活中來的素材而言。當然，我們必須分辨清楚：作為敘事文本的素材與日常生活真實的人事景物本質上有著明顯分別的：文本是虛構的。雖然素材從日常生活中來，但經過醞釀和轉化，已然變成虛構文本的一個部分，跟原來的生活物事已經不能相提並論。這種認識並沒有貶意，只是客觀地指出兩者的不同而已。

1.8.2. 醞釀階段

儲備階段之後，便進入**醞釀階段**。在這裏，素材和主要信息會經過思考，將之納入敘事文本的特殊架構當中去。首先就是**故事層面**，究竟怎樣將信息藏進一個故事裏面，讓讀者在閱讀文本，進而歸納出故事細節的同時，掌握到內中的信息呢？甚麼素材該怎樣處理以配合整個故事呢？構思故事，

必須考慮故事裏面幾個主要成分，它們是事件，角色和環境。**事件**本屬於一個又一個可獨立存在的故事單位，內裏有角色和環境兩個元素，兩個或以上事件可組成**情節**。此外，還有就是情節之間連繫的形態，叫**故事線**。上述事件屬故事情節最基本單元，故事線和情節則是整個故事如何連接的設計。有了這個基本內容，組合而成**故事**，至此故事梗概及大致內容便能確定。

至於**角色**，主要考慮角色的**身分**，**種類**，**性格**，**特點**和**遭遇**，以及細項如**數量**，**性別**等等。由於敘事文本寫的就是角色的言行為主，因此設計好角色並配合事件建立起情節，便大致完成了故事層面的基本設計。當然，**環境**元素也需要構思好，事件在甚麼**時間**甚麼**空間**發生，**角色**於何地相遇，相關的地點有甚麼特點，有沒有特別的**物件**等等。故事層面只牽涉各個事件的基本情況，要轉化讀者閱讀時所見的模樣，還需通過組織層面的安排。

組織層面裏，需要安排好**事件**，**角色關係**，**角色功能**以及**環境**。事件的**次序**如何安排，是按順時間次序還是非順時次序？如果是非順時，那麼哪些事件需要提早交代，哪些會延遲？此外，不同事件佔用篇幅多寡也要具體落實，哪些**詳**寫，哪些**略**寫，該如何分配？還有，事件出現頻率又如何？壓縮還是擴展，**增**加還是**刪**減，以及如何分配都是具體以及需要處理的項目。至於整個文本看，究竟運用哪個**敘事模式**來組織所有元素呢？這個足以決定文本成敗的要素需要作整體考量，作出最後的決定。

決定了角色的身分，種類，性格等項目之後，便要進一步安排**角色關係**包括他們的戲分，分佈等細節，如誰是**主角**，為了突顯主角的地位，事件安排必須與主角配合，以便主角能盡量參與各個主要事件，並在其中展現他的重要性。此外，誰是**配角**，誰作**輔助**角色，需要哪些**群眾**角色，如何輔助烘托等問題都需要作出決定。此外，角色之間除了要釐清社會關係外，還須從角色功能角度出發，安排好各角色的功能和作用，例如：誰跟誰有著**正襯**功能關係，誰和誰屬**反襯**功能關係等。

由於角色在敘事文本的地位異常重要，光角色關係不足以涵蓋角色的所有作用，因此還須考慮角色在文本裏產生哪些**角色功能**，這包括：有沒有起著**替代**功能的角色，如真身分假功能與假身分真功能起著替代其他角色原有

身分的功能；有沒有**支援**主角，協助主角完成任務的角色；有沒有可提供公正意見，起著**參照**作用的角色；有沒有擔任**指導**提供舉足輕重建議的角色；有沒有提供獨特信息，起著**點睛**功能的角色；有沒有作為某類典型形象的**模範**角色；有沒有用作舒緩輕鬆氣氛的**娛樂**類型角色；還有沒有起著烘托，一般由群眾角色製造的**集體**功能等等。

到了**環境**，基本成分有**時間**和**空間**，時間可細分為**時代**和**時分**兩個時間概念，空間則有**大空間**和**小空間**之分。此外，環境因素還有**物件**和**場面**。在組織層面角度看以上的環境成分，還須考慮不同空間之間形成的**空間群**，以及哪些物件可組成**意象群**，哪些可暗示主要信息，集中有意識地傳遞信息，哪些可表現角色特點，哪裏能呈現象徵意義等等。

除了要處理好故事層面以及組織層面外，這階段還須思考如何在文本裏建立**隱含空間**。所謂隱含空間，就是創作者在構思文本時，通過巧妙的設計和安排，使得讀者相信文本所言是可靠和可信，並且能產生引起讀者共鳴的各種閱讀效果。文本的**真實感**，**準確度**，**可讀性**和**可信度**都是需要刻意安排而得的效果，此外，具體的閱讀效果如幽默感，**懸疑效果**等，還有文本的**吸引力**和**感染力**都應是屬於隱含空間的討論範圍。說到最後，敘事文本一般都在傳遞某種或某些**主要信息**，這是所謂主題和主旨之類的，不應直接交代出來，而應該通過安排，引導讀者從文本中自行發掘出來。此外，敘事文本往往隱藏著一些信號，暗示著創作者心目中讀者對象的某些特質，也就是所謂**隱含讀者**的那些空間。同理，**隱含作者**的空間能呈現創作者某些特質，讓讀者從中感受創作者某種形式的存在。敘事文本所營造出來的虛構世界處處與現實世界有交雜和互參，文本裏因此或多或少存在能與敘事文本這個現態作比較的**常態**空間。

1.8.3. 輸出階段

完成基本元素的整理後，便進入**輸出階段**，或稱為**轉化階段**，也就是將想法理念實際轉成文字，建立讀者將會直接閱讀的文本。

這裏，原屬故事層面的想法要轉成**文本層面**，原本只屬梗概的故事情節

以至事件，需要作具體和切實的安排。就**事件**而言，轉化相關元素時還要考慮更仔細的安排，這包括事件之間有沒有**時間**及或**空間**的排列次序，事件之間會不會有**重復**，**對比**，**比喻**的關係。其中重復的組織，可以表現為平衡關係，也就是說事件與另一事件基本上內容大致相同，只是角色有異，而且安排上也呈平衡狀況，事件甲發展到某階段，事件乙接著也有相同發展，兩者間隔出現，明顯邀請讀者對兩個事件作等量齊觀，無分彼此，以此預示故事結局兩線情節的緊密關係。除了上述的關係外，事件之間還有眾多不同的**其他關係**，如承上，啟下，層遞等關係，這些都是轉化階段時需要仔細思考和加以安排組織好的。

　　至於**角色**，到這階段的工作最為繁重，既然已為每個角色安排好身分，種類，性格，特點，以至戲分，關係，功能等，便需要一一在文本上呈現出來。因此，以甚麼**形象**呈現於文本裏，用哪些**行動描寫**和動作交代角色的所作所為，還有角色的**言語**，講哪些話，心裏想哪些，思想如何，情緒怎樣等等都要一一表現出來，包括角色之間的**對話**，角色自己的**獨白**，**內心獨白**甚至**歇斯底里式**的話語等都需要處理。他們可有對事件，其他角色，周邊事物作任何**評論**，有甚麼意見，發甚麼議論等都對文本產生廣泛的影響。此外，屬於需要仔細安排的角色元素，還有：他們的**出場**，如何形成效果，進場和退場秩序，角色在何時何處以何種形式出現也一直是敘事文本能否吸引讀者的關鍵之一。還有他們的名字，這個**命名**能起象徵的作用，以及文本裏角色間互相稱呼時用的**稱謂**，都是足以影響讀者印象的重要元素。

　　同樣道理，**環境**的具體表現也十分重要。各種成分如**時間**，**空間**，**物件**以至整體**環境**，都需要通過仔細的**描寫**文字將它們的特點等表現出來。這包括描寫的詳略，用語的色調以及感情色彩，何時用何種方式表現出來，所呈現的調子和氣氛，也影響讀者閱讀的觀感，自然也影響閱讀效果。

　　需要轉化的除了文本層面外，還有**敘述層面**。怎樣說故事是極重要的元素，直接影響閱讀效果。裏面可分誰知，誰感以及誰說三個維度。**誰知**處理的是敘事者這說故事的行動者對事件擁有的認知水平，由無所不知的**全知**，往下都是**限知**，簡單包括**先知型**，**回憶型**的較高限知水平，還有**一般限知**以

及**較低限知**水平。**誰感**處理的是說故事時所交代的五官感覺誰屬，全知敘述全無五感，屬**零聚焦**，限知也有無五感的如監控鏡頭般純客觀交代的**外聚焦**角度。限知敘述更多的是站在某一角色的所知所感說故事的，屬於**內聚焦**角度。**誰說**處理的是說故事者用甚麼語言說故事，**全知敘述**語言風格傾向絕對和權威；相反，內聚焦**限知敘述**的語言風格傾向個人化，充滿猜度和不確定的語言。

各種操作手段都需要語言，最終讓所有構思表現到語言上。這個**語言層面**，就是讀者直接在文本裏看到的文字。這裏面包括**題目**，**標點符號**，**章節**，**間隔**等符號。至於主要文字成分，可按文字性質，分成**抒情文字**，**描寫文字**，**敘事文字**，**議論文字**以及**說明文字**。

1.9. 讀者賞析架構圖

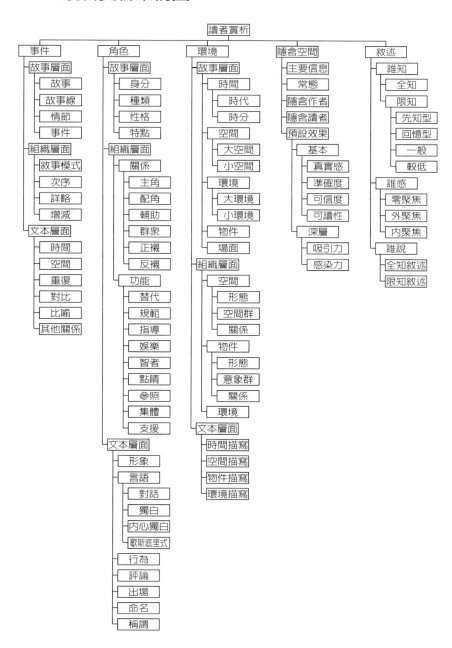

1.10. 讀者賞析架構說明

有別於從創作角度看敘事文本，從讀者賞析角度看就是先從放在讀者面前的文本開始。通過閱讀，進而思考總結整理所得，因此從讀者賞析角度出發，不管次序主次以至重點，都與創作流程角度有所不同。只是，筆者原先只從讀者賞析角度入手，發覺很多現象和所得，無法通過從文本重新展開敘事文本的系統結構和組織中解釋得清楚，而且極難書諸文字，「隱含空間」這部分就是最佳例子，裏面包括主要信息，隱含作者，隱含讀者，預設效果等等，如光從賞析角度實在無法將這些現象很好地放進架構裏。直至改從創作角度思考，相關現象和所得才找到它們該處的位置，那就是隱含空間，這從理論高度解決了上述各現象的歸屬問題，也將這些極為重要的現象好好地加以討論，並分析它們在不同敘事文本的表現，相信相當程度上能對本書讀者帶來較大的幫助。

因此本書於草創階段，先從創作流程出發，盡量思考過程中可能涉及的各種現象，整理成創作流程概念圖，這是思考過程的第一階段。再而從讀者賞析角度，重新思考以上各現象的位置和歸屬，最後得出讀者賞析架構圖，作為敘事文本賞析這部專書的總大綱。比較之下，大家會發現若干出現在創作流程的部分不再重現於讀者賞析的視野中，其中包括儲備階段的素材，以及語言層面的各種紛繁的語言現象。一來因為讀者賞析敘事文本最後成品時，不一定關心創作者從哪裏找來素材以及如何選取。二來一般語言層面的現象已分別於其他環節中交代，如文本層面裏面涉及很多具體的語言運用的現象，餘下的似乎未足以引起讀者的注意，因此在賞析範圍便從略語言層面這個方面，這並不是說本書不重視敘事文本的語言，相反正因為已有足夠的重視，相關討論已散見本書各個環節和段落中，因此沒有必要另闢一章專論有關現象。

1.11. 如何使用本書

1.11.1. 從頭讀起

由於本書以賞析敘事文本角度設計，因此如讀者希望整體地理解怎樣理性地欣賞和分析敘事文本，建議按本書先後安排，從頭讀起，當可有較理想的效果。

1.11.2. 善用本書檢索工具

鑒於現實的考慮，要求所有讀者都一字不漏地由頭讀起，明顯不切實際。因此本書製作了目錄，討論文本表，索引等工具，方便讀者找到自己所需。目錄主要按理論框架構建，因此如要了解各概念或環節之間的關係，宜參「目錄」，並按頁碼閱讀相關內容。此外，理論篇個別環節中，安排有「詳情請參」提示，建議讀者可以讀畢個別環節後，跳至相關部分進一步了解。

1.11.3. 從具體敘事文本讀起

如果讀者對某個敘事文本有特別興趣，可先檢查「本書討論敘事文本目錄」，然後從索引中找來有關頁碼，展開欣賞和分析之旅。

1.11.4. 針對個別疑難

讀者宜先想好疑難所在，找尋適當的關鍵詞，然後從書前目錄，書後索引，尋找相關部分集中閱讀。由於敘事文本體系龐大，不少方面欠缺現成術語，因此筆者在論述時創造了不少術語；此外，即使現成術語，也因為原先使用不大規範，須作重新定義，這不免為讀者造成困難。建議讀者從目錄中找尋相關術語所屬章節，先閱讀定義和解說，以及基本內涵，相信有助讀者進一步認識相關的形態或概念。

理 論 篇

2. 事件

2.1. 導言

　　事件是敘事文本的基本單位，它由角色和環境組成；通過不同事件以及裏面的角色及環境的累積，形成情節以及脈絡，最終合成為故事。以下將先從故事層面角度交代事件的內涵，再從組織層面角度細看如何調動佈置各個事件，最後從文本層面角度分析事件是用怎麼樣的面貌呈現在讀者面前。

2.2. 故事層面

　　故事層面[1]就是創作階段中仍處故事腳本的設計時期，屬規劃上的敘事文本的初始狀態。創作者在構思敘事文本前，需要先為整個故事作基本的設定，這就是故事層面要交代的範圍。具體來說，就是故事的何事，何時和何地等屬信息性質的問題。以事件為例，要交代的就是「故事」，從整體的故

---

[1] 這裏的「故事層面」大約等同里蒙・凱南（Shlomith Rimmon-Kenan）的「表層敘事結構」（surface narrative structure），筆者大致沿用她對「故事」（story），「事件」（event），「故事線」（storyline）的理解。見《敘事虛構作品》，頁 3, 13-16。至於「情節」，筆者主要參考查爾曼（Seymour Chatman, 1928-2015）的定義。由於故事層面在本書並非重點，筆者盡量不糾纏於故事層面相關概念和定義的巨大爭議裏，本書只遵循比較寬泛的劃分，旨在指出故事由事件組成，事件可聚合成情節以及故事線。至於它們之間尤其是諸如情節與故事線甚至脈絡等本身界線含混不清的事實，筆者只好存而不論。

事，再而往細處想，得到故事裏的「故事線」或「脈絡」，再而得到脈絡中的「情節」，最後是基本單位的「事件」。換句話說，按規模大小分，由大至小就是：故事＞故事線／脈絡＞情節＞事件。

文本與故事：故事從現成文本還原而得

一般人常有以下的誤解，以為自己在讀甚麼故事。事實上，讀者閱讀的是用文字印刷或顯示出來的文本，不是故事。故事是讀者通過閱讀文本，歸納出來的東西。也就是說，讀者可通過梳理，歸納，濃縮，重排所閱讀的文本，大致按時間順序概括出故事來。

傳統與現代敘事文本的故事

正因如此，本章所述說的故事，脈絡，情節以至事件都是從文本還原得來的。通過這個過程，筆者發現：從實際操作看，不同時期的敘事文本各有特點，還原難度各有不同。所謂「傳統敘事文本」，指的是那些採用傳統方法交代故事的小說，具體來說就是比較重視外部現實，以表現事件見長，以情節見勝的小說。由於傳統敘事文本一般多以時間順序安排事件，因此要看懂事件之間的順序關係，一點都不吃力。同理，為了配合孩童簡單思維模式而設計的兒童敘事文本，也多用順序結構，因此也較易整理出事件來。相反，「現代敘事文本」由於較重視內部現實，多花篇幅交代角色的所思所想，以表現角色心理活動見長，因此大多不按事件順序交代，改而以角色思想脈絡組織情節。由於角色思想以聯想為鏈條，具有時空交錯，隨意轉變的特點，因此大多採用非順序結構表現角色的心理活動。正因為這個非順序的特點，使得還原或重組這類敘事文本的故事情節和脈絡的任務變得異常艱巨，往往需要讀者多花心力整理才能成功。

〈神鵰俠侶〉屬傳統類型敘事文本，所謂傳統型，主要相較現代敘事文本而言，它們最主要分別在於傳統型以情節故事見勝，一般成功的傳統型敘事文本情節豐富，節奏緊湊，給人目不暇給的感覺。至於現代敘事文本則將敘述的焦點從故事從情節從所謂外部現實，轉而集中並大量地展現角色的內心世界，情緒變化等心理現實上。好像白先勇〈遊園驚夢〉之類的現代敘事

文本，並不以故事層面情節事件複雜多姿見稱，如按時間順序整理起來，反而沒有傳統敘事文本那麼豐富多變，鋪寫成事件的數量其實不多，也不十分仔細，文本大部分屬於角色心理描寫的內容，這方面則寫得特別詳細。這裏，不管傳統還是現代敘事文本的故事，我們都會嘗試按事件時間順序進行還原，以了解各自故事層面的原來面貌。

2.2.1.　故事

從閱讀角度看，故事層面的主要內容即故事（story），故事就是從最終出現於讀者面前的文本中歸納而得的。故事有著完整的結構，可分成開頭發展結尾等部分，它們由事件組成，以順序表達。故事的內容就是何人在何地做何事，科學一點講就是角色在甚麼環境中做了甚麼，包括他的言行及或思想感受。一般讀者關心敘事文本／小說的，就是文本所講述的故事，最常討論的問題就是：這個故事說的是甚麼？如以〈神鵰俠侶〉為例，問：這個故事說的是甚麼？答案會是：寫楊過最終成為神鵰大俠的過程，還有楊過小龍女矢志不渝的愛情。

2.2.2.　故事線

故事線（storyline）或稱脈絡屬故事層面的，是構思階段的產物，而不是實際文本階段能看到的。它主要處理情節間的關係，具體就是事件之間的關係，如因果，順序等等。故事如何通過事件表達出來，以及情節的分配問題，可以從抽取其中一個要素重新整理而得，一般以主角為要素，發展出故事線來。由於整理並無硬性標準，會因內容不盡相同，關注點的差異而出現不同的結果，因此故事線的整理應以增加對故事的理解，言之成理為佳，不能強求一致。如〈神鵰俠侶〉，以楊過為主軸，大致上可分為四條故事線：感情線，成俠線，父仇線，習武線。

脈絡具體來說就是故事內容，角色的遭遇之類，可沿用傳統故事的開頭，中間和結尾，或者起承轉合的規律看待，以至西方小說戲劇結構常提及的開頭中間結尾，都可以幫助我們理解敘事文本故事的脈絡，一般讀者關心

的如開局，結局，高潮，過渡，轉折等都屬脈絡的範圍，這些用語當然也可用到文本結構角度，但組織結構是文本如何產生效果的工具，不是讀者主要關心的問題，一般讀者熱烈討論的是角色遭遇，事件的發生經過，情節最精彩的地方，或引起讀者反應最大的地方，哪裏是高潮，哪裏出現轉折點，如何結局等就是脈絡需要交代的主要內容。敘事文本為了避免讀者有著千篇一律的閱讀體會，常常在打破讀者預期，這在脈絡方面也能體現，那就是利用不同故事線互相穿插，互相刺激，藉此減少沉悶感。

脈絡可以用故事線來概括，也就是故事情節發展路線，大致圍繞主要角色的不同方面。因此故事的主線一般圍繞主角發展，〈神鵰俠侶〉的主線就是圍繞主角楊過發展。至於副線或稱支線，就是從主角分叉出來的，如楊過妻子小龍女，可以視為〈神鵰俠侶〉的其中一條副線。以下是小龍女這條支線的主要情節內容：生長於活死人墓，與孫婆婆為伴；後收楊過為徒；遭師姐李莫愁偷襲，與楊過漸生情愫；發現王重陽九陽真經內容，學成玉女心經，與楊過共闖江湖；被尹志平姦污，誤以為楊過跟她親熱；為做楊妻子，楊不知所措，龍黯然離開；武林大會重逢，打敗金輪法王，因怕累及楊名聲而去；受重傷，為公孫止所救，答應下嫁；重遇楊，合鬥公孫止；得知被姦真相；緊追尹志平趙志敬；救周伯通；學懂左右互搏；被九大高手圍攻受重傷；重遇楊過，同時受致命重創……。

2.2.3. 情節

情節（plot）一直沒有公認的定義範圍，內涵較難掌握，範圍可大可小，大致可等如幾個有關連事件的相加，它由事件組成，就是進一步回答「這是一個甚麼故事」這類問題而來的，故事往細想的結果，屬跟進問題。內容的主要構成跟故事沒有兩樣，主要是裏面發生了甚麼事，在哪兒何時發生。

請看看〈神鵰俠侶〉的情節，一般讀者會沿上述的問題進一步追問，如：主角楊過是怎樣成為神鵰大俠呢？楊龍的愛情遇到甚麼挫折？作為武俠小說，楊的武功究竟如何？再看更仔細的地方，我們不難發現以楊過這位主

角為主的情節很多，以第 2 回為例，楊過重遇父親楊康結拜兄弟郭靖，以及楊過與同輩郭芙，武家兄弟相處的情節，都可以再細分為幾個不同事件，如初遇郭靖，武家兄弟欺負楊過，楊過以蛤蟆功打傷武修文等等都是可以獨立閱讀的事件。這些事件所佔篇幅不小，劃分有時也因人而異，視事件為故事最小單位，而且有具體內容，一般還可用上述方法概括成標題或回目。因此，傳統敘事文本大多以故事情節引人入勝見長，章節回目也一般在交代和說明章回內的重要事件，如〈三國演義〉第 1 回目便有「宴桃園豪傑三結義」，交代裏面劉關張三人桃園結義的事件。再如第 36 回目有「元直走馬薦諸葛」交代了徐庶（元直）臨離開劉備時，向他推薦諸葛亮的重要事件。這類回目在傳統敘事文本中特別常見。如〈神鵰俠侶〉，由於回目比較簡潔，只有四個字，因此無法如三國般清楚交代事件，但仍將該回的重點情節顯示出來。如第 2 回目「故人之子」交代的是男主角楊過出場的情節，藉作為楊過父親楊康義兄弟郭靖終於尋到這位故人之後，因此題為「故人之子」。再如第 13 回寫金輪法王，霍都，企圖以武力強奪大宋中原武林盟主之位，結果給楊過和小龍女打敗，破壞蒙古對大宋的陰謀。如此重大事件，該回自然以此為回目：「武林盟主」，回目雖然比較簡略了點，但也起畫龍點睛之效。

2.2.4.　事件

事件（event）是故事裏面完整的基本單位，可供獨立閱讀。事件可大可小，沒有截然劃分的界線。按規模看，可分為大事件和小事件，還再細分為細節或小環節。

它的基本形態如右：角色＋場景＋角色的言語行為思想感受。由於敘事文本主要就是由角色和他／他們的言行組成，因此每一事件都應有角色和他的言行思想感受等。

事件就是說出故事的角色（一般是主角）做了甚麼，也就是用以解答一般讀者常問的問題，如：究竟發生了甚麼事？或角色做了甚麼？

2.2.5.　舉隅

以上從理論角度交代了故事層面內各個從屬於故事的各個單位，以下再以幾個敘事文本交代故事，故事線，情節和事件的具體情況：

2.2.5.1.　故事：李潼〈乾一碗魚湯〉

這個兒童敘事文本寫主角綽號「大聲公」的青年以他特大的喊聲救了遇溺的老漁翁。文本的主要信息是同舟共濟和互相幫助，也是兒童小說常見的正面信息。主要角色方面包括主角大聲公，大聲公的同學擔任敘事者的「我」，還有老漁翁。由於這個文本的篇幅有限，故事大致只須分出兩個事件便可以，在事件下可再分為細節如下：

事件一：老漁翁掉海

細節：童軍蓋帳篷，看人釣魚，選定老漁翁，論釣魚地點，論釣魚，老漁翁批評聲量過大，老漁翁掉海，大聲公聲大成功叫來救援，童軍釣魚人合力救起老漁翁，同學讚美大聲公。

事件二：童軍釣魚人共享

細節：童軍焦了飯，與釣魚人分享焦飯和魚獲，老漁翁跟大聲公乾魚湯，團圓結局。

2.2.5.2.　故事：張愛玲〈色戒〉

這個文本寫的是主角王佳芝不知自己是否愛上漢奸易先生的故事；從另一角度看，也可以是一個刺殺特務頭子兼漢奸的故事；或一位女生假扮情婦試圖刺殺漢奸，最終失敗的故事。主要角色就是主角王佳芝，以及她的情夫或刺殺對象易先生。

主要事件（由於這個文本屬現代敘事文本，事件出現的次序不依順序排列，現經整理以時間順序排列，方便了解故事發展次序）：王佳芝在學校擔上話劇女主角；經人介紹加入刺殺漢奸易先生的行動中；被安排扮作水貨客接近易先生，當他情婦，以便刺殺；遇上挫折，無法接近易先生；後重新設局王易二人幽會；雀局中易王二人脫身；王通知同伙準備暗殺易；易王到小

店買鑽石；王認定易愛自己，因此提示易逃走；易逃脫，並展開搜捕行動；
王及同伙被捕及被殺。

2.2.5.3.　故事：白先勇〈遊園驚夢〉

這個文本寫一個今非昔比的故事；或一個將軍夫人失去權勢黯然面對現
實的故事。主要角色方面有主角藝名「藍田玉」的錢將軍夫人，竇將軍夫人
桂枝香，天辣椒，月月紅等。

主要事件（也經整理，按時間順序交代）：藍田玉與桂枝香成南京得月
臺名角，藍田玉當上錢鵬志將軍夫人；與副官幽會；副官被親妹月月紅搶
去；錢將軍辭世；藍田玉地位不保；藍田玉宴會中失聲失禮；桂枝香成竇將
軍夫人；遷台後藍田玉赴桂枝香宴會；受邀唱「驚夢」，婉拒；宴會散場。

2.2.5.4.　情節：羅貫中〈三國演義〉「赤壁之戰」

〈三國演義〉篇幅極大，這裏無意以整個文本作為例子，只選取其中一
個重要情節交代。就是以「赤壁之戰」而言，這個情節所佔篇幅仍很可觀，
從第 43 回到 50 回，裏面自然可以分出很多事件，當中不少獨立成家喻戶曉
的故事，如舌戰群儒，孔明借箭等。赤壁之戰寫的是孫權和劉備兩方面聯合
起來，抵抗曹操南進，戰於赤壁，結果曹操大敗退回北方。主要角色方面有
主角孔明，還有周瑜，魯肅，曹操，劉備等等。

主要事件，大致可從回目裏歸納出來，包括：舌戰群儒，智激周瑜，蔣
幹中計，孔明借箭，苦肉計，闞澤獻降，連環計，火燒連環船，敗走華容
道。

2.2.6.　詳細故事層面分析：金庸〈神鵰俠侶〉

以下再以〈神鵰俠侶〉為例，詳細並全面地交代故事層面所見的事件，
情節，故事線以及故事各單元的內涵。

2.2.6.1.　故事主線

正如前面所述，〈神鵰俠侶〉可從脈絡中分出若干故事線，包括感情線，成俠線，習武線及父仇線。

2.2.6.2. 故事線

2.2.6.2.1. 感情線

男女感情關係是〈神鵰俠侶〉文本的主要信息，正如一般信息那樣，這個信息清楚發出對感情的看法，含有明顯的道德和價值判斷。標榜愛情是偉大的，神聖的，不受環境身分世俗觀念所左右，是精神的，性靈的，甚至是至高無上的，比世上任何東西包括自己性命都要珍貴，而且最高境界是矢志不渝，終生不變的。

這方面的絕對信息當然由主角楊過和小龍女通過情節發展一一展現出來。楊一出場時是一流落市井的孤兒，備受人家欺負，沒有嘗過開心和溫暖的滋味，初時遇到郭靖和黃蓉，因楊父親關係與楊過始終有隔閡，將他送到全真教學武，但因郭技壓全真，楊師父趙志敬遷怒楊，對他不好。楊因此逃走到古墓，小龍女收楊為徒，雖然嚴厲，但楊知龍真心待他好，彼此產生師徒情，後遇李莫愁，劫難重重，因此發現不能沒有對方。雖然不知甚麼是愛情，但情愫已生，後迭經劫難，兩人仍不離不棄，還多次因對方遇險，寧捨棄自己性命相救，充分表現生死以之的情誼。雖然楊到處惹人相思，但對龍仍不含糊，當知道有十六年之約，為了避免惹來煩惱，與對他有意的陸程結為義兄妹，以絕其念。其後一直帶著人皮面具，避免以真面目示人，為的也是對龍的忠誠。

小龍女則更加簡單，除了當初不知與楊的是愛情之外，她處處為楊著想，由於她不通世務，卻怕楊為人恥笑，她忍心自行離開，自我犧牲，當他誤會楊喜歡郭芙，竟也為楊著想，主動離開，成全楊。後因受傷為公孫止所救，並願意下嫁於他，以便隱居荒谷，一生不見楊，好避免破壞楊的幸福。到了後期，為免自己體毒難癒，影響楊解情花毒機會，寧可自己跳崖自盡，但留下信息好讓楊等候自己十六年，以增強楊求生意志。這種惟夫是是，處

處維護的情操，是傳統中國女性最高境界。當然要造就至高境界的愛情角色，他們總須遭遇不幸，楊際遇不算差，一直未有受到較大的傷害，直到後來，還是給郭芙斬去右臂，成為殘廢。當然他進一步練就劍魔獨孤求敗重劍神功，創黯然銷魂掌法，對於男性而言，挫折和不幸還不算大。相反，小龍女遭遇則悲慘得多，先是在與楊練玉女心經時，受尹志平趙志敬干擾致受傷吐血，後還受尹姦污，失去傳統女性最為珍視的貞操。後來因想念楊致吐血幾死，為公孫止所救，再而受九大高手夾擊身受重傷，後來治傷期間再受外毒所逼，原毒散入體內，無藥可治，種種不幸一再掀動讀者情緒，成為吸引讀者的重要力量之一。

　　說到愛情這種男女感情關係，〈神鵰俠侶〉可謂愛情大全，各角色之間的愛情關係類型齊備，對傳遞重要信息有極大好處，當然也會引起過分公式化，說教味道過重，不太真實，堆砌造作等的批評。以下選取部分加以說明：

　　郭靖黃蓉是傳統愛情典範，從〈射鵰英雄傳〉文本的複雜轉折過後，結成夫婦，在〈神鵰俠侶〉文本便成夫婦典範。楊龍二人則是不按世俗成規但堅定愛情代表，宋代傳統觀念下，身為楊師父的龍不能成為楊妻。公孫止裘千尺就是妻管嚴夫出軌，互相仇視反目互相坑陷的典型。李莫愁是愛人移情別戀，看不開，得不到愛情滋味而遷怒於別人，轉而變得乖戾變態，心狠手辣的典型。二武武敦儒和武修文就是與郭芙青梅竹馬，互生情愫，非卿不娶，以致於兄弟反目甚至要拼個你死我活才罷休，跟著卻各自移情別戀，成為愛得並不牢固的世俗男女典型。陸無雙則是與楊日久生情單思痴戀，知道楊只愛小龍女而默默承受，並處處維護二人，單戀激情但不失與楊理性交往的類型。程英則對楊暗中傾慕，但不露痕跡，對楊細緻關懷，理性而大方，恬淡而恆久的單戀類型。公孫綠萼就是一見鍾情，傾心，願為對方犧牲性命也不惜的類型。還有從未出場，光靠別人轉述事跡的王重陽和林朝英就是人才出眾，各不相讓，雖然相愛甚深，但還是放不下顏面，最後愛情無法結果，無疾而終，悵然飲恨的典型。至於楊過對陸程，公孫綠萼，郭襄等都不脫男子到處留情的惡習。其他角色諸如耶律齊，郭芙，完顏萍等，都以正反

襯角色功能支撐著這個愛情主題。

2.2.6.2.2.　成俠線

〈神鵰俠侶〉中主角楊過最終成為「神鵰大俠」，並成武林五大高手之「西狂」。可是，他的成俠之路最大的障礙在於對父親的認識，郭靖明顯是楊成俠的最佳模仿對象，楊一直尊崇郭，但因為對自己父親的認識有著浪漫的猜想，以致雖然明明欣賞郭，但一直無法完全認同。由於這份盲目的浪漫，總想像自己父親如何英雄蓋世，以致對於間接害死父親的郭靖，只能定性為奸險小人或偽君子。可是從楊他親身接觸所見，郭卻是如何的正義，如何的正直不阿，如何的大公無私。因此楊始終對郭的態度搖擺不定，當親眼看到郭仗義行為和慷慨激昂的言辭，便傾心佩服；當認定自己父親為郭所害時，便怨恨憤懣。當傾心時便一往無前地協助，奮不顧身地營救，這在與郭單刀赴會到蒙古軍營面見忽必烈這事件上表現得特別明顯。郭靖在眾大敵面前，大義凜然地侃侃而談，既拒絕忽必烈勸降，更將自己為國為民死而後已的心跡說明清清楚楚，使得楊大為感動，以致本打算刺殺郭，既報殺父仇，兼為換丹續命的大計無法實現。更為了救負傷的郭靖，捨命保護以致身受重傷。到了後期，聽到郭靖黃蓉對話，強調以國家人民為重，個人榮譽性命全可拋棄的大義，楊終於豁然大悟，從此走向成俠——神鵰大俠之路。

除了郭靖，另一讓楊大為心折的角色就是丐幫前幫主洪七公，洪義氣干雲，處處為人的大俠精神，在丐幫幫眾的口裏表現出來，使得楊領悟到在世為人，這樣讓人景仰為人敬重才是大丈夫所為。這樣的體會最終導致他從歪路中走回來，並在文本後期的言行中，大大展現他急人之難，慷慨仗義的行徑，因此贏得「神鵰大俠」之譽。

成俠之路在探尋父親之死的過程中，已經略露端倪，到了等候小龍女的十六年間，楊過全面成俠。俠行處處，但這些情節與整部敘事文本對楊過的敘述有所不同，其他的敘述都全在楊過在場的環境下進行。至於楊過這個神鵰大俠的英雄事跡則純粹借年輕的郭襄的內聚焦視角，從渡口眾人口中知悉他仁俠之舉，再而親身目睹楊過釋除一窟鬼和史氏兄弟之仇恨，還了卻裘千

仍與瑛姑早年的殺子孽賬，促成周伯通瑛姑重聚，救活史叔剛內傷等。當然最讓人振奮的莫過於楊過名為送給郭襄三份生日禮物，實則心懷家國，為武林為國家辦了幾件大好事：分別是殲滅蒙古大軍兩個前鋒隊，炸毀蒙古大軍糧倉和火藥庫，以及偵破霍都欲奪丐幫幫主位的陰謀，並尋回丐幫鎮幫之寶打狗棒。這個也是藉別人主要是郭襄的視角交代的，到了高潮處，文本由郭襄轉回全知敘事者擔任敘述，當中間中加進不同角色的內聚焦視角的特點，達到既有角色感受又能管控情節發展的效果。楊過在營救郭襄，殺掉金輪法王後，最終以小石擊斃蒙古大汗蒙哥，成功保住襄陽以及大宋，楊過這個「神鵰大俠」得以揚名天下。最後一章以第二次華山論劍作結，楊過，再以歐陽鋒義子身分，獨步同齡的武功，以「西狂」之名擠身武林五大高手之一。

　　以下是成俠線下的主要事件，包括：救陸無雙（多次，鬥丐幫全真弟子，鬥李莫愁），保中原武林盟主之位（敗霍都達爾巴金輪法王），救郭芙（石陣，金輪法王，霍都），救黃蓉（酒館，石陣），護洪七公（鬥藏邊五醜），救郭靖（蒙古軍營，襄陽城頭），救郭襄（樹林，尼摩星），救武三通（解二武生死鬥），救二武（解冰魄銀針毒），護孫不二（免大鐘壓死），救被害將軍，殺貪官，嚇奸臣，救史叔剛（靈狐血），解瑛姑裘千仞殺子仇，救耶律齊（免戰死），殺蒙古大汗蒙哥。

2.2.6.2.3.　習武線

　　〈神鵰俠侶〉作為武俠小說，關於武功方面的篇幅不會少。以楊過為例，他習得武功有很多，主要有：蛤蟆功，全真口訣，天羅地網勢，古墓派，玉女心經，全真派，九陽真經，打狗棒法樣式，玉簫劍法，彈指神功，打狗棒法口訣，獨孤求敗玄鐵重劍劍術等。至於師承，包括小龍女，王重陽，黃藥師，洪七公等。至於學武時的對手和助力，也甚為豐富。文本開始時，李莫愁是大魔頭，楊根本不是對手，主要對手是二武，助力是歐陽鋒；其後對手是全真教趙志敬，鹿清篤，助力是孫婆婆和小龍女；再而對手是李莫愁和洪凌波，助力是古墓派武功和九陰真經。再而對手變成達爾巴，霍都

和金輪法王，助力是小龍女；再而李莫愁再次成為對手，助力是陸無雙程英傻姑和黃藥師，再有助力是馮鐵匠和耶律齊。再而對手是金輪法王，助力是黃蓉，洪七公，歐陽鋒。其後再有李莫愁，助力是陸程。再而是公孫止，助力是裘千尺，公孫綠萼。對手是郭靖，黃蓉，助力是小龍女。最後對手是金輪法王，在沒有助力的情況下，以黯然銷魂掌一股殺死法王。

2.2.6.2.4.　父仇線

尋找父親楊康的為人及所有真相，與成俠線成對比關係：殺父仇人郭靖與郭靖大俠言行糾纏，成為成俠最大障礙。主要對手當然是置楊康死地的黃蓉和郭靖，楊過幾次刺殺郭不成，反因郭俠義言行所感動，陷入極大的矛盾中，成為挖掘主角心理矛盾的理想場所。事實上，這條報仇線也可併進成俠線內，將之理解為楊過成俠過程的一個重要阻力。

2.2.6.3.　情節：郭襄邂逅楊過

上面交代了故事線後，現交代文本後半部最重要的情節，那就是郭襄與楊過之間的關係。這個情節從風陵渡口，郭襄從別人口中認識楊過這位「神鵰俠」開始，到最後楊過在高台從金輪法王手中救走郭襄為止，由第 33 到 39 回，基本囊括文本最後的所有主要內容。以下特為個別情節加上小標題，以顯示內裏內容：

俠跡處處

郭襄在風陵渡口從不同人士口中得知神鵰俠的英雄事跡，他急人於難，豪俠干雲，深深吸引著她，因此極想見見其人，多知其事。知道大頭鬼能帶她去見神鵰俠，完全沒考慮跟隨陌生人到陌生地的危險，也沒聽大姐郭芙的威嚇干預，毅然出走，為了與這位素未謀面的神鵰俠見面而一切都在所不惜。

神功服眾

大頭鬼帶著郭襄，會合山西一窟鬼其餘八人，一起到約會地點等候神鵰俠。

　　進了大樹林遇到萬獸山莊人物，神神秘秘，懷疑有甚麼不法勾當，因此放火燒林，結果驚走靈狐，激怒萬獸山莊。萬獸史氏五兄弟與一窟鬼大戰，後發動眾野獸圍攻一窟鬼。一窟鬼不敵，命在旦夕，但眾人都義氣干雲，明知一氈帽能救命，寧願自己被襲也將氈帽擲給兄弟。神鵰俠出現，怪一窟鬼失信，見他們快死，要求萬獸收手，讓他與一窟鬼決戰後再鬥，但眾野獸不聽話，神鵰俠用內功作獅子吼，將眾獸驅散。一窟鬼情知不敵，跟神鵰俠認錯。跟著萬獸與一窟鬼並懟，指他們放走靈狐，三哥沒救了，一窟鬼知錯，但沒法可想。郭襄提議他們求神鵰俠出手相助，神鵰俠答應。

擒狐釋怨

　　神鵰俠問明方向便走，郭追上去，但失敗，正愁間，神鵰俠給她拾手帕，然後同行。發現靈狐在沼澤區，二人滑冰般滑行追捕，結果捉到但靈狐詐死逃掉，再追發現靈狐主人，求而不得。後聽到一燈大師求見，便找一燈，得知靈狐主人叫瑛姑，一燈帶來傷重的裘千仞，求她原諒，以求解脫而逝。但瑛姑不肯，神鵰俠插手，用強勁內功獅子吼迫瑛姑出來，瑛姑無奈，願意送神鵰俠靈狐，但神鵰俠卻要求赦免裘罪過，瑛姑提出條件：除非能找來周伯通，讓他跟自己說說話，否則一律不答應。

　　神鵰俠便找周，用盡方法引誘周見瑛姑，包括新創的黯然銷魂掌，但周始終不肯，還將一燈，瑛姑和周的舊事全說出來，神鵰俠見不肯便走，最後周忍不住還是跟著去見瑛姑，此行大功告成。周見瑛姑後，赦免了裘，裘安然離世，又贈神鵰俠靈狐，救了史仲剛一命。

三枚金針

　　最後離別時，神鵰俠贈郭襄三枚金針，答應為她辦三件事，襄馬上用第一枚要神鵰俠脫去人皮面具，見他真容。接著用第二枚要神鵰俠到她生日當天找她見面。接著的情節就是環繞郭襄生日當天所發生的事，展開更多郭襄與楊過的故事，包括楊為襄辦的三件生日禮物，第一件殺了二隊蒙古犯襄陽的前鋒隊，二件是毀了蒙古大軍屯積的糧草和軍火，三件是識破霍都企圖奪丐幫幫主之位的陰謀以及尋回失去的丐幫之寶打狗棒。至於第三枚金針，一

直要到楊過跳絕情谷時，襄跟著跳下，要求楊不要尋短見時才用，可見整個情節牽涉的事件實在很多。

救人殺敵

文本後期，郭襄為金輪法王所擒，縛在襄陽城前高台，以放火燒死郭襄威脅守城的郭靖黃蓉。雖然黃藥師等打算以陣法破蒙古軍隊救人，但無法成功。眼看郭襄要葬身火海時，楊過小龍女和神鵰出現，殺退蒙古兵，楊過獨鬥金輪法王，以黯然銷魂掌殺死金輪，救下郭襄；接著更乘勝追擊，追殺蒙古大汗蒙哥，解去圍困襄陽的蒙古大軍之圍，也救了大宋。

2.2.6.4.　事件：第 1 回

上述的情節牽涉很廣，至於作為基本故事單位的事件而言，比較難以說明。因此，這裏只用〈神鵰俠侶〉第 1 回裏面的事件，簡單交代相關的細節。

這一回合，主要寫的是李莫愁和武三通分別向陸展元尋仇的事件。相關角色，主要有：李莫愁，武三通，陸展元，何沅君，陸立鼎，陸二娘，陸無雙，程英，武三娘，武修文，武敦儒，郭芙，柯鎮惡。裏面的細節，主要的有：武三通咬蓮蓬；武三通挖墳；李莫愁留下血手印；武三娘等人留宿；陸無雙跌傷；武三通抱走二武；小道姑（洪凌波）來襲；陸立鼎中銀針毒；武三娘擊退小道姑；武三通再帶走陸程二人；武修文遇郭芙柯鎮惡；李莫愁來襲；陸立鼎，陸二娘，武三娘合鬥李莫愁；李殺了陸二娘及陸立鼎；柯鎮惡回陸家莊救人；武三娘給李莫愁摸了臉頰（後才知中了毒）；李莫愁撤退。

2.3.　組織層面

如果故事層面牽涉的是敘事文本的基本材料，組織層面就是將相關材料按要求和設計放置到適當位置。至於事件的組織層面，主要就是需要按組織設計要求加以重新考慮，處理由故事層面到醞釀階段相關事件的各種變化，設計和安排。在故事腳本的基礎上，以組織原則架起大框架，作為進一步規

劃的基本設計。主要需要交代的概念包括，這個框架式結構——敘事模式，以及從故事層面變化而生的幾個形態，它們是事件的次序，詳略以及增減形態。

2.3.1. 敘事模式

敘事模式[2]屬組織起故事的框架式結構，總攬整個文本的基本形態。從創作角度看，當初步形成故事以至情節等基本內容後，下一步便要考慮如何組織好各個故事情節，敘事模式就是比較宏觀的整體設計模型。從故事情節脫胎，為了產生不同閱讀效果，重新組織事件內以至事件之間的形態。普洛普（Vladimir Propp, 1895-1970）對俄羅斯民間故事歸納而得的各種敘事形態，是這方面最具參考價值的研究[3]。

「敘事模式」是醞釀階段最上層的組織形態，它統涵整個敘事文本的組織結構。換句話說，任何事件方面的組織形態或現象如不同事件的重復形

---

[2] 西方敘事文本理論及實踐中，使用 narrative mode 的研究不是沒有，例如 1.邦海姆（Helmut Bonheim, 1930-2012）的《敘事方式——短篇小說的技巧》（*The Narrative Modes: Techniques of the Short Story*, Suffolk: Boydell & Brewer Ltd, 1982）；2.多萊澤（Lubomír Doležel, 1922-2017）的《捷克文學的敘事模式》（*Narrative Modes in Czech Literature*）；3.米列娜（Milena Doleželová-Velingerová, 1932-2012）的〈晚清小說的敘事模式〉《從傳統到現代》（*The Chinese Novel at the Turn of the Century*），伍曉明譯，北京：北京大學出版社，1991 年 10 月，頁 54-72。只是邦海姆專注於敘述的各種元素，稱之為「方式」比較合適，與框架式結構沒多少關係（關於邦海姆的「敘事方式」的介紹，可參看筆者〈搜神記敘事文本結構研究〉一文）。多萊澤和米列娜都是從語言學角度探討敘事觀點（point of view）的課題，與敘述（narration）領域相關的概念比較相近，卻與筆者這裏希望描述故事的框架結構關係不大。筆者這個「敘事模式」大致與下述三個概念比較相近：1.「深層敘事結構」（deep narrative structure），2.「故事語法」（story grammar），「敘事語法」（narrative grammar）以及 3.普洛普的「故事功能」（function）。只是筆者認為 1 比較籠統，2 過於偏重語言學概念的框架，有點硬套；因此傾向普洛普的形態學模式，但嘗試通過簡單的整理，歸納成可較廣泛應用而且簡單易明的模式。

[3] 《故事形態學》*Morphology of the Folktale*. Laurence Scott Trans. Austin: U of Texas P, 1968.

態，事件間順時序的關係，以至文本內事件與文本外引伸出來的虛擬事件的比喻關係等等，都給攏到敘事模式中去，它們可能成為敘事模式的主要成分，也可能與其他形態結合組成敘事文本的敘事模式。

可以想見，越是篇幅宏大的長篇敘事文本，敘事模式越是複雜，歸納成一個完整的敘事模式也不容易。因此，筆者在這裏也盡量運用篇幅短小的超短篇，微型敘事文本，或短篇敘事文本作介紹，或找來長篇敘事文本的某一情節，好讓讀者整體掌握敘事文本的本質，以及與具體文本之間的關係。至於長篇敘事文本這類宏篇巨制的敘事模式一來整理頗費周章，二來意義不大，因此這裏便不擬交代了。如必須以敘事模式交代，一般都作簡單化處理，也就是撇開其他枝節，只抓住重心作歸納簡述。如〈圍城〉這個長篇敘事文本可以圍城作結構模式，從男女感情關係為線索，如方鴻漸與唐曉芙，與孫柔嘉，都可歸納成不同的感情關係圖。又如〈神鵰俠侶〉則可以成長小說為敘事模式加以概括。

2.3.1.1.　基本形態

敘事模式一般按情節發展過程或以事件順序建立，即按時間順序或因果邏輯順序組成。同一文本同一故事可以用不同形態加以概括，因此以下形態並不互相排斥。以下為四個常見的基本形態——發展，變化，學習以及解難。

2.3.1.2.　發展模式

事件的發展往往有一個很自然很合理的發展過程，以此為基礎歸納成的規律，可以形成一種很常見的敘事模式。以下以一個人的成長作為發展過程，便可形成一個成長模式來：

成長：長大→困難→挫折→克服→成就

〈神鵰俠侶〉從敘事模式看屬於成長小說，寫的自然是主角楊過，從當初落魄潦倒，住在破窰，過著乞丐般的小孩，最終成長成為變成萬人景仰，救國救民的大英雄，他擊殺蒙古大汗蒙哥，解救襄陽以至整個大宋的命運。

此外，楊過慷慨任俠，急人於難被尊稱為「神鵰大俠」，還以「西狂」之名，位列武林五大高手之一。

以這個主要情節為軸，還從幾個方面發展這個成長小說，首先當然是與小龍女矢志不渝的愛情，其次是他尋找父親楊康死因的曲折過程，再有就是他成俠之路。最後，但也與上面幾項密切關係的學武之路。

以下是愛情線主要的事件：楊龍情愫漸生；龍無故離去（以為楊不愛她）；重逢；龍不願連累楊而走；龍不認楊而下嫁公孫止；楊龍重認；雙雙中情花毒；龍以為楊娶郭芙，龍傷心離開；龍被圍攻受重傷；楊龍回古墓成婚；龍再受毒害致無藥可救；楊因龍將死不願服絕情丹解身毒；龍知自己必死故跳斷腸崖，但謊稱相約十六年騙楊吃斷腸草解毒；楊吃草解毒，十六年後回斷腸崖，發現是謊話而跳崖殉情；在崖下水潭重遇龍。

2.3.1.3.　變化模式

另一基本形態是變化，一般都是文本經過情節的發展後產生變化，以下是幾類主要的改變模式：

2.3.1.3.1.　改變模式

前狀態→變化→後狀態（內藏因果關係，變化是因，後狀態是果）

＋→－（由正面到負面，即從關係密切到結束關係）

君比〈覓〉：以艾莉角度看，原打算嫁給李晉，眼看成事，但因表現對弱智孩子的鄙視和唾棄，結果與李晉的感情無疾而終。當中，艾莉對弱智孩子的不友善是因，李晉與她結束關係是果。有關這個文本的詳細分析，請參看下面「事件次序」環節。

－→＋（由負面到正面，即從節欲獨居生活到正常夫妻合居生活）

穆時英〈白金的女體塑像〉：前狀態：主角謝醫師過著獨身生活；變化：見到第七位女病人白金似的病裸體後，破例赴宴追求女性；後狀態：過著婚姻生活。當中，女病人的裸體是因，追求孀婦並結成夫婦是果。有關這個文本的詳細分析，請參看「角色」一章，「言語」環節。

＋→－（由正面到負面，即從夫妻恩愛的美滿幸福到好夢破碎）

　　黎紫書〈青花與竹刻〉：前狀態（不知）：家庭美滿，丈夫出差準備買來青花瓷作結婚禮物；變化：丈夫在地震中死亡，手執打算送給好友桃子的竹筒，青花瓷則破碎了；後狀態（知悉）：丈夫與好友有染，家庭美滿是假象。有關這個文本的詳細分析，請參看「環境」一章「物件關係」環節。這個文本沒有因果關係，但地震致丈夫猝死是變化，也因為丈夫之死而發現丈夫與好友的秘密關係。

2.3.1.3.2.　學習模式

不知→學習→學會

－→＋　一般都是由負面到正面（即原來視父親楊康為英雄，因此視殺父凶手郭靖黃蓉為壞人，處處與郭黃為敵，到後來認識到父親不堪的為人，認同郭靖為國為民的處事，最終成為大俠）

　　〈神鵰俠侶〉父仇線：不知父親楊康的為人及行事，母穆念慈不願提；慢慢知道父死於非命；知道父死無葬身之地，屍首慘遭烏鴉啄食；知道父死於郭靖黃蓉之手；因此想殺郭黃報仇，雖然十分敬重郭靖為人處事光明磊落；從郭言行認識為人該如何為國為民；從正直不阿的柯鎮惡口中終於知道楊康為人如何不堪；解開父仇的死結，重新正直地做為國為民的大事，終成大俠。

　　上面提及的前後狀態改變模式也可用這個學會模式加以概括，如〈覓〉：從李晉不知誰是富愛心的母親，經過學習過程，通過艾莉對弱智男孩的表現，認識到艾莉不合要求的事實；如〈白金的女體塑像〉：從謝醫師不知他需要女性的事實，經過學習過程，通過他治療第七位女病人時的表現，重新認識女性魅力的重要，改變對女性的態度；如〈青花與竹刻〉：從我不知丈夫與好友有染，經學習過程，通過地震丈夫死時的表現，終於發現上述殘酷的現實。

2.3.1.3.3.　解難模式

難題：起因→形成→發現→解決→結果

穆時英的〈偷麵包的麵包師〉可以從解難模式加以分析：

難題：家人想吃麵包師所造的蛋糕；奶奶，媳婦，兒子都渴望吃到蛋糕；但沒錢買，家用一直十分拮据；因奶奶生日，身為兒子的麵包師，經過一番痛苦掙扎，決定偷一個回家；結果被發現，給主管辭退，家中經濟支柱塌下來。有關這個文本的詳細分析，請參看「角色」一章「言語」環節。

上述的解說只為了方便闡述，因此略去很多細節。事實上，在基本形態的框架下，在個別的項目裏，仍可有很多變化，大形態下有可能出現各種小形態，又或幾個基本形態可組成並架起整個文本。

2.3.2. 事件次序

事件的次序（order）[4]是敘事文本組織的一個重要方面，因此需要好好的交代清楚，以下先從創作和閱讀兩個角度看看所謂事件次序是怎麼一回事。

從創作過程看事件次序，應是先從故事按時間順序安排事件，然後在思考讀者閱讀效果時，或參考如何最有效地傳遞信息的前提下，更動次序，初步形成文本最後的模樣，也就是讀者最終讀到的文本所呈現的事件次序，它將或多或少與按時間順序安排事件次序有所不同。

相反，如果從讀者角度看，文本呈現的實際事件的次序是他唯一能接觸到的，但通過按時間先後順序整理，是可以整理出故事的事件次序來的，以作為復述或交代故事情節時用。

很多看似是按時間順序安排事件（這裏叫順述）的文本，其實屬於非順序次序交代事件（這裏叫非順述），尤其是那些牽涉大量角色心理活動的現代敘事文本。這是因為我們很容易混淆了回憶牽涉的兩種時間，一是角色思想時的時空，二是思想內容裏面的時空。對讀者來說，引起興趣的肯定是後

---

[4] 「事件次序」就是熱奈特（Gérard Genette）的用語，見 *Narrative Discourse*，頁 33-85，只是他進一步的分類比較簡單。筆者認為事件次序用途比較廣，也有實際分析價值，因此按整理出來的分成九類。

者，不可能是前者。由於這類回憶所述的事件屬過去時空，因此文本所呈現的次序便與按時間順序的故事次序不一樣，形成文本實際出來的次序為「非順述」。

從現成文本還原故事的事件順序

　　文本裏充滿各樣時間標誌，我們只要細心從文本裏找，一般都能找出來，有的雖然無法具體確實年月日時，但各事件間的先後次序應該不難整理出來。以上的分類一般假設能找到時間標誌，因此能按時間順序重新排列，以顯示故事的順序。有的文本事件發生的時間無從考究，事件次序的操作便很難進行，這是大家應該注意的現象。

　　以下是君比〈覓〉文本的時間標誌，這是文本呈現出來的時間標誌，以及它們出現的先後次序：

君比〈覓〉文本序與時間序

時間序	時間標誌	原文
5	1925	艾莉看看腕錶，七時二十五分，
7	1930	距約定的時間還有五分鐘。
4	三天前	李晉早在三天前已約了她今晚在這餐廳見面，說有重要的事情要跟她談談。
6	1925+	哪不是求婚還有別的嗎？李晉對她如花的美貌一見鍾情，她亦對他的財富一見鍾情，既然兩情相悅，事情便易辦了。
1	一年前	她等待這天足足等了一年，
2	一年前+	她已急不及待對李晉大聲說「Yes」，然後一跳跳進在半山區的李宅，做其少奶奶。
8	1940	七時四十分了。平素早到的李晉為何會在這重要的晚上遲到呢？難道他遇上了甚麼意外？還是，他臨時改變主意？艾莉緊張起來，想去電話間致電李晉，
9	1940+	背後卻給人拍了一下。
10	1940++	「幹嗎哪麼遲的？教人擔心──」她嗔道，轉過頭去，面前的人不是李晉，而是個咧著嘴向她傻笑的弱智男孩。

11	1940+++	「媽媽！帶我去廁所！」他那沾滿唾液的手一搭搭在艾莉肩膊上，嚇得她尖叫起來。
12	1940++++	「誰是你媽媽呀？神經！」她走到洗手間，小心的把衣領抹淨，推門出去時，剛好碰見一女子拖著那弱智男孩進來。
13	1940+++++	「以後要小心看管你的兒子，不要讓他隨處亂跑，嚇怕人！」艾莉道。那女子微笑點點頭。
14	那晚	那晚，李晉爽約了。艾莉鼓著一肚怒氣回家。
16	兩日後	兩日後，她收到李晉的信：
3/15	那晚後（李晉寫信）／一年前與三天前之間（認識艾後，約定艾莉見面前）	「你和安琪都是我鍾愛的女孩子，我不知如何抉擇，但我知道一定要為我的兒子家樂覓個有無窮愛心的媽媽。而你，卻並非適當人選⋯⋯」
17	兩日後+	艾莉呆了半晌，忽然想起那個拖著弱智男孩進洗手間的女子⋯⋯

從上表時間序一欄可見，這裏面大部分是順述。細看會發現，只有一兩個時間標誌不按順序呈現，它們都屬於艾莉這角色的內心獨白，交代他與李晉從認識到談戀愛的重要信息。這種非順序的安排，並不違反一般讀者的預期，因此相對自然，不會引起讀者的不滿。相反，如果文本完全按時間順序交代故事，反而容易產生突兀感，信息呈現得不夠自然。此外，還會出現信息不知由誰帶出的窘境。這裏文本由主角艾莉通過內心思想的方法帶出來，既保留屬於艾莉思想一部分的特色，保留她一廂情願地願意下嫁李晉的如意算盤，效果顯而易見。這樣的考量，相信是創作者在醞釀構思階段需要好好思考的地方。

2.3.2.1.　類型

以下分別交代各種事件次序類型，其中事件按時間順序安排的順述是基本形態，其他非順述為變化形態，1-7 為按時間順序排列的事件，4a 和 4b 則為同在 4 這個時段發生的兩個事件：

2.3.2.1.1.　順述

1, 2, 3, 4, 5, 6, 7 **或** 1, 2, 3, 4a, 5, 6, 7
                                          4b

　　這個基本形態下，整個文本完全按時間順序展開，一般以兒童為讀者對象的文本，為了讓讀者較易掌握故事情節，都採用這種敘述方式。例如：從前有一位王子，遇到一位漂亮的姑娘，打算娶她為妻，但她給可惡的巨龍捉了去，王子經過很多難關，找到巨龍，並將牠殺死，救回姑娘，最後與她結成夫妻，快快樂樂地生活下去。以下則為由此衍生的各種變化：

2.3.2.1.2.　預述

1, 5, 2, 3, 4, 6, 7 **或** 7, 1, 2, 3, 4, 5, 6

　　或叫前述，先述或倒述。個別屬於後面時間段（5）的放於前面，起著預先告知事件的作用，一般不會高調指出，而多用較含蓄或間接方式如象徵性質較強的方法表達。也有的文本將整個故事的結局（7）先在前面交代，然後補述所有細節，這種前述方式往往用於含回憶性質，屬回首往事的故事。

　　如黎紫書〈青花與竹刻〉寫地震後妻子的回憶，文本開頭交代地震現場工作人員的發現，包括一對青花瓷瓶，以及丈夫手裏拿著一個竹刻筆筒。接著才補述地震時自己和好友桃子在造焦糖核桃派。

2.3.2.1.3.　逆述

7, 6, 5, 4, 3, 2, 1

　　這種倒過來的敘述時間基本只存在於理論層面，或只限於實驗性質的敘事文本，因為這種基本倒過來的敘述寫法，對讀者來說會是災難，要掌握事件之間的關係，以至體會主要信息，都有相當困難。

2.3.2.1.4.　插述

1, 2, 3, a, b, c, 4, 5, 6, 7

　　顧名思義，插述就是在原來的事件次序（1-7）中，插入另一組事件

（a-c）進來。換句話說，就是在一個故事線中插入另一故事線。事實上，真正的插述形態還要複雜，往往是眾多故事線互相穿插，造成情節繽紛，變化多端，眼花撩亂的效果。當然，因為插上別的故事線，產生打岔效果，讓原來已經繃緊的神經和情緒得以舒緩。思想蕩開下，讓讀者能暫時抽離原有的投入，冷卻過分緊張的情緒，也能淡化原有情節對讀者的效果。當然插述能提供其他信息，也為敘事者尤其是全知敘事者直接參與評論製造了可能，也讓整個文本變得更加立體，體例更加恢宏。魯迅〈肥皂〉裏面可分成幾個主要事件，分別是買肥皂，遇孝女和徵文，另外還有一些細節，如給人罵「惡毒婦」，吃晚飯，到後院踱步等。文本裏以上各事件及細節錯落有致地先後出現，互相交插糾纏，但讀起來卻十分順溜和自然。這樣的插述安排明顯在調動讀者的情緒，做到既紛繁但仍有序有節地呈現出來。有關〈肥皂〉文本的分析，可參看「增述」環節。

2.3.2.1.5.　補述

1, 2, 3, 5, 6, <u>4</u>, 7

　　或叫後述，補述主要打亂了原有時間順序，於較後時間回補前時段發生的事件（4）。例如〈神鵰俠侶〉中楊過解除情花毒後獨闖江湖而四處行俠仗義的情節，讀者是通過郭襄在風陵渡口耳聽眾人的補述而得知；此外，關於小龍女，文本要到楊龍重逢後，才由龍補述她跳崖後在潭下生活的情況，補充當楊浪跡天涯四處行俠的同時，龍在潭底靜靜生活，治好了不治之症的情節。

　　補述也有複雜的形態，如以限知角色的心理時間，即他的心理活動作為文本次序，形成補述，而且往往時空跳躍幅度極大，形成多層補述，即是補述的事件分屬過去的不同時間段，中間可有更多的順述，補述，如：1, <u>4</u>, <u>5</u>, <u>3</u>, <u>7</u>, <u>6</u>, 2。

2.3.2.1.6.　同時分述

1, 2, 3, <u>4a</u>, <u>4b</u>, 5, 6, 7

　　基本保留原來時間順序，只在同時異空（不同空間）事件的敘述上，分別放前後，整體仍保持順序。由於敘事文本必須以線性順序安排文本排列出來供讀者閱讀，因此要處理同時發生的事件也不可能同步向讀者展示，只能分述。即使從故事時間來看，屬於同時的事件，在文本時間來看，便須分出先後，這就是所謂同時分述的概念。〈青花與竹刻〉在妻子「我」的主觀敘述中，分別交代地震當刻丈夫那邊，以及自己與好友這邊造焦糖核桃派的情狀，便屬此類。

2.3.2.1.7.　同時補述

1, 2, 3, <u>4a</u>, 5, 6, <u>4b</u>, 7

　　一定程度上打亂原有時間順序，於較後時間回補處於前時段（4a）不同空間的事件（4b），這也是補述的一種。

　　如〈神鵰俠侶〉寫小龍女與楊過分手後，如何受九大高手夾擊而遇險，最後因見到遠處站著的楊過而分神，結果給全真六子及金輪法王等合力擊至重傷；文本再於稍後篇幅裏交代楊過與龍分手後的事件，最後接回楊看到龍被擊至重傷的一幕。

2.3.2.1.8.　背景補述

2, 3, 4, 5, <u>1</u>, 6, 7

　　回補的信息（1）屬歷史或背景資料，因此屬距現在最遙遠的時間段，但一般沒有明顯時間標誌，如交代角色幼年情況甚至祖先發跡歷史。這種補述在極短篇敘事文本〈青花與竹刻〉中有著它的作用，豐富了角色的內涵。關於桃子的過去，那段「不幸的婚姻」雖然並沒有作詳細交代，但藉妻子「我」回憶地震當刻自己在家與好友桃子合製核桃派時想起而帶進文本裏。君比的〈覓〉藉女角艾莉的回憶，交代她與李晉感情的發展情況，也是背景補述的一例。

2.3.2.1.9.　同事重述

1, 2, 3, <u>4</u>, <u>4</u>, 5, 6, 7 **或** 1, 2, 3, <u>4</u>, 5, 6, <u>4</u>, 7

同一事件（4）再次出現，與第一次出現的分別在於敘述角色轉換了，由不同角色進行敘述，重述可緊貼首次出現後馬上進行，也可相隔其他事件才出現重述。次數最少一次，可以多次，從事件增減角度看，屬增述形態。

〈神鵰俠侶〉這個文本有不少使用「同事重述」的處理方式交代事件，如第 23 回當楊過在戲弄二武，逼他們放棄對郭芙的情意時，聽到仿佛小龍女的叫聲，當時不以為意。文本下一回以小龍女視角重述上述事件，龍因為不知楊在說謊話哄騙二武，以為楊真的已答應娶郭芙為妻，因此發出驚呼聲。還因為傷心欲絕，但仍痴愛楊，為了成全二人，龍後來將淑女劍交予郭芙，間接導致郭芙以劍斬斷楊過右臂的悲劇情節。

這種「同事重述」，由於牽涉多個敘述角色，使得情節更豐富，變化更多，是傳統敘事文本產生吸引力的重要來源之一。

小結

事件次序變化很多，這裏只將基本及少量變化形態作簡單介紹，目的不在窮盡敘事文本這方面的所有變化，而是藉此進一步印證敘事文本的豐富內涵和不朽價值。

2.3.3. 事件詳略

這個概念放在敘事學理論中，熱奈特用的術語是耗時（duration）[5]，指事件所佔時間來算。也就是說事件原來所佔時間，與到了文本呈現時，所佔時間相比，是多用了時間，少用了時間，還是與原來時間一樣呢？當然事實上，文本呈現時顯示出來的是事件所佔的篇幅，也就是所佔字數，而不是時間的時分秒。文本是多用了篇幅，還是少用了，抑或跟原樣沒有分別呢？這裏，筆者改用較為明了的分類，那就是「詳略」的概念，耗時或篇幅多了的，就是較詳細地敘述，叫「詳述」；比原來耗時或篇幅少了的，就是較簡略地敘述，叫「略述」。一般來說，凡屬詳述的，一般是文本重視的部分，

5　見 *Narrative Discourse*，頁 86-112。

不管從量的角度還是質的角度，都比較重要，因此也應是讀者重點關注的部分。

2.3.3.1. 詳述

詳述的事件一般都屬重要情節，因此常佔有較大的篇幅，同時也是文本吸引讀者的重點所在。由於佔較大篇幅，詳述因此可更細緻地描述事件，稍為減慢或暫時停下情節的發展，提供插進環境描寫等內容的機會。

例如在〈神鵰俠侶〉中，第 13 回「武林盟主」，講述金輪法王霍都達爾巴師徒三人，打算破壞中原武林界的團結，趁著推舉武林盟主的時機前來攪局，企圖打敗中原武林人士，奪去武林盟主寶座，使得大宋武林界無法團結對抗蒙古，最後事件以楊過小龍女打敗三人，保住武林盟主之位結束。事件的敘述都以詳述進行，使得讀者能夠巨細無遺地體會過程的複雜，情節的變化多端，以及迭起的高潮，成為〈神鵰俠侶〉文本裏面其中一處精彩情節。

2.3.3.2. 略述

事件如通過略述處理，一般表示重要性不高，主要起著補充信息的作用，因此不用詳細交代，摘要挑取重點說明便可，背景補述便屬於此類。

屬背景資料前塵往事之類的信息一般以補述方式交代。由於這類內容主要在補充交代信息，不需要作仔細敘述，因此多用略述方式，只挑重點。並且只交代與現時事件情節直接有關係的部分。也為了避免分散讀者對現時事件情節的注意力，一般補述篇幅都較短小，節奏也較明快，減少拖沓和累贅，以便盡快回到現時的情景中。屬於補述而需詳述的不是沒有，如令狐沖苦戰田伯光之類的情節便是，但由於它佔較多篇幅，將之視為重要的「詳述」進行分析便可。

提供這些略述信息的途徑很多，如〈神鵰俠侶〉中關於王重陽與林朝英之間的感情瓜葛，主要通過丘處機對郭靖的交代，以及楊龍在古墓偷看林朝英藏在古墓的箱子內包括王重陽寫給林的情信等獲得。又例如〈神鵰俠侶〉

中裘千尺與公孫止的瓜葛，主要通過裘千尺在谷底洞穴內向女兒綠萼和楊過補述而得，同樣以略述作簡單交代，以免影響主要情節的發展。

2.3.4.　事件增減

這個概念，熱奈特稱之為頻率（frequency）[6]，那就是指同一事件在故事層面出現的次數，與呈現在文本的次數相比而得。如事件在故事中只發生一次，文本出現多於一次，那就是頻率較高；如故事中發生多次，文本只出現一次，那便成頻率較低了；如發生與出現的次數相若，那便是中性頻率。筆者認為頻率一詞並不如增減來得明白，以前面情況看，如屬前者，發生一次，出現多次，便屬「增述」形態。發生多次，出現次數少於該數，便屬「減述」形態。如發生與出現次數持平，便屬中性形態。這種增減操作，可控制節奏，增減閱讀速度，影響閱讀效果。因此可讓重要信息得以突顯，形成焦點，吸引讀者的注意，尤其是增述，一般表示該事件的重要性值得讀者多加留意。

以下為增減形態表：

形態	頻率	出現次數＃		效果／作用	舉例
		故事	文本		
減述	小於1	N	<N	用以表現平常自然的事件，通常用來顯示日常的生活，如坐車上班，回家吃飯之類。又或顯示生活習慣，如每天到公園散步打太極，閒來唱唱歌，跳跳舞之類。 文本出現次數較少，自然能產生省略和精簡的效果，這也是藝術處理的結果。日常生活的事情平淡但重複，要是甚麼都如實敘述，不悶壞讀者才怪。適當的選擇和減省，確實可增加文本的可讀性，也可提高文本的質素。眾多相同事件只重點寫一次，產生焦點和濃縮作用，減述降低事件的重要性，間接讓情節變得緊湊。	在他腦海裏這影像反復出現…… 不只一次地…… 近來，他一直夢見…… 他不停地、不斷地叫著她的名字

6　見 *Narrative Discourse*，頁 113-160。

持平	等如1	N	N	代表獨特事件，文本只出現一次。獨特事件屬重要信息來源，而且大多與主要信息有關，甚至可以是高潮所在，所以特別值得注意。如能具體形象化地表現主要角色的性格特點，聚焦，特寫等寫法也多用於此，讓角色形象變得更具真實感。再如主要角色的邂逅，也屬這類，基本起著決定角色關係的作用。 當然，由於事件只出現一次，除了可能表現它獨特的一面外，也可能顯示它並不普遍，如光靠這個獨立出現的事件，便推論這個角色性格怎麼樣，如為人正直，由於沒有其他佐證，容易造成以偏概全，影響事件的說服力。	形象描寫，主要角色的邂逅
增述	大於1	N	＞N	藉重復論述，增加事件的重要性。這類重復可有很多變化，不一定屬一字不漏的完全重復，可藉回憶、不同角色等增加這事件出現的頻率，也能產生很不相同的效果。包括： 1. 藉角色回憶表達，證明該事件深深烙在角色心裏，甚至有影響他一生的力量。 2. 藉其他不同角色表達，這可同時交代不同角色對事件的不同立場，看法和感受，也可間接刻劃不同角色的性格特點等。 3. 也可通過增述，不斷補充事件的細節，豐富劇情，甚至可將事件部分真相放在後面，產生揭露真相，讓讀者恍然大悟等效果。 由於事件只發生一次，如含有與主角有關的重要情節的話，往往能引起讀者注意，產生深刻的印象，製造更多的閱讀效果。	我又想起他臨死時那一幕 我在看著他死去…… 他死去時她也在場，感到…… 我和他在爭拗著耀明死前的一句話…… 他留離一刻一片平靜，甚麼也沒想，只知道……

#關於「事件出現次數」：上表中所列皆以發生「一次」為標準，但其實還有「多次」的情況，如果嚴格來說，減述應為：發生 N 次的事件在文本中的出現次數小於 N；中性應為：發生 N 次的事件在文本中的出現次數等於

N：增述應為：發生 N 次的事件在文本中的出現次數大於 N。[7]

2.3.4.1.　增述

增述證明它的重要性，容易引起讀者的關注；如涉及多個角色的增述形態，更特別需要注意。因著增述的緣故，相關事件或內裏的行為及或言語有條件成為文本內能承載重要信息的象徵。

「增述」的變化其實很多，一種是先將情節作詳細交代，再在後面以回憶等形式重新提及該事件；也可以預先交代了情節大致內容，然後再詳細描述內中細節，方法也多用角色的內心獨白如「突然想起」，也有特意安排角色失去記憶，然後借重新記起同一件事，製造情節內容越來越豐富的效果。隨著角色記憶力慢慢恢復，越往後也往往越來越接近真相。

另一種是主要事件還沒出現，相關物件或相關元素已出現，以此來預見事件的發生。這種「增述」形態與「伏筆」不同。「增述」事件是明說的，事件給清楚交代出來，而且是大致完整的。相反，個別相關物件或元素出現，與文本後面的事件有關係則屬「伏筆」。「伏筆」相關的物件只有個別，而且不會刻意明說與事件的關係。往往到讀者在文本後面讀到事件，才恍然發覺個別物件已在前文出現過，這才是「伏筆」的效果。

增述一般以重述形式出現，如〈三國演義〉第 85 回孔明安居平五路那事件，先交代司馬懿獻計，趁劉備去世後，起五路大軍合攻蜀漢（頁 721-3）；再由蜀漢方面證實，並因為蜀漢後主及群臣未見孔明有何反應而大感驚慌，然後再由孔明向後主交代得知五路大軍攻蜀消息，以及他退兵計謀等等。事件給增述至三次，既表現蜀漢政權不像表面看得那麼穩固，更進一步顯出孔明料事如神，處變不驚，胸有成竹的性格特點。

再如〈神鵰俠侶〉中寫郭芙丈夫耶律齊在大戰蒙古軍隊時遇險這事（第 39 回），先以楊過限知角度寫殺死金輪法王救回郭襄後，目睹耶律齊被蒙

---

[7]　詳參里蒙・凱南：《虛構敘事作品》，頁 103 提到「敘述幾次發生了幾次的事件」，裏面還有示例。

古兵圍困，危在旦夕（頁 1493）：後再以郭芙限知角度進行心理描寫，重述她目睹丈夫遇險的一幕。事件雖只發生一次，但通過兩個限知角色的重述，在文本裏出現兩次。這個增述，主要用來交代郭芙這位魯莽驕縱的角色，她在這生死瞬間的一刻，反思與楊過種種瓜葛，並因此明白自己內心其實極在意楊過……（頁 1496）。整個文本裏，郭芙這個角色一直都由全知或別的角色的內聚焦敘述交代，只有這裏有著郭芙自己內心剖白，填補了這個角色形象塑造上的空白，可見這種增述的重要性以及無可取代的作用。

詳細分析：魯迅〈肥皂〉「孝女事件」

　　文本中多次提及「孝女」，但事實上「孝女」事件只出現一次，因此屬於「增述」形態。以下詳細分析各個增述的情況：

　　第一處，原文如下：

> 「孝女。」他轉眼對著她，鄭重的說。「就在大街上，有兩個討飯的。一個是姑娘，看去該有十八九歲了。——其實這樣的年紀，討飯是很不相宜的了，可是她還討飯。——和一個六七十歲的老的，白頭髮，眼睛是瞎的，坐在布店的檐下求乞。大家多說她是孝女，那老的是祖母。她只要討得一點什麼，便都獻給祖母吃，自己情願餓肚皮。可是這樣的孝女，有人肯布施麼？」他射出眼光來釘住她，似乎要試驗她的識見。

這裏是由四銘轉述街上「孝女」行乞供養祖母的情景交代了「孝女」情節的來龍去脈。這是先將情節作詳細交代，再提及該事件便是增述了。

　　第二處出現在四銘一家吃晚飯的時候，參與了這個情節的角色有學程、四銘、四銘太太、秀兒和招兒，也就是四銘全家。一開始是四銘提出來叫學程學「孝女」。接著，便是四銘太太罵四銘「只要再去買一塊，給她咯支咯支的遍身洗一洗，供起來，天下也就太平了。」和「你是特誠買給孝女的，你咯支咯支的去洗去。我不配，我不要，我也不要沾孝女的光。」

　　這裏「孝女事件」的作用發生了變化，「孝女」二字首次出現時，攻擊者是四銘、攻擊對象是學程；再次出現時，攻擊者變成四銘太太、四銘倒成攻擊對象。前者用「孝女」作比較，四銘揶揄學程「沒有學問，也不懂道理，單知道吃！學學那個孝女罷，做了乞丐，還是一味孝順祖母，自己情願餓肚子」；後者牽涉到四銘太太認為四銘有歪心的吃醋情緒，四銘太太覺得四銘提及「孝女」是因為他對「孝女」起了歪念，表面上罵學程，實際是記掛著「孝女」，表面上買肥皂給她，實際是希望給「孝女」。所以，儘管這兩處重復用了「孝女事件」，但在同一個情節的不同位置上，牽涉的人和課題不同，作用也會不同，隨之產生不同的效果。

　　第三處出現在徵文比賽要定題目的時候，四銘想把題目改為「孝女行」。這裏牽涉四銘、何道統和卜薇園，他們都是當地的傳統文人，也是社會地位很高的紳士級人物。原本只是討論題目，但緊接著便牽涉了不少重要情節，包括四銘罵孝女行乞時沒人給錢，後來才發現實際上也罵了當時在場的這班道學之士，他們竟也沒有給錢；此外還交代了何道統好色的思想等等。有了這個「增述」，因著「孝女事件」，讀者便能串起各個相關的情況，形成一個整體，原本沒有關係的情節，因滲進了「孝女事件」而產生緊密關係，合起來將各個角色的特點甚至心態以至情緒變化都給清楚地顯現出來。

　　第四處出現是四銘覺得自己也像孝女一樣，原文如下：

　　他很有些悲傷，似乎也像孝女一樣，成了「無告之民」，孤苦零丁了。

四銘把自己等同「孝女」，他們之間的相似之處在於同樣不被理解、有苦無處訴說、遭人恥笑，這就使得四銘可以把自己和「孝女」類比起來，通過類比，我們可以看到他思想上與旁人沒有共鳴、孤獨寂寞的處境，有種無奈與悲哀之感。

　　由此可見「增述」的作用和效果：它反映了事件的重要性，使讀者印象

深刻，也使讀者可以從多角度看該事件，並看到了在不同情節裏面牽涉的角色的性格特點。由於「孝女」出現的事件能串起整個〈肥皂〉文本，讀者可視之為關鍵事件；同理，眾多角色中，也只有四銘全參與了上述與「孝女」相關的事件，可見他那主角的地位與關鍵事件的關係何等密切。

2.3.4.2.　減述

相反，事件如給削減了出現次數，間接證明它的重要性較低。當然，也有只交代其中一次遇到特別事故的事件，如某角色每天都到公園晨運，文本交代他晨運這事，便屬於減述。可是當某一次該角色在晨運時遇上劫匪，便屬於特別事故，如文本只交代這一次的話，一般需要花上較大篇幅，因此自然屬於詳述，足以引起讀者注意。因此增減形態只要集中注意力到增述形態便足夠，它對不管情節發展，傳遞主要信息等明顯有較大的作用，更重要的價值。

如〈神鵰俠侶〉第 34 回一燈和尚求瑛姑原諒垂死的裘千仞，但多次都沒有成功，直到楊過和郭襄的介入。經過二人的努力，終於打動周伯通，到黑沼跟瑛姑見面，瑛姑因此原諒了殺害她兒子的裘千仞，使裘安然辭世。至於以前一燈大師曾多次懇求瑛姑的情況，文本一概略去，只交代楊過郭襄介入的一次，這是典型的減述形態。可是由於這次減述，文本大書特書，足以引起讀者注意，因此適宜以「詳述」角度對待這個「減述」，當可正確認識這個詳述的重要性，因為此事突顯了楊過的能耐，有助於建立楊過這位神鵰大俠的形象，同時通過這事件，增加了少女郭襄對楊過的好感以及崇拜之心，為整個文本以及故事增加了不少質感。

再如穆時英〈白金的女體塑像〉裏，以類似時間表形式表現主角謝醫師的生活習慣，既然是習慣，事件發生的次數自然很多；但在文本裏以時間表表現，只須出現一次便可，這自然屬於減述。正因為用上這種減述，使得信息能清楚傳遞出來，而且表現得十分簡潔利落，實在是很成功的表達方式。

再如西西的〈感冒〉，裏面提到主角經常聽到父母的對話，內容主要涉及他們怕她嫁不出，特別關心她交往情況。由於裏面有「常常」一詞，文本

裏則只出現一次，因此屬「減述」形態；但只要細想，便可知道上述文字屬「虛假敘述」，而不是如實報導他們交談的對話。因為即使她父母每次說相近的內容，但具體語言總應有差異的，不可能每次都一字不易。分辨以上事件是不是「虛假敘述」，目的在探究它的閱讀效果，那就是現場感、真實感，以及省略和簡潔效果。因為敘事文本本質是虛構的，但它往往又刻意製造真實感，使讀者覺得不管所見或所聞全是「真有其事」；可是，現實是沉悶的，如果真的如現實般處理情節，一點也不改動的話，角色一天的生活莫非要巨細無遺地寫下來，讀者要用上一整天才讀完？重複三天的「早上，您好！」便要在文本出現三次？因此，文本便有這類「虛假敘述」的現象。上述的原文，請參看「角色」一章，「對話」環節。

2.3.4.3. 持平

至於事件發生與出現次數相若，中性形態很難產生特別的閱讀效果，按理沒有甚麼值得注意的地方。只是如果相關事件發生有著內在關連，文本讓它如數出現，便明顯有著它存在的價值了。

如〈三國演義〉中孔明七擒孟獲，事件發生了七次，文本裏全有敘述。當然，事件的重要性不在它的中性性質，而在於它們屬重復形態，由於重復而產生疊加效果，用來進一步塑造孔明足智多謀，為蜀漢勞心勞力的形象。有關詳情，請參看「重復形態」環節。

同理，劉以鬯〈打錯了〉寫兩個十分類近的事件，如從增減角度看，兩個事件在文本裏都有交代，因此屬一比一的中性性質。但正是因為那通打錯的電話，使得兩個事件有著極不相同的結局，因此，兩個事件主要為了作出對比，強調的是之間的同中有異，以傳達「差之毫釐，謬之千里」的信息。有關詳情，也請參看「重復形態」環節。

持平可以製造出形象化、聚焦、特寫、高潮的效果，意思是說只發生一次的事件能寫進文本，證明該事件有一定的重要性。而且就像現場直播一樣，那事件是焦點，戲劇效果較強。事實上，持平本身未必能製造這麼良好的閱讀效果，因為文本內一般會出現不少「持平」但重要性不怎麼大的事

件。所以「持平」事件效果要好，往往要配合其他條件，如黃仁逵〈回家〉
主角老人喊鴿子為「死仔包」的事件，屬「持平」現象，能起著特寫鏡頭的
效果，更多還是依靠「死仔包」該詞本身的地方俚語特色，以及和它背後隱
含人與鳥之間親密關係的信息，使得這「持平」變得十分重要。關於〈回
家〉文本的分析，請參「小規模環境描寫」一節。

2.4. 文本層面

正如導言所說，讀者能看到的只有最後出版印刷出來的文本，現在要交
代的文本層面，就是專門指這個現有文本，以及從這個文本直接找到的各個
成分。至於前面交代的故事和組織層面都不可能為讀者直接看到，都只能是
從在讀者眼前的現有文本，經過還原，推論才能得到。如從事件來看，文本
層面主要牽涉事件顯現的時間和空間的現象，以及能直觀看到的各種事件之
間的關係，包括重復，對比，比喻等等。

2.4.1. 時間敘事

時間標誌

說到事件的時間方面的現象，主要指的是事件次序。這個次序其實由眾
多時間標誌構成的，這些都是只要讀者細心找尋，必能找到的時間標誌。以
下為各種主要時間標誌的類型：

所謂時間標誌就是標出時間的用詞，有的十分具體，如明說：三分二十
秒或下午七時四十分等等。也有具體概括為一個時段的，如：這個下午，去
年等等。也有的概括到一個階段，如：從前，他年輕時等等。更有的並不標
出時間，而是交代與別的事件的先後，也是文本中常見的時間標誌，如：上
次見面後，到達旅館前。有的只標出與其他事件的時間距離，但通過簡單整
理仍可理出事件的先後，如：過了三分鐘，前兩天等等。前面「事件次序」
環節，已通過交代君比〈覓〉文本的時間標誌，作了簡單闡述，這裏不贅。

2.4.1.1. 順時敘述

有了時間標誌，讀者便可整理出事件的次序，首先就是順時敘述，簡稱「順述」。顧名思義，順述就是按事件先後次序排列成文本所見的次序。一般敘事以時間為軸，事件按時間次序排列，主要有順述和非順述兩大類；但這些敘事方法都屬線性的，能表現事件的發展，可表現事情的深度，但欠缺事情的廣度。此外，雖然按時間順序表現事件，看似十分合理，也屬理所當然，而且有十分明顯的好處，包括易懂，不易混淆等等。可是，事實上，這樣以時間順序排列事件的敘事文本反而不多見。

這種最普通的事件組織形態，一般只見於兒童敘事文本中，對於孩子來說，事情的發展按時間順序，最容易理解，如改成其他次序形態。由於抽象概念的思想發展未夠成熟，孩子容易產生混淆，不明所以，導致對情節的不理解，甚至誤會。加上兒童敘事文本，故事以至情節發展一般比較簡單，以順述表達比較好懂。例如李潼〈乾一碗魚湯〉，便屬順述的文本，由於前面已有仔細分析，這裏不贅。

除了兒童敘事文本外，傳統敘事文本，大概還是以順述為主要事件次序的組織形態，但大多指整個文本而言。如〈三國演義〉為例，文本整體以順述表達，但當中也滲進不少補述和分述等次序形態。它從黃巾作亂開始一直到三國歸晉止，屬時間順序的安排。但裏面有不少歷史或背景補述安排，如單福投劉備，為劉備軍師一事。於第 35 回頁 306 交代，其實單福只是化名，原名徐庶，相關原由卻由曹操謀臣程昱於下一回交代出來（第 36 回頁 311），並設計誘使徐庶投曹操，相關部分便沒有按時間順序交代。這類補述處理在整個文本裏並不少見。

2.4.1.2. 非順時敘述

由於順時敘述的寫法，文本設計和騰挪的空間不多，變化有限，難免出現讀者預期的情況。為了避免沉悶，增加意料之外驚喜的機會，大部分的敘事文本都追求在順時敘述之外的其他選擇和組織形態；即便仍屬時間順序，也在一個事件的順序發展之外，加插別的事件滲進其中，增加情節發展的變

數和靈活度，從而增加情節設計的發展空間，這就是所謂非順時敘述或稱「非順述」組織形態。

　　給成人看的敘事文本，特別是現代敘事文本，因重視角色心理活動的敘述，多採非順時方式排列事件。由於心理活動一般超越時空局限，以聯想和想像聯繫不同事件，既不按時序，也不按空間次序安排事件，因此按角色心理順序敘述事件，文本呈現出來的自然便不是順述，而是非順述了。有關各種事件排列類型和例子，可參看「事件次序」環節。

　　「非順述」通過打亂故事原來時間的順序，容易引起讀者對情節發展尤其是事件次序的注意。為了了解整個故事情節，讀者需要主動積極參與重組事件，以滿足好奇心。在重組過程中，也容易產生其他良好的閱讀效果，包括發現真相，營造氣氛，製造懸念，或解答懸念（解懸），製造驚慄或其他出奇不意的效果。還有通過延宕手段，文本延後某些事件的發佈，加強懸疑效果等等。有關「懸疑效果」，可參「預設閱讀效果」環節。由於信息不按自然順序發放，加上配合諸如限知內聚焦視角敘述，讀者可如親身經歷角色的遭遇般，與角色同呼吸，產生親歷其境的效果。至於利用補述手段，可適當地延緩信息發放，以控制讀者情緒。或利用預述手段，提早佈置信息，為後來事件作適當鋪墊。

2.4.2.　空間敘事

　　跟時間一樣，空間也可作為事件的次序看待。所謂空間敘事，就是文本內各事件大致處於同一時間段內，卻發生在不同空間。空間敘事能更有效地展示不同空間，從而全面呈現整體面貌，即所謂立體式或全景式（panorama）效果。

　　正如上述，以時間作為組織事件的主軸，無法改變它的線性形態，因此也無法自然地表現同時發生於不同地點的事件。因此一般敘事文本轉而以標誌物強調同一時間段內不同空間的情況，如〈五月〉〈夜總會裏的五個人〉〈動亂〉等。或以混述方式合併展現同一時間整個大空間的一般情況，如〈上海的狐步舞〉，或用暗示手段表現，如〈街景〉。

　　空間同樣有相關標誌，可供讀者認準各個事件處於不同的空間，如穆時英的〈夜總會裏的五個人〉中，寫五個不同背景的角色，因著不一樣的理由感到沮喪和無助，因此不約而同地到夜總會消遣，以求暫時忘卻現實的殘酷。文本在每個角色出現前都加上一句：「一九三二年四月六日星期六下午」。由於這個時間標誌點出同一時間段，讀者自然能視為「同時異空」的五個事件。此外，上面交代的同時分述，同時補述，同事重述等時間次序的形態都屬空間敘事的變種。

　　〈五月〉雖然算是穆時英篇幅較長的敘事文本，但字數只在三萬之內，不能說是長篇敘事文本，可是文本卻用上書籍章節的標示作為小標題，將文本分為七章，每章還細分出不同部分，配以小標題。這種結構標誌明顯影響讀者的印象和閱讀預期，給讀者以空間感，故事情節給間隔起來，主要用以顯示女主角蔡珮珮與眾多男性不同的感情關係。正由於這種空間處理，讀者不難了解文本的意圖，願意多花時間了解蔡與不同男性展現不同的自己，並作出比較。這類以空間處理事件的手法在中國現代敘事文本中極少見，也能產生不錯的閱讀效果。以下為〈五月〉文本可見的恍如文章的章節結構標誌：

第一章：蔡珮珮　　一之一速寫像　　一之二家譜和履歷　　一之三她的日記

第二章：三個獨身漢的寂寞　　二之一劉滄波　　二之二江均　　二之三宋一萍

第三章：宋一萍和蔡珮珮　　三之一電話的用途　　三之二「晚安，宋先生」
　　　　　三之三詭秘的小東西

第四章：江均與蔡珮珮　　四之一五月的季節夢　　四之二五月的季節夢二　　四
　　　　　之三「珮珮也已經變成一個會玩弄男子的少女了」　　四之四聖潔的
　　　　　少女

第五章：劉滄波與蔡珮珮　　五之一 Hot Baby　　五之二江上　　五之三蔡珮珮
　　　　　的日記二

第六章：劉滄波與宋一萍與江均與蔡珮珮　　六之一劉滄波與江均與蔡珮珮
　　　　　六之二宋一萍與劉滄波與蔡珮珮　　六之三江均與蔡珮珮

第七章：四個流行性感冒症的患者　　七之一宋一萍　　七之二江均　　七之三劉

滄波　七之四蔡珮珮

劉以鬯〈動亂〉以數字順序將比較短小的文本分成 14 段，各以物件作為角色，共同描述一次動亂所造成的各種破壞。由於各段並沒有必然的時間順序關係，因此雖然數字從 1 到 14，但只算是一種空間敘事的組織結構。

穆時英的〈街景〉寫的是上海這個三十年代「遠東第一大都會」的街景景象，文本共分五個部分，分寫修女，駕車郊遊男女，老乞丐，熱戀中男女以及一群小學生。雖然文本重點寫老乞丐悲慘的一生，但也因著另外四個景象疊加，使得這個現代上海都市景象更加豐富，引發的思考變得更複雜，文本也有著既豐富又深刻的主題，供讀者仔細咀嚼玩味。

至於〈上海的狐步舞〉和〈夜總會裏的五個人〉兩個文本都同樣在描述上海這個大都會的景況，但這兩個文本的氣魄更大，將上海這個大空間以小空間分述出來，沒有明顯的空間或結構標誌，或寫工地，或寫街頭，或寫夜總會，或寫灘頭，或寫人行道，或寫車流，或寫高樓大廈，或寫廣告牌霓虹燈，或寫乞丐，或寫富翁，或寫妓女，或寫賣報童等等。這正好展現三十年代大上海這個遠東第一大都會繽紛多樣，五光十色天堂般的美好世界；同時也是人慾橫流，道德敗壞如地獄般的醜惡國度。

這種從不同角度，不同事件合成一個整體，表現一個大都會的立體景象，由點組成面，不同事件之間異同補充。這種空間敘事照顧事件在不同空間的情況，故事發生在同一時間的不同空間，交代事件在不同空間的情況。本屬產生在個別空間的個別事件，由於空間敘事的安排，給拼湊在一起，讀者不難發現事件的相同或相似處，視之為共有的特點。描繪現代都市生活的文本常出現空間敘事方法，讀者可通過不同敘事片段，拼湊出現代社會的各個方面，可能表現有繁華璀璨的一面，又有快速文明的一面，還有空虛無助的一面，更可能有貧窮受苦的一面。將截然不同的事件藉空間敘事合在一起，讀者方能體會現代都市的多樣多變和複雜的性質。

2.4.3.　重復關係[8]

重復現象能引起讀者注意，在芸芸事件中，突出某一兩個事件進行較深入的了解和認識，使得重復現象即使在事件為單位的領域，也是十分有價值的方面，值得大家多加留意。

2.4.3.1.　完全重復

從理論上講，可以從「完全重復」開始，重復程度逐步下降，如從事件角度看重復，要做到完全重復，可能性極小，因為完全重復不只要求事件本身重復，連所用的字詞也要完全一樣，即使事件重復，但表達時或詳略有別，或增減不一，那便不是完全重復，而是部分重復，「同中有異」了。

2.4.3.2.　強調相同面

因此絕大部分重復現象中，大致可分為強調相同面和強調相異面兩種。

所謂強調相同面，也稱「異中有同」，就是事件的重復不是完全重復，而只屬部分重復，事件之間還有不少相異的地方。只是這類重復事件的目的在強調事件之間相同的地方，通過重復事件，產生疊加效應，做到強調某一主要信息的效果。一般要強調的信息，或就是文本的主要信息／主旨，或是主角的某一重要性格或特點。通過重復，達到強調的效果。同時因為重復，容易引起讀者的注意，並有著吸引讀者專注於重要信息的效果。

以下為強調相同面的事件重復例子：

傳統敘事文本特別重視用上重復事件的方法，以產生疊加效果；同時傾向同中見異，以避免完全重復，保持事件對讀者的吸引力。〈三國演義〉裏

---

[8]　這裏的「重復關係」基本上遷移自筆者《詩賞》一書用來分析現代詩重復現象時所用的「重復原則」。「重復原則」屬於篇章結構概念，可用於現代詩，同樣也適用於敘事文本以及散文。文本中的重復現象分隱性和顯性兩大類，形態則可分為「同中有異」和「異中有同」，前者強調重復現象中的相異面，突出可能產生的對比效果；後者強調重復現象中的相同面，突出可能產生的疊加效果。詳情可參《詩賞》，台北：台灣學生書局，2008 年 10 月，頁 137-154。對於敘事文本來說，上述的理解同樣適用，包括事件，角色，環境以及內中的物件等的重復現象，都可作如是觀。

面有「七擒孟獲」，突顯孔明神機妙算以及苦心孤詣地希望完全馴服蠻王孟獲，以保蜀國無後顧之憂；「三顧草廬」則突顯劉備求賢心切，誠意十足；還通過關羽和張飛等人的反應，對比出劉的誠意。再如劉備「三讓徐州」，突顯他樹立仁厚的形象，不為眼前利益所動，重人和的優勢，以抗衡已擁有天時的曹操以及地利的孫權；「楊修之死」事件中的眾多細節，突顯曹操忌才的性格特點；「三氣周瑜」突顯孔明各個方面完勝周瑜，呼應周瑜慨嘆「既生瑜，何生亮」的名句。至於關羽「過五關斬六將」，用上五個事件突顯關羽的決心，成就義薄雲天的性格和人格；孔明「六出祈山」則突顯他「鞠躬盡瘁，死而後已」的高尚情操和人格，明知不可為仍堅持不懈，以報劉備知遇之恩；幾乎如出一轍，姜維的「九伐中原」，就是突顯姜維為報孔明之恩，誓死效忠蜀國，力挽狂瀾於既倒的悲壯。

〈神鵰俠侶〉裏面有不少事件的重復現象，如楊過屢次救助郭靖，黃蓉，郭芙，郭襄一家。這個事件的重復就是為了強調疊加效果，突顯楊仁俠之心，屬證明楊俠義心腸的鐵證。尤其當楊認定郭黃是殺父仇人，這樣違反報父仇意願的行為，作為對比，更顯示楊俠義特點。到了楊中了情花毒，要用郭黃性命向裘千尺換來半枚絕情丹；如果報父仇只屬情義上的義務，救活自己則應更屬自然不過的訴求，他放棄救自己而捨身從蒙古軍營救回郭靖，則等同自戕（第 21 回）。以此對比，更提升了楊過大俠形象的位置。由此可見，雖然以上事件都強調相同點，那就是楊過的俠義之心，但同時也不排除當中添加一些對比效果，以此增強塑造楊過性格特點的力量。

同理，在第 9 回「百計避敵」中，當寫到楊過與陸無雙多番數次避過李莫愁追殺時，同樣在疊加事件中突顯楊過聰明過人反應敏銳的特點。可是，作為敘事文本，不可能不考慮文本的吸引力，因此事件的重復傾向同中見異：為了製造緊張氣氛，避敵的事件一件接一件，細節當然需要別出心裁，不能一成不變，更要很不相同，否則難以吸引讀者。

為了強化小龍女對楊過生死以之的無私之愛這個信息，〈神鵰俠侶〉在寫楊過小龍女的感情事件上，也出現大量強調相同面的重復事件，以此製造疊加效果。如：龍多次離開楊，為的都是對楊的深情，願犧牲自己幸福，只

願楊幸福快樂。同時，文本交代眾事件時也表現得「同中有異」，避免出現
「完全重復」，以保吸引力。

　　穆時英〈某夫人〉裏主角某夫人兩次色誘日本軍官，雖然同遭打擊，但
某夫人還是技高一籌，不但擺脫日軍的追捕，還將日軍秘密行動的情報拿到
手裏。這裏兩個事件都在疊加以突顯某夫人能完勝日本軍人的能力；同時，
也是同中有異，以保文本的吸引力。

　　另一例子在穆時英的〈上海的狐步舞〉，在寫幾位角色跳舞的事件裏，
個別跳舞的小細節不僅出現重復，甚至描寫跳舞的語言相同，角色之間的言
語和行為也相同：

> 舞著：華爾茲的旋律繞著他們的腿，他們的腳站在華爾滋旋律上飄飄
> 地，飄飄地。
> 兒子湊在母親的耳朵旁說：「有許多話是一定要跳著華爾茲才能說
> 的，你是頂好的華爾茲的舞侶——可是，蓉珠，我愛你呢！」
> 覺得在輕輕地吻著鬢腳，母親躲在兒子的懷裏，低低的笑。
> 一個冒充法國紳士的比利時珠寶掮客，湊在電影明星殷芙蓉的耳朵旁
> 說：「你嘴上的笑是會使天下的女子妒忌的——可是，我愛你呢！」
> 覺得輕輕地在吻著鬢腳，便躲在懷裏低低地笑，忽然看見手指上多了
> 一隻鑽戒。
> 珠寶掮客看見了劉顏蓉珠，在殷芙蓉的肩上跟她點了點腦袋，笑了一
> 笑。小德回過身來瞧見了殷芙蓉也 Gigolo 地把眉毛揚了一下。
> 舞著，華爾茲的旋律繞著他們的腿，他們的腳踐在華爾滋上面，飄飄
> 地，飄飄地。
> 珠寶掮客湊在劉顏蓉珠的耳朵旁，悄悄地說：「你嘴上的笑是會使天
> 下的女子妒忌的——可是，我愛你呢！」
> 覺得輕輕地在吻著鬢腳，便躲在懷裏低低地笑，把唇上的胭脂印到白
> 襯衫上面。
> 小德湊在殷芙蓉的耳朵旁，悄悄地說：「有許多話是一定要跳著華爾

　　　　茲才能說的，你是頂好的華爾茲的舞侶——可是，芙蓉，我愛你
　　　　呢！」
　　　　覺得在輕輕地吻著鬢腳，便躲在懷裏，低低地笑。

按理，要完全重復角色所說所為是很不自然的事，這類在現實上不大合理的
安排，明顯強調事件的相同面，通過重復現象引起讀者注意，目的在突顯裏
面的角色劉小德，殷芙蓉，珠寶掮客，顏蓉珠都是上海這個「造在地獄的天
堂」裏面不顧道德，只懂享受的同一類人，他們對不同對象用上相同動作和
言語，就是突出他們虛偽的本質和共性，顯示千人一面的整體印象，反映三
十年代上海的普遍性現象。

2.4.3.3.　強調相異面

　　除了強調相同面外，重復現象也有強調不相同地方的，也稱「同中有
異」。在某些相同的設計和框架下，相異的地方往往更容易引起讀者的注
意，互相比較，從而達到突顯差別和分歧的效果，這往往也是文本主要信息
或主角主要性格特點等的所在。

　　王安憶的〈舞台小世界〉裏面出現三次演出事件，但出現不同效果，先
失敗，後成功，最後再失敗。這裏通過「同中有異」，彰顯主要信息，比較
文工團不同的處事方法和人事關係，造成截然不同的演出效果和反應，讓讀
者深思箇中的道理。

　　魯迅〈藥〉末尾處兩位母親同時拜祭自己兒子，兩個事件一併出現，製
造出「同中有異」的效果，更讓讀者在這骨節眼中，深思兩者的異同：同是
兩人都因迷信愚昧而死：華小栓因迷信誤以為吃血饅頭能治肺癆，結果失敗
而死；夏瑜則因支持革命，遭愚昧的，深受傳統皇權影響有著蟻民心態的親
戚告發而遭害。不同的卻是前者沒可能有希望，後者未來仍充滿希望，因仍
有同路人願意繼續革命。可見這裏重復強調相異面，通過比較突顯文本主要
信息。

　　穆時英〈白金的女體塑像〉文本前面和後面分別展示主角謝醫師的生活

時間表，這裏形式相同，表述重復，但細節不一樣，顯示「同中有異」的傾向。這裏事件重復，但強調變化，總結出一位原來守清規戒律的謝醫師，後來變成過著美滿婚姻生活的幸福男子。文本刻意將這結構和形式重復的事件放在文本的開頭和結尾，無疑明示讀者謝醫師的改變源於中間部分，也就是他那第七位病人，一位患病的女病人，由於她那如白金般的病體，喚起謝醫師一直壓抑著或沉睡著的性欲意識，結果他改變了自己，主動追求身邊的女士，完成這個復甦性意識，回歸正常婚姻生活的狀態。這裏重復原則在文本組織的運用，確實起著關鍵作用。

由於事件的發生少不免牽涉角色以及他／他們的言行，因此事件的重復不可避免與角色有關。正因為這樣，同一事件重復出現，但施事的卻是不同的角色。這種部分重復的現象，重點放在突出兩個角色的不同表現，形成角色層面的對比狀態。

金庸〈笑傲江湖〉也有藉「同中有異」的事件重復方式，讓讀者通過比較認識事情的真相。第 23 章「伏擊」中，先借恆山派弟子的限知視角，敘述在小鎮內遭伏擊的事件，接著再藉令狐沖視角，重述事件，讓讀者知悉那是左冷禪假借魔教名義暗算恆山派，以促成他合併五派的陰謀。這個「同事補述」能很有效地突顯假象與真相的差別，更透徹地認識左冷禪的陰險和奸詐。此外，先展示假象，使得讀者也滿腹疑團，甚至也懷疑魔教在伏擊恆山派；然後再藉令狐沖將真相透露出來，使得事件變成甚有吸引力和懸疑效果。

2.4.4.　對比關係[9]

由於事件必須由角色擔任行動者，因此事件的重復及或對比，也與角色的參與有關。或是事件對比，即：同一角色製造截然不同或相反事件；或是事件重復「同中有異」，結果迥異，即：同一角色發生兩個幾乎相同的事

---

[9]　由筆者「對比原則」脫胎而來，「對比原則」為篇章結構概念，下可理出四種形態，分別是互相排斥，對立，因果以及演化。以上屬文本內的對比現象，還有文本內與外之間的對比。詳情請參《詩賞》「對比原則」一章，頁 155-168。

件，可是就是那麼一丁點的不同，造成截然不同的結果；或是由不同角色經歷重復事件，造成截然不同或相反的結果，用於突顯角色的對比。

　　所謂對比，不是捨身救人與拼命殺人的事件的對比。事件對比嚴格來說是重復事件中個別環節的對比，如兩個事件的發展大致相同，只是到了結局才出現明顯的差別，這種形態可視為「同中有異」的一種。相同或相近事件，不同角色產生不同的結局，明顯呈現角色的對比，直接比較，突出角色不同的特點。就事件而論，對比現象多出現於上述強調相異面的重復事件中。除此之外，同一角色做出截然不同事件的情況較為少見。可是如果出現，那明顯就在告訴讀者，必須注意產生這種巨變的原因，這往往就是文本的主要信息所在。

　　〈神鵰俠侶〉中楊過殺與救郭靖之間的掙扎，就屬於事件對比。楊過對郭靖的絕對不同的態度造成迥然不同的事件：床上刺殺郭靖與蒙古大營及襄陽城頭救郭靖；這正好反映楊過的內心矛盾，即殺父仇人與心儀大俠之間的矛盾。面對郭處不利環境，楊多有掙扎，因他心儀郭為人，但認定他是殺父仇人，所以總造成心理上極大矛盾。最明顯的一次在第 21 回楊隨郭闖忽必烈軍營救回二武事件，楊既可加害，使郭無法翻身，甚至命喪當場。至少也可袖手旁觀，郭也難逃劫數。結果楊卻忍不住出手相救，甚至捨棄自己性命也在所不惜，楊因此失血過多而暈厥。至於殺郭的事件，最有代表性的莫過於郭楊同榻而睡時，楊過試圖手刃這「仇人」，結果事敗而逃，給郭拿住，忠厚的郭靖以為楊練功走火入魔，以致行為乖戾，反寧願耗用內功治理楊身上的邪氣。截然相反的事件顯示角色截然不同的心態，也由此讓讀者深切體會楊過極度矛盾，難以取捨的抉擇；對比越強烈，效果也越佳，這裏捨命相救與為父報仇明顯屬極度對比的兩極，因此出來的閱讀效果也絕佳。

　　在強調表面現象與骨子裏的真相之間極大差異的敘事文本如〈上海的狐步舞〉，分別代表天堂與地獄的事件明顯在演繹著對比關係，如劉顏蓉珠及劉小德等人在淫樂的同時，建築工地的工人卻遇到工業事故而死亡，當中的強烈對比就是「上海，造在地獄的天堂」的最佳註腳。

　　白先勇的〈遊園驚夢〉寫的是今非昔比的故事，因此裏面交代眾多處於

當前的事件，無不有著與之相反屬於過去的事件作為對比，當然這些陳年往事都藉限知內聚焦視角敘事者錢夫人藍田玉的內心獨白表現出來。眼前的現實與往事對比強烈，給讀者有著印證「今不如昔」的主要信息。主角藍田玉以往當錢將軍夫人時，前呼後擁，唱戲總成全場焦點。只是現在到了台灣，錢將軍去了世，相反，桂枝香扶正，成竇將軍夫人，家住偌大的竇公館。唱戲時，藍田玉唱與不唱，眾人已不在意。就是到竇公館赴會，藍田玉也沒有專車接送，只能坐計程車。相比之下，「今非昔比」的意味濃烈，讓讀者深有感受。

劉以鬯〈打錯了〉屬於結果對比強烈的例子。這個文本突顯兩個事件的巨大差異，雖然只接了一通打錯的電話，結果卻生死契闊，只一線之差，對比效果明顯十分強烈。文本是建立在兩個事件幾乎完全重復的基礎上，文本刻意做到文字的完全重復，讀者不可能意識不到文本的安排，只是在極細緻的細節上，在幾乎完全相同的事件裏，加進這一通打錯的電話，使得主角遲了出門，結果沒有遭到車禍。命運安排的主要信息躍然紙上，也印證了「差之毫釐，謬之千里」的名言。

至於藉出現截然不同的結局，突顯角色的對比，〈三國演義〉裏有較多的例子。如：龐統入川失敗而死，孔明入川則大功告成，明顯突顯角色之間的分別，結果的對比反映著角色孔明和龐統性格以至命運的差異。又如闖虎牢關羽戰華雄這個事件，也是藉其他人的不濟，突顯關羽的神勇，重點明顯不在情節而在角色的對比。再如周瑜孔明同取南郡，結果周沒能拿下，相反孔明則不費吹灰之力便奪取了南郡。事實上，還是通過事件突顯兩個角色的對比，從而進一步強化「孔明勝過周瑜」的信息。

2.4.5. 比喻關係

這裏沿用筆者「比喻原則」[10]的思路，敘事文本事件之間的比喻關係，可以作為本體和喻體的事件的出現位置分成三類：一類是兩者都在文本內；

10　見筆者《詩賞》「比喻原則」一章，頁 121-136。

另一類是喻體在文本內，本體在文本外；還有一類就是喻體固然在文本內，本體部分也在文本內，至於本體其他則需讀者在對已有的文本的認識基礎上，於文本外自行建構而成。

都在文本內的事件比喻類型：〈上海的狐步舞〉中，「上海，造在地獄上的天堂！」本身便是貫穿全文的一個暗喻，牽引著整個故事。本體是「上海」，喻體是「造在地獄上的天堂」。這個處於文本第一句的標題式句子統轄著整個文本，文本往後的事件都成為論據，以支撐這個論點，本體和喻體的比喻關係可謂無處不在。

比喻有時屬於結構性的，文本裏出現所謂「戲中戲」的結構，這個小故事通常出現在文本的前部，結構上作為一個喻體，與處於文本後面的本體，構成比喻關係這個與後面事件相似或相近的小故事，足以讓角色得到教訓，在情節後面能夠得以獲益，這個認識幫助了角色度過難關，解決了問題。如潘明珠，潘金英的兒童短篇〈麻雀大合唱〉就是利用麻雀正進行合唱練習作為喻體，給予主角小玉一個情境，讓她體會團體合作的重要性，這正好呼應文本的本體，小玉因為刻意表現自己的唱功，忽略團體合作而給團長批評。這類藉小故事映襯主故事的作法，在兒童敘事文本中是常見的形態，也是事件顯示比喻關係的最佳例子。

李碧華的〈霸王別姬〉也在文本裏建設起喻體和本體的關係來，這文本的喻體是在戲中的角色霸王和虞姬以及他們在戲中哀怨纏綿的愛情悲劇；至於本體，就是現實中兩人師兄弟之間的瓜葛。這種比喻關係因為師弟愛上師兄而不可得而變得更為複雜。喻體和本體互相交疊互相影響的形態正好表現這種註定悲劇收場的感情。

至於喻體在文本內，本體在文本外的類型，能夠製造意在言外的效果，處於文本外的重要資訊或主題，可以因此給帶進文本來，也帶給讀者進一步思考的空間。這種比喻結構能擴大文本所涉範圍，也容許甚至邀請讀者就指定方向相關資訊多作思考。

在暗示寓言意味的或教訓說教意味較濃重的文本。比喻現象可謂非同小可，一般這種形態統轄整個文本，無論故事，情節，故事線，脈絡，個別事

件都明顯處處對應文本外的主體。文本作為喻體，主要資訊就是通過喻體，引領讀者走進文本外的隱含空間內，體會和瞭解以及反思這個主要信息。傳統的寓言故事如柳宗元的名篇〈捕蛇者說〉便是如此。

整個故事本身就是一個喻體，它在比喻著某種事物，通常是那些要不很抽象、要不很沉悶的東西，例如情意教育，因為道理很難直接講出來，加上硬銷道理效果不會理想；所以通過比喻，希望讀者更好地理解，最典型的莫過於寓言了。故事裏面處處都有與道理相關的喻體出現，提示著讀者，我們便要運用聯想來幫助自己推斷它背後的意思，換言之，閱讀是一個尋找比喻主體的過程。

再如王安憶〈舞台小世界〉，寫的表面是一個文工團演出的故事，這個喻體明顯比擬中國社會發展這個本體。雖然這個本體沒有明顯標出，但通過題目「舞台小世界」可以探得端倪：既然舞台是小世界，那麼舞台發生相關的情和事，不可能不與大世界，即現實世界有某種預示甚至啟示作用。因此題目已經給讀者以暗示，整個文本正是喻體，本體處於文本外，需要讀者通過閱讀文本過程中，自行構築這個本體出來。

李碧華〈胭脂扣〉寫的是一名女鬼回到陽間找尋舊愛的故事。這本不一定牽扯到任何本體，只是由於如花這女鬼生前與相好陳振邦相約吞服鴉片自殺，並約定五十年後來世重逢。由於有著這「五十年後」的約定，不少評論者便將香港前途問題回歸中國，香港資本主義制度五十年不變的政治事件連在一起。兩個主角的約定變成喻體，香港回歸中國成為本體，〈胭脂扣〉因此一躍而成政治寓言，表現香港人對香港政治前途的擔心，害怕中國如十二少般背棄誓言，沒有遵守五十年不變的諾言……。

正如上述，魯迅〈藥〉的整體組織結構除了有著重復關係外，文本內的事件與文本外的主要信息有著明顯的比喻關係。作為喻體，在文本裏表現出來的是人血饅頭救不了患肺癆的華小栓，為人民謀幸福的革命分子給盲從皇權的親戚出賣而遭殺害。這些事件處處為讀者在文本外建構起本體來，正好暗示當時中國仍處迷信落後的階段，如華小栓般同處病態，真正能治好中國頑疾，拯救中國的，不再是如用人血饅頭治肺癆般的愚昧與無知，而需要徹

底的革命才能得新生。

　　至於超短篇敘事文本黎紫書的〈舊患〉，寫的是牙患與情傷的比喻關係。與一般寓言性質相關的文本不同，這文本的本體──情傷明顯在文本內清楚交代出來，而且部分本體的內涵可在文本內找到，只是其他內容卻必須通過讀者如填空題般在文本沒有明確交代的各個空間，填補進去以完成完整的比喻關係。這明顯也是文本特意為讀者設計的任務。通過完成這個任務，讀者不僅認識主要信息，更能在參與過程中找到趣味，形成文本的吸引力和感染力。有關分析，請參「運用篇」內筆者〈微型敘事文本的經營：以黎紫書《簡寫》為例〉一文。

2.4.6.　其它關係

　　故事裏的事件和細節之間一般都有一定的邏輯關係，以此來建構整個故事。上述事件之間的重復，對比和比喻關係，由於可作為整個文本的組織結構來建立，因此特別標出來作詳細介紹。事實上，連起事件的關係何止上述三種。因此，這裏以段落關係用語，嘗試交代一下事件間也有用上以下關係連繫起來的。由於事件可大可小，敘事文本中的事件何止千萬，要窮盡所有關係，絕對是不可能的任務。因此，這一環節目的只在顯示事件間無窮無盡關係於萬一，只希望起著拋磚引玉的作用，至於其他的，只有由讀者自行完成了。

　　以下事件間的邏輯關係，因果，承上，啟下，轉折，遞進，並列，總分，分總等等，屬於語文範疇下句子段落關係的故智，這裏借用方便釐清事件間紛繁的現象。作為文本組織的一個組成部分，事件與另一事件不可避免有著某種連繫，不光故事層面的情節發展有這個需要，就是組織上事件間必然有著某種有機的聯繫，尤其是事件內的細節多有關係牽連著；否則讀者讀來便覺支離破碎。事件間邏輯關係自然也是故事脈絡中內藏的跟腱，支撐起脈絡的骨架，同時也為文本層面架起事件的各項手段，提供堅實的基礎。

　　首先以李潼〈乾一碗魚湯〉為例，交代幾個基本關係，包括承上，啟下，因果，解難和轉折等。承上和啟下可視為雙向關係，因為大聲公和我搭

好了帳篷，趁著炊事組還未生好火，便到海邊看人釣魚。這裏搭好帳篷便引起看人釣魚的細節，同理，他們看人釣魚就是接續上面搭好帳篷和同學未生好火而來。

因果一般是事件關係中最重要的一種，這裏有三個因果關係，1.老漁翁掉進海裏是果，原因之一是大聲公過大的嗓門令他分心，另一原因是老漁翁釣魚地點滿佈海藻；2.眾人合力救援老漁翁，童軍空群出動是因，飯燒焦了是果。3.同理，大聲公大聲呼叫喚來救兵，救了老漁翁是因，老漁翁為表謝意與大聲公乾魚湯是果。

解難關係就是先有問題，然後問題得到解決或解決不了。老漁翁掉海是會溺斃的問題，解決辦法就是由大聲公高呼救命，加上眾人合力救起老漁翁；到童軍燒焦了飯是沒有飯吃的問題，解決方法就是釣魚人將魚獲拿來一起分享，配合焦飯，成為大家共享的美味。至於轉折關係，一般是事件組織中起關鍵作用的。如大聲公大聲呼叫便成整個文本的轉折點。

以下再以〈三國演義〉中的事件，交代其他關係。遞進關係：曹操敗走華容道這個情節裏，曹操一再遭孔明派來的軍隊襲擊，越來越危險，越來越無助，最後到了山窮水盡的地步下，遇到關羽的攔截。事件一步一步地遞進至高潮，最後成就了「關雲長義釋曹操」的經典事件。另一遞進例子，見於劉備襲取荊州四郡這情節，戰況也是越來越困難，層層遞進，到最後長沙一郡，有勇將黃忠為敵，關羽須與他大戰，再加上劉備親自邀請才願意歸順，造成層層疊高，到頂而止的形態。

事件的總分關係，也可見於〈三國演義〉，如上面提及的劉備取荊州四郡，先問計於馬良，先明確說出整個出兵計劃，屬於總述；再而仔細交代攻打四郡的詳情，屬於分述。更宏大的總分關係，可以「隆中對」作例，先由孔明於草廬中規劃出劉備立足於益州，保有荊州，進而襲取中原的大戰略；再而在餘下孔明主政蜀國的情節裏，一一印證分述他的宏圖，雖然最終沒能成功復漢，但也成就了孔明一生的事業。

穆時英的敘事文本也有這種總分關係，〈上海的狐步舞〉的首句便是總述：「上海造在地獄的天堂」，接下來整個文本便是詳細的分述。當然，這

裏的首句不能算成事件，但這種總分關係還是文本希望讀者掌握的方向。

　　至於分總關係，〈夜總會裏的五個人〉首先分述五人各自的煩惱，再藉一個共同的環境——皇后夜總會，將五個角色聚合在一起，統一敘述他們的情況，明顯是一分總關係的結構形態。

　　這個文本層面能夠觀察到的現象，對讀者理解事件，情節以至整個故事都至關重要。雖然單看這些關係，看似十分瑣碎，也屬耳熟能詳的名稱，但對認真理解和有意參與創作的人士，卻有著極具價值的內容。事實上，小至細節，大至故事線，或多或少都會用上這些關係作為鏈條，扣緊各個部分，從而架起整個故事。這裏，由於篇幅關係，筆者只選取比較簡單的敘事文本作為例子，顯示各種關係的形態，讀者大可放眼文本其他部分，利用這裏的解說，作進一步深入的體會。

3. 角色

3.1. 導言

敘事文本的角色可算是眾多結構單元最受關注的,也是敘事文本中最重要的元素。由於角色是行動者,任何事件沒有角色的參與很難成事,場面以至環境也需要角色的存在才有意義,因此角色是重中之重的元素。

如從閱讀角度看,角色也是最容易受到關注,引起討論,甚至爭論的元素。膾炙人口的敘事文本多有精彩的角色配置,角色形象鮮明深刻的文本也容易吸引讀者。這裏,角色這個大項目也將分別從故事,組織和文本層面作仔細說明。當然,由於角色類型和種類極多,無法窮盡,這裏也只能略加說明,沒有可能完全覆蓋角色的所有方面。

行動者＝角色,人物只是角色其中一種

傳統角度看角色,往往將之與人物等同,認為必須是人物才能說話和行動,甚至一概以人物取代角色。事實上,隨著時代的轉變,加上敘事文本越發多樣化,在文本裏擔任行動者的角色不一定是人類,有可能是動物,甚至植物,死物或機械人等,因此這裏一律以角色稱呼在文本中這位行動者[1]。

3.2. 故事層面

角色:身分,關係,性格,特點

---

[1] 「行動者」,格雷馬斯(Algirdas Julien Gremias, 1917-1992)稱為「行動元」(actant),用來標明角色行動的結構關係,見 *Structural Semantics*。他從敘事語法角度看角色,認為在敘事結構中必須有「行動元」行動起來,敘事才有可能,他重視「行動元」這種獨有功能,至於具體文本由哪位或哪些角色擔任則不是重點,他找的是角色這種核心功能。筆者這裏找來「行動者」代替比較別扭的「行動元」。

故事層面上的角色，主要從四個方面加以認識，一是身分，二是關係，三是性格，最後是特點。無論屬何種類型的敘事文本，古今中外的都沒有例外，都會從現實生活的基礎上建立起角色的身分體系，就是科幻性質的敘事文本，哪怕角色屬外太空生物，大致仍可按現實社會實存的身分和社會關係，建立角色的身分和關係，如這類生物仍有領導或醫生等身分，也有母子，主僕或敵友關係等。這類身分和關係都源於現實生活，只是在這類文本中套用到外太空生物這些角色當中而已。

至於角色性格和特點，也源於現實生活中對人類性格的認識而來。暴戾的獅子王，精明但矮小的外太空智者，都可從現實人類中找到參照物。這些性格和特點可謂放諸天下而皆準，足以承擔起建立敘事文本角色性格和特點所需。

3.2.1.　角色身分

身分的認識由常態出發

角色身分屬於社會規範，屬於常態，也就是說讀者當遇到某種身分時，他會先從他所認知在現實生活中這類社會身分的特點和預期，來看待敘事文本中的角色身分。因此不管從創作角度還是賞析角度，正確和全面地認識角色身分對我們了解敘事文本的角色至關重要。

由於屬社會規範下的身分，讀者一般對之有一定期望，角色會按社會定型的方向行事，如出現偏差或嚴重分歧，會引起讀者更大的關注和反思，產生一定的閱讀效果。在剛才交代的常態關係的同時，敘事文本往往在這個基礎上作一定調整，一來豐富各個角色的面貌，不致千篇一律，千人一面，二來可配合情節發展的需要，甚至藉此種現態推動情節發展。

角色的身分正如現實般，不只一個，社會關係也同時有多種，一般人可同時是丈夫的妻子，媽媽的女兒，兒子的媽媽，公司工作的同事等等。除此之外，角色關係很少只從社會身分建立，一般都牽涉到感情，如黎紫書〈舊患〉中牙醫角色與女病人就有前度男女朋友的關係。〈神鵰俠侶〉的兄弟二

武也有同樣戀上郭芙的感情糾纏，〈上海的狐步舞〉中的顏蓉珠和劉小德則有亂倫的繼母子感情關係。〈霸王別姬〉這對演員同樣陷入感情泥潭……。畢竟情感最易動人心魄，感染讀者，增加文本的吸引力，因此很多文本中角色關係也以感情作為鏈條，形成與事件脈絡迥然不同的各種面貌，做成多姿多彩，感人至深，動人甚至可歌可泣的美好形象，產生理想的閱讀效果。敘事文本角色的身分可謂五花八門，多不勝數，以下只簡單列出比較常見的：

3.2.2.　身分種類

因血緣或社會認同而生

3.2.2.1.　父母親與子女

　　傳統中國社會裏，父親有著絕對的權威，一般對子女比較嚴厲，當然也有「父慈子孝」的說法。隨著西方觀念的出現，現代父親以至父母，一般對子女都關懷備至，但父親管教一般傾向較嚴厲，而且喜怒不形於色，疼愛也不會宣之於口，但一般口硬心軟。相反，母親一般表現主動，直接地表達愛意，而且付諸行動，處處為子女代勞，呵護甚至偏袒。

　　至於作為子女的，傳統上都要服從長輩，還要求順從父母，孝順父母。現代社會，父母子女一般已經沒有這種必然的要求，反而更像西方那種接近朋友的關係。

武三通與武修文及武敦儒

　　〈神鵰俠侶〉的武三通以及兩個兒子之間，明顯屬傳統意義的父子關係。武三通雖然瘋瘋顛顛，但仍不忘照顧自己兒子，在李莫愁來襲前，將兩名兒子敦儒和修文抱走（第 1 回）。到了後來，二武因郭芙而生死相搏，武三通痛不欲生，楊過用上激將法激起二武同仇敵愾之心，不再死鬥，武三通因此對楊萬分感激。以上二事，都可見為父的武三通對兒子的疼愛之情（第24 回）。

華老栓與華小栓

　　〈藥〉裏面的華老栓為了治好兒子華小栓的肺癆，傾盡家財買來人血饅頭。雖然昧於迷信，但也可顯示他對兒子的鍾愛。以上兩位父親大致都能做到傳統慈父的要求。當然華老栓這種愚昧的愛子之心，也同時反映了當時普遍百姓保守迷信的無知，更進一步暗示社會迫切需要革命，改變這種不堪入目的現象。此外，文本的主要信息也通過兩位母親在文本末尾同時到墳前祭奠死去兒子的一幕，突顯因迷信而被害的兩個下一代，一位不找醫生診治而誤信吃過人血饅頭便可醫好肺癆的華小栓，一位是參與革命為社會為國家進行革命活動，但給自己愚昧的親友出賣而被捕，最後給槍斃的夏瑜。

　　由上所見，通過父母子女的常態角色身分和關係，使得情節發展和安排在可信和合理的框架下展開，更容易讓讀者入信，信息傳遞的效率明顯得以提高。

歐陽鋒與歐陽克

　　〈射鵰英雄傳〉中的歐陽鋒和歐陽克明為叔侄，實為父子，是歐陽鋒私通嫂子所生，所以一如子承父業般，將武功一一教予歐陽克，並希望他能繼承他們白駝山武功，後來歐陽克為楊康所殺，歐陽鋒這份望子成龍的心意未能如願。

歐陽鋒與楊過：義父子

　　到了〈神鵰俠侶〉，歐陽鋒已患失瘋症，後來與楊過相遇，結為義父子。這次兩人都有盡父子的責任和義務，楊過雖然武功低微，但仍設法支援義父，並設陷阱加害打算前來報仇的柯鎮惡，後來楊過也為義父曾經懇求洪七公不要計較前嫌，饒恕已經瘋掉的歐陽鋒。歐陽鋒對這位義子也有克盡父親責任，不但教他蛤蟆功，而且不顧千里，不顧危險都要尋找楊過，直至與洪七公在華山山巔上喪命，歐陽鋒和楊過可算是一對父慈子孝的模範父子。

楊康與楊鐵心，完顏洪烈及歐陽鋒：真假父子

　　〈射鵰英雄傳〉中，金國六王子完顏洪烈為了騙得楊康母親的感情，設局謀害楊康父親楊鐵心，終於娶得包惜弱為王妃，楊康自小過慣富貴榮華的小王爺生活。就算後來生父楊鐵心活在眼前，楊康仍不願捨棄富貴，承認自

己是漢人，反繼續認賊作父，視金國王爺為父親。至於遇到武林高手歐陽鋒，為了成為他武功的唯一傳人，他殺死歐陽克，然後拜歐陽為義父，目的只在得到他武功上的外力，幫助假父親完顏洪烈侵略自己國家大宋。雖然楊康言行上絕對是一位假仁假義的真小人，對真父親完全是不及格的兒子；但從他對完顏洪烈這位假父親的態度來說，楊過卻克盡子責。完顏洪烈而言也如是，他明知楊康不是自己兒子，但對他一如己出，培養照顧如真父親。因此，諷刺得很，如單從父子關係看，完顏洪烈和楊康卻是比真正父子還更能互相支持的一對假父子。

3.2.2.2. 兄弟姐妹

兄友弟恭是傳統要求，互相支持，同仇敵愾；同理，姐妹情深也是應有之義，她們互相支持，互相配合，感情一般比較深厚。當然，在這個常態的基礎上，個別敘事文本突出兄弟姐妹異乎尋常的反目，也是製造良好角色基礎的一個可能方面。

萬獸山莊史氏兄弟

〈神鵰俠侶〉第 34 回裏的史氏兄弟是傳統意義上極為正面的兄弟關係。因兄弟史叔剛受了內傷，需要九尾靈狐救治，五位兄弟因此同心協力，在樹林中企圖誘捕靈狐，結果給山西一窟鬼眾人搞亂，靈狐乘亂逃走。由於眼看兄弟內傷救治無望，因此決意跟一窟鬼死戰，以泄心頭之恨。到了楊過願意幫忙找尋靈狐，眾兄弟不期然一起下跪請求，這些都可見五兄弟之間的情深義重。

武敦儒與武修文

〈神鵰俠侶〉二武武敦儒和修文自小同經劫難，父瘋母死，二人感情自然很好，幾乎所有東西都共享，感情篤厚。正是在這個情況下，二人都因青梅竹馬，與郭芙漸生情愫，到了非卿不娶的地步，結果親如兄弟的二武，為了解決這個死結而決鬥，並誓言給殺死也甘心。這裏，就是利用兄弟情深來襯托與郭芙的愛情態度。可是，當情節進一步發展，楊過假裝與郭芙有婚

約，以解二武生死相搏的危機後，二人重修舊好，甚至合力對付楊過。在他們對郭芙死心，萬念俱灰時，卻很快分別邂逅並喜歡上完顏萍和耶律燕，充分展現世人膚淺的所謂非卿不娶，其實頃刻見異思遷的可笑。這麼一種愛情心態和愛情觀當然是這部「愛情大全」應該有的一種示範。當中安排一對兄弟愛上同一位女性也有增加戲劇性和可信性的考慮。

表姐妹：程英與陸無雙

〈神鵰俠侶〉的程陸二人雖然不是親姐妹，但這對表姐妹卻能表現姐妹情深一面。程陸二人性格迥異，陸比較刁蠻任性，程英則謙和有禮，平易近人。但二人關係十分要好，程對陸一直照顧有加，陸也十分敬重這位表姐。雖然二人都傾心於楊過，但從未有產生妒嫉對方的心態，十分難得。當知道楊過小龍女之間至死不渝的愛情後，對楊過仍然甚好，而且還愛屋及烏，對小龍女也特別熱情。表姐妹二人也從此互相照顧，終生不嫁，表現出那種曾經滄海難為水的淡泊情志。

藍田玉與月月紅，桂枝香與天辣椒

到了白先勇〈遊園驚夢〉，裏面的兩對姐妹卻不怎麼和諧。雖然文本沒有交代她們其他細節，只看身為妹妹的都搶走自己姐姐的情人這一點，便可知她們的關係不如常態般親密，甚至視之為敵人也不為過。

〈遊園驚夢〉藍田玉和月月紅這對姐妹都學戲曲，但她們姐妹並不怎麼情深，相反，妹妹的總在搶走姐姐愛人。同屬一對姐妹的桂枝香和天辣椒，也是學戲曲，妹妹同樣搶走姐姐身邊的男人。任子久原來已準備迎娶桂枝香，結果給妹妹橫刀奪愛，以致後來只能下嫁竇瑞生當填房，這類角色身分的安排似乎在暗合整個文本瀰漫的那種命運弄人的主要氛圍內。

3.2.2.3.　繼室繼子

繼室和繼子就是妻子死去後，續弦而產生的關係。雖然大家沒有血緣關係，但在社會上有正式身分，傳統上大致都是老夫少妻，繼室一般都年輕得多。雖然不排除彼此有真感情，但更多的情況是女的較看重男方的財富，男

的多看重女的姿色。當然事實上的關係往往相差可以很大，有的親如親生，
有的讎如仇人。

竇瑞生與桂枝香

上面提及〈遊園驚夢〉的桂枝香屬於另一類繼室的例子，她原是竇瑞生
將軍的側室，後得以扶正，正式成為竇將軍夫人，地位得到提升，並受人尊
敬，竇瑞生對她也是寵愛有加，可謂守得雲開見月明的好例子。

劉有德與劉顏蓉珠與劉小德

穆時英〈上海的狐步舞〉裏面這對老夫少妻，劉有德娶了年輕的顏蓉珠
當繼室，顏明顯看重劉的財富，她四處玩樂，花的是丈夫的錢財，過著貪慕
虛榮，花天酒地的糜爛生活。劉顏蓉珠和劉小德是一對繼母和繼子，顏到外
面玩便拉著繼子劉小德一起去玩樂，儼如情侶，這也是道德敗壞的典型例子
（頁 332-334）。這種變相亂倫的關係，突顯金錢掛帥玩樂至上毫無廉恥社
會的畸型現象，十分有代表性。總的來說，這三人的關係正好說明三十年代
上海上層社會的糜爛和墮落。

因感情而生

3.2.2.4.　夫妻

夫妻是社會一個極為重要的關係。一般來說，夫妻因感情而結合，有社
會認可而且合法的契約關係。傳統上有「白頭到老」，「夫唱婦隨」的期
望；當然事實上，夫妻成仇的例子在敘事文本裏也不乏例子。

武三通與武三娘

先看看正面的夫妻關係。〈神鵰俠侶〉第 1 回的武三通和三娘可謂傳統
夫婦的典型。即使丈夫對義女何沅君有非分之想，武三娘也隱而不發，到武
三通到陸家莊生事時，妻子武三娘為了感化丈夫，特意帶來兩個兒子同來陸
家莊，希望武三通看在兒子的分上，了結這段孽緣，並希望武三通因此回復
正常。後來武三通中了李莫愁的毒掌，武三娘為救丈夫，甘願犧牲自己為他

吸啜身上劇毒，以致中毒身亡，可說盡了作為妻子的本分。武三通因此大受刺激，不再為難陸家後人，正是夫妻情深的角色關係，武三娘救活丈夫的高雅情操，結束了武三通纏擾陸立鼎的事件。

楊過與小龍女

〈神鵰俠侶〉這對男女主角是劫難中見真愛的夫妻。二人多災多難，但情意從來不變，最終排除萬難，走在一起，永不分開，是理想世界裏的真愛夫妻。

郭靖與黃蓉

〈射鵰英雄傳〉郭靖和黃蓉是傳統夫妻的典型。黃蓉間或使小性子，但大事從來都聽郭靖的。郭靖內愛護妻兒，外愛國護土，忠心仁義。二人互相尊重，互相欣賞，有著共同的目標，保家衛國。

令狐沖與任盈盈

到了〈笑傲江湖〉，文本塑造夫妻角色已擺脫前期比較傳統意義的關係。令狐沖和任盈盈是正邪對立的真情侶真夫妻。父親為日月神教教主任我行的任盈盈，竟然喜歡上華山派首徒令狐沖，正邪不兩立的江湖裏，掀起諸多是非和風波，但任一直情深，令狐也以誠相報，結果二人幾經歷練，最後走在一起，成了夫妻，有著圓滿的結局，合奏完美的〈笑傲江湖曲〉。

我和你

黎紫書〈青花與竹刻〉中的「我」和「你」表面是幸福快樂的一對夫妻，但骨子裏感情已經變質。一直恩愛如故的夫妻，因為地震奪去丈夫的性命，還因此揭露了丈夫與自己好友有染的事實，夫妻恩愛只是假象，一切好像象徵二人感情關係的青花瓷器般，在殘酷的地震災難中變得破碎，不可重圓。

我和丈夫

西西〈感冒〉「我」和丈夫之間沒有真愛，性格更南轅北轍。二人心思沒有走在一起，丈夫買來補品並不能得到妻子的欣賞，妻子追求的可是浪漫

和詩意,這段感情似乎沒有未來,妻子「我」的離去可說是唯一出路。

公孫止與裘千尺

〈神鵰俠侶〉這對怨家互相算計,互相報復,至死方休。裘千尺為公孫止費盡心思,優化他的武功,但嫉妒心重,因公孫與婢女私通而殺婢女,公孫因此設計報復,將妻子手腳跟腱弄斷,扔到養有鱷魚的水潭裏(第 19 回)。後來裘得楊過之助重見天日,與公孫止再鬥,最後以棗核傷公孫目,再誘公孫掉進山洞去,公孫臨死前拉下裘同死,結果二人屍骨相混,永不能分(第 32 回)。成為愛情主題夫妻關係的一個極端例子。

3.2.2.5. 情人

這裏將情人,情婦,情夫以及男女朋友放到一起,方便討論。以上四類關係雖然沒有社會的認同,但之間的情愫,或利益或感情甚至肉體關係,都很容易發展成足以吸引讀者而且很具閱讀效果的角色關係。

我與夏

西西〈像我這樣的一個女子〉重點不在寫二人如何結識,如何相愛。寫的主要是女主角「我」因怕自己當殯儀化粧師的身分透露給男友「夏」後,他會如一般人那樣捨她而去。情人的身分只是一個設計,不是重點。

于若菁與家麒

蕭乾〈栗子〉裏的二人相戀,但心思不在一起,女孩子若菁愛國,參加示威遊行;相反,男孩子父親就是鎮壓示威的軍人,家麒站在政府一邊,不明白女友為何要示威,要讓他為難,為甚麼她不珍惜與他的感情關係等等疑惑。二人的情人關係就是用作展示這種所謂階級矛盾,以及國家民族大義優先的主要信息。

易先生與王佳芝

張愛玲〈色戒〉中的王佳芝,為了消滅易先生這個特務頭子的漢奸,不惜扮作水貨客混進易先生身邊,利用自己姿色引誘易先生,當上他的情婦,

以便誘使他出外，以便行刺。最後，王戲假情真，感到易先生對自己的一份情意而示意他躲開，刺殺任務沒能成功，王與其他刺殺行動的成員則給易先生一網成擒，並遭槍斃而死。

我和牙醫

黎紫書〈舊患〉寫的是重遇前度情人的故事。一般來說，感情關係雖已過去，但印象很難完全褪去，尤其那麼不快的經歷。至於初戀，則會有更深刻印象或難以磨滅忘記的烙印。文本中主角「我」因就診的牙醫為前度男朋友，見到對方因此想起往事。更因為現在和過去他的言行相同或相近，引起「我」諸多的聯想，以及各種不快經歷的記憶。

3.2.2.6. 知己好友

這種關係沒有性別之分，因此也包括紅顏知己在內。這裏特別標出知己而不討論一般朋友，主要考慮知己或好朋友的角色關係能製造更深刻的閱讀效果。正因為知己代表那種願意為對方犧牲，死而無憾的精神。好朋友雖然不及知己那麼絕對付出，但也能事事分享，肝膽相照，以此反襯尤其是悲劇的結局，往往能引起讀者更深刻的思考。

劉正風與曲洋

金庸〈笑傲江湖〉中這兩個角色可說是知己的典範，他們雖然分別為衡山派和日月神教的高手，本應是勢成水火的敵人；但因音樂結識，互相欣賞，並合奏〈笑傲江湖曲〉，成就音樂傳奇，成為知己。最終因不為世俗所容，被迫自盡以了結所有紛爭（第7章）。

桃子和我

黎紫書〈青花與竹刻〉中的桃子和「我」是好朋友，常有來往，並互相幫忙；後來「我」才發現原來丈夫與桃子有染，好朋友並沒有帶給自己快樂和幸福，反而成了第三者，破壞了「我」建立起的婚姻和友誼的信念。

金蘭姐妹與結義兄弟

　　另一類知己關係由於通過結拜儀式，因此有著大家認同的社會關係。他們大致能互相照顧，彼此推心置腹。

江南七怪與山西一窟鬼

　　〈射鵰英雄傳〉的「江南七怪」又或〈神鵰俠侶〉的「山西一窟鬼」都是結義兄弟姐妹。他們義氣至上，甚至不顧自身安危，也要保證兄弟的安全。「山西一窟鬼」在對陣史氏兄弟最能體現這種精神，他們為群獸圍困，為了兄弟的性命，即使自己在危難中，仍豁出性命以求兄弟能夠脫險。至於〈射鵰英雄傳〉「江南七怪」，在面對強敵梅超風陳玄風時，同樣表現這種為兄弟拋頭顱灑熱血的崇高品德。結義關係所最為珍視的正是這份犧牲精神，足以讓讀者肅然起敬。

郭嘯天與楊鐵心

　　金庸〈射鵰英雄傳〉這兩個角色就是典型的結義兄弟，他們互相照顧，生死相隨。楊鐵心為了找尋義兄的遺腹子郭靖，不惜賣藝江湖，遍尋各地，可謂用心良苦，足見二人情義深重。

郭靖與楊康

　　與他們的父親不同的是這對義兄弟，他們沒有如父親般情深義重，即使郭靖仍願意幫助義弟改邪歸正，可是楊康因貪戀權位，貪圖富貴，不但沒有痛改前非，反而變本加厲，多次加害義兄，最終慘死於鐵槍廟內。這對義兄弟也因此成為反面材料，歹角只能落得悲慘的下場。

3.2.2.7.　同鄉

　　身在他鄉，同是鄉里的人們一般特別親近，畢竟大家來自同地，同鄉情誼更覺珍貴。穆時英〈街景〉中的主角老乞丐就是為了闖現代社會發財，這位老實的農民從鄉下跑到上海尋找機會，在同鄉金二哥的幫忙下，做點賣花生米的小買賣，同鄉的情誼確實可貴。可是，面對生存和競爭，金二哥為了不被這位同鄉分薄了生意，阻止同鄉跟著他後面一塊兒賣花生米。現代社會競爭激烈蓋過了同鄉情誼，金二哥因此為了擺脫同鄉而到別處做買賣，跟同

鄉不再來往。同鄉的情誼敵不過殘酷的現實，乞丐的下場似是突顯人性的醜惡，以及無法挽回的無奈。

因社會或職業而生

以下是多個從社會而生的角色關係：

3.2.2.8.　知識分子

傳統的士人或現代的知識分子都是社會上的天之驕子，他們有見識，有能力，是管理國家地區的中堅力量，社會對之有極大的期望。

趙辛楣等

錢鍾書〈圍城〉裏有很多屬知識分子的角色，包括趙辛楣，方鴻漸，蘇文紈等。由於知識分子有著良好的教育背景，高深的學識，分析力和理解力都應該比一般人高，是社會的棟樑支柱，賴以發展的主要力量。中國傳統下，知識分子更不光知識卓著，而且要求道德操守高，可以成為別人的模範。就是這樣一類正面人物。在敘事文本世界裏，知識分子這類角色身分常常成為諷刺對象。當這類角色所作所為與社會預期有出入，甚至是完全相反，越是與社會期望距離越遠，諷刺的效果越大。這在充滿知識分子這類角色身分的〈圍城〉裏面，就是圍繞這群道貌岸然，其實跟衣冠禽獸貪婪無厭的小人沒有分別的知識分子開展出來的情節。

四銘等

魯迅〈肥皂〉這個寫清末民初故事的文本，主角四銘及他文人好友卜薇園何道統都屬傳統的知識分子。恰恰就是這群角色，面對女乞丐賣身奉養祖母的慘況，不但沒有興起一般人的同情心，更沒有社會預期知識分子應有的見義勇為，他們反而跟流氓一般的無恥，淫穢地想像用肥皂將這個孝女洗得乾乾淨淨的胴體，跟他們身為道德會，旨在發揚社會道德風氣的組織應有維護社會風氣的言行可謂大相逕庭，諷刺意味十分強烈。

孔乙己

至於魯迅〈孔乙己〉主角孔乙己，由於未有得到功名，以致生活潦倒，反而成為普通百姓揶揄的對象。與傳統社會知識分子形象落差很大，足以引起讀者深刻的思考和反省。

3.2.2.9. 醫生

現代社會特別看重醫生的貢獻，一來由於他們是專業人士，又能救人性命，是值得尊敬的專家，因此社會地位普遍很高。社會對醫生期望甚殷，認為他們有醫德，能救人，對社會有貢獻，值得信賴，是非常正面的角色。加上他或多或少操控人們的生死大權，重要性不言而喻。當然，醫生有很多種類，西醫，中醫甚至巫醫，都屬這類。還有外科，內科，皮膚科，兒科，腫瘤科，還有牙醫，獸醫，物理治療師也歸入其中。

除了壞醫生，庸醫之外，一般我們都以正面眼光評價醫生，撇開醫德這因素外，醫生同樣也是人，也有人的情感，以及人的弱點和缺點等。

因此，也有文本在建立醫生正面，救人的形象外，也加進他們作為人的元素，成為角色身分可以開發出比較複雜的情節。以下幾個例子中的醫生身分，都從與病人的關係展開情節：

病人成藥引

如〈白金的女體塑像〉裏面的謝醫師，作為醫生，他可謂克盡本分，並沒有失職，可是同時作為一位男性，面對需要照日光燈的裸體的女病人，她那白金色的胴體卻激起謝醫師一直壓抑著的性意識，幸好在跟女病人獨處於手術室的謝醫師，沒有侵犯一絲不掛的女病人，情節繼續往社會能夠接受的方向發展，那就是當晚謝醫師破例出席聚會，並主動地向年輕孀婦獻上殷勤，後來更結了婚，徹底改變他之前如禁欲者一般的生活。

病人成不了愛人

黃碧雲〈嘔吐〉同樣挖掘身為醫科學生後來順理成章當上醫生的詹克明，在面對自己母親金蘭姐妹女兒同時是自己病人的葉細細，他不敢接受葉的愛，只視她為自己病人，但同時又給葉深深的吸引著，作為醫生能以絕對

權威身分面對病人，病人必須按醫生指示，病人完全處於被動不對等的位置。可是，感情方面卻不是這樣，葉可以表白，可以抗議，甚至在詹拒絕她之後，找來詹的替補者當自己的男朋友，身為醫生的詹克明也沒權管，更沒法改變。

醫生是前度男友

黎紫書〈舊患〉這文本卻從病人角度，交代感情方面作為女性病人的被動，無力無奈感。因為牙患，女主角要找牙醫處理齲齒，恰巧牙醫是當年男朋友，去除齲齒的過程，似乎重復當年這位男朋友強行跟自己性交的全過程。使得文本充滿這位女主角現在作為病人，過去作為女朋友的被動和屈辱感。

3.2.2.10. 演員

演員在現今社會屬專業人士，而且因為知名度高收入又好，成為人們嚮往尊崇的職業。只是在傳統社會，演員即戲子，地位不高，常受人歧視。從本質看，演員重在演活戲中的角色，仿佛沒有自己，演員價值在於演出是否成功。為了有最佳的戲劇效果，演員都傾向盡量投入角色，就是這樣，現實世界與戲劇世界的差別往往使得演員無所適從，尤其扮演的角色比較現實自己為好，又或有權有勢有力量。為了逃避現實，有的演員甚至投入了角色世界裏面而不能自拔。

戲中與戲外的自己

〈霸王別姬〉則展現另一種角色身分，身為男子在戲劇裏面扮演女角虞姬，與飾演霸王的另一男角自己師兄相愛，可是在戲劇世界容許的情愛關係，在現實世界變成不可能。雖然飾演虞姬的師弟明顯有著同性戀傾向，愛慕著身為男子的師兄這個現實世界的這個霸王。可是，現實的霸王卻喜歡另一女子，使得這位現實世界的虞姬苦惱非常。這一對角色身分造就了霸王別姬的主要情節發展，他們之間的愛恨交纏以及現實與戲劇世界的落差造成兩人的悲劇命運。

3.2.2.11. 服務員

服務員傳統的叫小二或伙計，他們的主要任務就是服務顧客，他的服務態度往往可以成為主要信息，成為諷刺以貌取人，做事不盡力，馬虎了事的工作態度的理想角色。也有借服務員的工作，諷刺顧客的吹毛求疵，得寸進尺甚至無理取鬧的惡行。〈馬褲先生〉就屬於後者。服務員態度越佳越認真盡責，更可對比出乘客馬褲先生的不可理喻。面對如此不堪的顧客，服務員「茶房」是無可如何的，畢竟服務員的工作就是向顧客提供服務，很多時候面對苛索無理要求，也只能勉力應付，盡量滿足馬褲先生這個角色可說是所有服務員的夢魘。

3.2.2.12. 主管

工作上的主管一般要管理員工的出勤，以及確保他們能按要求完成工作，保證出品的質量等。當然員工的紀律品行如何影響到工作效率以至生產品質等，主管都需要認真處理的，控制和保證質量是主要的工作。

〈偷麵包的麵包師〉的麵包師為了滿足母親，妻子和兒子希望吃上蛋糕的渴望，在無法負擔昂貴的價錢的情況下，鋌而走險決定偷一個。結果東窗事發，給主管逮個正著，給他炒了。雖然讀者難免同情麵包師的處境，但從公司和管理角度，主管絕無出錯，所作決定盡在情理之中，在常態也是理所當然的事。主管這個角色身分的安排，正正從常態角度合理地處理麵包師偷蛋糕的行為，將麵包師不合法但合情合理地處理偷竊行為，清楚展現到讀者面前。

3.2.2.13. 特務

特務有著特殊身分，主要為國家擔任特殊任務，一般有特殊技能，經過嚴格訓練，能在極為艱難的環境下完成交給他的任務。由於特務的身分以至任務都具隱蔽性，一般不會輕易讓人知悉，給人充滿神秘的感覺。為了掩護特務工作，一般會找別的身分作為掩護，一來可以迷惑敵人，二來可保證自己的安全。對於自己國家來說，特務是正面人物，他為國家安全和利益，隱

蔽自己，完成任務後又不為人知，做的都是無名英雄。相反，對於敵對國家
而言，特務是可怕的，難以防避的神秘人物，一般會嚴加防範。只是特務自
有他的門路，他的辦法，讓人防不勝防，在你不知不覺間著了他的道兒。

〈某夫人〉文本主角某夫人就是這樣的特務，她是位尤物，以偷運違禁
品的走私客作掩飾，為的是找來侵略中國東北日軍軍隊的軍事秘密，用的就
是她的姿色，她通過色誘日本軍官，最後順利得到日軍對付東北義勇軍的軍
事計劃，在情報工作上戰勝了日軍。

3.2.2.14. 漢奸

作為中華民族一份子，對於任何不利國家的敵人都有特別負面的感覺。
何況漢奸本為中國人，但為敵人服務，反不利於自己國家和人民，因此漢奸
是眾人鄙視憎恨仇視的對象，人人得而誅之。

張愛玲〈色戒〉文本中，雖然易先生身分為特務機關的領導，但在文本
裏他為偽政府效力，成為漢奸，才是關鍵，因此才掀起文本內最重要的情
節，那就是眾人合謀設計暗殺這位漢奸易先生。

3.2.2.15. 領導

作為決策者，作為負責人，領導，領袖或是幹部責任重大，可謂成敗繫
於一身，因此他們應該以身作則，不光在決策上要找到正確方向，宏觀看問
題，還要在實踐上堅持，不動搖，不受其他因素左右，此外，還要潔身自
愛，不受貪婪及惡習所影響，造成腐敗，這類角色身分在當代中國很多敘事
文本都有探索，對探討社會腐敗道德淪喪等主要信息的傳達能起到很好的作
用。

新舊團長與福奎繼明

王安憶〈舞台小世界〉文本裏面的文工團有兩位團長，一個老團長，退
休後來了個新團長。作為文工團的團長自然是領導階層，同時也是幹部，老
團長雖然明白學習西洋音樂的繼明，對文工團管理及演出可能有專業及具建
設性的意見，但卻不喜歡這類知識分子自鳴清高，拒人於千里之外的態度。

相反，老團長更願意接受福奎這類農民出身的成員，他欣賞福奎事事賣力，勇於承擔的態度。當然老團長也知道福奎所代表的舊時代的審美眼光，很難為文工團演出爭取到年輕的群眾，結果在演出不如意，票房大幅下滑的形勢下，老團長退休了，新團長銳意改革，嘗試排除福奎這類舊人物對演出改革的干擾。可是，空有理想，想法，沒有實踐經驗的知識分子如繼明等，在準備演出前的眾多繁瑣雜事中一籌莫展，結果還是要靠福奎的調度和安排，演出才能成功。只是福奎卻站在舊有傳統的觀念裏，不接受新派音樂，搖滾等，反而推薦傳統的鼓書等引不起青年觀眾興趣的項目。新團長看不慣吵吵鬧鬧的新潮事物，也慢慢接受福奎的想法。文工團又回到原來的怪圈裏面，又走不出去，文工團再次不賣座……。

正如前面提及的知識分子，這裏的繼明有著很多知識分子的毛病，那就是自信高人一等，看不起人，只懂空談闊論，全無實踐經驗，遇事只會抱怨。當然他們有學識，有見地，但多數時間只停留在自我滿足的空想中，沒有決心開誠布公，不抱歧視眼光看待別人，願意接受別人不大成熟的意見，為做好事情跟別人衷誠合作。

身為領導的團長，就是需要調和知識分子和無產階級福奎的矛盾，站在更高的高度，帶引大家一起為文工團盡力，如果團長能善用兩方面的優點，福奎調度後勤和物流安排上有經驗，有辦法，便應該由他主管這些方面。另外，為了增加文工作演出的吸引力，便應接受繼明等知識分子對改革內容的意見，增加廣為青年熱愛的西洋音樂，調整自己心態，正確認識西洋音樂特性，不應鐵板一塊地看待，認為全是沒有品味的。可以適當加些流行元素，只要不過分，不渲染，不媚俗，有機地結合中西各方有價值的演出放進節目裏，自然能吸引觀眾。推而廣之，文本中心信息就是社會發展路向的大課題，同理，沒有所有人盡力盡心的投入，互相猜忌互相破壞，也不可能締造出美好的社會未來。作為領導人，這是應該認真記取的。

3.2.2.16. 乞丐

乞丐就是向人行乞過日，社會最看不起的人，他們形象不佳，總是十分

骯髒的衣著，而且好食懶做，他們一般出沒街頭巷尾，向途人要錢，影響市容，屬於較發達城市的普遍現象。乞丐由來已久，自古已經存在，他代表著社會最低下的階層，現代城市乞丐的來源很多，有的是從外地來，尤其是來自農村，無法在城市謀生，淪為乞丐。有的則可能是原來城市居民，因某些原因，失去工作，失去住所，以致流落街頭，淪為乞丐。

黃金夢碎

乞丐這類角色身分一般都可以設計出感人的故事，或勵志，或警醒，或寄予同情或引起反思，穆時英〈街景〉中的乞丐原是大城市附近農村的農民，因嚮往城市的繁華，以及俯拾即是的發財機會，於是毅然隻身到大城市闖一番，但因沒有技能，不容易在競爭激烈的城市裏謀得工作，賺取金錢，結果淪為乞丐，就是他給汽車撞倒，那怕是過世，城市生活也不會因此改變，社會節奏也不因此而變慢。乞丐的經歷更多會引起讀者深思：社會發展犧牲了這個角色身分甚麼寶貴的東西？人的價值在哪等等。

行俠仗義

當然在武俠小說中的乞丐就有點不一樣，如丐幫幫主洪七公，黃蓉等，這類一般意義的乞丐身分便用不上。相反，作為中國古代北方第一大幫會，丐幫行事光明磊落，愛國愛民，不欺凌弱小的行事作風，直是道德高尚的標準所在。〈射鵰英雄傳〉裏丐幫與由裘千仞領導的鐵掌幫，形成強烈對比，丐幫仁義愛國，為大宋出力，力阻金人侵略，相反鐵掌幫竟勾結金人。到了〈神鵰俠侶〉，丐幫仍是任俠仁義的組織，為大宋對抗外族蒙古出了不少氣力。丐幫成為俠義的化身。當然，樹大有枯枝，丐幫仍有如彭長老般的壞人，幫助外族欺壓大宋子民，打擊中原武林界；也有小人物與人爭鬥，惹上陸無雙，不大符合俠義道精神。

3.2.2.17. 革命者

面對社會不公平及不合理，有人會選擇採取激烈手段應對，希望通過革命推翻政權，徹底改變現狀，這類角色身分革命者對於在位者或者安於現狀

者,無疑是破壞分子,形象負面。對於要求改革的,或抱有理想的人們來說,革命者是正面人物,值得敬佩。如果革命成功了,這些革命者甚至可以成為民族英雄,人民救星,享有崇高的地位。

〈藥〉中的夏瑜正處於中國滿清政府內外交困的死局中,大規模改革乃至革命是社會必然的發展出路。可是,由於社會大眾愚昧無知,迷信守舊,結果這位革命者給人出賣而遭問斬。夏瑜革命者角色身分十分正面,在眾多迷信守舊的角色之間,仿佛他代表社會的未來及希望,雖然他給處死了,但在他墳頭那朵來歷不明的鮮花證明還有革命同路人在肯定革命的方向,繼續夏瑜的遺志,還寄托著中國的未來和希望。

〈街景〉裏寫乞丐的悲劇時,特別提及「革命黨」。如果剛才談到革命者時強調他們對社會貢獻的話,這個文本的革命者似乎是假借革命而斂財的壞人,這位同鄉失去金二哥的提攜後,勤勤懇懇也攢了一點錢,結果卻給革命者搶劫,失去所有儲蓄,最後只能淪為乞丐,行乞過活,最後更客死他鄉。

3.2.2.18. 大俠

俠客精神是中國傳統文化的重要精神之一,大俠仁義慷慨,急人於難,面對不公,願意挺身而出,為別人抱打不平,兼之大俠明理重情,對國家民族更從不妥協,堅持為國為民的大原則,大俠就是民族英雄,大仁大義,不怕艱難,明知艱險,只要對國家民族有利,他們都一往無前,死而後已。他們不計私利,大公無私,從不欺負別人,更不會濫殺無辜,他們就是道德模範,人間君子。

洪七公,郭靖,楊過

〈射鵰英雄傳〉和〈神鵰俠侶〉裏面的洪七公就是這樣的角色,他身負絕藝,專門警惡鋤奸,當上丐幫幫主,將這種俠義精神帶到幫內,使得丐幫在江湖上人人尊敬。

郭靖繼承洪七公大俠精神,他不僅學會洪七公的降龍十八掌,更重要的

是秉承洪俠義精神，視保家衛國為己任，力挫金國對大宋的陰謀，後來更助守襄陽，力保大宋江山不致於被蒙古所侵佔，他極重信用，就是自己女兒郭芙犯大錯斬了楊過手臂，他也不避親疏，要斬下郭芙手臂作補償，他對義弟楊康之子楊過寄望甚殷，見到楊誤入歧途時，他比誰都心痛，當見到楊吐氣揚眉擊殺蒙古大汗而成為民族英雄時，也比誰都高興。他尊師敬長，對人不假辭色，謙和有禮，忠實可靠，愛妻護女，除了生性魯笨之外，幾乎沒有缺點。而且在大義當前，他絕不含糊。他愛妻如命，但當面對襄陽危城，自己身負重任時，他願意以國為重，由妻女黃蓉守護自己有為之身，就是黃蓉命喪於敵，也毫無悔意。當他隻身赴忽必烈大營，營救陷敵的二武時，面對忽必烈的勸降，面對忽必烈誘以舊情，郭靖都能以國家為重，大義凜然地一一回絕，心裏光明而能侃侃而談，盡顯大俠豪氣干雲視大敵如草芥的胸襟氣概。

　　楊過則屬別類大俠類型，他聰明靈活，視禮教如糞土，忠於自己感情，雖然有點自私，行徑有點奇異，但他出於真心，傾力完成。當他受了洪七公和郭靖的感染，慢慢形成俠義精神開始，從迷茫中慢慢認識自己行俠的心意，同時認清自己父親種種不堪不是和錯誤後，從只憑一腔熱血救郭靖救黃蓉救郭芙救二武救陸無雙等等，變成為民請命，幹出殺貪官，懲奸臣，救遺孤，殲敵先鋒，炸敵糧倉火藥庫，殺蒙古大汗等仁俠大事，成就這位神鵰大俠的俠名。

3.2.2.19. 學生

　　學生是社會裏備受保護的身分，由於他們正在求學，又是未來社會的棟樑，所以得到保護是應有之義。由於學生身分橫跨十多年，由大學生到小學生，跨度很大，學生的角色身分也有很不相同的特色。

中小學生

　　可能是兒童文學需要面對純真的兒童讀者的關係，李潼兒童敘事文本〈乾一碗魚湯〉中，同學如大聲公和敘事者「我」，基本上都能做到互相幫

助，互相支援，互相學習，共同成長這樣的身分關係，符合社會對同學的期望。他們雖然嫌棄同學起爐火遠未達要求，但只限於戲謔，到了老漁翁掉海需要求援時，大聲公從海邊大聲叫喊，大夥兒便帶同救生圈火速趕到，救活了老漁翁。事後同學們還大讚大聲公的嗓門大，雖然平時嫌大聲公太吵，但到這時候仍能真心稱讚，可見同學之間互相欣賞互相取笑的真摯感情。

大學生

洞悉人們的空虛

　　大學生按理有理想有抱負，有眼光，能洞察社會現象，分析箇中原因，找尋解決辦法。〈夜總會裏的五個人〉的季潔就是這類角色，他從審視本體的內涵，進而探索他眼中夜總會各種人物，似乎在挖掘眾人空洞心靈背後的真相，令人反思人生際遇中的不幸本質，以及內中的真正意義。

抗議社會不公平

　　學生尤其是大學生，對一般社會不公平，以至政府腐敗現象特別敏感，因此面對如此不堪的現實，往往起而抗議甚至積極參與革命。蕭乾〈栗子〉裏的女角以及其他同學就是在黑暗的軍閥政府統治下，以示威遊行進行抗議的學生，結果遊行遭軍警鎮壓，部分受傷住院。與這些勇於表現自己，爭取社會公義的正面學生角色身分相比，男主角則屬另類學生，他享受生活，活在幸福快樂的戀愛生活中，他不管社會有多少不平事，也不管身為學生的社會責任，只跟身為警察總長的軍人父親一般，認為示威遊行絕不應該，對於參與示威遊行的女友，男主角感到驚訝：為甚麼女生不好好享受他給予的幸福，而要冒著生命危險跟其他同學般跑到街上遊行？文本以栗子象徵這群示威學生，對於統治者來說，這些學生不聽話，就好像栗子般黏黏糊糊，總給人添麻煩，讓人不舒服，還不守本分，企圖逃出手掌之外，因此需要使用暴力，捏碎栗子，鎮壓學生活動，以懲戒他們的不安分。

新學學生

　　另一位就是正在就讀新學的學勤，〈肥皂〉裏的他正在學習英語，學習新學問，但仍身處守舊社會，整個社會氣氛仍然相當傳統，他尷尬的身分正

好表現在父親四銘對他的責問上。傳統守舊的父親因在買肥皂時受到幾位念西學的學生的揶揄,但不知他們說的英語怎解?因此回家後便問也在上西學的兒子學勤。對於沒頭沒腦的詰問,雖然有四銘提供的譯音「惡毒婦」,但按理,一位從課堂和書本中學習英語的學生,又如何可能知道罵人的說話呢?可是,不明就裏的四銘便大發議論,批評西學沒用,上學也是浪費……。學勤在家裏要練中國傳統拳術八卦拳,要接受四銘傳統思想的教化,成為中西文化初期交雜下,無法各取優點的代表。當然,那幾位見著四銘左挑右選地選購肥皂,而見鄙夷之色,暗罵四銘為 old fool 的所謂洋學生,也不見得真正學懂中西文化的精神,只懂炫耀自己,譏諷別人。

3.2.2.20. 非人類動物

除人類以外,角色種類還包括其他動物,以及昆蟲甚至植物:

馬

傳統而言,馬是人類的好朋友,好夥伴,也是古人主要的交通工具,屬正面的角色,金庸兩部長篇〈射鵰英雄傳〉和〈神鵰俠侶〉裏,都有比較引人注目的戲分,汗血寶馬神駿非凡,日行千里,珍貴非常,而且甚受郭靖黃蓉重視,備受愛護,能救主角於危難之中。瘦馬只出現在〈神鵰俠侶〉,是楊過從莽夫的勞役和虐待中拯救出來的,它與楊過有著很多相似之處,如同樣的出身不好,際遇不佳,也有倔強不屈的性格,以及飛揚驕傲的表現。

鵰

鵰在文化範圍內比較少見,但在上述兩個文本裏都有它們的地位,屬輔助角色,兩隻白鵰能攻擊敵人如彭長老及李莫愁,因此也屬人類的朋友,後來在攻擊金輪法王時雄鵰給法王拂中傷重而亡,雌鵰自殺殉難,更直接帶出整個文本以情為主這個主要信息:

> 眾人見這雌雕如此深情重義,無不慨歎。黃蓉自幼和雙雕為伴,更是傷痛,不禁流下淚來。陸無雙耳邊,忽地似乎響起了師父李莫愁細若

> 游絲的歌聲：「問世間，情是何物，直教生死相許？天南地北雙飛
> 客，老翅幾回寒暑？歡樂趣，離別苦，就中更有癡兒女。君應有語，
> 渺萬里層雲，千山暮雪，隻影向誰去？」（第38回）

除了白鵰，〈神鵰俠侶〉文本裏還有神鵰，雖然牠不能飛，但力大無窮，而
且懂得武功，加上曾與劍魔獨孤求敗為友，是他陪練手，儼然是武林前輩，
是楊過的師父輩，跟楊過可謂亦師亦友，牠也作楊陪練，督促他到瀑布下山
洪中苦練，還擊殺三角蛇蚺，取膽給楊服用，增加楊內力，可見神鵰功能與
作用等同師父，有著明顯的指導功能。

蜜蜂

　　蜜蜂以勤勞為人類所喜，蜜糖對人類甚有益處，也使得蜜蜂屬正面角
色，〈神鵰俠侶〉小龍女馴養的玉蜂有劇毒，她以玉蜂針作為武器，玉蜂還
成為護送楊龍回古墓的助力，當龍受重傷，楊跟龍從重陽宮殺回古墓，便是
借助龍指揮玉蜂前後保護，才得以殺退北斗陣，順利回古墓。周伯通偷學龍
指揮玉蜂本事，以致發現蜂翅膀刻上「我在絕情谷底」六字，從而引渡眾角
色奔赴絕情谷，找尋小龍女的縱跡，玉蜂也應記上一功。玉蜂初試啼聲遠在
第 4 回已經出現，龍的古墓派武功也在此先聲奪人，情節因此順利得以開
展，楊也順利逃離全真教，改拜小龍女為師父。玉蜂漿不易腐敗，可保存經
年，也為楊龍回古墓養傷時作食糧，女嬰郭襄也喝蜂漿水以止餓。蜂漿引蜂
也為結束歹角作出貢獻，趙志敬賣國賣教求榮，最終躲在大鐵鐘內，並以蜂
漿要挾求赦免，結果被野蜂叮死。

蜘蛛

　　蜘蛛則屬於負面角色，〈神鵰俠侶〉由奸角金輪法王從西藏帶來的毒蜘
蛛彩雪蛛自然是惡毒無比的了，加上金輪法王佈假軍旗於山洞，騙周伯通去
盜旗，然後於洞口放出毒蛛結成毒網，好殺害周伯通。

蛇

　　至於蛇，原屬負面角色，在歐陽鋒手下也當上歹角，屬幫凶一流，在

〈射鵰英雄傳〉裏通過蛇陣協助歐陽鋒對付洪七公，郭靖等正面角色。

其它

至於其他非人類角色，包括各種動物，甚至植物，外太空生物等，在兒童及或科幻敘事文本裏常成為主要角色，由於涉及範圍過大，筆者不打算在這裏作交代了，因此只備而不談。

3.2.2.21. 死物

至於屬於死物的角色，在敘事文本裏是完全可能的。簡單來說就是用擬人法，賦予它們人的價值，當然要照顧物件的性質，如玩具的頭手足之類可以離開身體而不受傷害，又如機械人可以重生等等，這些同樣在兒童敘事文本也是比較多見的。至於一般敘事文本，較少出現，但如劉以鬯〈動亂〉之類文本，便以不同死物包括垃圾箱，報紙，電車等物件，交代暴亂事件下的各種情況，充分發揮各物件的特性以及它們與暴亂的關係。有關分析，可參看「環境」一章「意象群：重復形態」環節。

小結

敘事文本中的角色，跟現實一般，不管身分還是關係都極為繁雜，不可能全面交代。這裏只借少許例子作簡單介紹。從上述說明可以看出，角色身分大致按常態安排，再結合各種不同的感情瓜葛，形成各式各樣的角色關係，以此構建起敘事文本的基本框架。

3.2.3.　角色性格

角色性格和特點是塑造角色時必須仔細思考的項目，性格和特點決定角色的言行和思想感受，也是讀者喜愛閱讀敘事文本的重要因素之一。從故事層面看角色，其中一個重要考慮內容就是角色的性格和特點，這兩項是足以影響敘事文本成敗的關鍵，畢竟敘事文本主要就是故事和角色，沒有角色甚麼也是虛的，一般能吸引讀者的往往就是角色，他的性格和特點又起著絕對關鍵的作用，因此預先想好角色這兩個方面是任何敘事文本都需要的。傳統

敘事文本因為篇幅夠大，往往可充分展現角色性格和特點；現代敘事文本尤其是短篇的往往只能作重點發展，要做到良好的閱讀效果絕對不容易。以下借幾個角色的分析，先簡單交代角色性格的大致面貌：

3.2.3.1. 楊康

楊康是〈射鵰英雄傳〉中歹角的代表，他與歐陽鋒，歐陽克，完顏洪烈等都同屬負面角色。當然，他武功低微，遠不是高手，但手段狠辣，在故事情節裏扮演著重要的角色。

貪圖富貴

他本是楊家槍傳人忠君愛國的楊鐵心兒子，出生後已是金國六王爺完顏洪烈的兒子，享盡榮華富貴。可是到生父出現，母親直言他並非女真人而是漢人，但楊康不願捨棄榮華富貴，結果還是沒有承認自己真正的身分。

卑鄙無恥

由於他重名重利，即使明知完顏洪烈是敵人，而且是殺父仇人，他仍為完顏洪烈謀劃，協助金國，這種認賊作父的卑鄙行徑，可謂到了人人得而誅之的地步。

口蜜腹劍

楊康雖然有心繼續當他的小王爺，好享受他的榮華富貴，但他沒有跟嫉惡如仇的師父丘處機撕破臉，仍以巧言令色騙過他；就是對自己傾心的穆念慈，即使穆一再要求楊明志，不再助紂為虐，他仍多次推搪。對郭靖這位義兄，也多次企圖加害；為了成為歐陽鋒武功的唯一傳人，立意殺害歐陽克。可見他為求達到目的，絕對可以不擇手段。

虛情假義

即使與自己母親相處，也不忘作虛弄假。利用母親善良的心地，刻意弄斷兔子的腿骨，好讓母親費心治療，無暇過問他的事，可見楊康這人品行如何卑劣。

3.2.3.2.　令狐沖

放蕩不羈

　　〈笑傲江湖〉的令狐沖放浪形骸，不拘小節，生活不自檢點，喜喝酒賭
錢打架。遇到好酒，不惜金錢，也不避骯髒，只求從乞丐喝剩的猴兒酒壺
中，喝上一口。與淫賊田伯光在迴雁樓，在劇鬥前也一再對飲，以致惹來泰
山派前輩的指摘。後來更因為青梅竹馬的師妹岳靈珊移情別戀，他在洛陽更
肆意糟蹋自己，喝酒喝得爛醉如泥，又與流氓市井廝混，既賭錢又打架，還
給打得鼻青臉腫，給華山派及掌門岳不群丟盡了臉。

樂觀豁達，隨遇而安

　　令狐沖性格沖和，也樂觀知命，不作強求。即使體內真氣鼓蕩，極為難
受，隨時有性命之虞，但他不以為憂，大有瀟灑走一回不枉此生的豪氣。他
也曾多次受重傷，仍能談笑自若，甚至還能捉弄敵人，如他受了田伯光快刀
重創，但仍不忘向儀琳展示青城派「屁股向後平沙落雁式」：

> 　　令狐大哥左掌一帶，將他帶得身子轉了半個圈子，跟著飛出一腿，踢
> 中了他的……他的後臀。這一腿又快又準，巧妙之極。那羅人傑站立
> 不定，直滾下樓去。
> 　　令狐大哥低聲道：「師妹，這就是他青城派最高明的招數，叫做『屁
> 股向後平沙落雁式』，屁股向後，是專門給人踢的，平沙落……
> 落……雁，你瞧像不像？」我本想笑，可是見他臉色愈來愈差，很是
> 擔心，勸道：「你歇一歇，別說話。」我見他傷口又流出血來，顯然
> 剛才踢這一腳太過用力，又將傷口弄破了。（第4章）

極重義氣

　　與五霸岡三山五嶽人士稱兄道弟，即使面對任我行的高壓，仍願意與眾
人共飲；他也曾與向問天共禦強敵，同生共死，決不捨對方而獨生。

淡泊名利

不以名門高徒自居，也不熱衷名利；他當上恆山派掌門也是定閒師太的遺意，不得已才當上。至於五嶽劍派掌門，他更從沒有想過染指，直到少林方丈和武當掌門一齊相勸，他也是為了阻止左冷禪奸計，才勉為其難地答應競逐掌門之位。

聰明機智，心思敏捷

能多次騙倒田伯光以及青城弟子，也能洞悉左冷禪覬覦五嶽劍派掌門的陰謀，破壞左冷禪假借魔教名義，企圖覆滅恆山派，擄走弟子，迫使恆山派掌門定閒師太同意併派等卑劣手段。

見義勇為

素未謀面，只因儀琳是五嶽劍派的弟子，便不惜捨身營救，而且為善不好名，也極力維護恆山派和儀琳的名聲。

3.2.3.3.　郭芙

魯莽

郭芙魯莽不察的性格，在〈神鵰俠侶〉文本裏可說多有所見：例如在母親黃蓉佈好石陣，避免給金輪法王捕獲時，她卻不按要求站立，以致暴露與石陣之外，結果給金輪逮住，幸好得楊過捨身相救，她才不致於落入敵人之手。

到後來，郭芙因砍下楊過右臂而闖了大禍，需要離開襄陽到遠處避禍時，卻只懂使蠻與守城軍士鬥僵，而不懂使計：

> 只見郭芙騎在小紅馬上，正與城門守將大聲吵鬧。那守將說話極是謙敬，郭姑娘前，郭姑娘後的叫不絕口，但總說若無令牌，黑夜開城，那便有殺頭之罪。
>
> 黃蓉心想這草包女兒一生在父母庇蔭之下，從未經歷過艱險，遇上了難題，不設法出奇制勝，一味發怒呼喝，卻濟得甚事？（第27回）

黃蓉一句「草包女兒」確是的評。這個魯莽性格到了她嫁予耶律齊後，仍沒人改善，險些讓她死於霍都最後一擊之下：

> 郭芙見霍都死在台上，一張臉臃腫可怖，總不信這臉竟是假的，拔出長劍，躍上台去，說道：「咱們瞧瞧這奸人的本來面目，究是如何。」說著用劍尖去削他的鼻子。驀地裏霍都一聲大喝，縱身高躍，雙掌在半空中直劈下來。（第 37 回）

最後由楊過和黃藥師分別以小石子擊殺霍都，才得以拯救這莽撞的郭芙。

當然，說到郭芙的魯莽不慎，相信讀者都會想及她發毒針誤傷小龍女一幕：

> 郭芙見棺蓋和棺身並未合攏，從縫中望進去尚可見到衣角，料定必是李莫愁躲著，哈哈一笑，心想：「即以其人之道，還治其人之身！」左掌用力將棺蓋一推，兩枚冰魄銀針便激射進去。這兩枚銀針發出，相距既近，石棺中又無空隙可以躲閃。楊龍二人齊叫：「啊喲！」一針射中了楊過右腿，另一針射中小龍女左肩。郭芙銀針發出，正大感得意，卻聽石棺中經傳出一男一女的驚呼聲，她心中怦然一跳，也「啊喲」一聲叫了出來。耶律齊左腿飛出，砰彭一響，將棺蓋踢在地下。楊過和小龍女顫巍巍的站起來，火把光下但見二人臉色蒼白，相對淒然。郭芙不知自己這一次所闖的大禍更甚於砍斷楊過一臂，心中只略覺歉疚，賠話道：「楊大哥，龍姊姊，小妹不知是你兩位，發針誤傷。好在我媽媽有醫治這毒針的靈藥，當年我的兩隻雕兒給李莫愁銀針傷了，也是媽媽給治好的。你們怎麼好端端的躲在棺材之中？誰又料得到是你們呢？」（第 29 回）

刁蠻霸道

早在孩童時期，郭芙便已經刁蠻不講道理，只要不合心意便使蠻，鬥蟋

蟀不勝，不但遷怒於蟋蟀，將其踹死，還慫恿二武合打楊過：

> 郭芙見自己的無敵大將軍一戰即死，很不高興，轉念一想，道：「楊
> 哥哥，你這頭小黑鬼給了我罷。」楊過道：「給你麼，本來沒什麼大
> 不了，但你為什麼罵它小黑鬼？」郭芙小嘴一撇，悻悻的道：「不給
> 就不給，希罕嗎？」拿起瓦盆一抖，將小黑蟀倒在地上，右腳踹落，
> 登時踏死。……郭芙見打得屬害，有些害怕，但摸到自己臉上熱辣辣
> 的疼痛，又覺打得痛快，不禁叫道：「用力打，打他！」武氏兄弟聽
> 她這般呼叫，打得更加狠了。（第 3 回）

頤指氣使

　　從小到大，郭芙對武敦儒和武修文一直都是頤指氣使，二武從不違抗，
都是甘心隨意差遣，間接助長郭芙自高自大，不知天高地厚的驕縱心態。

任性妄為

　　郭芙一生未受挫折，形成自高自大，驕傲任性的性格。一直對她唯命是
從的二武，給楊過弄得離她遠遠的，早已遷怒於楊過。加上誤會楊以妹妹郭
襄到絕情谷換取續命絕情丹，認為即使教訓一下楊過，也不為過。在與楊過
鬥嘴過程中，郭芙怒氣越增，給楊搧了一巴掌後，便不顧一切，狠下決心一
劍揮下，將楊過右臂砍了下來：

> 郭芙憤恨那一掌之辱，心想：「你害我妹妹性命，卑鄙惡毒已極，今
> 日便殺了你為我妹妹報仇。爹爹媽媽也不見怪。」但見他坐倒在地，
> 再無力氣抗禦，只是舉起右臂護在胸前，眼神中卻殊無半分乞憐之
> 色，郭芙一咬牙，手上加勁，揮劍斬落。（第 24 回）

傲慢無禮

　　就是面對冰雪封河，客房爆滿的情況下，郭芙仍表現社會上層那種傲慢

和無禮：

> 果然聽得一個女子聲音說道：「掌櫃的，給備兩間寬敞乾淨的上
> 房。」掌櫃的陪笑道：「對不起您老，小店早已住得滿滿的，委實騰
> 不出地方來啦。」那女子說道：「好罷，那麼便一間好了。」那掌櫃
> 道：「當真對不住，貴客光臨，小店便要請也請不到，可是今兒實在
> 是客人都住滿了。」那女子揮動馬鞭，「啪」的一聲，在空中虛擊一
> 記，斥道：「廢話！你開客店的，不備店房，又開什麼店？你叫人家
> 讓讓不成麼？多給你店錢便是了。」說著便向堂上闖了進來。（第
> 33 回）

恃勢凌人

即使已為人妻，郭芙劣根性並沒有改變。為了找尋妹妹郭襄，郭芙闖進
樹林，碰到山西一窟鬼及史氏兄弟眾人，一言不合便打了起來：

> 史孟捷親耳聽得郭襄叫楊過為「大哥哥」，此刻郭芙又叫她為「妹
> 妹」，不禁一驚，心道：「難道這女子是神雕大俠的夫人還是姊
> 妹？」硬生生將遞出去的一招縮了回來，急向後躍。郭芙明知對方容
> 讓，但她打得心中惡怒，長劍猛然刺出，噗地一聲，史孟捷胸口中
> 劍。大頭鬼嚇了一跳，叫道：「喂，怎麼⋯⋯」郭芙長劍圈轉，寒光
> 閃處，大頭鬼臂上又給劃了一條長長的口子。她心中得意，喝道：
> 「要你知道姑奶奶的厲害！」（第 34 回）

眾人明顯因神鵰俠楊過的緣故已經處處容讓，但她仍以劍傷對方，可見她不
講情理，肆意妄為的行事作風。

3.2.3.4. 郭襄

郭襄在〈神鵰俠侶〉文本中是唯一沒有缺點的主要角色，以下是她性格

的簡略說明：

膽大

郭靖和黃蓉幼女郭襄一出生便在〈神鵰俠侶〉有她的戲分，但直到第
33 回，讀者才能觀察到這個角色的性格和特點。她膽大心細，只是在風陵
渡口聽到神鵰俠的俠義事跡，只有十五六歲年紀的她，竟然因此孤身隨陌生
人去見神鵰俠，這種行逕不能不算膽大了。

豪氣大度，不拘小節

為了答謝眾人講述神鵰俠的事跡，她不惜以珍貴的珍珠項鍊換酒請眾人
喝酒，大有一擲千金的豪氣。她也不拘小節，為著招呼到來慶祝她十六歲生
辰的陌生人，竟在自己閨房擺下小宴，還與他們杯酒言歡，顯得英氣迫人。

郭襄沒有世俗眼光，當知悉周伯通瑛姑一事後，她反而認為時為大理國
王的一燈既有幾十妃嬪，應顧全朋友之義，送時為劉貴妃的瑛姑給周才對。

處變不驚

郭襄即使給金輪法王騙倒，成了人質，但她仍表現得不驚不懼。就是當
金輪法王殺了大頭鬼和長鬚鬼，她仍臨危不亂，反說「你要殺我，快動手好
啦！」表現她無懼生死的胸襟。

念舊

郭襄與丐幫幫主魯有腳一老一幼是好朋友，常常一起喝酒談天，後魯被
害，郭便帶同酒菜午夜到魯身死現場的羊太傅廟拜祭，可見她顧念舊情。

重義

當受史家兄弟所養的猛獸圍攻時，山西一窟鬼眾人危在旦夕，郭襄因戴
有原屬史家兄弟的皮帽，群獸認得便不再攻擊。為救帶她來見神鵰俠的大頭
鬼，郭襄不顧自己安危，毅然將帽安在他頭上，可見她義氣先行。

深情

對楊過由欣賞到崇拜，情意一點一滴地加深，知道楊過可能因見不到小
龍女而自戕，便毅然帶著楊過給她的一枚金針去勸阻楊過；當見到楊過跳斷

腸崖自盡時，她情不自禁地跟著跳了下去。

明理

到了楊過小龍女重逢，郭襄非但沒有嫉妒，反而認同只有小龍女才配得上楊過，並衷心祝福二人。

3.2.3.5.　麵包師

穆時英〈偷麵包的麵包師〉中的主角麵包師，由於母親，妻子和孩子都很渴望能嚐到蛋糕的滋味，在沒有足夠財力支持下，麵包師決定唯有偷一個回家，結果給發現而遭辭退，以下是這位麵包師的性格說明：

老實

全知敘事者以「老實」二字來形容他，由於全知敘事者擁有無上權威，他的評價就是定評，因此這位麵包師是老實人這一點，迨無異議。

學習當麵包師的日子，也可以證明他老實的性格，文本這樣交代：

> 苦盡甘來得到工作：學了三年生意，泡水掃地板，成天闐得腰也直不起，好容易才爭到做個烘麵包的。（186）

他的老實性格也可通過他嘗試偷蛋糕的過程中清楚見到。正因為他老實，但為了滿足家人的願望，所以才有偷的貪念。也正由於他老實，到真正要偷時，只要一想，臉馬上紅了起來「一點不含糊的，臉馬上又熱辣辣的不像樣了」（189）。最後折騰了整天，失魂落魄，還是沒有下手，可見他老實的本性。到了奶奶生日那天，還是在不斷的掙扎著：

> 這老實人這一天可苦透了。一個心兒的想偷一個吉慶蛋糕回去。東張西望的等了半天，只見人家都在望著他。……他一邊做著吉慶蛋糕上面的花朵兒，一邊手發抖，渾身發抖，人也糊糊塗塗的。

到真的偷起來時，還是緊張得要命：

> 甚麼都瞧不見了，頭昏得厲害，不知怎麼一下子就擱到桌子底下去
> 了。一望，沒人在瞧他。一不做，二不休，索性一卸褂子蓋在上面。
> 嘆了一口氣，滿想舒泰一下，可是兀的放不下心。眼皮跳得厲害。別
> 給瞧見了吧！汗珠兒從腦門那兒直掛下來，掛在眉毛上面。兩條腿軟
> 得像棉花，提不起，挪不開。太陽穴那兒青筋直蹦，眼也有點兒花
> 了。（190）

孝順

既然麵包師那麼老實，為甚麼他還要硬著頭皮去偷呢？

> 奶奶老了，沒多久人做了，可是她虎牙還沒掉，一個心兒的想吃洋餑
> 餑兒呢，做兒子的總該孝敬她一下啊。（187）

正是因為麵包師孝順，希望能圓母親的心願，才違背老實的本性去偷蛋糕。

3.2.3.6. 馬褲先生

老舍〈馬褲先生〉的主角是一位負面角色，以下是他的各方面特點：

外貌：不倫不類

文本一開始，便通過限知敘事者「我」交代這位穿馬褲的乘客的外貌描
寫，能很好地描述他的外貌和暗示他的性格，他的穿戴包括馬褲，平光眼
鏡，青絨子洋服，小楷羊毫以及青絨快靴，五種不一樣的東西拼揍出一個怪
模怪樣的主角來。由於馬褲是西方騎馬時穿的褲子，因此給人好動、活潑的
形象。可是，平光眼鏡卻有另一番感覺：文質彬彬，有著高深教養，甚至受
西方教育的……這跟洋服配合起來，西化形象便更加突出。可是胸袋不放
手帕，而放上富中國傳統文化色彩的小楷羊毫。這還不止，西服西褲下面，

穿的卻是中式的靴子。這個不中不西，不文不武的四不像形象，實在叫人發
笑。馬褲先生正是這麼一個角色。

不顧別人感受，自私自利

馬褲先生是一個不顧別人感受，只想到自己的人。這從車子還未開，他
便著茶房，給他拿毯子、枕頭等物事中可見。當時茶房正忙得不可開交：替
客人搬東西，安頓座位等。按常理：天還未黑，遠未到睡覺的時候，毯子枕
頭等並不是十分急需的東西，待一切安頓妥當後，車開了，才一併替他安排
也不為過。可是，馬褲先生不這麼想，他便是如此不通情理。

馬褲先生不僅不顧茶房緊張的工作情況，還無視同一車廂內其他乘客的
感受。雖然馬褲先生出於善意詢問「我」有沒有行李，但當他得知「我」和
另一乘客沒有帶任何行李乘車時，竟透露他除放進車廂，佔去兩個上舖八件
行李外，還有另外四件行李和一口棺材寄存於行李車廂。並指出若早知其他
乘客沒帶行李的話，便可不用付錢將棺材等全放進車廂內。這種不顧別人感
受，只想佔盡便宜的性格，在這一段文字中可謂表露無遺。

不顧公德

說實在的，馬褲先生並不是壞人或惡人，甚至可以說他的心地還頗善
良。可是，他自私自利，罔顧他人的性格卻令人反感。當然他不顧公德，在
別人頭上擊打靴底的泥土；用公家的毛巾清理耳鼻孔，還擦手提箱的泥土；
他的領帶、帽子和大衣佔去車廂內所有掛鉤。他也全無衛生常識，不僅當眾
挖鼻，還隨便吐痰，更吐到車頂上去。種種不文明的舉動，實在令人側目。

言行無聊

馬褲先生行為無聊，除了喊茶房拿這拿那外，便是呼呼入睡，當火車中
途於天津停站上客時，他趁便到處走走：在走廊阻礙來往的旅客和腳夫，毫
無目的地看看這個，看看那個，不為光顧，只在消磨時間。至於他跟「我」
搭訕的盡問著無聊而且不合情理的問題，如當火車還未開，仍在始發站北
平，馬褲先生卻問「我」是否從北平上車，或明明身在二等，卻仍問「我」
坐的是不是二等，又問停站地點是不是天津等等，由此證明馬褲先生腦子裏

也許確實有點問題。

3.2.3.7.　我（像我這樣的一個女子）

西西這個文本主要通過主角「我」的內心獨白，向讀者交代這個角色的性格：

自怨自艾

這個文本的主角「我」總以命運安排為由，為自己未來的失敗找理由，沒有主動積極面對困境。文本最後一段文字寫男朋友「夏」將會知道「我」真正的職業是殯儀化粧師，「我」因此抱著完全悲觀的態度面對，認為彼此的感情會因此而憂然而止：

> 當夏從對面的馬路走過來的時候，手抱一束巨大的花朵，我又已經知道．因為這正是不祥的預兆。唉唉，像我這樣的一個女子，其實是不宜和任何人戀愛的，或者，我該對我的那些沉睡了的朋友說：我們其實不都是一樣的嗎？幾十年不過匆匆一瞥，無論是為了什麼因由，原是誰也不必為誰而魂飛魄散的。夏帶進咖啡室來的一束巨大的花朵，是非常非常美麗的，他是快樂的，而我心憂傷。他是不知道的，在我們這個行業之中，花朵，就是訣別的意思。

認命

「我」即使還未行動，便已認定無法對抗命運：

> 我想，我所以陷入目前的不可自拔的處境，完全是由於對命運的擺佈，對於命運；我是沒有辦法反擊的。……
> 也許，我畢竟也是一個人，我是沒有能力控制自己而終於一步一步走向命運所指引我走的道路上去。……
> 像我這樣的一個女子，原是不適宜和任何人談戀愛的。……

　　我想一切的過失都皆我而起，我何不離開這裏，回到我工作的地方去，世界上從來沒有一個我認識的人叫做夏，而他也將忘記曾經認識過一個女子。……

　　或者，我還應該責備自己從小接受了這樣的命運。……

自卑

　　我的努力其實是一場徒勞。如果我創造了「最安詳的死者」，我難道希望得到獎賞？死者是一無所知的，死者的家屬也不會知道我在死者身上所花的心力，我又不會舉行展覽會！……

　　但我是這麼一個沒有什麼知識的女子，在這個世界上，我是必定不能和別的女子競爭的。……

　　像我這樣一個讀書不多，知識程度低的女子，有什麼能力到這個狼吞虎嚥，弱肉強食的世界上去和別的人競爭呢。

從上述「我」的內心獨白可知，她自卑自憐對自己甚至「夏」都全無信心。

3.2.3.8.　我（在巴黎大戲院）

　　施蟄存這個文本有另一個「我」，文本也是以他的內心獨白交代情節，這個「我」也有著眾多突出的性格：

自我中心

　　文本所見全是「我」自己所思所想所感的內心獨白，處處只從自己出發，別人的言行也按自己意願作任意解釋。

自卑

　　同時，他卻無限自卑，總覺得別人在注意自己，在挑自己的不是：

　　這是我的羞恥，這個人不是在看著我嗎，這禿頂的俄國人？這女人也

把眼光釘在我臉上了。是的，還有這個人也把銜著的雪茄煙取下來，看著我了。他們都看著我。不錯，我能夠懂得他們的意思。他們是有點看輕我了，不，是嘲笑我。（111）

甚至就是吮吸一下也不會被人家發現的。這豈不很巧妙。好，電燈一齊熄了。影戲繼續了。這時機倒很不錯，讓我盡量地吮吸一下吧。（118）

自衛機制

由於他自卑而且自我中心，凡遇到不利於自己的情況時，「我」總會找來理由或藉口，自圓其說，形成自衛機制，以保護自己，不致受到傷害：

不錯，這兩天來，她從來沒有拒絕我的表示。我為什麼還不敢呢。我太弱了。我愛她，我已經愛她了啊！但是，我怎麼能告訴她呢？她會得愛一個已經結婚了的男子嗎？我怕……我怕我如果告訴了她，一些些，只要稍微告訴她一些些，她就會跑了的。她會永遠不再見我，連一點平常的友誼都會消滅了的……（117）

心理變態

由於「我」過於自我中心，從不認真了解別人，使得他只會將自己的想法合理化，那怕是不合理甚至不道德的。縱容自己思想的結果，使得越想越離經叛道，越往低俗猥瑣方面想，形成明顯色情和變態的特點：

我就是對於妻也從來沒有這樣熱烈過。我很可憐她，但我也沒有辦法，我不能自己約束自己啊。她住在鄉下，真是個溫柔的可憐人，此刻她一定已經睡了。她會不會夢見我和夢見我和別一個女人在這裏看電影呢？（114）

這裏很鹹，這是她的汗的味道吧⋯⋯但這裏是什麼呢，這樣地腥辣？⋯⋯恐怕痰和鼻涕吧。是的，確是痰和鼻涕，怪粘膩的。這真是新發明的美味啊！我舌尖上好像起了一種微妙的麻顫。奇怪，我好像有了抱著她的裸體的感覺了。（118）

有關這個文本的詳細分析，請參下面「內心獨白」環節。

3.2.4. 角色特點

除了上述的性格外，特點也是塑造角色的重要手段。有些特點是比較容易辨識，也不會有太大的爭議的，如生理特點，包括角色的高矮肥瘦，又如嗓門大，眼睛特小之類。下面稍作舉例，以說明一下角色特點的情況。

3.2.4.1. 洪七公

特點：饞嘴

饞嘴可算是丐幫幫主洪七公的標誌。他剛在〈射鵰英雄傳〉第 12 回一出場，便以「臉上一副饞涎欲滴的模樣，神情猴急，似乎若不將雞屁股給他，就要伸手搶奪了」的形象出現。他後來就是因為貪吃黃蓉弄的小菜，破例地傳授了降龍十八掌中十五掌予郭靖。還有，他為美食不顧一切，知道皇宮裏御廚能烹得好「鴛鴦五珍膾」，他不惜冒險潛藏在皇宮裏，為的是偷吃他夢寐以求的這款美食，可見他貪吃的程度。到了〈神鵰俠侶〉，洪的饞嘴特點仍能見到，即使到了苦寒荒僻的華山峰頂，他也不忘他的美食，為了吸引雪峰四周的蜈蚣，不惜耐著心佈置公雞作誘餌，結果得到百來條肥大的蜈蚣：

洪七公又煮了兩鍋雪水，將蜈蚣肉洗滌乾淨，再不餘半點毒液，然後從背囊中取出大大小小七八個鐵盒來，盒中盛的是油鹽醬醋之類。他起了油鍋，把蜈蚣肉倒下去一炸，立時一股香氣撲向鼻端。楊過見他狂吞口涎，饞相畢露，不佪得又是吃驚，又是好笑。洪七公待蜈蚣炸

得微黃，加上作料拌勻，伸手往鍋中提了一條上來放入口中，輕輕嚼
了幾嚼，兩眼微閉，歎了一口氣，只覺天下之至樂，無逾於此矣，將
背上負著的一個酒葫蘆取下來放在一旁，說道：「吃蜈蚣就別喝酒，
否則糟蹋了蜈蚣的美味。」（第 10 回）

當然洪七公饞嘴的特點，也成為他一大缺點：「洪七公號稱九指神丐，當年
為了饞嘴貪吃，誤了時刻，來不及去救一個江湖好漢的性命，大恨之下，將
自己食指發狠砍下」（第 40 回）。砍去食指當然同時表現洪七公敢於擔當
的性格，但也間接見證他貪吃的程度，竟致因私忘公。

3.2.4.2.　周伯通

特點：嗜玩

〈射鵰英雄傳〉這位老頑童周伯通，只要可以玩耍，周伯通甚麼都願
意。恃著武功高強，常做出別人難以做到的事，如騎鯊遨遊大海。文本利用
船上眾人的內聚焦視角寫周伯通騎鯊的雄姿：

只見一個白鬚白髮的老兒在海面上東奔西突，迅捷異常，再凝神看
時，原來他騎在一頭大鯊魚背上，就如陸地馳馬一般縱橫自如。

周後來還覆述他馴服鯊魚的過程：

「……我一下子跳上了魚背。它猛地就鑽進了海底，我只好閉住氣，
雙手牢牢抱住了它的頭頸，舉足亂踢它的肚皮，好容易它才鑽到水面
上來，沒等我透得兩口氣，這傢伙又鑽到了水下。咱哥兒倆鬥了這麼
半天，它才算乖乖的聽了話，我要它往東，它就往東，要它朝北，它
可不敢向南。」說著輕輕拍著鯊魚的腦袋，甚是得意。（第 22 回）

相近的情節在〈神鵰俠侶〉也有出現：周伯通將四頭駱駝用繩子結成網，周

自己坐在繩網之上，仗著卓絕的武功，如履平地般駕馭著駱駝馳騁，還豎著忽必烈的帥纛，可謂威風八面：

> 忽聽得前面玎玲、玎玲的傳來幾下駝鈴聲，數里外塵頭大起，一彪人馬迎頭奔來。……法王見對面奔來的是四頭駱駝，右首第一頭駱駝背上豎著一面大旗，旗杆上七叢白毛迎風飄揚，正是忽必烈的帥纛，但遠遠望去，駱駝背上卻無人乘坐。……當下緩緩馳近，但見四頭駱駝之間懸空坐著一人。那人白鬚白眉，笑容可掬，竟是周伯通。……待得雙方又近了些，這才看清，原來四頭駱駝之間幾條繩子結成一網，周伯通便坐在繩網之上。（第 24 回）

到徒孫輩的尹志平和趙志敬，認得師叔祖周伯通時，打算躬身行禮，周卻向二人面門踢出鞋子：

> 尹志平眼看鞋子飛下來的力道並不勁急，便在臉上打中一下，也不礙事，不敢失了禮數，仍是躬身行禮，趙志敬卻伸手去接。那知兩隻鞋子飛到二人面前三尺之處突然折回。趙志敬一手抓空，眼見左鞋飛向右邊，右鞋飛向左邊，繞了一個圈子，在空中交叉而過，回到周伯通身前。周伯通伸出雙腳，套進鞋中。這一下雖是遊戲行逕，但若非俱有極深厚的內力，決不能將兩隻鞋子踢得如此恰到好處。（第 24 回）

文本通過這麼一個小環節，不但進一步塑造周伯通愛玩愛淘氣的特點外，也藉此將尹志平和趙志敬二人的不同性格間接顯露出來，為日後趙賣教求榮，尹力保氣節的言行先作一點舖墊。

到金輪法王怪周不應趁他不在時才取走帥旗，周便大方地將旗還給金輪，還答應他要在金輪法王眼皮下再次取走帥旗才算好玩。同理，後來即使趙志敬想借透露藏帥旗位置以討好這位師叔祖，周都斷然拒絕，因為他志在

玩耍，使詐即使獲勝也沒有意義，可見他玩樂至上的特點。

　　他好武其實也是好玩特點的延續，為求學得新奇武功，年近百歲的他竟願意拜楊過為徒，好讓楊教他「黯然銷魂掌」，可見他好武成癮的程度：

> 周伯通畢竟年老，氣血已衰，漸漸內力不如初鬥之時，他知再難誘楊過使出黯然銷魂掌來，雙掌一吐，借力向後躍出，說道：「罷了，罷了！我向你磕八個響頭，拜你為師，你總肯教我了罷！楊過師父，弟子周伯通磕頭！」說罷便跪將下來。（第 34 回）

3.2.4.3.　大聲公

特點：嗓門大

　　通過交代大聲公這個特點的不同情況，李潼〈乾一碗魚湯〉這個文本明顯在突顯嗓門大這個特點的優缺點，並通過這個文本，將大聲公這位少年性格的溫馴知禮，兼有自省自謙的性格優點間接交代了出來。

　　以下為大聲公聲量大相關的文字及說明：

聲量	感受	原文	說明
最小	負面	大聲公悄悄對我說……沒想到十公尺外的炊事組還是聽見了，大叫道……已經最細聲了，怎麼還是被聽見？	十公尺外仍能聽到大聲公的悄聲說話；對方卻要大叫才行
一般	負面	「你們這樣吱吱喳喳，煩人！」他指著大聲公的鼻子：「你的聲音這麼大，魚想上鉤也被你嚇跑。」	初次見面的老漁翁對大聲公聲量的評語，比較客觀
大	正面	我放聲大叫：「救人呀！有人掉海啦——」澎湃的浪聲把我的叫喊壓成像蚊子叫，那些釣魚人和我們的同學動也沒動一下。大聲公被嚇呆了，我猛力推他：「你叫，你趕快叫！」 大聲公一開口，果然有效。那些釣魚人都聽見了，他們像消防隊員一樣的衝過來。	通過比較，我聲音不及浪聲，沒人應。大聲公一叫，附近釣魚人便聽到了

更大	正面	「趕快叫，我們營地有游泳圈，叫他們拿來。」大聲公再一叫，我們五頂營帳裏的同學都跑出來，還帶來了五個救生圈。	由於大聲公同學所處位置較遠，需要聲量再大些才能聽到
還可更大	正面	大家都讚美大聲公：「你的大嗓門，吵是吵，有時還很管用哩。」「我太緊張，還沒有用力叫呢！」	同學對大聲公聲量大的評語，大聲公因緊張仍未盡力，聲量還可再大

據上表可見，大聲公嗓門大特點主要通過比較展示出來，由聲量小可達遠（十公尺），到其他同學大叫才等同大聲公悄聲，再到一般對話音量足以影響魚群，然後是浪聲蓋過「我」的呼喊，對比大聲公一開口便讓附近釣魚人清楚聽到呼救聲，最後大聲公再叫，將遠處同學叫來，並帶來救生圈等，使得老漁翁得救。聲量大的特點在層層的推進下突顯出來，形成這個超短篇敘事文本的基本結構。

3.3. 組織層面：角色功能

3.3.1. 以戲分分

3.3.1.1. 主角

主角應有以下的特點：佔戲分最多，為主要事件當事人，跟所有或大部分或主要事件有關，跟主要信息關係密切，屬不能或缺的角色，往往同時是行動的主角，主導者，影響情節發展，遭遇往往能牽動讀者情緒，產生引人入勝的效果。

主角不一定同時是敘事者，有的由全知敘事者負責敘述，有的由別的限知角色擔任敘事者。當然也有由主角兼任的，因此他同時是敘述層面的主要提供者，以限知內聚焦視角敘述事件，是他個人感受思想等信息的主要提供者，能引起讀者共鳴，惹人好感。

其他角色

要是按戲分來分，即按重要性，對情節發展，角色塑造等有一定的作用

的來分，角色作用越大，戲分自然越重，在文本的地位也越高，所以可分成
以下幾種。至於相關功能的分析，可參下面「角色功能」一節。

3.3.1.2.　配角

即直接配合主角或重要情節的角色，大致等同綠葉，用來襯托主角這朵
紅花的。一般對主角而言，尤其是那些故事圍繞單一主角的敘事文本為甚。
配角就是配合主角，配合情節的角色，戲分一般只少於主角。多與主角有各
種各樣的對手戲，一般言行與主角有直接關係。它還有一定功能，不能或
缺，能幫助情節得以繼續發展，或增加閱讀趣味，或延宕效果，或協助解
懸，或增加解懸難度，可謂不一而足。

3.3.1.3.　輔助

即起一定功能的角色。所謂輔助就是協助文本承擔部分功能，使得文本
能發揮它應有的功能和作用。輔助角色不一定與主角有對手戲，但肯定有它
的功能。輔助功能本身不可或缺，但由哪些角色承擔，則沒有必然關係，因
此輔功角色重在它的功能，不一定看重它的身分。

3.3.1.4.　群眾

即戲分不多，重要性最小的角色。所謂群眾，又稱臨時角色，這類角色
有的有名字，更多的是沒有具體名字，或只有職業或身分，甚或只稱「那老
伯」「他們」，「在場各人」「眾人」等等。他們的存在往往便是價值所
在，沒多少其他作用，但文本不能沒有他們，屬佈景板之一，場面一部分。
通過群眾角色，可烘托主角，或營造氣氛，或製造輿論，代表社會普通看
法。能製造真實感，間接反映某個信息等等。

以下以〈乾一碗魚湯〉以及〈肥皂〉兩個文本為例，交代主角，配角，
以及輔助群眾角色的特點：

〈乾一碗魚湯〉

大聲公作為主角應該不會有任何爭議，因為他不只戲分最重，而且參與

文本所有事件，通過這些事件，大聲公這個角色的嗓門大特點得以充分展現出來，也正因為他聲量大才能喚來眾人合力救活溺水的老漁翁，可見他這個主角當之無愧。

至於角色「我」，是大聲公的同學，由於文本主要以他限知內聚焦視角敘述這故事，因此「我」是敘事者。同時他明顯配合大聲公的言行，可見他的戲分和作用都只僅次於大聲公，如「我」與大聲公討論釣魚的甘苦，是「我」與大聲公合作紮營，是「我」與大聲公主動看人釣魚。到老漁翁出事，是我提醒大聲公大聲呼叫，以上的言行都可作為「我」是這文本的配角的充分證據。

眾釣魚人與大聲公其他同學，他們最被動或最基本的作用就在於撐起情節。出外露營，不可能只有大聲公和我兩人。同理，釣魚也不可能只有老漁翁，必須有其他釣魚人襯托，否則大聲公便不用花心思選擇看誰釣魚了。當然，這兩批角色雖然沒有名字，但卻參與了包括救人以及後面的煮飯熬湯共享食物的大團圓結局等重要事件，因此他們都屬輔助角色。通過他們，大聲公聲量大的特點才得以突顯，有關分析上面「角色特點」一節。

〈肥皂〉

至於〈肥皂〉，四銘是當然主角，不論戲分或者參與程度來說，他都是文本眾多角色中最重和最高的。情節都圍繞他來開展。

他的女兒招兒戲分則最少，除了在搶看四銘剛買回來的肥皂時有一丁點動作外，基本沒多大功能，只能當個群眾角色。如果配角需要有與主角對手戲的，那麼整個文本裏，四銘太太，兒子學勤，二位文友卜薇園，何道統符合這個標準。事實上，他們發揮著較大的作用。四銘太太是肥皂的受益者，同時她有懷疑四銘買肥皂的用心在於對孝女有邪念，還在「惡毒婦」一事上維護兒子等等，使得她在文本幾個重要事件中都有她的功能，可見她的戲分，地位和分量，足以當上配角的位置。至於學勤則因為牽涉「惡毒婦」事件，而且與罵四銘的學生，有著同樣的身分，因此也能擔任配角的身分。卜何兩位可以深刻地交代「孝女」事件的內容，並通過他們，產生明顯的諷刺

效果，因此也屬配角一類。

至於乞食以養祖母的「孝女」，說些猥瑣說話的流氓，以及罵四銘「old fool」的新學學生，大概都能產生個別的角色功能，因此可視之為輔助角色。

3.3.2.　以關係分

不同角色在敘事文本裏，從相同相似相類形成正襯；相反，反襯角色則以相異處連成一起。一般以角色身分，性格，關係作襯托標準。雖然角色的正反襯關係沒有特定和必然的機制，但讀者大致都能觀察到，屬角色構建系統一個十分可靠的手段。

3.3.2.1.　正襯關係

正襯角色的作用可以從重復原則中得到啟發，重復能製造疊加效果，產生加強及強調的作用。正襯角色除了強調雙方某種大家共有特點的作用外，也起著比較，從而突顯某角色更勝一籌的功用，也鼓勵讀者比較這類正襯角色，認清他們之間的分別。如以〈射鵰英雄傳〉朱子柳的聰明襯托出黃蓉更勝一籌。同理歹角也可用相近設計，以正襯奸險無恥的程度表現更加徹底，如〈笑傲江湖〉左冷禪陰險無恥，為求當上五嶽劍派掌門人，迫使泰山派和恆山派支持合併，結果給更攻於心計，更奸險，但表面處處表現謙謙君子的岳不群算計，岳得到左的正面襯托，成為最奸險的角色。

正襯有互相補足某類型角色的作用，因為任何一個角色不可能盡現某種角色的所有特點。如有，感覺會很不真實，相關作用因此會分別在不同的正襯角色處表現出來，這樣能保有這類作用在文本中不致缺乏，也不致因全由個別角色承擔而顯得虛假不真。

通過比較正襯角色，可突出角色的形象性格，兩者關係；通過互相補足，能產生襯托效果，對各個角色的配置以至情節發展等方面都有正面的影響。

武俠敘事文本方面，如從武功高下論，全都可以納進正襯之中。華山論

劍決出王重陽武功最高，因此黃藥師，段王爺，洪七公，歐陽鋒都可算是用作正襯王重陽的角色了。

角色性格行事方式也可以是正襯關係的標準，而且不只用於人物，就是動物也行。〈神鵰俠侶〉楊過，神鵰和瘦馬，讀者不難以這三個角色中找到相同點，這些相類相似不為分出高下，只在帶來互相映襯的效果，讓文本情節等都有更立體更有層次的表達。

〈像我這樣的一個女子〉姑母和我有各種相同或相近的特點和遭遇，明顯在塑造互相襯托，甚至是重像角色的功能。

〈夜總會裏的五個人〉五個角色胡均益，黃黛茜，繆宗旦，鄭萍和季潔都各有不如意。互相補充下，大致能構成人生各種類型的挫折或迷茫。在這樣正面襯托的安排下，藉一起到夜總會狂歡，展現都市人虛空無奈的一面，五個正襯角色明顯起著關鍵作用。

〈三國演義〉中周瑜，孔明和龐統三人都以聰明著稱，文本明顯在通過比較突出周瑜不如孔明的信息。著名的「既生瑜，何生亮」相信是很多給壓在下面的人的無奈感嘆。至於龐統與孔明，文本沒有直寫，只寫龐統為了爭功以致身死於征益州的戰事之中，也傳遞龐不如孔明的信息。

傳統敘事文本如傳奇和雜劇裏，很多礙於身分，小姐不能也不便做的事，便由丫鬟代勞。同理，書生則有書僮出面，兩者都同屬重像（double 或稱影子 shadow）角色，有著正襯尤其是互相補充的作用。

〈神鵰俠侶〉第 4 回的孫婆婆言行就如同小龍女的重像，與過往的小姐丫鬟的情況相似。小龍女不便出面，由孫代勞，送楊過回去，並送玉蜂漿給全真教治傷。如果由小龍女出面，情節便不可能發展。只有由孫婆婆出馬，才衍生出種種事端，楊過才得以住進古墓，與小龍女獨處，進而發展出師姐李莫愁闖古墓等事件。孫婆婆之死才能騰出空間，情節才得以推展。這個角色的作用就在於這特定時空裏，作為小龍女的重像，代替小龍女做事，也代她死，以便完成她這個角色的使命。

同理，〈笑傲江湖〉第 13 章的綠竹翁也作為任盈盈的重像出現，出場鑑別笑傲江湖曲真偽。當然他造詣有限，才引出姑姑來。到令狐沖離開洛

陽,綠竹翁到碼頭送別,任不能出場,否則會暴露她真正身分和年齡,改由綠竹翁便合理得多。露一手教訓金刀黃家跋扈的兒子,為令狐沖報仇。設想如沒有這重像角色,全由任出手,以任的狠辣,兩人肯定性命不保,勢必掀起軒然大波。不合乎情節層層推進的基本節奏,所有事件都無法產生騰挪轉圜的空間,可見這類角色的存在和言行,對文本有著不可取代的地位。

加上部分懸念需要通過這類角色建立,綠竹翁除了剛才的功能外,他年近八旬的年紀,想當然將他姑姑想像成年老德劭的婆婆。這種人之常情的推理,合理的期待,給文本增添了意料之外的驚喜。任盈盈妙齡少女的事實,與眾人包括令狐沖的想像形成巨大的落差,也為情節發展提供更多的可能性。因為以任盈盈害羞靦覥的性格,根本不可能與不羈事事隨意的令狐沖相處,因此這個誤會才使得角色自然而且合理地走在一起,才成就兩人進一步發展感情關係的可能。

言行重復:塑造角色性格特點的重要組織形態

由於事件涉及的角色數目一般都超過一個,因此,形成兩類與角色有關的重復形態,一類是為某一角色而設,目的在塑造他的性格或特點。按常理說,一個人的性格或特點不可能只在某時某地的某個事件中才能見到。如果真是這樣,根本不可能構成他的性格或特點。因此,為了塑造角色的某個性格或特點,文本便需要利用不同事件顯示角色的相同或相近表現,才能在讀者心中烙出該角色的某個性格或特點。從組織層面看,文本是藉不同事件重復表現角色某個性格或特點。正是這樣,重復原則便能為塑造角色性格或特點起著關鍵作用。如黃蓉聰明機智的性格特點便可在〈射鵰英雄傳〉中的眾多事件裏找到展示黃蓉聰明機智的地方,如她學習洪七公的絕世武功時不廢半點功夫便能學會,她初遇洪七公時憑他只有九隻指頭便能猜出洪七公的身分,以至後來在荒島誘殺歐陽克,扮乞丐時捉弄別人等,都可找來能展現黃蓉聰明機智的言和行。

另一個例子是李潼的〈乾一碗魚湯〉中主角大聲公嗓門大的特點,雖然這敘事文本篇幅短小,但也可在裏面不同事件中見到大聲公嗓門確實大,從

展示角色性格特點上，也是重復原則的代表性例子。

3.3.2.2.　反襯關係

反襯關係顧名思義就是製造對比效果，藉反襯角色從相反方向突出各自相反的特點。很多特點都需要通過比較才容易為讀者感知，因此從反襯方法藉奸險小人來映襯忠厚君子，效果一般較突出。有的時候，這種反襯不一定在突出兩者截然相反的特點，只為了強調兩者的不同，也有用上反襯的。

〈神鵰俠侶〉中的郭靖與金輪法王則屬天生的對頭，是典型的反襯關係。他們言行完全相反，金輪一心為蒙古效力，打擊宋朝中原武林，郭則為宋朝為武林抵禦外敵入侵，助官兵守襄陽。

再如穆時英〈Craven A〉中，眾多男角只求佔余慧嫻的便宜，與袁野村這個男主角的言行，也形成強烈對比，反襯效果也特別明顯。

綜觀眾多反襯關係，更典型的是角色的反襯專指某個方面，那就是說反襯角色之間可能有很多相似，甚至完全相同的地方。在眾多相同點下，反襯角色那不同的方面更顯得非比尋常，閱讀效果可能更理想。換句話說，就是在角色的重復現象中突顯兩者之間分別的作用。例如〈三國演義〉關羽斬華雄一事中，關羽與其他被斬的將軍形成明顯的反襯關係。因為沒有這幾位將軍的鋪墊，便顯不出關羽武藝超群的特點。對手越厲害，己方越束手無策，對比效果越理想。斬殺華雄之快之猛，用酒猶尚溫熱來襯托關羽之勇猛，用上前面幾員剛上陣便遭斬殺來反襯出來。當然，這些反襯角色事實上都是十八路諸侯共同討伐董卓這奸雄的義軍，因此這種反襯是在正襯之下產生出來的。

再而看看〈傾城之戀〉的白流蘇與寶絡，同是白家女兒，遭際大大不同。兩個角色盡可形成反襯關係。寶絡被刻意照顧與白流蘇被冷落被欺負，形成強烈的對比，也更堅定了流蘇離開白家自找出處的決心。在爭奪范柳原這共同前提下，白流蘇與印度公主是對頭，也屬反襯關係。

〈藥〉的華小栓與夏瑜都是年輕一代，而且都身死，只是他們死因不一樣，小栓因父輩迷信延醫致死，夏瑜因革命活動給人出賣致死，更重要的是

他們所代表的迷信心態和革命思想的巨大分歧，造成這種反襯的效果。

〈青花與竹刻〉裏桃子和我本是好朋友，但在與丈夫的感情關係上，兩人變成敵人，身分變成對立了，但兩人並沒有特別截然相反的特點。

〈馬褲先生〉主角馬褲先生的不近人情，不通世務同樣也藉與「我」和茶房在言行各方面的反襯中給突顯出來。

就是篇幅小如黃仁達的〈回家〉，友仔記與對面大廈的住客也形成反襯關係，從而突顯社會發展背後的老人居住問題。

〈圍城〉裏唐曉芙，蘇文紈，孫柔嘉甚至鮑小姐幾位女角，雖然她們沒有一同出場的機會，但在方鴻漸感情關係上，卻有一定的關聯，互相之間自然形成對比關係，反襯的效果也因此浮現出來。

〈神鵰俠侶〉楊過的眾多對手中，有著不同程度的分別，有的只是小對手，如兒時的大小武及郭芙；有的是階段性的對頭，如霍都，達爾巴，樊一翁，公孫止，裘千尺等；有的則是橫跨差不多整個文本的大對頭，如李莫愁和金輪法王；也有的則是不打不相識而變成朋友或伙伴的，如山西一窟鬼，萬獸山莊史家兄弟……。這樣的複雜關係使得文本情節豐富，通過以上大量反襯角色，更深刻地塑造楊過這個角色的形象和性格及特點來。

3.3.2.3. 中性關係

所謂中性關係，指的是角色之間關係不以重復原則形成正面襯托，也不以對比原則形成反面襯托，而是一些特有的功能和作用，使得不管在情節還是角色塑造方面都能產生特有的效果。由於這類角色關係可謂多種多樣，無法窮盡，因此這裏只就部分文本展現少許角色功能，供大家參考[2]。

---

[2] 這裏整理出來的角色功能，想法脫胎自普洛普的故事形態學，他從民間故事歸納出來的 31 種「功能」是針對故事層面而論的。筆者認為，角色層面更需要一套幫助分析的功能關係，好讓讀者面對敘事文本眾多角色時，在主角配角等傳統戲分角度外，能針對不同角色對情節發展以及角色關係產生不同助力的角度，進行有意義的分析和探究。按理，角色功能多不勝數，本書所呈現的只能是鳳毛麟角，希望由這裏開始，共同發掘更多可供賞析用的角色功能關係。

3.3.2.3.1.　替代功能

顧名思義，就是某個角色取代別個角色某些功能和特點，由他產生原屬別人的功能。如一般父母親有著照顧保護孩子，給予他建議以及指示的功能；現今社會，不少傭人負責照顧保護孩子，由此觀之，傭人便有著相似的替代功能。敘事文本裏面有不少角色有著替代功能，請看以下說明：

代父母親

姑母

〈像我這樣的一個女子〉中，姑母和「我」這對親戚身分，其實也屬變相母女關係。「我」無父無母，由姑母撫養成人，還傳授他殯儀化粧師的技術，使得二人命運相連，我也在這種心態下，對男朋友不抱希望，深信當他知道自己為死人化粧，便會如姑母以前的男朋友一般，嚇得落荒而逃，感情也無疾而終。

白老太與徐太太

張愛玲〈傾城之戀〉主角白流蘇血緣上的母親白老太，沒有做到該身分應有的功能，如照顧如愛護如給予忠告之類。相反社會關係上不是母親的外人，卻對角色倍加照顧，更有著智者般給予角色以最佳指引和提醒。徐太太對白流蘇提出女人最重要還是「找頭人家是真」（頁 209），其他都是假的看法，給予白明顯的影響，白因此決意在寶絡相親場合裏，把握與范柳原跳舞的機會，使出渾身解數，成功給予范極深的印象，走出積極找尋自己未來出路的第一步。往後更毅然接受范的邀請當上他的情婦，離開上海遠赴香港。雖然這個決定不一定能得到成功，但起碼抓緊任何機會，主動出擊，成功脫離白家，走出自己的新天地。這明顯受了徐太太這個假母親如母親般忠告的影響。

寧中則

至於金庸〈笑傲江湖〉中寧中則這位師娘，對於無父無母的令狐沖來說，明顯有著假母親的功能。寧不僅關心令狐沖，最重要的是她深知令狐沖的性格和脾氣，不會偷劍譜，也不會欺負師妹岳靈珊，更加不會殺害自己的

師弟，儼然就是令狐沖的母親般完全了解這位徒弟。相反，岳不群則因自己偽君子的性格和行事風格，雖然早期有著令狐沖假父親的特點，對令狐沖既有鍾愛的一面，也有嚴苛的一面，儼然就是令狐的假父親，只是隨著情節發展，岳不群密謀獨佔劍譜，登上五嶽劍派掌門之位，他竟然藉冤枉令狐沖私吞劍譜，殺害師弟滅口等栽贓手段，蒙騙大家，掩飾自己的陰謀。

歐陽鋒

到了〈神鵰俠侶〉，原本在〈射鵰英雄傳〉大歹角歐陽鋒成為一位武功極高的瘋子。由於自己兒子歐陽克早死，以致到了老年只能孤獨終老；因此當遇上楊過時，便逼迫他做自己的義子，楊過初時極不願意，但因為歐陽鋒出於真心的關懷，打動了楊過這個孤兒孺慕之情，成為你情我願的義父子。瘋瘋顛顛的歐陽鋒反而隱去他之前的邪惡，只保留他如慈父的特點，成為神鵰文本的正面角色。到了他與洪七公華山頂上的決鬥，一來給予楊過窺見蛤蟆功和打狗棒高深武功的機會，二來也使得楊感染到洪七公英雄豪邁的性格，到歐陽鋒終於認識自己就是歐陽鋒，他和洪七公的角色功能已經圓滿地展現完畢，安排他們相擁而逝的結局也是情理之中。

替身

再如替身角色也能產生替代功能，因為他有著部分原角色的特點，只因無法直接接觸原角色，因此以替身取代，以滿足心理需要。

陸無雙與小龍女

〈神鵰俠侶〉第 8 回中，楊過因小龍女不辭而別，極想消解對小龍女的渴望，因此當見到陸無雙這位替身憤怒的表情便仿如見到小龍女般，為此，楊過不但不斷惹怒陸，以求再看到酷似小龍女的表情，還因此多次替陸無雙解除丐幫全真教弟子的圍攻，以及逃避李莫愁的追殺。

陳先生與詹克明

黃碧雲〈嘔吐〉文本中的陳先生似乎就是葉細細心中詹克明的替身，因為詹克明拒絕了葉細細的示愛，葉轉而找來跟詹很相似的陳先生當自己的男朋友，權作替身。

任我行與令狐沖

〈笑傲江湖〉第 19 章日月神教左使向問天為救前救主任我行離開西湖山莊，利用令狐沖與西湖四子鬥劍的機會，趁機將令狐沖與任我行掉包，結果向與任順利離開西湖山莊，令狐沖則成了任的替身，被關在西湖湖底的牢獄中。令狐因此學會了任我行的吸星大法，間接成了任我行武功的傳人。

3.3.2.3.2. 模範功能

不少敘事文本尤其是傳統的，角色往往給塑造成典型，也就是說，在設計該角色的過程中，文本是按著某種典型，以及這種典型應該有的性格及特點，安排角色的各項活動和言語的。因此該角色便如同模範般，展示著該典型的各種特點。如大俠〈射鵰英雄傳〉有洪七公，〈神鵰俠侶〉有郭靖，都起著典型作用，產生模範功能。再如絕頂聰明的典型捨黃蓉其誰；深謀遠慮處心積慮的陰謀家肯定算上〈笑傲江湖〉的左冷禪；得道高僧前者有一燈，後有方證；渾人則以桃谷六仙為最佳代表；公正不阿，嫉惡如仇的要數柯鎮惡；遊戲人間則首推周伯通；不通世務的絕色美人就是小龍女；偽君子和真小人，〈笑傲江湖〉中分別是岳不群和余滄海，可謂各得其人。

3.3.2.3.3. 指導功能

一直以來，發揮這種指導功能的角色稱為智者或智慧老人，其實這位智者不一定是智慧老人般的老人家，智者主要發揮他指導的作用，給主要是主角指示正確方向，提供有用甚至極寶貴的意見，提醒角色注意危險，掌握重要信息等功能。武俠小說類的文本，多有這類角色，他們主要教授主角絕世神功，成為武功卓越的高手。

風清揚

〈笑傲江湖〉第 10 章出現的風清揚之於令狐沖便有著智者的作用，一直以來，令狐沖接受師父岳不群的教導，學的都是華山派氣宗一派修習內功的練武路子，少有鑽研和了解劍術劍招那些屬於劍宗的路子。由於風清揚的關係，令狐沖得以窺見劍宗的精華，從此悟出以前完全沒有注意的劍理，武

術境界得以大幅提升，甚至超越師父岳不群的水平，成為獨狐九劍的傳人。

麻雀

　　至於以兒童為閱讀對象的敘事文本〈麻雀大合唱〉，智者就是能讓角色明白本來不甚了解的道理，這裏麻雀讓角色明白合作的重要，消除了原來自以為是自我表現的錯誤，成為成長過程中一個具啟示的角色。

第七位病人

　　〈白金的女體塑像〉裏面的第七位病人也屬於另類智者，謝醫師一直過著修道者般禁欲的生活，不近女色，只因要替患上肺癆的女病人照日光燈，女病人白金般的病態裸體給予謝醫師很大的震憾，埋藏在內心的性意識給喚醒了，因此當天謝醫師便破例地邀約年輕孀婦見面，往後更結了婚，過著美滿的婚姻生活。從這個意義看，白金女病體便等同智者，提醒謝醫師過正常夫妻生活的重要性。

楊過

　　〈神鵰俠侶〉主角楊過習武成俠的過程中，同樣有著眾多角色的指導，包括從歐陽鋒裏學會蛤蟆功，從小龍女習得古墓武功以及玉女心經，從王重陽石刻中學得九陰真經，從洪七公知曉打狗棒法的招式，還學會黃藥師的玉簫劍法和彈指神通，當然獨孤求敗的指導功能，更是最後成就他武學高峰的關鍵。

3.3.2.3.4.　娛樂功能

　　為了減少沉重感，調子嚴肅的環境也不能佔時過多，否則讀者不一定能承受得起。因此之故，特別是長篇敘事文本，往往加添若干次要角色，主要功能在插科打諢，在沉重嚴肅氣氛下，加添喜劇元素，同樣也起著打岔，舒緩氣氛甚至娛樂讀者的作用。

桃谷六仙

　　印象深刻的角色是〈笑傲江湖〉的桃谷六仙，他們六位孿生兄弟喜歡說話，喜歡辯論，喜歡抓住對方話柄不放，叫人哭笑不得，偏生他們武功不

低，手法很快，幾個同時行動可將人四肢抓住，然後一掰便能將人撕掉，十分恐怖。

他們不同其他渾人角色，由於他們武功了得，一般人不敢得罪他們，只有善使毒的藍鳳凰，由於周身藏著毒物，桃谷六仙不敢碰，就是聰明令狐沖也只能用哄孩子或以死威嚇的方法才能讓他們聽話。他們愛面子，喜吹噓，令狐沖能抓住這些弱點就能讓他們為己所用。正由於他們的出現，在眾多殺戮和陰謀的情節之外，平添了不少緩和以及打岔的效果，所起的作用不可謂不重要。

馬光佐

〈神鵰俠侶〉中也有這類渾人，他就是馬光佐，他跟桃谷六仙相近，都是心地純良，無甚機心的渾人。他隨金輪法王等受忽必烈邀請幫助蒙古打擊宋朝的武林人士，但馬沒有心計，常受同行欺負，反而對年輕的楊過很有好感，他在文本裏大致也有製造輕鬆氣氛的作用。

3.3.2.3.5.　點睛功能

有些角色雖然不是主角，而且戲分不多，但擔起重要的作用，包括透露重要信息，讓情節產生巨大轉折等等，能起著畫龍點睛的作用。

傻姑

〈神鵰俠侶〉文本善用曲傻姑這類智商較常人低的角色，使之產生獨特的角色功能。由於她智力低下，對人事人情世故等都不理解，因此對別人視為禁忌的，不合情理的信息，對她來說，沒有甚麼避忌，反而是其他角色獲取重要信息的可靠來源。楊過就是通過誘導和迫問等手段，從傻姑口中驚悉殺害自己父親楊康是黃蓉。當然，傻姑並沒有明言，而是說楊兄弟手拍著姑姑身上因此中毒而死，經過一番疏理，楊過知道楊兄弟就是父親楊康，姑姑就是叫郭靖為靖哥哥的黃蓉。由於傻姑不善遮掩，透露出來的信息反而更加可信，因此楊過即使不能相信，也不願相信，但也無法否認黃蓉是殺死他父親的凶手，郭靖成了幫凶，導致楊過由此計劃殺害郭靖黃蓉以報父仇的一連

串行動。

弱智男孩

　　君比〈覓〉文本也有一位弱智男孩起著極重要的角色功能。他雖然只有極少戲分，只是在艾莉背後用沾滿口水的手拍拍她的肩膊，並口稱媽媽。這個如此少戲分的角色卻有著極重要的功能，那就是作為考驗艾莉愛心而出現。這位名叫家樂的男孩是李晉的兒子，由於身患弱智，需要具備愛心的繼母照顧，李晉事前沒有告訴艾莉真相，借助家樂接近她的機會，測試打算迎娶的艾莉，結果艾莉勢利缺乏愛心，鄙視弱智孩子的心態表露無遺，因此失去嫁入豪門當上少奶奶的機會。

3.3.2.3.6.　參照功能

劉正風等武林前輩

　　代表武林界成名的英雄，一般他們都有驚人的藝業，最要緊的是他們做事公正，受人敬重，說話有分量，處事持平，絕不偏私，沒有涉及自己親友同門，他們都能當公證人，客觀地主持公道，因此他們的看法往往代表客觀準則。凡是出現爭端，主持公道的往往就是這些武林前輩，由他們評理，作最後的判斷。〈笑傲江湖〉裏，在令狐沖這個華山首徒涉嫌結交淫賊田伯光的事件中，衡山派劉正風，泰山派掌門天松道長，青城派掌門余滄海，恆山派定閒師太等作為前輩，擔任的是公證人。由於劉正風不涉任何瓜葛，是最能客觀評論事件的公證人，至於其他，因為自己徒弟牽涉其中，判斷以至評論時難免偏頗，惟有劉能持平公正地推斷令狐各項行為背後的意圖，就是劉的特殊身分，他的評語變成文本賴以傳遞客觀信息，甚至用於對比其他執意歪曲真相的各種評價。余滄海由於心裏有鬼，處處希望維護自己門派青城四秀的名聲，聽到羅人傑能重傷華山派首徒，雖然後來身死，也算給回青城派面子。但當恆山派儀琳透露令狐沖已重傷在地，是羅人傑乘人之危企圖加害於令狐時，他便本著私心，假定儀琳看上了令狐才歪曲事實，陷害羅人傑。當然在儀琳一臉莊嚴，認真天真的表情下，就是劉正風這樣的武林前輩都不

會懷疑儀琳說的句句真話。通過武林前輩的作證，是非曲直才能在紛繁撲朔迷離的氛圍中，讓讀者判別真偽，建立敘事文本很重要的閱讀效果——可信度來。關於眾角色對令狐沖的評論，請參看本章後面「評論」一節。

3.3.2.3.7. 集體功能

所謂集體功能，就是通過多個角色，或有名字或屬無名氏，形成一個有形或無形群體，共同承擔某些功能。有形群體可見之於幫派等組織，無形群體可見諸曾參加某次聚會，如參加〈神鵰俠侶〉陸家莊英雄大宴或〈笑傲江湖〉五霸岡聚義的眾多角色。

以第 17 章五霸岡聚義為例，這些角色都是支持聖姑任盈盈的江湖人物，因為知道聖姑被困少林寺，所以特意聚在一起，打算前往營救，以報聖姑恩典。當中角色有的不只有名字，而且在文本其他地方也有不少戲分，如：老頭子，祖千秋，黃伯流，藍鳳凰，不戒和尚等等，都與令狐沖有瓜葛。他們雖各有作用，但更多的是共同承擔以下功能，那就是支持聖姑任盈盈的日月神教教眾。

這個集體功能在很多文本中都能發現，如〈藥〉文本中茶館內眾人也有著相類的集體功能，他們共同代表中國傳統社會迷信蒙昧的一群。又如〈上海的狐步舞〉眾多角色都共同表現現代大都會下市民的心態。〈夜總會裏的五個人〉五個主要角色也有著集體功能，那就是表現現代人對殘酷現實的無奈，以及今朝有酒今朝醉的及時行樂心態等等。

3.3.2.3.8. 支援功能

一般而言，所謂配角和輔助角色對主角都該有一定的支援功能。〈胭脂扣〉裏女鬼如花要在陽間找尋舊愛，因此助她的袁永定和凌楚娟便發揮支援如花的作用，直接撐起整個文本的情節。〈神鵰俠侶〉中，對付李莫愁的過程中，楊過為主要角色，那麼陸無雙和程英便起著支援功能，合力抵禦李莫愁的追殺；其後再遇李莫愁時，除上述三人外，還加進耶律齊，完顏萍，耶律燕等角色，也共同產生支援功能。到了楊過成為神鵰大俠後，山西一窟鬼，史家兄弟，以至黑衣尼聖因、百草仙、人廚子、九死生、狗肉頭陀、韓

無垢、張一氓等武林高手，都響應楊過的號召，一起殺敗蒙古軍的前鋒隊，還燒了蒙古軍糧倉和軍火庫，充分發揮支援楊過為國為民幹大事的功能。

3.4. 文本層面

所謂文本層面的角色，指的就是讀者能直接從閱讀過程中，從文本中能找到關於角色的各類信息。主要是：角色的形象，他的言語，包括說出口的話，還有心裏所想的；此外，還有他的動作行為，以及他各種的評論。最後是角色的名稱和稱謂，以及他的出場方式等等。

3.4.1. 形象

角色形象的建立主要依賴描述文字，相關形象描寫多放在角色首次出場的當刻。一般由全知敘事者「零聚焦視角」或限知敘事者「內聚焦視角」擔任敘述主體，並用上「只見」開頭，顯示該角色在當場別人眼中所見一樣，將目標角色的身體特徵尤其是臉部各細節一一說明，還將他的穿戴包括衣著和裝飾詳細交代，好讓讀者在心中能形成具體印象。

全知敘事者筆下的形象

以全知敘事者為描寫主體的形象描述文字，往往一次過將角色的外貌，衣著，裝飾各方面，從頭到腳全交代。這類文字在傳統敘事文本最為多見，而且自有它本質上的權威價值，讀者對相關印象無可置疑，所帶出來的信息就是定論，因此角色是好是壞，是忠是奸都是一錘定音。形象描寫一般通過修飾用語的感情色彩表達該角色的形象定位。一般來說，正面角色便用正面修飾用語，反之亦然，當然也有用上反語以收諷刺之效，如〈圍城〉其中一位主要女角蘇文紈：

> 那個戴太陽眼鏡、身上攤本小說的女人，衣服極斯文講究。皮膚在東
> 方人裏，要算得白，可惜這白色不頂新鮮，帶些乾滯。她去掉了黑眼
> 鏡，眉清目秀，只是嘴唇嫌薄，擦了口紅還不夠豐厚。假使她從帆布

躺椅上站起來，會見得身段瘦削，也許輪廓的線條太硬，像方頭鋼筆劃成的，年齡看上去有二十五六，不過新派女人的年齡好比舊式女人婚帖上的年庚，需要考訂學家所謂外證據來斷定真確性，本身是看不出的。（3）

全知敘事者首先從外觀交代角色，甚至沒有交代她的姓名：太陽眼鏡以及小說給人現代感和有著文化氣息的印象，加上「斯文講究」修飾衣服，強調這位角色的優雅不落俗套的品味。接著描述她的膚色，借此交代她是東方人，還給了「算得白」的評語，看似還屬正面評語的同時，接著卻來「不頂新鮮」還有「乾滯」的反語，使得原來比較正面的形象打了很大的折扣。這個形象描寫有相當的現場感，因為好像鏡頭一般一直在拍攝著，當刻她脫去眼鏡，露出臉容來，一句「眉清目秀」給了正面評價，可是接著還是負評：「嘴唇嫌薄」，那怕已經塗了口紅仍不夠豐厚。接著交代身段的文字，間接證明敘述者為全知敘事者，因為文字用上假設句，雖然當時蘇文紈仍躺在帆布椅上，但文本假定她站起來，所以這樣的評語只能是全知敘事者的了：身段瘦削，輪廓線條也太硬，像用方頭鋼筆劃出來的。最後交代蘇的年齡，這裏卻不以全知權威口吻說實，而是用「看上去有二十五六」，還加上新派女人的年齡很難看得出來的議論。這種模稜兩可的說法，似乎在盡量製造貼近現場直觀的效果，減少權威感，從而達到增加真實感的目的。

張愛玲〈色戒〉女主角在文本開頭已經出場：

酷烈的光與影更托出佳芝的胸前丘壑，一張臉也經得起無情的當頭照射。稍嫌尖窄的額，髮腳也參差不齊，不知道怎麼倒給那秀麗的六角臉更添了幾分秀氣。臉上淡妝，只有兩片精工雕琢的薄嘴唇塗得亮汪汪的，嬌紅欲滴，雲鬢蓬鬆往上掃，後髮齊肩，光著手臂，電藍水漬紋緞齊膝旗袍，小圓角衣領只半寸高，像洋服一樣。領口一隻別針，與碎鑽鑲藍寶石的「紐扣」耳環成套。

全知敘事者的評語為王佳芝的形象定下調子。首先藉光影突出王佳芝胸脯大的特點「胸前丘壑」，讓文本後面交代以她來色誘漢奸易先生成為自然不過的事。接著交代王臉部特徵的描述中強調，即使面對強光照射，臉部仍不見得暴露多少難看的地方。雖然用上負面修飾語如「尖窄」，「參差不齊」，但配上秀麗的六角臉反而多了秀氣。嘴唇雖薄但精工雕琢，淡妝配合嬌紅欲滴亮汪汪的紅嘴唇，對比強烈而且有一定的誘惑力量。接著的是中性描寫，交代她髮型，旗袍樣式，還有別針和耳環等成套的飾物。這段描寫沒有全面描述角色的形象，只重點強調足以色誘男性的胸脯和嘴唇，遙遙呼應著文本主題。

限知敘事者筆下的形象

　　至於用上現場個別角色視角描述主要角色的形象的話，由於個別觀察者的限制，不再可能如全知敘事者般全面交代角色外貌特點，因此往往不追求一次過全透露外貌的方法，而是在特定場面裏，向讀者透露角色某些方面，讀者需要累積，以求形成該角色的整體形象。這種高度選擇性的安排，目的明顯不在提供讀者需要的所有外貌細節，也不在幫助讀者形成目標角色的整體形象，而在突顯該角色某些特點，它應與情節，遭遇，甚至與其他角色的關係，有著相當的關聯性，往往屬於關鍵信息，因此讀者更不能掉以輕心，等閒視之。隨著不同場面，甚至通過不同限知敘事角色或全知敘事者視角，角色形象的不同方面才一點一滴地向讀者透露。當然這樣安排，更合乎實際情況，但對讀者的要求變得更高，如漏掉重要的個別形象，可能使得讀者無法準確掌握角色的特點，甚至影響對整個文本的理解。

　　正因為限知內聚焦敘事角色有著很大的時空以至認知水平的限制，這類描述文字只能是該觀察者自我主觀的印象，不能視為絕對和權威的評價。當然如所描述是客觀存在的東西，沒有主觀評價文字滲雜在內，那麼形象描述文字仍有一定的合理和客觀參考價值。

　　如老舍〈馬褲先生〉中主角馬褲先生的形象描寫，基本沒有加進任何角色的主觀判斷，主要是馬褲先生所穿所戴所呈現的極端矛盾性質，因此裏面

所暗示的諷刺意味，明顯就是這個角色的特性，如配合角色在文本其他方面
的表現，都可以得到這個角色異乎尋常，言行怪異的特點的結論，因此形象
描述正好互相印證他的言行，共同合力塑造出十分突出的角色形象：

> 那位睡上舖的穿馬褲，戴平光的眼鏡，青緞子洋服上身，胸袋插著小
> 楷羊毫，足登青絨快靴的先生。（92）

從穿著和相關描述能勾勒出角色某些性格特點、特長、身分等。按理，「穿
馬褲」的人應懂騎馬，屬所謂運動型。至於「戴平光眼鏡」的則給人斯文，
有教養的感覺。「馬褲先生」還穿上「青緞子洋服」，西化以及所謂「摩
登」的感覺十分明顯。可是接著我們卻發現他胸袋裏「插著小楷羊毫」。
「小楷羊毫」是中國傳統書寫工具，本來可表示「馬褲先生」的涵養和教養
的。可是將富中國特色的「羊毫」插在西化的外套上，便實在有點不倫不類
了，不禁使人懷疑「馬褲先生」有沒有「洋服」和「羊毫」所暗示的西方和
中國文化素養，加上最後寫「馬褲先生」穿著中國古代捕快常穿的「快
靴」，配搭西式的「馬褲」，那種非驢非馬，不中不西的形象便變得十分突
出，仿佛既充滿運動細胞，又溫文儒雅，既西化又顯示濃厚的中國傳統色
彩。這互相抵銷、互相否定的描述，讓讀者視「馬褲先生」為不倫不類的人
物，本身充滿矛盾。

　　至於〈神鵰俠侶〉最後章節的女主角郭襄，她的出場是跟她的姐姐郭芙
和弟弟郭破虜一起：

> 眾人見到這女子，眼前都是陡然一亮，只見她三十有餘，杏臉桃腮，
> 容顏端麗，身穿寶藍色的錦緞皮襖，領口處露出一塊貂皮，服飾頗為
> 華貴。這少女身後跟著一男一女，都是十五六歲年紀，男的濃眉大
> 眼，神情粗豪，女的卻是清雅秀麗。那少年和少女都穿淡綠緞子的皮
> 襖，少女頸中掛著一串明珠，每粒珠子都是一般的小指頭大小，發出
> 淡淡光暈。（第 33 回）

這裏藉當場其他角色的視角交代，因此不曉得三人的來歷，只交代表面能看到的特徵。首先寫郭芙，先說年紀，大約三十餘歲，然後是臉部「杏臉桃腮」及容顏的整體形象：「端麗」；再而是衣著：「錦緞皮襖」，還有貂皮在內，再總結一下對服飾的評語：「頗為華貴」。接著是郭襄和郭破虜二人，主要看郭襄，描述也如郭芙般，首先也是年紀，大約「十五六歲」，然後是整體印象——「清雅秀麗」，接著是衣著：「淡綠緞子皮襖」，最後是頸上一串明珠，突顯她高貴優雅的一面。

〈白金的女體塑像〉女主角第七位病人的形象如下：

> 窄肩膀，豐滿的胸脯，脆弱的腰肢，纖細的手腕和腳踝，高度在五尺七寸左右，裸著的手臂有著貧血症患者的膚色，荔枝似的眼珠子詭秘地放射著淡淡的光輝，冷靜地，沒有感覺似的。……
> 和輕柔的香味，輕柔的裙角，輕柔的鞋跟，同地走進這屋子來坐在他的紫藿色的板煙斗前面的，這第七位女客穿了暗綠的旗袍，腮幫上有一圈紅暈，嘴唇有著一種焦紅色，眼皮黑得發紫，臉是一朵慘澹的白蓮，一副靜默的，黑寶石的長耳墜子，一隻靜默的，黑寶石的戒指，一隻白金手錶。（6）

這裏的形象描寫以限知角色謝醫師視角交代，當中的評語和猜想都屬於謝的。首段是第一印象的結果，這角色剛進診所，謝醫師先注意到她的肩膀胸脯和腰肢，然後手腕和腳踝，身高，接著是膚色，最後是眼睛，特別強調她帶病的肌膚和神秘而淡淡的眼光。到她坐下來，眼光放在她穿的旗袍，然後是臉上的腮幫，嘴唇，眼皮以及整塊臉；最後是墜子戒指和手錶等飾物。重點還是在這位病人的病態的臉色。

〈神鵰俠侶〉小龍女的形象文字並不多，首先藉楊過的視覺，觸覺及聽覺交代，強調的是她膚色雪白，面容秀美絕俗，清麗秀雅，但面色蒼白，神色冷漠。觸及她的手時，感到寒冷異常，真的冷若冰霜。雖然說話嬌柔婉轉，但語氣冰冰冷冷，沒有多大情緒：

> 只見一隻白玉般的纖手掀開帷幕，走進一個少女來。那少女披著一襲輕紗般的白衣，猶似身在煙中霧裏，看來約莫十六七歲年紀，除了一頭黑髮之外，全身雪白，面容秀美絕俗，只是肌膚間少了一層血色，顯得蒼白異常。……楊過的額頭與她掌心一碰到，但覺她手掌寒冷異常，不由得機伶伶打個冷戰。……只覺這少女清麗秀雅，莫可逼視，神色間卻是冰冷淡漠，當真是潔若冰雪，也是冷若冰雪，實不知她是喜是怒，是愁是樂，竟不自禁的感到恐怖：「這姑娘是水晶做的，還是個雪人兒？到底是人是鬼，還是神道仙女。」雖聽她語音嬌柔婉轉，但語氣之中似乎也沒絲毫暖意，一時呆住了竟不敢回答。（第5回）

接著就由全知敘事者確認小龍女的秀美特徵，並交代她的實際年齡，以及白皙肌膚以及言談冷淡的原因：

> 這個秀美的白衣少女便是活死人墓的主人小龍女。其時她已過十八歲生辰，只是長居墓中，不見日光，所修習內功又是克制心意的一路，是以比之尋常同年少女似是小了幾歲。

〈射鵰英雄傳〉大俠洪七公的肖像描寫（第 12 回）用的是郭靖和黃蓉的限知視角：

> 中年乞丐。這人一張長方臉，頦下微鬚，粗手大腳，身上衣服東一塊西一塊的打滿了補釘，卻洗得乾乾淨淨，手裏拿著一根綠竹杖，瑩碧如玉，背上負著個朱紅漆的大葫蘆，臉上一副饞涎欲滴的模樣，神情猴急。

這裏，直接寫洪七公的形象文字並不多，只交代他年到中年，長方臉，有少許鬍子，手腳粗大。倒是衣飾和隨身物事才是重點，打滿補釘暗示他是丐幫幫主，衣衫乾淨證明他不是一般意義的乞丐，綠竹杖自然是鎮幫之寶打狗

棒，紅漆酒葫蘆也是洪七公這位丐幫幫主的代表物件。反而，他饞嘴的特點
這裏也刻意地借急不及待的神情表現出來。

〈傾城之戀〉並沒有在出場時交代白流蘇的形象，一直到她在堂屋鏡前
檢視自己時，才重點交代她不顯老的樣貌，也不像傳統形象描寫般從頭到
腳，交代容貌，衣著，裝飾等，相反只重點在說明她仍有往外拼，征服男士
的能力。至於她穿戴甚麼並不重要，因此也沒有交代，反而她能拋上媚眼這
一點，透露了她不甘寂寞和平淡，決意為自己未來命運勇敢一搏的決心：

> 還好，她還不怎麼老。她那一類的嬌小的身軀是最不顯老的一種，永
> 遠是纖瘦的腰，孩子似的萌芽的乳。她的臉，從前是白得像瓷，現在
> 由瓷變為玉──半透明的輕青的玉。下頷起初是圓的，近年來漸漸尖
> 了，越顯得那小小的臉，小得可愛。臉龐原是相當的窄，可是眉心很
> 寬。一雙嬌滴滴，滴滴嬌的清水眼。（211）

總的來說，角色的形象描寫除了能交代外貌特點外，一般都能通過具感
情色彩的用詞賦予角色正面或負面形象，如該形象描寫文字來自全知敘事
者，讀者明顯可讀出隱含作者對該角色的權威看法；如通過個別角色的限知
視角，讀者可通過描寫認識這位敘事者對該角色的看法，雖然評價的可信度
成疑，但也是讀者認識該角色一個重要途徑。

只述前後不直寫形象的描寫

〈三國演義〉寫關羽武功之高強，不一定要直接描述，只交代斬華雄前
後發生的事件，反而與華雄相鬥的過程隻字不提，效果反而更有震憾力。當
然，在關羽行動之前，必先安排其他戰將前去挑戰，結果紛紛敗下陣來。在
這樣的背景下，才寫關羽自告奮勇請纓上陣，但卻因當時關羽尚無名聲只是
一名弓箭手而遭勢利的袁術斥責。後來在曹操的支持下才得以出戰。出發前
曹操本想先敬關羽一杯燙過的酒以壯行色，關卻說：「某去便來」。接著借
諸侯的聽覺交代交戰的過程：

> 眾諸侯聽得關外鼓聲大振，喊聲大舉，如天摧地塌，岳撼山崩，眾皆
> 失驚。正欲探聽，鸞鈴響處，馬到中軍，雲長提華雄之頭，擲於地
> 上，其酒尚溫。（第 5 回）

關羽武藝之高，先通過其他戰將全敗死作出襯托，再加上他速戰而勝，呈現
他游刃有餘的瀟灑以及牛刀小試的無比自信。

交疊影像的形象描寫

　　除了一般意義的形象描寫，敘事文本有時會在角色的形象描寫上加添特
殊效果，使得形象描寫的意涵更豐富，更能表現限知敘事角色的內心世界，
尤其是他對目標對象的特殊印象，一般能更好地突顯他對該角色暗藏的感情
關係。這種描寫的特殊效果主要拜現代文明所賜：因為玻璃這種材質的大量
使用，使得窗戶不光讓室內的人能清楚看到室外景色，更可借助玻璃反射的
特點，將室內景觀同時顯示到玻璃上。由於這種特殊的反射映象與窗外實景
的交疊效果，使得處於室外的與室內的得以重疊。敘事文本因此便利用這種
奇異景象反映觀察角色的內心世界，特別是對於目標角色的感情關係上，這
種描述文字有其特別的效果。由於這種形象描寫既實且虛，非實非虛，似真
還假，正好用來反映角色之間撲朔迷離的感情關係；這類形象描寫通過疊加
影像呈現，不重在交代形象細節，而重在表現觀察角色對該形象的想法，印
象和感覺，一般可暗示兩者之間的感情關係。

> 陳舊的普通列車，卻有潔淨的窗玻璃，車廂內的人影和車外的景象，
> 未受限絕，依然清晰。迴旋風，阻擋在窗外，彭美蘭睜亮眼睛，將額
> 頭靠貼過去，忽裏忽外地看望。窗玻璃閃著清明的光，她的心思仿佛
> 也給擦亮，昨日之前的種種情與事，一一都在雙層玻璃的夾縫間呈
> 現，在車外流動的景象與車內靜止的人影間，搬演了起來。（頁 28）

李潼兒童少年小說《少年噶瑪蘭》用上了這種形象描寫，在正式切入進行描

寫前，先來這麼一段文字，為的是將這種疊加的特殊效果進行理性的交代，使得兒童讀者讀到相關文字不致茫無頭緒。這裏可作為解說文字看待，觀察者也就是限知內聚焦敘事角色彭美蘭，她中學同學潘新格因她的關係，決定趕上這趟到大里的火車，剛才彭美蘭才瞥見潘新格爬鐵門跳月台地趕過來，但不知能不能趕上，因此之故，她一直張望窗外情況，同時還掀動情緒，回憶起她和潘新格種種往事，這段文字後便有著多達九頁篇幅的回憶文字。接著便出現以下的形象描述文字：

> 彭美蘭看著窗玻璃上浮現出潘新格氣喘吁吁的幻影，想著他留在月臺的模樣，一陣酸楚與甜蜜的綜合滋味，就這樣湧上來。當她將額頭移開窗玻璃，先聽到一聲輕咳，再看玻璃上，潘新格的幻影不但沒消失，竟舉起一隻手，演布袋戲似地舞弄著。彭美蘭轉身，回頭看，差一點給嚇死！活生生的潘新格，站在媽媽正後方。（頁 38）

潘新格的形象似真還假，似幻卻真，由於彭美蘭一直在想潘新格，因此出現在眼前潘氣喘的形象究竟是眼前影像還是心中印象，抑或是剛才的殘影等等，這個模糊不定正好印證彭美蘭心潮起伏下的狀態，以及她與潘新格曖昧不明的感情關係。

3.4.2. 言語[3]

3　這裏「言語」大致就是索緒爾（Saussure）語言學中 parole 的意思，指的是個人的語言表達，包括發聲還是不發聲的。下面的「對話」，「獨白」和「內心獨白」大致用上普蘭斯（Prince）在《敘事學字典》（*Dictionary of Narratology*）的基本解釋。至於最後歇斯底里式內心獨白，筆者不同意普蘭斯稱之為「意識流」（stream of consciousness）的做法。由於角色明顯處於歇斯底里這種不正常的心理狀態下，他的內心獨白不理性，不邏輯，不連貫，甚至不合語法，因此它與在正常意識仍發揮作用的所謂「意識流」有著根本的不同。關於「意識流」這個概念，筆者認為最好不要用於敘事文本分析體系內，簡單用「內心獨白」或「獨白」之類有著清晰定義的概念便可以了，這方面的內容，詳情請參看「概念釐清」內「心理活動與意識流」一節。

3.4.2.1. 對話

　　對話（dialogue）在日常生活有著極為重要的作用，在敘事文本中，對話也常常出現，而且有著十分重要的地位，它本質上是兩個或以上角色之間通過言語進行的交流。裏面能為讀者提供很多重要的信息，例如讀者可以從閱讀對話中認識了解對話角色之間的關係，他們的恩怨情仇，同時也可藉此了解包括雙方以至其他角色的資訊，以及事件情節等信息。

　　對話的特點在屬於發出聲音的言語，一般使用口語或有口語特色的語言，多數在有語境的條件形成意義，多是為一問一答或一人一句的模式；即使不明確標示出來，讀者大致可猜出說話者是誰，內容一般合乎邏輯，可信度仍高，但不排除說話者昧著良心說話，所以不一定全是真話，也可能只按別人寄望中的我的形象說話，並非真能反映真正的自我。對話一般能反映角色的性格和心態，反映雙方的關係。對話有時也能顯示對話者的社會身分和地位。

3.4.2.1.1. 對話類型

從形式看

　　主要有兩種，分別是一問一答及一人一句：

一問一答

　　這種對話形式容易讓事情說得清楚明白，一般提問角色等同讀者好奇一問，如果沒有這樣類型的對答，文本很難自然而且順溜地交代情節，如突兀無端地加上一段說明背景的文字，確實是大煞風景的事。

　　張愛玲〈傾城之戀〉寫男女主角范柳原與白流蘇邂逅一事，沒有直接作現場敘述，改而藉沒有在場的四奶奶兩位女兒金枝和金嬋的提問，由參與寶絡與范柳原相親的三奶奶以及四奶奶作回應時透露的：

　　　到了那天，老太太，三爺，三奶奶，四爺，四奶奶自然都是要去的。寶絡輾轉聽到四奶奶的陰謀，心裏著實惱著她，執意不肯和四奶奶的兩個女兒同時出場，又不好意思說不要她們，便下死勁拖流蘇一同

去。一部出差汽車黑壓壓坐了七個人，委實再擠不下了，四奶奶的女兒金枝金蟬便慘遭淘汰。他們是下午五點鐘出發的，到晚上十一點方才回家。金枝金蟬哪裏放得下心，睡得著覺？眼睜睜盼著他們回來了，卻又是大夥兒啞口無言。寶絡沉著臉走到老太太房裏，一陣風把所有的插戴全剝了下來，還了老太太，一言不發回房去了。金枝金蟬把四奶奶拖到陽臺上，一疊連聲追問怎麼了。四奶奶怒道：「也沒看見像你們這樣的女孩子家，又不是你自己相親，要你這樣熱辣辣的！」三奶奶跟了出來，柔聲緩氣說道：「你這話，別讓人家多了心去！」四奶奶索性沖著流蘇的房間嚷道：「我就是指桑罵槐，罵了她了，又怎麼著？又不是千年萬代沒見過男子漢，怎麼一聞見生人氣，就疲迷心竅，發了瘋了？」金枝金蟬被她罵得摸不著頭腦，三奶奶做好做歹穩住了她們的娘，又告訴她們道：「我們先去看電影的。」金枝詫異道：「看電影？」

三奶奶道：「可不是透著奇怪，專為看人去的，倒去坐在黑影子裏，什麼也瞧不見，後來徐太太告訴我說都是那范先生的主張，他在那裏掏壞呢。他要把人家擱在那裏擱個兩三個鐘頭，臉上出了油，胭脂花粉褪了色，他可以看得親切些。那是徐太太的猜想。據我看來，那姓范的始終就沒有誠意。他要看電影，就為著懶得跟我們應酬。看完了戲，他不是就想溜麼？」四奶奶忍不住插嘴道：「哪兒的話，今兒的事，一上來挺好的，要不是我們自己窩兒裏的人在裏頭搗亂，准有個七八成！」金枝金蟬齊聲道：「三媽，後來呢？後來呢？」三奶奶道：「後來徐太太拉住了他，要大家一塊兒去吃飯。他就說他請客。」四奶奶拍手道：「吃飯就吃飯，明知道我們七小姐不會跳舞，上跳舞場去乾坐著，算什麼？不是我說，這就要怪三哥了，他也是外面跑跑的人，聽見姓范的吩咐汽車夫上舞場去，也不攔一聲！」三奶奶忙道：「上海這麼多的飯店，他怎知道哪一個飯店有跳舞，哪一個飯店沒有跳舞？他可比不得四爺是個閒人哪，他沒那麼多的工夫去調查這個！」金枝金蟬還要打聽此後的發展，三奶奶給四奶奶幾次一

打岔，興致索然。只道：「後來就吃飯，吃了飯，就回來了。」

金蟬道：「那范柳原是怎樣的一個人？」三奶奶道：「我哪兒知道？統共沒聽見他說過三句話。」又尋思了一會，道：「跳舞跳得不錯罷！」金枝哎了一聲道：「他跟誰跳來著？」四奶奶搶先答道：「還有誰，還不是你那六姑！我們詩禮人家，不准學跳舞的，就只她結婚之後跟她那不成材的姑爺學會了這一手！好不害臊，人家問你，說不會跳不就結了？不會也不是丟臉的事。像你三媽，像我，都是大戶人家的小姐，活過這半輩子了，什麼世面沒見過？我們就不會跳！」三奶奶歎了口氣道：「跳了一次，還說是敷衍人家的面子，還跳第二次，第三次！」金枝金蟬聽到這裏，不禁張口結舌。四奶奶又向那邊喃喃罵道：「豬油蒙了心！你若是以為你破壞了你妹子的事，你就有指望了，我叫你早早地歇了這個念頭！人家連多少小姐都看不上眼呢，他會要你這敗柳殘花？」（頁58-60）

事情如果按時間順序交代，效果便會大打折扣，反而通過與寶絡有利益衝突，密謀由自己女兒代替寶絡的四奶奶事後反應交代，情節便變得有趣和精彩多了。金枝金蟬由於跟事件有關，急欲知道事情經過，因此她們便代替讀者，擔任詢問甚至追問的角色。事件原本是相親性質，因此信息也以此為主，結果卻大出意外，不但相親不成，反而出現整個文本一大轉折事件，那就是范跟白跳了三次舞。關於范白當刻究竟發生了甚麼事，由於事後轉述的責任落在三奶奶和四奶奶身上，她們只旁觀整個事件，所知不可能全面，而且受到事件刺激，四奶奶氣上心頭，交代事件時夾雜謾罵譏諷，事情的真相是通過一點一滴地透露出來，這也是利用對話一問一答產生的非常理想的閱讀效果。

一人一句

這種可說是對話中最常見的類型，如屬兩人對話，那便是你說一句，我說一句這樣。以下是李碧華〈胭脂扣〉開篇男女主角袁永定和女鬼如花的對話：

> 「先生，」她先笑一下，囁嚅，「我想登一段廣告。」
>
> 「好。登什麼？」
>
> 我把分類廣告細則相告：
>
> 「大字四個，小字三十一個。每天收費二十元。三天起碼，上期收費。如果字數超過一段，那就照兩段計……」
>
> 「有多大？」
>
> 我指給她看。
>
> 「呀，那麼小。怕他看不到，我要登大一點的。」
>
> 「是尋人嗎？」
>
> 她有點躊躇：「是。等了很久，不見他來。」
>
> 「小姐，如果是登尋人啟事，那要貴得多了。逐方計算，本報收九十元一方。」（1-2）

整個文本主要以對話以及限知敘事角色袁永定的內心獨白組成，我們從對話中大概能掌握角色某些特點和表現，有關對話的作用，請看下面的解說。

從場合看

分別是公開和隱閉場合兩類：

公開場合對話

給角色聽到：如〈神鵰俠侶〉中「風陵夜話」寫少女郭襄於風陵渡口圍坐爐旁，聽到眾人談及「神鵰俠」的事跡；就是在公開場合的空間中，通過對話交代過去發生的事件，讀者也因此同步聽到。至於〈肥皂〉主角四銘在街頭碰到女乞丐行乞養活祖母的善行以及聽到流氓對話裏調戲女乞丐的話：「阿發，你不要看得這貨色髒。你只要去買兩塊肥皂來，咯支咯支遍身洗一洗，好得很哩！」這是經主角四銘向太太轉述而傳遞出來，當然讀者也因此而知悉事件的內情。

也有的通過全知敘事者交代出來，沒有其他角色在場，信息變成只向讀者直接交代，如〈街景〉中眾修女對話便是如此：

溫柔的會話,微風似地從她們的嘴唇裏漏出來:

「又是秋天了。」

「可不是嗎!一到秋天,我就想起故國的風光。地中海旁邊有那麼暖和的太陽光啊!到這北極似的,古銅色的冷中國來,已經度過七個秋天了。」

「我的弟弟大概還穿著單衣吧。」

「希望你的弟弟是我的妹妹的戀人。」

「阿門!」

「阿門!」 (64)

隨著現代科技發達,智能手機和無線耳機的流行,平白產生出一種貌似獨白實則對話的情況,那就是角色載著耳機在與另一方進行電話對話,但在他身邊的人可能誤以為他在自言自語,這個新形式的對話相信將會在未來的敘事文本中出現,讀者也應思考它能帶來哪些閱讀效果。

隱閉空間對話

相關對話屬於密語類,按理不大可能被聽到,因此常有私隱內容在其中,但也有給人竊聽或聽到的情況,因此這類對話多有發現真相或秘密的閱讀效果。

如〈神鵰俠侶〉尹志平和趙志敬在房間內的對話,談及尹與小龍女親熱的一幕,對話給小龍女無意中聽到,這晴天霹靂使得她失望和傷心到了極點。與此同時,郭芙聽到這個秘密,因此鄙視小龍女,並以此侮辱楊過,最後更闖出斬下楊過手臂的大禍。

〈偷麵包的麵包師〉中麵包師一直為解決家人想吃蛋糕這一難題而發愁:

晚上睡在床上,媳婦跟他說:「明兒是奶奶生日,咱們弄些麵吃吧。」

「也好。」

就是明天咧！奶奶在隔壁房裏翻了個身，咳嗽著。

「奶奶想吃洋餑餑兒想得甚麼似的。」往奶奶身上推。……

奶奶在隔壁聽見了，又樂又恨。媳婦把她的心事全說了出來，明兒倒不好意思見面了。

孩子正在那兒做夢，聽到洋餑餑兒這兒個字，趕忙從夢裏醒回來。……別老是餑餑兒餑餑兒的盡在嘴裏講，多咱真的帶一個回來才不愧做爹咧，索性打起呼嚕來了。（189-190）

麵包師在床上與妻子的對話，給奶奶在隔壁聽到，得知媳婦在催促丈夫買蛋糕回來給自己做生日，身為長輩的她覺得難為情；同樣聽到父母對話的孩子，則一直抱怨爸爸只說不做。文本通過聽到密語而表現不同角色的反應，正好襯托出一家人都在惦念著蛋糕，形成對麵包師的無形壓力。

從呈現途徑看

文本呈現對話相關信息的途徑，主要有現場直播以及事後轉述兩種：

現場直播

可以由全知零聚焦敘事者轉述，或由不屬任何在場角色的外聚焦視角如實直播，只有讀者在聽。也可以由在場的限知內聚焦敘事角色交代，他可以是對話者之一，也可以是旁聽者，有的更加上他自己的內心獨白，能豐富讀者所能接收的信息。

事後轉述

一般由限知敘事角色轉述當時的對話，如〈笑傲江湖〉的恆山小尼姑儀琳轉述華山派首徒令狐沖與淫賊田伯光的對話便是顯例。有關這些對話的詳細分析可參「評論」環節。

由於儀琳當時身處危難當中，精神狀態起伏很大，按理是無法一字不漏地全記所有對話的。只是在傳統敘事文本的設計下，讀者不會因此懷疑當中的真確性。現代敘事文本有時會刻意提醒讀者這類轉述不一定真確，甚至真假也大有可疑。

偽對話

　　對話應如前述般或一問一答或一人一句，而且應該是原文照錄的；所謂「偽對話」，並不是一般意義的對話，不是簡單的轉述，而是經過角色綜合多次相類似對話整理出來的，內容一般給濃縮了，目的不在如實地呈現對話的內容和情境，而是以省略文字交代對話的主要內容，由於屬多次對話的歸納，因此對話內容不斷出現，證明是對話雙方共同關心的問題。以下為西西〈感冒〉關於主角「我」的內心獨白，這裏有一段「我」的父母的對話，但只能屬於「偽對話」，也就是說這些對話並不是如實地紀錄下來，而是經過「我」的整理而成，因此也可稱為「虛假敘述」（pseudo-narration）。原文還有「我」對「楚」的浮想連翩，這裏一概略去：

> 　　我的父母在晚飯之後常常會留在客廳裏看電視，他們其實並不少常常在那裏看電視，他們不過是坐在那裏低語，而且許多時候，他們為了我，而展開了話題喋喋不休。我有時聽見，有時聽不見。日子久了，我也斷斷續續地明白了他們的意思，他們談話的內容居然可以一點一點拼湊成形，仿佛不過是一次連續的對話。
> 　　「竟沒有一個朋友嗎？」我父親說。……
> 　　「好像沒有。」我母親說。……
> 　　「這麼多年了哩。」我父親說。……
> 　　「我知道並沒有。」我母親說。……
> 　　「不是常常去游泳的嗎？」我父親說。……
> 　　「還不是和小弟一起去。」我母親說。……
> 　　「也去看電影的。」我父親說。……
> 　　「卻是自己一個人去的。」我母親說。……
> 　　現在不知道怎麼樣了。
> 　　「從來沒有陌生的電話。」
> 　　我父親說。
> 　　怎麼會想起他的呢。

「也沒有陌生人來坐過。」

我母親說。

但他是從來不注意我的。

「已經三十二歲了。」

我父親說。

也許已經成家立室了。

「依你的意思呢？」

我母親問。

3.4.2.1.2.　對話作用

交代事件情節，主要角色背景，透露角色之間關係，親密程度，性格特點思想，所涉人事的關係，心態，情緒，立場態度等等：

交代主要角色背景

交代背景尤其是主要角色的：利用閒角對話交代顯得比較自然，也是人之常情，所以在〈夜總會裏的五個人〉交代金子大王胡均益和名媛黃黛茜就用上這個方法。

舞客的對話：

「瞧，胡均益！胡均益來了。」

「站在門口的那個中年人嗎？」

「正是。」

「旁邊那個女的是誰呢？」

「黃黛茜嗎！嗳，你這人怎麼的！黃黛茜也不認識。」

「黃黛茜那會不認識，這不是黃黛茜！」

「怎麼不是？誰說不是？我跟你賭！」

「黃黛茜沒這麼年青！這不是黃黛茜！」

「怎麼沒這麼年青，她還不過三十歲左右嗎！」……

旁邊檯子上的人悄悄地說著：

「這女的瘋了不成！」

「不是黃黛茜嗎？」

「正是她！究竟老了！」

「和她在一塊兒的那男的很像胡均益，我有一次朋友請客，在酒席上
碰到過他的。」

「可不正是他，金子大王胡均益。」

「這幾天外面不是謠得很厲害，說他做金子蝕光了嗎？」

「我也聽見人家這麼說，可是，今兒我還瞧見了他坐了那輛『林
肯』，陪了黃黛茜在公司裏買了許多東西的——我想不見得一下子就
蝕得光，他又不是第一天做金子。」（273-275）

這類藉閒角對話交代主要角色的做法，在傳統敘事文本裏更為常見，〈神鵰
俠侶〉就有以下一段文字，藉與會的小角色對話交代郭靖黃蓉郭芙郭二武等人
的身分地位等重要信息。有時也有更多其他背景資料，利用旁人閒語方式交
代，既不影響主角，主要情節的發展，又能補充主線內容的不足，可謂一舉
兩得。

〈神鵰俠侶〉第 11 回講陸家莊大辦英雄大會，楊過假裝潦倒混在人群
裏赴會，文本藉他所聽所見交代情節，其中不乏從眾人對話中交代出場的不
同角色：

楊過見這莊子氣派甚大，眾莊丁來去待客，川流不息，心下暗暗納
罕，不知主人是誰，何以有這等聲勢？忽聽得砰砰砰放了三聲號銃，
鼓樂手奏起樂來。有人說道：「莊主夫婦親自迎客，咱們瞧瞧去，不
知是那一位英雄到了？」但見知客、莊丁兩行排開。眾人都讓在兩
旁。大廳屏風後並肩走出一男一女，都是四十上下年紀，男的身穿錦
袍，頷留微鬚，氣宇軒昂，頗見威嚴；女的皮膚白皙，卻斯斯文文的
似是個貴婦。眾賓客悄悄議論：「陸莊主和陸夫人親自出去迎接大

賓。」兩人之後又是一對夫婦，楊過眼見之下心中一凜，不禁臉上發熱，那正是郭靖、黃蓉夫婦。數年不見，郭靖氣度更是沉著，黃蓉臉露微笑，渾不減昔日端麗。楊過心想：「原來郭伯母竟是這般美貌，小時候我卻不覺得。」郭靖身穿粗布長袍，黃蓉卻是淡紫的綢衫，但她是丐幫幫主，只得在衫上不當眼處打上幾個補釘了事。靖蓉身後是郭芙與武氏兄弟。此時大廳上點起無數明晃晃紅燭，燭光照映，但見男的越是英武，女的越加嬌艷。眾賓客指指點點：「這位是郭大俠，這位是郭夫人黃幫主。」「這個花朵般的閨女是誰？」「是郭大俠夫婦的女兒。」「那兩個少年是他們的兒子？」「不是，是徒兒。」……陸莊主夫婦齊肩拜了下去，向那老道姑口稱師父，接著郭靖夫婦、郭芙、武氏兄弟等一一上前見禮。楊過聽得人叢中一個老者悄悄向人說道：「這位老道姑是全真教的女劍俠，姓孫名不二。」那人道：「啊，那就是名聞大江南北的清淨散人了。」那老者道：「正是。她是陸夫人的師父。陸莊主的武藝卻非她所傳。」

〈夜總會裏的五個人〉主角之一以美麗聞名的黃黛茜，就是聽到別人討論自己容貌變老的事實，便想藉到夜總會拚命地玩樂，以排解心中的鬱悶：

在前面走著的一個年輕人忽然回過腦袋來看了她一眼，便和旁邊的還有一個年輕人說起話來。

她連忙豎起耳朵來聽：

年輕人甲——「五年前頂抖的黃黛茜嗎！」

年輕人乙——「好眼福！生得真……阿門！」

年輕人甲——「可惜我們出世太晚了！阿門！女人是過不得五年的！」（268）

顯示對話者的身分以及之間的關係

對話的性質，深淺及內容能透露對話雙方的關係，如對話涉及的都是日

常生活閒話，是街坊，朋友，親人，同事，大致可從對話中得知。如果對話內容都是些無關痛癢的事，如表面的，禮貌的，涉及天氣如何等話題，話鋒只及風花雪月的內容，證明對方關係一般，只屬泛泛之交；如只涉及公事，事務性質的，只是職業需要的對話。如果談論的是人生大事，甚至私隱，或者無事不談，盡說心底話，體己話，推心置腹的話的，證明關係非淺甚至密切。

　　對話中的用語也能反映對話角色之間的身分和關係，是輕率冒失還是謙恭有禮，是隨便還是嚴肅。以上這些，都可反映角色的身分地位以至相互之間的關係。以下看看從對話反映對話者關係的一些實例：

將軍夫人與副官

　　　　「錢夫人，我是劉副官，夫人大概不記得了？」

　　　　「是劉副官嗎？」錢夫人打量了他一下，微帶驚愕地說道：「對了，那時在南京到你們大悲巷公館見過你的。你好，劉副官。」

　　　　「托夫人的福。」劉副官又深深地行了一禮，趕忙把錢夫人讓了進去，然後搶在前面用手電筒照路，引著錢夫人走上一條水泥砌的汽車過道，繞著花園直往正屋裏行去。

　　　　「夫人這向好？」劉副官一行引著路，回頭笑著向錢夫人說道。

　　　　「還好，謝謝你，」錢夫人答道：「你們長官夫人都好呀？我有好些年沒見著他們了。」

　　　　「我們夫人好，長官最近為了公事忙一些。」劉副官應道。（205-206）

〈遊園驚夢〉裏的劉副官跟錢鵬志將軍夫人的對話，恰如其分地表現自己身為副官，接待長官夫人好友應有的態度，表現彬彬有禮。

服務員與顧客

　　〈馬褲先生〉中身為顧客的馬褲先生，對服務他的茶房有諸多要求，撇除缺乏禮貌元素外，以及未有考慮要求不屬迫切需要之外，他有權利提出提

供枕頭茶水服務的要求，茶房的回答也是服務員分內之事。這正好反映這個角色在文本的身分和關係，只是由於提出的時機不當，加上欠缺禮數，便容易給人無理取鬧，言行過分的印象：

> （馬褲先生）看了看舖位，用盡全身──假如不是全身──的力氣喊了聲，「茶房！」
>
> 茶房正忙著給客人搬東西，找舖位。可是聽見這麼緊急的一聲喊，就是有天大的事也得放下，茶房跑來了。
>
> 「拿毯子！」馬褲先生喊。
>
> 「請少待一會兒，先生，」茶房很和氣的說，「一開車，馬上就給您舖好。」
>
> 馬褲先生用食指挖了鼻孔一下，別無動作。
>
> 茶房剛走開兩步。
>
> 「茶房！」這次連火車好似都震得直動。
>
> 茶房像旋風似的轉過身來。
>
> 「拿枕頭！」馬褲先生大概是已經承認毯子可以遲一下，可是枕頭總該先拿來。
>
> 「先生，請等一等，您等我忙過這會兒去，毯子和枕頭就一齊全到。」茶房說的很快，可依然是很和氣。
>
> 茶房看馬褲客人沒任何表示，剛轉過身去要走，這次火車確是嘩啦了半天，「茶房！」
>
> 茶房差點嚇了個跟頭，趕緊轉回身來。
>
> 「拿茶！」
>
> 「先生請略微等一等，一開車茶水就來。」（92-93）

感情關係角力的雙方：范柳原與白流蘇

　　〈傾城之戀〉的白流蘇隨徐太太到了香港，見到范柳原，二人的戰爭由對話開始：

> 流蘇含笑問道:「范先生,你沒有上新加坡去?」柳原輕輕答道:
> 「我在這兒等著你呢。」……柳原倚著窗臺,伸出一隻手來撐在窗格
> 子上,擋住了她的視線,只管望著她微笑。流蘇低下頭去。柳原笑
> 道:「你知道麼?你的特長是低頭。」流蘇抬頭笑道:「甚麼?我不
> 懂。」柳原道:「有的人善於說話,有的人善於管家,你是善於低頭
> 的。」流蘇道:「我甚麼都不會。我是頂無用的人。」柳原笑道:
> 「無用的女人是最最厲害的女人。」流蘇笑著走開了道:「不跟你說
> 了,到隔壁去看看罷。」(221)

白流蘇要處處提防,同時又要顯示自己的優點,還要在對方心目中留下美好
而且深刻的印象,否則便不能擄獲對方,因此不能說錯話,不能給人扣分機
會,可能的話,還要適當地給予對方機會,甚至讓對方心癢癢,但又不能太
露骨,不能讓人看輕。一般要配合肢體語言,才能更好地表現自己。這類互
相爭勝又不能過於露骨的對話在這個文本裏可謂俯拾即是,讀者大可細意地
多加欣賞。

暗語背後的感受:王佳芝與鄺裕民

〈色戒〉中有以下一段王佳芝和裕民電話對話,由於通過電話傳達,加
上避免別人聽懂內容涉及暗殺漢奸計劃的成分,因此對話說的都是暗語。然
而,由於能聽到對方的聲音,加上自己對對方也有好感,這份依戀,多談一
會的願望造成對話中的依依不捨,這也是對話不以內容而以聲音傳遞感受的
例子:

> 「喂?」
> 還好,是鄺裕民的聲音。就連這時候她也還有點怕是梁閏生,儘管他
> 很識相,總讓別人上前。
> 「喂,二哥,」她用廣東話說。「這兩天家裏都好?」
> 「好,都好。你呢。」
> 「我今天去買東西,不過時間沒一定。」

「好，沒關係。反正我們等你。你現在在哪裏？」

「在霞飛路。」

「好，那麼就是這樣了。」

片刻的沉默。

「那沒甚麼了？」她的手冰冷，對鄉音感到一絲溫暖與依戀。

「沒甚麼了。」

「馬上就去也說不定。」

「來得及，沒問題。好，待會見。」

傳統父子權力懸殊的關係：四銘與學程

> 「學程，我就要問你：『惡毒婦』是什麼？」
>
> 「『惡毒婦』？……那是，『很凶的女人』罷？……」
>
> 「胡說！胡鬧！」四銘忽而怒得可觀。「我是『女人』麼！？」
>
> 學程嚇得倒退了兩步，站得更挺了。他雖然有時覺得他走路很像上臺的老生，卻從沒有將他當作女人看待，他知道自己答的很錯了。
>
> 「『惡毒婦』是『很凶的女人』，我倒不懂，得來請教你？──這不是中國話，是鬼子話，我對你說。這是甚麼意思，你懂麼？」
>
> 「我，……我不懂。」學程更加局促起來。
>
> 「嚇，我白花錢送你進學堂，連這一點也不懂。虧煞你的學堂還誇什麼『口耳並重』，倒教得甚麼也沒有。說這鬼話的人至多不過十四五歲，比你還小些呢，已經嘰嘰咕咕的能說了，你卻連意思也說不出，還有這臉說『我不懂』！──現在就給我去查出來！」（46）

魯迅〈肥皂〉這段對話充分反映傳統家庭由父親無處不是無上權威以及兒子需要事事順從的關係。即使主角四銘提問不完整，甚至可說是支離破碎，無法明白，以致兒子學程不知所言，無所適從，但也不敢提出疑問，要求父親說個明白，只能盲目猜度，拼命盡力回應。一句「惡毒婦是甚麼？」沒有交

代語境，甚麼場合說的，又沒有交代這個評語是衝著四銘而說的，實在是無法回應。只是正因為出現這種既不清楚又不完整的提問，才能將這種權力懸殊的關係表現得淋漓盡緻，同時也是因為這種一點一滴地補充信息的方法，使得這個「惡毒婦」的事件能橫跨文本大部分篇幅，還能與文本其他事件如「孝女」等共同構成文本的主要框架，可見文本有時並不完美的一段對話，對整個文本的結構能起著關鍵的作用，讀者不應等閒視之。

令狐沖與任盈盈（婆婆與少女）

〈笑傲江湖〉裏有著這樣的誤會：由於七十多八十歲的綠竹翁稱任盈盈為姑姑，因此未曾碰面的令狐沖以及眾人都將這位妙齡女子視為婆婆，與她對話時，令狐沖的態度畢恭畢敬，充分表現出他對這位前輩的敬意，這可以從對話中理解二人的關係。

> 只聽得左邊小舍中傳來那位婆婆的聲音道：「令狐先生高義，慨以妙曲見惠，咱們卻之不恭，受之有愧。只不知那兩位撰曲前輩的大名，可能見告否？」聲音卻也並不如何蒼老。令狐沖道：「前輩垂詢，自當稟告。撰曲的兩位前輩，一位是劉正風劉師叔，一位是曲洋曲長老。」那婆婆「啊」的一聲，顯得十分驚異，說道：「原來是他二人。」令狐沖道：「前輩認得劉曲二位麼？」那婆婆並不逕答，沉吟半晌，說道：「劉正風是衡山派中高手，曲洋卻是魔教長老，雙方乃是世仇，如何會合撰此曲？此中原因，令人好生難以索解。」……那婆婆微微一笑，說道：「閣下性情開朗，脈息雖亂，並無衰歇之象。我再彈琴一曲，請閣下品評如何？」令狐沖道：「前輩眷顧，弟子衷心銘感。」（第13章）

到了知道任盈盈真容後，對話口吻以至內容都與前時大不相同，雙方的關係產生變化，令狐沖也慢慢表現出他性格豁達不羈的性格特點來：

> 令狐沖歎了一口氣，說道：「唉！我真傻，其實早該知道了。」那姑

娘笑問：「早該知道什麼？」令狐沖道：「你說話聲音這樣好聽，世上哪有八十歲的婆婆，話聲是這般清脆嬌嫩的？」那姑娘笑道：「我聲音又粗糙，又嘶嗄，就像是烏鴉一般，難怪你當我是個老太婆。」令狐沖道：「你的聲音像烏鴉？唉，時世不大同了，今日世上的烏鴉，原來叫聲比黃鶯兒還好聽。」那姑娘聽他稱讚自己，臉上一紅，心中大樂，笑道：「好啦，令狐公公，令狐爺爺。你叫了我這麼久婆婆，我也叫還你幾聲。這可不吃虧、不生氣了罷？」

令狐沖笑道：「你是婆婆，我是公公，咱兩個公公婆婆，豈不是……」他生性不羈，口沒遮攔，正要說「豈不是一對兒」，突見那姑娘雙眉一蹙，臉有怒色，急忙住口。那姑娘怒道：「你胡說八道些甚麼？」令狐沖道：「我說咱兩個做了公公婆婆，豈不是……豈不是都成為武林中的前輩高人？」那姑娘明知他是故意改口，卻也不便相駁，只怕他越說越難聽。她倚在令狐沖懷中，聞到他身上強烈的男子氣息，心中煩亂已極，要想掙扎著站起身來，說什麼也沒力氣，紅著臉道：「喂，你推我一把！」令狐沖道：「推你一把幹甚麼？」那姑娘道：「咱們這樣子……這樣子……成甚麼樣子？」令狐沖笑道：「公公婆婆，那便是這個樣子了。」（第 17 章）

反映對話者的立場態度心態等

對話裏如出現爭拗或討論，除了能更好認清雙方關係外，還可藉此整理或折射出個別角色的立場態度甚至人生觀，做人原則等大課題。如對話內容涉及其他人事，讀者可從中了解對話雙方對人事的看法，可見雙方的觀點等。

一往情深：小龍女

〈神鵰俠侶〉的小龍女自從認識到自己深愛著楊過後，無論遇到任何情況，都沒有改變看法。因此當遇到郭芙面對二武無法抉擇，楊過問她該如何時，小龍女的答案正好表現這份此生不變的執著：

> 楊過待她（郭芙）走遠，笑問：「倘若你是她，便嫁那一個？」小龍
> 女側頭想了一陣，道：「嫁你。」楊過笑道：「我不算。郭姑娘半點
> 也不歡喜我。我說倘若你是她，二武兄弟之中你嫁那一個？」小龍女
> 「嗯」了一聲，心中拿二武來相互比較，終於又道：「我還是嫁
> 你。」楊過又是好笑，又是感激，伸臂將她摟在懷裏，柔聲道：「旁
> 人那麼三心二意，我的姑姑卻只愛我一人。」（第 21 回）

簡單的問答，加上重復的答案，能充分反映小龍女對楊過的深情厚意，矢志
不渝。

對女性職業的慣性思維：夏

西西的〈像我這樣的一個女子〉中有以下一段夏與「我」關於「我」工
作性質的對話：

> 那麼，你的工作是什麼呢。他問。
> 替人化粧。我說。
> 啊，是化粧。他說。
> 但你的臉卻是那麼樸素。他說。

正因為夏以一般常理，或者可以說是對女性職業定型的社會傳統看法來理解
化妝的工作，指的是「女為悅己者容」的思想。按理，一位職業為替別人化
粧的女性應該也化上粧，一來可作為生招牌，顯示自己的化粧技巧和效果，
二來也間接認同女性應該化粧的傳統思維。可是，夏雖然對替人化粧的
「我」自己卻樸素得很感到奇怪，但他沒有擺脫上述職業定型的思維，嘗試
進一步理解這個工作的真正本質，可見夏仍站在傳統眼光看待「我」的工
作。

這段對話雖簡短，但多少能窺見個別角色的思維或心態。當然，憑這點
便認定角色的觀念未免武斷，但作為一點一滴累積對角色的認識，這類材料
確實是十分值得重視的。

討好賣乖：艾莉

君比〈覓〉中的艾莉在約定的餐廳裏等候男朋友李晉的到來：

> 七時四十分了。平素早到的李晉為何會在這重要的晚上遲到呢？難道他遇上了甚麼意外？還是，他臨時改變主意？艾莉緊張起來，想去電話間致電李晉，背後卻給人拍了一下。「幹嗎哪麼遲的？教人擔心——」她嗔道，轉過頭去……

通過前面交代艾莉極想當少奶奶以及明言對李晉家財的興趣，讀者較容易讀出這時的反應目的在撒嬌賣萌示好，表現自己關心對方的情緒，以求「做好」這個女朋友角色。但在她不知情的測試中，她缺乏愛心的特點表露無遺，無法符合李晉對續絃那個無限愛心的要求。有關討論，還可參同一章「點睛功能」環節。

虛偽：劉小德等

對話還可表現角色的虛偽本質，只是光憑一段對話和反應是無法判斷虛偽與否的，只是好像〈上海的狐步舞〉裏的劉小德，顏蓉珠，殷芙蓉以及珠寶捐客那樣，在舞池上，即使面對完全不同的對象，仍用完全相同的對話和反應，表達自己的心意；那明顯便有虛偽和欺騙成分，文本就是用上這種方法突出角色的虛偽本質。詳情請參「事件」一章「重復關係：強調相同面」環節。

折射角色性格特點

對話既反映對話者關係，說話風格也能折射角色的性格特點；對話中說話的詳略，快慢等現象，也或多或少能反映說話者自己的特點甚至性格。

跳脫活潑與言簡意賅：武修文與武敦儒

> 只聽武修文道：「師母是最疼你的，你日也求，夜也求，纏著她不放。只要師母答應你不嫁那姓楊的，師父決沒話說。」郭芙道：

「哼，你知道什麼？爹雖肯聽媽的話，但遇上大事，媽是從不違拗爹爹的。」武修文歎道：「你對我也是這般，那就好了。」但聽得拍的一響，武修文「啊」的一聲叫痛，急道：「怎麼又動手打人？」郭芙道：「誰叫你說便宜話兒？我不嫁楊過，可也不能嫁你這小猴兒。」武修文道：「好啊，你今晚終於吐露了心事，你不肯做我媳婦，卻肯做我嫂子。我跟你說，我跟你說……」氣急敗壞，下面的話說不出了。郭芙語聲忽轉溫柔，說道：「小武哥哥，你對我好，已說了一千遍一萬遍，我自早知道你是真心。你哥哥雖然一遍也沒說過，可我也知他對我是一片癡情。不管我許了誰，你哥兒倆總有一個要傷心的。你體貼我，愛惜我，你便不知我心中可有多為難麼？」……武修文心中一急，竟自掉下淚來。郭芙取出手帕，撕了給他，歎道：「小武哥哥，咱們自小一塊兒長大，我敬重你哥哥，可是跟你說話卻更加投緣些。對你哥兒倆，我實在沒半點偏心。你今日定要逼我清清楚楚說一句，倘若你做了我，該怎麼說呢？」武修文道：「我不知道。我只跟你說，若是你嫁了旁人，我便不能活了。」……武修文向著郭芙俊俏的臉孔戀戀不捨的望了幾眼，說道：「好，那你也早些睡罷。」他轉身走了幾步，忽又停步回頭，問道：「芙妹，你今晚做夢不做？」郭芙笑道：「我怎知道？」武修文道：「若是做夢，你猜會夢到什麼？」郭芙微笑道：「我多半會夢見一隻小猴兒。」武修文大喜，跳跳躍躍的去了。……武修文去後，郭芙獨自坐在石凳上，望著月亮呆呆出神，隔了良久，長歎了一聲。忽然對面假山後轉出一人，說道：「芙妹，你歎甚麼氣？」正是武敦儒。……郭芙微嗔道：「你就總是這麼陰陽怪氣的。我跟你弟弟說的話，你全都聽見了，是不是？」武敦儒點點頭，站在郭芙對面，和她離得遠遠的，但眼光中卻充滿了眷戀之情。兩人相對不語，過了好一陣，郭芙道：「你要跟我說什麼？」武敦儒道：「沒什麼。我不說你也知道。」說著慢慢轉身，緩緩走開。（第21回）

〈神鵰俠侶〉裏，楊過和小龍女在花園談心之際，先聽得郭芙和武修文的對話，修文走後，郭芙又與武敦儒說了幾句。光從這裏所顯示的話語，讀者不難從對話中，掌握二武性格全然不同的特點：修文跳脫活潑，說話既多，感情也豐富；相反，兄長敦儒說話不多，但都言簡意賅，表現更沉穩踏實。

天真爛漫與收斂持重：郭襄與楊過

〈神鵰俠侶〉的郭襄尾隨神鵰俠楊過找九尾靈狐，但無法走近並且摔倒，急得哭了起來：

> 忽聽得一個溫和的聲音在耳邊響起：「為什麼哭？是誰欺負你了？」郭襄抬頭看時，竟是楊過，不知他如何能這般迅速的回來。她既驚且喜，立時又覺得不好意思，低下頭來，掏手帕拭擦眼淚。那知適才奔得急了，手帕竟是掉了。
> 楊過從袖中取出一塊手帕，拈在拇指和食指之間，笑道：「你是找這個麼？」郭襄一看，正是自己那塊角上繡著一朵小花的手帕，突然說道：「是了，便是你欺侮我啊。」楊過奇道：「我怎地欺侮你了？」郭襄道：「你搶了我的手帕去，不是欺侮我麼？」楊過笑道：「你自己掉在地上，我好心給你拾了起來，怎能說是搶你？」郭襄笑道：「我跟在你後面，我的手帕便是掉了，你又怎能拾到？明明是你搶我的。」……楊過微笑道：「你姓什麼？叫什麼名字？尊師是誰？為什麼跟著我？」郭襄道：「你尊姓大名？你先跟我說，我才跟你說。」楊過這十餘年來連真面目也不肯示人，自是不願意對一個陌生姑娘說出自己的姓名，道：「你這姑娘好生奇怪，既不肯說，那也罷了。手帕奉還。」……楊過見她一派天真爛漫，對自己猙獰可怖之極的面目竟是毫無懼意，心想：「我且嚇她一嚇。」突然厲聲道：「你好大膽，為什麼不怕我？我要害你了。」說著走上一步，舉手欲擊，郭襄一驚，但隨即格的一笑，道：「我才不怕呢。你如真的要害我，還會先說出來麼？神雕大俠義薄雲天，豈能害我一個小小女子？」縱是恬淡清高之人、山林隱逸之士，聽到有人真誠讚揚，也決無不喜之理，

楊過雖然不貪受旁人諂諛，但聽郭襄說得懇摯，確是衷心欽佩自己，不禁微笑道：「你素不識我，怎知我不會害你？」郭襄道：「我雖不識你，昨晚在風陵渡卻聽到許多人說你的事跡。我心中說：『這樣一位英雄人物，定要見見。』因此便跟著大頭鬼來見你了。」楊過搖頭道：「我算是什麼英雄？你見了之後，定然覺得見面不如聞名。」郭襄忙道：「不，不！你若不算英雄，有誰還能算是英雄？」……又道：「當然，除了你之外，世上也還有幾位大英雄大豪傑，但你也是其中之一。」楊過……微笑道：「你說那幾位是大英雄大豪傑？」郭襄聽他言語中似有輕視自己之意，說道：「我說出來，倘若說得對，你便帶我去捉那九尾靈狐好不好？」楊過道：「好，你倒說幾位聽聽。」……楊過見她臉現躊躇之色，……於是說道：「你只要再說一個，說得對，我便帶你同去黑龍潭捕捉九尾靈狐。」……（郭襄）正自為難，突然靈機一動，說道：「好，又有一位，解困濟急，鋤強扶弱，眾口稱揚，神雕大俠！這位倘若不算是大英雄，那你便是撒賴。」楊過笑道：「小姑娘說話有趣得緊。」郭襄道：「那你便帶我到黑龍潭麼？」楊過笑道：「你既說我是大英雄，大英雄豈能失信於小姑娘？咱們走罷。」（第34回）

從以上對話可見，郭襄天真爛漫，真誠可愛；相反，楊過一反以前的飛揚跋扈，言談無忌，變成態度持重，言語收斂，大有飽歷風霜，見盡世態的蒼涼味道。

發現／透露真相

對話還有一種極為關鍵的作用，那就是通過刻意偷聽或無意間聽到兩類方式，從對話中發現影響情節甚至角色命運的重大事件的秘密和真相。這個通過對話讓角色以至讀者知悉真相的做法十分普遍，以下是其中一些例子：

〈射鵰英雄傳〉裏有一重大疑竇，那就是江南六怪中的五怪慘死在黃藥師的桃花島內，郭靖因此認定黃藥師殺死五位恩師，引致郭靖和黃蓉反目。

黃蓉冒著生命危險，在大奸歐陽克歐陽鋒楊康等人面前，通過不斷提問，將歐陽鋒突襲桃花島殺死江南六怪中五人，並嫁禍黃藥師等真相一一套問了出來，讓身在暗處的江南七怪之首的柯鎮惡認識真相，並希望他能向郭靖說明一切，不要錯怪黃藥師黃蓉父女二人。這些重要真相就是通過柯鎮惡偷聽得知，當然讀者也同步經歷，同時得到所有真相。（第 35 回）

〈神鵰俠侶〉的尹志平和趙志敬在室內大談尹姦巧小龍女一事，給小龍女和郭芙分別聽到：小龍女一直以為跟她親熱的是楊過，得知這真相後如晴天霹靂，呆站在當場，郭芙隨之聽到，因此鄙視小龍女；小龍女因此灰心到極點，覺得自己已經不是清白之身，不配再與楊過一起，決定成全楊過與郭芙，為此特意將淑女劍交予郭芙，希望她與楊過君子劍一起，成為一對。郭芙因此才有以劍斬斷楊過右臂的情節，可見發現真相的對話，一般在情節發展上都起著關鍵的作用。（第 24 回）

〈神鵰俠侶〉中楊過父親楊康的死因一直是楊過的心病。不管是自己母親穆念慈還是郭靖，對父親楊康之死總避而不論；楊過是通過郭靖黃蓉對話中透露楊康的為人及死時情況，才一點一滴的發現父親楊康的死亡真相。當郭黃二人談論女兒郭芙終生大事時，才讓楊過得悉自己與郭靖的淵源，並首次聽到父親的過去：「楊康兄弟不幸流落金國王府，誤交匪人，才落得如此悲慘下場，到頭來竟致屍骨不全」（第 12 回）。接著楊過從傻姑口中，終於確認父親因拍擊黃蓉致中毒而死，死後屍身還遭烏鴉啄食（第 15 回）。後來，楊過再次聽到郭黃二人對話，證明二人確有殺死父親之意：「我只恨殺他不早……他父親一掌拍在我肩頭，這才中毒而死……你我均有殺他之心，結果他也因我而死」（第 21 回）。由於都是片言隻語，加上孩子對父親那種孺慕之情，總將父親形象想像成英雄般的偉大，因此作出殺害父親的凶手包括郭靖和黃蓉都是大奸大惡的人的結論。當然到了文本後期（第 37 回），父親楊康的惡行通過嫉惡如仇，正直不阿的柯鎮惡的口述，加上曾與楊康共事的四位惡人的供詞，楊過終於得知一切真相，也解開自己多年心中的疑團。

鍾曉陽〈停車暫借問〉女主角趙寧靜無意中聽到自己丈夫熊應生和弟弟

順生的對話，驚悉旗勝綢緞莊原來是給放火燒毀的真相，才知道林爽然是給陷害的。這個真相既解釋了爽然當刻言行反常的真正原因，也是導致他們之間感情戛然而止的重大關鍵。知悉這個重大秘密的寧靜決心離開熊家，找尋自己的方向，也為日後嘗試與爽然再續前緣提供了條件。

〈神鵰俠侶〉第 31 回絕情谷的公孫綠萼無意中偷聽到父親公孫止和李莫愁在合計謀害自己，一來對自己父親的行徑極度失望，二來在自傷自憐的同時，想到借這個秘密騙取母親裘千尺手中的絕情丹，以求救活芳心暗許的楊過。情節就是通過這類無意中聽到的對話，能更好地展開，並掀起高潮。可見對話是一種相當有效的情節手段。

〈笑傲江湖〉中福威鏢局少主林平之飽遭厄難：父母慘死，鏢局被搗，因此他明查暗訪希望知道真相，為父母報仇，因此他不顧危險，晚上總躲在懸崖邊，刻意偷聽華山派掌門岳不群和妻子寧中則在房中的對話，終於得知岳不群練就林家祖傳辟邪劍譜內武功的秘密，並得知大師兄令狐沖並沒有偷得劍譜的真相。同時知道劍譜寫在袈裟上，當岳不群向寧中則誓言不再練習劍譜武功後，便將袈裟從窗口扔進下面懸崖去，林捨命奮身抓到袈裟，才因此得以練就劍譜功夫，並展開復仇大計。凡此種種情節，都由林偷聽岳寧二人密語而來（第 35 章）。

塑造自己形象

有時為了塑造自己在別人心中的形象，刻意符合別人對自己的期望和要求，對話並不能真正反映說話者的真實一面，反而能表現他表裏不一，為了維護自己的身分而不惜說著門面話的虛偽。當然，如心中所想牽涉不為社會規範和道德的內容，自然不可能宣諸於口。讀者一般可通過比較對話與內心獨白的差異，掌握角色說話的真偽甚至用意。

施蟄存的〈在巴黎大戲院〉，基本上是由男主角「我」的內心獨白組成，間中插進與女性朋友「她」的對話，這些對話都以「──」符號標出，對話之間的仍然是「我」的內心獨白：

　　——笑甚麼？

　　哦，竟被我捉住了。她不是顯得好像很窘了嗎？看她怎樣回答。

　　——笑你。

　　怎麼，就只這樣的回答嗎？笑我，這我已經知道了，何必你自己說。但我要知道你為甚麼笑我，我有甚麼地方會使你發笑呢？我倒再要問問她：

　　——笑我甚麼？

　　——笑你看電影的樣子，開著嘴，好像發呆了。（116-117）

讀者通過比較，不難發現「我」為了保持他紳士的形象，對話時一般能保持禮貌客套的風格，其實他內心充滿各種矛盾和猥瑣想法。詳情請參同一章「角色性格」一節。

小結

　　如前所述，對話在敘事文本中有著眾多重要的作用和功能，地位可謂舉足輕重，尤其是重點在挖掘角色心理狀況的現代敘事文本，對話變成角色與外界接觸的重要橋樑，也變成不可或缺的關鍵成分。

3.4.2.2.　獨白

定義及特點

　　獨白（monologue）就是角色獨個兒說話，沒有說話對象，即是自言自語，自說自話。語言風格上明顯有口語特點，大致屬清醒下的說話，因此應合乎邏輯，屬客觀言語。獨白的特點就在不為人知但發出聲響，發聲是獨白，不發聲是內心獨白，如「白雲開，你真係蠢㗎啦」（廣州話）。顧名思義，由於角色假定說給自己聽，不用考慮別人感受，因此與對話相比，明顯更接近角色的真實意圖，屬角色真正想法。如果從可信度衡量，獨白較對話為高。事實上，獨白由於屬發聲言語，並不排除獨白為在場的其他角色聽進耳裏，因此成為文本藉此揭露角色內心真實想法的一種途徑。

類型

從目的看

獨白有以下多種目的：

抒發感情：抒發角色自己真實的感覺和感情，這類獨白應屬最大多數

發泄情緒：多為即時反應，衝口而出的，可以是感嘆詞，也可以是評語，甚至粗話

回憶往事：沒有傾訴對象，跟自己講自己的往事

志在欺騙：故意讓別人聽見，假裝所說的是自己的心聲

從對象看

對自己：自言自語

對其他：與那些不可能作出回應的對象說話或對話，如樹洞，狗／寵物，月亮，星星，墳頭，照片，上天，上帝等。由於本質上這種所謂對話不構成對話的環境，即使聽者可能有回應，但無法回答，因此只能算成另類獨白。由於沒有傾訴心事的對象，知道交流不可能，或不願交流，不願別人知道的秘密，因此這類獨白不重交流，重在吐苦水，抒發自己抑壓在內心的感情。如〈笑傲江湖〉中第 37 章儀琳對著啞婆婆說話，就是一個顯例。儀琳所說的都是自己內心的不為人知，不願人知的秘密。可是文本安排這位啞婆婆原本不是啞的，而且是儀琳的生母，後來令狐沖也機緣巧合扮成啞婆婆模樣，儀琳誤認他便是原來的啞婆婆，向他傾吐心事，因此包括令狐沖和讀者都知道儀琳複雜的內心掙扎以及因令狐沖而掀起的感情波瀾。

從傳播途徑看

現場直播

按理，獨白既是發聲言語，自然有被聽到的可能。當然，有的文本沒有安排別的角色聽到，只由全知敘事者交代出來，讀者變成唯一聽到這段獨白的人。

也有文本安排角色無意或有意的聽到這段獨白，從而揭示該角色的某些秘密。如〈神鵰俠侶〉中第 36 回黃蓉碰巧偷聽到郭襄向天說出自己的生日願望，間接得知這個「小東邪」既關心父母，也關心國家民族，同時也得知

楊過深愛著小龍女一事。

從清醒度看

按理，上述獨白都是角色在清醒狀態下進行的，其實還有在不清醒狀態出現的獨白，如夢話，囈語，醉話等，這類獨白多成為揭露心聲和秘密的信息來源。

作用：交代情節和背景

表現角色真正的自己，反映心態，反映性格特點：

穆時英〈街景〉第三節主角老乞丐，他在無人的街角裏孑然一身地獨個兒說話——獨白，文本以引號「」標出，中間還夾雜著以括號標出的內心獨白，述說他從家鄉走到上海這個大都會的經歷：

> 他反覆地說著，像壞了的留聲機似地，喃喃地：
> 「那時候兒上海還沒電燈，還沒那麼闊的馬路，還沒汽車……還沒有……那麼闊的馬路，電燈，汽車，汽車，汽車……還沒有……」
> （石子鋪的路上全是馬車，得得地跑著，車上坐著穿蘭花竹葉緞袍的大爺們，娘兒們……元寶領，如意邊……衣襟上的茉莉花球的香味直飄過來。）
> 「花生米賣兩文錢一包，兩文錢一包，很大的一包，兩文錢一包，兩文錢一包。」
> （第一天到上海，就住在金二哥家裏。金二哥是賣花生米的，他也跟著賣。金二哥把籃子放在製造局前面，賣給來往的工人——全有辮子的……）
> 「全有辮子的，全有辮子的，全有辮子的。」（65-66）

整個第三節都是由老乞丐的獨白和內心獨白組成，到了後面，老乞丐的思想開始紊亂起來，甚至以為汽車的輪子就是能載他回家鄉的火車輪子，結果走出馬路，給車撞倒致死：

「真想回去啊！」眼淚流下來，流過那褐色的腮幫兒，流到褐色的嘴唇裏。

（巡捕來了。）

一條黑白條子的警棍在他眼前擺著：

「跑開！跑開！」

他慢慢兒地站起來，兩條腿哆嗦著，扶著墻壁，馬上就要倒下去似的往前走著，一步一步地。喃喃地說著：

「真想回去啊！真想回去啊！」

嘟！一隻輪子滾過去。

（火車！火車！回去啊！）

猛的跳了出去。轉著，轉著，轟轟地，那永遠地轉著的輪子。輪子壓上了他的身子。從輪子裏轉出來他的爸的臉，媽的臉，媳婦的臉，哥的臉……

（女子的叫聲，巡捕，輪子，跑著的人，天，火車，媳婦的臉，家……）（68）

最後的獨白和內心獨白將他所見所聽以至所思所惦記的都展現出來，將他熱切希望回到家鄉的情緒表現得淋漓盡緻，將老乞丐最真實的一面呈現出來，也同時將這悲劇一生交代得再清楚不過了。

　　黃仁達的〈回家〉通過對面街坊所見所聞，寫這幢即將拆遷大廈天台的「瘋老頭」友仔記，不斷地跟鴿子說：「不要回來了，死仔包」。按理這應是與鴿子的對話，只是鴿子不可能回應，因此可視為獨白。從這句獨白中，讀者不難讀出友仔記對親如兒子的鴿子有著迫切而殷切的期望，那就是離開這裏，另覓新巢。當然，細心一點的讀者不禁揪心，家不再存在，鴿子還有友仔記勸告；可是身為主人的友仔記的命運又將如何？舊樓拆遷後他居於何處？當人人只顧賺錢，只看到發展所帶來的機會時，又有誰人會或願意關心一下這位老人家呢？這句獨白正好帶出這個既嚴肅又嚴重的社會問題。

　　很多時候，角色遇到不便明言的想法，便以欺唔般口吻說獨白，向有意

吐露心聲的對象，傳遞自己內心的信息。如〈偷麵包的麵包師〉中的奶奶，他心裏所想，雖然沒有通過獨白說出來，身為兒子的麵包師，也能讀懂她的言下之意，結果下定決心去偷一個回家：

> 奶奶咕嚷著：「日子過得真快，五十八年咧！初五又是生日了！」嘆息了一下。她底下一句話「只要嘗一嘗洋餑餑兒死也甘心的呵，」沒說出來，可是她一嘆氣，兒子就聽懂了。（188）

老舍〈馬褲先生〉中主角馬褲先生問完了同車廂眾人都沒有隨身行李後，喃喃地說了一句：「早知道你們都沒行李，那口棺材也可以不另起票了！」嚇得「我」馬上決定：「下次旅行一定帶行李！真要陪著棺材睡一夜，誰受得了！」這類獨白能讓旁人認識馬褲先生這類渾人的怪異以至齷齪想法，實在是一個有效傳遞信息的途徑。

〈神鵰俠侶〉中絕情谷主公孫止之女公孫綠萼低聲呼喚「楊郎」當然屬獨白，沒打算讓任何人聽到，只為了在自殺臨死前，向自己動心甘願為他而死的楊過，以愛人的身分叫聲「楊郎」，便再沒有任何遺憾了：

> 公孫綠萼身在父親手中，動彈不得，一個圈子轉過來時，陡然見到楊過跳躍相避，讓開了去路，眼光中充滿著關懷之情，不禁芳心大慰：「他為了我，寧可不要解藥！我死也瞑目了。」她手足雖不能動，頭頸卻能轉動，低聲叫道：「楊郎，楊郎！」額頭撞向公孫止挺起的黑劍。黑劍鋒銳異常，公孫綠萼登時香消玉殞，死在父親手裏！（第32回）

3.4.2.3.　內心獨白

特點

內心獨白（interior monologue）是言語的其中一種形式，它的特點在於

它屬角色內心的內容，沒有說出來，那就是沒有發聲，因此按理它的內容，外界是無法知曉的。按正常情況看，內心獨白還是角色最私密，不為人知的部分。因此，也是角色最真實的一面。讀者要認識角色的話，內心獨白是最直接最有效的途徑。

正因為這樣，摒棄以外部現實為主要描繪內容的現代敘事文本，特別看重這個部分，寫角色的心理活動成為這類敘事文本的重頭戲，也是它精彩和價值所在，它能深挖角色的內心世界。因此，內心獨白就是按「心理時間」描述角色的心理現實，它有別於按時間及或空間順序安排的客觀現實。內心獨白主要按角色聯想原則，以聯想物為鏈條，將不同時空的各種成分連接起來，形成這種心理現實。

這種內心獨白常常給人冠以「意識流」這個術語，使得這在所有人都屬平常不過的心理活動，變成神秘莫測，變得高大上起來。其實它沒有甚麼了不起，只是一般的心理活動而已。

真實的內心獨白與文本呈現出來的內心獨白

內心獨白很多時候都是自我思考，夾雜著思想當刻發生的事或所見所聞，因此這類文字便將角色的即時反應，所見所聽的內容等與他自身原來思考著的問題夾雜出現。表面看來雜亂無章，但其實任何思考很難不受干擾，這種打岔現象其實十分合理，只是一般敘事文本刻意地排除這些干擾，讓思考過程更加單一更加純粹，好讓讀者更好掌握，更易明白，只是這種做法其實是不合邏輯，違反了真實情況，不合常理也不夠自然的。因此，在敘事文本裏所見角色的內心獨白其實並非現實世界的內心獨白，而是經簡化以達到閱讀效果的表達手法。

例外情況

當然，有所謂讀心術，黑科技，魔幻力量，巫術，還有未來科技等等，不排除在個別敘事文本裏出現即使你沒有說出來的內心獨白，人家都能瞭如指掌。

此外，內心獨白仍屬角色意識控制下的活動，因此也不排除角色在自欺欺人，明明自己不這麼想，但在腦子裏仍充滿自己不願想不打算想的內容。

一般來說，讀者相信內心獨白是角色最真實的自己。除非文本援用弗洛伊德
（Sigmund Freud, 1856-1939）心理分析（psychoanalysis）三個「我」，另
將角色自己「本我」（id, libido）亮出來，以印證內心獨白所表現的仍屬
「超我」（superego）的控制下的表現，那麼我們對這樣的內心獨白便另當
別論，不再視作角色真我的表現場所。

內心獨白的內容

正如前面所說，內心獨白是言語形式的名稱，如從內容看，內心獨白可
以表現很多方面的內容，包括角色對各種人事物，以及各種觀念如人生觀，
宗教觀，婚姻觀，道德觀等的立場，態度，反應，觀感，看法，思想等等，
所有角色可能想及的內容，都有可能通過內心獨白表現出來。以下藉不同敘
事文本交代一下內心獨白的各種內涵：

〈街景〉的老乞丐

首先是穆時英的〈街景〉，當中第三節內的故事，以老乞丐為主角，也
以他限知視角進行敘述，以下部分由獨白和內心獨白組成，獨白以「」符號
標出來，內心獨白以括號標出來。內容都是回憶當初他到上海時的情況，交
代他的遭遇：金二哥帶他賣花兒米掙錢，由人代筆寫信回鄉下，以及最後給
革命黨人搶去他所有積蓄……。以感性角度描述過去，讀者能從這裏的內心
獨白了解他到上海的目的和遭遇，還認識到他現在走到窮途末路，在上海行
乞，很想念家鄉的美好，有著陽光，也有綿羊……：

> （老乞丐）他反覆地說著，像壞了的留聲機似地，喃喃地：
> 「那時候兒上海還沒電燈，還沒那麼闊的馬路，還沒汽車……還沒
> 有……那麼闊的馬路，電燈，汽車，汽車，汽車……還沒有……」
> （石子鋪的路上全是馬車，得得地跑著，車上坐著穿蘭花竹葉緞袍的
> 大爺們，娘兒們……元寶領，如意邊……衣襟上的茉莉花球的香味直
> 飄過來。）
> 「花生米賣兩文錢一包，兩文錢一包，很大的一包，兩文錢一包，兩

文錢一包。」

（第一天到上海，就住在金二哥家裏。金二哥是賣花生米的，他也跟著賣。金二哥把籃子放在製造局前面，賣給來往的工人──全有辮子的……）

「全有辮子的，全有辮子的，全有辮子的。」

（金二哥大街小巷的走，喊：

「花兒米！」

他也跟著大街小巷的喊：

「花兒米！」

「你怎麼老跟著我呢？」金二哥恨恨地。

他嘻嘻地笑著。

「我說，你走你的，我走我的，各人賣各人的，大家多賣些，老跟著我，不是跟我搶生意嗎？」

他嘻嘻地笑著。

第二天，金二哥一早起先走了！）

「那時候我住在他屋子裏，金二哥，金二哥不知哪去咧。金二哥，金二哥，那時候我住在他屋子裏。」他嘆息了一下。

（烏黑的辮子拖到腳跟，一個穿長褂的大爺：

「賣花兒米的，是三文錢一包嗎？」

紅著臉，低著腦袋：「對啦，您大爺。」

大爺買了三包，給了一個銅子，叫不用找了，賞給他吧，拿著錢，他怔住了，他想哭，他不應該騙他的。可是那晚上他叫金二哥伴著跑到拆字攤那兒，養著兩撇孔明胡髭的拆字先生的瘦臉，在洋油燈下，嘴咬著筆尖，望著他。

「你寫，我已經到了上海住在金二哥家裏，叫他們安心。上海真好玩，有馬車，有自來火燈，你告訴他們這燈不用油的。還有石子鋪的馬路。還有石子鋪的馬路，你就說上海比天堂還好看，我發了財接他們來玩。上海滿地是元寶，我要好好兒的發財，發了財再告訴他們。

也許明天就會發財的。」）

「也許明天就會發財的，也許明天就──三十多了。」

（每天大街小巷的走，喊：

「花兒米！」

錢！一文，兩文，三文……每天晚上摸著那光滑的銅錢，嘻嘻地笑著。一天，兩天，三天！一年，兩年，三年！革命黨來了，打龍華，金二哥逃出來，他也逃出來，半路上給革命黨攔住了，嚓嚓，剪下了辮子，荷包裏攢下來的十五元錢也給拿去啦。他跪下來叩頭，哭，拜，他說：

「還了我吧！您大爺！一家子等著我這十五元錢呢！還了我吧！還了我吧！」

沒有了辮子，沒有了錢，坐在那兒哭著。子彈呼呼地打腦袋上面飛過去，一個個人倒在身旁，打得好凶啊！）

「打得好凶啊！放著大炮，殺了許多人，許多革命黨，放著大炮，轟轟地，轟轟地。」

（轟！轟，轟，轟！轉著，轉著，轟轟地，那火車的輪子，永遠地轉著的輪子。故鄉是有暖和的太陽的，和白的綿羊的。）（65-67）

〈在巴黎大戲院〉的「我」

施蟄存〈在巴黎大戲院〉整個文本都是通過男主角「我」的內心獨白交代故事：

> 怎麼，她竟搶先去買票了嗎？這是我的羞恥，這個人不是在看著我嗎，這禿頂的俄國人？這女人也把眼光釘在我臉上了。（111）

文本一開始便以「我」對「她」買票行為的反應展開故事，接著是一句論斷：「我的羞恥」，然後是交代自己給現場眾多角色「看著」或「釘在臉上」，這種主觀臆測，不一定有根據，也不一定是事實，由於文本以限知內

聚焦敘事角色敘述，讀者只有如數接收。但隨著情節繼續推進，讀者不難得
出這些都是「我」一廂情願，主觀而且武斷的信息，可信度並不高。尤其是
談到那位「她」的時候：

> 剛才吃過晚飯之後，她在樓上耽擱了好久，我不是等得幾乎不耐煩了
> 嗎？那時候她一定是在裝扮。我猜想她一定是連小衣都換過了的。
> （114）

這位限知角色「我」是沒有可能知道「她」在樓上做了甚麼的，但他的猜想
正好表現他開始呈現猥瑣的一面，總往性方面作非分之想。

　　「我」不僅光猜想，他還付諸行動，但是在電影播映全場黑暗環境下進
行：

> 她遞給我手帕了。不是隨時在注意著我嗎？這樣小的手帕，又這樣
> 熱，這樣潮濕，一定揩上了許多汗了。好，我把手指都揩乾淨
> 了。……慢著，我還要聞一聞呢。我可以裝做揩嘴，順便就可聞著
> 了。誰會看出來呢？……哦，好香，這的確是她的香味。這裏一定是
> 混合著香水和她的汗的香味。我很想舔舔看，這香氣的滋味是怎樣
> 的。想必是很有意思的吧。我可以把這手帕從左嘴唇角擦到右嘴唇
> 角，在這手帕經過的時候，我可以把舌頭伸出來舔著了。甚至就是吮
> 吸一下也不會被人家發現的。這豈不很巧妙。好，電燈一齊熄了。影
> 戲繼續了。這時機倒很不錯，讓我儘量地吮吸一下吧。……這裏很
> 鹹，這是她的汗的味道吧……但這裏是甚麼呢，這樣地腥辣？……恐
> 怕痰和鼻涕吧。是的，確是痰和鼻涕，怪粘膩的。這真是新發明的美
> 味啊！我舌尖上好像起了一種微妙的麻顫。奇怪，我好像有了抱著她
> 的裸體的感覺了。……我不能把這塊手帕據為己有嗎？如果我此刻拿
> 來放進了我自己的衣袋裏，她會怎麼說呢？啊不，即使她不說甚麼，
> 也覺得太不雅了。我不能這樣的卑下。我必須還給她。而且現在就該

還給她了！（118-119）

這段內心獨白充分表現「我」的變態心理，屬於角色最私隱的內容，中間有交代他的感覺，感受，評論，想法等等，內容十分豐富。由於出自角色的內心獨白，通過這些，讀者可對這位角色的內心世界有著既真實又深入的了解。

〈白金的女體塑像〉的謝醫師

穆時英〈白金的女體塑像〉中謝醫師的內心獨白也大致以括號標示出來，這裏他一邊與第七位女病人對著話，一邊則在腦子裏猜想著關於這位女病人的事情，主要是對對方回答的反應，內心獨白不同對話，因為沒人知道，因此對這位病人各種猜想，甚至自己的想入非非，以及非分之想，也暴露了出來。

剛見到這位女病人，作為醫師有著本能的反應，直接聯想她可能有的病似乎也是合乎情理的猜想：

（產後失調？子宮不正？肺癆，貧血？）

「請坐！」

她坐下了。……

「是想診什麼病，女士？」

（失眠，胃口呆滯，貧血，臉上的紅暈，神經衰弱！沒成熟的肺癆呢？還有性欲的過度亢進，那朦朧的聲音，淡淡的眼光。）

以上的內心獨白都屬於醫生比較正常的估計和診斷，夾雜著從聽覺和視覺得來的感覺。

「可是時常有寒熱？」

「倒不十分清楚，沒留意。」

（那麼隨便的人！）（6-7）

上述對話當中，謝醫師作了這樣有點武斷的判斷。按理，沒留意有沒有寒熱應該不會得到「隨便」的結論，況且「隨便」可兼指行為不守規矩甚至出軌的意思。

接著謝醫師的內心獨白都是對這位女病人回答的反應，明顯都傾向與性有關的聯想而得的：

> 「幾歲起行經的？」
> 「十四歲不到。」
> （早熟！）……
> （性欲過度亢進，虛弱，月經失調！初期肺癆，謎似的女性應該給她吃些什麼藥呢？）……
> （十多年來診過的女性也不少了，在學校裏邊的時候就常在實驗室裏和各式各樣的女性的裸體接觸著的，看到裸著的女人也老是透過了皮膚層，透過了脂肪性的線條直看到她內部的臟腑和骨骼裏邊去的；怎麼今天這位女客人的誘惑性就骨蛆似的鑽到我思想裏來呢？謎──給她吃些什麼藥呢……）（8-9）

隨著情節進一步發展，謝醫師無法擺脫這位女病人患病裸體的誘惑，以致徹底改變自己的生活方式，這種改變可以從上述內心獨白中找到痕跡。

張愛玲〈色戒〉中表面上是漢奸易先生情婦的女主角王佳芝，是暗殺漢奸行動的誘餌，這次約了易先生到咖啡館，然後一起到珠寶店選鑽石戒指。文本大部分敘述都是通過王佳芝的內心獨白交代，大部分都是理性的分析和猜想，包括以下的部分，她剛從易公館脫身出來，通過內心獨白分析當前形勢：

> 今天要是不成功，可真不能再在易家住下去了，這些太太們在旁邊虎視眈眈的。也許應當一搭上他就找個甚麼藉口搬出來，他可以撥個公寓給她住，上兩次就是在公寓見面，兩次地方不同，都是英美人的房

子，主人進了集中營。但是那反而更難下手了——知道他甚麼時候來？要來也是忽然從天而降，不然預先約定也會臨時有事，來不成。打電話給他又難，他太太看得緊，幾個辦公處大概都安插得有耳目。便沒有，只要有人知道就會壞事，打小報告討好他太太的人太多。

不去找他，他甚至於可以一次都不來，據說這樣的事也有過，公寓就算是臨別贈品。他是實在誘惑太多，顧不過來，一個眼不見，就會丟在腦後。還非得釘著他，簡直需要提溜著兩隻乳房在他跟前晃。……

以下的是王佳芝猜想暗殺行動方面的安排，由於她沒有確切的信息，因此都是她的理性猜想：

這咖啡館門口想必有人望風，看見他在汽車裏，就會去通知一切提前。剛才來的時候倒沒看見有人在附近逗留。橫街對面的平安戲院最理想了，廊柱下的陰影中有掩蔽，戲院門口等人又名正言順，不過門前的場地太空曠，距離太遠，看不清楚汽車裏的人。

有個送貨的單車，停在隔壁外國人開的皮貨店門口，仿佛車壞了，在檢視修理。剃小平頭，約有三十來歲，低著頭，看不清楚，但顯然不是熟人。她覺得不會是接應的車子。有些話他們不告訴她她也不問，但是聽上去還是他們原班人馬。——有那個吳幫忙，也說不定搞得到汽車。那輛出差汽車要是還停在那裏，也許就是接應的，司機那就是黃磊了。她剛才來的時候車子背對著她，看不見司機。

吳大概還是不大信任他們，怕他們太嫩，會出亂子帶累人。他不見得一個人單槍匹馬在上海，但是始終就是他一個人跟鄺裕民聯絡。

許了吸收他們進組織。大概這次算是個考驗。

王佳芝眾多的內心獨白內容都涉及她沒有確知的內容，因此裏面充滿猜測和估計，用語也多是「也許」「或者」等，充分表現限知敘述的特點。讀者也可由此進一步認識這位女主角，她理性，頭腦清晰，對很多細節都有仔細的

觀察，可見她洞察力強。就是這麼一個聰慧的人，卻在對易先生的情感關係上，猶豫不決，可見理性不一定能戰勝感性，她最後一句「快走」也間接結束了自己短暫的生命。

〈偷麵包的麵包師〉的麵包師

以下是穆時英〈偷麵包的麵包師〉男主角麵包師的內心獨白：

> 兒子也知道一家子全饞死了，他有甚麼不明白的？可是學了三年生意，泡水掃地板，成天的鬧得腰也直不起，好容易才爭到做個烘麵包的，吃了千辛萬苦，今兒才賺得二十八塊錢一月，哪裏買得起西點孝敬她老人家。有白米飯給一家子四口兒喂飽肚子也算可以了。這年頭兒大米貴呀！除了偷，這輩子就沒法兒醫這一家子的饞嘴咧。偷？好傢伙！老闆瞧見了，運氣好的停生意攆出去。運氣不好還得坐西牢哪！算了吧。反正大家又不明提，開一眼閉一眼的含糊過去就得啦，彼此心裏明白。多咱發了財，請請你們吧。……
>
> 可不是嗎？奶奶老了，沒多久人做了，可是她虎牙還沒掉，一個心兒的想吃洋餑餑兒呢，做兒子的總該孝敬她一下啊。媳婦過來了也沒好的吃，沒好的穿，上面要服侍婆婆，下面要看顧孩子，外帶著得伺候自家兒，成天忙得沒點兒空回娘家去望望姊妹兄弟的，做丈夫的連一個洋餑餑兒也不能給她，真有點兒不好意思咧。孩子——那小混蛋頂壞，串掇著奶奶來彈壓我！吃洋餑餑兒他想得頂高興，奶奶忘了，他就去提醒她。這小混蛋真有他的！可是也給他點兒吃吧，生在我家，我窮爹成年的也沒糖兒果兒的買給他吃，也怪可憐兒的。再說吧。初五是奶奶生日，買不起偷也偷一個來。偷一遭不相干的，不見得就會停生意，大不了扣幾個工錢。我做了八九年，老老實實的又沒幹甚麼壞事，就這一點錯縫子也不能叫我坐西牢，總得給點臉不是。
>
> 每天坐到桌子前面就想開了。
>
> 奶奶坐上面，媳婦坐左手那邊兒，自家兒坐右手那邊兒，孩子坐在底下，桌上放了個——放了個甚麼呢？麵包！不像樣！西點？算甚麼

呢！咱們窮雖窮，究竟也是奶奶做生日，也得弄個吉慶蛋糕來才是。他們只想吃西點，我給他們個想不到，帶吉慶蛋糕回來。不樂得他們百嗎兒似的？奶奶准是一個勁兒念佛，笑得擠箍著老花眼。媳婦小家子氣，准捨不得一氣兒吃完，料定她得鬧著藏起半隻來，那小混蛋嘴就別想合得上來，他准會去捏一下，摸一下，弄得稀髒的。我就捉住他這錯縫子給他一巴掌，奶奶也不能偏護他，也好出口氣。奶奶真是有了孫子就把兒子忘掉了。

我給他們一塊塊的剁開來，布給他們，教他們怎麼吃。奶奶還咬得動，那小混蛋怕豬八戒吃人參果似的一口就吞了。媳婦是──我知道她的，咬一口得攔在嘴裏嚼半天咧。她就捨不得這好東西一下子便跑到肚子裏去。

可是吉慶蛋糕頂好的得幾十塊錢，簡直的不用提。就化五元錢買個頂小的吧？五元錢也拿不出呢！房錢沒付，米店已經欠了不少了，多下來的做車錢零用錢還不夠，那挪得出這筆錢。借吧？誰都想問人家借錢呢。當又沒當得五元錢的東西，再說去年當了的那套棉大褂還沒贖回來。媽媽的，偷吧！（186-188）

雖然上述內心獨白中有一丁點全知敘事者的話語痕跡，如這句「兒子也知道一家子全饞死了，他有甚麼不明白的？」中的「兒子」和「他」便是；但絕大部分是麵包師自己的話語，感覺和認知水平，所以讀者大可視為這位限知內聚焦敘事者的便可以。這裏面既有猜想，分析，想法，還有通過想像，將蛋糕帶回家後，家中眾人的反應和情景。內容十分豐富，經過這樣的思前想後之後，得到「偷吧」的結論。讀者可以通過這樣的內心獨白，充分掌握角色整個既矛盾又複雜的心路歷程，這位「老實人」就是為了家人而冒險偷蛋糕，故事結局是他給發現，並遭解僱。讀者讀完整個文本，可能也有文本麵包師最後一處內心獨白所提出的疑問：「真的，為甚麼我自家兒烘洋餑餑兒我就不能吃呢？」當然，文本原意在通過上述簡單的邏輯，宣傳三十年代當時常見的一種說法，以暴露資本階級的邪惡本質：勞動階級即使拚命工作，

也不能得到他所生產的東西，原因在於資本家的剝削。

3.4.2.4.　歇斯底里式：紊亂

其實，內心獨白還有一變種，那就是屬於歇斯底里（hysteria）的胡言亂語，兩者的分別主要在於內心獨白屬於理性的，角色的心理狀態是正常而且清醒的。相反，胡言亂語時的角色，思想紊亂，語無倫次甚至失控。表現在語言上，內心獨白的言語條理分明，邏輯清楚，并然有序，合乎語法，標點符號的使用也是正確無誤的。相反，歇斯底里式的內心獨白，屬胡言亂語，雜亂無章，不合語法，不合邏輯，甚至欠缺標點符號，以上這些都是分辨兩者的明顯標誌。

這種歇斯底里式的內心獨白主要反映角色跡近思想行為情緒等處於失控時的狀態，屬角色最最真實的一面，一般篇幅不長。讀者一般需要參與分析，自行斷句，合理猜想角色當時的真實狀況。有關內容，除角色自己或全知敘事者無人能知。

> （屋子裏沒第三個人那麼瑰豔的白金的塑像啊「倒不十分清楚留意」很隨便的人性欲的過度亢進朦朧的語音淡淡的眼光詭秘地沒有感覺似的放射著升發了的熱情那麼失去了一切障礙物一切抵抗能力地躺在那兒呢——）
>
> （主救我白金的塑像啊主救我白金的塑像啊主救我白金的塑像啊主救我白金的塑像啊主救我白金的塑像啊主救我……）（11）

〈白金的女體塑像〉文本以上片段正是表現謝醫師瀕臨失控的一刻，他在面對這位女病人染病的軀體時，竟給喚醒沉睡多年的性意識；在病人躺著照燈治療時，他還有著進一步行動的衝動，就是此時，文本以歇斯底里式內心獨白，將他紊亂的心理狀態表現出來。這裏所用語言屬不甚規範的安排，語言表層之下，可能有著更深邃的內涵。如經過重新斷句，將所有可能性全列出來，句子意思可以有很不一樣的意涵。就以下面一句為例，作為一位一直忠

於宗教，虔誠的節慾者來說，在這一刻求主賜予力量抵抗誘惑是完全可以理解的行為。可是，由於這句子沒有標點，而且內中成分循環不斷，句子便可能有不同的意思了。如果以斷句方式來處理的話，這句起碼有以下五個分斷的可能：

1. 主救我，白金的塑像啊！
2. 白金的塑像啊！主，救我！
3. 救我！白金的塑像啊，主！
4. 救我，白金的塑像。啊，主！
5. 救我！白金的塑像啊！主！

第一及二句意思相似，都可解釋成：請主救我，我再不能抵受白金塑像的誘惑了。可是第三至五句意思卻截然不同，白金塑像等同主，並成為謝醫師這個「我」的救主，謝醫師似在無意識地向這個性感的白金塑像求助。這裏，白金塑像成了神，這位女病人名正言順地成為性感女神。

事實上，敘事文本描寫這病體時，也透露著神特有的重生或不死的性質來。當女病人初照太陽燈時，病體以花作比喻有著奄奄一息的病態：「一朵萎謝了的花似的在太陽光底下呈著殘艷的，肺病質的恣態。」一回兒後，這朵病花得以重生：「白樺似的肢體在紫外光線底下慢慢兒的紅起來，一朵枯了的花在太陽光裏邊重新又活了回來似的」。

不論我們如何解讀上述的句子，但這類表現紊亂狀態的內心獨白，篇幅不一定很長，但很能將角色那特定的狀態表現出來，屬文本中言語表意方面一個十分重要的手段，也是非常有特色的一種表達方法。

此外，〈街景〉當老乞丐給汽車撞倒死去的一刻，也有類似的表達，將老乞丐當時的所思所想如實地呈現出來：

（女子的叫聲，巡捕，輪子，跑著的人，天，火車，媳婦的臉，家⋯⋯）（68）

死前的紊亂，既有聽到的，見到的，還有想像的，回憶的；活像是電影個別

鏡頭的疊加。

3.4.3. 評論

定義

　　評論（commentary）[4]是塑造角色的一種方法。從敘事手法上分，有全知敘事和限知敘事兩種（請參有關敘述的章節）。全知敘事是由全知全能的敘事者評論事件和角色，評語是可信而且權威的，而且是十分重要的信息。至於限知敘事的評論，由於是由角色或在場的另一敘事者講故事，評論便因各人立場、看法、身分和性格特點等等的不同而有多種多樣的變化。換言之，在限知敘事裏，評論者可由不同的角色擔任，評論對象也可是不同的事件和角色，評論因此可有極大的發揮空間。由此，讀者可從多個側面捕捉和認識不同角色的特性（包括評論者和評論對象），可以從多角度理解和審視事件，這有可能更接近真相，也有可能使真相顯得撲朔迷離；因此限知敘事者的評論製造出來的閱讀效果，可說是敘事文本十分值得細意研究和開發的課題。

作用

1. 顯示評論者立場和態度
2. 顯示評論者與被評對象的關係
3. 側面認識被評對象（但所論不一定可信，可信度成疑）

類型

從途徑看

　　評論一定是言語的一種，凡是對事對人對物對道理等方面說出看法或評

4　關於敘事者的評論，里蒙凱南十分重視，作了較多的交代。只是，筆者認為，評論的重要性遠不止此，它是角色塑造極為重要的元素，同時它對讀者認識「隱含作者」，文本的閱讀效果包括可信度，吸引力以至感染力，都產生至關重要的影響，因此在本書裏，筆者花上萬餘字，分別通過兩個文本對兩個角色的各種評語，交代和分析評論的作用以及重要性，希望能喚醒讀者對敘事文本內各種各樣評論的注意。

價的都是評論；可以通過對話，通過獨白或通過內心獨白表達出來。

從關係看（評論者與被評對象間）

評論者			被評對象
全知敘事者			當事角色，其他角色，人，事，景，物，情，理
限知角色	當事人		
	在場旁人	有關（關係程度由十分密切到不大有關不等）	
		無關	

評論的各種成分

讓我們首先多點認識評論的不同成分：評論者，評論對象和評論內容。

評論者

評論者就是發出評論的角色，他可以是故事中任何角色，也可以是不屬於故事任何角色的全知敘事者。

讀者需要多了解評論者的身分，以及他與評論對象的關係，這當可幫助大家判斷評論的可信度。同時，通過評論者的言語，可以反過來認識他的為人、心態、情緒、性格等特點。

評論對象

至於評論對象，既可以是角色，也可以是其他人，事，景，物，情，理任何一種。評論對象如果是角色，也可包含評論者自己，自我評論是敘事文本中常見的，當然也可以是故事中任何角色，也可以是故事外任何角色或者是歷史人物，傳說中的生物。簡單來說，評論對象的範圍全沒有限制。如果評論對象為故事其中一個角色，評論往往成為讀者間接認識該角色的主要途徑。

評論內容

評論常以感情色彩用詞表達，感情色彩可以分成正面、負面和中性三種。理解評論文字的感情色彩時，讀者需要結合評論者的可信度來看，特別

是出現多個角色評論同一件事、而感情色彩又不統一的時候，情況就會變得複雜，理論上更應相信可信度較高的評論者。

還有一種情況是：評論者甲作出評論後、評論者乙又對甲的言論作出評論，這樣，感情色彩的分析便需要一些推斷步驟：假設乙的可信度本身較高、且比甲高，則以乙為判定標準，前後兩者評論的感情色彩混合會產生四種關係：正正得正、負負得正、正負得負、負正得負。

例如蘇童的〈美人失蹤〉裏面，敘事者分別對老人的評論給予認同，對女孩子的評價給予否定。正由於為敘事者的可信度很高，讀者會較相信老人說的珠兒漂亮（正正得正），以及會懷疑女孩子的評價（負負得正），進而製造出珠兒漂亮的正面印象。詳情請參下面關於這個文本的分析。

評論的可信度

1. 全知敘事者對主要角色的評論：屬權威論述，信度最高，屬定評，多出現於形容詞，角色形象和特點由此得知。

2. 全知敘事者對別個角色：權威論述，信度最高，屬定評，多出現於形容詞，可見別個角色形象特點，多有與主要角色的比較，能間接映襯主要角色。

3. 主要角色對自我：角色形象，性格，屬自評，反映自信心，自我形象高低，價值觀，心態，能見到個人化論述，評語，主觀，可信度不高。

4. 別人角色對主要角色：受雙方關係影響，利益衝突和利害關係，可信度不高，主觀，反映角色在別人心目中地位，角色形象，性格。

5. 主要角色對別個角色：反映主要角色心態，兩者的關係，別個角色形象。

6. 別個角色對別個角色：間接反映角色，別個角色與角色的關係，反映別個角色（評論者）的心態，別個角色的形象。

說到可信度，這就要看評論者與評論對象之間的關係。簡單來說，兩者之間越密切，利害關係越大，可信度越低。所謂關心則亂，自己的子女總是

好等等，這類說明不一而足，可見最至親的人說的好話，可信度不高。同理，給情敵予惡評，雖然符合邏輯，但因此也不大可信。倒是沒多大關係的角色，所謂旁觀者清，更能夠平心而論，中肯而客觀地說出公道話來，可信度自然也較高。當然，連情敵都真心讚好的角色，應該不會壞到甚麼地方去，可信度也較高。至於對自家親人，願意大義滅親而沒有多少私心的負面評論，可信度也較高。

可信度即令人信服的程度，它會受到幾個因素影響：

首先，越多人認同越可信。例如評論者是「人們」、「大家」、或文本裏出現「著名」等詞語時，我們可以相信那基本是公認的、代表大眾意見的評論，也間接表示可信度高。當然，可信不一定真實，仍然存在大部分人都看錯了的情況。

其次，越客觀越可信。評論者投入較少主觀感情，判斷時盡可能控制著不被感情影響，使偏差較少，應該是更可信的。但要注意，「評論」作為一種價值判斷，本身就是主觀的，它只能不斷趨向客觀，從而建立起一定的可信度。除此之外，還包括表達上較為客觀的陳述，例如比較冷靜的敘述，往往可以使讀者更加信服。

此外，評論者的能力越高越可信。評論者的知識水平、所處階層、眼界高低等都影響著他的判斷，這涉及到評論者的身分問題。例如，智障者的認知水平比正常人低，評論的可信度自然較低。

最後，可信度還和評論的主客體之間的關係有關，關係越疏離越可信、越密切越不可信。其實歸根究柢，是主客體之間的利害關係在起作用，利害關係越小的越可信。從這個角度講，以敘事角度判斷，可信度最高的評論者應該是全知敘事者，其次是外聚焦敘事者，如果是由角色發出的評論，可信度較高的會是那些事不關己力求客觀的角色，那就是認知水平較高的「限知敘事者」，例如警察。

若敘事文本採用全知敘事，讀者則要完全接受敘事者的判斷，他說對便是對，錯便錯，對於正負面的判定標準不容懷疑；但當採用限知敘事時，由於敘事者的認知水平有限，讀者絕對可以懷疑在閱讀過程中任何評論，思考

不同評論者各自的利益和立場，從中又不斷產生懸念：究竟誰說的才是正確的呢？有時是刻意製造看似不可信而實際上可信的效果，有時是刻意製造看似可信而實際上不可信的效果等等。總之，整個猜度的過程其實很值得玩味，也往往是敘事文本引人入勝的地方。

　　以下是個別負面評語與實情之間的關係表，其中特別需要注意的是歪曲事實所造成的各種變化，以及相關的閱讀效果：

評語	實情	情況
負面	真壞人說成壞人	屬正常情況，沒有特別閱讀效果
	假壞，好人說成壞人	好人做了壞事，不知是好人，如實說他壞
		好人做了壞事，不知是好人，由壞事歸納出他是壞人
		好人做了壞事，知是好人，但按實情說他壞
		好人做了壞事，知是好人，刻意藉此事說他壞

董啓章〈快餐店拼湊詩詩思思 CC 與維真尼亞的故事〉的評論

　　董啟章這個文本就是利用不同角色的評論，構築故事的主要情節。文本藉限知敘事者「我」一位中學老師在快餐店，從三組不同角色的評論中，建立起對他們評論對象──一位女學生的認識。這個對象由於只從聽覺得知，只知道她叫「詩詩」，限知敘事者「我」分別權將他們稱為「詩詩」「思思」「CC」以茲識別。由於「我」限知的限制，既不知他們的評論是否真確，也不知他們談的是不是同一個人，更不知其他詳情，因此讀者讀來也只能停留在迷惘之中，無從確認任何信息。文本還有一位名叫「維真尼亞」的品學兼優學生，多次找「我」聊天，都找不著，後來他們見面，她還送「我」感謝卡，當晚維真尼亞便自殺死了。文本留下大量懸念，供讀者慢慢思考，其中不難想像，讀者會將上述那三組評論中的女孩等同這位「維真尼亞」，再將後者的死因與評論作合乎邏輯的推論。當然，所有論述都無法確認，各個事件之間的關係也永遠是謎團。

　　以下為文本中相關角色的評論文字：

評論者	評論對象		兩者關係	評論	褒貶
	名稱	身分			
四十來歲中年女人	詩詩	我校念中五	母女	沒甚麼懷習慣，怪沉靜，很少談她的事，好孩子	正面
另一中年女人	詩詩			乖，漂亮，好女兒	正面
粗豪高個子	思思	附近男校學生		不錯的貨色，漂亮 不大正常	正面 負面
清秀	思思	附近男校學生	與思思有一夜情，愛她，希望她喜歡自己	不當一回事，沒有後悔，很鎮定，沒受傷害，不需別人保護 成績依然挺好，一定考得好	負面 正面
短髮	CC	我校中五女生	同學	考得好 低賤 有同性癖 太過分，不知羞恥 太誇張了 不公平，還是模範學生 變態 同性戀 的確很漂亮	負面
肥胖	CC	我校中五女生	同學	很吋（香港俗語，囂張），扮 cool 以為是會考女狀元，飽死 擦鞋，得老師歡心 假正經 不只拖手，甚麼事都幹過 發姣（香港俗語，發情） 自戀狂 自以為萬人迷 默認很漂亮 性變態	負面
我	維真尼亞	我校中五優異	師生	舞姿很優美 說得極有條理	正面

		女生	有遠見，思想清晰 守規矩 凡事考慮周詳，不會胡亂行事 負責任的性格 一定不會做傷害別人的事 不易受傷害 為人著想，懂得保護自己 更加動人 最美麗的學生 身體各方面也極勻稱 惹人妒忌 畫得很有神韻	

通過不同限知角色的主觀評論，限知敘事者「我」以至讀者，也在建立對評論對象詩詩思思 CC 以及維真尼亞的認識，當中的真假錯綜複雜，無從證實，這樣充滿懸念的設計明顯製造謎樣的閱讀效果，仿佛在訴說著人生的無力感和無奈感。

蘇童〈美人失蹤〉對珠兒的評論

接著再以蘇童的〈美人失蹤〉為例來具體說明如何分析評論文字，由於珠兒是本篇最重要的角色，我們就集中來看關於她的評論：

首先看第三段開頭：「香椿樹街有三個著名的美人兒，珠兒是其中之一。蓓蕾、貞貞和珠兒，珠兒是最乖巧最討人喜歡的一個。」這裏，「美人兒」本身就是評語，還說了珠兒是「最乖巧最討人喜歡」，屬於正面的評論。由於此評論的發出者為一個限知的外聚焦敘事者，理論上可信度會很高。此外，更因為有修飾詞「著名的」，我們可以理解為那是公眾發出的評論，既然是公認，那應該是比較可信的。

同理，第二處出現的評論「人們說她找的丈夫肯定比蓓蕾和貞貞她們強。」也是由公眾發出的，筆者認為，除非評論者與評論對象的關係發生了變化，否則由同一評論者發出的評論的信度應是統一的，所以這句話的可信度也較高。

　　再看第七段，蓓蕾對珠兒的媽媽說「你難道不知道她一向喜歡騙人？」。這個反問句明顯是負面的。評論者蓓蕾算是與珠兒比較熟絡的朋友，作為「朋友」發出的評論會產生兩類效果：一是因為關係親密而主動掩藏她的缺點，因此評論的可信度較低；二是正因為熟絡，所以她更了解她的情況，評論的可信度較高。這個文本應該屬於第二種，因為蓓蕾的身分是香椿樹街三位美人之一，她很可能暗地裏妒忌珠兒，她們甚至可能是競爭對手的關係，所以蓓蕾不太可能維護她，這反使得蓓蕾評論的可信度提高不少。包括後面貞貞的評論，也是這樣分析，她暗示了珠兒在外面和很多男的有關係，從傳統的角度講屬負面評論，指珠兒不檢點，同樣有一定可信度。

　　關於珠兒的美麗，香椿樹街眾說紛紜，不同人有不同看法：老人認為她「是街上水色最好的一個」，注意後面緊接著一句：「老人們畢竟老眼昏花，他們只能分辨出珠兒特有的冰清玉潔的肌膚。珠兒的美麗其實何止於此？」，這句話實際上是全知敘事者或認知水平較高的限知敘事者，針對老人評論而發出的評論，等於認同了老人對珠兒肌膚的讚美。雖然從能力上判斷，老人們「老眼昏花」，看到的不一定準確，但因為這位可信度高的敘事者給予認可，所以這裏老人的正面評論便具有較高可信。同樣作出正面評論的還有「街上的許多小伙子」，他們說「珠兒的眼睛一泓秋水，低頭時靜若清泉，顧盼時就是千嬌百媚了」，但由於他們是珠兒的傾慕者，被她吸引、迷倒，融入太多主觀感情，可信度也因此降低了。相反，女孩子則說珠兒「不過是走路姿態好看罷了」，「不過……罷了」帶有貶義色彩；說她「不及蓓蕾和貞貞美麗」，通過比較降低她的「地位」；在默認了一個「雙眼皮才漂亮」的標準後說珠兒「單眼皮」，實則是在暗諷她。對此，敘事者也作出評論：「女孩子的評價當然是缺乏公正的」，我們可以嘗試推理：女孩子對珠兒的評論是負面的、而敘事者對「女孩子評論」的評論也是負面的，負負得正，換言之，這兩個評論加起來的效果便製造對珠兒的正面印象。當敘事者參與評價，引導讀者懷疑，女孩子那些評論的可信度便因此降低了。

　　敘事者還在下一段的開頭費了不少筆墨來刻畫珠兒的美麗，以「風中柳

枝」比喻她獨特的步態，兩次用到「裊裊婷婷」一詞，都屬正面評論。

　　然後請看珠兒母親的話：「她說珠兒從前從來不出家門」、「珠兒以前從來不跟男的亂搭」。讀者很容易便會對她的評論產生懷疑，認為可信度極低，為甚麼？一方面，她與珠兒的關係很密切，作為母親，按常理會偏幫女兒，而且因為愛的盲目反而看不清女兒的真面目；另一方面，用「從來」一詞太絕對，違反常理，使人懷疑。

　　接著看與珠兒有關的男人發出的評論：男角色「豬八戒」說「你們別看她外表文靜，裝得像個仙女似的，骨子裏其實是個爛貨，她以為自己長得美就想往高枝上飛」；王剛說「那小狐狸比誰都精明，誰也拐不走她，肯定是出事了，肯定是讓誰滅掉了吧？」。兩者都是負面評價，後者稱她為「小狐狸」實則暗示她是有點壞的「精明」，也有風流、不檢點的意思。他們都與珠兒有過感情關係，我們如何判斷可信度呢？

　　文本裏插入了另一評論者——警察來「檢測」他們的可信度。因為警察與涉案人物沒有利害關係，目的只是要破解失蹤事件、查出真相，而且應該是掌握著最多資料和線索的人，所以警察評論的可信度較高。從警察的評論來看，「豬八戒是個吃不著葡萄的倒霉鬼，他對失蹤者的攻訐不可不信，但不可全信。」，所以「豬八戒」的可信度變得一般；「王剛最後那句話使警察們的表情凝重起來，他們其實是贊同王剛對事件的推測的」，這樣說實際上提升了王剛的可信度。警察為甚麼會比較相信王剛？因為他提到「她哪裏會拉提琴？」之類的信息，表明他知道更多其他人不知道的事，他的話語也顯得更為客觀，對於案件的分析——「肯定是出事了，肯定是讓誰滅掉了吧？」便有一定可能性，而且他作為高幹子弟，擁有的權勢和物質條件都高於「豬八戒」，所以似乎比較可信。至於警察的判斷是否一定準確，那卻不一定的，文本的結局顛覆了他們的猜想，但在當刻的確給人一個較為可信的感覺，可信度高不等於符合真實，我們旨在分析由評論可以看出的角色性格和關係。

　　敘事者描寫數天後歸家的珠兒：「失蹤了許多天的美人珠兒突然出現在香椿樹街上，珠兒穿著一套式樣新穎裏緊胸部的衣裙，穿著一雙上了塔釘的

白皮鞋，人們看見她擐著一隻旅行包咯噔咯噔地走上石橋，美麗的瓜籽臉上洋溢著某種驕矜的微笑，她幾乎是昂著頭穿過了那些目瞪口呆的人們的視線圈，步態仍然那麼優美和獨特」，我們可以看到用詞的感情色彩基本上是正面的，如「美人」、「美麗」、「瓜子臉」、「優美」、「獨特」等，都在表現珠兒的美麗。故事從頭到尾敘事者的態度都是一致的；然而，我們需要正確理解敘事者對珠兒的評價，「美麗」並不代表認同她有正面的品性，兩者不能混為一談，對於珠兒品性的判斷在文本始終都是沒有道破，敘事者完全沒有對此發表過評論，全憑文中各個角色去說，我們從多角度了解了很多，但對真實情況還是較難判斷。

最後一處評論是第三頁最後一段，珠兒的父兄說「那兩個妖精，珠兒是讓那兩個妖精帶壞了」，表示他們認為珠兒一開始是好的，現在變壞了，是正負參半的評論，由於親人之間一般不會把好說成壞，所以這裏可信度應是較高的。

總的來說，這個文本的評論是一種十分重要的敘述工具，它主要用來帶出角色，以及交代他們與主角的關係，也借此串起故事的情節。

以上分析可歸納為下表：

	評論者	身分	關係	評論文字	可信度	感情色彩
1	全知敘事者	全知敘事者	疏遠	香椿樹街有三個著名的美人兒，珠兒是其中之一。蓓蕾、貞貞和珠兒，珠兒是最乖巧最討人喜歡的一個。	最高	正面
2	人們	公眾	疏遠	人們說她找的丈夫肯定比蓓蕾和貞貞她們強。	較高	正面
3	蓓蕾	美人之一	朋友，對手	「你難道不知道她一向喜歡騙人？」	較高	負面
4	老人	街坊	疏遠	那些在橋邊茶館閑坐的老人看見珠兒從石橋上走下來，他們說這女孩是街上水色最好的一個了。	較高	正面
5#	全知敘事者	全知敘事者	疏遠	老人們畢竟老眼昏花，他們只能分辨出珠兒特有的冰清玉潔的肌膚。珠兒的美麗其實何止于此？	最高	正面

6	小伙子	街坊	傾慕，追求者	街上的許多小伙子主要是被珠兒的眼睛所打動的，珠兒的眼睛一泓秋水，低頭時靜若清泉，顧盼時就是千嬌百媚了，他們說珠兒的眼睛會說話。	較低	正面
7	女孩子	街坊	對手	女孩子則說，珠兒不過是走路姿態好看罷了，說珠兒不及蓓蕾和貞貞美麗，珠兒的眼睛其實還是單眼皮。	較低	負面
8#	全知敘事者	全知敘事者	疏遠	女孩子的評價當然是缺乏公正的。	最高	負面
9	全知敘事者	全知敘事者	疏遠	就說珠兒獨特的步態，假如你恰巧看見她從石橋上走下來，你真的覺得那是風吹柳枝的過程，那個穿淺綠色裙子的女孩裊裊婷婷地走下石橋，在走過春椿樹街的每一隻垃圾箱前，她輕輕抖開一塊花手絹隔絕討厭的臭氣，那時候她會疾行幾步，但步態仍然是像風中柳枝一樣裊裊婷婷的。	最高	正面
10	珠兒媽媽	母親	親密	她說珠兒從前從來不出家門。	最低	正面
11	珠兒媽媽	母親	親密	「珠兒以前從來不跟男的亂搭。」	最低	正面
12	貞貞	美人之一	朋友，對手	「她認識許多男的，他們都追她，她對誰都不討厭。」	較高	負面
13	貞貞	美人之一	朋友，對手	「你以為你女兒是什麼人？她在外面什麼樣子你不知道，要問那些男人，那些男人都說珠兒對他有意思，個個都這麼說。」	較高	負面
14	豬八戒	曾與珠兒交往的男人之一	熟絡	「你們別看她外表文靜，裝得像個仙女似的，骨子裏其實是個爛貨，她以為自己長得美就想往高枝上飛。」	一般	負面
15#	警察	查案者	疏遠	警察們覺得豬八戒是個吃不著葡萄的倒霉鬼，他對失蹤者的攻訐不可不信，但不可全信。	較高	中性

16	王剛	曾與珠兒交往的男人之一	熟絡	「她哪裏會拉提琴？」	較高	負面
17	王剛	曾與珠兒交往的男人之一	熟絡	「那小狐狸比誰都精明，誰也拐不走她，肯定是出事了，肯定是讓誰滅掉了吧？」	較高	負面
18#	警察	查案者	疏遠	王剛最後那句話使警察們的表情凝重起來，他們其實是贊同王剛對事件的推測的。	較高	正面
19	全知敘事者	全知敘事者	疏遠	失蹤了許多天的美人珠兒突然出現在香椿樹街上，珠兒穿著一套式樣新穎裹緊胸部的衣裙，穿著一雙上了塔釘的白皮鞋，人們看見她撐著一隻旅行包咯噔咯噔地走上石橋，美麗的瓜籽臉上洋溢著某種驕矜的微笑，她幾乎是昂著頭穿過了那些目瞪口呆的人們的視線圈，步態仍然那麼優美和獨特。	最高	負面
20	珠兒的父兄	親人	親密	他們說，那兩個妖精，珠兒是讓那兩個妖精帶壞了。	較高	正負參半

表示敘事者或警察通過評論「角色的評論」來檢測可信度；
除有標記# 的項目，評論對象皆為珠兒，不再列進表中；
表格第四列「關係」是指與珠兒的關係；
可信度分為「最高」、「較高」、「一般」、「較低」和「最低」五級。

〈笑傲江湖〉中關於令狐沖的評論

說到敘事文本中的評論，筆者多年來一直以金庸的〈笑傲江湖〉作為最佳例子，因為作為主角令狐沖，他的出場始於第 186 頁 17 行；可是關於他的一切，包括言行性格，各種特點，早於第 75 頁便開始通過各種不同角色，以毀譽不一的評語，塑造出這個著名角色，關於他的評論一直到第 150 頁才大致完結，用上 75 頁篇幅，以角色還未出場的情況下，在讀者心中烙下這個角色的主要形象，筆者至今仍找不到別個文本有這樣的魄力和規模，

可與之比肩。

　　以下為關於這些評論的整理情況。正如前面所述，評論者與評論對象即令狐沖之間的關係起著關鍵作用，因此先將這範圍內所有曾評論過令狐沖的角色，整理出以下的資料：

角色	身分	與令狐的關係	立場	原因
林平之	華山派新收弟子	同門小師弟	客觀	跟令狐沖沒有交往，剛入師門，對這大師弟不熟識
華山派弟子	華山派弟子	同門師兄弟	維護	跟令狐沖情同兄弟，既熟識也佩服這位大師兄
岳靈珊	華山派掌門岳不群女兒	同門師兄妹，互生情愫	維護	感情親密，言語間盡見關心之情
陸大有	華山派弟子	同門師兄弟，最要好一個	維護	關係密切，視為偶像，處處維護
岳不群	華山派掌門	師徒，情同父子	嚴苛	嚴師出高徒，恨鐵不成鋼
天門道人	泰山派掌門	五嶽劍派師伯	負面	因懷疑令狐沖結交奸邪，殺害他的師弟和弟子
劉正風	莊主	五嶽劍派師伯	持平	身為莊主兼主人，盡量客觀公正
余滄海	青城派掌門	前輩	負面	以小人之心度人，且弟子為令狐沖所殺
勞德諾	華山派二弟子	同門二師弟	維護	維護華山派的名聲
天門道人弟子	後輩	五嶽劍派師弟	負面	痛恨令狐沖殺他同門
向大年	劉正風弟子	五嶽劍派師弟	正面	敬仰令狐沖的武藝人才
天松道人	泰山派掌門師弟	五嶽劍派師叔	負面	視令狐沖為淫賊，恥與他聯合對付田伯光，不恥他與田稱兄道弟
儀琳	恆山派女弟子	五嶽劍派師妹	正面	為令狐沖捨命相救，為他正義所感
定逸師太	恆山派掌門的師妹	五嶽劍派師伯	負面	嫉惡如仇，且弟子儀琳疑被令狐沖欺負
聞先生	前輩高人	前輩	持平	以事論事，力求公正
何三七	前輩高人	前輩	持平	以事論事，力求公正
田伯光	輕功了得，刀法奇快的淫賊	素不相識	持平	不打不相識的對手

以下按文本順序，整理出各角色對令狐沖評價，以及相關背景資料：

評論角色	評語	正負程度[5]	事由	原文頁行
手拿算盤師弟	肯聽人勸，真是太陽從西邊出啦	－	喜喝酒，不分日夜，也不管會不會喝壞身子	75/12-13
林平之	老年喪偶的酒鬼	－－－	因二師弟那麼老，大師兄自然更老	75/18-76/2
岳靈珊	就愛搞這些古裏古怪的玩意兒	－	養小猴兒希望牠能採果子來釀酒	77/3
岳靈珊	饞嘴鬼	－－	以一兩銀子，從骯髒的乞丐那兒換一口猴兒酒	77/12
陸大有	出神入化，奧妙無窮	＋＋＋＋＋	用內功一口喝光大半壺猴兒酒	77/14-78/3
岳靈珊	這功夫可有多難，大家都不會，偏他一個人會	＋＋＋＋		78/6
	卻拿去騙叫化子的酒喝	－		78/6-7
	還賴人家錢	－	令狐沖說因只喝了半口，只值五錢，要乞丐還他五錢銀子	78/12
陸大有	出腳有多快	＋＋	將青城派侯人英，洪人雄踢得連翻七八個斛斗，滾下樓去	81/1-82/10
林平之	好人，有好感	＋＋＋	踢青城派弟子，為自己出氣	81/14-83/1
勞德諾	我派出類拔萃的人物，非旁人可及	＋＋＋		83/15
岳不群	頑徒	－－	向余滄海致歉信內	84/13
余滄海	多十二年，嗯，多十二年	＋＋	比勞德諾早入師門十二年，便能踢倒青城派兩大弟子	90/2-5
定逸	令狐沖，出來！	－	定逸師太來找令狐沖晦氣	102/4
林平之	也真多事，不知怎		定逸質問華山派眾弟子，	102/9-14

5　這個正負程度暫沒有客觀標準及算法，最可靠的只有正負值，大致可從評語的感情色彩用詞的褒貶中歸納出來。至於程度，大致以評論者與評論對象之間的身分關係，利益關係，評論時的環境，評語的語氣及評語本身等為量度標準。

	地，卻又得罪這老尼姑了		令狐躲到哪裏？	
定逸	外面胡鬧	－	批評岳不群管教不嚴，暗指令狐沖不該跟田伯光喝酒	102/15
	畜生打死得越早越好	―――	將小徒兒（儀琳）攜了去	103/1
	這畜生，居然去和田伯光這等惡徒為伍，墮落得還成甚麼樣子？	――――	令狐沖與田伯光喝酒，挾持儀琳（儀和報告，天松道人親見）	103/14-18
華山派眾弟子	敗壞出家人的清譽，已然大違門規，再和田伯光這等人交結，那更是糟之透頂了	――――		104/1-2
定逸	這麼大一個人，連是非好歹也不分麼？	―――		104/6
向大年	令狐師兄更是傑出的英才	＋＋＋＋	劉正風弟子客套話	105/18
林平之	闖下的亂子也真不少	－	聽見天門大喝令狐沖的名字	109/7
天門	華山派掌門大弟子，居然與壞蛋在一起	――	質疑令狐為何跟田伯光之流混在一起	109/11
天門	狗崽子	－	明知田伯光是淫賊，惡名昭著，仍與他同飲	109/16
天門	清理門戶，取其首級	――――	應該嚴懲令狐沖令人齒冷的行逕	110/9
劉正風	太過分	――	懷疑殺害泰山派弟子	110/11
勞德諾	不倫不類之至	――	華山大弟子跟淫賊和出家小尼姑一起共飲	111/7
劉正風	有失我五嶽劍派結盟的義氣	―――	泰山派天松給田伯光砍傷，令狐沖仍跟他一起喝酒	111/17
天門	是非不明	―――	是非之際，總得分個明白，和淫賊一起就是不對	112/1-2
天門弟子	淫賊	――――――	跟田伯光一夥，也是淫賊	112/7
余滄海	好辣手	――――	見弟子羅人傑給令狐沖配劍，從小腹插入至咽喉	113/3
儀琳	大哥	＋＋＋	可見敬佩之情	114/15

定逸	惡賊	----	跟田伯光一起欺負儀琳	116/17
儀琳	機警得很	++	能洞悉田伯光的心思	121/17
定逸	令狐沖這小子也沒見識	--	不知田伯光騙儀琳和令狐沖	123/14
聞先生何三七劉正風	好，有膽，有識！	++++	冒險回山洞養傷	124/2
定逸	倒是個正人君子了	++++	從儀琳身上取藥不方便	124/9
儀琳	一等一的好人	+++++	素不相識，居然不顧自己安危，挺身而出，前來救助	124/10
余滄海	多半早就見過你的面	---	因儀琳異乎尋常的美貌，才奮不顧身	124/12
儀琳	決不會對我撒謊，他決計不會！	++++	顯示絕對的信任	124/14
余滄海	大膽狂妄，好在武林中大出風頭	----	總評令狐沖救儀琳的動機	124/17-18
田伯光	英雄好漢	++++	捨身救人，有膽有識	126/4
田伯光	多情多義	++++	願意纏住田伯光，讓儀琳脫身	127/8
聞先生	為善而不居其名，原是咱們俠義道的本色	+++++	自認勞德諾	127/13
定逸	將罪名推給別人	----	因對定逸無禮，害怕追究	127/14
劉正風	有道理	+++++	勞年紀大，即使跟儀琳獨處，也不怕人閒言閒語	127/17-18
定逸	小子想得周到	++++	保全儀琳清白名聲，也保全恆山派威名	128/4
田伯光	好漢子	++++	硬朗，打不死	131/10
儀琳	好人	++++		135/4
劉正風	乘機下說詞	++++	借世人對出家師太的偏見，嘗試阻止田伯光侵犯儀琳	137/10
田伯光	敬你為人	++++		138/17
天松	淫邪之人	-----	認定令狐沖是壞人，不肯與他聯手對付田伯光	139/7
田伯光	不殺我的情誼	++++	可待田侵犯儀琳時，便可殺他	140/7, 11-14

眾人	不該跟田伯光拉交情	----	有機會竟不殺田伯光這淫賊	140/9
眾人	沒有明說（應該認同令狐沖的做法）		不能犧牲小尼姑的貞操，換取殺死田伯光的機會	140/16-17
田伯光	交了你這個朋友	++++	令狐沖做事光明磊落，一刀還一劍，也不乘人之危，因黑暗中佔便宜	141/4
何三七	一條妙計	++++	遇上了田伯光這等惡徒淫賊，先將他激得暴跳如雷，然後乘機下手	142/10
眾人	暗暗點頭	++++	以語言激怒對方，以茅廁中蒼蠅比擬田伯光	144/2
定逸	很好	+++++	以語言激怒對方，以茅廁中蒼蠅比擬田伯光	144/4
田伯光	自吹自擂	---	坐著打排名第二，僅次於東方不敗	146/9
天門，定逸	胡說八道	---	五嶽劍派掌門評田武功天下十四	146/16
田伯光	佩服	++++	救儀琳脫身妙計	148/5
田伯光	多情種子	++++	捨命相救	148/6
眾人	對令狐沖這番苦心都不禁讚嘆	+++++	設計誘使田伯光與自己坐著決鬥，以救儀琳出險	148/8
田伯光	硬漢子	++++	寧死不改變救儀琳策略	149/10
眾人	為令狐沖可惜	+++++	田伯光機警，未上當	149/15
眾人	忍不住拍手大笑，連聲叫好	+++++	慶祝令狐沖智勝田伯光	150/10
余滄海	無賴小子	--	耍流氓手段，丟正派的顏面	150/11
定逸	大丈夫鬥智不鬥力，見義勇為的少年英俠	+++++	總論：力保清譽，捨命營救，為善不揚名，力挽狂瀾於既倒	150/13

下面是幾個主要角色對令狐沖態度的轉變情況：

余滄海

負面評語越來越少，由評論令狐沖刺死弟子的「好辣手」到只批評他「無賴小子」，丟正派的顏面；當中也懷疑過令狐沖救儀琳的動機不外為名

或為色。由於涉及事件以及他的弟子，他的評論可信度不高。

天門道人

評價十分負面。當初從令狐身為掌門大弟子的身分，覺得他不應與田伯光之流混在一起，後來說他「是非不明」，仍然是針對他與田伯光的關係上。加上他與殺弟子和傷天松的田伯光共飲，因此稱令狐為「狗崽子」，還認為華山派掌門岳不群應該「清理門戶，取其首級」，可見他激於義憤，評語十分負面。當然，到了事件的後面，也跟眾人一起給予令狐沖正面評價。

定逸師太

由於她弟子牽涉其中，加上她性格剛猛，因此反應也最大。但也可見她恩怨分明，明白事理，當認清令狐沖苦心孤詣地為營救儀琳而使出渾身解數後，她的評語也由極負面，轉到極正面。

從當初「胡鬧」，「畜生」，「墮落」，「是非不分」，「惡賊」等非常負面的評語，變成比較中性「這小子」「倒是個正人君子」，當中還有反覆，懷疑他的動機：「將罪名推給別人」，慢慢轉變成「小子想得周到」；在與田伯光周旋當中，以語言激怒他，讓自己處於較有利地位，定逸給予「很好」的評語。隨著更多細節交代出來，令狐沖的苦心和智慧基本為在場眾角色認同，這當然應該包括定逸師太，包括「暗暗點頭」「對令狐沖這番苦心都不禁讚嘆」，到田伯光機警，臨時沒有上當，眾人都「為令狐沖可惜」，到最終智勝田伯光後，眾人的反應等同正面評價：「忍不住拍手大笑，連聲叫好」。當余滄海還在批評令狐沖的言行時，定逸師太給了令狐沖最高的評價：「大丈夫鬥智不鬥力」，還稱頌令狐為「見義勇為的少年英俠」。

眾武林前輩

持有客觀立場的角色，包括劉正風，聞先生，何三七等，由於德高望重，兼且沒有牽扯到令狐沖義救儀琳事件中，因此他們的評語最能反映真相，基本形態也是由負到極正面，而且很快便有正面評價。

當初由劉正風評論事件，認為令狐沖結交淫賊田伯光「太過分」，泰山派天松給田伯光砍傷，令狐沖仍跟他一起喝酒，劉認為這「有失我五嶽劍派

結盟的義氣」。到聽到令狐沖反冒險回到山洞養傷，眾人評語變得十分正面：「好，有膽，有識」。到了令狐沖自認是勞德諾時，聞先生站在道德高處給予正面評價：「為善而不居其名，原是咱們俠義道的本色」。劉正風則從實際出發，解釋令狐冒認勞德諾的苦心，認為他「有道理」，因為勞年紀大，即使跟儀琳獨處，也不怕人閒言閒語，這樣一來，既保全儀琳的清白，也保全恆山派的威名。另外也嘗試解釋令狐沖不斷提及尼姑讓人倒霉的迷信說法，目的希望田伯光因此而放過小尼姑儀琳。另一位武林前輩何三七也讚賞令狐，以激將法使得田暴跳如雷，稱之為「一條妙計」，其他前輩也「暗暗點頭」，認同令狐的策略。接下來眾人的心思都在支持令狐沖的行動，包括設套誘使田同意與自己坐著決鬥，以救儀琳出險，眾人「都不禁讚嘆」這番苦心。決鬥期間，田險些因離座而落敗，但因機警未有上當，眾人「都情不自禁唉的一聲，為令狐沖可惜」。最後田終因以為贏了而離座最終輸掉賭賽，眾人的反應正是最好的評語：「忍不住拍手大笑，連聲叫好」。

田伯光

　　萬惡不赦的淫賊田伯光對令狐沖卻一直給予好評。他特別讚賞令狐的為人，是「英雄好漢」，願意捨身救人，有膽有識，而且光明磊落，不佔人便宜；是一條「好漢子」「硬漢子」，夠硬朗，仿佛打不死，寧死也不改變營救儀琳的初衷。同時又是「多情多義」願意纏住田伯光，讓儀琳脫身。田伯光也「佩服」令狐沖以坐著決鬥的妙計營救儀琳；這樣捨命相救一位素未謀面的女子，田伯光認為令狐是「多情種子」。當然，由於田伯光惡名昭著，他的正面評價並未給予令狐太多的幫助；但如從另一角度看，就是你的對手也衷心稱讚，可見令狐沖確有過人之處。

儀琳

　　另一當事人是小尼姑儀琳，對她來說，令狐沖就是她的救星，要是沒有他捨命相救，她肯定難逃田伯光的魔掌，因此儀琳深受感動，評價絕對正面，是可以預期的。儀琳稱令狐為「大哥」可見她敬佩之情；對於能洞悉田伯光的心思，評以「機警得很」。正因為令狐與自己素不相識，居然不顧安危，挺身而出，前來救助，因此冠以「一等一的好人」的最高讚譽，而且說

出「決不會對我撒謊，他決計不會！」顯示對他絕對的信任。

　　當然，作為令狐沖與田伯光惡鬥事件的轉述角色，儀琳所說如不可信，那便無法客觀而且準確地建立起令狐沖這個角色的形象了。因此，在文本裏有多處明顯為建立儀琳的可信形象，作了不懈的努力。

> 門簾掀處，眾人眼睛陡然一亮，一個小尼姑悄步走進花廳，但見她清秀絕俗，容色照人，實是一個絕麗的美人。她還只十六七歲年紀，身形婀娜，雖裹在一襲寬大緇衣之中，仍掩不住窈窕娉婷之態。……她說話的聲音十分嬌媚，兩隻纖纖小手抓住了定逸的衣袖，白得猶如透明一般。人人心中不禁都想：「這樣一個美女，怎麼去做了尼姑？」（第 3 章）

這段文字強調儀琳的絕色，間接在解釋為何田伯光鍥而不捨要向她下手。

> 定逸道：「儀琳，跟我來，你怎地失手給他們擒住，清清楚楚的給師父說。」說著拉了她手，向廳外走去。眾人心中都甚明白，這樣美貌的一個小尼姑，落入了田伯光這採花淫賊手中，那裏還能保得清白？其中經過情由，自不便在旁人之前吐露，定逸師太是要將她帶到無人之處，再行詳細查問。

由於涉及眾多人命，余滄海不贊成閉門查問。這樣一來，儀琳的轉述才能得到眾角色的檢驗，才能有效地塑造好令狐沖這個重要角色。

> 余滄海道：「出家人不打誑語。小師父，你敢奉觀音菩薩之名，立一個誓嗎？」他怕儀琳受了師父的指使，將羅人傑的行為說得十分不堪，自己這弟子既已和令狐沖同歸於盡，死無對證，便只有聽儀琳一面之辭了。儀琳道：「我對師父決計不敢撒謊。」跟著向外跪倒，雙手合十，垂眉說道：「弟子儀琳，向師父和眾位師伯叔稟告，決不敢

有半句不盡不實的言語。觀世音菩薩神通廣大，垂憫鑒察。」眾人聽她說得誠懇，又是一副楚楚可憐的模樣，都對她心生好感。一個黑黝書生一直在旁靜聽，一言不發，此時插口說道：「小師父既這般立誓，自是誰也信得過的。」定逸道：「牛鼻子聽見了麼？聞先生都這般說，還有甚麼假的？」……眾人目光都射向儀琳臉上，但見她秀色照人，恰似明珠美玉，純淨無瑕，連余滄海也想：「看來這小尼姑不會說謊。」花廳上寂靜無聲，只候儀琳開口說話。

儀琳的發誓，以及眾人一致認定儀琳不會說謊，為以下轉述打下可信的基礎。此外，儀琳的轉述內容裏，由於有不少是儀琳這個低於一般認知水平的敘述角色不懂的，正好間接證明她的說話不會假，因為以她所知是不可能捏造出這樣的話來的。如令狐沖在儀琳身上取藥有甚麼不方便，加上儀琳老實，不知避忌，連不應說的話都說了起來，如田伯光誣蔑定逸躲起來偷喝酒吃狗肉；又如她不懂甚麼叫揮刀做太監的意思等等；如此這般，更能證明她不可能說謊。

定逸道：「說啊，不許為他忌諱，是好是歹，難道咱們還分辨不出？」

有了嚴師的這番說話，儀琳的轉述更加不會刻意忌諱，再增加儀琳轉述內容的可信度。

儀琳續道：「那時候令狐大哥便拔劍向田伯光疾刺。田伯光迴刀擋開，站起身來。」定逸道：「這可不對了。天松道長接連刺他二三十劍，他都不用起身，令狐沖只刺他一劍，田伯光便須站起來。令狐沖的武功，又怎能高得過天松道長？」儀琳道：「那田伯光是有道理的。他說：『令狐兄，我當你是朋友，你出兵刃攻我，我如仍然坐著不動，那就是瞧你不起。我武功雖比你高，心中卻敬你為人，因此不

論勝敗，都須起身招架。……』……」（第4章）

這裏，再有懷疑儀琳轉述不盡不實的地方，也經過解釋後變得合情合理，同樣增加轉述的可信度。

　　到了田伯光走後，還有羅人傑被殺一事，因為涉及自己弟子，余滄海肯定懷疑儀琳轉述的真確性：既然他弟子羅人傑已殺令狐沖，便不再可能死於令狐劍下。儀琳作了以下一番解釋，便將這個疑竇解開，可信度沒有因此而減低。

> 儀琳道：「令狐大哥中了那劍後，卻笑了笑，向我低聲道：『小師妹，我……我有個大秘密，說給你聽。那福……福威鏢局的辟邪……辟邪劍譜，是在……是在……』……」只聽儀琳續道：「羅人傑對那甚麼劍譜，好像十分關心，走將過來，俯低身子，要聽令狐大哥說那劍譜是在甚麼地方，突然之間，令狐大哥抓起掉在樓板上的那口劍，一抬手，刺入了羅人傑的小腹之中。這惡人仰天一交跌倒，手足抽搐了幾下，再也爬不起來。原來……原來……師父……令狐大哥是故意騙他走近，好殺他報仇。」

最後還加上眾角色的進一步確認，以及黎姓弟子無話可說的神態，完成儀琳整個轉述可信度的確立，也因此確認令狐沖在這個事件裏的智勇雙全，捨生取義的英雄表現：

> 眾人默然不語，想像迴雁樓頭那場驚心動魄的格鬥。……這場鬥殺如此變幻慘酷，卻是江湖上罕見罕聞的淒厲場面，而從儀琳這樣一個秀美純潔的妙齡女尼口中說來，顯然並無半點誇大虛妄之處。劉正風向那姓黎的青城派弟子道：「黎世兄，當時你也在場，這件事是親眼目睹的？」那姓黎的青城弟子不答，眼望余滄海。眾人見了他的神色，均知當時實情確是如此。否則儀琳只消有一句半句假話，他自必出言

反駁。

整個轉述過程仿如審訊過程，眾武林前輩為公證，儀琳為證人，余滄海，天門道人和定逸師太因有弟子涉及事件而變成當事人之一，也因為各有利益，對令狐沖言行時有不同意見，使得整個過程充滿戲劇性。勞德諾身為晚輩，沒有多少發言權，主要是印證令狐沖言語中的真偽，如坐著打的武功是令狐杜撰出來騙田伯光等。天松道人作為參與其中而作為證人出現在當場。

3.4.4.　行為描寫

　　行為指的是角色的所作所為，可以想見，這類文字應該佔敘事文本的絕大部分。可是由於數量極大，這裏只舉出若干例子加以說明，大致起著舉一反三之效；至於更多的行為描寫，便只好交由讀者自行探索了。

　　角色的行為以動作帶出，自然用上動詞，但一般密度並不高，未必能引起讀者足夠的注意。黃仁逵〈夜市〉這個超短篇敘事文本，卻在短短一個段落裏，用上接近二十個動詞描述主角「梁廿七」造煲仔飯的情況：

> 梁廿七掀開第二排第五隻砂鍋倒下菜碼，反手蓋上鍋蓋，把火收成黃豆大一粒烘住鍋底，嘴裏喊著：「七號臘腸雞窩蛋牛排骨走得！」刷刷刷掀開第四排三隻鍋蓋左手敲一粒蛋，姆指無名指一使勁，蛋就滑到牛肉餅上，右手撒三把蔥花，鍋蓋一合上伙計就曉得來拿。梁廿七單眼瞄一瞄案上的新單，取過一隻新鍋往地上一揮，鍋便乾了，米籮裏撈一把浸透絲苗開水澆下去，火頭竄起把砂鍋裏住，掀開第六排第四隻鍋撒一把蔥花，「三號土魷肉餅行街走得！」

這段動作描寫過後，文本作了總述，突出「梁廿七」弄煲仔飯（砂鍋飯）很有能耐：「能同時應付二十七個爐頭，飯燒得夠火喉，鍋巴厚薄適中」，吸引很多食客，包括有錢人也來光顧。

　　回看那段動作描寫，讓我們單列「梁廿七」的動作用詞：

掀開……倒下……反手蓋上……收成……烘住……喊著……掀開……
左手敲……姆指無名指一使勁……右手撒……合上……單眼瞄一
瞄……取過……一揮……撈一把……澆下去……掀開……撒一把……

這種密集使用動詞的做法，使得描寫節奏明快，能配合角色操控有法的形象。雖然這裏寫的只是「梁廿七」造飯的動作，當中又多有重複，但那乾淨俐落，有如隨手起落的輕鬆，大有遊刃有餘的能耐，讓人看了也相信：他造的飯一定好吃！

回看這些動作，不禁讓人聯想到武俠小說中大俠揮劍除魔的鏡頭，27個爐頭仿佛 27 對手，卻給「梁廿七」治得貼貼服服。可能讀者會懷疑自己的想法，可是到文本下半部，情節出現很大轉折，除如上述般交代「梁廿七」絕藝煲仔飯賣得紅火外，還因此惹來上門要錢的人，這裏文本交代「梁廿七」另一動作，那就是「緩緩轉過身來」。這個電影感極強的動作，帶出「梁廿七」的肖像描寫，雖然只有一句，卻為整個文本的焦點給轉了過去，可見分量之重：「食客們這才第一次見到他的正面，臉上胸上大大小小一共廿七條刀疤，惡人一見，二話不說低頭走了」。「刀疤」是重要意象，也標誌「梁廿七」的過去──一位黑道中人，而且身經百戰，在刀光血影中熬過來的人。這樣的人物為何當上一個造飯的呢？……這個問題相信是大多數讀者都會發問的，也因此重新衡量這文本的主題，似乎不在寫甚麼好吃煲仔飯的軟題材，而是寫黑人物成功轉型，當上一個稱職且叫座叫好的「廚神」。

「梁廿七」的渾號是傳統中國的命名方式，「梁」自然是主角的姓氏，以數為名字以往多指在家族或本家裏的排行，如他家中排行第九，便叫他「梁九」。只是「廿七」數目太大，不像按這標準命名，看文本前半部的讀者相信都以為因為他能同時應付 27 個爐頭而得名。可是到看完整個文本，27 個爐頭的魅力絕對無法跟 27 條刀疤相比，由此推論：「廿七」大致是他江湖上的渾號，仿佛他就是黑道中戰無不勝的「戰神」，這個「戰神」如何及為何變成「廚神」，相信會成為這個文本給讀者最堪玩味的課題。

行為代表思想心態甚至性格，通過行為的轉變，能巧妙交代角色整個人

生觀的轉變，穆時英的〈白金的女體塑像〉正好就是這類行為描寫的最佳例子。我們先看的首節和最末一節：

六點五十五分，謝醫師醒了。

七點：謝醫師跳下床來。

七點十分到七點三十分：謝醫師在房裏做著柔軟運動。

八點十分：一位下巴刮得很光滑的，中年的獨身漢從樓上走下來。他有一張清癯的，節欲者的臉；一對沈思的，稍含帶點抑鬱的眼珠子；一個五尺九寸高，一百四十二磅重的身子。

八點十分到八點二十五分：謝醫師坐在客廳外面的露臺上抽他的第一斗板煙。

八點二十五分：他的僕人送上他的報紙和早點——一壺咖啡，兩片土司，兩隻煎蛋，一隻鮮橘子。把咖啡放到他右手那邊，土司放到左手那邊，煎蛋放到盤子上面，橘子放在前面報紙放到左前方。謝醫師皺了一皺眉尖，把報紙放到右前方，在胸脯那兒劃了個十字，默默地做完了禱告，便慢慢兒的吃著他的早餐。

八點五十分：從整潔的黑西裝裏邊揮發著酒精，板煙，炭化酸，和咖啡的混合氣體的謝醫師，駕著一九二七年的 Morris 跑車往四川路五十五號診所裏駛去。

……

第二個月

八點：謝醫師醒了。

八點至八點三十分：謝醫師睜著眼躺在床上，聽謝太太在浴室裏放水的聲音。

八點三十分：一位下巴刮得很光滑的，打了條紅領帶的中年紳士和他的太太一同地從樓上走下來。他有一張豐滿的臉，一對愉快的眼珠子，一個五尺九寸高，一百四十九磅重的身子。

八點四十分：謝醫師坐在客廳外面的露臺上抽他的第一枝紙煙（因為

煙斗已經叫太太給扔到壁爐裏邊去了），和太太商量今天午餐的餐單。

九點廿分：從整潔的棕色西裝裏邊揮發著酒精，咖啡，炭化酸和古龍香水的混合氣體的謝醫師，駕著一九三三年的 srudebaker 轎車把太太送到永安公司門口，再往四川路五十五號的診所裏駛去。（5, 13）

這兩節文字結構基本上完全相同，以時間表形式交代主角謝醫師前後兩種截然不同的生活模式。如從細節來看，從下表我們可以清楚了解謝醫師前後的變化：

細節	前期		後期		意義
睡來	0655	醒了	0800	醒了	遲了整整 65 分鐘
起床	0700	跳下床	0800-0830	睜著眼躺在床上，聽謝太太在浴室裏放水的聲音	在享受生活
運動	0710-0730	在房裏做著柔軟運動			不再做運動
下樓	0810	一位下巴刮得很光滑的，中年的獨身漢從樓上走下來	0830	一位下巴刮得很光滑的，打了條紅領帶的中年紳士和他的太太一同地從樓上走下來	獨身變成有伴侶
臉和眼		一張清癯的，節欲者的臉；一對沈思的，稍含帶點抑鬱的眼珠子		一張豐滿的臉，一對愉快的眼珠子	變得幸福快樂
身高和體重		一個五尺九寸高，一百四十二磅重的身子		一個五尺九寸高，一百四十九磅重的身子	一個月內重了七磅
抽煙	0810-0825	坐在客廳外面的露臺上抽他的第一斗板煙	0840	坐在客廳外面的露臺上抽他的第一枝紙煙（因為煙斗已經叫太太給扔到壁爐裏邊去了），和	抽板煙變抽紙煙，討論午餐餐單用了 40 分鐘

				太太商量今天午餐的餐單	
吃早點	0825	他的僕人送上他的報紙和早點——一壺咖啡，兩片土司，兩隻煎蛋，一隻鮮橘子。把咖啡放到他右手那邊，土司放到左手那邊，煎蛋放到盤子上面，橘子放在前面報紙放到左前方。謝醫師皺了一皺眉尖，把報紙放到右前方，在胸脯那兒劃了個十字，默默地做完了禱告，便慢慢兒的吃著他的早餐			不再吃早點
上班	0850	往四川路五十五號診所裏駛去	0920	把太太送到永安公司門口，再往四川路五十五號的診所裏駛去。	太太重於工作，晚了超過 30 分鐘上班
衣著		整潔的黑西裝		整潔的棕色西裝	衣服顏色改變了，變成活潑多彩
氣味		揮發著酒精，板煙，炭化酸，和咖啡的混合氣體		揮發著酒精，咖啡，炭化酸和古龍香水的混合氣體	少了板煙味，多了古龍香水味
座駕		一九二七年的 Morris 跑車		一九三三年的 srudebaker 轎車	跑車變轎車，由自我享受轉成追求時尚，舒適可供共享的環境

讀者不難從比較兩段文字中找到謝醫師有著巨大的改變，正如我們看廣告時常見的手法，纖體瘦身前與後出現巨大轉變，就是因為參加了甚麼纖形計劃一樣。當讀者讀了如斯巨大改變時，自然希望探尋出現巨變的原因，文本的第二及第三節寫謝醫師醫治第七位女病人的部分，正好交代產生巨變的原因。有了這首尾呼應的首末兩節文字，自然為文本中間部分提供足以吸引讀

者追看的元素，產生良好的閱讀效果，讓整個文本的吸引力也大為增加。

3.4.5. 出場

角色出場一直是創作者極為重視的一環，因此出場的形態變得多種多樣，以下略舉一些常見形態：

先聞其聲，再見其人

這個屬〈紅樓夢〉文本中極為著名的出場，以林黛玉的內聚焦視角敘述中，只聽得王熙鳳「鳳姐」遠處發出的笑聲，充分表現這位榮府當家的氣勢和潑辣性格：

> 一語未了，只聽後院中有人笑聲，說：「我來遲了，不曾迎接遠客！」黛玉納罕道：「這些人個個皆斂聲屏氣，恭肅嚴整如此，這來者係誰，這樣放誕無禮？」心下想時，只見一群媳婦丫鬟圍擁著一個人從後房門進來。這個人打扮與眾姑娘不同，彩繡輝煌，恍若神妃仙子：頭上戴著金絲八寶攢珠髻，綰著朝陽五鳳掛珠釵，項上戴著赤金盤螭瓔珞圈；裙邊繫著豆綠宮絛，雙衡比目玫瑰佩，身上穿著縷金百蝶穿花大紅洋緞窄褃襖，外罩五彩刻絲石青銀鼠褂；下著翡翠撒花洋縐裙。一雙丹鳳三角眼，兩彎柳葉吊梢眉，身量苗條，體格風騷，粉面含春威不露，丹唇未啟笑先聞。黛玉連忙起身接見。

只窺一斑，未見全豹

張愛玲〈色戒〉藉文本開頭寫眾人在打麻將的描寫，將王佳芝胸脯誘人的特點，藉外聚焦視角敘述出來，以局部的形象，將這位女生能夠迷倒特務頭子易先生的特點重點但含蓄地表現出來。這在文本後面易先生和王佳芝之間的對話中再次顯示他對王大胸脯的注意。詳細分析請參「形象描寫」一節。

只聞其人，不見其影

　　羅貫中〈三國演義〉劉備首先於第 35 回從水鏡先生司馬徽口中知道臥龍的名字，往後徐庶在「走馬薦諸葛」一節中，向劉備透露臥龍即諸葛亮及相關信息。往後在「三顧茅廬」事件中，劉備多次誤會別人為孔明，為二人相見製造曲折延宕的效果；通過這樣的安排，使得劉備與諸葛亮邂逅並展開著名的「隆中對」成為極具特色的出場方式。

先見其行，再知其人

　　金庸〈射鵰英雄傳〉郭靖和黃蓉首先遇見洪七公時，只知他是一極饞嘴的乞丐。當然通過聰慧的黃蓉一試，便知這位丐幫幫主的身分，以及他引以為傲的絕學「降龍十八掌」也很快便交代出來。

只見其行，不知其人

　　穆時英〈某夫人〉藉日本軍人限知內聚焦視角的敘述，交代文本中的「某夫人」是一位性感尤物，直到文本末尾才如夢初醒，才知道她是大名鼎鼎的女特務「某夫人」。

盡知其事，不見其人

　　金庸〈笑傲江湖〉令狐沖這位主角一直到第 5 回才現身事件中，但文本從第 2 回開始，便不斷通過各個角色的對話，一點一滴地認識這位華山派首徒，還通過儀琳的轉述，交代令狐沖義救自己這個既曲折又驚心動魄的重大事件。這種別具匠心的出場形式，值得讀者多加注意，有關詳情請參「評論」環節。

3.4.6. 名稱：命名

　　傳統來說，中國人對姓名特別敏感，認為名字一直伴隨成長，名字的好壞足以影響際遇甚至命運，因此為孩子命名成為傳統社會父輩一大任務。延伸至敘事文本，角色名稱也大有名堂，大可考究。最著名的莫過於〈紅樓夢〉的角色，這個考慮在文本開頭時已經說得明明白白：「因曾歷過一番夢幻之後，故將真事隱去」，因此角色甄士隱就是「真事隱」；與此相對稱的是賈雨村，那就是「假語存」，都在配合文本主要信息：「假作真時真亦

假，無為有處有還無」。

〈神鵰俠侶〉的楊過，名字是由父親楊康義兄郭靖命名的。鑑於楊康「多行不義必自斃」的過去，因此給楊過一個「過」的名，字「改之」，希望楊過能糾正父親的錯誤，不要重蹈覆轍。

魯迅的〈藥〉中患肺病的華小栓以及被人槍斃的革命分子夏瑜中的姓氏「華」和「夏」，一直被視為暗示中華民族的命名方式，以此來突顯中華民族正瀕臨危難，需要革命這服藥來救治。

君比〈覓〉這個極短篇，李晉兒子叫「家樂」，似乎暗指這位弱智男孩需要一位充滿愛心的繼母，好組成一個快樂家庭，李晉以此來測試艾莉，結果艾莉缺乏愛心的弱點暴露無遺，反而她渴望嫁入豪門，當上少奶奶的心理，也許能解釋她叫「艾莉」（諧音變成愛利）；相反叫「安琪」的女子，似乎更具愛心，願意照顧家樂。「安琪」是天使英語 Angel 的音譯，看來這個角色名字也有一定的暗示作用。

相比之下，說李碧華〈胭脂扣〉裏面角色袁永定，指的是「永遠安定」的香港，未免有點上綱上線，因為觀乎文本主要角色如花，陳振邦，凌楚娟的名字都無法照應這個假設，因此單講袁永定的名字，暗喻文本主題是環繞香港 1997 年前途問題這個說法，是有點過分解讀。

當然，以上部分例子分明是作者有意為之。只是我們如不考慮作者因素，光從文本方面考量，有關角色名稱的分析便須特別小心，不要過分解讀。這類分析只能算是推斷，頂多是輔助材料，不能光憑名字的猜想而斷定文本的主要信息。如果文本的主要信息確與名字有一定的關係，那分析時不妨提出來，但絕不能喧賓奪主，以名字倒逼出主要信息，這將犯上以偏概全的毛病。

此外，現代敘事文本並不如傳統文本般那麼重視角色名字，不少連名字也沒有。如要從角色名稱角度切入進行分析，筆者覺得稱謂比名字本身更有閱讀效果和功能，詳情請參下面的「稱謂」環節。

3.4.7.　角色稱謂

　　角色稱謂即文本內凡出現交代某角色時的用語，由於涉及不同情節不同環境，因此角色的稱謂會出現很多變化，也或多或少能提供更多關於角色的信息。這裏以〈笑傲江湖〉男主角令狐沖作為例子，看看關於他的稱謂。

　　由於令狐沖是男主角，關於他的稱謂很多，除了真名令狐沖外，還有他的主要身分「華山派大弟子／首徒」，後來給驅逐出師門成了「華山派棄徒」，再而擔任恆山派掌門變成「令狐掌門」。他為了保全恆山派的清譽，刻意冒充二師弟「勞德諾」。此外，不同角色因著令狐沖的不同關係，稱謂也大有不同：如「大師兄」是同門師妹叫的，「令狐師兄」是五嶽劍派同派人士叫的，「沖兒」是師母寧中則叫的，「令狐兄」是引為好友的田伯光叫的，「令狐少俠」是少林方丈的話，「老弟」則是武當掌門叫的。不同的稱謂代表他與令狐沖不同的關係。至於蘊含評語的稱謂，令狐沖也特別多，如：「英才」，「畜牲」，「淫賊」，「少年英俠」等，有褒有貶，屬於塑造角色形象一個十分重要的手段。有關討論詳情請參「評論」環節。

　　上述的稱謂都是從個別限知角色角度出發的，這類的稱謂方式在現代敘事文本十分普遍：如老舍〈馬褲先生〉的主角馬褲先生，由於只是萍水相逢，車廂內所有人都不知道這位穿著馬褲卻在口袋裏插著羊毫的男士姓甚名誰，因此限知敘事者「我」便以他的一個特點「穿馬褲」來稱呼他，「馬褲先生」便成了這個角色的代稱。

　　同理，〈圍城〉文本裏，身在郵輪駛向上海途中，眾人受認知水平限制，對這位常常袒胸露背的小姐，既不知他姓鮑，也不知他的底細，更不知他將到上海與未婚夫重逢，只因為她這樣暴露的衣著，給了她「熟食舖子」和「局部真理」的代稱或綽號。這種稱謂方式明顯有著錢鍾書具文化內涵的語言風格，既有學問背景，又能顯示當中對鮑小姐的諷刺和挖苦。

　　至於〈神鵰俠侶〉裏聰明機警的楊過，被稱為「傻蛋」，證明楊過偽裝本領還是挺大的。由於師父小龍女不辭而別，楊過遍尋不獲，卻無意間遇上陸無雙，因為陸發怒的神情酷似小龍女，楊便假裝痴傻，惹得陸發怒，以稍為消解相思之苦，因此陸一直叫楊為「傻蛋」，就是後來知道楊過非但不傻而且智慧過人兼且武功高強，但陸沒有能改口，成為陸對楊的特別稱謂，也

是陸傾心於楊的一個標誌。

「神鵰俠」是眾人對楊過的稱呼，以認可和推崇楊的俠行。楊過在〈神鵰俠侶〉後部分已然擺脫了父親楊康的陰影，認清自己當為國為民的大志向，並多次慷慨行俠，因此給人稱為「神鵰俠」。這個稱謂標誌楊過從頑童蛻變成大俠的過程，也確立他在武林以至社會上的高大形象和英雄地位。

為了掩飾真正身分，〈笑傲江湖〉令狐沖也在恆山派眾女弟子面前，經喬裝成為參將吳天德，成為這位華山派大弟子多了這麼一個「吳將軍」的稱謂。

「妖女」專指邪惡不正，言行不端，專門迷惑正直男子的壞女子，是〈射鵰英雄傳〉裏江南七怪對黃蓉的稱呼，表明對她邪惡不正言行的不滿，也禁止徒弟郭靖與她交往。黃蓉父親黃藥師因不按常人做法行事，給人冠以「東邪」稱號，女兒也因此給人負面形象，尤其是在江南七怪眼中，這個「妖女」專門迷惑他們戇直徒兒郭靖。直到後來，他們才真正認識黃蓉的為人，與郭靖也是真心相愛的，這個負面稱謂才不再用。另一「妖女」是〈倚天屠龍記〉中的蒙古郡主趙敏，同樣因為與張無忌有私交，由於她身為外族人入侵宋朝，因此眾人都以「妖女」稱之。正好說明稱謂能表示對某角色評價這一點。

「孝女」是〈肥皂〉四銘對街頭行乞供養祖母的女乞丐的稱呼，明顯在頌讚她孝順的德行。至於由此而引起的眾多事件，詳情可參「事件」一章，「增述」環節。

〈夜市〉的「梁廿七」是眾人對這位煲仔飯師傅的稱呼。這個角色名稱借用中國傳統家庭用排行命名的習慣，如張姓排行第二的叫「張三」，李姓排行第四的叫「李四」。可是，廿七這數目似乎過大，因此這個稱謂其實包含其他含義：廿七實指他以前在江湖廝殺留下的廿七條刀疤，而不是他日後能同時處理廿七個煲仔飯的讚譽。詳情請參「行為描寫」環節。

〈舞台小世界〉「不是團長的團長」這個稱謂強調這個角色福奎，他雖然沒有「團長」的銜頭和權力，但他的執行力和影響力卻可以媲美團長。這個稱呼能集中地表現文工團實際出現的困境。福奎這個角色對整個敘事文本

的重要性和深層意義，也能通過這個稱謂彰顯出來。

「死仔包」是黃仁逵〈回家〉裏老人友仔記對飼養的鴿子的稱呼，從這個稱謂，讀者不難把握著友仔記與鴿子的關係情如父子，「死仔包」的喝罵是友仔記恨鐵不成鋼的表現。

以上的稱謂由於都出自限知角色，即使或有感情色彩，也只能是主觀意見，可信度不高，讀者大可不必過於在意。至於通過全知敘事者角度出現的稱謂，由於相關信息具權威性，也絕對正確，因此可信度不用懷疑，這類稱謂正好作為認識相關角色身分及或性格特點的最佳途徑。

君比〈覓〉中李晉的兒子家樂，出場時文本用了「弱智男孩」來稱呼他。由於屬於全知敘事者的權威用語，因此這個稱謂便起著為角色定性，並給讀者提供重要信息的作用。

4. 環境

4.1. 導言：認識環境

環境＝時間＋空間＋物件＋角色＋事件

　　環境就是敘事文本主要成分如事件和角色的時空載體，故事情節就在環境中展開。這裏面必然有時間和空間兩個成分，有了時空，自然需要角色進行活動才成其為事件，情節以至故事；除此之外，環境裏還有物件，除了作為襯托品點綴環境外，個別物件有著重要的表意作用，特別值得留意。

　　環境在敘事文本的分析和研究中，一般不被重視，以為只是必需品，屬必然出現，毋須注意的閑筆。只是不少敘事文本刻意並且有意識地利用環境的特點，為營造氣氛，設定調子，以至刻劃角色心理，製造高潮矛盾，或暗藏深意等，提供適切而且重要的環境工具。

　　下面分成五個部分交代，分別處理環境中的時間和空間，特別是空間的安排和設計；另兩部分分別處理環境裏的物件和角色；最後一個部分從整體了解環境的不同形態。

4.2. 故事層面

4.2.1. 時間

　　時間應包括時代，時期，年代，季節，時分等時間觀念；從敘事文本的故事層面看，大致可略分為時代與時分兩大類。

4.2.1.1. 時代

　　時代包括時期，年代等，如宋朝，二十世紀，三十年代，未來等等。一

般適用範圍涵蓋整個文本，當然也有同一文本橫跨不同時代的。時代為文本立下範圍，定了界線，方便開展情節，尤其是那些情節涉及歷史事件的文本，更加注重定好時代，如金庸的〈射鵰英雄傳〉寫南宋初年的故事，當中牽涉北方金國對南宋的戰爭，以及蒙古族在北方崛起等，文本時代的設定便必須配合。又或穆時英的〈上海的狐步舞〉寫現代上海這個華洋雜處的遠東第一大都會，那麼時間便須定在三十年代附近。同理，劉以鬯〈動亂〉涉及香港「六七暴動」的話，那麼故事便需要設定於六十年代了。又或科幻小說寫未來的世界，文本便需要將主要情節的時間放到未來，劉慈欣的〈三體〉便是例子。

4.2.1.2.　時分

時分屬小段時間的概念，如早上，中午，黃昏，晚上，深夜或具體時間如下午三時四十五分等，大致涉及個別事件。為事件發生限制在固定時間範圍內，一般會配合時分的特點，使得事件出現得更自然，更容易為讀者接受。

4.2.2.　空間

又稱場景，就是事件發生所在，就是一處空間，裏面可以裝著角色，還有各種物件，也可分為大空間與小空間兩大類。空間沒有甚麼規限，主要看創作者如何安排，只要設計好便可隨意創造出來。因此它即使與現實世界某個空間相近相似或甚至相同，但兩者仍有本質的分別，那就是文本內的是虛構空間，現實的則是實存的現實空間。空間可以是密閉的如洞穴，密室或車廂內，也可以是空曠的平原，大草甸，大湖大海以至廣漠的太空，不一而足。

4.2.2.1.　大空間

大空間，可指一地域如中國，大漠，森林，西域，湘西，江南，城市，鄉村，或個別城市如京城，台北，北平，香港等，一般適用於跨事件甚至整

個文本。例如空間設在上海，往往會將整個都市加以描述，當中便可能涉及裏面的人，事，景和物，穆時英的〈上海的狐步舞〉和〈夜總會裏的五個人〉便是例子。

4.2.2.2. 小空間

小空間又稱個別空間或場所，適用於個別事件，如：張愛玲〈傾城之戀〉白家的堂屋，老舍〈馬褲先生〉所乘坐的火車車廂，穆時英〈夜總會裏的五個人〉裏面繆宗旦等角色玩樂達旦的夜總會，白先勇〈遊園驚夢〉主角藍田玉赴會的竇公館，金庸〈神鵰俠侶〉的活死人墓，錢鍾書〈圍城〉開頭主角方鴻漸乘坐的郵輪，還有施蟄存〈在巴黎大戲院〉中的巴黎大戲院等等，後面將會作詳細交代。

4.2.3. 物件

另一處於環境內的主要成分是物件，敘事文本主要在某個時空環境下，寫事寫角色，物件的出現一般都是次要的，不特別起甚麼閱讀效果。可是，不少敘事文本以物件為中心，事件和角色都圍繞物件而發展，又或某些物件在文本裏有著特別重要的作用，甚至用來暗示主題，產生重要的象徵意義。要是這樣，創作者在故事層面裏，便需有意識地安排物件，佈置好，構思如何運用這些物件，突出它們哪些特點，作用和功能，以及通過它們製造哪些閱讀效果。

傳統稱為「景物」的，其實無非都是物件，所謂景是由眾多物件組成的，一般包括自然意象如太陽，月亮，星星，山水等等，也可以是人文景觀，那就是人為的建築物，庭園，酒店，碼頭之類。至於物，就是物件，它可以是環境裏一個並不起眼，也沒甚重要作用的東西。可是如果敘事文本特意花上篇幅，描述它，那麼讀者便應多加注意，它極有可能與情節發展有重大的關係，甚至是敘事文本其中一個象徵物，傳遞著與主題有關的重要信息。

4.2.4.　角色

角色是敘事文本內所有事件必有的成分，因此在環境內也不會缺席。只是我們必須將角色作明顯的分類，以突顯兩類角色的不同：

4.2.4.1.　有戲分的角色

這兩類角色是從他們有否因為他們的言行及或思想感受而形成事件，如果有這樣的情況，那明顯是指有戲分的角色，也就是他有角色的功能和作用。這類角色主要在「角色」一章交代，這裏不贅。

4.2.4.2.　沒有戲分的角色＝物件

另一類角色是形成不了事件，也就是沒有戲分的，他們的出現只作為環境裏的組成部分或為襯托環境而存在，因此之故，我們視這類沒有戲分的角色為物件，因為他們歸根究柢沒有產生角色的功能。

4.2.5.　環境

承前面「導言」所論，這裏進一步交代環境的內涵。環境有時被稱為場面，是上述各元素組合而成的綜合體，包括角色，事件，時間，空間以及物件。環境以空間為主，作為承載物，將角色和物件存在其中。時間肯定也是重要成分，但一般不獨立出現，而是附在空間裏，與空間形成一有機整體。好像一個田園場面，裏面可以有夕陽西下的時分，某某村落的空間，以及內裏的田埂，小路，禾稻，遠山，小溪，農民，果樹等等的物件。如場面內出現農民這些角色以及他們的動作，有著比較明顯的描述，那麼農民便成為角色，他們的耕作勞務便可視為事件。如果場面內的角色沒有多少戲分，出現只為了襯托空間而存在的話，那麼他們只可能成為場面裏面眾多物件之一。這樣處理並沒有貶低人物的價值，只是從重要性將角色放到適當的位置裏，方便分析和整理而已。因此，分辨角色是否物件，主要看他有沒有在文本裏擔上戲分，如有，就是角色；如果沒有，便是場面裏的一個物件了。

環境主要著眼於整體，那就是各個成分相加所造成的閱讀效果，製造的

氣氛和調子。相對而言，單一物件自身，強調的是文本內花上相當篇幅加以描述的。既然文本重視該物件，讓它佔去一定篇幅，間接證明它的重要性。要是這樣的話，它已不是普通物件，而屬意象，承載著一般只屬環境其中一個部分那類物件更多的信息。讀者對意象應多加留意，思考一下它究竟在文本中起著甚麼作用，帶來怎麼樣的閱讀效果，它與整個文本信息有著甚麼關係等等。

4.2.5.1.　大環境＝時代＋大空間

　　時代一般與空間合用，形成一個大環境，大環境多有實際的考慮，為的多是表現反映時代特點，因此這些大環境多與時代及時期配合，組合而形成文本的大框架。如寫現代都市，寫古代京城，寫漢代祈連山脈附近的荒涼沙漠，或具體鄉鎮如四十年代東北地區的呼蘭河，或三十年代湖南湘江附近的農村。又或寫具體的城市上海，香港等。三十年代的上海，辛亥革命時的北平，北宋時期的襄陽等便是顯例。

　　大環境的設定或多或少都與主題或主要信息有關，為了反映歷史面貌，這時，具體的時間和地點便顯得異常重要。讀者也當然不能忽視這些因素了。個別文本或為了暗示文本所顯示的事理有普遍性，並不局限於任何時空，因此根本沒有提供具體時空的企圖，又或刻意抹去任何特定時空。無論有沒有這個時空元素，不論文本想強調特定時空或強調普遍性，對了解這方面設計和安排的讀者，無疑提供認識和了解文本主題或主要信息的有效途徑。

　　歷史時空造成敘事文本的大環境，文本有時只需提及交代相關信息，而不用詳細巨細無遺地交代，讀者可自行通過其它途徑了解相關背景，為文本省卻很多篇幅，好像白先勇的〈遊園驚夢〉，寫原在南京得月台赫赫有名的名角藍田玉，嫁給錢鵬志將軍，成為將軍夫人，在廿世紀三十年代中華民國政界名流界都是知名人士，可是到國民黨退守台灣，加上錢將軍去世，藍田玉的社會地位便大不如前，這樣的歷史背景成為〈遊園驚夢〉重要情節甚至角色心理情節的關鍵因素，也是文本主要信息「今不如昔」的最好註腳。同

樣有濃重歷史烙印的是張愛玲的〈傾城之戀〉，時代寫三十年代，地點寫上海和香港，重要歷史事件為日本侵華，佔上海陷租界，再炸香港，後侵香港，成為文本的大環境，文本名稱「傾城」指的就是香港淪陷的史實。金庸武俠小說一直依托歷史設計情節，因此無論〈射鵰英雄傳〉還是〈神鵰俠侶〉，都圍繞南宋積弱偏安江南，外族金國蒙古覬覦中原的大環境下開展情節，郭靖死守襄陽抗金抗蒙古，大漠助成吉思汗西征，楊康貪戀榮華富貴，認賊作父，認金國完顏洪烈為父，外族武林高手企圖分化瓦解中原武林等，都是因大環境大時代衍生而設計出來的重要情節，可見大環境能對文本起著關鍵的作用。因此之故，文本在故事層面設計醞釀時便需定好相關時空座標。黃碧雲的〈嘔吐〉也在歷史節點上鋪開故事，大空間落在香港，時間節點主要是八十年代的香港，還加上七十年代香港愛國示威活動的氛圍，使得不少評論者將這個文本與香港 1997 年回歸中國，八十年代中英談判，香港人面對身分國族認同等政治課題展開熱烈討論。就是科幻敘事文本，雖然大致沒有歷史時空，但會利用未來時空，強調科技發展成就以及眾多現今社會還未出現或遠未成熟的設計產品和理念，往往這些又是科幻小說吸引讀者的其中一個重要元素。

4.2.5.2.　小環境＝時分＋小空間

這類小環境在敘事文本裏數量極多，指的是個別事件產生的空間，這小環境當然與大環境有關，就是在大環境之內，但小環境的設立所考慮的應不是主要信息或主題等，而是對個別事件所產生的作用。〈上海的狐步舞〉寫的大環境是三十年代的上海，文本裏分別出現不同時分，包括下午，黃昏，晚上以至清晨，分別結合上海的街頭，夜總會，飯店等娛樂場所以及上海灘頭，構成不同的小環境，將上海這個「造在地獄的天堂」，包括繁華，璀璨但糜爛的一面，充滿醜惡的現實，以及正在醞釀新的變化和生命等信息傳遞給讀者。相關詳情以及分析，請參看文本層面的「環境描寫」環節。

4.2.6.　小結

以上簡單介紹環境範圍內的各種成分，包括時代，時分，大空間，小空間，大場面，角色和物件等等，上述成分怎樣取捨，分量多少明顯是故事層面需要想好的地方。

4.3. 組織層面

這裏主要交代空間和物件兩個主要成分的內涵，包括各種形態以及空間之間，物件之間形成的不同關係，這是構建和組織環境以至整個敘事文本的重要組成部分。

4.3.1. 空間

4.3.1.1. 空間的三個形態

空間是敘事文本情節發展和角色言行必然需要的成分，個別空間處理的是它的功能和作用。設計敘事文本內空間時，一般會參照相關空間的常態功能和作用，這樣一來容易為讀者接受，形成真實感和製造可信度，二來可作為了解情節以至主要信息的堅實基礎。空間大致按現實世界原樣安排到文本去，讀者大可按這個常態思維了解這些空間的功能，作用和效果便可。如合而成群，便要考慮它們的象徵意義以及閱讀效果。它大概有如下三種不同形態：

4.3.1.2. 第一類空間：純粹常態

空間只是自然而生，文本設計時並沒有特別考慮它的作用，只按常態安排這麼一個平台到文本內，供情節發展和角色進行活動。

提供情節發展最基本的公共空間：咖啡室

咖啡室是休閑處所，在西方國家十分普及，當然將它放在三十年代的中國，便有洋化和高級的感覺。張愛玲〈色戒〉這個發生在上海租界的故事，租界內的咖啡室便有時尚西化的味道。當然女主角相約易先生在這小咖啡室

見面，主要考慮的是它較為偏僻的位置，對於偷情男女而言，不為人注意甚至不為人知曉的空間反而是理想的約會地點，客人不多，不會有認識的人光顧，都成為這個咖啡室的特點。咖啡室在這裏不是因為它能提供休閒空間，也不是因為咖啡的美味而存在，而是作為偷情的約會地點而產生價值。有的時候文本選取的空間是有點不經意的，但完全脫離常態似乎也是不可想像的。

局部密閉的公共空間：火車車廂

當然，也有空間沒有那麼多象徵意義，只為傳遞信息提供必要的條件和空間，譬如〈馬褲先生〉那正在行駛的火車車廂，使得三個角色：我，馬褲先生和茶房自然但同時被迫同處一個空間，故事情節才可以發展下去。既然要寫發生於火車車廂裏的故事，那麼空間自然設在火車車廂了。當然這個所謂自然而生的空間，其實也有考慮它的特點，那就是在火車開行途中，車廂形成一個密閉空間，車廂內的所有角色都「被迫」困在當中，如果角色間產生矛盾，那自然變成困獸鬥，如再考慮角色的身分，一個是茶房即服務員，其餘兩位是乘客，那麼對身為服務員的茶房而言，面對無理取鬧，不時提出諸多問題和要求的馬褲先生時，茶房的日子可謂度日如年，這種無奈感無疑由密閉的車廂空間所成就。如果換成別的空間，茶房可以換人，文本的戲劇效果將大打折扣，吸引讀者的力量也會被大幅削弱。

局部密閉的公共空間：郵輪

另一密閉空間是錢鍾書〈圍城〉的開局，故事發生的空間在郵輪。由於它從歐洲開往上海，歷時甚久，身處船上的乘客也被迫困在一起，對於回上海會見未婚夫的鮑小姐來說，這是獵艷的好機會，甚麼感情都會隨著郵輪泊岸而結束，不用承擔後果和責任，因此她到處設計誘惑男主角方鴻漸，結果兩人發生一夜情。密閉空間除了造就一段霧水情緣外，另一位重要女角蘇文紈也企圖利用天天見面自然不過地，給予方鴻漸機會，讓他有機會親近自己。方蘇二人在郵輪上的角力也為整個文本的情節發展奠下基礎，郵輪這個密閉空間著實起著重要的作用。

容納人生百態的開放空間：街頭

　　要寫一個城市的眾生相，最理想的空間莫過於街頭巷尾，因此喜歡寫現代都市景觀的穆時英，在他的〈上海的狐步舞〉和〈街景〉都選取了街頭作為主要空間。由於街道沒有限制，任何人士，無論種族，膚色，年紀，性別，階層等都可出現其中。因此，〈街景〉便出現了修道院的修女，到郊外野餐的年輕男女，來自農村最後淪落街頭的老乞丐，崇尚物質的女職員以及她的男友，還有努力促銷的店員，天真活潑的小學生等等。各種各樣的角色同時出現，構成這麼一個城市景觀，給讀者豐富多樣的感覺。

4.3.1.3.　第二類空間：常態＋明顯閱讀效果

　　這類空間形態仍屬常態安排，仍沿用常態空間的功能和作用，但文本明顯有意識地運用空間原有的特點，配合角色和情節，發揮牽引，提示，象徵的作用。

掌握一般市民特性的公共空間：茶樓酒館

　　茶樓酒館也屬於公共空間中理想的空間場景，因為它與街頭有明顯的分別，街上角色停留時間不能長，往往是一瞥而過，要交代比較詳細複雜的情節和事件有一定的難度。當然從覆蓋面角度看，街頭能包涵最廣泛的身分類型，男女老幼，販夫走卒以至達官貴人都可以現身街頭。相對而言，茶樓酒館雖然也是來者不拒，但明顯仍有區別，高檔的按理看不見低下階層，相反，平民化的貴人紳士之類就絕跡不見。當然茶樓酒館仍是理想的常態空間，它能讓在場角色互相對話，也可大發議論，從而有向讀者透露重要信息的機會。如果茶樓主人也是重要角色之一，那能傳達信息的能力就更強大了。魯迅敘事文本〈藥〉中華老栓的茶樓就是這麼一個空間，它讓眾多守舊迷信的角色，在那裏吹噓人血饅頭治療肺癆的神效外，還向讀者透露那被官府斬首的夏瑜，如何努力宣傳革命思想，最後卻給親人出賣的過程。讀者還能從他們議論的口氣和態度中，深刻認識到當時一般民眾的愚昧無知和迷信守舊。

匯萃重要信息的公共空間：客店

相類似的空間是客店，客店雖然是公共空間，能安排不同身分不同背景的角色聚在一起，但事實上，上下階層是很難走到一塊的，上等人可以坐雅座，住上等房，可以跟其他人完全沒有接觸的機會。金庸〈神鵰俠侶〉的那個位處風陵渡口的大飯店安渡老店卻能讓高貴少婦郭芙，以及仿如千金小姐和少爺的郭襄郭破虜，與來自五湖四海的眾多低下角色坐下來交談，這個不能不佩服金庸對時間和空間的巧妙安排。

渡口原來是用來供需要渡過黃河兩岸的人而設的，但文本安排時間為冬季，河面結冰不能渡河，以致來往兩岸的客商，販夫，旅客等等都只能呆在風陵渡這個地方等候河岸解封，結果弄得當地客房全滿，遲來的不僅沒有客房可以暫住，就連能擠下客人的空間都全給佔滿。恰巧郭芙他們這個時候才到，無奈之下，只能跟其他人一起在飯店的大廳席地而坐，胡亂度過一個晚上。百無聊賴之下，眾角色自然攀談起來，就在這樣的一個時空環境下，讓年紀輕輕的郭襄，從別人口述中認識到一位神鵰大俠的英雄事跡。從當初感到好奇到最後給他義薄雲天的慷慨任俠深深吸引住，竟不顧姐姐郭芙反對，毅然孤身一人跟著陌生人去找神鵰大俠，由此翻開〈神鵰俠侶〉最後階段的眾多情節。風陵渡口這個時空環境的安排是一極為巧妙的設計，否則五湖四海，三山五嶽的各類人物，如殺人越貨的大盜，朝廷欽犯，曾經當娼的婦人，以及神秘詭異的武林人物大頭鬼，又怎可能與郭芙郭襄等對話交談呢？由此可見，這些貌似自然而有的空間和季節時間，雖然出現在文本時仍處在常態範圍，但它們的出現都不會是偶然的，而是創作者精心的設計，讀者也不應等閒視之，而應該盡量去欣賞它們所能產生的各種神奇閱讀效果。

提供情節發展需要的特殊空間：手術室

診所內的治療室，作用在對病人進行治療，內裏有手術床，以及各種醫療器材儀器，一般陳設簡單，照得通明，給人冷冰冰的感覺，冷漠嚴肅的氣氛。就在這個空間裏，穆時英〈白金的女體塑像〉的謝醫師吩咐需要照紫外光燈治療肺癆的第七位女病人，脫掉全身衣服，面對全裸的女性胴體，原本

過著禁欲生活的謝醫師，竟然給這白金般病態膚色吸引著，並給喚起潛藏的性意識，從此改變自己對女性的態度，後來更結了婚，過著幸福的兩口子生活。手術室不只治療肺癆病人，而且也間接治好謝醫師的性冷感。密閉空間容許女病人脫光衣服進行紫外光燈的治療，謝醫師才得以目睹病人的裸體，也因為這個不平常膚色的白金似的病體，才喚起原屬節慾者的謝醫師潛藏於內裏的性意識。故事情節才得以進一步發展，空間的作用不可謂不大。

提供探究角色隱密一面的公共空間：戲院

　　戲院是現代社會的娛樂場所，供觀眾觀賞電影的地方。由於播放電影需要在黑暗中通過播放機射出光線，投下影像到屏幕，因此播放期間，戲院需要處於黑暗狀態。正因為觀眾彼此無法清楚看到其他人，所以很多正在戀愛的男女便喜歡一同看戲，同時可互相依偎，做些親暱動作而不為人知。施蟄存的〈在巴黎大戲院〉則沒有在戲院這個空間常有的特點中開展情節，故事中的男女主角嚴格來說並不是公開的戀人關係，只是男主角對女主角有很多不同的想法，他發揮自己無限想像，包括想像女主角的裸體，以及換上小衣的情景，而且還利用黑暗帶來的方便，在戲院裏，做出讓人嘔心的動作：舌舔手帕上女主角留下的痰涎鼻涕以及聞聞嗅嗅她留下的汗味等等。這些不雅動作明顯在正常情景或環境下是無法不為人所察覺的。文本因此為男主角提供這樣一個雖屬公共空間，但卻能表現極端隱私動作的戲院場景，為文本情節發展和構建故事，塑造角色特點幾方面，提供既自然又適切的場景空間。相關的詳細分析，請參看「角色」一章，「角色性格」及「內心獨白」環節。

4.3.1.4.　第三類空間：現態[1]

　　這類現態空間突出與常態的不同，有著與常態不大一樣的特點，起主動

---

[1]　所謂現態就是文學文本所呈現的狀態，它主要與現實世界所處的狀態——常態作比較。詳情請參筆者《詩賞》「文學文本的內在邏輯：現態與常態」一章，頁 169-192。

積極地引領事件和情節發展，以及塑造角色形象性格特點的作用。

將不同角色收攏在一起的公共空間：夜總會

　　三十年代的夜總會是中上階層消費娛樂的時尚場所，在那裏當然沒有來自低下階層的顧客，但仍可以借助屬於低下階層的員工，較完整地呈現現代都會上海各類不同人士不同的心態：既有紙醉金迷，享樂至上的，也有不管明天，盡情今宵的，還有看透人生，頹廢度日的不同情緒和心態，在這個表面上充滿歡樂的場所，還存在著活在痛苦，卻不得不為人提供歡樂的痛苦心情。穆時英〈夜總會裏的五個人〉裏面種種不同背景的顧客，他們進夜總會尋歡的原因也各有不同，但都把握每分每刻盡情玩樂和歡笑，正好襯托出人生的無奈和背後的大苦大悲。夜總會這個都市的娛樂場所竟能承載年華易老，財富頓失，安穩不再，戀人離去等人生重大失意事，並藉此反映相關人士的只醉今宵的落寞心態。這明顯不是夜總會這個空間的常態特點，在〈上海的狐步舞〉以及〈夜總會裏的五個人〉，夜總會有著自己獨特的現態特點，既表現了現代都市人物心理狀態，更承載著更多的人生課題。

提供角色共處的特殊空間：珠寶店

　　珠寶店顧名思義就是出售珠寶的店鋪，由於珠寶屬貴重物品，為了避免無謂損失，珠寶一般不會公開擺放出來，就是有，也都是一些較平民化的貨色，而且還加上保安措施。至於貴重一點以至價值不菲的，一般都不會公開展示，只有當顧客提出要求，店員才會從保險箱之類的秘密收藏地點拿出來。選購地點也不可能在店鋪的公眾地方，一般會在貴賓室等保安較嚴密的特殊房間，內裏或有監控措施，以防顧客偷龍轉鳳造成損失。張愛玲〈色戒〉的易先生答應給情婦王佳芝買顆像樣的鑽石，在三十年代的上海這樣的珠寶店不一定張揚，靠的是有上好的鑽石供客人選購，從文本設計角度看，選購鑽石給情婦當然不能選大街大巷的店，怕的是給人看到，因此選取不為人知的低調的小店是自然不過的，再加上易先生身為漢奸同時是當地特務頭子，常成為敵人暗殺加害的對象，行跡隱秘是確保安全的必要條件。至於表面為易先生情婦的王佳芝，實在是暗殺計劃的誘餌：她擔任引誘易先生出外

活動，從而找尋刺殺他良機的任務。按理，這個珠寶店空間沒有任何特別之處，只是在文本中，身為女主角的王佳芝，卻在感情問題上猶豫不決，她不清楚自己是不是愛上了易先生，也不知道易先生有沒有愛她。由於他們的特殊關係，他們的相處時間一般都很短，這個珠寶店的貴賓室成為他們難得相處的時間和空間。按理，幽會也是他們相處的時光，只是那個時候，不一定有閒暇去細想別的情況，只有在這一刻這個空間，交易做成了，在等老闆開單，易王二人沒有別的事幹，王佳芝卻知道不久的一刻，刺殺行動就要開始，不論成功還是失敗，二人的感情不大可能繼續下去，因此此時此刻是王思考上述問題的最後機會。這裏的描寫，充分利用珠寶店這個細小房間的環境，王將易先生重看一遍，讓她感受到易對自己的愛意和溫柔，因此王才毅然對易說出「快走」的決定，不管故事往後如何發展，借助這個場景這個空間帶出女主角心理感受和感覺的做法，還是能產生很好的閱讀效果。鑽石戒指所象徵的永恆愛情的意涵使得這個本來尋常不過的空間變得獨一無二。

　　店主已經在開單據。戒指也脫下來還了他。不免感到成交後的輕鬆，兩人並坐著，都往後靠了靠。……那，難道她有點愛上了老易？她不信，但是也無法斬釘截鐵地說不是，因為沒戀愛過，不知道怎麼樣就算是愛上了。……跟老易在一起那兩次總是那麼提心吊膽，要處處留神，哪還去問自己覺得怎樣。回到他家裏，又是風聲鶴唳，一夕數驚。……只有現在，緊張得拉長到永恒的這一剎那間，這室內小陽臺上一燈熒然，映襯著樓下門窗上一片白色的天光。有這印度人在旁邊，只有更覺得是他們倆在燈下單獨相對，又密切又拘束，還從來沒有過。但是就連此刻她也再也不會想到她愛不愛他，而是——
　　他不在看她，臉上的微笑有點悲哀。本來以為想不到中年以後還有這樣的奇遇。當然也是權勢的魔力。那倒還猶可，他的權力與他本人多少是分不開的。對女人，禮也是非送不可的，不過送早了就像是看不起她。明知是這麼回事，不讓他自我陶醉一下，不免憮然。

　　陪歡場女子買東西，他是老手了，只一旁隨侍，總使人不注意他。此刻的微笑也絲毫不帶諷刺性，不過有點悲哀。他的側影迎著枱燈，目光下視，睫毛像米色的蛾翅，歇落在瘦瘦的面頰上，在她看來是一種溫柔憐惜的神氣。

　　這個人是真愛我的，她突然想，心下轟然一聲，若有所失。

隱喻社會形態的特殊空間：舞台

　　正如諺語所說：人生如舞台，文本出現的舞台往往有著隱喻的功能，或代表人生或代表社會甚至世界，王安憶〈舞台小世界〉這個敘事文本明顯將舞台與世界連起來，小世界正好說明文本也是循這個設計思路處理情節。舞台的表演者是文工團，演出好壞就是評判這個小世界的客觀標準。文本有三次演出，兩次失敗，一次成功。如果仔細找演出的成敗，明顯跟團長以及眾團員的關係有關。團長作為領導，沒有做好總結經驗，積極團結不同背景的團員，知識分子和無產階級出身的團員又不能和衷共濟，齊心協力，結果文工團最後的演出仍然不濟。這個小世界正好象徵和暗示大世界：也就是中國社會發展的方向和辦法，舞台這個象徵中國，演出就是中國發展的表現。

經歷生死的隱密空間：活死人墓

　　金庸〈神鵰俠侶〉的活死人墓，就是特意設計出來的場景，這個經歷生死的密閉空間，讓楊過和小龍女認識，讓小龍女教曉楊過古墓派武功，也讓裏面的人與外眾隔絕。同時，為救小龍女，楊過與小龍女再次回到古墓裏療傷，黃蓉幼女郭襄，小龍女師姐李莫愁與眾角色又因各種原因闖進這隱蔽空間，從而幫助故事進一步發展。沒有這個空間，情節發展會遇到很多不便，無法順利推進。

　　這個隱藏空間不易進出的特點，藉古墓派小龍女師姐李莫愁和弟子洪凌波兩人再次顯示出來。她們就是因不懂水性而險些無法從水道離開，以致困死其中。當然，到了再次闖古墓時，李和洪都已熟習水性，這空間新設的障礙便無法再阻止他們了。

　　除了上述特點外，漆黑無光且完全陌生的空間，對於打算到古墓幫忙楊奪取續命的絕情丹的一夥人，仍是極大的障礙。給李莫愁甩掉後，武三通，耶律齊，郭芙等人僅憑餓透大哭的郭襄的哭聲，才循聲找回路徑和火熠，並重見光明，在戰戰兢兢，舉步維艱的前行中，驀見古墓中間的四口棺材，還在當中聽到聲音，主觀上感覺屬鬼怪等髒物作祟，因此在捕殺殭屍的過程中，放生了給楊過壓在棺木內的李莫愁，還給躲在棺木避免受襲的楊過小龍女發上冰魄銀針，導致小龍女因原毒受刺激倒流入骨致無藥可救。情節中的不幸和巧合在特有的空間限制中變得無可反駁。除了齊罵郭芙發針的魯莽，並惋惜楊龍二人屢遭不幸外，實在無法作過多的深咎，只好說句「天意弄人」。由此可見，巧妙的空間安排，能配合情節，角色性格，恰當地調動讀者的情緒和反應，成為重視情節發展的敘事文本類型中極具效力的安排。

複雜而承載量極大的公共空間：襄陽

　　金庸〈神鵰俠侶〉中的襄陽屬大空間，裏面牽涉眾多事件。除了活死人墓，絕情谷之外，在襄陽城內外發生的事件佔去文本相當大的比例。南宋時代的襄陽，地處面向北方蒙古的前沿，是南宋主要的屏障。因此自然是蒙古首要進攻的地點。就在這裏，雖然只是平民身分，但卻成為保衛襄陽的主要角色，郭靖跟黃蓉就在這裏與蒙古周旋，這是文本一個重要的大背景大環境，因此襄陽便自然成為很多重要事件的空間。楊過為了報父仇，兼打算以郭靖黃蓉人頭向裘千尺換絕情丹，因此與小龍女一起重回襄陽找郭靖。正當此時，蒙古忽必烈帶領軍隊不斷進攻，都給郭靖率眾抵禦而告失敗。接著是夜間楊過刺殺郭靖失敗，然後是郭靖出城接應百姓入城而被圍，最後靠楊過捨身出手相救，將郭救回城內。接著二武行刺忽必烈被俘，郭楊單刀赴會到蒙古大營。經楊捨身救護，在重傷下救回受傷的郭靖。接著忽必烈下令金輪法王等武林高手潛入襄陽城追殺郭靖，弄致郭靖初生女兒郭襄被擄。以上種種扣人心弦的情節都圍繞著襄陽這個大空間進行。

　　〈神鵰俠侶〉最後部分也與襄陽大有關係。郭靖召集中原武林人士共商抗蒙大計，兼以比武方式推舉丐幫幫主，結果楊過出手，給郭襄送來三份生

日禮物：殺蒙古先鋒隊，炸蒙古糧倉和軍火庫，以及識破霍都奸計，取回丐幫至寶打狗棒。到文本末尾，金輪法王縛郭襄作人質，打算強攻襄陽，黃藥師以五行陣企圖營救郭襄失敗。最後，楊過夥同小龍女和神鵰出手，殺入重圍，殺金輪法王，救下郭襄，還在這時，演出高潮，楊過以石擊斃蒙古大汗蒙哥，迫使忽必烈退兵，解除襄陽之圍，成就楊過「神鵰大俠」之名。凡此種種都與襄陽這個大空間有著密切的關係，它為各個情節提供合理而且自然的場景空間，增加讀者閱讀的可信度和真實感，也增添不少閱讀效果和感染力。

4.3.2. 空間關係

敘事文本裏出現的場景空間不會少，它們之間有不少有著微妙的關係，主要是重復和對比兩類關係。重復關係多能互相襯托，合成空間群，形成統一形象。至於對比關係，自然為了產生對比效果，助力表現主要信息的功效。

4.3.2.1. 空間群：重復形態

敘事文本裏面的空間，如共同起著相似或相近的作用，讀者可以視之為「空間群」；如能認識它們共同的特點以及與主題信息的關係，我們便能更好地掌握敘事文本的傳遞信息系統了。

扣緊文本主要信息的兩個特殊空間：山谷和懸崖

金庸〈神鵰俠侶〉主題信息為愛情，不少空間和物件都與這個信息有著密切的關係，它們因此可視為共同傳意的空間群加以理解。其中「絕情谷」和「斷腸崖」，明顯是從主要信息角度加以命名，屬背負情愛象徵意義的場景空間。「絕情」和「斷腸」都扣緊〈神鵰俠侶〉愛情主題，至於與山谷和懸崖這些空間的關係，只能說情節事件發生在那裏而已。兩者跟絕情和斷腸很難直接扯上關係。當然，文本中的絕情谷，住有公孫止一幫神秘門派，他們不苟言笑，禁酒禁肉，只吃素食，做事拘泥守禮，這也可解釋絕情的意

思。只是當楊過闖進這個絕情谷，以他不拘小節的性格言行，一下子便使得公孫止女兒公孫綠萼放下芥蒂，後來更芳心暗許，以死示愛。當然，山谷的特點在於比較隱蔽，旁人不容易進入，同樣谷中各人也很難離開，形成與世隔絕的空間，絕情之所以能夠成功，條件在於外人無法進入，一旦進入了，便易生波瀾，先是受傷的小龍女給公孫止發現，帶進絕情谷治理，再而楊過等人因周伯通闖入搗亂而給引進絕情谷內，絕情谷便變成情未必絕，中間也生有眾多曲折，形成〈神鵰俠侶〉其中一處內藏很多故事情節的空間。

　　山谷還有妙處，就是提供重要情節一處自然環境。如第 23 回楊過初遇神鵰，在荒谷中神鵰大戰巨蟒，接著神鵰帶引楊進大山洞，知悉有劍魔獨孤求敗其人，這裏只蕩開閒插一筆，接著繼續寫楊過和李莫愁抱著郭襄到古墓尋找小龍女。這樣的安排正好先鋪墊預告楊未來到此鍛煉神功一幕。到楊斷臂後，重尋神鵰，並藉劍冢尋得重劍，還藉山洪海潮練就劍魔神功。

　　至於斷腸崖，它處於絕情谷中，所謂斷腸就是傷心欲絕的意思。故事情節確是有令人斷腸的事件，如小龍女為了奪回半枚絕情丹救活楊過，不惜在狹小的崖邊與公孫止惡戰，驚險萬分；後來明知自己無藥可救，又怕楊過因自己而放棄自救機會，在斷腸之際，留言約定楊過十六年後重逢，好讓楊為了能再見自己而安心治好情花之毒，重新振作，不要因她而尋死，自己則跳下深谷自盡。

　　當然情節的發展峰迴路轉，斷腸崖下的水潭當年沒有摔死小龍女，並在潭底白魚，玉蜂漿和深海寒冰的幫助下，治好了原無藥可治的體內劇毒，救活了她。至於楊過，因為小龍女突然失蹤而斷腸，是黃蓉編造故事，說南海神尼救了小龍女，才騙得楊過吃過斷腸草治好情花毒，只是十六年過去，楊過因等不到小龍女而再次斷腸，最後還是奮而跳崖自盡殉情。十六年後水潭也救了楊過，並因此尋得潭下天地，最後更能與小龍女重逢。斷腸也如絕情般並不是絕對的，絕處逢生正好形容這個空間的特色。在這裏斷腸，也在同一場景找來畢生最樂，當然這樣的處理已遠遠超過空間常態的範圍，是在文本設計和結合主要信息而賦予空間的現態特點和獨特作用。

　　除了楊龍的感情關係藉斷腸崖得以發展外，對楊過情心可可的少女郭襄

也隨楊過殉情後跳崖，企圖拿著楊給她的金針要求楊答應不可自盡。兩段生死相隨的感情關係，藉這斷腸崖而得以彰顯。感情的真偽在現實裏很難驗證，非到生死關頭無法確認，敘事文本卻可設計這類情節，絕情谷成為無可置疑的理想空間，與此同時，文本還增添白鵰殉情一幕，更將文本感情環節的信息以至情為何物的主題集中清楚地呈現出來。與此相照應的是公孫止裘千尺這對冤家，還有就是罪惡貫盈，但內心深受情傷的李莫愁的抱火自焚，將感情的兩端極致展示得再清楚也沒有了。以上諸多事件都發生在絕情谷內，可見空間與主要信息有著何等密切的關係。

4.3.2.2. 空間群：對比形態

除了具重復特點的空間群外，也有別的空間起著互相比較的對比作用，這當然對了解文本主題信息有著關鍵的意義。

堂屋與自己房間

張愛玲〈傾城之戀〉女主角白流蘇的娘家白公館，就有兩處空間，分別代表兩個對比強烈的心態，分別是堂屋和流蘇的房間。文本藉白流蘇的內聚焦視角交代這兩個空間：

> 門掩上了，堂屋裏暗著，門的上端的玻璃格子裏透進兩方黃色的燈光，落在青磚地上。朦朧中可以看見堂屋裏順著牆高高下下堆著一排書箱，紫檀匣子，刻著綠泥款識。正中天然几上，玻璃罩子裏，擱著琺瑯自鳴鐘，機括早壞了，停了多年。兩旁垂著朱紅對聯，閃著金色壽字團花，一朵花托住一個墨汁淋漓的大字。在微光裏，一個個的字都像浮在半空中，離著紙老遠。流蘇覺得自己就是對聯上的一個字，虛飄飄的，不落實地。白公館有這麼一點像神仙的洞府：這裏悠悠忽忽過了一天，世上已經過了一千年。可是這裏過了一千年，也同一天差不多，因為每天都是一樣的單調與無聊。流蘇交叉著胳膊，抱住她自己的頸項。七八年一眨眼就過去了。你年輕麼？不要緊，過兩年就

老了，這裏，青春是不希罕的。他們有的是青春——孩子一個個的被生出來，新的明亮的眼睛，新的紅嫩的嘴，新的智慧。一年又一年的磨下來，眼睛鈍了，人鈍了，下一代又生出來了。這一代便被吸到朱紅灑金的輝煌的背景裏去，一點一點的淡金便是從前的人的怯怯的眼睛。

流蘇突然叫了一聲，掩住自己的眼睛，跌跌衝衝往樓上爬，往樓上爬……上了樓，到了她自己的屋子裏，她開了燈，撲在穿衣鏡上，端詳她自己。還好，她還不怎麼老。她那一類的嬌小的身軀是最不顯老的一種，永遠是纖瘦的腰，孩子似的萌芽的乳。她的臉，從前是白得像瓷，現在由瓷變為玉——半透明的輕青的玉。下頜起初是圓的，近年來漸漸尖了，越顯得那小小的臉，小得可愛。臉龐原是相當的窄，可是眉心很寬。一雙嬌滴滴，滴滴嬌的清水眼。陽臺上，四爺又拉起胡琴來了。依著那抑揚頓挫的調子，流蘇不由得偏著頭，微微飛了個眼風，做了個手勢。她對著鏡子這一表演，那胡琴聽上去便不是胡琴，而是笙簫琴瑟奏著幽沉的廟堂舞曲。她向左走了幾步，又向右走了幾步，她走一步路都仿佛是合著失了傳的古代音樂的節拍。她忽然笑了——陰陰的，不懷好意的一笑，那音樂便戛然而止。外面的胡琴繼續拉下去，可是胡琴訴說的是一些遼遠的忠孝節義的故事，不與她相干了。（210-212）

堂屋是中國傳統家庭院落裏面最隆重的地方，招呼客人，召集家人商量大事等都在這裏。白家的堂屋有著莊嚴古老的氣氛，代表著傳統，保守，不與時代同步前進。文本裏強調那裏的時鐘停了不動，象徵白家沒有跟隨時代前進，仿佛完全不管外邊世界。呆在白家只會越來越落後，只有老死一途，因此女主角白流蘇要行動，要離開白家，但離開白家，如媒人徐太太所說「找個人是正經」，那麼自己有沒有這個條件呢？於是文本安排她回到屬於自己世界的房間裏，走到穿衣鏡前，審視自己，不光為看清楚自己的外貌，而是檢視自己還有多少實力，還有沒有俘虜男人的能力：不顯老，腰乳臉都可

以，都還可愛。在代表古老傳統道德的胡琴聲中，白流蘇做出偏頭拋媚眼姿勢，接著她陰陰不懷好意地笑，都在暗示她不再守著傳統的婦德，決定要主動掌握自己的命運和未來。

重陽宮及山巔與活死人墓及洞穴

〈神鵰俠侶〉這個敘事文本處理和設計空間時，有著傳統文化象徵意義的痕跡，全真教的重陽宮是王重陽所建，全真派的大本營，屬於純陽剛的意象，屬於男性的。與之相反，在隔鄰建成的古墓，雖然原由王重陽所建，為起義兵而儲存兵器糧食等，但後來讓予女俠林朝英，給這個空間賦予陰性性質。當然從屬性看，古墓本屬陰性，因此林創立的古墓派全是女子，楊是唯一的例外，這個陰性性質十分明顯。加上其後因李莫愁入侵小龍女放下斷龍石，更給予這個密閉空間增加進入的難度。雖然仍可從水道進出，但由於水那陰性特點，讓這個陰性空間更具陰暗特性。正是這個限制，以致黃蓉等高智慧角色因剛生孩子後不宜沾水，無法跟眾人一起闖進古墓，導致魯莽的郭芙誤發毒針傷了小龍女，文本下半部的情節發展才得以自然推進，可見空間的設計正可以左右情節發展，文本也因此可利用空間特點優化情節，使之變得自然，合理，讓讀者更容易認同，增加文本的可信度和真實感。

洞穴是另一個屬於陰性的空間，〈神鵰俠侶〉文本最重要的洞穴莫過於那楊過和公孫綠萼給掉進去的水潭，那是極大型的洞穴，它屬絕情谷的機關，從房間地板機關下墜，直通水潭，裏面有鱷魚，足以致命，翻過水潭，二人來到另一大洞，洞口甚小，離地甚高，在那裏遇到給公孫止害慘的元配夫人裘千尺，引出情節另一大波瀾。

另一類空間山巔，屬陽性，比之山谷，山巔更難到達，〈神鵰俠侶〉中著意寫的空間，就是楊遇上洪七公和歐陽鋒的華山之巔了。由於地域偏僻險要，絕不是一般人能夠抵達的地方。相反，正是在這裏楊過遇上人生難得的機遇，當然楊過正自傷身世，自暴自棄，因此賭性不顧危險，一直往山巔走。結果遇上洪七公，楊因信守守護洪不被人打擾的承諾，得到洪的欣賞；楊則深受洪豪邁任俠性格的吸引，與他成了好友。後與義父歐陽鋒重逢，洪

與鋒激鬥，楊因此學得打狗棒法招式以及歐陽九陰真經部分武功。後洪鋒二人雙雙逝世，楊也因此重新認識人生，視之如浮雲，也重回江湖，在英雄大宴中重遇小龍女，並因此掀開故事另一新篇章。

淺水灣酒店，白公館與巴丙頓道公寓

〈傾城之戀〉中幾個空間可以一併比較，從而更能理解這些空間在文本中的作用。淺水灣酒店的租住性質，決定了它只能暫住，絕不是長久之計。這正好反映主角白流蘇與范柳原之間的感情關係，雙方並未確定對方的感情地位，大家仍在交戰。至於白家，對白流蘇來說再不是家而是帶給她痛苦，讓她受盡奚落的地獄。到了她再回香港，范給她在香港巴丙頓道置了居處，對於白流蘇來說，這才是真正的家。雖然她情場是輸了，無法攫取范柳原的真心，只能成了他的情婦，給他養起來，但卻因此拿到唯一的戰利品，那就是這座屬於她自己的空間，自己的家。雖然寂寞，雖然無奈，雖然需要通過開燈填滿家裏所有空間，但無論如何她擁有屬於自己的家：

> 在巴丙頓道看了一所房子，坐落在山坡上，屋子粉刷完了，僱定了一個廣東女傭，名喚阿栗，傢俱只置辦了幾件最重要的，柳原就該走了。……到了家，阿栗在廚房裏燒水替她隨身帶著的那孩子洗腳。流蘇到處瞧了一遍，到一處開一處的燈。客室裏的門窗上的綠漆還沒乾，她用食指摸著試了一試，然後把那粘粘的指尖貼在牆上，一貼一個綠跡子。為什麼不？這又不犯法！這是她的家！她笑了，索性在那蒲公英黃的粉牆上打了一個鮮明的綠手印。……房間太空了，她不能不用燈光來裝滿它，光還是不夠，明天她得記著換上幾隻較強的燈泡。（241）

情節繼續發展下去，各種空間都仍發揮著相近的作用：到了范回來，二人一起重回淺水灣酒店，那裏仍然是暫住的地方，這時白范已經連在一起，結婚了，但戰時情況惡劣，直到回上海，才真正找回自己的居所自己的空間。

兩處隔鄰的墳場

　　墳場屬公共空間，但少有作為常見空間出現在敘事文本裏。只是，它的出現一般都與角色的死亡有關。魯迅的〈藥〉出現兩處墳場，就在一條小路的兩旁，分別安葬窮人及坐牢而死的犯人。文本裏分別埋葬了因患肺癆而病死的華小栓，以及因參與革命被捕而遭斬首的夏瑜。雖然他們背景不同，但差不多同時死去，文本最後一節便以墳場為空間，安排二人的母親前去拜祭作為事件。夏瑜和華小栓分葬路旁兩邊的墳場，表現社會對他們的不同看法，視夏瑜為社會叛徒，相反華小栓則是一般百姓。母親到兒子墓前拜祭屬常態事件，本來沒有多大看頭，反而文本通過她們的限知視角，交代夏瑜這個不為社會所接受的革命者，墳頭上有放著鮮花，證明這位看似為社會所唾棄的革命者並不孤單，起碼仍有同情及或站在他立場的同志，通過放下鮮花，認同夏瑜的革命行為，暗示革命力量仍未有消失，對保守迷信的社會，仍有通過革命進行徹底改變的可能。墳場表面上是死者永遠的結局和歸宿，但對於革命事業來說，就是夏瑜死了，仍會有人繼續繼承革命事業，文本還加上象徵物烏鴉鳴叫騰飛，預示革命的光明未來。可見墳場這空間所提供的象徵和暗示作用，是需要讀者多加重視和認真注意，才能得以彰顯的。

4.3.3.　物件

　　物件一般出現於個別事件裏，如出現頻率較高，也不排除跨事件出現。跟空間相近，物件也有不同形態：分別是純常態，常態＋明顯閱讀效果以及現態三類。

4.3.3.1.　純常態物件

　　指的是在文本裏不帶特別功能的日常用品，只交代它的存在而沒有刻意修飾，這類只有常態只為事件加添點真實感的純常態物件，一般不用花精神多加了解。

4.3.3.2.　常態物件＋明顯閱讀效果

　　如物件出現在文本內，即使仍沿用常態出現，只要文本花上篇幅加添修飾成分，讓讀者對物件多一份了解，那麼這類常態物件明顯有著一定的功能，從而製造一定的閱讀效果。這些都需要讀者多加留意。

旋轉玻璃門

　　旋轉門是現代都市特有的設置，放在商用大廈如酒店夜總會的出入口正中，旋轉門如風車般有多扇門扉，沿中軸旋轉，有的以電驅動，有的手動，人們踏進門扇間空隙，隨旋轉門旋轉而進出。它跟一般大門同樣有進出不同空間的功能。夜總會與外面世界有很明顯的差別，前者是娛樂場所，後者往往是殘酷的現實所在，如代入文本主要角色的遭遇的話，那種差別就變得更加具體。〈夜總會裏的五個人〉中的胡均益此刻在夜總會裏仍是金子大王，大亨一名，明天到了外界，他便要面對破產和坐牢的現實；黃黛茜此刻還算年輕，到了明天便又老了一天；穆宗旦此刻還有穩定的工作，明天便失業了；鄭萍也在新一天來臨時，面對失戀的殘酷。旋轉門這個物件便成了現實和片刻陶醉之間的有形分隔。這是常態加閱讀效果的典型例子。

情花

　　情花屬子烏虛有的物件。據〈神鵰俠侶〉文本第 23 回所述，是一種產於西域含有劇毒的上古異卉，文殊菩薩發願將它除掉，不讓它貽害人間，但卻在中原地帶的絕情谷復生。它身上有暗刺，在人不知不覺間便給刺著，如果被刺人士生起情念，情花毒便會發作，輕則如重錘一擊，重則有性命之虞。絕情谷主公孫止祖上曾用多種名藥經多年煉製絕情丹，可解情花毒，但煉製極度不容易，而且後來給毀掉絕大部分，使得情花毒變成無藥可救，如不起情欲之念，情花毒為害還不算大……。文本明顯藉這無中生有的物件在象徵愛情，上述眾多特性跟愛情幾乎完全一樣。文本在後期交代斷腸草可解情花毒，同樣在同一邏輯下設計出這個物件，能斷下情念或肝腸寸斷的絕望下了斷情根，愛情的為害便可解除。〈神鵰俠侶〉作為一部愛情大全，因此關於愛情相關的意象不在少數，連武功招式也由楊過創立的黯然銷魂掌的名字，將江淹別賦上所突出離別之苦所造成的形銷骨立的形象，藉楊過創立的

十多招新招式形象地表現出來。其他如墮淚碑等，雖然不全是戀愛男女感情關係所產生的負面情緒，但與上述意象群卻有互相連繫互相發明的關係，讀者也可一併理解。

女性胴體

　　女性胴體由於屬敏感部位，在文學領域裏少有作為物件而出現，尤其是中國文學。隨著社會的開放，尺度稍有寬鬆，三十年代的中國文學文本裏已出現若干例子，當然數量還是極少的。事實上，這個基本視為禁忌的課題，在沒有過分渲染色情成分的前提下，有理有節地用好這個物件，使之能發揮特性，產生良好閱讀效果，絕對是極高難度的嘗試。這裏將女性胴體作為一個物件，沒有貶低女性的意思，而是在敘事文本中它確實起著物件的重要作用。女性對男性有著不容否認的吸引力，女性胴體更因為它的神秘性質，對男性的誘惑力是不言而喻的，這是女體胴體這個物件的常態特點。穆時英的兩個敘事文本〈Craven A〉以及〈白金的女體塑像〉就是在這個常態基礎上，通過男性主角的內聚焦限知敘事角度，並使用不同比喻，描述女性胴體，產生讓人印象深刻的閱讀效果。

　　〈Craven A〉藉的是一位袁律師的視角，寫他所見常吸著 Craven A 牌子香煙的一位被視為淫賤女人的余慧嫻。文本提及這位女性的胴體有兩處，一處在余酒醉不醒的情況下，袁將她帶到自己寓所內，為她除下身上各樣衣飾，文本以石膏模型來比喻這個女性胴體。

　　另一處在文本初段，袁在跳舞場所裏當余坐下靜靜抽著 Craven A 牌子香煙的時間，這段描寫以地圖以及相關的地理面貌作為喻體，女性胴體這個物件全通過想像以各種自然界景物暗喻女角色身體的不同部分。寫得隱晦得多，但暗示性更強，也是中國文學文本裏面極少見以隱喻描寫女性胴體的文字。

　　到了〈白金的女體塑像〉，第七位女病人由於患上肺癆，需要照燈治療，因此在手術室裏脫光衣服，對於謝醫師來說，這個病人的胴體就如一個塑像般站在自己面前，一絲不掛，文本沒有仔細描述，只強調它那病態的白

金似膚色，女性胴體便成了白金女體塑像，它不像是活人而像塑像。當病人躺下照燈時，通過謝醫師的視角，讀者仿佛看到這白金女體的皮膚出現變化。根據剛才的常態分析，全裸女性胴體能引起男性性衝動並不奇怪。可是，這裏出現的是病態的白金膚色的女體，卻能喚醒一直過著禁欲生活的謝醫師的性意識，無疑是在胴體常態特點上給予額外的閱讀效果。以上描述文字由於屬極罕有的例子，本書將放到後面「物件描寫」一節作詳細分析，請參看。

鏡子

鏡子的作用就是照見自己容貌穿戴等，可以整理儀容，檢查有甚麼不得體，不合身的地方。由此推展，鏡子有著檢視自己言行，過去，警醒自己的象徵作用。這個當然屬於鏡子的文化象徵作用，漢語中的「鑒」就是古代的鏡子，由此衍生的詞語如鑒別，鑒證，殷鑒，前車可鑒等都是這方面的衍生義。用於文學文本中，鏡子明顯延續這種象徵作用，成為對情節發展，角色命運等重要節點的重要物件。

〈傾城之戀〉女主角白流蘇，當面對嘗試走出白家，重新振作，為著爭取自己主動權願意拼力一搏。在這個重要關鍵時刻，文本安排白流蘇先在堂屋，再到自己房間照穿衣鏡。詳情可參前面「堂屋與自己房間」一節，這裏不贅。

〈遊園驚夢〉中的藍田玉，到了竇公館也有對鏡自照的一幕。由於這個常態「鏡子」與現態「旗袍」結合而表意，因此相關分析，留待分析「旗袍」時才交代，請參看下面「現態物件」環節。

4.3.3.3.　現態物件

物件如果在敘事文本裏表現的特點並不是該物件常有的，那麼它已超越常態，文本給它加添了特有的色彩，使之成為獨一無二的象徵物，承載更重要的中心象徵任務，這就成了只在個別敘事文本裏獨有特點的「現態物件」。

寄托今不如昔的信息：旗袍

　　旗袍是中國女性傳統服飾，是典雅而且相當莊重的現代服裝，能展現女性美，十分適合作為正式宴會的衣著。白先勇〈遊園驚夢〉的藍田玉卻在到達竇公館後，在穿衣鏡前發現她穿的旗袍不大對勁，有點發烏，旗袍是新裁的，料子是上好的，是從大陸帶到台灣，一直不捨得裁成旗袍。可是這一刻的她，發現旗袍料子有點舊，想著還不如在台灣現成新做一襲，但總覺得台灣的料子及造工遠遠不及大陸：

> 錢夫人往鏡子又湊近了一步，身上那件墨綠杭綢的旗袍，她也覺得顏色有點不對勁兒。她記得這種絲綢，在燈光底下照起來，綠汪汪翡翠似的，大概這間前廳不夠亮，鏡子裏看起來，竟有點發烏。難道真的是料子舊了？這份杭綢還是從南京帶出來的呢，這些年都沒捨得穿，為了赴這場宴才從箱子底拿出來裁了的。早知如此，還不如到鴻翔綢緞莊買份新的。可是她總覺得臺灣的衣料粗糙，光澤扎眼，尤其是絲綢，哪裏及得上大陸貨那麼細緻，那麼柔熟？（207-208）

旗袍這個物件成為文本用來反映藍田玉自卑心理的承載物，反映藍田玉今不如昔的弱者心態：總覺得自己哪裏有甚麼不妥當，總覺得會丟人。這裏的旗袍遠遠超過它原來的常態，以獨特的現態表現在文本裏，旗袍配合用以審視自己的鏡子，合而構成完整的意象群，將藍田玉主觀自卑的心態和感受有機地表現出來。

掌握命運的決心：點蚊香動作

　　現態物件可視作象徵看待，但作為象徵，它需要符合三個條件，一是它的出現次數最少有兩次。二是它出現的位置，往往是主角命運或遭遇出現重大轉折的地方，或者說是情節發展的關鍵位置。三是這個象徵物件相關的描述，篇幅一般較正常的為多，也就是說，對該物件文本作了超乎尋常的詳細描述。有了以上三個條件，這個現態或象徵物件便特別值得注意了：

〈傾城之戀〉除了不同空間給予文本不同象徵信息外，個別物件同樣有著十分象徵性的關鍵效果，如點蚊香一節，煙蚊香這個物件本身沒有多少特殊意義；反而是燃點煙蚊香，本來屬於極尋常的動作，但在文本中，卻賦予它特殊的象徵性意義。主角白流蘇點蚊香共有兩次，第一次在陪寶絡與范柳原相親，卻首次跟范跳舞後，回到白家，當天晚上她點蚊香，主動地弄滅火柴上的火，這正好表現白決意為自己出口烏氣，在眾多白家人虎視眈眈地欺負她時顯顯自己的威風，主動出擊跟范跳舞，努力為自己闖出去製造條件，這跟主動滅火的動作平衡而更加明顯地表現出來。

> 流蘇蹲在地下摸著黑點蚊煙香，陽臺上的話聽得清清楚楚，可是她這一次卻非常的鎮靜，擦亮了洋火，眼看著它燒過去，火紅的小小三角旗，在它自己的風中搖擺著，移，移到她手指邊，她噗的一聲吹滅了它，只剩下一截紅豔的小旗杆，旗杆也枯萎了，垂下灰白蜷曲的鬼影子。她把燒焦的火柴丟在煙盤子裏。今天的事，她不是有意的，但是無論如何，她給了他們一點顏色看看。他們以為她這一輩子已經完了麼？早哩！她微笑著。寶絡心裏一定也在罵她，同時也對她刮目相看，肅然起敬。一個女人，再好些，得不著異性的愛，也就得不著同性的尊重。女人們就是這一點賤。（216）

第二次是白流蘇從香港回上海後，到過白家一次，同樣點上蚊香，由於獵獲范柳原，闖出一番成就，影響所及，白家也出現變化，有著四奶奶提出與四爺離婚的驚人效果。白流蘇以勝利者姿態回上海探望白家，點燃蚊香正好說明這個物件和動作在文本中的象徵地位和重要性。

> 白公館裏流蘇只回去過一次，只怕人多嘴多，惹出是非來。然而麻煩是免不了的。四奶奶決定和四爺進行離婚，眾人背後都派流蘇的不是。流蘇離了婚再嫁，竟有這樣驚人的成就，難怪旁人要學她的榜樣。流蘇蹲在燈影裏點蚊煙香。想到四奶奶，她微笑了。……她只是

笑盈盈地站起身來，將蚊煙香盤踢到桌子底下去。（251）

兩處點蚊煙香的事件可說是本無其事，如不從象徵角度出發，很難想像文本
需要平白加插這種毫不起眼的小事。由此可見，讀者如遇上這類不大尋常的
小事件，不妨從象徵物件角度思考，審視一下它與文本主要信息的關係。

可供依偎起保護作用：牆

　　牆有阻隔作用，因此可保護牆內的人不被牆外的騷擾和攻擊。同時牆可
供依靠，可供休息，也可躲在牆下，避過別人的追捕和目光。出現在〈傾城
之戀〉的牆，雖然仍沿用牆的常態設計，但隨著情節發展，已上升成象徵，
范白二人倚在牆下，避過日軍的轟炸，牆成為他們的避難所。從另一意義
看，范就是白的牆，用來避開命運對白的支配，成為白重新出發，重新做人
的倚傍。

> 柳原靠在牆上，流蘇也就靠在牆上，一眼看上去，那堵牆極高極高，
> 望不見邊。牆是冷而粗糙，死的顏色。她的臉，托在牆上，反襯著，
> 也變了樣——紅嘴唇，水眼睛，有血，有肉，有思想的一張臉。柳原
> 看著她道：「這堵牆，不知為什麼使我想起地老天荒那一類的
> 話。……有一天，我們的文明整個的毀掉了，什麼都完了——燒完
> 了，炸完了，塌完了，也許還剩下這堵牆。流蘇，如果我們那時候在
> 這堵牆根下遇見了……流蘇，也許你會對我有一點真心，也許我會對
> 你有一點真心。」（226）

> 流蘇擁被坐著，聽著那悲涼的風。她確實知道淺水灣附近，灰磚砌的
> 那一面牆，一定還屹然站在那裏。風停了下來，像三條灰色的龍，蟠
> 在牆頭，月光中閃著銀鱗。她仿佛做夢似的，又來到牆根下，迎面來
> 了柳原。她終於遇見了柳原。……在這動盪的世界裏，錢財，地產，
> 天長地久的一切，全不可靠了。靠得住的只有她腔子裏的這口氣，還

> 有睡在她身邊的這個人。她突然爬到柳原身邊，隔著他的棉被，擁抱
> 著他。他從被窩裏伸出手來握住她的手。（248-249）

牆本來沒有特別強調它那種接近永恆存在的特點。當然，只剩下頹垣敗瓦，
牆按理已經失去它保護保衛的功能，但作為遺跡，牆確能存在相當長的時
間。〈傾城之戀〉的牆明顯強調它地老天荒的特點，似乎文本想借此表現平
淡而能恆久的存在，跟平淡而不怎浪漫刺激的男女感情關係，反而能存在得
久遠。證之范白，縱使二人當初在感情路上處處提防，大演你攻我守的激烈
爭鬥，後來因為戰亂關係，范白二人反而在平淡生活中走在一起，結成平淡
的夫婦，這與牆的象徵有著互相映襯的關係。

暗喻情欲的工具：野火花

影樹的花出名的紅，文本特別借范柳原的口說出英國人稱它為「野火
花」（225），這個物件在〈傾城之戀〉明顯暗示范白的感情關係，那種刺
激計算爭鬥式的感情戰爭，以極度火紅的花加以形容，強調那種激烈程度，
當白再次來到香港，當天深夜二人發生關係，文本以野火花直燒上身來，形
容二人的情欲狀態：

> 流蘇覺得她的溜溜轉了個圈子，倒在鏡子上，背心緊緊抵著冰冷的鏡
> 子。他的嘴始終沒有離開過她的嘴。他還把她往鏡子上推，他們似乎
> 是跌到鏡子裏面，另一個昏昏的世界裏去，涼的涼，燙的燙，野火花
> 直燒到身上來。（240）

可見物件野火花在常態特點火熱紅花之上，加上現態代表情慾的意涵。到了
日本侵華，攻佔香港，范白反而因此互相依賴，成了真正夫妻，那種互相爭
戰，只顧情欲的局面結束了，文本便這樣告知讀者：冬季的晴天也是淡漠的
藍色。野火花的季節已經過去了。流蘇道：「那堵牆……」柳原道：「也沒
有去看看」。（247）

致謝與分享的代表：魚湯

魚湯就是以魚熬成的湯水，它鮮美可口，營養豐富，這個常態並沒有在李潼的〈乾一碗魚湯〉中表現出很透徹。相反，它有它的現態，成為這個文本的重要象徵物。魚湯是眾多釣魚人將他們的魚穫熬製而成的，他們與在附近露營的青年分享，因為這些青年救活了其中一位掉到海裏險些喪命的老漁翁，以致他們煮的飯全焦了。老漁翁以及其他釣魚人為了答謝他們的幫忙，跟他們分享漁穫，老漁翁還特意與綽號「大聲公」的青年乾魚湯，答謝他以特大嗓門從老遠處叫來同學連同救生圈一起到來，救活自己。魚湯變成答謝和分享的象徵物，也成為這個文本特有的現態物件。

機械文明的代表：升降機

升降機是現代都市附生的物件，由於摩天大樓的出現，快速運輸工具就是升降機。樓高超過十層以上的樓宇很難想像人們需要使用樓梯出入。升降機／電梯便是理想的工具。它以電驅動，直上直下，快速將人及貨物從地下直送上大樓高處，相反亦然。它的高速度正好代表現代都市的快速步伐，這種常態特點在寫三十年代最具現代都市特點的上海的敘事文本裏，包括〈上海的狐步舞〉也有概略的描述：電梯用十五秒鐘一次的速度，把人貨物似地拋到屋頂花園去。這裏，文本強調人給物化如貨物般給拋到花園，在大都市的眾多機械物件面前，如火車，汽車，電車，電梯等，人不再擁有人應有的個性，感覺和尊嚴，已成為都市機器的一部分，給送來送去，仿佛沒有意志，意識似的貨物。這種現態特點，使得代表都市文明的物件升降機有著豐富的意涵，承載批判現代文明的信息。

歧視的幫凶：窗簾

窗簾主要作用在遮蔽室內，保障私隱。另外，還有遮陽擋風功能，遇陽光過於猛烈及或風吹得過大時，可起減輕作用，這是窗簾常態功能。可是在黎紫書〈窗簾〉這個文本，使用窗簾的人卻成為被社會攻擊的對象，認為拉上窗簾是歧視的行為，對窗簾的理解明顯溢出常態，成為這個文本特有的現態特點。它的現態特點明顯就是與文本主要信息有著密切關係的成分。事情

的對與錯究竟由誰來定，為何只按自己卑微地守著自己立場而做事的，會惹來社會輿論的攻擊？究竟輿論所向是不是一定對呢？……一連串值得深思的問題，在這個文本就是通過窗簾這個物件的不同理解帶到讀者面前。

需要捏壓的傢伙：栗子

　　栗子是栗樹的果實，味甜而有益，是很多人喜歡的小吃。栗子的特點在於它有一硬殼，要吃到栗子肉便需要除去硬殼，傳統做法就是用猛火在熱鑊上加砂爆炒，直至硬殼裂出縫隙，而且熟透。由於栗子肉含豐富糖份，爆炒後的熱辣辣的栗子，觸手粘糊而且燙手。就是這樣的常態特點，給蕭乾〈栗子〉賦予示威學生反叛不合作的象徵意義，成為栗子在這個文本的現態特點。主角是一位只顧浪漫愛情，不顧國家民族危機的大學生。他父親是軍人，負責維持治安，因此擔任鎮壓示威學生的任務。相反，男主角的女友若菁，卻是愛國青年，與其他同學一起參加示威活動，反對政府不理國家命運。栗子出現在男主角的口袋裏，在給栗子熱燙和粘糊的不快感覺影響下，男主角使勁地捏栗子硬殼，為的是讓栗子認識誰是主人，誰有更大的權力。這明顯藉栗子意象象徵示威學生，男主角代表政府，為了避免學生的滋擾和干預，政府便以軍隊警察加以鎮壓，使學生無法再行反抗，也不再抗爭，栗子意象以現態特點出現，形象地將政府鎮壓學生的情況以象徵表達手法顯示得更有力量，產生更強烈的閱讀效果。

引發遐想的工具：肥皂

　　肥皂是個人清潔物品，隨著個人清潔意識的普及和提高，現代都市如香港肥皂已給皂液所替代，原因在於肥皂容易混用，也容易沾上細菌等，因此年輕人甚至連肥皂的影子也沒有見過。只是肥皂在上世紀二三十年代仍是時髦用品，是熱門的洋貨，高貴而罕有。雖然它只是廢油副產品，用氫氧化鈉凝固成塊狀，有潔淨潤滑功能，但商人在裏面加添了香味，還在外面套上精緻的包裝，使得當時仍比較落後，仍用繃紗白凡之類作清潔品的舊中國，視之為高貴的舶來品。請看魯迅〈肥皂〉是如何描述這個高貴的舶來品：

> （四銘太太）聞到一陣似橄欖非橄欖的說不清的香味，還看見葵綠色的紙包上有一個金光燦爛的印子和許多細簇簇的花紋。……裏面還有一層很薄的紙，也是葵綠色，揭開薄紙，才露出那東西的本身來，光滑堅致，也是葵綠色，上面還有細簇簇的花紋，而薄紙原來卻是米色的，似橄欖非橄欖的說不清的香味也來得更濃了。（44）

〈肥皂〉裏，整個文本圍繞這個物件發展，主角四銘到店裏買肥皂給太太洗澡，店裏被學生以英語恥笑，在街上又聽到流氓說用肥皂給在街上賣身葬母的女乞丐洗個乾淨，當天晚上他竟發現連自己好友，屬社會捍衛道德風氣的積極分子何道統也有跟流氓差不多的齷齪念頭……。簡單的一塊肥皂，在文本的刻意安排和設計下，沿用常態清潔功能，擴展到表現人們猥瑣的念頭以至道德淪喪的社會風氣。這種現態特點無疑給這塊小小的肥皂，更具象徵意義的特點，也製造獨特的閱讀效果。

4.3.4. 物件關係

物件如合而成群，也可稱為意象群，各種物件整合成一體，製造整體形象印象和效果，當然還要考慮它們的象徵意義以及閱讀效果。物件的組合形態主要有兩個，分別是重復下的意象群，以及對比下的意象群。

4.3.4.1. 意象群：重復形態

這類意象群強調疊加作用，屬重復原則下的組織關係，使得形成整體正面或負面印象。正如上面所述，〈遊園驚夢〉裏藍田玉所穿的旗袍，配合用以審視自己的鏡子，合而構成屬於藍田玉的完整的主觀感受，反映她自卑於地位下降，今不如昔的心態。這個反映她自卑心態的部分並不孤單，它與文本開首的場面部分有著明顯的互相照應關係。有關詳細分析，請參看下面「場面」環節的解說。

此外，武俠類敘事文本中的武功都屬這類意象群，包括劍譜，兵書，兵器，秘笈等。獲得這些物件，都能提升武功層次，成為武林高手，這是這類

意象群共有的特點。當然武功本質上沒有好壞之別，主要看怎樣用。因此同一武功類物件，落到歹角就成凶器，主角得到後便如虎添翼，造福武林。

同理，如在〈神鵰俠侶〉裏面很多物件，都有相同或相近的作用，可視之為意象群，如能對主角楊過和小龍女產生助力的物件，可組成意象群，它們包括：君子淑女劍，玄鐵重劍，蛇膽，玉蜂，寒玉床，九陰真經，黃毛瘦馬，神鵰，斷腸草等等。既然有助力的意象群，自然也有產生阻力的意象群，凡能產生阻礙主角楊過和小龍女或對他們造成傷害的物件，也可組成另一意象群，它們可包括：情花，斷腸崖，斷龍石，絕情谷深淵，冰魄銀針，彩雪蛛等等。

劉以鬯〈動亂〉裏面分十四段寫十四種物件，分別是：吃角子老虎，石頭，汽水瓶，垃圾箱，計程車，報紙，電車，郵筒，水喉鐵，催淚彈，炸彈，街燈，刀，以及屍體。它們明顯可視為代表暴亂相關的意象群，將暴亂時街頭綜合情況形象化地交代，當中有的是有著攻擊用途的物件，有的是受襲物件，有的作為見證者和敘事者處於現處空間，最後的屍體，則是唯一原來有著生命，最後因動亂而失去生命力，變成死物的屍體。文本的主要信息就是通過這批物件組成的意象群合力表意而成。

4.3.4.2.　意象群：對比形態

一般數量不多於三個，主要顯示物件間的分別，強調互相差別的特點，屬對比原則下的組織關係。

青花瓷與竹刻筆筒

兩者本來沒有任何可比性，青花瓷當然屬於貴重器物，有著瓷器易碎的特點，同時因為青花釉身，使得它兼有清雅品味，以及矜貴的身價。由於它所費不菲，一般不會作為承載花朵的花瓶，而獨立成為高雅的擺設，供人觀賞。相比之下，竹刻的筆筒身價極為低賤，但不易破損，而且實用。兩者同時出現在黎紫書的〈青花與竹刻〉文本，而且放在題目中，明顯除了賦予它們互相比較的環境，還給予它們象徵意義。文本裏青花瓷瓶是作為丈夫送給

妻子「我」的結婚紀念禮物。至於竹筒則是丈夫建議買來送予我的女性好友桃子的生日禮物。兩個物件其中一個常態特點,分別表現矜貴與實用,是在這情節裏角色對結婚與友誼的正面態度。至於兩個物件另外常態特點,易碎和耐用,也在情節進一步發展中得以顯現。由於地震,身在震區的丈夫死了,同時青花瓶已碎,竹筒則倖存。這本來是意料之中的結果,只是兩個物件的現態特點,卻因此而給予讀者特別的閱讀效果。原來妻子的好友與丈夫有染,作為結婚象徵物的青花瓶即使高貴,但也如感情關係般容易碎掉。相反,價值不高但實用的竹筒,卻象徵丈夫與桃子的不倫關係般,即使到丈夫死時,仍給緊緊抓住,證明這份感情比之於妻子的更值得丈夫的珍惜。物件的閱讀效果因這樣的現態擴展到感情關係領域,明顯是創作者刻意的設計。

劉以鬯另一敘事文本〈吵架〉則藉展示屋內各種物件,形成一種整合得來的印象,讓讀者通過認識個別物件的特點,能歸納出男女主角的背景,喜好,品味以至生活作風甚至身分社會地位等,甚至能理出事件發生的大致經過和結果。由於物件可按分屬中國與西方文化的角度分類,比較明顯地呈現兩種不同的風格,同類物件能產生重復疊加效果,各自形成意象群。可是,兩組意象群之間又形成對比關係,分別呈現很不一樣的文化特點,暗藏矛盾和衝突。有關這個文本的進一步分析,請參看後面「物件描寫」環節。

4.3.5. 環境

正如上面故事層面已經交代,環境包括角色,事件,時間,空間和物件。從組織層面看環境,主要檢視各成分本身如何表現。由於已於前面不同章節內交代過,這裏只集中闡述成分之間如何配合,以協助文本傳遞信息。

環境刻劃角色心理狀態

白先勇〈遊園驚夢〉的私人空間是桂枝香這位竇瑞生將軍夫人居住的竇公館,女主角錢將軍夫人藍田玉應金蘭姐妹桂枝香邀請,到竇公館赴宴,參與晚宴到達時間在黃昏之際可算是自然不過的事。就在這樣自然好像不經多

想的時空設置下，文本開始時便利用這個設置為整個文本創造出特有的氛圍，同時還暗中透露女主角藍田玉的自卑心理狀態：

> 竇公館的兩扇鐵門大敞，門燈高燒，大門兩側一邊站了一個衛士，門口有個隨從打扮的人正在那兒忙著招呼賓客的司機。……
> 竇公館的花園十分深闊，錢夫人打量了一下，滿園子裏影影綽綽，都是些樹木花草，圍牆周遭，卻密密地栽了一圈椰子樹，一片秋後的清月，已經升過高大的椰子樹幹子來了。錢夫人跟著劉副官繞過了幾叢棕櫚樹，竇公館那座兩層樓的房子便赫然出現在眼前，整座大樓，上上下下燈火通明，亮得好像燒著了一般；一條寬敞的石級引上了樓前一個弧形的大露臺，露臺的石欄邊沿上卻整整齊齊地置了十來盆一排齊胸的桂花，錢夫人一踏上露臺，一陣桂花的濃香便侵襲過來了。
> （205-207）

通過藍田玉內聚焦視角的敘述，從外圍大閘門開始，竇公館對藍田玉來說不只宏偉而且氣勢迫人，迫人氣勢可以來自它的高度，只是住宅公館不可能太高，要製造氣勢，白天是不行的，黃昏時分便恰到好處，因為可以借助燈光，先從「門燈高燒」開始，配合大敞的鐵門以及兩側的衛士，氣勢已然不俗；到了竇公館本身，在花園花草樹木以及高大的椰子棕櫚樹映襯下，兩層樓房借著全亮著的燈光，使得建築物看上去大了不少，關鍵還在亮度，如果亮度夠高，做到燈火通明，確能從遠處便已感受到它的存在，還會因為燈光夠亮而讓人目眩，不能直視，被迫瞇著眼睛看，那種懾人氣勢便可以通過黃昏時分通亮的竇公館自然地傳達出來。

　　除了光影視覺製造氣勢，文本還借竇公館所種的桂花疊加這種效果。「香氣襲人」一詞一般指意料之外嗅到花香，而且是意外的驚喜，所謂襲人強調的是香氣的濃烈，屬正面用詞，並沒有襲擊人的含意。加上桂花的甜香雖然比較濃膩，但香氣比較溫柔，無法做到侵襲的效果。可是在這個文本裏，桂花香氣加上剛才講的通明的燈光確實在侵襲藍田玉而來，絕對是如假

包換的不愉快感受。

由於文本剛開始寫景，情節還未開展，以上的只以限知角色藍田玉主觀寫竇公館的形式表現出來。裏面的暗示和隱藏的信息只有等待文本進一步開展後，才能得到確認。

藍田玉與桂枝香跟很多國民黨軍政人物一樣，於 1949 年隨蔣介石退守台灣，丈夫錢鵬志將軍死去後，藍田玉這個當年紅極一時的主角兼將軍夫人的地位大不如前。相反，桂枝香因竇將軍原配死後得以成為竇夫人，姐妹二人的身分出現逆轉，面對如今社會地位已蓋過自己的桂枝香，藍田玉從遠望竇公館開始，在自卑心理作祟下，感到燈光過於耀眼，桂花香味還充滿侵略性，讀者不要忘記桂枝香這個藝名與桂花香氣的關係，正好藉主觀描寫將藍田玉酸溜溜的心態隱晦地表現出來，供讀者細意回味。

正如上面所述，藍田玉內心世界的展現，除了以上場面外，還結合她在穿衣鏡前，懷疑自己所穿旗袍質料過於陳舊，影響自己的形象的心態，更加完整地表現出來。有著這番心態描述，藍田玉自卑自疑的心理狀態明白地呈現到讀者面前，對讀者了解整個敘事文本的主要信息以至主角身處處境的了解，都有著十分重要的作用。

藉行動表現角色心理狀態的私人空間：院子

院子是中國建築中比較隱私的地方，屬於一般外人如非獲邀，少有能到達的空間，因此可以理解為更多保存真實自己的場所。它不同於前廳或客廳之類需要接待客人的空間，佈置要得體，要明靜要雅緻；相反，院子一般會隨便得多，除了種植有花有樹之外，可能還蓄養一些家禽，或曬晾一些衣物食材等，比較家居，比較隨便，不拘一節，家裏各人在院子裏也可以比較隨意地做自己的事，不用拘謹。魯迅〈肥皂〉文本裏，主角四銘在後院踱步，一共兩次，首次心裏一直想著在街上遇到需要賣身葬母的孝女乞丐，也想著流氓在調笑她，說用肥皂在她身上咯吱咯吱的洗個乾淨，還想到自己的店裏買肥皂時，遭年輕洋派學生諷刺等等，院子這場景為角色提供表現他內心狀態的地方，這次他滿有信心，認為面對社會惡劣的歪風，不道德的想法，沒

有禮貌的下一代，他視之為挑戰，大有跟這些歪風決鬥的豪邁氣概：

> 四銘也站起身，走出院子去。天色比屋子裏還明亮，……便反背著兩手在空院子裏來回的踱方步。不多久，那惟一的盆景萬年青的闊葉又已消失在昏暗中，破絮一般的白雲間閃出星點，黑夜就從此開頭。四銘當這時候，便也不由的感奮起來，仿佛就要大有所為，與周圍的壞學生以及惡社會宣戰。他意氣漸漸勇猛，腳步愈跨愈大，布鞋底聲也愈走愈響，嚇得早已睡在籠子裏的母雞和小雞也都唧唧足足的叫起來了。（49-50）

可是，後來見到自己同齡的朋友，同是社會捍衛道德規範的何道統和卜薇園，他們卻跟流氓一氣，肆無忌憚地說出「哈哈哈！兩塊肥皂」「你買，哈哈，哈哈！」的話，證明他的同志夥伴也沾染了這些歪風，經過這事後，四銘再到院子時，變得畏首畏尾，不小心弄到家禽鳴叫起來時，四銘竟避開，走得遠遠的，這與剛才他豪情壯志的打算與社會惡勢力決戰的慷慨激昂情緒，可說有著天壤之別：

> 他覺得存身不住，便熄了燭，踱出院子去。他來回的踱，一不小心，母雞和小雞又唧唧足足的叫了起來，他立即放輕腳步，並且走遠些。……他看見一地月光，仿佛滿鋪了無縫的白紗，玉盤似的月亮現在白雲間，看不出一點缺。（54）

寫角色心理可以借助如此環境烘托出來，這個院子大概已稍為偏離了常態，變成獨一無二能表現角色心理的現態場所，這裏顯現的就是一個極具代表性的例子；加上不同時間，不同氛圍下四銘的不同舉動，正好反映他內心心態的微妙變化。

4.4. 文本層面

文本層面就是讀者能直接接觸的部分，這裏主要交代相關物件和空間的描寫部分，交代裏面的色調，以及感情色彩的效果等等。

4.4.1. 時間描寫

一般不獨立描述，因此即使有關於時代及或時分的描述，篇幅也很短小；大部分會結合空間一併描述。

4.4.2. 空間描寫

空間在敘事文本的作用有時只屬次要，如作為閒筆將兩個事件自然地區分開來，有時為了營造氣氛或設定調子，更重要的一類空間是文本刻意地停下說故事的步伐，讓情節不再發展，然後用描述文字仔細刻劃某個環境甚至某個物件。要是這樣的話，讀者便必須仔細研究這個環境和物件，看看它會不會是重要的象徵物。

在敘事文本裏，空間描寫很少獨立於情節和故事外，雖然它們以描述文字為主，甚至獨立成段，但空間描寫往往與事件，情節角色故事甚或信息都有一定的連繫。讀者不應該等閒視之，很多時候敘事文本的調子就是通過這類看似不大重要的空間描寫確定下來，甚或影響閱讀全文的方向和效果。

顧名思義，敘事文本以敘述故事為主，說故事的敘述文字佔大多數，因此一般來說，交代空間的文字不佔多數，主要以描寫文字為主，也就是說，每當出現描述空間的文字時，文本關於情節發展的推進得暫停，容許描述文字作較深入的交代空間，因此要營造適切文本需要的空間，相關描述雖然篇幅較小，看似不大重要，但它仍可幫助設定調子。

營造氣氛甚至與主要信息有著密切的關係，以上這些作用主要依靠描述文字中的修飾成分達致。修飾成分具有導引作用，一般來說，這些有著明顯感情色彩用詞以傳遞正面或負面信息為重要。如屬中性用詞，一般可以略去。當然仍有個別情況下，中性的修飾成分仍顯重要性，如原屬十分負面的

空間，如墳地，殯儀館或戰場，但相關的修飾成分並不按常理地用上負面修飾用詞，而只用上中性用語。這樣的安排，使得相加的效果偏離讀者的預期，這樣的空間描寫便明顯承載非一般的信息，值得讀者多加留意。同理，原屬正面的空間，如結婚典禮，產房，生日派對。按理，相關的描述所用的修飾用語應偏向正面，如只用上中性用語，偏離讀者的預期，讀者不免會多加思索：為甚麼這樣喜慶場面都寫得如此平淡，這是不是暗示了日後情節的發展不利這個角色？他的結局，他的下場會不會怎麼好？如此這般的中性描寫文字便不能等閒視之了。

　　一般來說，空間的特點可以以修飾用語和感情色彩歸納而得，屬於歡樂的，還是詭異的，神秘的，還是充滿荒誕色彩的。有了這一層認識，要進一步掌握某一事件甚至是整個文本的信息，也會有較大的把握。

　　張愛玲〈傾城之戀〉也有一小段描述香港的文字：

> 好容易船靠了岸，她（白流蘇）方才有機會到甲板上去看看海景。那是個火辣辣的下午，望過去最觸目的便是碼頭上圍列著的巨型廣告牌，紅的，橘紅的，粉紅的，倒映在綠油油的海水裏，一條條，一抹抹刺激性的犯沖的色素，竄上落下，在水底下厮殺得異常熱鬧。流蘇想著，在這誇張的城裏，就是栽個跟頭，只怕也比別處痛些，心裏不由得七上八下起來。（219）

巨型廣告牌，各種鮮艷搶眼的顏色，在海面各種顏色在互相厮殺，用來形容這個誇張的城市。這是白流蘇初來香港的印象，明顯是創作者為這個大空間的定性，各種不同文化不同要素不同人種不同背景交雜在這個彈丸之地，競爭和挑戰都是很大的。這是將香港作為范白二人感情戰爭交戰地點的描述。雖然香港素來中西文化交流之地的說法，可是在這個常態特點之上，再加上感情交戰地這個現態特點，使得香港這個大空間在〈傾城之戀〉中有著不可替代的地位。

4.4.3. 物件描寫

4.4.3.1. 物件命名

　　傳統敘事文本對命名十分重視，這已是公開的秘密，〈紅樓夢〉角色名稱賈寶玉和甄士隱，分別代表假和真，以顯示「假作真時真亦假」的文本主要信息。「角色命名」部分，請參看「角色」章節內的相關分析，這裏將集中討論物件的命名。

　　金庸〈射鵰英雄傳〉中丐幫鎮幫之寶「打狗棒」，正好將這一般乞丐用來驅趕大戶人家飼養的惡犬的自衛用棍棒，一變而為武林界享負盛名的神兵利器。它通體碧綠晶瑩的竹棒，有著一套冠絕武林的武功「打狗棒法」相輔，成為力足問鼎武林盟主的實力保證。可見「打狗棒」的地位何等尊崇，正是這樣一件奇兵卻有著如此市井如此粗鄙的名稱，正好將丐幫這個由低下卑賤的乞丐組成的幫派，以及洪七公這位饞嘴的幫主配合得更加天衣無縫。通過「打狗」命名丐幫聖物，傳遞那怕是社會裏最低下的乞丐也能一展所長，為國為民幹一番偉大事業。〈神鵰俠侶〉裏面物件的命名很多與主要信息有密切的關係，如絕情丹，斷腸草扣緊愛情關係的主題。也有藉物件名稱借代角色特點，如楊過小龍女在絕情谷劍室中挑選了一對寶劍，分別名為君子劍和淑女劍，明顯也有暗示楊龍二人的某些性格特點。

　　更具象徵意義的命名在〈倚天屠龍記〉裏面造成武林大風波的兩件神兵——倚天劍和屠龍刀，文本內有交代這個命名以至兩件神兵的作用：倚天劍是用以給對付惡勢力以至暴君之用，「倚天」「屠龍」就是倚賴上天給予倚天劍無堅不催的能力，協助正義之士彰顯正義，保護正義，推翻暴君和暴政的。至於屠龍刀，就是用以將在位者不顧人民意願，成為逆天而行的暴君時，用以誅除暴君的利器。至於流傳與倚天劍屠龍刀的傳言「武林至尊，寶刀屠龍，倚天不出，誰與爭鋒」指的不是兵器本身，而是藏身於刀刃間的《武穆遺書》，以此兵法作戰，自能攻無不克。

　　物件的名稱有的是自然而有或是歷史決定的，因此讀者可以從物件的名稱反過來辨別物件所處的時空。最明顯的例子莫過於地名，包括城市名稱，

好像南京市古名金陵，因此當「金陵」出現於文本，文本的時空便給劃了範圍。同理，北京在民國時期稱「北平」，那麼老舍〈馬褲先生〉內火車從北平出發，讀者便可知事件以至整個故事產生的大致時間和空間了。

地名的改變往往能折射當地人們的心態和價值觀。如〈舞台小世界〉特別指出故事發生的城市街道原來叫作「黃河沿」，後配合城市化進程，按現代城市命名原則改成「河濱路」，結果當地居民仍沿用舊名，認為新路名過於別扭。居民這種習慣於原來模樣，保守甚至守舊，不願接近新鮮事物的心態，藉街道名稱給突顯出來。正好遙遙呼應文本主要情節的問題，那就是文工團該如何面對新舊不同背景成員的看法，以及新舊文化音樂藝術形式以至節目的理解和選擇。這個就是文本主要信息所在，與個別物件的名稱也有著密不可分的關係。

4.4.3.2.　物件描寫

4.4.3.2.1.　手術室內物件

以下是一個手術室內的物件，讀者應該關心的是文本如何通過修飾成分，感情色彩用詞等，給各個物件定位，因為怎樣定位直接決定傳遞的是甚麼信息：

> 是一間白色的小屋子，有幾隻白色的玻璃櫥，裏邊放了些發亮的解剖刀，鉗子等類的金屬物，還有一些白色的洗手盆，痰盂，中間是一隻蜘蛛似的伸著許多細腿的解剖床。（10）

穆時英〈白金的女體塑像〉裏面謝醫師所處的手術室有著以上的物件，文字強調白色的小屋子，玻璃櫥，洗手盆和痰盂，還有發亮的鉗子等金屬物件。更重要的是擁有好像蜘蛛般那麼多細腿的解剖床。白色除了顯示手術室潔淨無塵的特點外，也顯示光照造成的明亮效果。加上金屬器皿的發亮，強調了室內光照的強度，而且傾向表現室內冷光的效果。這明顯也在鋪墊那位女病

人白金似的皮膚，在強烈光照的冷光下，金屬般的白金顏色的肌膚得以突顯：

> 暗綠的旗袍和繡了邊的褻裙無力地委謝到白漆的椅背上面，襪子蛛網似的盤在椅上。……把消瘦的腳踝做底盤，一條腿垂直著，一條腿傾斜著，站著一個白金的人體塑像，一個沒有羞慚，沒有道德觀念，也沒有人類的欲望似的，無機的人體塑像。金屬性的，流線感的，視線在那軀體的線條上面一滑就滑了過去似的。這個沒有感覺，也沒有感情的塑像站在那兒等著他的命令。（10-11）

另一個物件襪子以蛛網比擬，明顯仍沿用上面的蜘蛛意象；至於女病人的胴體，則作為一個物件出現在這個冷光世界之內，人體有著金屬性質，一來與患上肺結核有關，二來也與強烈光照有關，三來則與這位女病人在陌生人面前裸露而不以為異，好像沒有感覺似的有關。以上的描寫突出表現各個物件的特性，並為文本的女病人的形象塑造提供一個合理而且自然的物件群的環境。

4.4.3.2.2. 家居內物件

劉以鬯〈吵架〉內展示大量在家居內的物件，通過具導向性的修飾用語，讀者當可對文本所處時代，家居內男女角色的身分背景以及喜好，都會有一定的認識。文本也正是通過物件描寫，將並未出現的文本的事件和發生的原由，間接地向讀者展示，再由讀者自行體會文本的主要信息。

以下是文本內所有物件的描述文字，按原文次序顯示：

物件	修飾用語	風格特點（中西日式）
臉譜	關羽	中
吊燈	車輪形，輪上裝著五盞小燈	西
玻璃杯		西
茶葉	龍井，上好的	中

座地燈	古老，紅木雕成一條長龍。龍上繫著四條紅線，吊著六角形的燈罩	中
燈罩	用紗綾紮成，紗綾上畫著八仙過海。在插燈的橫檔上，垂著一條紅色的流蘇	中
花瓶	窰變，古瓷	中
劍蘭		中
杯櫃	北歐	西
竹籃	孔雀形，馬來西亞特產	西
《時代雜誌》		西
日報		現代
壁燈	紅木	中
燈罩	也是用紗統紮成的，一盞壁燈的紗綾上書著「嫦娥奔月」；一盞壁燈的紗綾上畫著「貴妃出浴」	中
沙發套	棗紅色	現代
餐桌	抽紗檯布	現代
電話		現代
電視機		現代
小擺設	泥塑，日本，一對	日
玩具鐘	日本的	日
油畫	男的頭髮梳得光溜溜，穿著新郎禮服；女的化了個濃妝，穿著新娘禮服，打扮得千嬌百媚	西
麻將牌與籌碼		中
傢俱	飯客廳的	中性
裝飾與擺設	中西合璧，古今共存的	直指特點
沙發	北歐制的	西
座地燈	紅木的，純東方色彩	中
煙碟	水晶的，捷克出品	西
窯變	古瓷的	中
耶穌像	十字架上	西
神龕	觀音菩薩的	中
山水畫		中
複製品	米羅的	西
熱帶魚缸	鋁質	西
水盂	白瓷	中
茶几	紅木	中
蘋果、葡萄、香蕉、水晶梨		西

水果盤	與煙碟一樣，也是水晶的，捷克出品	西
茶几	長方形的	西
打火機	朗臣	西

這裏眾多物件能形成兩個比較顯著的意象群，那就是代表具中國傳統和特色的以及具現代及西式的兩組意象群。文本通過上述物件描寫在讀者面前呈現出這個中西文化混雜而成的家居，除了突顯香港這個中西文化交匯都市的特點外，與男女主角吵架以至分手究竟有多少關係，由於文本沒有明確而且可靠的指示，讀者只好憑空猜度了。

4.4.3.2.3.　女性胴體

描寫女體胴體，穆時英可說是中國文學範圍內的大家，筆者能找到相關的文字都出自他的手。由於女性胴體屬社會禁忌，相關文字不可能過多直接描述，因此胴體大致都以各種不同的喻體加以描述：

4.4.3.2.3.1.　塑像

> 把消瘦的腳踝做底盤，一條腿垂直著，一條腿傾斜著，站著一個白金的人體塑像，一個沒有羞慚，沒有道德觀念，也沒有人類的欲望似的，無機的人體塑像。金屬性的，流線感的，視線在那軀體的線條上面一滑就滑了過去似的。這個沒有感覺，也沒有感情的塑像站在那兒等著他的命令。……她仰天躺著，閉上了眼珠子，在幽微的光線下面，她的皮膚反映著金屬的光，一朵萎謝了的花似的在太陽光底下呈著殘豔的，肺病質的姿態。慢慢兒的呼吸勻細起來，白樺樹似的身子安逸地擱在床上，胸前攀著兩顆爛熟的葡萄，在呼吸的微風裏顫著。
> （10-11）

〈白金的女體塑像〉文本這裏，將胴體比喻為塑像，以突出在醫師面前，女病人任憑安排，仿佛沒有情緒，沒有感覺的塑像般。這裏沒有對胴體作太多仔細的描述，主要集中到皮膚的反射光和膚質上，明顯回應她那肺癆的病

體，以及仿如沒有生命的特點。

4.4.3.2.3.2.　國家民族以及地理面貌

穆時英〈Craven A〉這段描述文字在中國文學範圍內屬於極少有的例子，它巧妙地用上比喻，對原屬禁忌的內容展現給讀者，大家可仔細地閱讀，並體會當中的暗示以及寓意：

> 仔仔細細地瞧著她──這是我的一種嗜好。人的臉是地圖；研究了地圖上的地形山脈，河流，氣候，雨量，對於那地方的民俗習慣思想特性是馬上可以瞭解的。放在前面的是一張優秀的國家的地圖：……（288）

開宗明義地指出以下是男主角對女主角余慧嫻的觀察，因此是內聚焦限知視角的敘述。此外，這裏也引入比喻進行描述，本體為女性身體，喻體為地圖，地理術語，以至民俗習慣思想等。

在這個國家民族的比喻的基礎上，文本進一步通過第二層比喻，將余與其他男士的關係，也連繫上這個地理比喻上。對余身體有興趣的男士，變成對這個國家民族風景有觀賞興趣的旅行者。由於這個國家國防太脆弱，以致任何人士都能輕而易舉地佔領豐腴的腹地。文本以此比擬余對追求者沒有防備之心，以致能輕易地越過男女界限，與余親近，佔她的便宜。他們對代表乳房的山峰特別有興趣，願意在那裏題字紀念。對於旅行者來說，火山自然屬於危險地帶，以火山及火燄比擬的嘴唇和舌頭自是降服男士的理想利器。

當然以旅行者比擬余身邊的男士，正好暗示他們並沒有真心對待余，只視之為玩物。遊覽／玩弄過後，興緻消退後，便不留痕跡地離她而去。比喻恰如其分地寫出余與男士之間的關係，這正好能夠解釋余為何常有憂鬱眼神的根本原因。

以下為上述女性胴體原文以及相關說明（288-290）：

原文＝喻體	本體（女性身體部位）
北方的邊界上是一片黑松林地帶，	身體最上方為頭部，指的是黑頭髮
那界石是一條白絹帶，	白絹帶為繫在頭上的頭飾
像煤煙遮滿著的天空中的一縷白雲。	煤煙比喻黑頭髮，白雲比喻白絹帶
那黑松林地帶是香料的出產地。	進一步比喻頭髮散發的香味
往南是一片平原，白大理石的平原，——靈敏和機智的民族發源地。	頭髮下面是頭額，平坦，白皙而光滑；心思機智靈敏
下來便是一條蔥秀的高嶺，	頭額下面是鼻樑，高而青嫩秀美
嶺的東西是兩條狹長的纖細的草原地帶。	鼻兩旁為眉毛，長而細嫩
據傳說，這兒是古時巫女的巢穴，（有魔力，懂咒語，能施法術）	有神秘能力可影響及懲罰別人
草原的邊上是兩個湖泊。這兒的居民有著雙重的民族性：典型的北方人的悲觀性和南方人的明朗味；氣候不定，有時在冰點以下，有時超越沸點；有猛烈的季節風，雨量極少。	眉毛下是兩隻眼睛，有兩種截然不同的情緒表現：有時很抑鬱悲觀，有時很樂觀明朗；情緒很不穩定，有時很冷漠，有時很熱情；變化極大，但很少流淚
那條高嶺的這一頭是一座火山，火山口微微地張著，噴著 Craven"A"的鬱味，	鼻樑下方是嘴唇，嘴唇微微張開，在吐出 Craven A 牌香煙的煙
從火山口裏望進去，看得見整齊的乳色的熔岩，	嘴唇裏面有整齊的牙齒
在熔岩中間動著的一條火焰，	牙齒間有著舌頭
這火山是地層裏蘊藏著的熱情的標誌。這一帶的民族還是很原始的，每年把男子當犧牲舉行著火山祭。	嘴唇十分熱情，拜倒在這熱情下的男子從來不缺
對於旅行者，這國家也不是怎麼安全的地方，	對於只視這女子為逢場作戲的男子來說，這女性並不是可以輕易地全身而退的
過了那火山便是海岬了。	嘴唇下方就是尖細的下巴
下面的地圖給遮在黑白圖案的棋盤紋的，素樸的薄雲下面！可是地形還是可以看出來的。	以上的描述是觀察所得，以下的則因視線被阻而不可能觀察得到，但仍可推測而得 蓋著身體的是黑白圖案棋盤紋的薄上衣
走過那條海岬，已經是內地了。那兒是一片豐腴的平原。	這是豐滿平滑的上身
從那地平線的高低曲折和彈性和豐腴味推測起來，這兒是有著很深的粘上層。	有著流線形而且豐滿的上身，這裏的皮膚很細嫩潤滑，緊緻以及充滿彈性

氣候溫和，徘徊是七十五度左右；雨量不多不少；土地潤澤。	
兩座孿生的小山倔強的在平原上對峙著，紫色的峰在隱隱地，要冒出到雲外來似地，這兒該是名勝了吧。	兩旁的乳房，小而堅挺；乳突隱約能見於薄薄上衣之內。這應是那些冒名而親近的男性喜歡的處所
便玩想著峰石上的題字和詩句，一面安排著將來去遊玩時的秩序。	這些男性一面親近著乳房，一面計劃著親近身體其他部分的步驟
可是那國家的國防是大脆弱了，海岬上沒一座要塞，如果從這兒偷襲進去，一小時內便能佔領了這豐腴的平原和名勝區域的。	她對男性完全沒有任何防備，相識不久便可跟她親近
再往南看去，只見那片平原變了斜坡，均勻地削了下去	乳房往下是腹部，向下慢慢傾斜
——底下的地圖叫橫在中間的桌子給擋住了！	男主角視線被桌子所阻，無法看到蓋著衣服的下半身
南方有著比北方更醉人的春風，更豐腴的土地，更明媚的湖泊，更神秘的山谷，更可愛的風景啊！一面憧憬著，一面便低下腦袋去。	通過想像，下半身應該更加吸引，更豐滿，更神秘也更可愛
在桌子下面的是兩條海堤，	桌子下面能見到她的雙腳
透過了那網襪，我看見了白汁桂魚似的泥土。	穿著網襪的雙腳，皮膚白皙而潤滑
海堤的末端，睡著兩隻纖細的，黑嘴的白海鷗，沈沈地做著初夏的夢，在那幽靜的灘岸旁。	雙腳穿上纖細的黑頭白鞋，在閑靜地放著
在那兩條海堤的中間的，照地勢推測起來，應該是一個三角形的沖積平原，近海的地方一定是個重要的港口，一個大商埠。	通過推測，雙腳之間是三角形狀的下陰，末端是陰戶，一個有著頻繁活動的地方。暗示余的濫交以及眾多男士只對余的身體感興趣
要不然，為什麼造了兩條那麼精緻的海堤呢？	精緻的雙腳用來保護下體
大都市的夜景是可愛的——想一想那堤上的晚霞，碼頭上的波聲，大汽船入港時的雄姿，船頭上的浪花，夾岸的高建築物吧！	晚上的下體是可愛的。通過想像，雙腳映照著溫和的光線；暗示眾多男士與余性愛的過程，包括進入身體的雄偉姿態，發出的聲音，還有濕潤的下體以及性高潮等

4.4.3.2.3.3. 石膏模型以及 cream

除了上述從遠處觀看余的身體外，男主角在其後有著近距離接觸余身體的機會。這次余喝醉了，男主角將他帶回自己住處，將她放在床上，文本這時以男主角內聚焦視角描述余的身體：

> 躺在床上的是婦女用品店櫥窗裏陳列的石膏模型，胸脯兒那兒的圖案上的紅花，在六月的夜的溫暖的空氣裏，在我這獨身漢的養花室裏盛開了，揮發著熱香。這是生物，還是無生物呢？石膏模型到了晚上也是裸體的，已經十二點鐘咧！便像熟練的櫥窗廣告員似的，我卸著石膏模型的裝飾。高跟鞋兒，黑漆皮的腰帶，——近代的服裝的裁制可真複雜啊！一面欽佩裁縫的技巧，解了五十多顆扣子，我總算把這石膏模型從衣服裏拉了出來。
>
> 這是生物，還是無生物呢？
>
> 這不是石膏模型，也不是大理石像，也不是雪人；這是從畫上移植過來的一些流動的線條，一堆 Cream，在我的被單上繪著人體畫。
>
> 解了八條寬緊帶上的扣子，我剝了一層絲的夢，便看見兩條白蛇交疊著，短褲和寬緊帶無賴地垂在腰下，纏住了她。粉紅色的 Corset 緊緊地齧著她的胸肉——衣服還要脫了，Corset 就做了皮膚的一部分嗎？覺得剛才喝下去的酒從下部直冒上來。忽然我知道自家兒已經不是櫥窗廣告員，而是一個坐著「特別快」，快通過國境的旅行者了。便看見自家兒的手走到了那片豐腴的平原上，慢慢兒的爬著那孿生的小山，在峰石上題了字，剛要順著那片斜坡，往大商埠走去時，她忽然翻了個身，模模糊糊地說了兩句話，又翻了過來，撅著的嘴稍微張著點兒，孩子似的。（297-298）

這裏的描寫仍沿用上述文字以比喻形容余的身體和衣飾的做法，余的身體以石膏模型為喻體，因此男主角便成了櫥窗廣告員為模型卸去裝飾般，給余脫下衣飾。描述重點還是在余的身體上，脫去外衣後，文本不再用模型、大理

石像，雪人等喻體來形容，改而用上「一堆 cream」，強調余身體的順溜的線條，還有流動，軟滑和豐潤感。接著寫內衣，寬緊帶，緊身胸衣等，重點在襯出男主角面對如此誘人的胴體的反應：他不再是櫥窗廣告員，而成為另一位乘坐特快列車駛進這個豐腴國境的旅行者。這樣緊扣著上面描述文字的喻體——旅行者，暗示與余可能有進一步肌膚接觸。因此接著寫男主角以在峰石上題字比擬以手撫摸余的乳房，還順著摸向余的下體——大商埠。當然，文本強調這位男主角並非好色之徒，當看到余如孩子般模樣，他便冷靜下來，像余父親和哥哥般護著她，也結束這段富有特色的胴體描寫。

4.4.4.　環境描寫

　　由於敘事文本一般以角色和事件為主，以環境或場面為描寫客體的描述文字並不常見，只是這類文字在整個文本裏卻倒是重要的，它能營造氣氛，也能構成畫面般的立體形象，甚至減慢節奏，供讀者細味當中可能蘊藏的深意，以及與主要信息的緊密關係。

　　環境一般包括空間，那就是事件發生的地點。它可以是一封閉環境，如洞穴內或火車車廂，還有就是描寫所處的時間。有的時候，文本沒有明說，有的可以推論而得，有的則無從稽考，無關重要。

　　當然環境描寫還可以包含其他元素，由於這類文字主要屬描述文字，主要元素是物件，一般會加上景緻，正如上面所述，景緻其實還只是多個物件組成，因此一概視之為物件便可。此外，角色和事件也理所當然是環境的主要成分，要不就是空間的一個部分，要不就是通過角色的限知敘事內聚焦視角進行描寫。因此環境描寫就是對以下各個元素的描述：

事件＋時間＋空間＋角色（有戲分的）＋物件（含景緻，沒有戲分的角色）

4.4.4.1.　小規模環境描寫

舊樓天台

　　太陽又沉了一點，晚風早來了，在溫熱的天台水泥地面拂來拂去，幾

根鴿羽毛追逐了一會又輕輕掉下來

　　黃仁逵的〈回家〉的開首處有這麼一個環境描寫，它規模很小，只有四句，但由於處於文本開頭，明顯起著設定調子的作用，且看看裏面的時空。按首兩句的描述，時間雖然沒有確切地交代，但處於黃昏時分，迨無疑問。地點就在第三句交代了：天台上。這場面裏沒有出現角色，但有物件。除了前面的太陽和晚風之外，最重要的是鴿子羽毛。由於「晚風」的吹拂，輕巧的鴿子羽毛給吹動了，但風力不足也不持續，結果羽毛還是重新落在溫熱的天台水泥地上。這個看似平淡而且自然的環境描寫，不但為文本定下中性偏負面的調子，也有暗示主題，預示情節的作用。

　　只要繼續閱讀這個文本，讀者便可發現鴿子在文本的重要性。按理，鴿子不輕易掉羽毛的，幾根羽毛暗示了鴿子在掙扎，在欲停靠又不能停靠需要復飛時，或在慌亂時才會掉羽毛。隨著文本進一步透露情節，讀者便可了解正因為鴿子想回到天台這個住處，但老人不容許，硬要趕走牠們，就是這樣，羽毛才掉下，才會留在天台地上，才讓晚風吹起又落下，問題就在老人為甚麼非要鴿子離開不可呢？這便涉及文本的主題，可見表面看似沒有甚麼的環境描寫，實在也暗含更多文本沒有直接說出的細節。讀者宜多仔細觀察以至思考。上述環境描寫也與文本主題有一定的關係，文本主題主要在揭露隨著都市發展，舊建築紛紛被拆，以配合發展。一般人只關心發展的好處，卻好像忘記了原住在舊建築的低下市民。居住在天台的老人就是代表，文本沒有直接將老人的苦況交代出來，反而藉老人趕走飼養的鴿子的事件來交代主題。讀者不禁要問：鴿子還有老人關心，但誰會關心老人家呢？老人以至鴿子的困境似乎跟那幾根羽毛一樣，要離開天台，卻沒有能力，最後只能掉回天台。可是舊建築最後還是要拆，往後老人與鴿子的命運又會怎樣呢？無助，揪心的感覺相信是不少讀者讀畢文本，重新玩味開頭這個環境描寫時會有的情緒。這也就是環境描寫能產生的力量和效果。

深夜街頭

　　深夜街頭不一定傳遞負面信息，情緒和氣氛。事實上也可帶來寧靜，並供深思細想的理想環境。可是在魯迅〈藥〉文本開頭的深夜街頭，則通過大量負面修飾用語，將整個文本的調子和氣氛都定到負面去。

> （老栓）便出了門，走到街上。街上黑沉沉的一無所有，只有一條灰白的路，看得分明。燈光照著他的兩腳，一前一後的走。有時也遇到幾隻狗，可是一隻也沒有叫。天氣比屋子裏冷得多了；老栓倒覺爽快，仿佛一旦變了少年，得了神通，有給人生命的本領似的，跨步格外高遠。而且路也愈走愈分明，天也愈走愈亮了。老栓正在專心走路，忽然吃了一驚，遠遠裏看見一條丁字街，明明白白橫著。他便退了幾步，尋到一家關著門的鋪子，蹩進簷下，靠門立住了。好一會，身上覺得有些發冷。……老栓又吃一驚，睜眼看時，幾個人從他面前過去了。一個還回頭看他，樣子不甚分明，但很像久餓的人見了食物一般，眼裏閃出一種攫取的光。老栓看看燈籠，已經熄了。按一按衣袋，硬硬的還在。仰起頭兩面一望，只見許多古怪的人，三三兩兩，鬼似的在那裏徘徊；定睛再看，卻也看不出甚麼別的奇怪。（440-441）

文本寫華老栓深夜出門所見，夜半三更時，街道陰陰森森的，人也如遊魂般，風格詭異神秘，文本藉華老栓限知敘事者的內聚焦視角，作現場描述，為讀者傳遞陰森嚇人，詭秘黑暗的氣氛，也為文本定下深沉鬱悶的調子。

　　讀者讀來無法知悉真相，讀者的惴惴不安與內聚焦限知敘事者華老栓同步，到文本較後真相慢慢顯現時，那種詭異便有了更真實的內容，文本對革命者夏瑜被斬首，圍觀群眾的愚昧，華老栓等人的無知，眾人的迷信守舊，等等的評價和態度都隱隱地包含到這段環境描寫中，成為這類文字傑出的代表。

　　讀者從閱讀敘事文本的過程中，慢慢形成對文本的印象，這種印象從何而來，十分值得願意了解敘事文本的人士留意。印象的來源十分廣泛，其中

包括文本營造出來的氣氛，以及由文本開頭慢慢累積而來的調子。這個氣氛和調子可幫助讀者形成印象，而且也有助文本傳遞信息，如果文本一開頭已經佈置了較為輕鬆的氣氛，調子也歡快跳脫，很難想像文本要傳達令人沉重甚至窒息的信息。營造氣氛和設定調子多由用詞著眼，仔細經營，屬於幫助文本傳遞隱性信息的重要工具。

夜晚陽台

　　張愛玲的〈傾城之戀〉文本開頭簡單的寫了白流蘇家裏的陽台：

> 胡琴咿咿呀呀拉著，在萬盞燈的夜晚，拉過來又拉過去，說不盡的蒼
> 涼的故事──不問也罷！……胡琴上的故事是應當由光艷的伶人來扮
> 演的，長長的兩片紅胭脂夾住瓊瑤鼻，唱了，笑了，袖子擋住了
> 嘴……然而這裏只有白四爺單身坐在黑沉沉的破陽臺上，拉著胡琴。
> （203）

這裏並沒有花上大量篇幅細寫這個陽台，只用了「黑沉沉的破陽台」來形容；在夜晚的時間環境下，陽台既破且黑，加上由白四爺拉著音調蒼涼的胡琴，使得文本的氣氛沉鬱破敗，了無生氣，正好側面地描述這個不思進取，永遠走在時代之後，慢慢傾頹沒落的白家。簡約的環境描寫為整個文本定下調子，也營造好氣氛，有著這樣鬱悶難熬的氛圍，使得讀者更容易體會白流蘇身處這個娘家的窘境，也製造有利條件寫白流蘇下定決心要衝開一切障礙，擺脫白家對她的桎梏，為自己創造廣闊的新天地。

4.4.4.2.　大規模環境描寫

　　穆時英幾個關於上海的敘事文本，正好作為例子，讓我們多了解環境的內涵，以及相關的功能和作用。〈夜總會裏的五個人〉主要藉周末晚上這段時分，整體地描述上海這個大空間的情況。共同組成一個環境，既豐富又複雜，不僅只交代個別，更組合而成一整體。這類重視空間的敘事方式因著這

樣的組合，讀者感受到作為三十年代上海這個大環境，文本有著明顯諷刺和
批判傾向。讀者能從個別成分在這個大環境的表現，對三十年代上海有著更
深刻和更細緻的體會。

〈夜總會裏的五個人〉：上海＋周末晚上

　　現代都市生活基本上遵循西方模式，基督教義下星期天為安息日，為公
眾假期，周一至周五是工作日，那麼周末晚上便是出外娛樂的時分，三十年
代的上海西化程度很高，周末晚上因此最能顯示都市生活熱鬧的一面。〈夜
總會裏的五個人〉這個文本便有一大段描述這個時分這個場景的文字。上海
作為一個大空間，裏面裝載著大量物件，合成能代表上海的意象群。

二、星期六晚上

　　厚玻璃的旋轉門：停著的時候，像荷蘭的風車；動著的時候，像水晶
　　柱子。

　　五點到六點，全上海幾十萬輛的汽車從東部往西部衝鋒。

　　可是辦公處的旋轉門像了風車，飯店的旋轉門便像了水晶柱子。人在
　　街頭站住了，交通燈的紅光潮在身上泛濫著，汽車從鼻子前擦過去。
　　水晶柱子似的旋轉門一停，人馬上就魚似地遊進去。

　　星期六晚上的節目單：

　　1，一頓豐盛的晚宴，裏邊要有冰水和冰淇淋。

　　2，找戀人；

　　3，進夜總會；

　　4，一頓滋補的點心，冰水，冰淇淋和水果絕對禁止。

　　（附注：醒回來是禮拜一了──因為禮拜日是安息日。）

　　吃完了 Chicken a la king 是水果，是黑咖啡。戀人是 Chicken a la king
　　那麼嬌嫩的，水果那麼新鮮的。可是她的靈魂是咖啡那麼黑色的……
　　伊甸園裏逃出來的蛇啊！

　　星期六晚上的世界是在爵士的軸子上回旋著的「卡通」的地球，那麼

輕巧，那麼瘋狂地；沒有了地心吸力，一切都建築在空中。

星期六的晚上，是沒有理性的日子。

星期六的晚上，是法官也想犯罪的日子。

星期六的晚上，是上帝進地獄的日子。

帶著女人的人全忘了民法上的誘姦律，每一個讓男子帶著的女子全說自己還不滿十八歲，在暗地裏伸一伸舌尖兒。開著車的人全忘了在前面走著的，因為他的眼珠子正在玩賞著戀人身上的風景線，他的手卻變了觸角。

星期六的晚上，不做賊的人也偷了東西，頂爽直的人也滿肚皮是陰謀，基督教徒說了謊話，老年人拼著命吃返老還童藥片，老練的女子全預備了 Kissproof 的點唇膏。……

街——

（普益地產公司每年純利達資本三分之一

100000 兩

東三省淪亡了嗎

沒有　東三省的義軍還在雪地和日寇作殊死戰

同胞們快來加入月捐會

大陸報銷路已達五萬份

一九三三年寶塔克

自由吃排）

「《大晚夜報》！」賣報的孩子張著藍嘴，嘴裏有藍的牙齒和藍的舌尖兒，他對面的那只藍霓虹燈的高跟兒鞋鞋尖正衝著他的嘴。

「《大晚夜報》！」忽然他又有了紅嘴，從嘴裏伸出舌尖兒來，對面的那隻大酒瓶裏倒出葡萄酒來了。

紅的街，綠的街，藍的街，紫的街……強烈的色調化裝著都市啊！霓虹燈跳躍著——五色的光潮，變化著的光潮，沒有色的光潮——泛濫

　　著光潮的天空，天空中有了酒，有了燈，有了高跟兒鞋，也有了
　　鐘……

　　請喝白馬牌威士忌酒……吉士煙不傷吸者咽喉……

　　亞歷山大鞋店，約翰生酒舖，拉薩羅煙商，德茜音樂舖，朱古力糖果
　　舖，國泰大戲院，漢密而登旅社……。（270-271）

首先描寫旋轉玻璃門，寫它的靜（如荷蘭風車）以及動（如水晶柱子）。文本藉玻璃門的動和靜，寫周末晚上上海居民的流動，不管是走路還是開車，方向都是單一的，那就是從東部走向西部，那就是從辦公地點流向玩樂場所。接著藉一模擬節目單，概括顯示居民的玩樂內容，包括吃（豐盛晚宴），玩（夜總會喝酒跳舞狂歡），接著以「一頓滋補的點心」暗示他們縱慾的行為，接著以總論式交代「星期六的晚上」的特性，那就是法官也想犯罪，上帝進地獄的日子。男女都忘記了道德規範，都打算趁機肆意淫亂。摒棄所有道德，宗教，法律，任何防止人們犯罪的價值全扔開了。

　　然後，文本藉街上的廣告海報等宣傳物件，將那個時代正在發生的事件，一一直接地展示到讀者面前，包括：地產商的業績，他們龐大的利潤，報紙的銷量廣告，還有食肆推銷自助餐的廣告，最耐人尋味的是關於發生在中國東北的事件，按著歷史，1931 年 918 事變發生，日本公然侵略中國東北三省，但中國人還在頑強保衛著國土，因此出現募捐支援中國義軍在東北與日軍死戰的廣告，原文字體被刻意放大，以突出這段廣告的重要性。在充滿狂歡玩樂的文字堆中，低調地將這個鐵一般的事實通過廣告物件展示出來。在國土被侵略，國民在奮勇抵抗的當兒，大量書寫沉醉於安逸淫樂的上海，其中的諷刺意味十分明顯。

　　按著文本寫都市文明另一特點就是光影效果，來源就是霓虹廣告燈。由於它在晚上特別耀眼，加上它能發出不同顏色的光，反射所得，使得在廣告牌下面的路上也沾上不同顏色，這是都市街道特有的景觀，也最能代表都市那種誇張張揚虛幻變化多端的生活和心態的最佳寫照。廣告賣的都是消費品，包括威士忌酒，吉士牌香煙，高跟鞋等等。消費文化也是都市文化的核

心，因此上海街頭有大量店鋪，都是娛樂消費等性質的，如鞋店，酒鋪，煙商，音樂鋪，糖果店，戲院，旅行社等等，都成為上海這個大場景下的典型物件。

都市的動感除了汽車行人的大量流動而成外，還有的就是光影的流動，其中最引人注目令人目不暇給的就是廣告的霓虹光幕，它在不斷游動變化回旋固定等，叫人目眩心亂，眼光撩亂。

〈上海的狐步舞〉：大規模環境描寫

說到規模，上述的場面描寫仍不算龐大，到了〈上海的狐步舞〉這個敘事文本，才算是真正的大規模環境描寫。整個文本儼如一個大型環境描寫，空間當然是上海，雖然文本裏面有個別事件比較完整，但從整個文本看，它們都應被視為整個上海環境中的一個部分，為著詮釋「造在地獄裏的天堂」這個給予上海的定位而服務。

當中有若干小規模環境描寫，時空，物件跟小型事件間隔出現，結合組成這個大規模環境描寫。這裏為了聚焦描寫文字的分析，當中的事件不會作仔細交代。

文本首先點明時空的環境描述片段，寫晚上的滬西：

> 滬西，大月亮爬在天邊，照著大原野。淺灰的原野，鋪上銀灰的月光，再嵌著深灰的樹影和村莊的一大堆一大堆的影子。原野上，鐵軌畫著弧線，沿著天空直伸到那邊兒的水平線下去。（331）

這裏寫滬西的月亮，原野，樹影，村莊等都屬於大自然的物件，藉鐵軌通過火車跟繁華的大上海連在一起，也起著映襯的作用。

接著是一仇殺事件，裏面的都是沒有名字的角色。（這裏從略）

再來描寫代表現代文明的物件——特快火車的片段，再寫路旁行人，以及火車和汽車燈光所造成的光影效果：

嘟的吼了一聲兒，一道弧燈的光從水平線底下伸了出來。鐵軌隆隆地
響著，鐵軌上的枕木像蜈蚣似地在光線裏向前爬去，電杆木顯了出
來，馬上又隱沒在黑暗裏邊，一列「上海特別快」突著肚子，達達
達，用著狐步舞的拍，含著顆夜明珠，龍似地跑了過去，繞著那條弧
線。又張著嘴吼了一聲兒，一道黑煙直拖到尾巴那兒，弧燈的光線鑽
到地平線下，一會兒便不見了。

又靜了下來。

鐵道交通門前，交錯著汽車的弧燈的光線，管交通門的倒拿著紅綠
旗，拉開了那白臉紅嘴唇，帶了紅寶石耳墜子的交通門，馬上，汽車
就跟著門飛了過去，一長串。（332）

這裏沒有月亮和原野，取而代之是現代文明的火車，機車聲，炫目的光，高
速度的移動，以及大量的汽車。

接著藉駕車者的視角，寫晚上車頭燈照射所見：

上了白漆的街樹的腿，電杆木的腿，一切靜物的腿……revue 似地，
把擦滿了粉的大腿交叉地伸出來的姑娘們……白漆的腿的行列。沿著
那條靜悄的大路，從住宅的窗裏，都會的眼珠子似地，透過了窗紗，
偷溜了出來淡紅的，紫的，綠的，處處的燈光。……

上了白漆的街樹的腿，電杆木的腿，一切靜物的腿……revue 似地，
把擦滿了粉的大腿交叉地伸出來的姑娘們……白漆腿的行列。沿著那
條靜悄的大路，從住宅區的窗裏，都會的眼珠子似地，透過了窗紗，
偷溜了出來淡紅的，紫的，綠的，處女的燈光。（332, 334）

有別於自然的光源，現代文明的主要光源是燈光，車頭燈照射下的世界，並
不完整，卻如實地描述燈下的物事，都是局部的，而且充滿不同色彩。

接著是富人生活寫照的事件，劉有德，劉顏蓉珠，劉小德為主要角色，
寫老夫少妻的純金錢關係，以及身為兒子與後母的曖昧關係。（這裏從略）

接著寫霓虹燈組成的廣告牌：

> Neon light 伸著顏色的手指在藍墨水似的夜空裏寫著大字。一個英國紳士站在前面，穿了紅的燕尾服，挾著手杖，那麼精神抖擻地在散步。腳下寫著：Johnny Walker: Still Going Strong。路旁一小塊草地上展開了地產公司的烏托邦，上面一個抽吉士牌的美國人看著，像在說：「可惜這是小人國的烏托邦，那片大草原裏還放不下我的一隻腳呢？」（334）

通過想像，將廣告牌內的主角包括英國紳士和美國人在上海的野心，用上誇張用語——加以諷刺，也間接呈現三十年代上海這個大都會的真實面貌。

　　緊接著寫上海灘各主要建築物的整體形象：

> 跑馬廳屋頂上，風針上的金馬向著紅月亮撒開了四蹄。在那片大草地的四周泛濫著光的海，罪惡的海浪，慕爾堂浸在黑暗裏，跪著，在替這些下地獄的男女祈禱，大世界的塔尖拒絕了懺悔，驕傲地瞧著這位迂牧師，放射著一圈圈的燈光。（334）

建築物不再以場所出現，而是以物件作為三十年代大都會上海著名建築物的代表出現。各個建築物作為不同場所的代表，跑馬廳是娛樂，賭博，能帶來刺激的場所代表，慕爾堂作為宗教的代表，大世界娛樂場自然是娛樂，享受，消費，甚至淫逸犯罪等的代表，這段文字明顯在展現文本的主要信息上海，造在地獄上面的天堂。

　　這裏跑馬廳和大世界代表玩樂犯罪和淫逸的場所，文本都用上不受羈絆的用語，表現它們不受拘束和限制的放肆狀態。相反，矮小的慕爾堂仿如虔誠的信徒般，只能做些不甚見效的動作，跪著向上帝祈禱，反映這個罪惡的都市的整體面貌。

　　然後焦點迅速放到夜總會裏面的情況：

> 蔚藍的黃昏籠罩著全場，一隻 Saxophone 正伸長了脖子，張著大嘴，嗚嗚地沖著他們嚷，當中那片光滑的地板上，飄動的裙子，飄動的袍角，精緻的鞋跟，鞋跟，鞋跟，鞋跟，鞋跟。蓬鬆的頭髮和男子的臉。男子襯衫的白領和女子的笑臉。伸著的胳膊，翡翠墜子拖到肩上，整齊的圓桌子的隊伍，椅子卻是零亂的。暗角上站著白衣侍者。酒味，香水味，英腿蛋的氣味，煙味⋯⋯獨身者坐在角隅裏拿黑咖啡刺激著自家兒的神經。（334-335）

這裏樂器，裙子，袍角，鞋跟，頭髮，臉，襯衫的白領，笑臉，胳膊，墜子，圓桌子，椅子，侍者等等構成這個充滿動感和歡樂的娛樂空間，個別部分借代樂師以及跳舞中的男女，讓讀者如鏡頭般細緻地走進舞池中，感受當中的氣氛。除了聽覺和視覺效果外，這裏再加上嗅覺的各種氣味，整體地呈現歡樂世界的各種感受。

再寫跳舞事件（這裏從略），相關分析請參看「現態空間夜總會」部分。

夜總會眾生相，這裏作了跟前段逆寫的安排，仿佛裏面的一切都如狐步舞的旋律般，回環往復地發生著，永不休止：

> 獨身者坐在角隅裏拿黑咖啡刺激著自家兒的神經，酒味，香水味，英腿蛋的氣味，煙味⋯⋯暗角上站著白衣侍音。椅子是凌亂的，可是整齊的圓桌子的隊伍。翡翠墜子拖到肩上，伸著的胳膊。女子的笑臉和男子的襯衫的白領。男子的臉和蓬鬆的頭髮。精緻的鞋跟，鞋跟，鞋跟，鞋跟，鞋跟。飄蕩的袍角，飄蕩的裙子，當中是一片光滑的地板。嗚嗚地沖著人家嚷，那只 Saxophone 伸長了脖子，張著大嘴。蔚藍的黃昏籠罩著全場。（335-336）

然後再寫夜總會外的眾生相：

推開了玻璃門，這纖弱的幻景就打破了。跑下扶梯，兩溜黃包車停在街旁，拉車的分班站著，中間留了一道門燈光照著的路，爭著「Ricksha？」奧斯汀孩車，愛山克水，福特，別克跑車，別克小九，八汽缸，六汽缸……大月亮紅著臉蹣跚地走上跑馬廳的大草原上來了。街角賣《大美晚報》的用賣大餅油條的嗓子嚷：

「Evening Post！」

電車當當地駛進佈滿了大減價的廣告旗和招牌的危險地帶去，腳踏車擠在電車的旁邊瞧著也可憐。坐在黃包車上的水兵擠箍著醉眼，瞧准了拉車的屁股踹了一腳便哈哈地笑了，紅的交通燈，綠的交通燈，交通燈的柱子和印度巡捕一同地垂直在地上。交通燈一閃，便湧著人的潮，車的潮。這許多人，全像沒了腦袋的蒼蠅似的！一個 Fashion model 穿了她鋪子裏的衣服來冒充貴婦人。電梯用十五秒鐘一次的速度，把人貨物似地拋到屋頂花園去。女秘書站在綢緞鋪的櫥窗外面瞧著全絲面的法國 crepé，想起了經理的刮得刀痕蒼然的嘴上的笑勁兒。主義者和黨人挾了一大包傳單踱過去，心裏想，如果給抓住了便在這裏演說一番。藍眼珠的姑娘穿了窄裙，黑眼珠的姑娘穿了長旗袍兒，腿股間有相同的媚態。（336）

如果夜總會是娛樂場所，讓參與者忘卻煩惱，盡情歡樂，只顧今宵的美麗但虛假的空間。那麼夜總會外面便成為殘酷的現實，無法逃避真相，必須面對的國度。

「推開了玻璃門，這纖弱的幻景就打破了」兩個世界只隔著薄薄的透明的玻璃門，對比效果變得更加強烈。上海所展示的天堂與地獄就在這扇門給隔開了。

街道上滿是黃包車，以及各式各樣外國品牌的汽車。藉著叫賣報章的喊聲，更豐富更紛繁的都市景像呈現到讀者眼前：滿是廣告旗和招牌下的狹窄道路，電車，腳踏車，黃包車擠在一起，水手在欺負黃包車夫。紅綠交通燈下的人潮車潮在湧來湧去，好像無頭蒼蠅。人不再是人，只如貨物般給升降

機運上運落。人們在這樣的環境下也變成虛假浮淺，只懂充闊，只懂物質，甚至為達目的而想著齷齪捷徑，全無廉恥道德可言，在不同女士的衣著中有隱約傳達著誘人的氣味。此外，懷著各種不同政治目的的積極分子，打算在這繁華鬧市，以激進手法宣傳……。

再而寫建築工地上工人的傷亡事故（這裏從略）。

再寫以華東飯店為代表的娛樂場所，裏面的淫亂和黑暗：

> 華東飯店裏——
> 二樓：白漆房間，古銅色的雅片香味，麻雀牌，《四郎探母》，《長三罵淌白小娼婦》，古龍香水和淫欲味，白衣侍者，娼妓掮客，綁票匪，陰謀和詭計，白俄浪人……
> 三樓：白漆房間，古銅色的雅片香味，麻雀牌，《四郎探母》，《長三罵淌白小娟婦》，古龍香水和淫欲味，白衣侍者，娼妓掮客，綁票匪，陰謀和詭計，白俄浪人……
> 四樓：白漆房間，古銅色的雅片香味，麻雀牌，《四郎探母》，《長三罵淌白小娼婦》，古龍香水和淫欲味，白衣侍者，娼妓掮客，綁票匪，陰謀和詭計，白俄浪人……（337）

完全重複的內容，正好表現這娛樂場所內，無論走到何方，無論任何國籍的人，言行都如此道德敗壞，不是在吸毒，賭博，就是在享樂，甚至在賣淫，綁票，幹壞事……。

再寫街角老鴇拉客事件，都屬無名角色。（這裏從略）

再寫作家面對殘酷現實的事件，妄想找來社會黑暗面作為創作題材，結果發現因為兒子入獄無錢開飯，母親替媳婦拉客，懇求作家給幾個錢，媳婦願意跟他睡。（這裏從略）

從該媳婦嘴角浮出的笑勁兒，再接上其他角色；再用相同的「眼珠子笑著」的重復出現，寫不同空間裏面珠寶掮客，劉顏蓉珠，劉小德等人淫樂中的情狀：

嘴角浮出笑勁兒來，冒充法國紳士的比利時珠寶掮客湊在劉顏蓉珠的耳朵旁，悄悄地說：「你嘴上的笑是會使天下的女子妒忌的——喝一杯吧。」

在高腳玻璃杯上，劉顏蓉珠的兩隻眼珠子笑著。

在別克裏，那兩隻浸透了 Cocktail 的眼珠子，從外套的皮領上笑著。

在華懋飯店的走廊裏，那兩隻浸透了 Cocktail 的眼珠子，從披散的頭髮邊上笑著。

在電梯上，那兩隻眼珠子在紫眼皮下笑著。

在華懋飯店七層樓上一間房間裏，那兩隻眼珠子，在焦紅的腮幫兒上笑著。

珠寶掮客在自家兒的鼻子底下發現了那對笑著的眼珠子。

笑著的眼珠子！

白的床巾！

喘著氣……

喘著氣動也不動地躺在床上。

床巾，溶了的雪。

「組織個國際俱樂部吧！」猛的得了這麼個好主意，一面淌著細汗。

（339-340）

轉個鏡頭，到了街上，寫水手欺負人力車夫的事件（這裏從略）。

再寫黑暗中冷清的街頭：

空去了這輛黃包車，街上只有月光啦。月光照著半邊街，還有半邊街浸在黑暗裏邊，這黑暗裏邊蹲著那家酒排，酒排的腦門上一盞燈是青的，青光底下站著個化石似的印度巡捕。開著門又關著門，鸚鵡似的說著：

「Good-bye，Sir」（340）

這裏再回到殘酷的現實，在可憐的黃包車夫面前，只有無助地看著月光，空空的街道和無盡的黑暗。還有供人享樂的酒排和只照顧富人外國人的巡捕。生活仍然是如此的不堪和無助。

最後通過年輕人失戀竚立黃浦江邊，帶出朝陽初現下的浦東：

> 從玻璃門裏走出個年輕人來，胳膊肘上掛著條手杖。他從燈光下走到黑暗裏，又從黑暗裏走到月光下面，歎息了一下，悉悉地向前走去，想到了睡在別人床上的戀人，他走到江邊，站在欄杆旁邊發怔。
>
> 東方的天上，太陽光，金色的眼珠子似地在烏雲裏睜開了。
>
> 在浦東，一聲男子的最高音：
>
> 「噯……呀……噯……」
>
> 直飛上半天，和第一線的太陽光碰在一起，接著便來了雄偉的合唱。
>
> 睡熟了的建築物站了起來，擡著腦袋，卸了灰色的睡衣，江水又嘩啦嘩啦的往東流，工廠的汽笛也吼著。
>
> 歌唱著新的生命，夜總會裏的人們的命運！
>
> 醒回來了，上海！
>
> 上海，造在地獄上的天堂。（340-341）

朝陽下的上海似乎正醞釀著新生命新命運年代的來臨，暗示著時代終將改變，腐敗糜爛生活下的上海也將出現徹頭徹尾的大蛻變。

總的來說，〈上海的狐步舞〉強調的明顯除了表現上海都市的頹廢淫逸罪惡的一面，還加添作為地獄在剝削低下階層如建築工人的悲劇命運的情節。為了果腹，奶奶主動讓媳婦跟人睡覺，為的只是幾個活命錢等等。利用不同事件，角色，空間以及物件，在不同時分，從晚上到清晨，突顯上海這個充滿玩樂，淫逸，糜爛，縱慾，罪惡，虛偽，不幸，痛苦的城市空間，有力地詮釋「上海，造在地獄的天堂」的主題。

5.　隱含空間

隱含空間這概念由筆者創立，是從前人所謂「隱含作者」和「隱含讀者」[1]的故智而來。筆者認為「隱含空間」這一虛擬空間存在於文本內，讀者可以從仔細閱讀後經思考和歸納而得，屬深層閱讀的範圍，也是閱讀樂趣的主要來源地。所謂「隱含空間」屬理論概念，因此它在文本內不一定實存任何具體位置，而需要讀者通過閱讀，在自家想像裏重建這個空間。筆者認為，這屬於創作期間醞釀階段需要設計以及安排的成分。隨著敘事文本進一步發展和越趨成熟，時至今日，這種預設機制變得越來越重要。

創作者在創作期間，有意或無意地在文本中設置一個隱藏於字裏行間的空間，以便儲藏各種極為重要的成分，其中包括：「主要信息」，即文本要傳達的主旨；「常態」，即引導讀者和閱讀時藉以對照和印證的現實世界；「隱含作者」，即存在於敘事文本裏面，間接表現創作者內容的相關成分；「隱含讀者」，即存在於敘事文本裏面，表現設想中未來讀者預期的相關成分；以及「預設效果」，即預設未來讀者閱讀時能產生的各種閱讀效果。

5.1.　主要信息

主要信息指的是敘事文本要傳遞的信息，也叫主旨或主題。相較而論，信息是存在於隱含空間中最顯眼位置的元素，因為創作很多時候都是為了傳遞某個或某些信息而進行的，因此這個主要信息的所在，不可能完全沒有提示，也不可能隱蔽到不讓讀者知悉。按理，讀者是可以通過閱讀找到這些信息的。當然，有的信息比較易找，大多數讀者只須稍加思考便能掌握，信息

---

[1]　「隱含作者」和「隱含讀者」兩個概念的解釋，可參普蘭斯《敘事學字典》一書。

傳遞渠道比較暢通，只是正由於得來較為容易，比較難以做到印象深刻的效果，讀者對相關信息較易遺忘，效果較難持久。有的信息比較隱蔽，找來比較費勁，需要讀者具備一定能力和耐心才能找到，但這反過來容易帶來閱讀和發現真相的樂趣。

　　事實上，不一定所有文本都有明確的主要信息，有的只強調閱讀過程的重要，閱讀體驗就是創作者希望讀者能有的唯一收穫。即便如此，閱讀時引發出來的感受和聯想，都需要作預先思考，預想未來讀者閱讀時可能有的反應，並為此通過設計和構思以及安排，使之如願地體現出來。

5.1.1.　主要信息多見於題目

　　如果從文本表現主要信息的途徑和位置而言，文本的題目明顯是最顯著而且最有代表性的地方。

5.1.1.1.　以中心象徵為題

　　其中比較簡單也較常見的做法，就是在題目內安放中心象徵物，以暗示主要信息。如〈白金的女體塑像〉，就是以塑像來比擬患了肺結核女病人的身體，以白金的質感來形容病態的膚色。就是這樣的象徵物喚醒一直過著節慾生活的謝醫師，對女性重新產生興趣。這個塑像就是開啟謝醫師新生活的鑰匙，也向讀者傳遞這個文本的主要信息。

　　王安憶的〈舞台小世界〉預示了舞台如世界般有著相似的問題和矛盾。文本裏負責演出的文工團裏面的困難和問題，與現實世界的社會形態無異，舞台即世界的縮影正好間接標出文本的主要信息來。

　　蕭乾的〈栗子〉，以栗子為象徵物，象徵示威學生在統治者心中的形象，既強硬不願聽話，還粘糊糾纏得讓人不爽；因此學生也如栗子般遭鎮壓捏碎。栗子這象徵既是題目，也帶出中心信息，那就是寫反抗精神和遭打壓的憤怒。

　　老舍的〈月牙兒〉也屬中心象徵建立的題目，經過文本的刻意安排，女主角不幸遭遇總連結上月亮，不斷提示讀者通過月牙兒的形象認識主角以及

推衍出來的主要信息。

　　黎紫書的〈窗簾〉之類是屬於要求讀者深思的文本，雖然窗簾在文本裏擔著十分重要的功能，但這個中心意象或象徵，在文本裏早已超出了原來窗簾遮光擋陽的作用，而且在保護私隱之上外加了讀者意料不到的負面作用：竟使得窗簾主人遭威嚇和檢控，相信這樣的安排很大程度能帶出文本的主要信息，並吸引讀者自行思考，甚至反思社會隱藏著的種種問題。

　　錢鍾書的〈圍城〉，除了在題目上明示這個中心象徵外，也在文本內清楚顯示這個主要信息，那就是：男女感情如圍城，城外者老想進城，城內的總想逃出去。

　　魯迅的〈藥〉也是以中心象徵直指主要信息，只是在這個文本裏藥有兩重意義：一是醫治肺癆的藥，那是迷信害人的人血饅頭，一是醫治中國落後迷信社會的藥，那是革命思想和行動。

　　至於〈笑傲江湖〉，也在題目中交代了主要信息。文本以這曲名帶出不同角色的遭遇，從而進一步闡述文本的主要信息。首先文本藉角色曲洋和劉正風合作譜曲，卻因正邪不兩立未能善終，突顯在紛紜繁雜的世界裏，能隨心所欲不受約束之難。最後也通過分屬正邪兩派的令狐沖和任盈盈結成夫妻，合奏〈笑傲江湖曲〉的完美結局，帶出隨性之所向，自然而為，不曲從現實的理想境界。

5.1.1.2.　以關鍵角色為題

　　除了象徵物外，題目常涉及的是主角，如〈馬褲先生〉，〈孔乙己〉都是單一主角，主要信息就是圍繞這位主角展開的。至於〈神鵰俠侶〉就是男女主角，雖然題目中有情侶的「侶」字在內，但那愛情主題表現得並不明顯，需要在文本內加插白鵰殉情，李莫愁吟唱元好問（1190-1257）的《摸魚兒・雁丘詞》帶出來：

　　　　問世間，情是何物，直教生死相許。天南地北雙飛客，老翅幾回寒
　　　　暑。歡樂趣，離別苦，就中更有癡兒女。君應有語，渺萬里層雲，千

山暮雪，隻影為誰去。

李碧華的〈霸王別姬〉題目也是交代關鍵角色，兩個主角在文本中扮演的兩個角色名稱——霸王和別姬；同時也是劇目名稱。文本的主要信息也就是圍繞兩人感情糾纏以及現實與演戲之間的矛盾。

5.1.1.3.　以關鍵事件為題[2]

題目也有直截了當點出文本中最重要事件同時也是主要信息的情況。如張愛玲的〈傾城之戀〉，明寫是一個戀愛故事，一個在城市覆滅淪陷下的戀愛故事。

至於〈回家〉也是寫關鍵事件，同時點出主要信息。但這個信息有兩個層面，一是表面，寫鴿子不要回家，二是暗寫飼養鴿子的老人無家可歸的社會悲劇。劉以鬯的〈動亂〉同樣也將關鍵事件概括成題目，藉此帶出中心信息。穆時英的〈偷麵包的麵包師〉則一來在突出文本的關鍵事件，那就是偷麵包事件，同時也製造疑竇，吸引讀者追看：既然麵包師是做麵包的人，他為甚麼還要偷呢？這個問題背後正是這個敘事文本的主要信息。再如魯迅的〈一件小事〉寫兒時與弟弟相處的往事，懷念和追悔的主要信息也由此帶引出來。

2　另外還有兩種題目類型，由於與主要信息關係沒那麼明顯，因此只在這裏交代。以關鍵物件為題：也有以關鍵物件作為題目的，我們也可以象徵物理解這物件。余秋雨的〈道士塔〉就是處於敦煌莫高窟道士王圓籙的圓寂塔，文本藉此掀起對中國敦煌瑰寶流失海外的沉痛思考。主要信息與題目的關係並不如前面幾類目的般密切。以關鍵場面為題：也有題目交代的是關鍵場面，但與文本的主要信息未有明顯而直截了當的關係。如黃仁達的〈夜市〉寫晚上著名煲仔飯食肆的故事。施蟄存〈在巴黎大戲院〉也如是，寫發生在巴黎大戲院裏兩名看電影男女的故事。

5.2.　常態[3]

　　雖然筆者一再強調敘事文本本質是虛構的，但文本也不可能完全脫離現實世界，就是再超現實的文本，那怕寫的是三十世紀某星球了無人煙的蠻荒世界，裏面的名物，角色以至內裏的環境等，都或多或少可以在現實世界找來參照物，就是創作者盡量避免敘事文本與現實社會有任何牽連，但這種關係不可能完全切斷。正因為這樣，在隱含空間裏，還是存有現實世界這個常態的空間，使得讀者可以適時與文本作互相參照。從參照中，產生一定的閱讀效果，有關敘事文本屬於常態空間的痕跡，可參考「真實感」環節。

　　敘事文本的故事主題，很多時候都與現實世界有關，譬如現實世界那些有形及無形存在物，情愛，友誼，感情，人際關係，人性等；還有社會及人性相關的價值，如民主，自由，公平等都可以與現實世界中找到常態的內容。此外，還有人類言行的規範以及各種美德好像忠誠，勤奮等。至於角色之間也有現實常態的參照，各種感情關係也無不有著明顯的現實參照系統。

　　以劉慈欣〈三體〉為例，外星三體的文明通過遊戲讓人類認識這個外星文明存在三個太陽，恆世紀有著穩定的氣候，文明得以發展；亂世紀環境則極為惡劣，只能通過脫水避免滅亡等等。雖然這個外星文明與地球有很大的不同，但仍可以找到它與地球文明這個現實世界的相似處，也就是那些外星文明的內容仍可有常態的參照。如三體文明的各生物間也有領導，追隨者，科學家，操作員等身分，這些角色都可通過常態的這類身分加以理解。就是計算恆世紀和亂世紀的規律時，也不脫使用人類的數學模型以及計算機原理等，更突出是三體文明的科技水平雖然比地球為高，但都可以人類物理學這類常態知識加以理解。由此可見，即使敘事文本寫的是未來，寫的是外星文明，基本仍以現實世界的常態作為參照，這種參照一直存在，不會消失。

---

[3]　這裏的「常態」沿用筆者在《詩賞》一書的用法，意指日常生活中呈現的狀態，用來比較與文學文本所呈現的狀態——「現態」，從而找出兩者的異同，以此作為分析現代詩的一種方法。到敘事文本這裏，常態簡單可指「現實世界」，「現態」指的就是「小說世界」或「敘事文本世界」，前者真實存在，後者屬虛構的想像。

5.3.　隱含作者

　　這個概念可以從兩個方面加以理解，一是從讀者角度理解，一是從創作者角度看，這裏只談前者。讀者通過閱讀，能從文本中讀出或歸納出屬於創作者的信息。這些屬於隱含作者的屬性或特點，不一定需要經過實存意義的或歷史意義的創作者印證，仍可成立的一個概念。隱含作者只存在於文本，離開文本隱含作者便不存在，它是讀者想像出來的創作者的屬性。讀者通過以上途徑，在自己想像中創構這個隱含作者不一定與真正意義的作者（或稱歷史意義的作者，現實曾經實存的作者）有必然關係，但明顯可以成為讀者閱讀後的收穫之一。

5.3.1.　隱含作者見於主要信息

　　敘事文本本身要傳遞的主要信息應該是捕捉隱含作者最佳的位置。正如上面所述，敘事文本多傳遞主要信息，而這個主要信息明顯是隱含作者表現立場態度以至想法甚至是人生觀等的理想平台。

　　好像〈射鵰英雄傳〉主要傳遞反戰信息，通過郭靖向成吉思汗進言，減少擴大戰爭，減少虐殺無辜，施行仁政，讓百姓能過和平日子等等，明顯能表現隱含作者的看法。

　　魯迅的〈藥〉的隱含作者一直沒有現身，但通過安排墳頭上的鮮花以及飛往遠處的烏鴉以及鴉聲，暗示革命的道路並沒有因為夏瑜被處死而結束，反而有點星火燎原，日後必然成功的希望。至於主要信息，就是藉夏瑜母親最後的「這是甚麼一回事」，將革命還有希望的信息交給讀者去深入了解。

　　金庸的〈笑傲江湖〉傳遞那種權力使人腐化，使人扭曲人性的信息，以及希望脫離江湖恩怨仇殺的煩擾，好去享受人生的立場和態度。以上想法主要通過主角令狐冲的遭遇，言行，性格再加上〈笑傲江湖曲〉的高遠，罕有，不為世人所識的特點表現出來。

　　〈神鵰俠侶〉隱含作者的身影在愛情主題下多有所見，他讚揚生死相許，無私和崇高的愛情觀，主要通過小龍女和楊過對於對方的堅執不變表現

出來；此外，還借與不同愛情態度的比較，讓讀者認識到矢志不渝愛情的可貴，隱含作者的態度也可見一斑。

　　一般來說，隱含作者與主要信息的關係密切，主要信息就是隱含作者的立場，穆時英的〈上海的狐步舞〉中一句「上海是地獄的天堂」，這樣直白的表現出來，相信讀者不可能視而不見，只是這樣硬銷隱含作者的主場態度，未必真正能說服讀者。因此，在文本裏，用上不同方法進一步闡述這個論點的證據，從建築工地裏工人的枉死，上層階級的荒淫無度，玩樂終日，下層人民的苦況和無奈，現實真相的殘酷等等。這些事件都進一步展示隱含作者的各方面立場和態度。

5.3.2.　隱含作者見於全知敘事者

　　此外，通過全知敘事者進行敘述，容易讓讀者找到隱含作者，也能有效地向讀者滲透，灌輸或展示隱含作者認可的人生觀，價值觀等。利用全知敘事者身分暗中向讀者傳遞信息，從而展露了隱含作者的主場和態度，如〈偷麵包的麵包師〉文本裏面，雖然絕大部分敘事任務由限知角色包括麵包師，他的妻子，母親和兒子分擔。其中主角麵包師佔了大多數，這個安排非常合理，也符合藉情節展示主角麵包師的心理掙扎的要求，只是文本以至創作者對事件以至故事持甚麼立場，比較難通過限知角色表達出來。因此文本在不明顯的位置顯示了隱含作者的存在，以及他對主角麵包師的態度。文本只有一處直接交代隱含作者對麵包師這位男主角的看法和評價，那就是四次用上了「老實」二字形容麵包師。這種表達方式根據文本的安排，不可能屬於任何限知角色的敘事風格，因此只可能是全知敘事者的口吻，也透露了隱含作者的信息以及存在，還有就是對主角麵包師的正面評價：

> 他是老實人，嫖也不來，賭也不懂，跟人家甚麼也談不上，獨自個兒唱小曲兒，唱不出字眼兒的地方兒就哼哼著。……這老實人連脖子也漲紅了。……這老實人心裏恨，怪自家兒沒用。……一覺睡回來是初五啦，這老實人這一天可苦透了。

正因為有著這樣的立場態度，隨著情節發展，麵包師因偷蛋糕而遭解僱，老實的人為了家人的訴求，而遭這樣的不幸，讀者自然會對麵包師投以同情的眼光，隱含作者的作用十分明顯。

5.3.3. 隱含作者見於角色的塑造

要找尋隱含作者在文本中的存在痕跡或他的內涵，另一個十分明顯的座標就在角色塑造方面，好像對不同角色的安排，或多或少能表現隱含作者對他們的好惡，讀者從而可因此更了解這位隱含作者的立場或態度。

綜觀整部文本，〈圍城〉眾多女性角色中，只有唐曉芙一人沒有遭到任何負面批評，由此我們或多或少能窺見隱含作者對女性的取態和立場，他似乎特別欣賞，有內涵，不賣弄，不恃才傲物的女性類型。

5.4. 隱含讀者

創作者在創作過程中，預設了未來閱讀該敘事文本的讀者，包括他們的預期，好惡，認同甚至不滿甚麼等等。按此設計包括事件，角色，環境等成分，為的是製造能達到創作者預設效果的相關安排。按理，這是創作者醞釀過程的考慮，不一定會在最後定稿的文本中清楚看到，只是它跟「隱含作者」相近，讀者可在文本中，通過仔細觀察和閱讀，從各種蛛絲馬跡，歸納和沉澱出這個虛擬的「隱含讀者」來。

穆時英的〈偷麵包的麵包師〉是一個有較強烈信息傳遞意識的文本，正如隱含作者環節談到，同情麵包師遭遇明顯是隱含作者的鐵證。同理，為了傳遞甚至宣傳主要信息：那就是勞動者無法享受自己的勞動成果。文本明顯將隱含讀者設定成不怎麼認識這樣社會真相的人士，文本就是通過麵包師這個老實兼願意照顧好母親，妻子和兒子的好好先生，為了滿足家人的渴望，設法偷取自己親手造的吉慶蛋糕，結果給撞破，東窗事發的結果就是給解僱。文本末尾通過麵包師兒子提出的疑問，明確點出文本的主要信息。有著隱含作者和隱含讀者的明顯痕跡，包括主要信息等隱含空間都清楚顯露出

來。至於這樣顯露的表達方式有沒有給讀者帶來負面效果，包括硬銷無產階級受欺壓的政治立場，則有待讀者閱讀文本後作自我判斷了。

　　黎紫書的〈窗簾〉的隱含讀者其實沒有如〈偷麵包的麵包師〉那麼明顯，只是文本通過讀者認知水平參照設計，使得我們可以歸納出這個隱含讀者的主要特性在於他沒有意識到社會輿論的為害，以及社會風氣改變對一般市民的負面影響。因此文本通過窗簾所引發的社會事件，藉一個不問世事卻因窗簾而遭對方住客告以歧視罪名的角色的遭遇，揭示社會風氣以及借歧視之名濫行公義霸權之實，害得無辜的小市民擔驚受怕，甚至有釀成牢獄之災的危險。

　　不僅當代文本有設置隱含讀者的想法，就是傳統意義上的敘事文本也不可避免地通過明確的文本重要信息向固定隱含讀者發出挑戰，嘗試通過故事角色事件，揭示隱含讀者固有觀念的偏狹以及不可取，如〈神鵰俠侶〉中楊過小龍女二人的感情發展，就是因為宋朝禮教思想的頑固和偏狹，給二人帶來很大的痛苦，本來兩情相悅的楊龍，就是因為宋朝重視尊卑，無法接受身為師父的小龍女與徒弟楊過的純真感情關係，害得小龍女為了不讓楊過為人所齒冷而黯然捨楊過而去。文本就是藉楊過乃至黃藥師這類不願受社會無理制度而屈從，扭曲自己感情的角色的態度以及遭遇，讓身為讀者尤其那些仍保有尊卑長幼頑固心態，只顧維護所謂道德而忽視自然純真感情的人，通過故事情節，使他們經歷所產生的遺害，讓他們能認識，從而形成減輕甚至消除這些無理障礙的可能。

5.4.1. 隱含讀者認知水平

　　從理論上看，存在「隱含讀者認知水平」這個概念。讀者通過閱讀，吸收文本裏面的信息，為了各種原因，創作者都需要設計各種各樣的機制，讓讀者享受閱讀，從中找到趣味，產生各種各樣的閱讀效果，如從敘述層面看，這個為讀者設計的機制就在讀者認知水平上。所謂「認知水平」，屬於敘述層面上「誰知」領域的概念。「認知水平」指的是作為敘述事件的敘事者，他對事件有多少認識，知道事件的內容和真相越多，認知水平便越高；

相反,所知越少,水平便越低。「認知水平」本來專指作為敘事者的角色對事件的認識程度,現在將這概念放到讀者那裏,形成「隱含讀者認知水平」這個隱含空間。正因如此,所謂讀者的認知水平參照座標,可以借敘述層面「誰知」的各種類型加以了解。如「誰知」指的是全知敘事者,由於他的認知水平無限高,對任何事,物或角色各方面都無所不知,因此由他敘述出來的事件角色等都是全面的,讀者通過閱讀,吸收的都是絕對可信的內容和信息。讀者對事件的認知水平也因此與全知敘事者一樣高。如敘事者為限知敘事者,由於他們認知水平有限,受個別敘事者的時空限制,因此讀者吸收到的信息,以至他掌握的認知水平也有限。此外,還有一些敘事文本,採用多於一位限知敘事者進行敘述,讀者因此能通過閱讀由不同限知敘事者講述的故事情節中建立起自己的認知水平,他的認知水平比任何單一限知敘事者的都要高。不同敘事者與讀者認知水平的關係,可參考以下一表:

形態	敘事者	讀者認知水平
1	全知	＝全知敘事者的認知水平
2	單一限知	＝單一限知敘事者的認知水平
3	多個限知（A, B, C）	＝限知敘事者 A＋B＋C 的認知水平＞任何單一敘事者 A/B/C
4	同一限知敘事角色,兩個不同認知水平（A, A1）	＝較高限知敘事者水平 A1，A 為處於事件當刻的角色,A1 為事後回憶角色,有著較高認知水平

特別是第三種情況,由於讀者通過閱讀不同限知敘事角色所講述的信息,他更能審視檢討比較對同一事件的不同詮釋和內容,在 1+1 大於 2 的協同效應下,讀者的認知水平比任何個別限知敘事者的為高,能在更高點作出判斷,一般個別限知敘事角色無法了解掌握和領悟的道理,讀者卻可以做到。這其實是很多具啟悟性質的敘事文本常用的敘述方式,也較有效地做到角色仍茫無頭緒,讀者卻能深切體會箇中道理的地步,這種由讀者自我建構的隱含空間,既能滿足讀者自我探索自我收穫的欲望,又能準確而有效地傳遞文本內的信息,可謂一舉而兩得。

一般讀者觀察事物不一定有超過一個角度,以致理解不夠,體會不深,

敘事文本如能提供多於一個角度，甚至多個角度，使得讀者或疊加累積認知水平或通過比較，擴闊自己視野，相信都能加深讀者對事物以至現象的了解，這也是增長知識，誘發思考的途徑之一。

如〈夜總會裏的五個人〉，五位主要角色分別通過個別限知敘事角色的角度，表現現代社會五種讓人無奈的人生現實，分別是失去財產，青春，愛情，工作，以至自我。五人都到夜總會狂歡，以盡量享受現有一刻，表現那種「今宵有酒今朝醉」的即時行樂心態。通過文本的交代，讀者得以同時認識這五種人生的遺憾，認知水平肯定高於任何一位角色，而且對這種無奈和無力感有著更廣泛更深刻的理解，相信更能體會這個文本的主要信息。

5.5.　預設閱讀效果

在創作過程中，創作者除了要思考如何轉化材料，如何安排角色出場等，還需要揣摩讀者閱讀文本時可能的反應。當然，創作者無法確切預知這文本究竟由誰來讀，只是在構思和籌劃文本的細節時，不可避免要考慮讀者可能的反應。因此之故，在創作文本期間，會預設若干閱讀效果，為讀者日後閱讀時作事先的設計。

這個「預設閱讀效果」的課題是一道大坎，因為它雖然十分重要，但現有相關的論述都只是浮光掠影般的片言隻語，大都零散不全，從未出現過有系統的論述，也沒有哪處有仔細地剖析裏面內涵的痕跡，當然也有說及怎樣怎樣寫能產生怎樣怎樣的效果。只是對於希望從此而透徹了解敘事文本的人士來說，顯然難以產生良好效果。因此這裏，筆者通過長期的思考，整理出各個主要預設效果的基本面貌，以及從不同層面的側面，了解上述預設效果的產生機制，希望能準確地掌握這些效果的實質內涵。當然限於力量淺薄，所言肯定不可能全面，所論也難望齊備，只能掛一漏萬，但作為起始的探索，還應有一定的作用，更希望由此引起更多的注意，能完善對預設效果內涵的描述，並進一步補充充實擴寫有關內容。這個課題能讓更多人士了解敘事文本綻放出來的魅力；筆者深信，能系統地闡述閱讀效果，才有可能深挖

敘事文本的價值，以及各種設計，手段，安排與不同效果的關係。也只有這樣，我們才能更透徹地剖析認識，以至深入體會敘事文本創造的全過程，以及近似奇跡般的巧思妙想。

5.5.1.　預設效果與閱讀效果

「預設效果」顧名思義就是指創作者在醞釀階段為文本預設一些手段，為預先想好的效果佈置好相關的事件角色以至場面等元素。對於讀者，他更關注的是敘事文本的「閱讀效果」，那就是閱讀文本時及之後能給他帶來甚麼及他能得到甚麼的問題。按理，預設效果和閱讀效果可以是兩碼子事，創作者預設的效果，讀者不一定能讀到，這牽涉很多問題：可能是創作者功力不夠，眼高手低，也有可能是讀者能力不足，也可能兩者兼有。還有，就是閱讀效果不是創作者的預計之中，筆者不排除創作者靈筆一揮，信手而就，就能創造出為讀者讚嘆不已的閱讀效果來。這種跡近自然天成的神筆天籟，筆者絕對不會否定，只是站在剖析敘事文本的各種元素和成分的專書來看，筆者更傾向敘事文本是創作者苦心經營的制作。創作者有眾多預設效果，好的敘事文本就是滿有良好預設效果的文本。

5.5.2.　基本與深層預設效果

預設效果可分兩個層次，即基本的和深層的。基本的預設效果是文本形成價值的基礎，也是讀者接受和承認文本的基礎。這包括可讀性，真實感，準確度以及可信度。至於深層預設效果，也可稱為進深的預設效果，它是文學文本價值所在，包括吸引力和感染力兩項。

從性質看，吸引力大多是閱讀的即時反應，感染力則主要屬於後續反應。敘事文本如果沒有吸引力和感染力，根本不可能產生價值，因此文本如何吸引讀者，甚至感染讀者是文本價值所在，同時也是創作者必須考慮的預設效果。

要注意的是，吸引力和感染力很多時候不能分開。同一設計可能既有吸引力，同時也有感染力，這也是十分合理的現象。同理，也很難想像某設計

光有感染力量而沒有吸引力。

　　這裏只為了闡析方便，從理論角度嘗試按理念作細分。事實上，很多閱讀效果互相交疊，互相糾纏，很難分辨得那麼清楚。只是作為分析工具，在理念上盡可能細分，也屬於明知不可為而必須進行的舉動。

5.5.2.1.　可讀性

　　可讀性是常見於評價文學作品時的用語，意指該文學作品值得一提，對於敘事文本而言，可讀性高也可解作很值得一讀，只是這樣的說法，它的內涵還是不清不楚，還是需要進一步細化。

　　「值得一讀」可以從多個層面加以解釋，最低的要求應該是讀得明白，讀得懂，進而就是內容豐富，這是從寫作角度看。此外，也可從讀者角度看，所謂值得一讀，應指讀者讀來有收穫，有所得，值得學習。也可從閱讀效果看，如讀得爽，讀得過癮，讀得賞心悅目，進一步可能指寫得有深度，有見地，寫得漂亮，好看，就是有想像和思考的空間。

　　由於上述各個值得一讀的狀況分別與準確度，真實感，吸引力和感染力有關，因此這裏便不再贅述。請參看下述不同預設效果相關部分。

5.5.2.2.　真實感

　　真實感並不等如追求真實，更不是反映真實，而是給讀者製造真實的感覺，看似真實，但只要想深一層便知道是虛構的。事實上，文本只要存在這一個真實的感覺便夠了，讀者便願意繼續閱讀，因此這個真實效果也是眾多敘事文本基本預設效果之一。真實感是文本營造出來的效果，它不一定能吸引讀者，它主要任務在於建立可信度。有了可信度，那麼對現實世界背後的真實的依賴度便會減低，反過來可以增加文本的審美價值。雖然我們在解說敘事文本的定義時，特別強調敘事文本是虛構的，但在創作過程中，創作者往往在文本中佈置各種各樣的設計，建立起文本的真實感，讓讀者感到文本所述的故事，角色，事件等真有其事。這當然可以增加文本的可信度，同時也讓讀者較容易接受文本所述的一切。

對真實感的正確態度

正如上面不斷強調，即使文本擁有大量與現實相同的物事，但敘事文本畢竟是虛構的，不能因為它與現實世界有關聯，便錯誤地認為文本必然與現實世界有密不可分的關係。

如何增加真實感？

途徑很多，其中就是在文本內加進在現實世界裏實有的名物，如地名，歷史物等。另外，插入社會歷史事件也能增加文本與現實世界的關係，自然也能增加真實感。

故事

建立真實感最便捷的方法自然是與歷史銜接，藉加進人所共知的歷史包括事件，人物等，便較容易產生無可爭議的真實感，甚至會讓不少讀者誤將敘事文本中所述的虛構情節，視之為真有其事的歷史，這反過來印證文本的真實感源於歷史元素的引入。

金庸武俠小說大都將場面設在歷史氛圍中，因此〈射鵰英雄傳〉〈神鵰俠侶〉等故事裏便有交代金國入侵宋朝，蒙古崛起，成吉思汗西征等史實的地方。同時，諸如成吉思汗，哲別，拖雷，忽必烈，丘處機，尹志平等歷史人物都在故事情節中有不少的參與。當然敘事文本裏這些細節不可能是事實，而是虛構的設計，有著特有的閱讀效果。正因為這種模糊的界線，使得讀者在閱讀金庸敘事文本時會產生很強烈的真實感。

與之相似的還有現代敘事文本如黃碧雲的〈嘔吐〉和劉以鬯的〈動亂〉分別以香港回歸中國的歷史時刻，以及香港六十年代暴動的歷史作為文本的背景，也大大增加了文本的真實感。

事件

除了歷史事件人物進入敘事文本的故事事件能帶來明顯的真實感外，在現實生活中實存對照物的角色和事件，也能讓讀者感同身受，即使在不現實的時空環境裏，同樣能產生真實感。例如沒有相應確實發生歷史的事件，由於它可能發生，哪怕不盡相同，也能喚起讀者的情緒，真實感也不用懷疑。

好像隨時可以發生的天災人禍，造成人命財產損失，相信誰都不會懷疑。由此而生的情節，也自然而然地仍屬合理，要讓讀者相信應該不成問題。

黎紫書的〈青花與竹刻〉出現地震災害造成男主角喪命，由此而揭發讓人揪心的信息：原來女主角丈夫與妻子好友有染，沒有地震，便無法弄碎打算送給太太作為結婚周年禮物的貴重的青花花瓶。男主角死時卻還握住送給好友的平價生日禮物——竹刻筆筒。地震的出現成重要節點，按理讀者有懷疑這種安排是否過於巧合的可能，只是天災人禍從來不如人願，也合乎情理，因此真實感並不會因此而受到損害。

角色

至於與一般人同樣有著各種疑問，猜想，以及其他情緒波動，最為人們所熟知。當角色出現這些思緒，自然較容易引起共鳴。正是這些相同相近相似的感情情緒表現，增加敘事文本的真實感，以至親切感。例如〈神鵰俠侶〉中的楊過一直無法知悉自己父親楊康致死的真相，因此他雖然甚為仰慕郭靖的為人和品格，但由於懷疑郭殺死自己父親，因此對他時而景仰，時而憎厭，情緒起伏極大。有機會時想手刃這位殺父仇人，但當郭身處危難時，卻自然而然地出手相救。這類的情緒思想的起伏，相信是〈神鵰俠侶〉吸引讀者的其中一處精采安排，讀者不會懷疑這類情緒的真確性，既親切又真實的情緒起伏正是真實感根植於讀者心裏的結果。

到了〈偷麵包的麵包師〉，情況更加明顯。由於文本主要以限知角色——主要為麵包師自己，內聚焦視角敘述，因此麵包師糾纏於應否偷取蛋糕以慰家人渴望的煩惱中，成為文本裏主要的情緒思想波動的源由。用上了內聚焦視角敘述，麵包師自身的表現包括心裏所想，以致緊張得手腳不麻利，丟了蛋糕到地上等窘態等出現在文本。這些表現能真正地反映一位老實人面對這類重大決策時所有的思想情緒以至言行的變化，真實感從沒有一絲被削弱，還兼產生更多的親切感，使得讀者親如其境地經歷麵包師身心俱疲的掙扎過程。

物件／場面

劉以鬯的〈動亂〉這個敘事文本雖然比較短小，但裏面的真實感十分明顯，它寫六十年代香港發生的暴動事件。由於文本有諸如電車這樣香港獨有的名物，加上飄在空中的報紙交代了所處的時空以及事件，使得實指六十年代香港這個時空沒有懸念。此外，文本描述各種物件被毀的情況，也貼近暴動時的真實面貌，相信讀者不會懷疑文本的真實性，即使真實暴動場面與文字所描述的無法相比，但那真實感仍明顯是這個文本重要的閱讀效果之一。

5.5.2.3.　準確度

所謂準確度，指的不是與生活相較而言，而是指能完全傳遞信息而論。傳遞信息必須要確保傳遞時不失真，信息能準確傳到讀者那裏。如果準確度出現問題，便很容易影響文本的吸引力和感染力，甚至嚴重削弱文本的可信度。

要做到高準確度的敘事文本，可從消極和積極兩方面看，消極方面就是避免誤解和誤讀，積極方面就是保證讀者讀到和讀懂信息。

以下為具體的方法：

1. 文本按需要選取適切和精準的字詞，準確地傳達信息，這包括文本內所有用語，好像描寫限知角色內心世界的語言

〈偷麵包的麵包師〉中寫老實的麵包師硬著頭皮嘗試偷蛋糕，但卻害怕同事發現，這種矛盾又焦躁的心理狀態，文本利用仔細的反應用詞，通過麵包師的內心獨白精準地表現出來：

> 心裏邊嘀咕著：「偷一個回去吧？」臉馬上紅了起來。糟糕！好容易腮幫兒上才不熱了。烘麵包的時候兒又這麼嘀咕了一下，喝！一點不含糊的，臉馬上又熱辣辣的不像樣了。……
> 初四那天，他心裏也七上八下的鬧了一整天，失魂落魄的。末了還是沒動手。
> ……
> 一邊手發抖，渾身發抖，人也糊糊塗塗的。心裏想：

「偷一個吧！偷一個吧！」這麼的嘟念著。

從爐子上拿下一個烘好了的大蛋糕來，手裏沈甸甸的，麵香直往鼻翅兒裏鑽，熱騰騰的。得賣十多塊錢哪！甚麼都瞧不見了，頭昏得屬害，不知怎麼一下子就擱到桌子底下去了。一望，沒人在瞧他。一不做，二不休，索性一卸褂子蓋在上面。嘆了一口氣，滿想舒泰一下，可是兀的放不下心。眼皮跳得屬害。別給瞧見了吧！汗珠兒從腦門那兒直掛下來，掛在眉毛上面。兩條腿軟得像棉花，提不起，挪不開。太陽穴那兒青筋直蹦，眼也有點兒花了。

……

真的是上場暈，衣服也忘了咧。一身的白麵粉，急急忙忙的不明顯著偷了甚麼去嗎？便像平日那麼的抽上一枝烟，劈劈啪啪的拍衣服。可是饒他一個心兒想慢慢兒地來，越是手慌腳忙的一回兒就完了，連帶著脊梁蓋兒上的粉屑也沒拍掉。……

猛的大夥兒在後邊兒笑了起來。他的心碰的一跳三丈高，只覺得渾身發冷。完了！趕忙回過腦袋一瞧，不相干，不是笑他。便連為甚麼笑也沒知道的，跟著也哈哈地笑了起來，只想急著往外走，卻見監工的正在對面走來，笑也笑不成了，臉上的肉發硬，笑也不是，不笑也不是。只得拼命的笑著，大聲兒的。那聲兒真有點兒像在吆喚。還好，監工的也沒查問他，只望了他一眼，就從身邊過去了。

這裏寫麵包師因偷蛋糕而生的生理變化，十分豐富：從臉紅，到熱辣辣；從冒汗到手抖，身沒勁，頭昏，眼皮跳，再到汗直流，筋直蹦，眼花……。再來，手慌腳忙，粉屑都沒有拍好，渾身還發冷，臉發硬，還要拼命笑……（見上面原文標出底線部分），可謂道盡這位老實人的窘態。

2.　可讓讀者準確掌握信息的設計

如為了確保信息的可靠性，在〈笑傲江湖〉儀琳復述令狐沖智鬥田伯光事件中，刻意安排具參照功能能核實信息的武林前輩在場，還安排在場其他角色作為旁證，好增加儀琳復述內容的準確度。詳情請參「評論」一節。

此外，寓言故事之類的文本，有清楚的渠道讓讀者能對應故事某部分與主要信息的關係，使得主要信息能精準無誤地傳遞給讀者。

3. 準確地預計讀者接收信息的情況，保證適當的信息量，不能多也不能少。因為太多沒有必要，也有看低甚至侮辱讀者之嫌；太少則不能保證信息準確傳遞

如〈夜市〉用字和篇幅都十分經濟，沒有多餘或者不必要的信息。文本點到即止，如梁廿七的過去一點也沒提，只強調現在他做的煲仔飯如何好吃，直到文本最末處，才藉他身上二十七道刀疤間接點出來。通過讀者自行的聯想和填充，更好地展示他「輝煌」的過去，信息量可謂恰到好處。

4. 提供輔助：借個別角色提供正常認知水平，以對比過低或過高認知水平的角色所提供的信息

要讀者準確掌握某角色的精神狀態，當然可以採用全知敘事者那種無可爭議，絕對權威的敘述方式，由全知敘事者交代某角色精神有問題，讀者無可駁辯，只能接受，因為全知敘事者有著絕對權威。可是，正如上面所述，使用全知敘事者敘述故事，難免有很多缺點，因此現代敘事文本絕大部分採用限知敘事者，以內聚焦視角敘述故事。可是，如文本由一位弱智角色交代故事，由於採用了他自己比常人矮上一截的智力和認知水平來說故事，讀者在不知情的情況下接收信息，無法判斷所得到的信息處於何種水平。為了讓讀者正確了解所得信息，敘事文本有著準確度的預設效果的要求，文本會加插一位屬於正常認知水平的角色，與這位弱智角色同時是限知敘事者作個對比。由於有了這層對照安排，讀者便能準確掌握不同角色的不同認知水平，有效地接收特別屬於非常人認知水平提供的信息。簡單來說，他們不懂不理解的，一般讀者可通過重新推理，憑常理常識，知道文本傳遞的真正信息。他們誤解或認識錯誤的，讀者也可以憑常理糾正信息的誤導和錯誤，從而得到比認知水平較低角色都無法掌控的寶貴信息，這對理解避免誤讀敘事文本傳遞出來的信息，都有著極大的幫助。

〈狂人日記〉通篇用狂人的限知角度寫，為了避免讀者誤讀，文本一來通過題目提醒讀者注意講故事的任務是由這位狂人擔任的，因此所述的內容

自然有所偏頗。二來刻意加入大哥角色，站在一般正常心思的角度寫包括弟弟狂人的言語以及態度，用以對照狂人所思所感。通過對比，讓讀者認識狂人這位認知水平較低但充滿偏見的角色的內心世界以及心態和思想。

5.　提供補充背景信息等

為了讓讀者適當地掌握事件或角色的信息，文本往往用上補述方法提供背景資料，這對讀者準確無誤地認識情節至關重要。如君比〈覓〉這個文本，藉簡單交代艾莉與李晉的交往歷史，將艾莉勢利心態，總想當少奶奶的如意算盤交代得清清楚楚。這樣自然可保證讀者在文本後面正確理解艾莉勢利而且缺乏愛心的性格特點，信息得以準確無誤地傳遞出去。

6.　提供暗示或明示

對於讀者來說，文本必須有足夠的提示，才可得到需要的信息，提示可以是明示也可以是暗示的。如〈藥〉裏面革命分子在夏瑜死後仍然活躍這一點上，並沒有明說，而是利用夏瑜墳頭上的鮮花，向讀者提供足夠的暗示：革命並沒有因為夏瑜被處決而中止，仍然後繼有人，革命還是大有希望的……。至於明示，〈神鵰俠侶〉宣揚那種至死不渝的愛情觀，在文本上多次表現得一覽無遺，小龍女與楊過自然是最顯著的例子，就是白鵰的犧牲也再次展示這種崇高的情操。

7.　提供引導機制

為了帶領讀者找到適當的信息，避免讀者錯過重要信息，文本一般會設計一些引導讀者的機關，確保讀者準確掌握信息，這包括讀者何時何地，得到多少及何種信息。如個別突出的言語，能起著這種引導作用，〈回家〉裏面老人家一句「死仔包」，既表現地道香港方言的特色，更重要的是將他與鴿子的親密關係間接表現出來，並引導讀者朝這個方向理解文本情節，藉鴿子無家可歸，間接為帶出老人居處沒有著落的慘況，提供合理而且邏輯的想像方向。

5.5.2.4.　可信度

所謂可信度，指的是文本內提供信息的可信程度。可信度因應不同方

面,可有不同的測量方法和來源。任何文學文本都需要建立可信機制,如果讀者感到敘事文本難以置信,或覺得受騙,便很容易失去閱讀興趣,閱讀活動變得無從談起。所謂真相必須建立在可信程度上,懸疑,偵探性質較強文本一般就是刻意在可信度上作多種安排。

此外,敘事文本為了製造戲劇效果,少不免加插不大合理但能產生戲劇效果的設計,但要減少讀者的反感和不滿,創作者便須努力減少不合理程度,增加可信度。可信度的建立就是敘事文本既保有戲劇效果同時也不致影響讀者閱讀效果興趣的關鍵。以下嘗試從故事,角色和敘述三個方面探討一下可信度如何建立起來:

5.5.2.4.1. 故事的可信度

故事方面,包括下面的情節和事件,它們可信度的條件就是合理,可從兩方面理解,一為情理之中,一為情理之外,加可信元素,形成內在邏輯:

情理之中

按道理,一般人的邏輯是這樣的:與現實距離越近,可信度自然越高;越遠則越低。事情發生得越像自己經歷的越可信;相反,越離開自己的認知經驗範圍的,自然越難以置信。因此所謂情理之中,就是相關故事/情節/事件在一般讀者想像,推理,邏輯,經驗,知識範圍內,能夠被理解,那麼可信度自然較高。

情理之外,但有合理解釋,建立內在邏輯

無論故事情節以至事件,有時完全處於可信的範圍,反而不容易引起讀者的興趣,過於可信反而容易使人懷疑。其實,敘事文本的可信度並不是絕對的,而是相對而且可變的。所謂相對,就是在這個文本裏這樣的處理使人入信,但到別個文本便不可信了,所以文本是需要建立內在邏輯的,也就是說,只要在合理條件下讀者仍能相信故事情節事件是可能這樣發生,仍相信有可能真的這樣,看似不合理的情節,只要有一定的交代,也可變成合理變成可信。

如某角色三歲死了爸爸，四歲死了媽媽，到五歲再死爸爸……。正常情況下，一個人不能死兩次，這樣當然不可信，可是如果情節交代了，媽媽死前再婚，那第二任丈夫跟著遇不測而死去，這樣的安排便仍算是可以接受，可信的情節吧。再如一個人死後二百年能夠重生，這樣情理自然不合理，但只要文本插上「細胞可再生可複製」的尖端科技，這樣重生便不是不可信的了。還有就是，角色不是現時的人類，而是未來世界的再造人，外星人，機械人來到這個時空的世界，即使他們能人所不能，也會讓讀者深信不疑，繼續享受這個虛構文本不合常理，但仍可信的虛構的小說世界。

再如絕世神功，一般人學不了，反而〈射鵰英雄傳〉中笨拙如郭靖卻能學懂，文本便在建立起這個內在邏輯方面下工夫，使得這個不可能不現實不可信的情節發展讓人信服，這包括郭靖努力不懈，廢枕忘餐地苦練，加上黃蓉不斷用美食引誘洪七公，使得洪將降龍十八掌就這樣傳了郭靖，郭也經過長時期鍛煉，最終掌握這套至剛至強的絕世神功。讀者讀了這樣的情節，相信也不會懷疑情節的真確性，大致也相信「成功非僥倖，勤力與才能」的道理。因此之故，現實上沒有可能發生的事和遇見的人，文本上仍可能出現，並得到讀者的認可，這明顯就是建立好可信度的功勞，因此無論魔法，甚麼穿越，甚麼輕功，絕世神功，不但沒有減低文本的吸引力，反而在合理而可信的基礎上，為讀者帶來嶄新，前所未有的新體驗，讓讀者閱讀起來更加甘之如飴。

同理，但與前相反，就是一般人能夠做到，但文本裏角色卻辦不到。這類不大可信的安排，也可以在合情合理可信的範圍建立起可信度來，如角色過於年輕，或罹患重病，或有殘缺，或智力遜於常人，或全無處世經驗，甚至角色是文盲，白痴，是精神病患者……。凡此種種但不一而足，都可做到可信合理的閱讀效果。

就是一般故事情節，有時也不能不加上可信度的考量，敘事文本裏的角色，隨著情節發展，很少沒有一點轉變的，否則故事難有進展，敘事文本也很難產生吸引力，只是這類改變有時過於巨大讓人難以置信。這個時候，創作者便需適當地加上可信元素，建立起內在邏輯，使得巨大轉變也變得順理

成章，自然而然。

　　從家財萬貫到破產甚至最後需要結束自己的生命，這樣的巨變如何可以自圓其說，不至讓讀者產生疑惑呢？穆時英的〈夜總會裏的五個人〉中的胡均益就是這麼一個角色。這裏就找來賭輸了黃金期貨作為可信元素。由於現實上買錯了金融衍生工具，除了輸掉已投入的財富外，還可能是無底負債，因此賭輸而自盡便顯得並不奇怪，反而變得合情合理了。讀者便也不能不相信這個巨變，顯然這個元素為文本建立起可信度來。

　　再如本來感情篤好的師兄妹，只經過短短幾個月時間，師妹便移情別戀。這樣的轉變，如不作適當安排，很容易讓讀者感到情節發展不可信不合理，甚至因此視這個故事為爛極的劣品，不值一看。金庸的〈笑傲江湖〉就在令狐沖和岳靈珊的情變中，加上令狐沖因四處闖禍而遭罰到遠在山巔的思過崖思過。由於令狐沖和岳無法日夕相對，加上師弟林平之交由師姐調教武藝，林岳二人年紀又相若，以致後來靈珊移情平之。轉變雖然巨大，但也變成合情合理，讀者只會覺得情理之中，最少會覺得無可非議。

　　同理，金庸的〈神鵰俠侶〉中以小龍女愛楊過之深，很難想像她會離楊而去，可是故事裏面龍三番兩次離開楊過。即使這樣，讀者也不會因此覺得不可信，反而更覺得本該如此。當楊龍二人打敗金輪法王，挽救了中原武林，免受外族高手欺侮後，按理，楊龍應該得到眾人的尊重才是。可是當楊龍既表示是師徒關係，又透露大家互相愛慕對方時，卻惹來眾人的譴責。黃蓉對龍的一夕話結果使得龍忍痛離開楊。這個不合理的發展，文本又如何解套，使之變得合理可信呢？原來黃蓉解釋師徒相愛是社會所不容許的，即使楊龍一時避世，穴居活死人墓，難保楊過氣悶要重出江湖，到時候，楊仍不為社會所容，為社會所唾棄。正是因為龍深愛著楊，不想因為她而讓楊受任何傷害，因此她毅然趁夜離開楊，雖然她不明白二人真心相愛有甚麼錯，只怨自己可能就是不祥的人，總給楊過帶來災禍，這樣只會害苦楊。本來不合理的舉動，在文本安排下變得合理，可信，更對龍那種升華了的偉大而高尚的愛情，以及由此而生的犧牲精神，給深深地吸引住。

　　至於小龍女初闖江湖，甚麼都不懂，吃東西不付錢等跡近幼稚無知的行

為，讀者讀來也不會覺得不合理，因為小龍女出生後一直住在古墓，與孫婆婆相依為命，從來沒有涉足社會。要是文本寫龍懂付錢買吃的，懂這懂那，反而才是不合理的安排，才是閉門造車的劣作呢。

情節發展出現巧合現象，容易惹來讀者的不滿：世間哪有這麼巧的事呢！如果真的這樣，無可避免會削弱文本的可信度。只是要安排男女主角邂逅，有時確實需要陰差陽錯的巧妙安排。為了避免影響文本的可信度，絕對在考驗創作者的匠心和智慧。

一位離了婚待在娘家的女主角，如何可以碰到玩世不恭的花花公子呢？張愛玲的〈傾城之戀〉是這樣安排的：首先設計出一場相親的情節，女方是白家，白流蘇因為當了寡婦，即使要再嫁，也絕對沒有可能引起白家太大的重視，更遑論安排相親了。相親的女主角是六妹寶絡，白家眾人都花盡心思在她身上，盡力的將她打扮得高貴美麗點。相親當天白家盡出精英出席，白老太太年紀太大沒有去，二奶奶三奶奶當然是必然之選，駕車的二爺，加上寶絡，汽車還剩一個位置。二奶奶為了避免三奶奶兩個比較年幼的女兒金枝金嬋有機會破壞相親的好事，結果硬拉了這位不相干的白流蘇填了空位。就這樣，白流蘇和男主角范柳原距離近了一小步。只是按理，相親是雙方的事，一般是圍著邊喝茶吃飯，邊讓男女雙方多了解對方。雖然流蘇名為寶絡的長輩，有權在這樣的場合發言，但相比於二奶奶和三奶奶，在白家的地位大有不如，即使有機會開口，按理也只能說些禮貌門面寒喧的話，不可能真正交流，更不可能產生甚麼驚人的效果。可是范柳原只隻身赴約，更提議一起去看電影，明擺著沒有相親的誠意。當然看電影期間根本沒有可談的空間，看完電影後，范竟打算離開了事。幸好二爺拉著范建議一起吃飯，事件似乎按一般相親的情節方向走，范白二人能一起相處的機會似乎仍然不大。只是情節再來轉折，二爺帶了范及一眾人到了一所有舞池的飯店，范因此提議跳舞。由於寶絡受的是傳統女性的訓練，不懂跳舞；二奶奶三奶奶也如此。就這樣，白家只有流蘇一人因曾與死去丈夫到跳舞場玩過，懂得跳舞，因此便成為白家代表與范共舞，成就了男女主角邂逅的一幕，造就二人單獨相處單獨談話的機會。由此可見，看似不可能的相會，在這樣陰差陽錯的偶

然之下，兩人得以見面。當然，這樣看似的偶然，實際上是文本刻意的苦心經營，只是必須在不破壞可信度的前提下才能成就的。由於上述的情況雖然比較罕見，但絕對合乎情理，因此即使屬於機率極低的情況，卻沒有破壞文本的可信度，也沒有影響〈傾城之戀〉文本的審美價值和良好的閱讀效果。相關相親情節的分析，請參看「角色」一章「對話」環節。

5.5.2.4.2.　角色的可信度

角色方面，最容易製造可信度的方法就是找到在塑造角色時現實生活裏相應的原型，當讀者從閱讀某角色的言行裏，體會到與現實生活的聯繫時，可信度便能建立。譬如魯迅〈白光〉主角陳士成的原型，據王潤華的研究，是周子京，他是魯迅的叔祖兼私塾老師。因著這樣的原型，使得〈白光〉故事變得十分可信[4]。

除了所謂角色原型，還有別的方法，如角色的言行舉止以至思想感情，距離現實生活的人和事比較接近，即使沒有相關原型可供參考，也足以使讀者覺得角色栩栩如生，相關情節真實可信。好像〈神鵰俠侶〉楊過這樣的角色，相信沒有辦法找到他的原型，但他的經歷，他遭受的挫折，堅毅甚至近乎自虐的倔強，以至他對郭靖既崇敬又欲殺他以報父仇那種糾結，相信讀者都能感同身受，信以為真，不會因為沒有相關原型而影響可信度。

5.5.2.4.3.　敘述的可信度

至於敘述，全知敘事者的可信度最高，迨無可疑。至於限知敘事者則有相當複雜的情況，需要從不同角度進行疏理。簡單來說，越不受時空限制的限知敘述，越可信；時空限制與可信度自然成反比關係。除此之外，要量度這類敘述的可信度，還要考慮以下因素，因為限知敘述者的年紀性格身分等都會影響敘述的可信度。下表簡單交代限知敘述下，各種影響可信度的因素：

---

[4]　王潤華：〈論魯迅「白光」中多次縣考、發狂和掘藏的悲劇結構〉，《魯迅小說新論》，台北：東大圖書公司，1992 年 11 月，頁 191-199。

限知敘事角色	影響因素	程度	可信度	原因
身分	身分，輩分，地位，教育水平	越高	越可信	越持平，越客觀
	宗教信仰	有	可信	教條要求不說謊
性格	天真無邪	越天真無邪	越可信	不會說謊
	誠實憨直	越誠實憨直	越可信	不會說謊
	光明磊落	越光明磊落	越可信	不會說謊
	深明大義	越深明大義	越可信	不會說謊
	童言無忌	童言越無忌	越可信	不會說謊
關係	利害關係	越小	越可信	不會因利益而歪曲事實
	利害關係	越大	越不可信	利益會影響評論
	親疏關係	越密切	越不可信	情感影響評論
	親疏關係	越生疏	越可信	影響不了評論
狀態	少不更事	越少不更事	越不可信	不大了解真相
	老糊塗	越糊塗	越不可信	記不起，不清楚真相
	距事件時間	越久	越不可信	部分可能忘記了
	距事件時間	越近	越可信	能掌握事件所有的來龍去脈
能力	理解能力	越沒有	越可信	不懂內容，無法造假
	表達能力	越沒有	越可信	用語創作不出來
	記憶能力	越好	越可信	越知道事件真相

從以上分析可知，影響限知角色可信度的因素極為繁多，要準確量度可信度，難度極大，既有累加，也有累減的成分，受著上述兩方面力量左右。

增加限知敘述可信度的方法

可通過其他角色，尤其是那些德高望重與事件無利害關係的正人君子的評論，幫助限知敘事角色建立他的可信度。讀者如過分相信限知敘事角色所知所見，易被誤導，因此文本往往加進別的角色作為真相提供者作對照，以增加敘述的可信度。

5.5.2.5. 吸引力

吸引力是敘事文本十分重要的價值所在，因此理所當然是文本深層的預

設效果之一。任何文學文本都有努力讓讀者繼續閱讀下去的動機。要讓讀者這樣做，文本的吸引力自不可少，這在敘事文本的情況並無二致。由於敘事文本主要在說故事，因此文本中的故事，情節，事件，角色等應有足以顯示能吸引讀者繼續閱讀的能力。

吸引力可理解為兩種動力，一是繼續追看的動力，二是形成印象的動力。前者屬消極方面，那就是確保閱讀不生厭，讀者願意繼續看；後者屬積極方面，就是讀者願意追看，有著明顯正面效果，這包括三類：記得，回味，好看。具體用來交代敘事文本吸引力的用語有：令人回味無窮，能吸引讀者注意，能吸引讀者追看／重看，令人印象深刻，讀者看得過癮，讓人念念不忘，看得上癮，擊節讚賞，忘寢忘餐／忘形等等。以下分別就故事，角色，敘述，環境以及物件等方面交代吸引力量的發生。其中故事層面下的懸疑效果是極為重要的吸引力量，值得大家多加留意。

5.5.2.5.1.　懸疑效果

「預設效果」是分析敘事文本時其中一個極重要的隱含空間，懸疑（suspense）更是當中的重中之重。吸引讀者元素眾多，但由於敘事文本以講述故事為最主要成分，故事內各種信息的傳達，自然成為掀動讀者情緒的主要工具，控制信息量，控制信息內容的先後，並配合不同時空，讓讀者在一步一步吸收情節各種信息時，不斷彙總，累積甚至篩選剔除重組各種信息，慢慢在腦海裏形成對情節，事件，故事，角色，角色關係等方面的認識。

由於信息不斷更新和累積，讀者需要適時修正他對各方面的認識和預期。與此同時，讀者不免加進個人的感情情緒喜好，使得閱讀過程的整個經歷成為敘事文本吸引力的最大來源。當然影響上述效果除了懸念這個手段外，由誰來當敘事者，即該事件的說故事者，也極具重要性，起著關鍵作用。由於很多敘述都由限知敘事者擔任他的個人時空限制，認知水平的限制，大大制約了他發放傳達信息的可信度和準確度，也左右著讀者接收信息的多少和質量。由於懸疑效果至關重要，因此在這裏獨立標出進行分析，以

顯示它的重要性。

懸疑是效果，懸念是文本中出現的那個疑竇；它出現於所有敘事文本中，尤其是偵探小說，推理小說這些特別重視「找答案」的類型中，更是最重要的結構模式。懸疑，指的是文本在適當位置引發讀者的疑竇，但不作進一步的交代；就是這種神秘感甚至可視之為混亂感的驅使下，使讀者產生好奇，形成猜想，以及渴望追看的感受，在得不到答案的情況下，繼續閱讀，企圖在往後的篇幅裏找到相關的答案，解開疑竇，從而在這個過程中，產生刺激、恐怖、幽默或驚喜等不同的閱讀效果。如從讀者角度看，就是讀者在閱讀過程中遇到不明白不清楚不理解的地方，通過尋找答案，弄清楚弄明白那些疑竇，引起他們閱讀甚至追看的興趣和欲望。如偵探小說出現「誰是凶手？」這類問題或者推理小說「安放在固若金湯的嚴密保安系統內的巨鑽，是如何不翼而飛的呢？」都能產生明顯的懸疑效果。

敘事文本裏基本都有懸念，不只限於偵探小說；敘事文本沒有懸念，便會失去它的魅力。所以，懸疑是最核心、最重要的一種閱讀效果。簡單來說，任何令讀者不明白的、沒有交代清楚的地方都是懸念所在。當然，因表達能力不佳與刻意而產生良好效果之間仍是有著明顯分別的。

從信息管理機制看懸念

讀者掌握文本的任何信息都必須從閱讀文本開始；沒有文本，讀者便無從得知。讀者閱讀文本，如從文本信息角度，等如讀取信息。只是信息如何在文本中交代，哪裏交代，交代多少，由誰或從何種途徑交代出來，都足以影響讀者閱讀的效果。因此，文本管理和控制發放信息的系統就是形成上述懸疑效果的主要機制。

如果從敘事文本的結構和設計看，懸疑效果就是通過有效的信息管理系統而達致的，尤其是現代的敘事文本。由於它基本上突破了傳統敘事文本依賴全知敘事者講述故事，因此與故事相關的信息發放並不如傳統敘事文本般一覽無餘。換句話說，傳統敘事文本很多時候能提供十分全面的信息，要給的全給，信息一下子便提供給讀者。與之相反，現代敘事文本更講求信息的

控制，也就是說，信息的傳達本身成為敘事文本設計和經營的一個關鍵，信息發放能帶動讀者，引導讀者甚至控制讀者的情緒，這個管理系統的關鍵設計就是懸疑。

從讀者認知水平看懸念

讀者讀取信息的質和量，我們稱之為讀者對文本中事件的認知水平。如文本以全知敘事者向讀者發放信息，讀者的認知水平該比文本中任何角色都高，那樣讀者便有著居高臨下，總攬全局的感覺。讀者基本上掌握所有信息，事件發展較難出現出人意外的情況。當然，這並不代表採用全知敘述的敘事文本無法製造懸疑效果，事實上，由於懸疑效果舉足輕重，敘事文本不能沒有它，因此全知敘述也有製造懸疑效果的方法。

5.5.2.5.1.1.　敘事角度

懸疑效果需要適當的工具使之呈現出來，製造懸疑效果的主要工具是敘事角度。因為敘事文本本質上是虛構的，所以讀者是透過文本提供的信息認識故事，包括事件的來龍去脈、角色的特點等等。因此誰是敘事者，採取哪個角度，對提供給讀者的信息起著關鍵的作用。敘事者主要分兩大類，一是全知敘事者，一是限知敘事者。前者採用的是「零聚焦視角」，後者可用上「外聚焦」和「內聚焦」兩種不同的視角（詳參「敘述」的章節）。在全知視角下的懸念實際上是故意不說出來，就是不讓讀者知道真相，由於敘事者高高在上地掌握著全局，這種作法也能帶出懸疑效果；但相較之下，它缺少誤會和猜想之類的元素。限知視角下的懸疑效果則理想得多，能自然地製造出「延宕」效果。限知視角裏又以「內聚焦視角」最容易製造懸疑效果，因為「外聚焦視角」過於理性和客觀，而「內聚焦」可以進入角色內心，添加不少感情色彩，這些主觀感情，可能與真相不相符，因此更容易造成誤導，這因此又能產生更多懸念，使得情節發展變得更神秘也更刺激，更出人意表。

全知敘述

全知敘述在傳統敘事文本（或稱作古典小說）中甚為常見。全知敘事者

要製造懸念，可刻意不說出真相或停止說下去，如章回小說每回末尾都有的「欲知後事如何，請看下回分解」便是。

不明說

除此之外，為了產生懸疑效果，很多時候全知敘事者藉他權威敘事者的身分，刻意將關鍵內容稍為延遲，吸引讀者繼續追看，如〈三國演義〉第 39 回末，諸葛亮首次設局火燒博望坡的曹軍後，曹操大軍隨後便來，當劉備詢問諸葛亮如何應付時，文本這樣寫：「孔明曰：亮有一計，可敵曹軍。正是破敵未堪息戰馬，避兵又必賴良謀。未知其計若何，且看下回分解」。這裏，懸念由第 39 回移至第 40 回開頭，便解開了，諸葛亮建議取代劉表佔領荊州以抗衡曹操，劉備未有接納，因劉表是劉備宗親，不忍心掠奪宗室的領地而作罷。

類似的懸念就是刻意不將關鍵內容提前吐露，只說「如此如此」，以吸引讀者追看，如第 51 回東吳周瑜與劉備爭奪荊州的南陽時，劉備向諸葛亮問計，文本這樣寫：「孔明曰：只須如此如此，玄德大喜，只在江口屯紮，按兵不動」。

採現場直播模式，減去權威概述

雖然〈三國演義〉是以全知敘事者述說故事，但在「孔明借箭」這事件上，全知敘事者沒有出手，基本上「誰說」沒有加進權威概述，而改用現場直播方式交代情節。在這樣敘事模式下，讀者就如潛進角色所在的空間，眼看耳聽到事件的發展，因此當周瑜和魯肅商議如何陷害諸葛亮時，讀者知悉一切；換句話說，讀者認知水平等同這兩個角色。到魯肅見諸葛亮時，讀者也在場，知道諸葛亮向魯肅商借草船，認知水平變成與魯肅和諸葛亮一般。如果疊加這個小事件的認知水平，那麼讀者的認知水平跟魯肅的一樣，卻比周瑜或諸葛亮都高。

往後的事件發展，諸葛亮並沒有透露他的計劃，可見在這當兒，他智珠在握，認知水平最高，相較之下，周瑜所知最少，讀者仍與魯肅所知處於同等水平。到期限將到，諸葛亮邀請魯肅到草船時，讀者仿佛跟著魯肅到達現

場，見證諸葛亮草船借箭的妙著。由此可見，懸疑效果顯不顯著受著很多因素影響，換句話說，要製造懸疑效果，手段還是蠻多的。讀者的認知水平處於何水平：跟全知敘事者一樣，跟個別角色的一樣，還是比個別角色多知一點等等，都會影響懸疑效果，也可見懸疑效果的可塑性很高，也是敘事文本一直魅力不衰的根本原因。

限知敘述

　　限知敘事者這種敘事角度大致主導了現代敘事文本包括現當代小說。由於負責敘述故事的限知敘事者一般都是故事中其中一個角色，認知水平有限。很多時候，他本身對真相也是一知半解的，因此由他提供有限的信息，從而製造懸疑效果，是既自然又合理的做法，不會顯得突兀。他掌握的信息有限，並且不一定全對，信息是順著情節發展一步步提供出來的，所以讀者閱讀時就跟著限知敘事者的角度，一點點地得到信息，有時甚至需要運用邏輯從對錯裏篩選，由此便可增加神秘、混亂等感受。甚至文本有可能故意顛倒敘述的次序，用「插述」或「倒述」的手法敘述，增加信息傳遞的變化，也產生更多元化的閱讀效果。

懸念影響讀者閱讀方向

　　敘事文本無論用甚麼語言書寫，都是循一個固定方向展開，讀者也順時朝這個方向閱讀，如屬直行排列的中文文本，讀者當先沿從上到下閱讀，到行末再向左挪動一行到行頭，再順著由上向下閱讀。如屬橫排文本，讀者先在首行左方第一個字開始，向右閱讀，到行尾，轉向下向行首繼續往右看。

　　閱讀敘事文本除了這種一般的閱讀方向外，也常因應對情節的理解，或者懸疑效果的左右，或不按時序順序敘述所產生的混亂，鼓勵或迫使讀者進行跳讀，或跳到文本開首，或文本其他位置，因此如果如實地將讀者的閱讀路徑記錄下來，將會出現整體順讀夾雜大量逆讀跳讀的現象，造成這個現象的其中一個主要工具和機制就是懸念的使用。

　　由於讀者在解決疑竇的過程中，對於是否真的認識懸念以至解決懸念，並沒有十足把握，因此肯定存在著疑似，猜錯，糾正，重猜，確認等過程。

為此，有關閱讀因此便會呈現除線性以外的其他形態。如懸念比較簡單直接，「設懸」之後出現「解懸」，那麼閱讀方向就是從前面到後面，形態就是簡單的線性形態。可是如果出現不怎麼確定的信息，讀者便難免在向後的方向之外，還會出現逆向，那就是回頭看前面的部分，形態便出現迴圈，因為後面的信息修正前面的理解，因此便需要重新擺正懸念的各種類別，這屬於「糾正階段」。至於這個迴圈會不會重現，要視乎解懸是否得到確認。否則，讀者還需要繼續進行上述的糾正步驟，直至出現確認懸念已給全部解開的信息為止。

　　每當出現與前面懸念相關的信息，都會讓讀者放慢閱讀速度，思考這個新的信息是否能解開疑竇，如屬「解懸」，讀者往後的閱讀速度便可回復正常。相反，如只屬「疑似解懸」或「部分解懸」的信息，讀者還須花時間了解這個信息與懸念的實際關係。如屬完全不一樣的另一懸念，也足以減慢讀者的閱讀速度。如果因為這個新的信息需要重新審視前面的其他信息的話，不止簡單地拖慢閱讀速度，甚至讀者需要重讀先前部分，重新整理原有的懸念結構，甚至重新認識各懸念之間的關係，糾正之前的誤判，這往往增加閱讀和理解的難度，也平白增加讀者的閱讀時間。

5.5.2.5.1.2.　懸念的全形態介紹

　　懸疑是一種閱讀效果，它依靠懸念製造出來，懸念的產生和消除的過程，常常成為敘事文本結構的主體。換句話說，敘事文本很多時是由眾多懸念組成，各個懸念環環相扣，互相牽引，目的在於引導讀者，製造氣氛，控制節奏，從而增加文本的趣味，吸引讀者追看。

5.5.2.5.1.2.1.　基本形態：設懸→解懸

　　懸念可以細分為幾個階段，一般最簡單的形態，只有兩個階段，那就是「設懸」和「解懸」，顧名思義，「設懸」就是形成疑問的階段，如敘事文本開頭劈頭一句：「他一直在思考」，讀者肯定都有以下這個疑問：「他究竟是誰？」這就是「設懸」。如果文本接著便交代：「他的名字叫李世雄」，那麼這個疑問便得到解答，懸念也便得到解除，這就是「解懸」。

如果上述「設懸」和「解懸」兩個階段相距很近，或者如上例般緊接著出現的話，懸疑效果便不會明顯。相反，如果「設懸」和「解懸」相距很遠，甚至處於敘事文本的頭和尾，加上那疑問屬於十分要緊的問題，那麼這懸念製造出來的懸疑效果便十分強烈。偵探小說和推理小說就是依靠懸疑效果為特色的敘事文本類型。只是，由於吸引讀者追看基本上是所有敘事文本共有的特色，因此懸念可算是敘事文本最重要的一項設計。

懸念的運作

那麼懸疑是如何運作的呢？首先是「設懸」，即設定一個值得懷疑的問題出來，或需要從文本中找到答案的問題，然後開始一步步提供資訊，最後是「解懸」。設懸和解懸之間的文本長度（距離）直接關係到懸疑的效果，它們是成正比的，即長度越短（距離越小）效果越小、長度越長（距離越大）效果就越大。若一個懸念在一句話裏就得到解決，那這個懸疑的效果就很小，而且在文本中的重要性相對也較低。如果一個懸疑貫穿整個文本，它往往就是最重要的，它牽引著整個情節的發展，也多數與主題有密切的關係。當然，也有只設懸而不解懸的情況，到結尾都不揭開真相，留待讀者自己思考，這多出現在一些表現具爭辯性主題的文本裏，因此懸念可以引起討論或延續讀者的思考。

簡單來說，設懸就是在文本的適當位置設置某些未知但又與情節緊密相聯的事物，吸引讀者去追看，調動他們的好奇心。通常越關鍵的位置，如與主題密切的位置、事件真相快被揭穿的時刻，越應該設置懸念。最具代表性的懸疑故事便是偵探小說。

5.5.2.5.1.2.2.　未解懸

在上述的基本形態外，與懸念相關的變化十分多，除了「設懸」和「解懸」之外，文本內的懸念有的即使到了文本結束仍沒有給解除，這屬於「未解懸」狀態，有的「未解懸」由於懸念本身並不重要，解懸與否對情節故事都沒有重要影響，所以「未解懸」並不一定引起注意。只是如果懸念屬重要問題，足以影響情節發展或角色命運之類，文本到末尾仍未解懸，便會引起

讀者深思：答案究竟如何？這樣便可讓讀者繼續思考，將閱讀效果延至文本之外，成為不解之謎。問題一直縈繞讀者腦際，吸引讀者馳騁想像，自行解答懸念，讓思考延續下去，很多著名敘事文本就藉「未解懸」機制，保持文本的神秘感，使得文本有撰寫續集的空間。

5.5.2.5.1.2.3.　疑似解懸

有的時候，文本會出現能解開疑竇的跡象，可是由於沒有確切證據，讀者無法證實懸念是否已經解開，因此只能算作「疑似解懸」，留待文本出現確認信息，「解懸」才算成立。又或經過讀者從文本中的蛛絲馬跡中進行推斷，大致能解除當初的疑竇，但未經文本確認，仍留有變數或讀者推測錯誤的可能，由於疑竇並未完全釋除，讀者仍須繼續努力，嘗試進一步破解。這也是敘事文本信息發放時常有的現象，讀者往往因而更有追看下去的衝動。

5.5.2.5.1.2.4.　確認解懸

屬解懸的最終狀態，經過核實，相關的懸念已經成功解開，並得到確認。

5.5.2.5.1.2.5.　延宕效果

除了懸念很快得到解開的情況外，絕大部分懸念從設懸到解懸的過程中，仍可生出很多變化，加進其他成分，如敘述別的事件，刻意將「解懸」延後，產生「延宕」效果，這種「延宕」十分常見，而且手段有很多：可以是背景資料，也可以是與這懸念無關的事、也可以是新的懸念等等。目的明顯就是讓讀者無法馬上知道真相，延緩解開謎團的時刻。

5.5.2.5.1.2.6.　懸念深化：母懸念→子懸念

其中一種「延宕」手段，就是「懸念深化」，如「凶手是誰？」是原有的懸念，在未解懸之先，再生另一疑竇：「他是男是女？」或「他用甚麼凶器犯案？」這樣衍生出與原懸念有關的細緻懸念，可視之為「子懸念」，它們從屬於「母懸念」——「誰是凶手？」之下。

也就是說，文本中有一個最主要的懸念——「母懸念」，在它下面細分了很多小的懸念——「子懸念」。通常「母懸念」是文本中最重要的，和主

題密切相關，母懸念被解開的那一刻往往就是文本高潮所在。例如偵探小說中，「母懸念」通常就是「誰是兇手」，其中又再細分他行兇的動機、所用兇器、以及殺人過程等懸念——這些便是「子懸念」。

5.5.2.5.1.2.7.　懸念溯源：子懸念→母懸念

由一個範圍相對較小或層次相對較低的懸念開始，接著讀者發現原來的懸念只是更大懸念之下一個小秘密，讀者因此發現更多以至更大的疑竇。一般這個大疑竇或叫母懸念，就是文本最重要的內容支撐，吸引著讀者追看。

如〈色戒〉當讀者正在懷疑王佳芝與易先生是甚麼關係時，文本通過王佳芝內心獨白，交代他們的曖昧關係，與此幾乎同時，卻又暗示事情並不如此簡單，他們真實關係撲朔迷離。直到後來，讀者才知道原來王佳芝在當誘餌，假扮水貨客接近易先生，當他情婦，藉此引出易先生，以便進行刺殺這位漢奸的行動。因此「王佳芝與易先生是甚麼關係」是子懸念，「王佳芝接近易先生的真正目的」便是母懸念。

5.5.2.5.1.2.8.　相關懸念：子懸念甲→子懸念乙

所謂相關懸念，就是在同一懸念下衍生出來的子懸念之間的過渡。例如由子懸念甲到子懸念乙之類。由於在同一母懸念下，眾多信息有時不容易截然分開，往往需要到較後時間，當讀者掌握較多信息後，才能認清相關內容，進而重新審視，並真切地認識這些子懸念之間的關係。

承接上面〈色戒〉的例子，「易先生是幹甚麼的」可以作為上述母懸念下的一個子懸念。因此與上面的子懸念之間，便形成由一個子懸念過渡到另一子懸念的情況。

5.5.2.5.1.2.9.　佯解懸

另一種屬「延宕」手段的是「佯解懸」，顧名思義，「佯解懸」就是假裝給予原懸念一個解答，這個時候這個信息可稱為「疑似解懸」，到後來證實不是真的「解懸」，便成為「佯解懸」了。這在諸如偵探小說之類的敘事文本中最為常見，如經過多方詳細明查暗訪，發現角色乙是最大凶嫌，這就是「疑似解懸」；可是接著角色乙提供不在場證據和人證，否定了他是凶手

的可能，因此便成為「佯解懸」。經過這番周折，讀者在找到凶手的一線曙光的興奮後，重新掉進疑問當中，懸念再次出現：「既然不是角色乙，究竟誰才是凶手呢？」讀者找尋真凶的欲望更加強烈，追看的動機也更強。

5.5.2.5.1.2.10. 加懸：懸念甲→懸念乙

此外，敘事文本也可通過「加懸」，達到「延宕」懸念的效果。所謂「加懸」，就是在一個懸念未解時，加插另一與原懸念無直接關係的懸念，進一步使文本情節複雜化，攪亂讀者的心思，以求增加文本的可讀性和豐富文本的閱讀效果。如在凶案發生，引發「誰是凶手？」的懸念後，當地再出現多輛汽車離奇失蹤事件，這便產生新的懸念：「這些汽車為甚麼會不見了」，也會新生別的聯想，如：「凶案與失蹤汽車有沒有關連？」

5.5.2.5.1.2.11. 轉移

如果以上的「加懸」進一步增強，便可產生轉移讀者視線的效果，這種「轉移」即不斷提出新的懸念，假設文本一開始設了懸念甲，在它還未解開之時又設了懸念乙、接著還有懸念丙、懸念丁，往往是一個問題還沒處理又來下一個，目的是要製造出緊張急促的效果，讀者來不及解答前一個懸念，新的又來，甚至連接收信息和資料方面都產生混亂。有的時候，文本故意設置很多懸念，不斷轉移，阻礙讀者掌握答案的進程，這樣就要求讀者在閱讀時需要花一定功夫去整理這樣複雜的情況，這個整理過程往往能為讀者帶來發現真相的樂趣。

5.5.2.5.1.2.12. 部分解懸

還有一種「延宕」手段就是「部分解懸」，那就是懸念中的疑問，因部分信息披露了出來，而得到部分解答。由於只有部分疑竇得到解開，懸疑效果仍將繼續，而且不排除會出現其他「部分解懸」，直至懸念全給解開為止。因此「部分解懸」可視為解懸過程的一個部分。

5.5.2.5.1.2.13. 倒置懸念

也可稱為「逆懸念」。閱讀期間，文本是無法保證讀者能產生懸念的，除了屬故事主要是中心懸念外，某些比較不怎麼重要的懸念，讀者未必能在

適當位置，產生如文本原本設計希望產生懸念的地方，形成懸念，產生「設懸」。這個時候，當重要信息或真相出現時，才引來讀者的注意，從而回想文本前有若干與這信息有關的地方，由此可能引起讀者對這些信息發放機制的興趣，並因此重新考究信息發放的次序，仔細玩味由此而產生的懸疑效果。

換句話說，「倒置懸念」就是說相關疑竇不被重視，讀者不知這些信息的重要性，以至沒有「設懸」階段，直到懸念給解開時，讀者才恍然大悟：發現這懸念其實早在文本前面已有顯示，而且對於情節發展有著十分關鍵的影響，只是讀者沒有注意而已。是項懸念的特點在於讀者先發現解懸部分，然後回頭回看文本，重整設懸以至解懸的全過程。

是項懸念正因為有著讓讀者回看的功能，使得閱讀過程比傳統文本來得複雜和豐富。從此閱讀過程並不一定是單向的，即由文本開頭一直到末尾，而是通過倒置懸念，使得閱讀方向倒置過來，再按文本順序繼續讀者的閱讀過程。如果文本中大量出現倒置懸念的話，讀者的閱讀經驗會是既有前進，又有退後，懸疑效果也變得複雜，也充滿色彩。

5.5.2.5.1.2.14.　懸念與伏筆

伏筆是先出現不甚引人注意的一小部分，到後來出現全部，讀者那時會想起有一點印象，經翻查或反復思考後，恍然大悟，發現相關部分已然出現在前面，並有重看該部分，欣賞這巧妙設計的衝動。伏筆是讀者後知而翻看的設計。懸念則不同，當疑問開始形成，即「設懸」出現時，一般都能引起讀者注意，引起他的懷疑，並由此留心相關的發展，直至「解懸」出現，將「懸念」解開，讀者才放下心來。懸念是一直吸引讀者追看的手段，出現的頻率和次數比伏筆多得多。

從形態看，伏筆與倒置懸念有點相似，但它們的本質並不相同。懸念牽涉疑問到解答的過程，伏筆則不涉及解決問題，只是預先安排出現，或提醒讀者注意，或避免後面出現時產生的突兀感而早作的佈置而已。

小結

以上的分類，只為解說方便，各種形態之間並不互相排斥，它們可以相互結合在一起。例如多個子懸念之間可以是「轉移」的關係、「母懸念」解懸的過程中多安插幾個「子懸念」，拉長「解懸」時間便是「延宕」。不同組合可以得出不同效果，所以實際運用起來有更多種類、更多變化。以上屬於理論角度看懸念，實際出現在敘事文本中的懸念還遠比上述的複雜。

5.5.2.5.1.3.　傳統敘事文本的懸疑效果

〈三國演義〉「草船借箭」

　　產生懸疑效果的方法有很多，就是傳統敘事文本中也常見，如〈三國演義〉的「草船借箭」：周瑜借造箭之機企圖除掉諸葛亮的情節中，便充滿懸疑色彩。當讀者讀到諸葛亮毅然答應周瑜要求，為未來會戰曹操軍隊而監造十萬支箭時，由於讀者知悉周瑜計謀，可能在思考諸葛亮如何推掉這苦差，以免墮入周瑜陰謀。就在此時，諸葛亮竟然主動縮短完工期限，由十天改成三天！這當兒「諸葛亮如何解困」的懸念不但沒有減輕，反而給加重了。讀者焦急心情以至為諸葛亮捏汗的反應，〈三國演義〉藉魯肅這好好先生表現出來。由於魯肅性格敦厚，不善機謀，同時一直主張東吳連合劉備共抗曹操，因此當他知道周瑜設這計陷害諸葛亮時，他在文本內便有著如讀者般焦急和同情諸葛亮的表現。當讀者讀到諸葛亮要求魯肅幫忙時，讀者對「諸葛亮如何解困」這懸疑，也許會興起「魯肅怎樣能助諸葛亮脫困」的相關疑問，魯肅不但責怪諸葛亮不應縮短交箭期限，陷自己於不義，另也提出不若離開東吳的建議。這些解決懸念的方法諸葛亮並沒有採用，相反，諸葛亮提出請魯肅幫忙為他預備草船等材料。至此，原來的「解困」懸念未解，反增加「這些材料如何造箭」的新懸念來。懸念一直到期限完前一個晚上，諸葛亮邀請魯肅上草船喝酒時才到達高潮。連魯肅也懷疑諸葛亮想趁夜逃亡，到諸葛亮指示船上士兵將草船駛向曹營時，害得魯肅以為諸葛亮竟打算投降曹操！

　　直至這裏，懸念不但沒解開，反而越加複雜，到了諸葛亮借重霧疑兵，引得曹兵拼命射箭迎抗，待草船左右插滿曹箭，凱旋返航時，魯肅以及讀者

才真正知悉諸葛亮葫蘆內賣的是甚麼藥。懸念終於得以解開，也成就了「草船借箭」這精采絕倫的故事。

以下是從懸念角度交代「孔明借箭」事件的各個環節：

懸念類型	情節
母設懸	諸葛亮如何完成監造十萬支箭的任務
子懸念	諸葛亮如何解困
加重懸念	三天內完成
伴子解懸	魯肅提議諸葛亮離開東吳
懸念深化	諸葛亮向魯肅要求幫忙，找來草船材料；草船材料如何造箭？
伴母解懸	草船材料造箭
伴子解懸	坐船投降曹操
解懸	藉重霧當前將草船靠近曹營，曹軍射箭拒敵，諸葛亮因此得到超過十萬支箭，超額完成任務

5.5.2.5.1.4.　現代敘事文本的懸疑效果

角色出場的懸疑效果

就敘事文本而言，角色的一切是懸念的熱門項目，角色的出場往往是容易製造懸念的地方，如〈紅樓夢〉中王熙鳳出場──未見其人、先聞其聲。或者金庸武俠小說〈笑傲江湖〉中的主角令狐沖出場前，借恆山派小女弟子儀琳的口，說出令狐沖驚心動魄地惡鬥武林高手兼淫賊田伯光的過程，並由不同角色給予令狐各種不同的評價。令狐沖一直沒有出場，但他的形象已從別人的轉述和判斷中，花了起過一百頁的篇幅突顯出來，而且中間充滿懸念，產生極佳的懸疑效果。請參「角色」一章，前者見「出場」環節，後者見「評論」環節。

魯迅〈藥〉的角色出場

> 秋天的後半夜，月亮下去了，太陽還沒有出，只剩下一片烏藍的天；除了夜遊的東西，什麼都睡著。華老栓忽然坐起身，擦著火柴，點上遍身油膩的燈盞，茶館的兩間屋子裏，便彌滿了青白的光。

「小栓的爹，你就去麼？」是一個老女人的聲音。裏邊的小屋子裏，
也發出一陣咳嗽。

「唔。」老栓一面聽，一面應，一面扣上衣服；伸手過去說，「你給
我罷。」

華大媽在枕頭底下掏了半天，掏出一包洋錢，交給老栓，老栓接了，
抖抖的裝入衣袋，又在外面按了兩下；便點上燈籠，吹熄燈盞，走向
裏屋子去了。那屋子裏面，正在窸窸窣窣的響，接著便是一通咳嗽。
老栓候他平靜下去，才低低的叫道，「小栓……你不要起來。……店
麼？你娘會安排的。」

就在這短短的一部分已經設下了幾個懸念，主要是交代角色關係的。文
本開頭如何交代角色的身分和關係往往是很值得研究的課題，讀者一般不會
直接從文本中得到答案，而是需要一些推理和歸納，從片言隻語中，自行理
出線索甚至真相來。

從上面的引文，可以整理出以下的懸念來：

設懸一：「夜遊的東西」是什麼？

後面回答了，是華老栓，這幾乎是「解懸一」了，因為他不在睡覺，反
而起床了。可是，讀者不禁產生懷疑，為甚麼一個人會成為「東西」呢？因
此應該不是「解懸一」，只能是「疑似解懸一」。此外，還產生別的懸念
——設懸二：「他為甚麼要起床呢？」

設懸三：「老女人」是誰？

由於下面只提到一個女人：「華大媽」，由此推論，她理應就是華老栓
的妻子，「解懸三」緊貼著「設懸三」出現。

設懸四：「咳嗽」聲是誰發出來的？「解懸四」也是馬上出現的：後面
跟著華老栓的視角進入裏屋，老栓稱呼內面的「小栓」，所以咳嗽聲是小栓
發出的。

設懸五：老栓和小栓之間是甚麼關係？

「解懸五」也是緊接著出現的：由華大媽的一句「小栓的爹」點破了。

從這個稱謂可知他們的關係，華老栓是爸，華大媽是媽，小栓是兒子。

　　由此可見，〈藥〉角色關係是一點一滴傳達出來，通過這一個個懸念的製造交代出來的。主要方法就是先設懸，引起讀者的注意，然後分別提供更多信息，讓讀者可以經過思考自行理出角色之間的關係，文本不用明說。當然，以上這些懸念對於理解主題沒有十分緊密的關係，所以設懸和解懸之間的距離都很短，懸疑效果也比較輕微。但有些懸念是暫時未作解答的，它們便顯得較為重要了，例如：華老栓為何起床？他帶著一包錢出去幹嘛？——這些到上述原文完結時，還屬未知數，明顯故意牽引讀者繼續看下去，它們與主題的關係便顯得較為重要了。

穆時英〈夜總會裏的五個人〉的角色出場

　　　　哈巴狗從扶梯那兒叫上來，玻璃門開啦，小姐在前面，紳士在後面。

　　　「你瞧，彭洛夫班的獵舞！」

　　　「真不錯！」紳士說。

　　　舞客的對話：

　　　「瞧，胡均益！胡均益來了。」

　　　「站在門口的那個中年人嗎？」

　　　「正是。」

　　　「旁邊那個女的是誰呢？」

　　　「黃黛茜嗎！噯，你這人怎麼的！黃黛茜也不認識。」

　　　「黃黛茜那會不認識，這不是黃黛茜！」

　　　「怎麼不是？誰說不是？我跟你賭！」

　　　「黃黛茜沒這麼年青！這不是黃黛茜！」

　　　「怎麼沒這麼年青，她還不過三十歲左右嗎！」

　　　「那邊兒那個女的有三十歲嗎？二十歲還不到——」

　　　「我不跟你爭，我說是黃黛茜，你說不是，我跟你賭一瓶葡萄汁，你再仔細瞧瞧。」

黃黛茜的臉正在笑著，在瑙瑪希拉式的短髮下面，眼只有了一隻，眼角邊有了好多皺紋，卻巧妙地在黑眼皮和長眉尖中間隱沒啦。

設懸一：一開始讀者便會產生疑問「進入夜總會的那小姐和紳士分別是誰呢？」

部分解懸一：首先由舞客解開一個懸念，在他們的對話中，讀者得知那紳士是胡均益。

設懸二：「那小姐是不是黃黛茜？」至於那位小姐是誰，文本不但沒有即場加以解開，反而成為情節發展一個值得注意的部分：新的懸念由兩位在場的「舞客」對話帶出來：他們在爭論女士是不是黃黛茜。這個懸念由「那小姐是誰」變成「她是不是黃黛茜」。新的懸念跟真相似乎走近了一步，但懸疑效果反因此增強了。讀者只能跟著角色的猜測，進入新的懸念去。

解懸二：後來由另一「舞客」直接道出她的名字——黃黛茜，「是不是黃黛茜」這懸念得以解開。

設懸三：「黃黛茜究竟幾歲？」但同時又帶出這一個新懸念來。這懸念之所以重要，是因為它跟黃黛茜這重要角色的困惑——年華老去有直接關係。

解懸三：這個懸念後來解開了，原來她已接近三十歲。也正因為這個緣故，她覺得青春正離她而去，所以她趁著現在還算青春，盡情玩樂，好無負青春。這也成為這個文本處理的主題——現代人玩樂心態的其中一面，它的重要性可想而知。

蘇童的〈美人失蹤〉的懸念

這個敘事文本也是通篇著力地製造懸疑效果，當然最重要的懸念也是「母懸念」就是「失蹤事件」了。這裏，「母懸念」就是主角珠兒失蹤的真相，其中更帶出很多「子懸念」，包括「珠兒是個怎樣的人」、「她的失蹤與蓓蕾和貞貞有沒有關係」、「她最後到了哪裏」、「她在上海幹了甚麼」、以及「跟她一起的男人是誰」等等。有的懸念隨著文本的開展，得到

解開，但也有些讀者一直無法知悉真相，例如珠兒到上海的原因和她為何最後說了一句「男人沒有一個好東西」等等。

此外，眾多懸念中有的文本藉角色的限知製造「伴解懸」，使得原來的懸念更加複雜，但也更有吸引力。例如珠兒母親懷疑「王剛殺了珠兒後挖地藏屍」這個「子懸念」。文本走進珠兒母親的視角，「認定」王剛殺了珠兒，表面上她好像帶著讀者找到真相。事實上，她想錯了，讀者也因為這「伴解懸」增加對這「子懸念」的注意和興趣，達到「延宕」的效果。在珠兒母親懷疑王剛這個情節，是想把讀者視線轉移到其他地方，隨著母親的視角去跟蹤王剛，看似快要揭開真相了，但其實這是刻意製造的「轉移」效果，後面水上漂來一具浮屍那個情節也有相近的作用。

這在敘事文本並不罕見，尤其屬推理偵探類型文本。這個文本一次次地推出新的懸念，又用「伴解懸」誤導讀者，為的是故意阻礙讀者接近真相，製造「延宕」效果，從而強化了懸疑效果。假使文本省去整個調查過程，沒有蓓蕾、貞貞、豬八戒、王剛等人的評論，那整篇文本便沒有多少看頭了。正因為「延宕」，保留了敘事文本的閱讀趣味和魅力。

敘述層面的懸念

〈美人失蹤〉這個文本裏面值得說的是最後一段：

> 這樣的結局出乎人們的意料之外，正如一些艷陽高照的日子，護城河水古老而寧靜的流淌著，你發現從上游漂來一條巨大的死魚，但是等它靠近了你突然看清楚那不是死魚，那是一具浮屍。請設想二十年前我們香椿樹街人的茫然和驚喜，一個名叫珠兒的美人無聲無息地失蹤了，但是最後她又穿著一雙新皮鞋回家啦！

這裏要仔細思考的是，為甚麼在這最末一段重提「浮屍」呢？本來故事情節在前面就已交代完了，可以結束了，加上這幾句話有何用意呢？文本想帶出甚麼信息？——這同樣是懸念，但並非從故事情節本身而生的懸念，而屬敘

述層面的懸念和手法方面的懸念，使讀者對這個書寫模式產生好奇。

　　請看文段第一句的「正如」一詞，表明這裏使用了比喻，而本體是「結局出乎意料之外」、喻體是「河上漂來死魚、死魚原來是浮屍」，這兩者之間的相似之處就是強烈的對比與反差。那艷陽高照下的一條「護城河水」，是充滿光明且有著正面意義的，年年歲歲如此波瀾不驚地流著，就如香椿樹街的百姓生活一樣，這時理應有活生生的魚兒在裏面享受陽光，但卻漂來一條死魚，甚至靠近一望，這還不是死魚，而是恐怖的浮屍，感情色彩馬上轉向負面，便形成了巨大的反差，令人驚異的感受也正如珠兒平安回來的結局一般。另外，這是否象徵著母親眼裏的珠兒前後形象的轉變呢？母親原本對珠兒的評論全是正面的，她認為自己的女兒很好、是乖女，而後來聽到關於她女兒不檢點、風流的各種負面評論後，就如在艷陽高照的河上見到浮屍一樣，出乎意料，這對於一個疼愛珠兒的母親來說是很大的打擊。珠兒是回來了，但回來的那個已不是母親心目中的珠兒，所以母親一直以為珠兒沒有回來，她那個「乖女」永遠失蹤了，再也找不回來，所以因此而瘋掉。此外，加上這一段可以成功地把故事的焦點放回珠兒與其母親那裏，表達作者想寄寓的主題，如果在前面「珠兒不肯說出那男人是誰」的情節就結束，那焦點就會落到「男人」身上。所以，我們閱讀文本時，每當碰到不大明白的地方（大概就是「陌生化」效果所在），不妨仔細多看上幾遍，我們看不明白的地方可能正是文本特意設計出來，製造閱讀效果所在。有關這個文本的其他分析，請參看「角色」一章「評論」環節。

張愛玲〈色戒〉的眾多懸念

　　以下以〈色戒〉作為例子，交代懸念相關的各種類型。先看看首幾段文字的懸念情況：

原文（首四段）	懸念各類型及說明
麻將桌 1, 10 上白天也開著強光燈，洗牌的時候一隻隻鑽戒 2 光芒四射。白桌布四角縛在桌腿上，繃緊了越發一片雪白，白得耀眼。酷烈的光與影更托出佳芝 3, 4 的	1. 設懸一：角色在雀戰？誰在打牌？ 2. 疑似解懸一：戴鑽戒的，都是女的？

胸前丘壑 5，一張臉也經得起無情的當頭照射。稍嫌尖窄的額，髮腳也參差不齊，不知道怎麼倒給那秀麗的六角臉更添了幾分秀氣。臉上淡妝，只有兩片精工雕琢的薄嘴唇塗得亮汪汪的，嬌紅欲滴，雲鬢蓬鬆往上掃，後髮齊肩，光著手臂，電藍水漬紋緞齊膝旗袍，小圓角衣領只半寸高，像洋服一樣。領口一隻別針，與碎鑽鑲藍寶石的「紐扣」耳環成套。6

左右首兩個太太 7 穿著黑呢斗篷，翻領下露出一根沉重的金鏈條，雙行橫牽過去扣住領口。戰時上海因為與外界隔絕，興出一些本地的時裝。淪陷區金子畸形的貴，這麼粗的金鎖鏈價值不貲，用來代替大衣紐扣，不村不俗，又可以穿在外面招搖過市，因此成為汪政府官太太 8, 9 的制服。也許還是受重慶的影響，覺得黑大氅最莊嚴大方。

易太太 11, 12, 13 是在自己家裏，沒穿她那件一口鐘，也仍舊「坐如鐘」，發福了，她跟佳芝是兩年前在香港認識的 14。那時候夫婦倆跟著汪精衛從重慶出來 15，在香港耽擱了些時。跟汪精衛的人，曾仲鳴已經在河內被暗殺了，所以在香港都深居簡出。

易太太不免要添些東西。抗戰後方與淪陷區都缺貨，到了這購物的天堂，總不能入寶山空手回。經人介紹了這位麥太太 16 陪她買東西，本地人內行，香港連大公司都要討價還價的，不會講廣東話也吃虧。他們麥先生 17 是進出口商，生意人喜歡結交官場，把易太太招待得無微不至。易太太十分感激 18。珍珠港事變後香港陷落，麥先生的生意停頓了，佳芝也跑起單幫來 19，貼補家用，帶了些手錶西藥香

3. 部分解懸一：佳芝是其中一位

4. 設懸二：佳芝是誰？是主角嗎？

5. 部分解懸二：強調大胸脯，證明佳芝是女的

6. 部分解懸二：描述佳芝的美貌，形象也正面，應該是主角

7. 部分解懸一：另兩位打牌的是兩位太太

8. 倒置解懸三：他們的身分是官太太

9. 疑似解懸二：佳芝是官太太？

10. 設懸三：打牌的人甚麼身分？因 8 倒置懸念糾正而得的懸念

11. 部分解懸一：最後一位打牌人是易太太

12. 設懸四：易太太是甚麼身分？

13. 設懸五：易太太與佳芝是甚麼關係？

14. 部分解懸五：兩人相識於香港

15. 部分解懸四：易太太跟汪精衛是一夥的

16. 部分解懸二：佳芝結了婚，丈夫姓麥

17. 部分解懸二：麥先生身分

18. 部分解懸五：二人關係不錯，易太太感激佳芝

19. 部分解懸二：佳芝是商人太太，同時做水貨客；因此她不是官太太，9 疑似解懸一變成伴解懸一

20. 部分解懸五：關係很不錯，留佳芝住自己家

21. 解懸一：其中一位太太是馬太太，至此，四位雀戰的角色分別是佳芝，易太太，馬太太和另一位太太。當然，如果要知道她們

水絲襪到上海來賣。易太太一定要留她住在他們家 20。 「昨天我們到蜀腴去——麥太太沒去過。」易太太告訴黑斗篷之一。 「哦。」 「馬太太 21 這有好幾天沒來了吧？」另一個黑斗篷說。	進一步信息的話，這個懸念仍未完全解開，因另一位太太姓甚名誰，一直到文本末也未有進一步信息

經過以上分析，這裏懸念一共五個，勉強解開了的只有一，那就是誰在打雀戰？真正解開的只有三，她們其中三位是官太太，佳芝是水貨客。至於關於佳芝這個角色的信息，讀者知道更多，但更重要的信息還沒有透露。

通過懸念交代角色關係

接著我們嘗試分析一下一個較為複雜的情況：文本是怎樣交代人物之間的關係的？

王佳芝與梁潤生

梁潤生這個角色戲分並不吃重，但在文本裏卻擔任一個十分關鍵的功能。這個功能文本沒有特別明顯地交代出來，而是利用王佳芝的限知敘事角度，通過懸念方式，一步一步地向讀者透露。梁潤生的名字首次出現在王佳芝打電話的時候「有點怕是梁潤生」。這時讀者未免感到疑惑：為甚麼突然出現這個人呢？他是誰？王佳芝為甚麼怕他？他們之間有甚麼關係？懸念因此設立了。

第二次出現在提到王佳芝胸部越來越高的時候：「只有梁潤生伴伴不睬」，這使得讀者可能將他們的關係跟「性」連在一起。到交代背景的時候，再提到「只有梁潤生一個人有性經驗……只有他嫖過」。這樣說了，似乎肯定了剛才的猜想，他們兩者的關係一定跟性有關。可是，接著又衍生另一疑問：究竟梁潤生有性經驗與王佳芝有何關係呢？請再看這兩小段文字：「浴在舞臺照明的餘暉裏……一個個都溜了，就剩下梁潤生。於是戲繼續演下去」，「她與梁潤生之間早就已經很僵。大家都知道她是懊悔了……」。這裏信息還只是隱晦的暗示著，沒有明說，直至「有很久她都不確定有沒有

染上甚麼髒病」一句，讀者大概才比較清楚他們之間的瓜葛：為了演好一場誘惑易先生的戲，王佳芝需要褪去處女之身，並要學習些性愛技巧，由於只有梁潤生有這方面的經驗，所以他便名正言順地與王佳芝發生性關係了，這使得王佳芝事後感到十分尷尬，而且懷疑給人佔了便宜。

王佳芝與易先生

　　由於二人是這個敘事文本的男女主角，因此他們的關係是文本的重點所在，以下就文本開始交代他們關係的部分，以懸念角度進行分析：

原文	懸念各類型及說明
以下引文只集中到說明懸疑的部分，其他一律略去： 大家算胡子，易先生乘亂裏向佳芝把下頦朝門口略偏了偏 1, 2。 她立即瞥了兩個黑斗篷一眼，還好，不像有人注意到。她賠出籌碼，拿起茶杯來喝了一口，忽道：「該死我這記性！約了三點鐘談生意，會忘得乾乾淨淨。怎麼辦，易先生先替我打兩圈，馬上回來。」3 …… 這太危險了。今天再不成功，再拖下去要給易太太知道了。4, 14 ……她到櫃檯上去打電話，鈴聲響了四次就掛斷了再打，怕櫃檯上的人覺得奇怪，喃喃說了聲：「可會撥錯了號碼？」 是約定的暗號。這次有人接聽。5, 7, 8 「喂？」 還好，是鄺裕民的聲音。就連這時候她也還有點怕是梁閏生，儘管他很識相，總讓別人上前。 「喂，二哥，」6 她用廣東話說。「這兩天家裏都好？」 ……	1. 設懸一：易先生與佳芝是甚麼關係？ 2. 疑似解懸一：他們二人有曖昧關係？ 3. 疑似解懸一：怕人注意到，有曖昧關係機會較大？ 4. 疑似解懸一：怕易太太知道，按理只有二人有奸情才怕易太太知道，因此他們有曖昧關係的機會很大？ 5. 疑似解懸一：打電話不直接通話，是與易先生的約定暗號？要是這樣，他們的奸情幾可肯定。 6. 設懸二：那麼鄺裕民究竟是誰？是佳芝的二哥，是親哥哥？ 7. 伴解懸一：原來接聽對方不是易先生，因此否定 5 的可能，疑似解懸變成伴解懸一。 8. 設懸三：佳芝與鄺裕民約定了甚麼？為甚麼需要這樣轉折地聯繫？ 9. 疑似解懸一：所謂成功，虎視眈眈似乎在證明易王有不可告人秘密，有奸情。 10. 確認解懸：易王確有奸情。 11. 設懸四：下手，下甚麼手？誰向誰下手？

今天要是不成功，可真不能再在易家住下去了，這些太太們在旁邊虎視眈眈的9。也許應當一搭上他就找個甚麼藉口搬出來，他可以撥個公寓給她住10，上兩次就是在公寓見面，兩次地方不同，都是英美人的房子，主人進了集中營。但是那反而更難下手了11……	12.加懸，設懸五：不成功再沒有機會？與11「下手」7「暗號」4「成功」，指的是奸情還是甚麼？
今天不成功，以後也許不會再有機會了。12……	13.解懸一二三四五：真相大白，佳芝以水貨客身分接近漢奸易先生，成為他的情婦，以便找尋暗殺他的機會。解懸一：易先生和佳芝表面上是情夫情婦關係，事實上，佳芝是誘餌，暗殺易先生是目的；解懸二：鄺裕民不是王佳芝哥哥而是策劃暗殺行動的同志之一；解懸三：約定是確認易先生行跡，以便展開暗殺行動；解懸四：下手指的就是刺殺易先生的行動；解懸五：成功指暗殺行動的成功。
汪精衛一行人到了香港，汪夫婦倆與陳公博等都是廣東人，有個副官與鄺裕民是小同鄉。鄺裕民去找他，一拉交情，打聽到不少消息。回來大家七嘴八舌，定下一條美人計，由一個女生去接近易太太——不能說是學生，大都是學生最激烈，他們有戒心。生意人家的少奶奶還差不多，尤其在香港，沒有國家思想。這角色當然由學校劇團的當家花旦擔任。13	14.佮解懸一：原來以為是怕易太太知道奸情的猜想並不對，所以疑似解懸一變成佮解懸一；佳芝怕的是暗殺行動不成功，包括易太太都會看出端倪。

文本交代二人的關係相當複雜，讀者在不斷糾正所知，以適應新得到的信息，形成錯綜複雜的閱讀過程。在拿捏關鍵角色的關係上，文本著實花了不少工夫，不斷延緩讀者知道真相的過程，在這其中，懸念擔任至關重要的作用，懸疑效果發揮著驚人的魅力，使得這個敘事文本的吸引力非比尋常，耐人尋味。

從上述這個例子可見，文學文本裏提供信息是一門很高深的學問。這個文本的懸念很多，設計得也很巧妙；因為王佳芝這角色本身的身分相當神秘，她有多重身分：本身是一名學生，劇團當家花旦，喜歡演戲；但同時她在扮演「麥太太」，又是易先生的情婦，同時還要擔任刺殺行動中一個引誘獵物——易先生的餌。在是項「演出」中，除了「太太」這個身分用來掩護真正目的外，另外兩個扮演的身分都必須隱藏起來，所以整個文本都盡量不

明說，充滿懸念，也因此定下這個文本神秘的調子。

5.5.2.5.2.　故事的吸引力

有趣或能引起興味的題材

　　從故事層面看，吸引力源於讀者對故事角色結局等的好奇，屬於探秘，獵奇性質，尤其是對不熟知事物，希望掌握更多，弄清真相之類，大多指那些未可知，似知不知，不大確定的信息而言。

　　如李碧華〈胭脂扣〉寫五六十年代香港所謂「塘西風月」的描寫，對八十年代以後的香港讀者來說，自有這類獵奇探秘的吸引力，尤其是那些妓寨，紅牌阿姑等歷史及情況，更能招徠眾多好奇的眼光。

曲折而引人入勝的情節

　　敘事文本有時題材不怎麼新鮮，但憑著出色的情節，峰迴路轉的橋段，往往也能攫住讀者的心，吸引他們樂此不疲地追看。這樣的例子並不在少數，但論密度，情緒起伏程度，緊張緊湊度，筆者還是推薦〈笑傲江湖〉令狐沖智鬥田伯光事件，詳情可參看「角色」一章「評論」環節。

高潮

　　從故事層面，情節和事件角度看，敘事文本其中吸引讀者的地方，當然就是高潮所在，也應該是敘事文本吸引力量最強的地方。好像金庸的〈神鵰俠侶〉中故事走到最後，郭襄被捉，蒙古大軍圍攻襄陽，南宋危在旦夕，當包括陣法大師黃藥師也無法破陣救回郭襄，更無法阻擋蒙古大軍時，神鵰大俠楊過，小龍女和神鵰以所向披靡的氣勢殺進蒙古陣中，不但救活郭襄，還殺死蒙古護國大師金輪法王，接著楊過更追殺親征到來襄陽的蒙古大汗蒙哥，一直追殺至最後以彈指神通飛射石塊擊穿背心，將蒙哥置諸死地，蒙古忽必烈等為回蒙古爭大汗位，完全退兵回蒙古，使得南宋取得大捷，解除亡國的威脅。這一幕驚心動魄的情節發展，絕對有著高潮迭起，引人入勝的閱讀效果，吸引力自然不言而喻。

　　〈神鵰俠侶〉對情節的處理，常有掀動讀者情緒的效果，雖然由於情節

已家喻戶曉，讀者很多時候在閱讀小說前已大致知曉整個故事，但也會有個別事件情節中給文本弄得神經緊張，情緒忽悲忽喜，這無疑是文本能掌握吸引力竅門之功，好像當飽歷風霜嚐盡相思之苦的楊過，應妻子小龍女十六年之約，來到斷腸崖，等候龍到來不果後，憤然跳崖自盡，原來崖下是一大水潭，楊因此沒能死去，並因此發現潭下有光，經多番嘗試，楊重新潛進潭底，順水流來到潭下另一出口，當楊過看到到處花樹，還有古墓養的玉蜂時，楊不能相信自己的眼睛，接著看到那裏房子內的簡單陳設，儼如古墓內的狀況，更讓楊激動不已，只是楊更不敢向前，害怕的是唯一也是最後的希望也最終幻滅，楊流下滿臉淚水的當兒，聽到「過兒你有甚麼不開心」時，龍楊重逢的感人場面就此出現，也是敘事文本感情線上高潮所在，也為龍楊二人飽經歷練最終圓滿結局的曲折遭遇走到幸福美滿的最後，相信這也是〈神鵰俠侶〉吸引力量聚焦點之一。

5.5.2.5.3.　角色的吸引力

能掀動情緒

角色形象性格以至遭遇甚至結局都是掀動讀者情緒的重要成分，自然成為敘事文本吸引力的重要來源之一。長篇敘事文本一般由於篇幅較長，有足夠空間發揮角色的各項特點，因此較易製造吸引力量，傳統敘事文本由於更重視情節，角色遭遇一般更為豐富，也更能發揮這種由角色衍發出來的吸引力。

以下就角色遭遇，性格和形象三方面來解說，另考慮讀者的情緒，再按正面和負面兩大類角色分別論述：

5.5.2.5.3.1.　遭遇

角色尤其是主角的遭遇一般都最吸引讀者眼球，以下分別從正面和負面角色加以說明。

正面角色

正面角色討人歡喜，讀者總想多看到關於他的言行，當他遇到好事，走

著好運，讀者會樂於接受。相反，如遇挫折，讀者總想看到他們如何化險為夷，遇事吉祥。相對而言，後者那種從悲到喜，從逆變順的轉變更能掀動讀者，更能收吸引之效。讀者只要看看〈神鵰俠侶〉中的楊過，如何從破窰的小無賴到「神鵰大俠」的整個過程，便自然能體會這方面的超凡魅力。

負面角色

　　負面角色如屬大奸大惡者，讀者總有替天行道的心思，總希望看到他罪有應得的一幕。可是，情節發展不定盡如人意，歹角反而可能處處成功，讀者惟有指望情節進一步的發展，能遂所願，這也形成繼續追看故事的動力，也是文本吸引力所在之一。〈笑傲江湖〉的左冷禪，〈射鵰英雄傳〉的歐陽鋒，以及〈神鵰俠侶〉金輪法王都是有名的歹角，大致都可作如是觀。

　　至於讓人反感或不快的角色，雖然不及歹角的可憎可殺，但也足以使讀者覺得可恨可惡，總希望這類角色得到某種懲罰，至少也應有點挫折才行，這種期望也成為閱讀的吸引力量。郭芙明顯屬於這種角色類型，雖然通篇讀者都沒有目睹她有受到多少委曲和懲罰，但楊過通過為郭芙妹妹郭襄大張旗鼓地慶祝 16 歲生辰，在郭芙夫婿耶律齊繼任丐幫幫主之前搶盡他們的風頭，可說是為眾多不滿郭芙所作所為的讀者，出了那烏氣，相信也能稍稍平伏一下讀者對郭芙那種不忿不滿的情緒。

5.5.2.5.3.2. 性格

　　除了角色遭遇外，性格也足以影響文本的吸引力。正面角色一般都能得到讀者的喜愛，如〈笑傲江湖〉的小尼姑儀琳，她楚楚可憐，惹人憐愛，讀者也容易為她動心，她痴戀令狐沖不能自拔，也讓讀者扼腕長嘆。至於〈神鵰俠侶〉的郭襄則屬另類予人好感的角色，她天真可愛，聰明機智，具俠義心腸，但又豪爽大膽。對於「大哥哥」楊過，由完全陌生到漸漸傾心，更從母親黃蓉口中，知道自己以至全家與楊過有著極深的淵源，對楊過的情意有點不能自拔，但卻能不越理性，衷心祝福楊與小龍女白頭偕老……。精緻而到位的角色塑造，確能吸引讀者注意，更能展現文本的魅力，好讓讀者戀戀不忘。

有的角色深入民心，讀者甚至視之為偶像，聰明機警，智勇雙全的黃蓉，絕對是武俠敘事文本中罕見的角色。她智計迭出，難倒朱聰，騙過漁樵耕三關，得以面見一燈大師；洞悉歐陽鋒嫁禍江南七怪的奸計；倉卒之間以奇門八卦石陣力阻金輪法王的硬闖；處處智勝女魔頭李莫愁；還兵行險著假扮劉貴妃佯稱擲死自己親女郭襄，以喚醒裘千丈的良知，解開他嗜殺的魔障，誠心懺悔；以子烏虛有的南海神尼騙得絕頂聰明的楊過暫時不求輕生……。關於黃蓉這方面的言行真的多不勝數，這個角色超強的吸引力可謂實至名歸。

5.5.2.5.3.3.　形象

現當代小說尤其是短篇，由於篇幅沒長篇那麼長，無法充分開展對角色的描畫和塑造，因此大大影響短篇敘事文本角色的吸引力。當然這也不代表沒有重點藉角色形象展開故事的文本，在這類文本中，角色的鮮明而且深刻的形象，仍是文本吸引力的主要來源。當然隨著情節發展出來，吸引讀者追看下去的力量一般都在懸疑效果，這在相關環節會有清楚交代，只是能一下子吸引讀者的很多時候還是需要依賴文本開始時角色形象的生花妙筆——形象描寫。馬褲先生這位以他命名的短篇文本〈馬褲先生〉裏面，通過限知角色「我」作為敘事者，從他的眼裏看出來這個主角的形象特點如下：

> 那位睡上鋪的穿馬褲，戴平光的眼鏡，青緞子洋服上身，胸袋插著小
> 楷羊毫，足登青絨快靴的先生

洋化的西洋眼鏡配上中國文房四寶之一的毛筆，中式上衣襯上西式的馬褲……。充滿矛盾而滑稽的搭配，容易引起讀者的好奇，相信也不難吸引住讀者的眼光，願意繼續看下去，看看這位形象奇特的先生究竟是一個怎樣的人，以及希望了解更多關於他的信息。突出的形象往往能攫住讀者。詳情請參看「角色」一章「形象」環節。

〈某夫人〉也如此，一位舉止優雅又具挑逗性的年輕女子，相信不只吸

引住限知敘事者日本軍官山本忠貞，也能吸引正在閱讀文本的讀者。充滿神秘感的角色正好用作吸引讀者，邀請他跟限知敘事者一起發掘更多的真相。這本身已經用上懸疑手法，就在這成功的角色形象塑造上，加上一個接一個的懸念，將讀者緊緊連上故事情節發展上，讀者隨情節發展，對這位神秘女子有著不同的猜想和評價，直到文本末尾，真相出現，懸念給解開了，某夫人的形象更進一步得到確認，文本對讀者的吸引力一直能延續到文本結束，角色形象以及懸念都功不可及。

5.5.2.5.4.　限知敘述的吸引力

有一點必須強調，光有鮮明角色形象以及懸念設計還不足以吸引讀者，敘述上用上限知角色進行內聚焦視角的敘述才是關鍵。如果沒有陷在時空限制當中，對事件情節發展仍蒙在鼓裏的角色，以他處於當時當地這樣充滿限制的環境，進行敘述，難免少了猶豫，猜想，不確定，讀者便無法跟絕不理想的角色一起，親歷各種變化，體會情緒起伏，經歷驚心動魄，不知結果的種種歷險，文本的吸引力自然大打折扣。有了與角色同悲同喜的每一刻，才容易製造親切感和真實感，種種波折和起落才顯得自然，才能掀動讀者的情緒，才能產生無可比擬的吸引力量。

如〈色戒〉文本，用上女主角王佳芝的限知敘述，使得情節發展充滿不確定性，由於刺殺行動的機密本質，身為誘餌的她，根本不知道整個行動的情況，加上她對易先生的行動以至心思都不大清楚，因此在這樣較低的認知水平下展開的敘述，便處處見到她的猜想，估計，縱有分析和歸納，也只能作常理上的推斷，可靠性以至可信度都很難說得準。正是因為這樣的局限，讀者跟著這種限知敘述走進情節，種種胡猜，忐忑，擔心，緊張都在影響著他，形成一個縈繞腦際的不可知未來，扣人心弦，吸引著他廢枕忘餐，愛不釋手。

此外，這個限知敘述經過變化，也能加強文本的吸引力，如〈夜總會裏的五個人〉就是充分發揮限知敘述的特點，將不同信息通過五個限知角色的不同角度，呈現在讀者面前，共同構建起更立體更接近真實的畫面。讀者隨

不同限知角色了解和認識夜總會發生的事件，由於限知角色不同的認知水平和空間限制，使得每一敘述雖然都甚具真實感，但不免既不完整，又嫌零碎，甚至有時因個別限知角色影響的偏見，讀者獲得的信息並不真確。可是，卻正由於這個特點，使得文本傳遞出來的信息更接近現實。說實在的，我們在現實生活中所獲取的信息，不也是既點點滴滴，又同時難辨真假？只有當我們知道更多，經過分析篩選，才能逐步形成對事件比較真實的了解。當然還不排除最終所得雖然已經盡了最大努力，甚至經過多方考證，但仍不能確定真偽，成為永遠無法解開的啞謎。無論如何，不怎麼確定，大概如此的狀態證明事件以至信息更貼近現實狀況，能在虛構文本呈現出如此真實的面貌是需要依靠多層內聚焦視角敘述重疊相加的結果，也是文本吸引力量的主要來源之一。

5.5.2.5.5.　物件的吸引力

至於物件，在敘事文本中的價值可謂不言而喻，尤其是那些有著比喻性質以至象徵意義的物件，如蕭乾〈栗子〉中的栗子或魯迅〈藥〉中的兩種藥，都能做到引起讀者的興趣，細味這些象徵與主要信息的關係，從而大大增加了文本的吸引力量。

5.5.2.5.6.　場面的吸引力

黃仁逵的〈回家〉，以舊樓天台為空間，既能真實地表現香港舊區普遍存在的舊式建築物的面貌，又能藉此帶出城市發展讓不少人得到實惠的同時，原住在這樣簡陋的低下階層，他們生活無著，無家可歸，前路茫茫的困局。文本藉著在天台對面住客所見所聞，將舊樓天台這個空間設計成如舞台般，上演著一齣齣老人家趕走鴿子的滑稽劇目，鴿子給趕後，飛了一圈又回來，老人卻鍥而不捨地一邊敲打洗臉盆一邊重覆喊著「能走就別回來啦，死仔包」……。就是這個空間，這個舞台所發生的一切，吸引著讀者，也向讀者揭示為人忽略的社會問題，引發進一步思考。

5.5.2.6.　感染力

感染力等如影響力，指的是讀者接受信息甚至受它影響的程度。如仔細審視整個過程，那就是敘事文本先感動讀者，掀動他的情緒，引起他的共鳴，繼而刺激以至影響他。換言之，讀者先感性地受感動，產生共鳴，好像有的敘事文本能產生即時反應，或讓讀者邊看邊笑，頻呼過癮，或讓讀者忐忑不安，或邊看邊哭，又或如恐怖小說般使讀者不寒而慄。反應形成影響力，往下去就是讀者理性地受影響，影響所及包括他的言行，看法，思想，心態以及觀念。感染力肯定是敘事文本以至所有文學最終的價值所在，感染力多大往往決定某個敘事文本能否成為經典甚至擠進偉大之林的關鍵。通過文學文本傳達信息，比起一般文字直截了當地表達來得間接，為的就是借助間接手段，將原本簡明易懂的信息變得複雜，甚至隱而不明，讓讀者通過不斷努力思考，推論體會而得，從而加深讀者的印象。如果沒有曲折又具吸引力的手段，是很難達到上述效果的，因此文學文本尤其是敘事文本所徵用的各種手段以及組織結構，都希望為文本增添更多感染的力量。一般來說，感染力量比較集中在角色，情節和故事這幾個領域內。

5.5.2.6.1.　掀動讀者情緒

首先，讓我們多了解敘事文本如何掀動讀者的情緒，最容易掀動讀者情緒的是角色的遭遇。好人如果做了好事，雖然是正常不過的事，但讀者仍會感到開心，證明他沒有看錯好人；相反，如果好人幹了壞事，讀者便會不開心，甚至會懷疑這個角色是不是好人。要是好人得不到好報，讀者不免會嘆息唏噓，會感到無奈。如果好人經過努力仍告失敗，讀者會替他感到可惜，甚至代他抱怨，暗罵上天不公。當然如果好人努力後終於得到成功，讀者便會舒口長氣，深感安慰，心情也平和舒暢得多。至於壞人，如果他遇上好運好事，讀者便會不忿，慨嘆上天為甚麼竟偏袒壞人。到壞人遭到惡運，讀者會說「你活該」，心裏會舒坦多了，因為公義得到彰顯。很多時候，角色難分好壞，那麼，凡是讀者同情的角色便希望他成功，要是不成功，讀者會替他不值，同時可能會遷怒於破壞者；如差一點沒成功，功虧一簣，讀者會扼腕長嘆，感到很不值，甚至揪心。如果牽涉到感情線，那麼當有情人終成眷

屬時，讀者會大感欣慰，要是姻緣錯過了，便替他可惜。當角色對所愛念念不忘，讀者會感動，甚至流淚；遇上始亂終棄的情節，讀者會感到不屑，甚至憤而擲卷而起；遇上乘人之危的小人，讀者會鄙視他，認為他可恥可憎……。由此可見，角色的不同遭遇能產生很多良好的閱讀效果，主要涉及讀者情緒。這固然是敘事文本吸引力的重要來源，同時也是感染讀者進而影響他們的主要手段。

5.5.2.6.2.　正面效果

以下嘗試藉具體例子說明各種主要閱讀效果，先從正面的感性效果說起：

感人

敘事文本感人的情節不在少數，好像〈神鵰俠侶〉楊過和小龍女在分別十六年後，終於在絕情谷底玄冰水潭旁重逢。此情此境，相信讀者都會動容：

> 他自進室中，撫摸床几，早已淚珠盈眶，這時再也忍耐不住，眼淚撲簌簌的滾下衣衫。忽覺得一隻柔軟的手輕輕撫著他的頭髮，柔聲問道：「過兒，什麼事不痛快了？」這聲調語氣，撫他頭髮的模樣，便和從前小龍女安慰他一般。楊過霍地回過身來，只見身前盈盈站著一個白衫女子，雪膚依然，花貌如昨，正是十六年來他日思夜想、魂牽夢縈的小龍女。

幽默

文學文本能令人發笑，或者讀者覺得情節或描述抵死，都屬於幽默效果的範圍。一般來說，能產生幽默效果的地方，必須是無傷大雅的，開玩笑的課題不能太沉重，玩笑引致的損害也不能過大，甚至比較輕微，可以接受，對別人的尊嚴，價值觀之類的大原則沒有多少傷害，這樣讀者才可以比較輕鬆地一笑置之。

好像錢鍾書的〈圍城〉裏面有不少這樣的情節或描述，如開頭的第一章內出現的鮑小姐：

> 她只穿緋霞色抹胸，海藍色貼肉短褲，漏空白皮鞋裏露出塗紅的指甲。在熱帶熱天，也說這是最合理的妝束，船上有一兩個外國女人就這樣打扮。……那些男學生看得心頭起火，口角流水，背著鮑小姐說笑個不了。有人叫她「熟食舖子」（charcuterie），因為只有熟食店會把那許多顏色暖熱的肉公開陳列；又有人叫她「真理」，因為據說「真理」是「赤裸裸的」。鮑小姐並未一絲不掛，所以他們修正為「局部的真理」。

將學問學術富有哲理性的用語，活用到描述女性角色上，是錢鍾書敘事文本一大特色。這裏的「熟食舖子」和「局部真理」都屬這類有著明顯幽默效果的文字，寫來無傷大雅，但又讓人覺得妥貼非常，不禁會莞爾一笑。

再如方鴻漸和鮑小姐隨郵船到越南西貢後，上岸光顧洋餐廳：

> 方鴻漸還想到昨晚那中國館子吃午飯，鮑小姐定要吃西菜，說不願意碰見同船的熟人，便找到一家門面還像樣的西館。誰知道從冷盤到咖啡，沒有一樣東西可口：上來的湯是涼的，冰淇淋倒是熱的；魚像海軍陸戰隊，已登陸了好幾天；肉像潛水艇士兵，會長時期伏在水裏；除醋外，麵包、牛肉、紅酒無一不酸。

結果無論吃還是喝的，都倒盡了胃口，這段文字簡單地用上對比，巧妙地將所有東西都給了負評。對於讀者來說，由於不是當事人，沒有直接受害，也是在無大傷害的環境下，看到這極盡挖苦能事的描述，既抵死又形象化，印象自然深刻，也有很不錯的幽默效果。

諷刺

　　與幽默不同的是，諷刺對被諷刺對象有一定的傷害，如果對象是人，他聽到後肯定不會高興。可是對於讀者來說，如果他本身對諷刺對象也有不滿，看到這樣的諷刺內容，可能會多一份快感，等同替他出了一口烏氣。穆時英敘事文本有不少表面並不明顯的諷刺內容，但只要仔細閱讀，也不難找到相關的內容。好像〈夜總會裏的五個人〉在描寫周末晚上上海三十年代這個遠東第一大都會的繁華景象裏面，有這麼一段文字：

　　　（普益地產公司每年純利達資本三分之一
　　　100000 兩
　　　東三省淪亡了嗎
　　　沒有　東三省的義軍還在雪地和日寇作殊死戰
　　　同胞們快來加入月捐會
　　　大陸報銷路已達五萬份
　　　一九三三年寶塔克
　　　自由吃排）

這裏以括號表達，其中一行文字字體比較大，應是糊在牆上的各種宣傳海報之類，其中包括地產公司的業績，為抗日勸捐，以及報章，汽車以及餐廳的宣傳。其中紙醉金迷，吃喝消費至上的內容與國難當前的事實一併展示出來，箇中的諷刺意味不言而喻。

　　穆時英另一敘事文本〈街景〉也有類似的諷刺信息，也是不很顯眼的。在第三節寫一位鄉下農民到上海掘金的故事，當初農民來上海，以賣花兒米為生，雖然生活不怎寫意，但總算能攢到錢，可是錢跟辮子都給革命黨人拿走了：

　　　革命黨來了，打龍華，金二哥逃出來，他也逃出來，半路上給革命黨攔住了，嚓嚓，剪下了辮子，荷包裏攢下來的十五元錢也給拿去啦。

按理，革命黨為人民請命，救人民於水火，現在他們卻搶了這位農民辛苦攢下來的十五元，他因此淪為乞丐，結果客死異鄉。雖然文本沒有任何批評革命黨的地方，但那諷刺效果仍然十分強烈。

窩心

窩心跟溫馨，溫暖以及親切等大致屬於同類，這類感覺都是十分正面的，也是敘事文本常見的效果。

好像〈神鵰俠侶〉第 15 回中寫陸無雙，程英和楊過給李莫愁追上，明知難逃劫數，因此索性豁出去，互握雙手，表示就是死，也快快樂樂地在一起，比李莫愁了無生趣的活在世上更幸福，表現得既溫馨又快活：

> 楊過笑道：「我三人今日同時而死，快快活活，遠勝於你孤苦寂寞的活在世間。英妹、雙妹，你們過來。」程英和陸無雙走到他床邊。楊過左手挽住程英，右手挽住陸無雙，笑道：「咱三個死在一起，在黃泉路上說說笑笑，卻不強勝於這惡毒女子十倍？」陸無雙笑道：「是啊，好傻蛋，你說的一點兒不錯。」程英溫柔一笑。表姊妹二人給楊過握住了手，都是心神俱醉。

再如李潼的兒童敘事文本〈乾一碗魚湯〉，經過老漁翁掉海給救活了，釣魚人和大聲公等青年一起喝魚湯吃焦飯，一派既親切又窩心的大團圓結局，也有著窩心溫暖的效果。

大快人心

讀者當看到君比〈覓〉文本中那位缺乏愛心只想當少奶奶，貪慕虛榮的艾莉，無法通過考驗，當不成李晉太太的一刻，相信都有大快人心的感覺。

到了黃仁逵〈粥王〉文本收結時粥王所說的一個「滾」字，同樣有著相類的效果：當粥王被問到他熬粥的秘訣是，他一個「滾」字語帶雙關，既簡單地回應秘訣就在滾粥的技巧，又將自己憎惡日本，厭惡日本人覷探中國人熬粥秘密的憤怒，以口語表達趕對方出去的意思，讀者相信也有「爽」，一

吐烏氣的感覺。

喜出望外

如果讀者隨著文本的發展去經歷〈笑傲江湖〉令狐沖智勝田伯光的整個過程，當看到令狐沖終於勝過田伯光，救得儀琳安然無恙的時候，那份喜出望外的喜悅心情應該不可言表。

到了〈倚天屠龍記〉寫到趙敏帶眾高手圍攻武當派，掌門張三丰等人無計可施時，張無忌及明教眾高手及時來救，一來挫敗蒙古趙王嘗試覆滅中原武林的重大陰謀，二來使得徒孫輩的張無忌得以與張三丰相認，實在是喜出望外的意外之喜。

5.5.2.6.3.　負面效果

接著讓我們看看負面的感性效果又是如何：

煽情

煽情是負面用詞，很多時候敘事文本裏面的情節以及角色遭遇，不免為了製造戲劇效果，難免傾向稍為極端的安排，那就是甚麼禍事都一股腦兒地堆到角色身上那般。好像〈偷麵包的麵包師〉中主角麵包師，因偷蛋糕給主管辭退，以致沒了生意，生活頓失保障，母親，妻子和兒子的生計也沒有著落。這樣的安排，無疑就是為了煽情，引起讀者的同情，強迫讀者思考為甚麼造蛋糕的人反而無法享受吃蛋糕的樂趣這樣的課題。

幻想

有的敘事文本能引發讀者的幻想，妄想，甚至想入非非的感覺。例如施蟄存的〈在巴黎大戲院〉，寫男主角對女性朋友有很多不切實際的幻想，甚至想像對方更衣甚至裸體的情景，容易引起讀者非分之想。穆時英的敘事文本也有不少描寫女性胴體的地方，如〈白金的女體塑像〉以及〈Craven A〉便是，這類文字都足以引發讀者的遐想，掀動他們的情緒。

緊張，神經繃緊

如果遇到主角生命受威脅，需要四處躲避的情節，都足以導致讀者神經

緊張，〈神鵰俠侶〉中楊過陸無雙等曾多次遭李莫愁追殺，命懸一刻，往往在毫髮之間逃過劫難，讀者處於其中自然會替楊過等捏一把汗。

再如張愛玲〈色戒〉，暗殺易先生的行動隨時展開，身在其中的王佳芝全不知情，通過王佳芝的內心獨白，她那限知敘述也使得讀者神經為之繃緊，難以放鬆，無時無刻掀動著讀者的情緒。

噁心

〈在巴黎大戲院〉除了引發讀者幻想外，男主角猥瑣地在暗處邊嗅邊舔留有女性朋友汗水和痰涎的手帕，是文本裏最令人噁心的地方，充分表現男主角那種戀物狂的變態心理狀態。

寒心

上述的噁心已叫人難受，這裏的寒心或不寒而慄，或震慄以至恐怖的感覺，相信足以使得讀者後心也涼颼颼的。好像余華〈現實一種〉裏面四歲的皮皮對仍在襁褓中的堂弟，施行成人視為虐待的行為。當然對這個小孩來說，從來沒有想過這些。正因為這樣，讀者讀到這樣的文字，那種震撼和寒心相信比很多恐怖小說的橋段更覺得厲害得多：

> 堂弟顯然聽到了聲音，兩條小腿便活躍起來，眼睛也開始東張西望。可是沒有找到他。他就用手去摸摸堂弟的臉，那臉像棉花一樣鬆軟。他禁不住使勁撐了一下，於是堂弟「哇」地一聲燦爛地哭了起來。這哭聲使他感到莫名的喜悅，他朝堂弟驚喜地看了一會，隨後對準堂弟的臉打去一個耳光。他看到父親經常這樣揍母親。挨了一記耳光後堂弟突然窒息了起來，嘴巴無聲地張了好一會，接著一種像是暴風將玻璃窗打開似的聲音衝擊而出。這聲音嘹亮悅耳，使孩子異常激動。

到了〈笑傲江湖〉，讀者當知悉這位江湖人稱「君子」的岳不群，其實名不符實，更是一個機關算盡，人面獸心的真正小人時，不僅有著人不可以貌相的感慨，不難還有著寒心的切身體會。

再如劉慈欣〈三體〉裏面的水滴，有著超高的速度和強度，能輕易地擊穿所有物質，殲滅整支太空艦隊……。讀者讀到這些情節，相信那種毛骨悚然的感覺能達到極致。

同情

面對〈馬褲先生〉客人馬褲先生的無理要求，負責車廂服務的茶房可謂受盡折磨，讀者相信也會身同感受，對茶房的遭遇深表同情。當開始讀〈Craven A〉的讀者會因為女主角余慧嫻的魅力所吸引，但當情節進一步發展，相信對這位玩世不恭，給人濫情不自重印象的女性，有著另一番的認識，也會對她投下同情的眼光。

傷心

正如上面所述，角色遇上不幸事，讀者自然感到心酸，揪心以至心酸，好像〈回家〉寫到友仔記拼命叫喊著鴿子不要回來，初時不明所以，慢慢才發現那是無法改變的事實，因為所住的天台木屋需要遷拆後，不但鴿子無家可歸，就連身為主人的友仔記也朝不保夕……，讀者不難有著揪心的感覺。再如〈神鵰俠侶〉楊過十六年後重臨斷腸崖，希望重遇妻子小龍女，當時間一分一秒過去，機會越來越渺茫時，讀者也跟著心酸以至傷心欲絕，文本掀動讀者的情緒可謂推向極致。

憤怒

三十年代上海的外國人常欺負中國人，水手欺壓黃包車夫可說是經典情節。穆時英〈上海的狐步舞〉裏分別簡單描述了水手腳踢車夫以及坐霸王車的情況：

> 坐在黃包車上的水兵擠箍著醉眼，瞧準了拉車的屁股端了一腳便哈哈地笑了，……淌著汗，在靜寂的街上，拉著醉水手往酒排間跑。街上，巡捕也沒有了，那麼靜，像個死了的城市。水手的皮鞋擱到拉車的脊梁蓋兒上面，……拉車的臉上，汗冒著；拉車的心裏，金洋錢滾著，飛滾著。醉水手猛的跳了下來，跌到兩扇玻璃門後邊兒去啦。

面對這樣的情景，相信不少讀者也會義憤填膺，憤怒不已。

至於迷信無知的大眾，竟然昧著良心告發正在進行革命的自己子侄夏瑜，讀者在閱讀魯迅〈藥〉這個事件時，除了痛心遭害的夏瑜外，也許會遷怒於這幫不知好歹的順民，燃起徹底改革社會的怒火。

說到殘忍，引起共憤的，莫過於看到蒙古軍隊攻城時的絕招，那就是驅趕當地居民在前當肉盾，使得守城士兵不忍殺害百姓而心軟，影響士氣。〈神鵰俠侶〉第 21 回寫蒙古軍隊攻襄陽城用上這絕招，安撫使呂文德為了不讓蒙古兵乘虛而入，不管自己百姓的死活，命令守軍放箭。此情此景足以引起讀者憤怒的同時，相信也會認同郭靖心急如焚，不容任何好人受到傷害的仁人之心。

無奈

面對有冤無路訴的時候，自然會有無奈感。因此當看到角色被冤枉，又無法分辯的時候，讀者也會替角色感到無奈。好像〈倚天屠龍記〉張無忌被誤認是殺害七師叔莫聲谷的凶手，讀者當會與張無忌同感無奈。事實上，在不少長篇敘事文本中都有不少相類的情節，好像〈射鵰英雄傳〉黃藥師疑似殺害江南七怪，〈笑傲江湖〉令狐沖偷取辟邪劍譜，〈倚天屠龍記〉趙敏殺殷離傷周芷若盜倚天劍屠龍刀等等。就是短篇敘事文本如〈窗簾〉中的主角也是在無緣無故下給人檢控藐視罪，實在無奈和無辜。

鄙夷

〈神鵰俠侶〉中郭芙這位角色相信給予讀者十分深刻的印象，只是她的所作所為總給讀者負面評價。雖然她並不可惡，但絕對可憎可厭，她的性格和言行，相信讀者都會不以為然，也不屑她的言行，讓人憎厭以至鄙夷。

以上所述掀動讀者情緒的情況確實同時也是文本的吸引力量的來源。感染力與吸引力有著重疊關係是既合理又可以預期的事實。只是這裏，筆者不厭其煩，也不避嫌疑地再將掀動情緒的內容放在這裏，正是因為形成感染力的過程中，掀動情緒是決不可少的一環，沒有這方面的內容，整個交代過程便不完整，這是絕不理想的情況。

5.5.2.6.4.　如何產生感染力

感染力的來源主要有二，分別是故事層面，包括情節和主要信息；以及角色層面，主要是角色性格。

5.5.2.6.4.1.　故事層面：情節及主要信息

由於敘事文本中的情節以及主要信息很多時候並不容易截然分別，因此這裏一併交代，目的就是展示這些內容如何產生感染力。

感性課題：感情

探討愛情本質的敘事文本，往往能吸引讀者的注意，好像〈色戒〉和〈神鵰俠侶〉之類都屬此類。當然，後者較為傳統，掀動讀者情感的地方，都在楊過和小龍女出現別扭的時候，好像小龍女遭尹志平姦污，小龍女卻以為是楊過，後來終於知道真相，讀者不禁可憐以及同情她的處境和心情。到楊過十六年後見不到小龍女而最終跳崖自盡，相信都能感動讀者。到後來二人重逢，是讀者最願意見到的結果，不免大感快樂寫意。

讀過這樣的情節，讀者也許會肯定或重新審視自己的愛情觀，也如文本傳遞的信息那般，檢討社會輿論，現今社會「師徒不能戀愛」的情況應該沒有，但不能排除還有其他對真心相愛又不影響別人的意願造成障礙的現象。讀者會不會因為受到〈神鵰俠侶〉的影響而改變自己原有的想法呢？要是有的話，那麼敘事文本的感染力便不可謂不大了。

到了〈色戒〉，面對計劃暗殺的漢奸易先生，王佳芝卻深陷愛情的迷惑，不知道自己愛不愛對方，更不知道易先生愛不愛自己。這種糾結在暗殺行動時的一刻正處於最關鍵的階段，結果王覺得對方對自己有情，因此提示他盡快離開……。讀者難免也同樣陷入這樣的深思中，畢竟愛情這回事往往最磨人，讀者不一定有著相同的經歷，但卻不自覺的也思考相同的問題。敘事文本就是通過這類的疑惑，在不斷的影響著讀者的心思，甚至產生改變讀者想法的作用。

西西〈像我這樣的一個女子〉裏面的女主角「我」，面對感情畏首畏尾的表現，是不是會惹來讀者的不滿呢？面對感情的不確定性，是認命還是努

力爭取？自卑而且畏首畏尾的女主角是不是讀者所不恥不屑的呢？讀者會勇敢地面對自己感情的困局嗎？⋯⋯這些都是這個文本可以引起讀者深思的方向。

理性課題：社會

相對於感性課題，更讓讀者有廣闊深思空間的是理性課題，特別是屬於社會性質的課題。

好像李潼兒童敘事文本《少年噶瑪蘭》，寫潘新格如何從拒絕承認自己噶瑪蘭「番仔」的身分，到最後認識自己的族群，了解族群的歷史，進而肯定自己的身分。通過這個文本，讀者也可思考相關課題，包括自己的身分，族群與社會的關係，以至種族的歷史，以及自己應該持有的態度等。

黎紫書的〈窗簾〉則討論更加深刻，我們應該怎樣看待輿論，如何認識社會輿論霸權？如何改變這種不公，幾近莫須有的罪名加諸身上？等等都因著文本而掀起思想的波瀾。

魯迅〈肥皂〉文本有幾個思考的方向，其中一個由「惡毒婦」事件所引發。事件中各個角色的表現都值得讀者思考，如新學學生的行為，他們看似高人一等，看不起未有買過洋貨的老人家，隨意地說出 old fool，這就是學會英語後應有的態度嗎？除了知識，學生是否也應培養品德？至於禮貌又如何，是否也應是教育目標的一部分？又如主角四銘的想法似乎也值得商榷，不懂得俚語或粗話就是不懂語言，就是不好學？因為個別事件否定新式教育制度是不是過於武斷？至於四銘兒子學勤的反應，是否也有背後深層的原因？他不問情由，盲目曲從父親，這是否應有的正確態度？作為新一代中國人，是不是應該培養出獨立思考能力呢？⋯⋯以上這些言行應該如何理解，如何辨析？這些疑惑應如何解決等等，其實都值得讀者細加思量。

金庸〈笑傲江湖〉有多少反映創作時期現實政治環境的聯繫，就是光看文本內的信息，已經足夠讀者花心思作分析和考量了。如我們該如何正確地對待權術？絕對服從，歌功頌德，鮮廉寡恥，斯文掃地的情景該如何看待？以至又如何理解義氣和忠心之類一直視為中國傳統核心價值的東西呢？

　　再如魯迅〈藥〉裏面革命與迷信的矛盾，黃仁逵〈回家〉社會發展與弱勢社群權益的矛盾。還有黃仁逵另一文本〈夜市〉，也有不少值得深思的內容，如：改邪歸正是好事，但社會總有「不三不四」的人在作惡，真的只有身上滿佈刀疤的人才能趕走他們；要是沒有，又會如何？給保護費還是怎樣……。

　　就是錢鍾書〈圍城〉主角方鴻漸買文憑事件，雖然只是不大重要的情節，但也有足以影響讀者的元素。因為它同樣能左右讀者情緒，他騙愛爾蘭人時，相信讀者不免會心微笑，也許甚至違背道德價值，認同方鴻漸等同作弊的行為。也可能藉此反思中國為何如何積弱，近代不管是外交或軍事都是一敗塗地的；也有可能反思社會認可的文憑，究竟價值何在？或思考學問的真正價值是如何衡量的……。以上這些，相信也是敘事文本感染力量強大的另一佐證。

　　或如閱讀穆時英〈偷麵包的麵包師〉時，讀者大致都希望麵包師偷蛋糕計劃能順利得手，但也替他緊張，到給主管發現，不難想像讀者會覺得主管不近人情：為甚麼辭退他，要他賠償不就可以了嗎？這樣的表現，明顯有偏袒麵包師之嫌，間接說明讀者已受情節遭遇所左右，情緒被掀動，以致不怎麼理智處理事件。

　　總的來說，涉及社會議題的敘事文本，常常通過揭露真相，社會黑暗面或人性醜惡等，讓讀者認識殘酷的現實。當然，敘事文本不一定給予讀者答案或方向，但通過文本，讓讀者體悟人生，提出問題，引發思考，或讓讀者增長知識，學懂道理，引人深思，也能發人深省。

5.5.2.6.4.2.　角色層面：性格及人生觀

　　至於角色，不管他的言行，性格特點，或者人生觀，往往都能引起讀者共鳴。或促使讀者認同角色的價值觀，如〈射鵰英雄傳〉和〈神鵰俠侶〉郭靖，洪七公以至楊過的俠義精神，以及愛國愛民的情操；又或如〈傾城之戀〉白流蘇主動掌握自己命運，努力為自己爭取愛情，那種積極進取的人生態度，是不是也能觸動讀者，影響以至感染讀者呢？

　　面對角色不幸的遭遇，如茶房給馬褲先生這位乘客弄得啼笑皆非，又如〈Craven A〉裏余慧嫻總給男人拋棄，得不到真正的愛情；又如〈街景〉中老乞丐客死異鄉，又如〈偷麵包的麵包師〉麵包師慘遭解僱，〈回家〉友仔記無家可歸等等。

　　也有如〈神鵰俠侶〉中郭芙擲針事件，讀者除了慨嘆造物弄人一至如斯之外，也可在討厭郭芙之餘，檢討和反省自己的情況：究竟自己會不會也如郭芙般莽撞，錯誤地傷害了人呢？正所謂「見賢思齊，見不賢而內自省也」，要是真能因此而引起讀者的自省，那麼敘事文本那種感染力真的不能小覷了。

　　〈笑傲江湖〉令狐沖智鬥田伯光一事，文本通過儀琳小尼姑的轉述，帶引讀者，經歷這段驚心動魄的事件，足以掀動讀者情緒，隨著情節的波瀾起伏。讀到令狐沖避過田伯光的追殺，相信讀者都為令狐捏一把汗；到令狐沖給田砍傷，又會為他擔心。但令狐因不方便在儀琳身上取療傷藥，寧願不去治理傷口；他又不願乘人之危，偷襲田伯光，寧可光明正大的對決，這樣的品德不能不讓讀者敬佩。雖然令狐仍身在險境，但他為了惹怒田，諷刺田為茅廁蒼蠅，讀者除莞爾一笑外，還應佩服令狐的膽大心細。到田險些在坐鬥途中坐起來而輸掉賭賽，卻在最後一刻醒悟過來，讀者也如在場的其他角色般一起扼腕而歎。當然最後令狐雖然敗得狼狽，但卻贏得賭賽，讀者相信也會舒口長氣，握手稱慶。最後，令狐沖給青城派弟子欺負，讀者也如在場角色般，鄙夷青城派乘人之危的卑鄙行逕……。由此可見，這類出色的情節，絕對能調動讀者的情緒，產生無可比擬的影響力。有著這樣的閱讀經驗，讀者會不會在欣賞令狐沖的為人，性格，言行，人生觀等等之餘，也因此改變自己的思想呢？相信這個並非絕對不可能，可見敘事文本的感染力有時比我們的想像還要大。

5.5.2.6.5.　導人向善？

　　既然感染力牽涉到影響讀者的言行以及思想。那麼，敘事文本是否需要有所謂導人向善的力量，才算有價值呢？相信這是一個極具爭議的課題。無

論如何，需不需要是一個問題，敘事文本能不能夠又是另一問題。對於後者，筆者認為敘事文本確能有著導人向善的力量。起碼我們不難發現，尤其是傳統敘事文本，往往有宣揚道德正義力量，鼓勵向善的傾向，至少在勸勉讀者不要向壞方面發展，避免作惡，因為惡有惡報，如〈笑傲江湖〉中歹角如余滄海，岳不群，左冷禪，東方不敗等；〈神鵰俠侶〉的金輪法王，公孫止，李莫愁都沒有好下場。文本就是以這種安排散發向善的正能量，至於究竟它有多大能耐，讀者會否因此而捨惡趨善，則屬於另一個話題了。

6. 敘述

　　處理好文本層面的事件，角色和環境等元素的轉化後，接著便要進入另一極為重要但普遍被忽視的方面，那就是敘述層面。敘述（narration）[1]這個術語有點難以理解；簡單來說，就是「說故事」，沒有敘述就沒有敘事文本或小說，可見敘述的重要性。敘事文本內的信息，無論牽涉的是角色，是故事，還是景緻或物件，都必須由一位代理者（agent）「告訴」讀者，擔任這個任務的就是敘事者（narrator）[2]。由於敘事文本內所有信息都必須由敘

---

[1] 　里蒙凱南將視角（focalization）與敘述分開論述，筆者認為不妥，因為視角雖然能在文本層面被觀察及整理出來，但不能因此認為視角獨立存在於文本。事實上，視角本質上是敘述的手段之一。按熱奈特的理解，敘述分三個層面，一是「誰知」（who knows?），二是「誰看」（who sees?），三是「誰說」（who says?）。筆者認為「誰看」只局限在純視覺的角度過於狹窄，因此將之改成「誰感」（who feels?）更能體現敘述時加進敘事者五官感覺成分進去的實際情況。有了「誰知」「誰感」「誰知」這套系統，基本能準確認識「視角」作為「誰看」的主要內涵，成為敘述的三大要素之一才較為合理。正是因為里蒙凱南混淆了「視角」與「敘述」兩個本身互相關係的概念，以致在討論視角時，她勉強將不同方面的內涵強行納入視角中，發展出「感覺」（perceptual），「心理」（psychological），「意識形態」（ideological）三個層面，「心理」還內含「認知」（cognitive）和「情緒」（emotive）兩個元素（見 *Narrative Fiction*, London: Methuen, 1983, 77-82）。筆者認為，視角是「誰感」的主要內涵，能處理的是她的「感覺層面」；至於那「認知元素」明顯屬於「誰知」領域，「情緒元素」屬於「誰說」中「限知敘述」常表現於文本的主觀感性用語。至於「意識形態」層面，涉及「誰知」中「全知敘述」所表現的「隱含作者」方面，又或涉及「限知敘述」所表現個別角色的人生觀，世界觀等等。由此可見，清晰劃分不同概念以及它所有的範圍，對釐清不同現象應有較理想的效果。

[2] 　從創作角度看，創作者決定誰當某個事件以至整個故事的敘事者，可以是其中一位角色，一些角色，可以是不知名的在場者，也可以是全知全能不在場也能述說故事的敘事者。但從閱讀角度看敘事者，我們必須排除作者的存在，讀者是從敘事文本本身認識這個敘事者，他與歷史上實存的作者沒有必然關係。

事者提供，他如何敘述，何時說，說多少，怎麼說，用甚麼角度，使用甚麼語言，都足以影響讀者閱讀的效果。因此可以說了解「敘述」甚至比了解故事的內容，情節或者角色是誰，角色關係如何等等都更重要。

　　一般來說，對於敘事文本的說故事往往只將焦點放在「誰在說」這個問題上。因此衍生出所謂「全知觀點」（omniscient point of view），「第一人稱敘事」（first person narrative），「第三人稱敘事」（third person narrative）等術語。可是，這類認識仍停留在二十世紀六七十年代的水平；這種光從語法角度，尤其是英語語法角度來解釋適用於所有語言寫作的敘事文本的做法，明顯絕不理想，並且足以造成對敘述的誤解。例如以「第一人稱敘事」，文本以「我」來標誌的敘述解釋成「主觀敘述」；又以「第三人稱敘事」「他」來標誌敘述，來交代所謂「客觀敘述」或「全知敘述」，明顯錯誤地以為代詞能真實反映敘事者的身分，認知水平等重要信息，由此而進行的分析，容易導致誤解甚至出現重大失誤。事實上，敘事學（narratology）對敘述這個層面的深入討論和分析，早已突破當年的認識，開發出更多的術語以準確描述敘述的內涵。簡單來說，敘述層面下細分成三個分項，「誰知」，「誰感」和「誰說」，分別涉及三個不同的領域，裏面可分成三個層面加以理解，一是認知層面，一是感覺層面，另一是表達層面。

6.1.　認知層面

　　認知層面處理的是敘事者的認知水平，也就是敘事者在述說故事時表現出來對相關事件的了解程度，知道越多，了解程度越高，認知水平便越高，這個認知水平的範圍由絕對全知到絕對無知之間。

誰知＝認知水平

　　敘事者的認知水平等同熱奈特所指的「誰知」（who knows?），相關的概念明顯與誰當敘事者有莫大關係，主要有全知和限知兩類敘事者：

6.1.1.　全知敘事者

　　理論上來說，能絕對掌握事件中的一切，認知水平最高的敘事者，就是全知敘事者。全知敘事者的概念來自基督教義中的上帝，祂全知全能，擁有絕對的權力和能力，與祂相近的全知敘事者既知過去、現在也知未來；自然對事件的前因後果，發展經過，開始以至結束都瞭如指掌，加上對事件中所有角色的過去，現在以至將來的一切一切包括角色的遭遇，背景以至下場也都了然於胸。他既能走進任何角色的內心世界，交代他們的所知所感，又能同時穿梭於一眾角色；他既知事件的緣由，也知它的變化和結果。總而言之，他是無所不知的。

　　中國明清小說大都以全知敘事者的敘述角度說故事，這當然與當時說書活動大行其道有關。說書人擁有絕對控制權，他說多少說多久，都由他決定，讀者和聽眾都無從置喙。也因為如此，明清章回小說每到一回故事末段都會出現「欲知後事如何，請看下回分解」的表達，這正好證明這裏的敘述是由全知敘事者負責，他說了算，擁有絕對的權力。如用全知角度向讀者提供連角色也不及知道的信息，讀者便仿佛站在高處「觀看」角色的經歷，容易製造「旁觀者清」的理性分析角度，有利於讀者客觀地審視文本帶來的課題。

　　這種敘事觀點的特點在於它的權威性，它不受時空限制，能自由穿梭於時空之間。能回到過去交代角色的出身或事件的緣起，也能走到未來預告角色的命運或事件的結果。既可同時敘述兩地發生的事件，也可交代不同事件的關係。它可走進任何角色的思想中，也能掌握所有角色的情緒變化。簡單來說，全知觀點擁有所有信息，也是唯一信息的來源，全知敘事者就是唯一的權威，它的可信性為百分百，它就是真實，敘事文本世界裏的真實[3]。

---

[3] 有關全知觀點（omniscient point of view）或「零聚焦」觀點（zero focalization）的論述，可參 Seymour Chatman (1930-), *Story and Discourse: Narrative Structure in Fiction and Film*, (Ithaca: Cornell UP, 1978)；Shlomith Rimmon-Kenan（里門-凱南）, *Narrative Fiction: Contemporary Poetics*, (London: Methuen, 1983)；Gérard Genette（熱奈特，1928-), *Narrative Discourse: An Essay in Method,* trans. Jane E. Lewin, (Ithaca: Cornell UP, 1980)；熱奈特著，王文融譯：《敘事話語、新敘事話語》（北京：中國社會科學

6.1.2. 限知敘事者

　　除絕對全知外，其他的敘述都屬於限知範圍。顧名思義，所謂限知就是說這些敘事者的認知水平，因時空及能力等限制而受到制肘。現代敘事文本多由限知敘事者負責敘述，這是由於創作者多傾向藉角色說話，較少直接介入敘事，因此產生了以角色為主導的敘事模式。由於敘事觀點放到某一角色身上，因此不論是敘事範圍和可信程度，都受到該角色的限制。

　　以下便是限知敘述的各種限制：限知敘事者對過去可能知道，但不一定知得仔細，也不可能全面。對自己的過去，曾經歷的事件，曾認識的其他角色，他可能知道多一點，但也可能記不起來。對別人的遭遇等不一定知道，沒有經歷的事件多數不知情。對現在的各種事情也有知曉的可能，但只限於身處的空間裏自己接觸得到的部分，其他的一概不知道。至於未來，他肯定全不知情，包括自己的，別人的下場，事件的結局等等，都只能猜度。

　　除受上述時間的限制外，限知敘事者還受空間的限制，如他身處甲地，他大概知道甲地的情況。但由於他不可能分身，因此同一時期乙丙丁等地的情況，他便無從知悉。就是通過科技手段，實時掌握別個空間的情況，也只限於視覺和聽覺兩方面。對於其他空間的感知，如觸，味，嗅三覺，則無法輕易掌握。

　　此外，限知敘事者對其他角色的情況也是一知半解的，而且所知也未必正確。其他角色的行為還可以通過視聽覺掌握一些，但別人的心思便不會知曉，只能猜度。別人的思想和反應，也只能憑五官接收回來的信息作無把握的估計。即使是他以為知道的，也大有出錯的可能，就是他對自己的了解，也可能完全是錯誤的。因此，限知敘事者常有犯錯的時候，猜錯想錯是意料中事，當然還有出乎他意料之外的事。此外，他對其他人事的限制，還表現在自身的其他限制之中。除了上述時空限制外，他還受到自己的身高，距

　　出版社，1990 年 11 月）及 Franz Stanzel, *A Theory of Narrative*, trans. Charlotte Goedsche, (Cambridge: Cambridge UP, 1984) 及 Gerald Prince, *Narratology: The Form and Functioning of Narrative*, (Berlin: Mouton, 1982)。

離，眼界，以至學歷，背景，知識，學養，理解能力，記憶能力，分析能力等等的影響。換句話說，他並不可信，他全沒有全知敘事者的權威感[4]。

雖然限知敘述有很多限制，只能通過五官感覺接收別人的信息，只能猜測卻不能確知別人心中所想，自己所想所為所見都不一定正確，但也因此較易產生以下的閱讀效果：讀者可隨角色的情緒變化而變化，投入感大大提高了。此外，由於限知敘事的特點正是人生的寫照，人生也是無常，變幻莫測，也極受時空限制，往往需要從錯誤中學習，真相只能在探索中慢慢尋找，過程往往峰迴路轉，讀者可細味限知敘事者的經歷，並隨他喜怒哀樂，因此讀者讀來較感親切，容易投入，也較容易感動，能產生意想不到，出人意表的效果。借助限知敘事模式，也較易產生懸念，適合重視懸疑效果，重視閱讀過程的敘事類型，如偵探、歷險、推理小說等。此外，由於敘事角度可放到任何類型的角色身上，因此敘事觀點理論上是無限的，敘事文本也變得多姿多彩。由於知識水平、處事心態、思想、理智水平，以至情緒等因素的不同，即使是同一樁事件，透過不同角色，如發瘋的漢子、無知的小孩、患癡呆症的老頭、不識世務的紈絝子弟、剛失戀的女子等敘述出來的，會是很不相同的故事文本。讀者跟限知角色同步一點一滴地掌握信息，容易讓讀者產生感同身受的閱讀效果。

總的來說，以上這些（當然遠不止此，這裏只能掛一漏萬了）都窒礙著限知敘事者對角色及或事件的敘述。正因為有以上的局限，使得限知敘述常加進猜想成分，這也成為限知敘述一大特色。

既然不知道，出於自身的好奇和事事求答案的心理，人總喜歡憑著各種蛛絲馬跡，作理性的，邏輯的，或出於主觀願望，反過來作感性的臆測。有的憑著某角色眼神，表情或者動作，便嘗試猜測他的來意，動機和目的。既然是猜度，自然有對有錯，在這證偽糾錯的過程中，敘事文本便同時推進著情節的發展。讀者在這樣不斷猜測糾錯中享受著因此而生的懷疑，猶豫，發

---

[4] 有關限知觀點（limited point of view）或「內聚焦」觀點（internal focalization）的論述，可參 Shlomith Rimmon-Kenan (1983), Gérard Genette (1980), Franz Stanzel (1984) 及 Gerald Prince (1982) 的著作。

現，糾正，歸納，確認等眾多的過程，體現敘事文本超凡的表現能力。

以下為限知敘述可見的各種各樣限制的例子：

視覺

視覺受限的情況有很多，如視線被擋，看不見。以下為施蟄存〈在巴黎大戲院〉男主角「我」的內心獨白，交代他因視線給別人的頭阻擋了，以致無法看到戲院樓上票價：

> 這裏的價目是怎樣的？……樓下六角，樓上呢？這個人的頭真可惡，看不見了，大概總是八角吧。

再有的是自然環境所造成的視覺失效，如在濃霧中，甚麼都看不見，好像〈射鵰英雄傳〉煙雨樓大戰中，因濃霧突然而至，以致江南六怪，丘處機等全真七子，以至打算帶領官兵剿滅前者的完顏洪烈等人都無法看清形勢，幸好得瞎子柯鎮惡帶引，眾人才能逃離現場，逃過被官兵射殺的危險。

也有因黑暗看得不清楚，無法分辨手中的東西是甚麼，好像〈神鵰俠侶〉楊過和公孫綠萼在鱷魚潭裏，因漆黑一片，無法知道口袋裏所藏的物事裏，包括指示秘道出口的地圖，後來就是靠是地圖得以逃離水潭，到達裘千尺身處的巨型洞穴那裏。

聽覺

聽覺方面，更容易出現限知，如只聽到聲響，但不知發生了甚麼事。好像〈笑傲江湖〉第 38 章聚殲中，因為洞窟給堵住，火把全熄掉，只餘一片漆黑，令狐沖不知任盈盈生死，只聽到一聲一聲的琴音，不知道盈盈發生甚麼事，也不知道她是否因為受傷而無法連續彈奏。

又或距離太遠，說得聲音太小，因此只聽到部分，例如〈神鵰俠侶〉黃蓉偷聽別人的說話：

> 她正自沉吟，只聽那三人又低聲說了幾句，因隔得遠了，聽不明白，

但聽得那姓陳的道：「……恩公從不差遣咱們什麼事，這一回務必……大大的風光熱鬧……掙個面子……咱們的禮物……」其餘的話便聽不見了。

視覺＋聽覺

事實上，限知敘述的情況更多的是不光看到也聽到，但不明所以，好像〈笑傲江湖〉第 3 章救難中，林平之在大廳看到有人受傷，給抬到後堂，但不知道發生甚麼事：

正在這時，忽然門口一陣騷動，幾名青衣漢子抬著兩塊門板，匆匆進來。門板上臥著兩人，身上蓋著白布，布上都是鮮血。廳上眾人一見，都搶近去看。……眾人喧擾聲中，一死一傷二人都抬了後廳，便有許多人跟著進去。

然後聽到天門道人在後廳的暴喝「令狐沖呢？」，身在大廳的眾人包括華山派眾弟子及林平之都不知道天門為甚麼那麼暴躁，也不知道令狐沖犯了甚麼錯。

知識或能力不夠

限知敘述更多的是各方面的能力不足造成的內容，好像〈神鵰俠侶〉第 2 回只有十來歲的楊過不知道自己中毒，還以為冰魄銀針是很好的玩意：

一轉頭，只見地下明晃晃的撒著十幾枚銀針，針身鏤刻花紋，打造得極是精緻。他俯身一枚枚的拾起，握在左掌，忽見銀針旁一條大蜈蚣肚腹翻轉，死在地下。他覺得有趣，低頭細看，見地下螞蟻死了不少，數步外尚有許多螞蟻正在爬行。他拿一枚銀針去撥弄幾下，那幾隻螞蟻兜了幾個圈子，便即翻身僵斃，連試幾隻小蟲都是如此。

那少年大喜，心想用這些銀針去捉蚊蠅，真是再好不過，突然左手麻

麻的似乎不大靈便，猛然驚覺：「針上有毒！拿在手中，豈不危險？」忙張開手掌拋下銀針，只見兩張手掌心已全成黑色，左掌尤其深黑如墨。他心中害怕，伸手在大腿旁用力摩擦，但覺左臂麻木漸漸上升，片刻間便麻到臂彎。他幼時曾給毒蛇咬過，險些送命，當時被咬處附近就是這般麻木不仁，知道凶險，忍不住哇的一聲哭了出來。

對於〈神鵰俠侶〉主角楊過來說，父親楊康之死一直是一個謎團。就是因為他有著這種不知真相的困惑，使得他對疑似殺父仇人郭靖猶豫於尊崇與憎恨之間，成為一個十分重要的知識限制，推動著敘事文本的情節發展。此外，再如〈笑傲江湖〉第 21 章囚居中，令狐沖以為給江南四友陷害以致給囚禁於梅莊地牢，還擔心任我行的安危。後來才知道是向問天救任我行出獄的計謀，借令狐沖與任我行鬥劍的機會，將二人掉包，神不知鬼不覺地將任我行救走，令狐沖則代替任我行坐牢。

當然，認知不足情況很多，如不知別人身分，背景和關係，這發生在〈紅樓夢〉林黛玉剛到賈府時，她因為不認識王熙鳳，以致不知怎樣稱呼對方：

一語未了，只聽後院中有人笑聲，說：「我來遲了，不曾迎接遠客！」黛玉納罕道：「這些人個個皆斂聲屏氣，恭肅嚴整如此，這來者係誰，這樣放誕無禮？」心下想時，只見一群媳婦丫鬟圍擁著一個人從後房門進來。這個人打扮與眾姑娘不同，彩繡輝煌，恍若神妃仙子：頭上戴著金絲八寶攢珠髻，綰著朝陽五鳳掛珠釵，項上戴著赤金盤螭瓔珞圈，裙邊繫著豆綠宮絛，雙衡比目玫瑰佩，身上穿著縷金百蝶穿花大紅洋緞窄褃襖，外罩五彩刻絲石青銀鼠褂，下著翡翠撒花洋縐裙。一雙丹鳳三角眼，兩彎柳葉吊梢眉，身量苗條，體格風騷，粉面含春威不露，丹唇未起笑先聞。黛玉連忙起身接見。賈母笑道：「你不認得他，他是我們這裏有名的一個潑皮破落戶兒，南省俗謂作『辣子』，你只叫他『鳳辣子』就是了。」黛玉正不知以何稱呼，只

見眾姊妹都忙告訴他道：「這是璉嫂子。」黛玉雖不識，也曾聽見母親說過，大舅賈赦之子賈璉，娶的就是二舅母王氏之內侄女，自幼假充男兒教養的，學名王熙鳳。

其他如余華〈現實一種〉的角色四歲的皮皮，則因為能力不夠，無力長期抱住堂弟而放手，使得他頭撞到地上，流血不止而死。魯迅〈肥皂〉四銘則因不懂英語「old fool」而鬧出笑話。〈色戒〉王佳芝也因不知暗殺事件安排，不知易先生是否愛上自己而心情重重。劉慈欣〈三體〉有大量現象無法解釋的地方，如那些懸浮的神秘數字，水滴型的飛行器等等，處處都在顯示限知敘述的魅力所在。

6.1.2.1.　限知敘事者種類

不同於全知敘事者，限知敘事者一般由個別角色擔任，當中仍可根據對事件認識的水平高低，或與全知認知水平的距離，進一步劃分不同程度的限知水平：

6.1.2.1.1.　先知型限知敘事者

十分接近全知認知水平，正如宗教意義的先知般，他擁有預知未來的能力，因此他對事件或角色的認知水平還是極高的。他可以是來自未來的人，好像李潼《少年噶瑪蘭》中的潘新格，他是噶瑪蘭裔現代人，通過神秘的時光通道，到了開蘭時期的台東，由於他認識一點噶瑪蘭民族的歷史和發展，知道這個少數民族後來因為沒有保護好自己的土地，以致整個民族受到很大的傷害，因此他不斷告誡自己部族的先祖必須好好看護自己的土地，不要讓別人輕易騙到手……。這些情節之所以能夠出現，就在於潘新格這個較多認知水平的敘事者參與其中，才有這個可能。其他如天生異賦的當事人比一般當事人認知水平高，高智慧外星生物，二十二世紀機械貓等都可設計成這類先知型限知敘事者。

6.1.2.1.2.　回憶型限知敘事者

這類限知敘事者屬另一類較高認知水平的限知類型。當然，他只對個別事件或角色有著較高的認知水平，尤其是前者。由於這位限知敘事者經歷過某個事件，對該事件的來龍去脈，不光它的背景，產生的原因，還有它的經過，中間的轉折以至最後的結局等等，都因為曾經經歷，所以了解較多，比之身處事件當中的自己，由這位在事後回憶事件的他來敘述這個事件，認知便屬於較高水平的了。事實上，除了上述曾經經歷該事件外，任何對該事件有經驗者，由他來敘述，都可以成為回憶型限知敘事者。蘇童〈美人失蹤〉文本便是一例。

6.1.2.1.3.　一般在場限知敘事者

這類指的是身處事件現場，親歷事件的限知敘事者，由於他只能通過當刻親身經歷認識一切，因此他的認知水平便如一般常人。如敘事者為參與事件的當事人，對自己的心裏所想，知得比較多。如敘事者為身處事件的其他角色，比起當事人來說，限知水平還要低。如敘事者只屬不涉事件的旁觀者，他所知的更少，起碼不可能知道當事人心裏所思所感。張愛玲〈色戒〉王佳芝屬於這類敘事者。

6.1.2.1.4.　一般在場不知名限知敘事者

這個執行敘述任務的敘事者不是角色，只是一個敘事角度，敘述出來的信息只憑視覺和聽覺得來，跟監控鏡頭那樣將當場所見所聽全敘述出來。由於它不是任何角色，因此敘述沒有主觀成分，只客觀地將現場的情況如實地記錄下來。這個敘事角度既不知道角色的姓名，背景，身分，也不知道他與其他角色之間的關係，對事件它不知道事件的背景資料，前因後果。就是當場發生甚麼，也只能記錄視覺和聽覺可以接收到的信息，它也沒有猜想，不懂推論，可以說比任何一個在場的角色所知的更少。它不涉任何感情，只平實和客觀地敘述，敘述文字如報導。它不屬於任何角色，不等如個別限知。敘述文字不涉個人，所以沒有感受和感慨部分，修飾成分也只交代五官特別是視聽兩種感覺，不會用比喻，因為比喻涉及主觀判斷。

6.1.2.1.5.　較低限知敘事者

至於低於一般認知水平的敘事者，其實也有無限可能，以下只略舉一二：

有的比常人差，也就是能力不及常人，如身患殘疾，失明，身裁矮小，失憶，受傷等，不管說的是暫時還是永久，如通過他來敘述，由於欠缺某種能力，足以造成所敘述的內容和角度不及一般人。此外，也有一些角色因為暫時或永久失去身分，導致他不如往日般可以查找某些信息，也可以造成他較低的認知水平。

敘事文本裏其實能提供更多的例子，好像橫跨〈射鵰英雄傳〉和〈神鵰俠侶〉的曲傻姑就是一例，可能因為受到自己父親被殺的刺激，以致她神智不怎麼清晰，智商大概只有幾歲孩童的水平，因此由她提供的信息，便有不及常人那種清晰明白的地步，但也因為這樣，通過她交代楊過父親楊康的死，對楊過來說，雖然轉折和含混一點，說起來總說不清楚，但卻更覺真實可信。

余華的〈我沒有自己的名字〉中的來發，也因為智力不及常人，常受旁人的戲弄和取笑，站在這麼一個受眾人欺侮的角色敘述這個世界，確有醒人耳目，讓人產生引聾發聵的警示作用。

寫心理不正常是施蟄存三十年代敘事文本的主要題材，他的〈魔道〉〈旅舍〉以及〈在巴黎大戲院〉都以患上心理毛病的角色為主角，通過他們的內聚焦視角，寫他們因心理毛病造成的限知，成為中國現當代少數重點寫作角色心理狀況的文學文本，也是寫這種較低認知水平敘述的代表文本。

至於因為年輕，缺乏人生經驗，出現限制的較低認知水平的敘述，可謂更加常見，好像蕭紅〈呼蘭河傳〉中的只有幾歲的「我」，通過她年幼無知的較低限知認知水平，從相對陌生的角度書寫這個東北小鎮呼蘭的故事，讓讀者在「我」事事不知實情的敘述，與常理的比較中，更真切地體會二十世紀二十年代偏遠農村蒙昧無知的各類事件。此外，余華的〈現實一種〉以四歲皮皮的視角，〈偷麵包的麵包師〉以麵包師兒子的視角，〈神鵰俠侶〉以十五六歲姑娘郭襄的視角，以及〈笑傲江湖〉以十來歲小尼姑儀琳的視角等

等，借助敘述角色年幼無知的限知特點，寫出各種各樣與常人迥異的閱讀效果來。由於以上各例已在不同章節中交代，這裏便不贅了。

　　事實上，較低認知水平的敘述，還可以其他動物例如貓狗，老鼠，或者昆蟲，甚至沒有生命的機械人，玩具或其他死物作為限知敘事者，認知水平可有更多發揮的可能性。理論上說，限知敘事者種類極多，接近無限，因此之故，敘事文本的未來相信還有很大的發展空間。

6.2.　感覺層面

　　感覺層面處理的就是敘事者在敘事文本裏表現出來對個別事件或角色的感覺（包括感受和感慨），範圍可以從全無感覺到極細緻的感覺。

誰看＝敘事視角

　　所謂「誰看」就是指說故事的敘事者借哪個角度進行述說，用比較實際的表達就是，以哪一個視角，也即是如鏡頭般攝取畫面，所以歸納成用誰的眼睛看，從哪個角度看，以此述說故事。「誰看」主要牽涉視角（focalization）的問題，由於事實上視角並不僅限於視覺範圍，還包括五官其餘四種感覺，因此嚴格來說應稱為「誰感」才更為準確，一般可分「內聚焦」、「外聚焦」和「零聚焦」三種。

　　熱奈特提出三個視角試圖概括這個誰看的問題。他添上了聚焦的概念，這是從電影術語中借來，也即是電影攝像機鏡頭所處位置。相信大家都明白，電影就是依靠鏡頭說故事，因此怎樣處理鏡頭成為電影製作一大學問。同理，敘事文本的敘事，視角如何往往能左右閱讀效果。熱奈特提出「零」「外」和「內聚焦」三種視角。傳統敘事文本多用「零聚焦」視角；現代敘事文本則多用「內聚焦」視角，間中也有用上「外聚焦」，「零聚焦」的使用頻率則不高。

6.2.1.　零聚焦視角

　　這裏指就講述一個事件為標準，所謂零就是沒有鏡頭的敘述，也就是說

敘事者抽離事件，不涉事件現場的敘述，因此這種敘述沒有視角放何處的問題，因為根本沒有運用任何視角。以零聚焦視角的敘述都抽離現場作泛泛而論，結合「誰知」，零聚焦視角敘述都由全知敘事者負責。因為只有全知，他才可不身處現場仍能清楚交代事件的一切。以這種沿用全知敘事者高於一切的視角敘述的文字，提供捨我其誰，極具權威的角度交代故事。當然，屬較大限知的敘事者，如通過不同渠道於事後掌握大量關於事件信息的敘事者，他的認知水平較高，也有條件以零聚焦進行不在場敘述。

6.2.2.　外聚焦視角

　　另一類是外聚焦，指的是視角身處事件現場，但卻不涉及任何角色，類似能綜觀和觀察現場一切活動的監控鏡頭。它在場但不隸屬任何角色，但仍受場面角度的限制，不是現場內任何事件都能敘述，這種視角同樣也無法測知任何角色的內心世界，只能描述所見的動作、行為、言語等，提供信息予讀者。由於外聚焦身在現場，自然能同步交代事件，但由於它不屬於任何角色，避免了任何限知敘事者的主觀臆測和判斷，表現出來的敘述文字一般都是客觀但較流於冷漠，不涉感情，如敘述一位角色出現現場，外聚焦會寫成：「一位年約三十的華人面貌的青年，從遠處走近商店，當遇到一位年輕長髮少女，便停下來，說了幾句話後，便往商店裏面走去……」。

　　正如任何監控鏡頭，外聚焦敘事者不知事情的底蘊，認知水平只停留於所能見到的，受限於對過去的無知，對現在的限知，對未來的無知，這類外聚焦一般不會成為主導的敘述方法，但它也有相當出色的功能，因此外聚焦視角仍是比較常見的敘事手法。

6.2.3.　內聚焦視角

　　另一誰看的類型就是內聚焦視角，意即由事件中其中一位角色的角度說故事，借他眼睛的觀察，講述事件。由於通過他的眼睛，他能看到的，不能看到的，直接影響他能講述的內容，這種因視覺造成的限制，局限了他所述說的故事，內容必定不完整，他看不到、聽不到的便不能說得清，只能猜

度。有些敘事文本正是利用這種局限，製造特殊的閱讀效果，尤其是那些偵探懸疑類型的敘事文本，正是內聚焦視角的敘述，使得讀者所知極為有限，這種閱讀效果足以引起讀者繼續追看，產生希望多了解事件真相的衝動，提高讀者閱讀的興趣。

6.2.4.　多內聚焦視角

有的時候，為了補足這樣內聚焦視角的局限，文本可在原來只有一個內聚焦視角敘事者的基礎上，增加另外一個內聚焦視角敘事者，這樣便可增加讀者對事件的認知水平。雖然每個內聚焦認知水平都極有限，但通過閱讀多個內聚焦視角敘事者述說的文字，讀者便能累加認知水平，變成擁有較高認知水平的讀者。

當然，也有敘事文本刻意運用不同內聚焦敘事者從不同角度述說同一事件，讀者雖然能多認識事件，但誰對誰錯，無從判斷，造成永遠無法解開的懸案，這就是日本著名電影〈羅生門〉利用不同內聚焦視角敘事者各自述說同一事件的不同版本所產生的閱讀效果，這種創新運用內聚焦視角敘事的方法，成就了這個敘事文本的經典價值。

6.2.5.　誰看→誰感

說到「誰看」，其實這個術語並不能概括內聚焦視角的所有敘述功能。事實上，除了使用眼睛觀察外，內聚焦敘事者還運用其他感官進行述說，因此要兼顧除視覺外，還有聽觸味嗅等感覺，筆者建議改「誰看」為「誰感」，這樣才能涵蓋所有採用內聚焦視角的限知敘事者的各種感覺，閱讀效果才更豐富。有了內聚焦敘事者的各種感覺，讀者便有了如同身處現場，感同身受的真實感和親切感。這更能突顯內聚焦視角敘事者的特點。

6.3.　表達層面

所謂表達層面，就是指對個別事件或角色敘述所用的表達手段，主要是

用語和標點符號，範圍由概括，簡單，間接，客觀到詳細，直接，主觀之間，也就是由告訴（tell）到展示（show），裏面包括概述，總述，簡述，略述，印象式交代，細述等等。

誰說

表達層面可以概括成「誰說」的問題，那就是故事是由誰「說」出來，這牽涉所用的言語特色，以及述說故事時所使用的語氣及相關語言風格。簡單來說，可有由「全知」敘事者敘述的說話，它的特點就是多用第三人稱言語、也多概括性言語交代情節甚至角色的行為等。

6.3.1. 全知敘事語言風格

由全知敘事者以全知認知水平說故事，感覺和角度以至用語都屬於全知敘事者。由於全知敘事者不在現場，採用零聚焦視角，所以全知敘事者述說故事時，他會多用較為客觀的概述和略述，以及間接話語，第三人稱之類的用語，也可能有價值判斷式的評語，語言傾向使用書面語以及規範漢語。此外，由於全知敘事者認知水平最高，因此，說故事時，容易流露他那絕對權威的口吻，這樣書寫出來的文本容易看似真實而客觀，說起來也採用肯定和絕對的語氣，甚至有咄咄逼人，盛氣凌人的語言風格。以下為全知敘述語言特點的說明：

第三人稱代詞：他、她、他們等。由於漢語使用習慣，句中主語不一定出現，有時候給隱藏起來，主語誰屬全憑語境決定。另一方面，這個「他」即使出現，也可能代表故事另一位角色。但無論如何，如第三人稱代詞出現的話，或可表現全知敘事者的聲音。因此，我們必須細心觀察，才可找到真正的標誌來。條件有二：第三人稱代詞必須現於句子中；這代詞必須代表擔任內聚焦的角色，即小說中視角所在的角色。

空間指示代詞（spatial deixis）：由這，那二字組合成的空間指示代詞（如這，這裏，這兒）是另一類重要標誌。空間指示代詞最能讓讀者了解與所述人物或事物的遠近距離，從而可判別敘事者的身分。

　　動趨式動詞短語：跟空間指示代詞差不多，動趨式動詞短語，如上來／去，下來／去，回來／去，過來／去等都可讓讀者較容易判別敘事者是全知敘事者還是限知敘事者。

　　表現過去式的標誌：漢語動詞沒有時態，因此無法如印歐語言般借助過去式傳達事情過去的信息，但可在動詞後加上助詞「了」，「過」之類，表示完成狀態。

　　省略號：省略號可表現二種情況，一是話語中沒有說完全的部分，一是斷斷續續話語中的停頓。除非有跡象顯示上述情況是由限知角色造成；否則，全知敘事者的參與變成是不可避免的事。尤其當全知敘事者借助省略號，將角色的內心獨白與其他話語分隔開來的時候，全知敘事者參與程度變得更大了。

　　評論文字：有些評論事件或角色的文字，不可能屬於限知角色的時候，正好證明全知敘事者正在產生他的作用。

　　語言風格：如話語中的遣詞用字，與角色的身分，教育背景不相同的時候，也可間接說明全知敘事者在直接敘述。

6.3.2.　全知敘述表達特點

　　以下為全知敘述表達上的特點，以此大致能確認全知敘事者正在敘述：

　　多用概述：概述性語言，也就是歸納出狀態來的語言，如「他憤怒了」，而不寫「猛的拍了一下桌子」；前者是概述，後者是動作描述，可歸納拍桌子的人精神狀態如何如何，但不實說，也沒有肯定，畢竟拍桌子動作不光是表現憤怒的動作，也可以是讚賞的表現。此外，如懷疑，困惑，緊張這一類用語都屬概述性語言。一般全知敘述用得多，當然認知水平較高的限知角色也可能用上，所以必須仔細分析原文，確認屬於哪種敘述方式。

　　能走進限知敘事者內心世界：這情況下的敘述與內聚焦限知角色寫自己的心理活動沒甚麼分別。由於全知敘事者暫時放棄了全知認知水平，改用敘事角色的限知認知水平，因此在這範圍內的「誰感」和「誰說」都屬於限知角色。一般情況下，讀者是無從分辨究竟是全知敘事者假借限知角色的敘

述，還是限知敘事者自己作出的敘述。讀者往往須從上述文字的前後抽絲剝繭地剖析內裏的敘述文字性質，才有機會確知整個部分屬於全知還是限知敘述。

多用評論：屬另一比較容易確認全知敘事者正在敘述的地方。很多時候，文本常常不自覺地或急不及待地將自己的立場態度和觀點表現出來，變成有點不顧一切，甚至冒著破壞「敘事文本應該盡量只顯示而不露骨地說明」這麼一條鐵律的危險，對事或對人直接評論一番。這樣的評論文字對讀者了解這個事件或該角色幫助很大，因為它出自全知敘事者，擁有絕對的權威和準確性，但它不可避免削弱了文本的吸引力。因此有的時候，文本相關的評論也相當克制，一來盡量減少篇幅，二來盡量放到比較不顯眼的位置，最常見的做法就是用上修飾成分對個別事件或角色表現立場，態度和傾向。譬如，「可憐的小林子」，「遇到一件糟糕透頂的事」之類。這裏「可憐」和「糟糕透頂」正好說明全知敘事者的立場和態度。當然，這裏讀者必須排除以上的評語是出自敘事文本內任何一個角色的口或心才行。

很多時候，全知敘述不一定有確鑿的證據，一般可使用「排除法」，看看文本內角色中有哪個可能說出或想出上述的話來。如果沒有，屬於全知敘述的機會便大增。有時由於證據不足，上述分析無法證明，讀者大可保持開放態度，作出最有可能的判斷便好。

多直呼角色全名：一般情況下，限知敘事者極少呼叫全名的，除非表示憤怒，出於指責的需要等。相反，對於全知敘事者來說，所有角色都一樣，都跟他沒有直接關係，因此稱呼他們往往便會用上全名。

6.3.3. 限知敘事語言風格

如果換成限知敘事者，採用外聚焦視角，那麼這位不知名敘事者述說的故事內容會較客觀，多隨事件發展敘述，少有概括性用語。由於外聚焦的時空限制，他缺乏全知敘事者的認知水平，連角色和事件背後的資訊都欠缺，這樣信息量比較小，比較間接，語氣雖然仍然客觀，但沒有全知敘事者的絕對和肯定口吻，沒有全知敘事者那種權威感。

到了換成只有一般認知水平的限知內聚焦視角敘事者，由於他們身處事件現場，誰感的感知途徑眾多，因此，敘事者自身的感覺感受和感慨都會滲進故事的述說中，充滿主觀色彩，表現感受的眾多感嘆詞也特別多。由於語言風格屬角色自己的，因此，多用感歎詞以及口語等表現個人風格的言語，包括角色口語化詞語，甚至鄉音和方言都會出現在文本內。以下為限知敘述語言特點的說明：

感嘆詞：屬表達情緒的詞語，如啊，呵，嘛，啊，吧，唄等等；

口語常用詞：對話或內心獨白中常用的表達，對呀，照啊，那麼，這個嘛之類；

語氣助詞：如嗎，呢，吧，罷了等也可顯示個人風格；

標點符號：表達說話或內心獨白的標點符號如問號、感嘆號等，也是表現角色個人風格的工具；

兒化詞：表現口語色彩的「兒化詞」更是漢語獨有的標誌。

語言風格：表現角色的文化水平，如角色教育水平不高，屬低下階層，使用的語言自然較多俚俗語，認識話語的語言風格也是分辨的途徑之一。換言之，話語中言語與標準規範的語言距離越遠，屬角色自己語言風格的機會便越大。有的形容詞表達的是主觀感受，那麼也是表現角色語言風格一種標誌。有的用詞只能是角色自己獨有的，也成為掌握話語風格的標誌，如用爹娘，兄弟等，這當然還要看前文後理，還要看其他用詞是否配合，這些用詞單獨來看，並不足以判別話語是否屬角色個人的。此外，花名，綽號也屬此類；同樣地，個別行業的術語，或個別社群特別用語，也可歸入此類。

此外，也由於限知敘事者各種限制較多，猜想估計的成分因此更多，語氣更加不夠確定，甚至所述說的內容情節，由於並不確定，而且有猜度成分，因此也不排除是誤解或者是認識或了解的錯誤，這都是限知敘事者說話述說故事的特點。雖然所說也許很有局限，而且或有錯誤，但這樣語氣以及這種認知水平更接近真實世界。因此能帶給讀者明顯的真實感和親切感，讀者更容易受到感動，感染力也較高。

正如上述對限知敘述的介紹，由於限知敘事者無法知悉他所不懂的，他

排除他會通過猜想嘗試看透別人心思或事情的底蘊，因此猜想便成為限知敘述的明顯標誌。既是猜想，那麼限知敘事者所用的口吻和語氣，就不可能那麼肯定和權威了，他傾向使用諸如「或者」「可能」「似乎」「也許」「有機會」等不確定的用語，就是用上「想必」這類較肯定的用語並不代表限知敘事者對事情或角色的了解有多深，只代表他經過思考衡量估算，說出可能性較大的想法而已，並不代表他「想必」的內容必然正確。以下是有關猜想的各方面內容，包括文本提供限知角色猜測的根據，內容以及結果：

根據		胡亂
		主觀意願
		客觀證據
		邏輯推斷
內容	角色	對方想法
		立場，態度
		動機，企圖
		言行，背後真正意圖
	事	事件真相
		現象出現，產生原因
	物	東西的用途功能
	理	現象／故事背後的道理
結果		猜對
		部分對
		全錯
		沒法證實

6.3.4.　從角色稱謂看全知與限知敘述

分辨敘事文本裏面的用語，與全知限知敘事者，以及與內外零聚焦視角的關係，一直是進行敘述分析的一個難點。以下嘗試通過文本裏面出現的角色稱謂，探討它們與不同敘述方式的關係：

我（自稱）

主要在內聚焦視角的環境下出現，包括一般和較高認知水平的角色，就

是全知敘事者走進限知角色的情況下，以角色內聚焦視角敘述，仍會出現自稱「我」。至於由多個內聚焦視角的角色敘述時，每一位角色都可以「我」自稱。那麼，是不是在全知敘事者主導的敘述裏，就不能出現「我」呢？答案是否定的：當全知敘事者以引述形式交代個別角色的自稱時，也有可能出現「我」。例如：「當時陳小芬便是這樣回應林斌的質問：『我就是這樣的了，你能奈我何？』」

此外，在對話裏面，凡是自稱「我」還是可以出現在任何文本。

由此可知，以「我」這個所謂第一人稱的表達，用來涵蓋眾多不同的敘述方式，明顯無法做到精準判別不同敘述的目的。

他（代稱）

同理，第三人稱的「他」也不是全知敘事者的專利。當限知敘述使用內聚焦視角時，不管是單一限知敘述，還是多重限知敘述，稱呼其他角色，仍然用「他」。就是外聚焦視角那種限知敘述，當已稱呼某角色的「身高約一米八的男子」後，不可能再重復這樣別扭的稱謂，用上「他」是自然不過的事。

此外，如「我」在對話一樣，「他」在對話裏也常見，指的是對話雙方或多方都認識的某個角色的代稱。

綜上而論，無論第一人稱「我」還是第三人稱「他」都不能準確地分辨敘述時各種形態，可見這類落伍的分類概念，無法滿足了解不同敘述形態的需要，因此建議摒棄這類概念，轉用「誰知」「誰感」「誰說」合成的解釋體系。

小姐等（代稱）

其他代稱如小姐，先生之類，可以憑外貌分辨出來，或如「一群小學生」也可憑他們穿的校服分辨出來，因此在外聚焦視角下是可以出現上述稱謂的。至於內聚焦視角，當稱呼別人時，不管小姐，先生還是一群小學生都是十分自然的表達。同理，在對話當中，上述稱謂來代稱第三方，也是合情合理的安排。至於全知敘事者的零聚焦視角，由於不在現場，使用代稱變成

順理成章的事，當然，全知敘事者絕對有能力多說，包括那位小姐叫甚麼名字，她的背景資料等，但也有權限制發出的信息。從讀者角度看，除非文本中有著明顯的證據，可以通過歸納整理，採用排除方法得知誰是敘事者，否則只能存而不論。

王佳芝等（姓名）

如張愛玲〈色戒〉王佳芝，穆時英〈白金的女體塑像〉謝醫師，〈偷麵包的麵包師〉麵包師，黃仁逵〈回家〉的友仔記等等，分別是角色的全名，角色姓氏加上職業，角色職業身分以及角色的外號。對於這類稱謂來說，由於當中牽涉背景資料，因此不是外聚焦視角限知敘事者所能交代的。對於一般或較低限知敘事者來說，同樣沒有這樣的認知水平。因此，只有懂得這些角色背景，認知水平較高的限知敘事者才可能用上這類的稱謂。全知敘事者由於全知全能，最有可能用上這類稱謂。當然，在對話當中，如果其中一方認識上述角色，知道他的背景，用上上述稱謂也是合情合理的。

瘋老頭等（加上評語）

黃仁逵〈回家〉友仔記以及君比〈覓〉的家樂，在文本裏分別有著「瘋老頭」和「弱智男孩」的稱謂。前者是對面街坊對這位老頭加上瘋的評語，他們是較低限知敘事者，他們不知這位老頭叫友仔記，卻因為他不斷與鴿子談話，因此視之為瘋子。這類不大正確的稱謂多出自個別限知敘事者的口中。

至於「弱智男孩」，卻是全知敘事者的手筆，文本當時講到艾莉在等李晉的到來，因為有人在後面拍她肩膀，她以為是李晉，卻出現一個「咧著嘴向她傻笑的弱智男孩」。從艾莉內聚焦視角下，只能看到「咧著嘴」和「傻笑」的動作，不能輕易歸納成「弱智」，最多只能是一種猜想，但這裏說得那麼絕對，因此只能是全知敘事者跳出來作出的交代。當然，如遇有相關背景資料的個別限知敘事者，用上「弱智男孩」是可以理解的。對話裏面出現類似的稱謂也可以同樣看待。

中等身材男子（外貌）

　　只能從外觀通過視覺掌握角色並以此稱呼的,正好符合外聚焦視角的敘述特點。其他內聚焦視角的敘述,如果沒有其他更多信息,要稱呼這位第三者,這樣的稱謂也是合情合理的。同理,對話裏面,如稱呼大家都不大認識的第三者,也只能用上這類稱謂了。身為全能的全知敘事者按理不會這樣稱呼角色,除非他刻意放棄全知認知水平,改用外聚焦視角,但這樣做,應該再作解釋,否則會被誤認為只是外聚焦視角的敘述,突出不了全知敘事者的存在特點。

6.3.5.　全知與限知敘述共存的語言形態: 自由間接話語

　　有的時候,誰感,誰知和誰說並不一定統一,誰說和誰知屬於限知敘事者內聚焦視角,誰說則由全知敘事者擔任,但由於他有自由進出個別角色的能力,個別用語仍屬個別限知角色的。這樣,便出現用語混雜的情況。既有全知敘述權威口吻的用語,也有不確定,充滿個人語言風格的用語。

　　西方理論界根據西方語言尤其是英語的特性,提出「自由間接話語」的概念解釋這個現象,以此來表現誰知誰感與誰說並不同步的現象。

　　自由間接話語稱 free indirect discourse,簡稱 fid(法語稱 *le discours indirect libre*),根據帕斯卡(Pascal)[5],自由間接話語有這樣的特點:敘事者(narrator)雖然在小說中放棄直接使用戲劇式手法,而讓角色自己表現他們的話語或對話,也保留全知敘述手法不用;但透過走進角色的經驗世界裏,借用角色所在的時空,敘述他們的思想和語言,敘事者的元素仍能存在於這樣的敘述中。[6]

---

[5]　Roy Pascal, *The Dual Voice: Free Indirect Speech and Its Functions in the Nineteenth Century European Novel*, (Manchester: Manchester UP, 1977).

[6]　"the narrator, though preserving the authorial mode throughout and evading the 'dramatic' form of speech or dialogue, yet places himself, when reporting the words or thoughts of a character, directly into the experiential field of the character, and adopts the latter's perspective in regard to both time and place," *Dual Voice*, 9.

　　由此可見，在各種敘述角色思想感情和言語對話的手法中，「自由間接話語」是介乎直接讓角色自己表達的「直接話語」（direct discourse，簡稱 dd），與敘事者現身轉述的「間接話語」（indirect discourse，簡稱 id）之間。雖然歷來學者對這個手法冠以不同的名稱[7]，但似乎大家並不反對「自由間接話語」的定位介乎間接話語與直接話語之間。

自由間接話語的語法特點

人稱（grammatical persons）

　　英語環境中，自由間接話語的特徵主要顯現於語法環境中。如人稱方面，自由間接話語採用間接話語的第三人稱。

時態（tenses）

　　至於時態方面，「自由間接話語」也較接近「間接話語」，使用過去式，但沒有保留「間接話語」中顯示轉述狀態的 "that-" 引語。以下是里門－凱南（Rimmon-Kenan）《敘事虛構作品》一書中有關的論述：[8]

DD	ID	FID
present	past	past
(He said: "I love her")	(He said that he loved her)	(He loved her)
past	past perfect	past perfect
(He said: "I loved her")	(He said that he had loved her)	(He had loved her)
present perfect		
(He said: "I have loved her")		
future	future past	future past
(He said: "I shall always	(He said he would	(He would always love

---

7　例如：*style indirect libre*", "*erlebte Rede*", "free indirect style", "free indirect discourse" (McHale), "represented discourse" (Doležel), "substitutionary narration" (Hernadi), "narrated monologue" (Cohn), "quasi-direct discourse" (Volosinov/Bakhtin), "represented discourse and thought" (Banfield).

8　Shlomith Rimmon-Kenan, *Narrative Fiction,* 111-113.

love her")　　　　　　　always love her)　　　　　　her)

指示代詞（**deixis**）

指示代詞是另一用作「自由間接話語」標誌的語法特點。「自由間接話語」中的指示代詞跟「間接話語」不一樣，卻跟「直接話語」一樣。換言之，「自由間接話語」用的不是「那裏」、「那樣」、「那些」和「那」之類的指示代詞，而用「這裏」、「這樣」、「這些」和「這」等。

漢語環境中的自由間接話語

由於漢語與印歐語言差異極大，在英語環境裏，用以分辨自由間接話語的語法特徵，幾乎無一可用於漢語環境中。這方面，夏根娜（Hagenaar）貢獻很大，雖然她並不是首位突出漢語與印歐語言差距的學者，但她的名著《中國現代文學中的意識流和自由間接話語》是首部研究自由間接話語在中國文學應用情況的專著。[9]

正如她的分析，人稱在漢語中的形象並非固定不變；有的時候，人稱代詞甚至可以隱藏起來，讓讀者從語境中確定誰是動作的主人。正因如此，我們無法借助人稱代詞來判別話語是否「自由間接話語」。至於時態，漢語更與英語大相逕庭，漢語動詞全不帶時態成分，無法起判別「自由間接話語」的作用。指示代詞較好一點，漢語環境中也常用，跟英語的用法相差不大；可是使用指示代詞，我們只能分辨間接話語與自由間接話語的分別，但由於自由間接話語用的指示代詞跟「直接話語」一樣，那麼我們仍不能將直接話語與自由間接話語區別開來。總而言之，我們不能將西方辨別自由間接話語的語法特點搬到漢語環境來，我們必須另尋判別自由間接話語的途徑。

辨別自由間接話語的標誌

自由間接話語的特點在於：敘事者與角色的聲音並存於話語中，因此在其中我們當可找到主（角色的）和客（敘事者）觀的成分來。這樣，我們可透過認識這些主觀和客觀的標誌，進一步探討自由間接話語在漢語環境中的

---

[9] Elly Hagenaar, *Stream of Consciousness and Free Indirect Discourse in Modern Chinese Literature*, (Leiden: Leiden U, 1992).

情況。根據前述全知和限知敘述所呈現的各種語言特點；只要在同一話語中，同時出現表現限知敘述特色的用詞和顯現全知敘事者的標誌，那便可稱之為「自由間接話語」。

6.4.　敘事文本敘述舉隅

6.4.1.　一般當事人限知十全知

金庸〈神鵰俠侶〉楊過與小龍女

　　傳統敘事文本如〈神鵰俠侶〉可說是傳統型敘事文本中的佼佼者，在主角楊過成長故事類型中，充分發揮傳統型故事繽紛，情節緊湊的特點，帶引著讀者廢枕忘餐地追看。雖然傳統型敘事文本沒有如現代型那般重視限知內聚焦視角的敘述特點，但如一般過渡性文本那般，〈神鵰俠侶〉仍比較純熟地採用視角轉換的方法，使得讀者可以跟隨不同內聚焦敘事角色的有限認知，掌握事件的局部信息，有效地製造懸疑效果，加強文本引導讀者追看的動力。傳統型敘事文本長於說故事，雖然還未掌握寫敘事角色內心世界的技巧，但在內聚焦視角限知角色的有限認知水平的提供下，讀者仍能享受豐富多采，高潮迭起的情節，雖然裏面甚少內聚焦限知角色的自我描述，取而代之的是全知敘事者介入，交代限知角色的心理狀態。

　　〈神鵰俠侶〉第 7 回「重陽遺刻」裏，小龍女和楊過在活死人墓裏受到師姐李莫愁的突襲，因不敵而放下斷龍石一心與李莫愁同歸於盡。後來楊龍二人在石棺裏發現王重陽留言，並在石棺裏發現秘道，進入了石室：

> ……室中也無特異之處，兩人不約而同的抬頭仰望，但見室頂密密麻麻的寫滿了字跡符號，最右處寫著四個大字：「九陰真經」。

這裏藉楊龍二人限知內聚焦視角，交代石室頂上刻滿「九陰真經」原文，由於楊龍二人的限知水平，未知這是珍貴的武林秘笈，只知有大量「字跡符

號」和「九陰真經」四個大字。因此文本必須通過全知敘事者的介入交代：

> 兩人都不知九陰真經中所載實乃武學最高的境界

接下去，則由武學水平較高的小龍女作了評價：

> 看了一會，但覺奧妙難解。小龍女道：「就算這功夫當真厲害無比，於咱們也是全無用處了。」

接著通過楊過內聚焦視角，交代他看到一幅地圖，但限知關係，不明所以，因此向小龍女查問：

> 楊過歎了口氣，正欲低頭不看，一瞥之間，突見室頂西南角繪著一幅圖，似與武功無關，凝神細看，倒像是幅地圖，問道：「那是什麼？」

文本接著以小龍女內聚焦視角觀看地圖：

> 小龍女順著他手指瞧去，只看了片刻，全身登時便如僵住了，再也不動。

接著轉由楊過的內聚焦視角交代，眼見小龍女神情怪異，楊過害怕起來：

> 過了良久，她兀自猶如石像一般，凝望著那幅圖出神。楊過害怕起來，拉拉她衣袖，問道：「姑姑，怎麼啦？」小龍女「嗯」的一聲，忽然伏在他胸口抽抽噎噎的哭了起來。楊過柔聲道：「你身上又痛了，是不是？」小龍女道：「不，不是。」隔了半晌，才道：「咱們可以出去啦。」楊過大喜，一躍而起，大叫：「當真？」小龍女點了

點頭，輕聲道：「那幅圖畫，繪的是出墓的秘道。」

為了讓心思縝密的讀者不致產生懷疑，以求確保文本信息的可信度，全知敘
事者再次出手交代小龍女在這方面的認知水平較楊過為高：

她熟知墓中地形，是以一見便明白此圖含義。

既然能夠絕處逢生，按理小龍女不應哭起來，這裏藉楊過的口向小龍女查
問，間接顯示楊過的認知局限，無法探知小龍女內心想法。當然，到了文本
後期出現楊龍二人沒有言語交流，楊過仍能深知小龍女心意的情節，不但沒
有破壞文本信息的可信度，反正加強展現了二人心靈相通，互相契合，不分
彼此的境界：

楊過歡喜無已，道：「妙極了！那你幹麼哭啊？」小龍女含著眼淚，
嫣然笑道：「我以前從來不怕死，反正一生一世是在這墓中，早些
死、晚些死又有什麼分別？可是，可是這幾天啊，我老是想到，我要
到外面去瞧瞧。過兒，我又是害怕，又是歡喜。」

接著他們分別睡著了，卻遭到李莫愁再次突襲，這次由楊過的內聚焦視角交
代：

過了不知多少時候，突然腰間一酸，腰後「中樞穴」上被人點了一
指。他一驚而醒，待要躍起抵禦，後頸已被人施擒拿手牢牢抓住，登
時動彈不得，側過頭來，但見李莫愁師徒笑吟吟的站在身旁，師父也
已被點中了穴道。

既然楊龍二人已擺脫了李，進了石棺內的石室，又怎樣會給李偷襲成功的
呢？這方面的信息無法由存在認知限制的楊龍兩位當事人交代，結果還是由

全知敘事者出馬：

> 原來楊、龍兩人殊無江湖上應敵防身的經歷，喜悅之餘，竟沒想到要回上去安上棺底石板，卻被李莫愁發現了這地下石室，偷襲成功。

從以上例子可見，傳統敘事文本的敘述仍不能脫離全知敘事者的敘述，但為了製造現場感，親切感，真實感，文本已經大量運用限知角色的內聚焦視角進行視聽觸味嗅五官感覺描述。只是角色的稱謂還是用上角色全名如楊過小龍女李莫愁洪凌波等。此外，到了必須交代角色因限知原因無法掌握的信息時，全知敘事者便出場，未有採用如後來現代敘事文本那般採用其他較高認知水平的角色，發揮他們參照功能，提供必須信息的做法。這可能因為對敘述手法未有充分掌握，也可能因為採用全知敘述較為省便快捷，能省下大量篇幅的緣故。

6.4.2. 回憶型限知

蘇童〈美人失蹤〉我

這個敘事文本容易被誤會由全知敘事者敘述，因為看似敘事者甚麼都知道。事實上，敘事者仍屬限知，從開頭和結尾提及的「請設想二十年前⋯⋯」一句可知，這屬於回憶型限知敘述，這是一個以傳聞形式娓娓道來的故事，敘事者說回自己經歷過的事情，前因後果，牽涉的角色等他大概知道，加上結局處留有懸念未有得到解答——與珠兒一同到上海去的男人是誰？由此可見，雖然敘事者有較高認知水平，但仍屬限知敘事者。

第四段「珠兒的母親用力撐著蓓蕾家剛剛油漆過的那扇門，她必須用力撐著門，否則蓓蕾就在裏邊把門撞上了」，首先要判斷母親的這個「用力撐著」的動作是否只有她自己知道？還是在場的其他角色或外聚焦敘事者都可知道？我們說內聚焦通常是角色自己去感受，呈現在文本中的是他獨特的感覺，如感到冰冷、感到寒意滲入心肺等，旁人光憑表面是看不出來的。然而

這裏的「用力撐著」，是可以從表面看出來的，所以這句話較難證明是由內聚焦視角交代。換言之，感覺描寫得越仔細，越有可能是角色的視角，當然還有可能是全知的視角，因為全知可以穿梭於任何角色的內心進行敘述。

第七段「小顧總是用兩根手指梳理他油光鋥亮的頭髮，那天他就那樣梳著頭髮對圍觀者說……」，「總是」一詞表明敘事者對小顧這位角色有長時間的認識，而用「那天」又表明了敘事者不是處在當時的時間點上敘述，間接證明這是回憶型限知敘事者的敘述。

第八段「那些在橋邊茶館閑坐的老人看見珠兒從石橋上走下來，他們說這女孩是街上水色最好的一個了」：這裏用上老人的視角，但不是在場其中一位而是所有「閑坐的老人」，就是由在場的限知敘事者以內聚焦視角敘述。

6.4.3.　較低當事人限知十全知

余華〈現實一種〉皮皮

只有四歲的皮皮，不管能力和認知水平都比較低，以他內聚焦視角敘述他與堂弟的一段文字，可見他各種的不足：

> 他說著用力將他從搖籃裏抱了出來，像抱那隻塑料小凳一樣抱著他。他感到自己是抱著一大塊肉。……
>
> 然而孩子感到越來越沉重了，他感到這沉重來自手中抱著的東西，所以他就鬆開了手，他聽到那東西掉下去時同時發出兩種聲音，一種沉悶一種清脆，隨後甚麼聲音也沒有了。現在他感到輕鬆自在，他看到幾隻麻雀在樹枝間跳來跳去，因為樹枝的抖動，那些樹葉像扇子似地——。他那麼站了一會後感到口渴，所以他就轉身往屋裏走去。
>
> 他沒有一下子就找到水，在臥室桌上有一只玻璃杯放著，可是裏面沒有水。於是他又走進了廚房，廚房的桌上放著兩隻搪瓷杯子，蓋著蓋。他沒法知道裏面是否有水，因為他夠不著，所以他重新走出去，

將塑料小凳搬進來。……他爬到小櫈上去，將兩隻杯子拖過來時感到它們都是有些沉，兩隻杯子都有水，因此他都喝了幾口。隨後他又惦記起剛才那幾隻麻雀，便走了出去。……他走到近旁蹲下去推推他，堂弟沒有動，接著他看到堂弟頭部的水泥地上有一小攤血。他俯下身去察看，發現血是從腦袋裏流出來的，流在地上像一朵花似地在慢吞吞開放著。而後他看到有幾隻螞蟻從四周快速爬了過來，爬到血上就不再動彈。只有一隻螞蟻繞過血而爬到了他的頭髮上。沿著幾根被血凝固的頭髮一直爬進了堂弟的腦袋，從那往外流血的地方爬了進去。

這裏是利用皮皮的視角去敘述的，如何看出來呢？首先是通過各種感官感覺：觸覺——他感到「沉重」，聽覺——聽到了「一種沉悶一種清脆」的聲音，視覺——觀看樹枝和麻雀，觸覺和味覺——口乾、口渴，這些都是他個人的感覺；然後，尋找水的過程顯然是以一個小孩子的角度敘述的，先到臥室、再到廚房，高度上「夠不著」，所以「沒法知道裏面是否有水」，要「爬到小櫈上」把杯子「拖」過來；還可以從他看堂弟屍體的角度來判斷，他是「『俯下』身去察看」，「看到螞蟻爬了『過來』」，「從那『往外』流血的地方爬了『進去』」，各個方位都是以皮皮為中心進行敘述的。因此可以判定這是皮皮的內聚焦視角。

　　當然，一直用「他」來代稱皮皮，說明全知敘事者的存在；加上按四歲的認知水平，是不可能知悉那些「小櫈」，「廚房」，「搪瓷杯子」，「麻雀」，「血」等物件名稱的，因此也可證明表達層面上是全知敘事者的用語。

6.4.4.　一般當事人限知

張愛玲〈色戒〉

左右首兩個太太穿著黑呢斗篷，翻領下露出一根沈重的金鏈條，雙行

橫牽過去扣住領口。戰時上海因為與外界隔絕，興出一些本地的時裝。淪陷區金子畸形的貴，這麼粗的金鎖鏈價值不貲，用來代替大衣紐扣，不村不俗，又可以穿在外面招搖過市，因此成為汪政府官太太的制服。也許還是受重慶的影響，覺得黑大氅最莊嚴大方。

　　從「戰時上海因為與外界隔絕，興出一些本地的時裝。」、「淪陷區金子畸形的貴」、「成為汪政府官太太的制服」這些句子看來，交代了背景資料，這只有全知敘事者的認知水平才能交代這類信息。但「也許」一詞卻表明這裏還結合了角色的認知水平，有猜測和推斷的成分。

　　除以上這些，其他文字應屬一般內聚焦限知敘事者的敘述，在本文中就可以找到很多了，如：「佳芝疑心馬太太是吃醋，因為自從她來了，一切以她為中心。」，「疑心」表明是王佳芝的限知認知水平，加上無法確定真相，只能猜想和懷疑的情況，明顯是限知敘述的典型例子。

　　「她立即瞥了兩個黑斗篷一眼，還好，不像有人注意到。」，如果是全知，會明確地知道究竟有沒有注意到，而這裏是瞥了一眼後才鬆一口氣，想是「不像」有人注意到，還只是猜測，在角色所自以為的範圍內，因此無論從認知水平還是感覺層面都是限知敘事者的敘述。

　　再如「是馬太太話裏有話，還是她神經過敏？佳芝心裏想」中的問號，「也許應當一搭上他就找個甚麼藉口搬出來，他可以撥個公寓給她住，上兩次就是在公寓見面，兩次地方不同，都是英美人的房子，主人進了集中營。」中「也許應當」等等都屬於王佳芝的猜想，她並不清楚真相，因此明顯屬限知敘述。當然，後一個例子的內容屬於回憶過去經歷總結的經驗教訓，屬於王佳芝知道之前發生的事情，因此屬於較高認知水平的敘述。

　　除此之外，〈色，戒〉文本裏值得特別注意「想必」一詞的出現，它出現頻率很高，如「這咖啡館門口想必有人望風，看見他在汽車裏，就會去通知一切提前。」，「想必他們不會進來，還是在門口攔截」，「想必明天總是預備派人來，送條子領貨。」等。「想必」在現代漢語詞典的解釋為：偏於肯定的推斷。由此說明，無論語言上看起來多麼客觀、嚴謹、可信，只要有

「想必」一詞，都只能是限知認知水平下的猜想。「想必」能表現王佳芝屬於理性人物，很有邏輯，而且能進行嚴謹細緻的推斷，她總是經過自己的分析後推斷出最大可能的情況，但由於她的限知，所猜想的仍不可能完全準確，大有可能想錯或誤會了，有時甚至到文本末尾都無法得以證實。

6.4.5.　一般當事人限知＋全知

穆時英〈白金的女體塑像〉謝醫師

> 那麼地聯想著，從洗手盆旁邊，謝醫師回過身子來。
> 窄肩膀，豐滿的胸脯，脆弱的腰肢，纖細的手腕和腳踝，高度在五尺七寸左右，裸著的手臂有著貧血癥患者的膚色，荔枝似的眼珠子詭秘地放射著淡淡的米輝，冷靜地，沒有感覺似的。
> （產後失調？子宮不正？肺癆，貧血？）

請看第一句，如果單看「從洗手盆旁邊，謝醫師回過身子來」，那麼全知敘事者或在場非角色外聚焦敘事者——如閉路電視都可以做到，但加了「那麼地聯想著」一句就要注意了，因為外聚焦敘事者是不能走入角色內心的，按道理不會知道角色在「聯想」，所以只可能是全知敘事者走入角色內心。那有沒有可能是角色自己的視角呢？文本用了「那麼」一詞，這個語法標誌表明了不是內聚焦視角，如果是以謝醫師的視角去感受，他只會說「這麼地聯想著」，所以這種可能性也被排除了。

至於第二句，卻是從謝醫師的視角去看的，原因有三個：首先，「豐滿」、「脆弱」、「纖細」、「詭秘」和「冷靜」等形容詞帶有比較強的主觀色彩，表達了角色的感受和價值判斷，而外聚焦敘事者是絕對客觀的，全知敘事者也是以客觀描述的；其次，「左右」一詞洩漏了敘事者的認知水平，全知是無所不知的，一般會使用準確詞語，這裏對高度卻是不肯定的，需要猜度的，因此只能屬於限知敘述；另外，這裏把謝醫師的眼睛當作鏡

頭，根據他視線的移動來描述病人特點，由上至下從肩膀、胸脯、腰肢，一直看到手腕、腳踝，再整體看到她的高度和膚色，繼而看到她的眼珠，很仔細地交代了他的視覺，像慢鏡頭移動一樣；最後，還因為把眼珠比喻為「荔枝」，由於比喻中的喻體不可能做到客觀，與本體的關係更是主觀的判斷，因此只可能是內聚焦視角的敘述。

　　至於括號內的話語則是謝醫師的內心獨白，因為以問號結尾，表示疑問，是不確定的語氣，所以也只能是內聚焦視角的敘述。換言之，就是謝醫師通過對病人外貌的觀察、再根據自己專業知識作出的推斷。

> 和輕柔的香味，輕柔的裙角，輕柔的鞋跟，同地走進這屋子來坐在他的紫姜色的板煙斗前面的，這第七位女客穿了暗綠的旗袍，腮幫上有一圈紅暈，嘴唇有著一種焦紅色，眼皮黑得發紫，臉是一朵慘淡的白蓮，一副靜默的，黑寶石的長耳墜子，一只靜默的，黑寶石的戒指，一只白金手表。

這段文字明顯採用謝醫師的內聚焦視角，從這句「坐在他的紫姜色的板煙斗前面的」可知，是借謝醫師的雙眼去觀察，是視角和焦點的運用，因板煙斗遮蓋而造成的視角限制，使得有些東西謝醫師無法看到，也因此不能敘述。還因為「輕柔」一詞，只有角色自身才可以感受到「輕」和「柔」的觸覺，所以感覺屬於內聚焦視角。這裏的認知水平仍屬限知範圍，屬於謝醫師這個角色的水平上。至於表達層面，則有兩個可能性：限知敘事者謝醫師或全知敘事者，這裏由於沒有找到屬於謝醫師獨特語言特色的部分，因此難以證明。相反，內裏有歸納和概括的成分，所以屬於全知敘事者的機會更大。

　　「一個詭秘的心劇烈地跳著，陌生地又熟悉地。聽著聽著，簡直摸不準在跳動的是自己的心，還是她的心了。」這句話可以從「摸不準」這些不確定的字眼來判斷出這屬於限知認知水平。

> 他腦袋裏邊回答著：「襪子不一定要脫了的。」可是襪裙還要脫了，

襪子就永遠在白金色的腿上織著蠶絲的夢嗎？

他的嘴便說著：「也脫。」

暗綠的旗袍和繡了邊的褻裙無力地委謝到白漆的椅背上面，襪子蛛網似的盤在椅上。

「全脫了。」

謝醫師抬起腦袋來。

「腦袋裏邊回答著」後面是內心獨白，但這次並沒有用括號的方式表達。這句話是他心中原本假定要這樣回答病人的，然而說出來的卻是另一句，兩者之間的區別正好突顯了謝醫師的矛盾心理，應該屬於謝醫師限知認知水平，完全是他自己的想法和猜想。

〈白金的女體塑像〉整個文本都在表現謝醫師的禁欲思想和對女子的性衝動之間的矛盾，他的思想紊亂正是通過限知敘述表現出來的，全知敘事者很難做到。我們因此可知道限知敘述的效果，有利於更真實地感受角色心理，真實感強，如身臨其境，而且拉近了與角色之間的距離，親切感因此也較強。

從表達層面看，由於使用諸如「謝醫師」「他」「那麼他」這類屬於全知敘事者零聚焦視角，有著站在遠處進行敘述的特點。

6.4.6.　多限知敘述多視角轉換

穆時英〈夜總會裏的五個人〉

以下嘗試以這個文本部分片段解說一下限知敘述的多視角轉換如何操作，原文請看下面大表：

在「哈吧狗從扶梯那兒叫上來，玻璃門開啦，小姐在前面，紳士在後面。」那段，讀者一開始對於小姐和紳士分別是誰毫無頭緒，然後是通過舞客的對話才得知：「瞧，胡均益！胡均益來了。」一個「瞧」字，顯示出這裏是引導讀者跟隨舞客的視角去看的，也由此交代了紳士的身分。這裏用上

內聚焦視角，以舞客的對話帶出角色胡均益和黃黛茜的出場。當中「那兒」「前面」「後面」等都是從舞客角度提出的空間用詞，「啦」屬在場角色的主觀用詞，可見這裏用上旁觀者限知內聚焦視角，由於只能從外觀認識角色一位是「小姐」一位是「紳士」，可見敘事者的限知認知水平。

然後，在胡黃二人打情罵俏之時，突然有人過來問「對不起，請問你現在是二十歲還是三十歲？」，如果用電影鏡頭作解說，就像鏡頭裏原本只有兩人，突然另一個人闖入鏡頭一樣。「黃黛茜回過腦袋來，卻見顧客甲立在她後邊兒」，這句裏面有兩個很關鍵的語法標誌：「回過腦袋來……卻見」，表明是以黃黛茜的內聚焦視角敘述，「卻」字更表明了敘述者是限知水平，甚至這種限知還低於讀者的知識水平，因為讀者知道那位顧客問她年齡的來由和動機，而黃黛茜卻不知道。接下來「黃黛茜覺得白天的那條蛇又咬住她的心了」也是當事人角色自身的內聚焦視角限知敘述，是她獨特的觸覺感受。

文本語言中有很多關鍵的標誌性詞語可以幫助我們判別敘述誰屬，如「黃黛茜猛的笑了起來」，「猛的」就表示是忽然的行為，那麼這個敘事者一定不是全知，因為全知敘事者無所不知，不應該出現任何他不知而產生突然而來感覺的東西，所以這裏應該是內聚焦視角。接著「旁邊台子上的人悄悄地說著……」帶出一段對話，談話一方「悄悄地」說，理論上不應該有談話對象外的其他角色能夠聽到，因此這是另一個內聚焦視角的敘述，這次敘事者是「旁邊客人」。

以上僅對這個文本開頭的幾個敘述作比較詳細的分析。由於這個文本純熟地運用不同的敘述方法，通過不同角色的視角，將夜總會裏發生的事件和角色的表現以及他們的所思所感，綜合地展現出來。中間呈現視角轉換的頻密程度極高，因此這裏不得不將較大篇幅的原文引錄下來，以便一覽無餘地展示視角轉換的整個面貌：

原文	分析
哈吧狗從扶梯那兒叫上來，玻璃門開啦，小姐在前面，紳士在後面。 「你瞧，彭洛夫班的獵舞！」 「真不錯！」紳士說。	內聚焦視角：舞客
舞客的對話： 「瞧，胡均益！胡均益來了。」 「站在門口的那個中年人嗎？」 「正是。」 「旁邊那個女的是誰呢？」 「黃黛茜嗎！噯，你這人怎麼的！黃黛茜也不認識。」…… 「我不跟你爭，我說是黃黛茜，你說不是，我跟你賭一瓶葡萄汁，你再仔細瞧瞧。」	
黃黛茜的臉正在笑著，在瑙瑪希拉式的短髮下面，眼只有了一隻，眼角邊有了好多皺紋，卻巧妙地在黑眼皮和長眉尖中間隱沒啦。她有一隻高鼻子，把嘴旁的皺紋用陰影來遮了，可是那隻眼裏的憔悴味是即使笑也遮不住了的。……	全知＋內聚焦視角
顧客的對話： 「行，我跟你賭！我說那女的不是黃黛茜——噯，慢著，我說黃黛茜沒那麼年輕，我說她已經快三十歲了。你說她是黃黛茜，你去問她，她要是沒到二十五歲的話，那就不是黃黛茜，你輸我一瓶葡萄汁。」……	內聚焦視角：舞客
黃黛茜和胡均益坐在白檯布旁邊，一個侍者正在她旁邊用白手巾包著酒瓶把橙黃色的酒倒在高腳杯裏，胡均益看著酒說： 「酒那麼紅的嘴唇啊！你嘴裏的酒是比酒還醉人的。」……	全知＋內聚焦視角
「對不起，請問你現在是二十歲，還是三十歲？」 黃黛茜回過腦袋來，卻見顧客甲立在她後邊兒，她不明白他是在跟誰講話，只望著他。 「我說，請問你今年是二十歲還是三十歲？因為我和我的朋方在——」…… 黃黛茜覺得白天的那條蛇又咬住她的心了，猛的跳起來，拍，給了一個耳刮子，馬上把手縮回來，咬著嘴唇，把腦袋伏在桌上哭啦。…… 「我才不瘋呢！」猛的靜下來。過了回兒猛的盡笑了起來，「我是永遠年青的——咱們樂一晚上吧。」便拉著胡均益跑到場裏去了。 留下了一隻空檯子。	內聚焦視角：黃黛茜

旁邊檯子上的人悄悄地說著： 「這女的瘋了不成！」 「不是黃黛茜嗎？」 「正是她！究竟老了！」……	內聚焦視角： 旁邊客人
玻璃門又開了，和笑聲一同進來的是一個二十二三歲的男子，還有一個差不多年紀的人攙著他的胳膊，一位很年輕的小姐擺著張焦急的臉，走在旁邊兒，稍微在後邊兒一點。那先進來的一個，瞧見了舞場經理的禿腦袋，一撾手用大手指在光頭皮上劃了一下： 「光得可以！」 便哈哈地捧著肚子笑得往後倒。	外聚焦視角
大夥兒全回過腦袋來瞧他： 禮服胸前的襯衫上有了一堆酒漬，一絲頭髮拖在腦門上，眼珠子像發寒熱似的有點兒潤濕，紅了兩片腮幫兒，胸襟那兒的小口袋裏胡亂地塞著條麻紗手帕。 「這小子喝多了酒咧！」 「喝得那個模樣兒！」……	內聚焦視角： 大夥兒
這當兒，那邊兒桌子上的一個女的跟桌上的男子說：「我們走吧？那醉鬼來了！」……	內聚焦視角： 妮娜
妮娜笑了一下，便站起來往外走，男的跟在後邊兒。 舞場經理拿嘴衝著他們一咴：「那邊兒不是嗎？」……	全知＋內聚焦 視角
剛有一對男女從外面開玻璃門進來，門上的霓虹燈反映在玻璃上的光一閃—— 一個思想在長腳汪的腦袋裏一閃：「那女的不正是從前扔過我的芝君嗎？怎麼和繆宗旦在一塊兒？」	內聚焦視角： 長腳汪
一個思想在芝君的腦袋裏一閃：「長腳汪又交了新朋友了！」	內聚焦視角： 芝君
長腳汪推左面的那扇門，芝君推右面的一扇門，玻璃門一動，反映在玻璃上的霓虹燈光一閃，長腳汪馬上扠著妮娜的胳膊肘，親親熱熱叫一聲：「Dear！……」 芝君馬上掛到繆宗旦的胳膊上，腦袋稍微撞了點兒：「宗旦……」 宗旦的腦袋裏是：「此致繆宗旦君，市長的手書，市長的手書，此致繆宗旦君……」	全知＋內聚焦 視角
玻璃門一關上，門上的綠絲絨把長腳汪的一對和繆宗旦的一對隔開了。走到走廊裏正碰見打鼓的音樂師約翰生急急忙忙地跑出來，繆宗旦一揚手：…… 繆宗旦走到裏邊剛讓芝君坐下，只看見對面桌子上一個頭髮散亂	內聚焦視角： 繆宗旦

的人猛的一掙胳膊，碰在旁邊桌上的酒杯上，橙黃色的酒跳了出來，跳到胡均益的腿上，胡均益正在那兒跟黃黛茜說話，黃黛茜卻早已嚇得跳了起來。	
胡均益莫名其妙地站了起來：「怎麼會翻了的？」	內聚焦視角：胡均益
黃黛茜瞧著鄭萍，鄭萍歪著眼道：「哼，什麼東西！」 他的朋友一面把他按住在椅子上，一面跟胡均益賠不是：「對不起的很，他喝醉了。」	內聚焦視角：黃黛茜
「不相干！」掏出手帕來問黃黛茜弄髒了衣服沒有，忽然覺得自家的腿濕了，不由的笑了起來。	內聚焦視角：胡均益
好幾個白衣侍者圍了上來，把他們遮著了。	內聚焦視角：不知名
這當兒約翰生走了來，在芝君的旁邊坐了下來：……	內聚焦視角：芝君
電燈亮了的時候，胡均益的桌子上又放上了橙黃色的酒，胡均益的臉又湊到黃黛茜的臉前面，鄭萍擺著張愁白了頭髮的臉，默默地坐著，他的朋友拿手帕在擦汗。	全知＋外聚焦視角
芝君覺得後邊兒有人在瞧她，回過腦袋去，卻是季潔，那兩隻眼珠子像黑夜似的，不知道那瞳子有多深，裏邊有些什麼。…… 他把眼光移了開去，慢慢地，像僵屍的眼光似地，注視著她的黑鞋跟，她不知怎麼的哆嗦了一下，把腦袋回過來。……	內聚焦視角：芝君
芝君笑彎了腰，黛茜拿手帕掩著嘴，繆宗旦哈哈地大聲兒的笑啦，鄭萍忽然也捧著肚子笑起來。胡均益趕忙把一口酒咽了下去跟著笑。 哈，哈，哈！哈！哈！哈，哈，哈，哈！哈，哈，哈哈！ 黛茜把手帕不知扔到那兒去啦，脊梁蓋兒靠著椅背，臉望著上面的紅霓虹燈。大夥兒也跟著笑──張著的嘴，張著的嘴，張著的嘴……越看越不像嘴啦。每個人的臉全變了模樣兒，鄭萍有了個尖下巴，胡均益有了個圓下巴，繆宗旦的下巴和嘴分開了，像從喉結那兒生出來的，黛茜下巴下面全是皺紋。	全知＋內聚焦視角
只有季潔一個人不笑，靜靜地用解剖刀似的眼光望著他們，豎起了耳朵，像深林中的獵狗似的，想抓住每一個笑聲。	內聚焦視角：季潔
繆宗旦瞧見了那解剖刀似的眼光，那豎著的耳朵，忽然他聽見了自家兒的笑聲，也聽見了別人的笑聲，心裏想著──「多怪的笑聲啊！」	內聚焦視角：繆宗旦
胡均益也瞧見了──「這是我在笑嗎？」	內聚焦視角：

	胡均益
黃黛茜朦朧地記起了小時候有一次從夢裏醒來，看到那暗屋子，曾經大聲地嚷過的——「怕！」	內聚焦視角：黃黛茜
鄭萍模模糊糊地——「這是人的聲音嗎？那些人怎麼在笑的！」	內聚焦視角：鄭萍
一回兒這四個人全不笑了，四面還有些咽住了的，低低的笑聲，沒多久也沒啦。	內聚焦視角：不知名

上面的敘述，大量運用了不同聚焦手法，通過這些敘述方法的頻繁轉變，恰似電影鏡頭的不斷轉換，對表現現代社會的複雜關係，以及互相依存互相影響的關係，有著十分形象化的展現，既可強化眾角色的互動和真實感，也使得敘述變得更加豐富多姿。

6.4.7.　全認知

穆時英〈街景〉

　　這個敘事文本能充分展現文本不光採用單一視角進行敘述，先看看文本第二節的內容：

> 一輛又矮又長的蘋果綠的跑車，一點聲息也沒地貼地滑了過去。一籃果子，兩隻水壺，牛脯，面包，玻璃杯，汽水，葡萄汁，淺灰的流行色，爽直的燙紋，快鏡，手杖，Cap，白絨的法蘭西帽和兩對男女一同地塞在車裏。

按常理，跑車在身邊經過時，因為速度快，很難把車內事物看得如此仔細，這裏卻如電影鏡頭的慢鏡頭一樣具體鋪陳出各種物件，所以應該是全知敘事者通過外聚焦視角進行敘述。當中「滑」的動詞，「爽直」的形容都超出外聚焦視角的能力範圍，已滲進全知敘事者的判斷和定位。

　　然後請看第三節老乞丐死亡的那段：

「真想回家去呢！死也要死在家裏的，家啊！家啊！」

（那時候他老跑到車站去的，他跪著給收票的叩頭，叫放他進去。）

他們不肯放我進去，他們不肯放我進去。

（一道煤煙從月臺上橫過去，站長手裏的紅旗爛熟的蘋果似地落到地上，機關車嘟的吼了一聲，便突著肚子跑開了。

「天哪！」

可是他們不放他進去，把他攉出來啦。

馬路慢慢兒的闊起來，屋子慢慢兒的高起來，頭髮慢慢兒的白起來……天哪！真想回去啊！）

「真想回去啊！」眼淚流下來，流過那褐色的腮幫兒，流到褐色的嘴唇裏。

（巡捕來了。）

一條黑白條子的警棍在他眼前擺著：

「跑開！跑開！」

他慢慢兒地站起來，兩條腿哆嗦著，扶著墙壁，馬上就要倒下去似的往前走著，一步一步地。喃喃地說著：

「真想回去啊！真想回去啊！」

嘟！一只輪子滾過去。

（火車！火車！回去啊！）

猛的跳了出去。轉著，轉著，轟轟地，那永遠地轉著的輪子。輪子壓上了他的身子。從輪子裏轉出來他的爸的臉，媽的臉，媳婦的臉，哥的臉……

（女子的叫聲，巡捕，輪子，跑著的人，天，火車，媳婦的臉，家……）

括號內的文字基本上是老乞丐的內心獨白，主要是他的回憶。其中有的是回憶和現實所見同時出現，如：「（巡捕來了。）」一句，前一句交代他以前在火車站站台被人攉出來的回憶，後一句交代現實中警察出現：「黑白條子

的警棍在他眼前擺著」。由於兩者都與警察有關，回憶中他在站台看到警察，現實中眼前的警察正在趕他走，因此這裏是回憶與現實交疊在一起了。這句以後，他便仿如從回憶驚醒，回到現實，文本文字也自然地轉到他被趕走的情景來。

由於警棍在他「面前」擺著、「猛的」跳上路軌這些關鍵詞都屬於老乞丐的，因此這裏主要用上老乞丐的內聚焦視角一般限知敘事者進行敘述的；只是用語仍有全知敘事者的痕跡，如「那時候」「他」等等，加上用語遠遠超過老乞丐這位文盲的文化水平，可見全知敘事者仍有參與敘述。

再看文本第五節，也就是最後一個場景：

> 一群小學生背了書包，跳著跑來，嘴裏唱：
> 「今天功課完畢了，
> 大家回去吃點心，
> 大家回去，
> 大家回去……」麗麗拉拉他。
> 忽然在咖啡店前站住了，拉開了錦幛的大玻璃後面投著一對對男子的腳，女子的腳。
> 「這像我媽的腳呢！」
> 「是我姊姊的腳呢！」
> 擡起腦袋來，卻見蒸在咖啡的熱氣裏的是一張在向他們裝鬼臉的臉。
> 便拍著小手，哈哈地笑起來。
> 這是浮著輕快的秋意的街，一條給黃昏的靄光浸透了的薄暮的秋街。

這裏用的是小學生的視角：這句「忽然在咖啡店前站住了，拉開了錦幛的大玻璃後面投著一對對男子的腳，女子的腳。」中的「忽然」一詞，排除了全知認知水平的可能性，加上視角採用低角度觀看，看到的只是「一對對男子的腳，女子的腳」。如果採用成年人視角的話，以他們的正常高度，在咖啡店外經過時眼睛平視，視線受到局限，只能看到遮住了人的上身的錦幛。因

此這裏明顯以小學生高度產生的視角，雖然他們的視線沒有被錦幃擋著，還可以「抬起腦袋來」看，但只能看到腳部，由此可證這是小學生角色較低限知內聚焦視角的敘述。

從表達層面看，這段文字屬全知敘事者的用語，因為只有全知敘事者才能交代「一群小學生」這樣的信息。

6.4.8.　一般旁觀者限知

劉以鬯〈吵架〉

〈吵架〉採用旁觀限知內聚焦視角敘述，而不用外聚焦或零聚焦視角是為了製造適切的閱讀效果。所謂內聚焦視角限知旁觀敘述就是說故事的敘事者是一身在現場的敘事者，但他並不涉及事件，只擔任敘事者，並不肩負任何角色功能。〈吵架〉的內聚焦敘事者是一在場的旁觀者，這在文本中使用「這」和「那」這類的方位詞中可以看到，如文本開頭出現的關羽臉譜，就是用了「那」來表現離內聚焦敘事者較遠的位置。這類似的情況同樣出現在描述龍井、花瓶、相架內的照片的文字中。相對來說，文本也有不少以「這」來表示跟內聚焦敘事者同一方位或於較接近位置的物件，這包括：深入介紹花瓶時強調那是古瓷的時候，強調包括玻璃門，門碎後的碎片，竹籃、〈時代雜誌〉。更重要的是具體描述給剪得稀爛襯衫的時候，「這件稀爛的衣領有唇膏印」。這描述句道出文本一項重要信息，那就是男主角襯衫上的唇膏印暗示著男方有外遇，也許這正是吵架以至文本後面所述離婚的緣由。而「這」的方位詞則能給讀者相當的真實感和現場感，讓這個重要信息能牢牢地刻在讀者心上，幫助他們進一步閱讀。總的來說，「這」和「那」的出現證明敘事者是在現場進行敘事。相較而言，如敘事者不在現場，描述時只會出現「那」而不會出現「這」。

作為旁觀者的內聚焦敘事者另一敘者特點，就是他按觀察所得，如實報導。這在文本末尾表現得最清楚，內聚焦敘事者帶引讀者注意放在茶几上的一張字條，接著文本便將字條內容全放在文本內，給讀者一個只據觀察提供

信息的印象：「我決定走了。你既已另外有了女人，就不必再找我了。阿媽的電話號碼你是知道的，如果你要我到律師樓去簽離書的話，隨時打電話給我。電飯煲裏有飯菜，只要開了掣，熱一熱，就可以吃的。」正是因為這種只憑觀察所得的如實報導，讓讀者相信這是真實的現象，也加強了這類信息的權威性，取代了零聚焦全知敘事者的權威地位，成為讀者閱讀時賴以推斷和立論的基礎、關鍵和根據。

　　他的敘事是客觀的，有的似報告般只如實報導，並不加任何感情成分。如文本開頭描述吊燈的文字，就是以簡練的筆法，如報告般交代，沒加進任何感情成分：「天花板上的吊燈，車輪形，輪上裝著五盞小燈，兩盞已破」。

　　除此之外，內聚焦敘事者以限知寫現場所見，有的時候強調他這種限知情況，在文本中暗示他不知事前發生甚麼事的限制。如文本開頭寫幾個泥制的臉譜時，只認出那沒給破壞的「關羽」，至於另外兩個臉譜因破碎不堪，無法認出它們是誰。這正好說明這段文字強調內聚焦敘事者的現場報導的效果，強調敘事者的限知程度。

　　可是，他也有有關原來佈置的知識，仿佛他在事情未發生前已經到過現場，還記得當時擺設的原來位置。文本中描述白瓷水盂和熱帶魚缸時，都有提及它們原有的位置和狀態，如水盂原放在杯櫃上；熱帶魚缸則「原是放在另一紅木茶几上的」。如這兩個物件相比，描述客飯廳的原貌與現狀的分別，更能顯得內聚焦敘事者這方面的知識，對讀者來說甚有作用：讀者可透過他的敘述，比較前後的不同，從而產生探究這種分別的意義。如「這飯客廳的凌亂，使原有的高華與雅致全部消失，加上這幾條失水之魚，氣氛益發悽楚」。

　　此外，他的敘述如任何旁觀者般對現場的情況，常有加以揣測或猜想的成分。如關於掛在牆上的山水畫：「這幅山水，無疑，有印，不落陳套，但紙色新鮮，不像真跡」。敘事者就是憑著觀察所得，從那紙色過於新鮮，作猜想和估計，得出這山水畫不是真跡的結論。

　　這種揣測也有由此而加以論斷，甚至發生議論的情況，如對牆上的山水

畫和米羅複製畫的看法便是如此：「兩幅畫，像古墳前的石頭人似的相對著，也許是屋主人故意的安排。屋主人企圖利用這種矛盾來製造一種特殊的氣氛；顯示香港人在東西文化的沖激中形成的情趣」。從石頭人，到屋主藉矛盾製造特殊氣氛，以至議論香港人喜歡在中西文化衝擊中顯現情趣等，無一不是由憶測而生的議論。〈吵架〉這個內聚焦敘事者有比較多的評論部分，而且對整個文本起著十分重要的作用。

〈吵架〉的議論部分實在很像零聚焦敘事者的權威言論。各類評語中，有的屬旁觀者對現場所見物件的識見，有的則加進敘事者自己的感情色彩，如論及客飯廳的牆，本是髹著棗紅色，但給熱水壺的水濺著，有一灘水漬，因此顯得「很難看」。接著寫餐桌的抽紗檯布雖然濕了，但仍能「四平八穩」地鋪在餐桌上。文本寫道「與這兩房間的那份零亂那份不安的氣氛，很不調和」。這種寫氣氛和感受的議論，對讀者的影響無疑是直接而且富指導性的。換言之，讀者由於獲得信息的渠道十分有限，所以很容易為這些議論所左右，偏向認同內聚焦敘事者的觀點。例如：文本寫從窗外射進這客飯廳的陽光，不說比先前「減弱了」，而是用「更加乏力」來形容。配合剛才大量描述客飯廳混亂不堪的文字，「更加乏力」的陽光更顯得缺乏生氣。

有的則以比喻形式給文本加進別樣的含義，如文本交代客飯廳強烈的對比時，點出牆上原掛著的山水畫和代表現代派畫風的米羅複製品，形成強烈的對比。「兩幅畫，像古墳前的石頭人似的相對著」。這樣的比喻，無疑給這客飯廳極負面的感覺，加上廳由物件零亂而殘碎，沒有任何生氣。這便與墳墓死亡意味極濃重的氣氛相配合，形成文本所謂「氣氛益發悽楚」的景況。再如文本末尾提及的葡萄，它給扔到牆上，紫色的汁液在牆上往下淌，「像血」的形容正好配合上面死寂恐怖的陰森氣氛。這些議論能加深讀者對現場感性的理解，間接滲進具指向性的價值判斷。

由於〈吵架〉文本的現場，並沒有任何角色，根本不存在角色擔任內聚焦敘事者的可能。由於〈吵架〉旨在邀請讀者按現場所見，重塑整個吵架過程，甚至進而探究吵架的因由，以及男女雙方的關係等。因此文本通過不知名敘事者內聚焦視角敘述，而不用全能的全知敘事者，以免文本一開頭便不

得不一早將真相和盤托出，失去現有的懸念效果，讀者的閱讀興味不免要大打折扣。

有關〈吵架〉這個文本的分析，還可見於「物件描寫」環節。

6.5.　敘述層面的全形態

正如上述，由於敘述分別涉及三個層面，認知，感覺和表達層面，因此通過這三個層面組成的敘述形態便有以下多種可能：

	形態	誰知	誰感	誰說	敘事者身分
1.	較低限知	較低限知 敘事者能力有限，受年齡過小，過大，或有智障、生病、被困被囚、失憶、失明、失聰、弱聽、弱視等限制，所知比一般人少	在場，內聚焦	限知敘事者：詳述，主觀，不確定口吻	角色：旁觀者 不涉及事件；不能進入任何涉及事件角色的思想內。對於事件的認識，只能憑觀察、猜想，作出判斷
2.					角色：當事人 涉及事件，並為主要角色；只能進入自己的思想內，其他的只憑觀察、猜想，作出判斷
3.					角色：參與者 涉及事件；只能進入自己的思想內，其他的只憑觀察、猜想，作出判斷
4.	較低限知＋全知	較低限知 全知敘事者放棄全知觀點，走進限知角色，改用或借用他的認知水平和內聚焦視角，以至不	在場，內聚焦	限知敘事者：同上 全知敘事者：稱謂，評語，修飾語	角色：旁觀者，同上
5.					角色：當事人，同上
6.					角色：參與者，

		確定用語進行敘述，但他仍游走於各角色思想之間，雖然並無刻意張揚他的全知全能，但字裏行間仍可分辨出全知敘事者的存在。必要時由全知敘事者作補述				同上
7.	一般限知	一般限知	在場，內聚焦	限知敘事者：同上	角色：旁觀者，同上
8.					角色：當事人，同上
9.					角色：參與者，同上
10.	一般限知＋全知	一般限知全知敘事者部分與「較低限知＋全知」相同	在場，內聚焦	限知敘事者：同上全知敘事者：同上	角色：旁觀者，同上
11.					角色：當事人，同上
12.					角色：參與者，同上
13.	多限知	由不同限知角色敘述組成，限知水平多有不同，參與敘述的角色沒有限制	在場，內聚焦	限知敘事者：同上	角色：旁觀者／當事人／參與者，同上
14.	觀察限知	稍高限知（觀察）身在現場，但不屬任何角色，而且超然事外，只作表面觀察，認知水平只限視覺和聽覺。	在場，外聚焦	不知名敘事者	非角色：類閉路電視
15.	觀察限知＋全知	稍高限知（觀察），同上全知敘事者部分與「較低限知＋全知」相同	在場，外聚焦＋零聚焦	不知名敘事者：同上全知敘事者：概述，評論（評語，形容），權威口吻敘述兼有身在現場和不在現場的內容，製造的是客觀且有真實存在感的效果	非角色：類閉路電視＋全知敘事者

16.	雜限知	較高限知 視角混雜了內外聚焦視角，雖然同為限知，但限知水平不同	在場，內聚焦＋外聚焦	限知敘事者：同上 不知名敘事者：簡述，客觀，報導口吻	角色：旁觀者／當事人／參與者，同上 非角色：類閉路電視
17.	綜述限知	較高限知（綜述）從眾多來源中得知事件和角色，綜合後敘述出來	不在場，零聚焦	限知敘事者：轉述，主觀，不確定口吻	角色：搜集信息者
18.	綜述限知＋全知	較高限知（綜述），同上 全知敘事者部分與「較低限知＋全知」相同		限知敘事者：轉述，主觀，不確定口吻 全知敘事者：同上	
19. 20. 21.	回憶限知	較高限知（回憶）屬某一角色的所知程度，不是全知，但所知較多。回憶前塵往事時，能知某事的背景、過程和結果，以及本人當時所思所想。事後甚至能從其他途徑，知道其他角色當時的所思所想	當時在場，內聚焦＋事後零聚焦 回憶限知敘事者，借用當時自己的視角進行敘述	限知敘事者（當時的我）：同上 回憶限知敘事者（現在的我）：概述，主觀，較肯定口吻	角色：當事人 角色：參與者 角色：旁觀者
22. 23. 24.	回憶限知＋全知	較高限知（回憶），同上 全知敘事者部分與「較低限知＋全知」相同		限知敘事者，同上 全知敘事者：同上 回憶限知敘事者，同上	角色：當事人 角色：參與者 角色：旁觀者
25. 26. 27.	先知型限知	較高限知 比一般人有較高認知水平：IQ 高的人，外星人等	在場，內聚焦	限知敘事者：詳述，主觀，不確定口吻，間或因較高認知可能有較權威口吻	角色：當事人，同上 角色：參與者，同上 角色：旁觀者，同上
28. 29. 30.	先知型限知＋全知	較高限知 全知敘事者部分與「較低限知＋全知」相同	在場，內聚焦	限知敘事者：詳述，主觀，不確定口吻，間或因較高認知可能有較肯定口吻	角色：當事人 角色：參與者 角色：旁觀者

				全知敘事者：同上	
31.	全認知	一般限知＋稍高限知＋全知	在場，內聚焦＋外聚焦 不在場，零聚焦	敘述用上所有手段概述＋詳述＋簡述，客觀＋主觀，權威＋不確定＋報導口吻	角色＋非角色＋全知敘事者
32.	純全知	無限認知水平 傳統全知觀點，敘事者如全能上帝般無所不知，包括過去、當時、未來，所有角色內心的所思所想。	不在場，零聚焦	全知敘事者：概述，客觀，權威口吻 由全知敘事者獨力敘述	全知敘事者

運 用 篇

7. 短篇小說構築角色的設計與痕跡 ——以老舍〈馬褲先生〉爲例

一、導言

一直以來，香港中學中文課程不看重培養學生賞析文學作品的能力，比較偏重文學作品的內容、主題等，少有對文本的技巧作仔細分析。即使有，也多泛泛而論，談的只有擬人、比喻、排句等一般的修辭手法。

近年，對於教授敘事文本如小說等，較多藉助「故事內在結構」（story grammar）概念[1]，嘗試理清故事的各項原素。可是，由於「故事內在結構」針對的主要是故事本身，重點也放在事件（event）的先後和關係上，因此這種賞析方法只適用於較簡單的故事。

二十世紀的所謂「現代小說」不重故事，而重角色，描寫角色心理和塑

---

[1] 有關這個從認知心理學借用的概念，請參：1. Perry Thorndyke, "Cognitive Structure in Comprehension and Memory of Narrative Discourse," *Cognitive Psychology* 1977.9:77-110；2. Teun van Dijk, "Story Comprehension: An Introduction," *Poetics* 1980.9:1-21；3. John B. Black and Gordon Bower, "Story Understanding as Problem-solving," *Poetics* 1980.9:223-250。用於教學上，尤其是幼兒教學的，可參：Bill Honig et al., *Teaching Reading Sourcebook for Kindergarten through Eighth Grade*, (Navato: Arena P, 2000)。

造角色性格成為這類敘事文本的重點[2]。正由於此,「故事內在結構」之類的方法變得無用武之地;即使硬用來分析作品,往往搔不著癢處,事倍而功半,效果也並不顯著。

有見及此,本文嘗試借老舍(舒慶春,1899-1966)〈馬褲先生〉這篇短篇小說[3],介紹角色的敘事功能,並由此而提出針對角色,可用於賞析現代小說的方法,以供參考。

這裏選擇短篇小說作為討論對象的原因有很多,例如 1.由於篇幅不長,因此教授時間也較短,較適合於課堂上施教;2.故事結構簡單直接,變數和雜質也較少,較易處理;3.角色不多,整理較簡便,屬賞析小說理想的切入點。

至於選擇老舍〈馬褲先生〉的原因,有:它篇幅短小,字數少於 2500,既精緻,寫來也幽默有趣,讀來也較輕鬆自在,較適合於中學教授。〈馬褲先生〉寫的是角色「我」一次難忘的火車旅程:描述的是從北平東站開出,途經豐台、天津、德州,終點站不知哪裏的一趟列車上發生的事。

二、角色的敘事功能

(一)全知敘事

傳統小說較多使用全知敘事觀點,由作者利用這種觀點直接敘事。這種敘事觀點的特點在於它的權威性,它不受時空限制,能自由穿梭於時空之間。能回到過去交代角色的出身或事件的緣起,也能走到未來預告角色的命運或事件的結果。既可同時敘述兩地發生的事件,也可交代不同事件的關係。它可走進任何角色的思想中,也能掌握所有角色的情緒變化。簡單來

---

[2]　陳平原(1954-)《中國小說敘事模式的轉變》一書是這方面的專論,「導言」則有簡要的概述。陳平原:《中國小說敘事模式的轉變》(上海:上海人民出版社,1988年3月)。

[3]　老舍:〈馬褲先生〉,《老舍短篇小說選》(北京:人民文學出版社,1956年10月),頁92-97。

說，全知觀點擁有所有信息，也是唯一信息的來源，全知敘事者就是唯一的權威，它的可信性為百分百，它就是真實[4]。

（二）限知敘事

至於現代小說，由於作者多傾向藉角色說話，較少直接介入敘事，因此產生了以角色為主導的敘事模式。這種敘事模式跟全知觀點有很大的分別。由於敘事觀點放到某一角色身上，因此不論是敘事範圍和可信程度，也受到該角色所限。它受角色的時空所限，只知道角色知道的，包括角色自己的所思所想，但不包括其他角色；他知道身處地方的情況，卻不知其他地方的情況；他知道他自己的過去和現在，卻不知未來。至於他不知的，他只能猜想，包括別人的思想和反應，只能憑五官接收回來的信息作無把握的估計；即使是他以為知道的，也大有出錯的可能，縱使他對自己的了解，也可能完全是錯誤的。因此，限知敘事者常有猜錯想錯犯錯的時候，也常有出乎他意料之外的事，換句話說，他並不可信，他全沒有全知敘事者的權威感[5]。

可是，限知敘事有很多好處：讀者可隨角色的情緒變化而變化，投入感大大提高了。此外，由於限知敘事的特點正是人生的寫照，人生也是無常，變幻莫測，也極受時空限制，因此讀者讀來較感親切，容易投入，也較容易感動。借助限知敘事模式，也較易產生懸念，適合重視懸疑效果，重視閱讀

---

[4] 有關全知觀點（omniscient point of view）或「零聚焦」觀點（zero focalization）的論述，可參 Seymour Chatman (1930-), *Story and Discourse: Narrative Structure in Fiction and Film*, (Ithaca: Cornell UP, 1978)；Shlomith Rimmon-Kenan (里門-凱南), *Narrative Fiction: Contemporary Poetics*《敘事虛構作品》, (London: Methuen, 1983)；Gérard Genette (熱奈特, 1928-), *Narrative Discourse: An Essay in Method,* trans. Jane E. Lewin, (Ithaca: Cornell UP, 1980)；熱奈特著，王文融譯：《敘事話語、新敘事話語》（北京：中國社會科學出版社，1990 年 11 月）及 Franz Stanzel, *A Theory of Narrative*, trans. Charlotte Goedsche, (Cambridge: Cambridge UP, 1984) 及 Gerald Prince, *Narratology: The Form and Functioning of Narrative*, (Berlin: Mouton, 1982)。

[5] 有關限知觀點（limited point of view）或「內聚焦」觀點（internal focalization）的論述，可參 Shlomith Rimmon-Kenan (1983), Gérard Genette (1980), Franz Stanzel （1984）及 Gerald Prince (1982) 的著作。

過程的敘事類型，如偵探、歷險、推理小說等。此外，由於敘事角度可放到任何類型的角色身上，因此敘事觀點理論上是無限的，敘事文本也變得多姿多彩。由於知識水平、處事心態、思想、理智，以至情緒等因素的不同，即使是同一樁事件，透過不同角色，如發瘋的漢子、無知的小孩、患癡呆症的老頭、不識世務的紈絝子弟、剛失戀的女子等敘述出來的，會是很不相同的故事文本。

（三）〈馬褲先生〉的限知敘事

這篇小說敘事全由限知敘事者「我」這角色負責，整個敘事文本的閱讀效果也由這種限知敘事製造出來。

由於敘事角度由「我」出發，因此在敘事過程中少不免加進了「我」的個人感受和看法。這方面的成分主要藉較為個性化的語言和感嘆號之類的標點符號表達出來。如馬褲先生問「我」是不是由北平登車的時候，「我」便表達了如下的感受：

> 我希望他說是由漢口或綏遠上車，因為果然如此，那麼中國火車一定已經是無軌的，可以隨便走走；那多麼自由！（情節#2，下同）

此外，也有部分個人感受藉內心獨白形式交代的：「幸而是如此，不然的話，把四隻皮箱也搬進來，還有睡覺的地方啊？！」（#6）

另一方面，由於限知敘事者「我」受著時空限制，無法預知事情何時和怎樣發生，因此限知敘事時常出現出乎意外的表達，如馬褲先生出乎「我」意料的行徑，包括：看報、挖鼻和叫喚茶房的巨響，文本分別以「頓時」（#9）、「忽然」（#16）和「霹靂」（#3）、「打雷」（#17）來交代。

既然限知敘事充滿無法預知的突變，敘事者「我」由此而生的情緒反應，自然是這類文本另一大特點。如馬褲先生不合情理的發問，「我」的反應是「迷了頭」（#2）和「毛了」（#5）。至於行李一幕，「我」失聲叫了聲「嘔？！」便是「我」不用跟 12 箱行李擠在一起而鬆一口氣。其後，

「我」下定決心，以後旅行一定帶行李的一番自白：「真要陪著棺材睡一夜，誰受得了！」（#6）也是對馬褲先生嚇人舉動的正常反應。

往後情節發展，面對茶房和馬褲先生的對話有著「有趣！」（#13）的反應，以至馬褲先生總要向茶房問個究竟，「我」不怒反笑：「我笑了，沒法再忍住」（#17）等，都是文本精采的地方。

至於「我」終於離開火車，離開教人無法安睡的馬褲先生時的一句「謝天謝地！」（#23），相信最能感染讀者。此外，「我」同情茶房，以致關心他的眉毛：「我直怕茶房的眉毛脫淨！」（#11），甚至一個多禮拜了，仍惦記著茶房的眉毛（#23）。不僅給文本以有餘未盡的韻味，也給讀者製造親切感，同時為這小說劃上幽默的句號。

由於限知敘事者無法得知別人的意圖，因此只能藉所見所感作有限的猜測。文本所見，「我」不斷猜測馬褲先生的想法，敘述這類猜測，用的多是不確定的副詞，如：「大概」（#3,10）、「似乎」（#11）、「好像」（#6）之類。此外，也有猜測茶房的情況，如茶房對馬褲先生的反應：「不是……便是……」（#3）、「似乎」（#7）、「好像」（#11），以及茶房身處的位置：「大概」（#11）。

限知敘事者的猜想跟所有人的猜想一樣，都有出現懷疑自己所見所聽的時候。當馬褲先生將談話對象突然由茶房轉到「我」的身上，並問「我」坐的是不是二等車時，「我」一時轉不過念來。當意識回來時，便有這麼一句「這是問我呢」（#5）來。接著，「我」的懷疑又轉到自己坐二等的問題上：明明自己坐的是二等，為何馬褲先生有這一問？因此產生這樣的疑竇來：「難道上錯了車？」（#5）正是因為這樣的懷疑和不安，才突顯限知敘事在這篇作品的特點。

既然有猜想和懷疑，自然也有猜對和猜錯，甚至是誤會和後悔的時候。「我」於情節6中誤會了馬褲先生的好意，他問「我」行李在甚麼地方。由於「我」猜不透馬褲先生的用意，因此沒有答腔。當聽到馬褲先生在怪責茶房不為「我」搬行李時，才知道馬褲先生出於一片好意，在為「我」抱不平。

　　同樣，當馬褲先生向「我」查問停站地點是不是天津時，「我」沒有回應，結果馬褲先生趕緊高聲找茶房問個明白。由於「我」沒有預計馬褲先生得不著答案便找茶房，因此沒有作答，所以「我」十分後悔，趕忙回了聲「是天津，沒錯兒」。可是，努力還是徒然，馬褲先生還是要找來茶房證實一下（#6）。

　　正如上述，限知敘事者「我」是〈馬褲先生〉唯一視角，也是所有信息的來源，因此諸如馬褲先生及另一乘客的外貌，也只有透過「我」所見，才為讀者認識。

　　至於另一重要角色茶房的外貌，文本內完全沒有提及，但茶房的工作態度和他與馬褲先生的瓜葛，則描述得十分詳盡（#17）。

　　以下是限知敘事中有關茶房對馬褲先生無理要求的反應。這裏清楚顯示茶房縱然面對如此無理的乘客，仍能持高質素的服務水平，可謂盡力盡責。至於他跟馬褲先生抬槓，可謂人之常理，無可非議。

情節	內容	原文
3	拿毯子 拿枕頭 拿茶	可是聽見這麼緊急的一聲喊，就是有天大的事也得放下，茶房跑來了。 ……「請少待一會兒，先生，」茶房很和氣的說，「一開車，馬上就給您舖好。」…… 茶房像旋風似的轉過身來。…… 「先生，請等一等，您等我忙過這會兒去，毯子和枕頭就一齊全到。」茶房說的很快，可依然是很和氣。…… 茶房差點嚇了個跟頭，趕緊轉回身來。…… 「先生請略微等一等，一開車茶水就來。」…… 茶房故意地笑了笑，表示歉意。…… 茶房不是假裝沒聽見，便是耳朵已經震聾，竟自沒回頭，一直地快步走開。…… 茶房始終沒回頭。……茶房還是沒來。
7	拿手巾把	茶房從門前走邊。…… 「等等，」茶房似乎下了抵抗的決心。
9	買報	茶房沒有來。

11	拿茶 拿開水 拿毯子、枕頭、手巾把	茶房來了，眉毛擰得好像要把誰吃了才痛快。 「幹嗎？先——生——」 「拿茶！」上面的雷聲響亮。 「這不是兩壺？」茶房指著小桌說。 「上邊另要一壺！」 「好吧！」茶房退出去。 「茶房！」 茶房的眉毛擰得直往下落毛。 「不要茶，要一壺開水！」 「好啦！」 「茶房！」 我直怕茶房的眉毛脫淨！ 「拿毯子，拿枕頭，打手巾把，拿——」似乎沒想起拿什麼好。 「先生，您等一等天津還上客人呢；過了天津我們一總收拾，也耽誤不了您睡覺！」 茶房一氣說完，扭頭就走，好像永遠不再想回來。
13	給開水 拿手紙 廁所在哪？	「開水，先生！」 「茶房！」 「就在這兒；開水！」 「拿手紙！」 「廁所裏有。」 「茶房！廁所在哪邊？」 「哪邊都有。」 「茶房！」 「回頭見。」 「茶房！茶房！！茶房！！！」 沒有應聲。
15	拿毯子	恰巧茶房在門前經過。 「拿毯子！」 「毯子就來。」
18		茶房給馬褲先生拿來頭一份毯子枕頭和手巾把。

20	火車向哪面走？	我給他數著，從老站到總站的十來分鐘之間，他又喊了四五十聲茶房。茶房只來了一次，他的問題是火車向哪面走呢？茶房的回答是不知道；於是又引起他的建議，車上總該有人知道，茶房應當負責去問。茶房說，連駛車的也不曉得東西南北。於是他幾乎變了顏色，萬一車走迷了路？！茶房沒再回答，可是又掉了幾根眉毛。

限知敘事者「我」描述主角馬褲先生的「茶房」叫喚聲，可說是這篇小說一大風景。短短的篇幅裏，馬褲先生「茶房」的叫喚聲出現多達 23 次。此外，在情節 20 中，另有 40 至 50 次叫喚聲，「我」沒有直述出來，給省卻了，可見這種叫聲在文本中的重要性。

　　回看整個文本，「茶房」的叫聲既表達馬褲先生找茶房的客觀現實，也反映了馬褲先生煩人的無理要求，和他不顧別人感受，自私自利的性格。「茶房」叫喊聲的震憾力，如前所述，足令身在同一車廂的「我」如聞響雷，如聽霹靂（#3, 11），甚至「連火車好似都震得直動」，「火車確是嘩啦了半天」（#3）。受害者茶房聽到這樣呼喚自己，當然趕忙回應，甚至「差點嚇了個跟頭」。文本也借旁人誤以為火車失火，或鬧出人命，來突顯「茶房」喊聲的威力。

　　馬褲先生除找茶房時的叫喊聲令人印象難忘外，就是他睡時的鼻鼾呼聲，也威力無窮。「我」形容為「帶鈎的呼聲」（#22），讓人無法入睡。情節 12 描述這種呼聲寫得十分傳神：「馬褲先生又入了夢鄉，呼聲只比『茶房』小一點。可是勻調，繼續不斷，有的呼聲稍低一點。用咬牙來補上」。

　　「茶房」的叫喊聲，睡時的呼聲和咬牙聲，將短短的文本擠得滿滿的，閱讀效果也特別明顯。可見「茶房！」的叫喚聲不但如「我」所說，即使「我」離開火車，進了城後，仍能清楚聽見，而且在讀者心中「茶房」叫聲以至馬褲先生的印象，應是最為深刻的了。

三、角色之間的關係

　　一般來說，由於短篇小說篇幅有限，角色也不多，因此角色之間的關係較長篇小說還要密切，起碼從敘事角度來看是如此。也即是說，為達到理想的說故事效果，短篇小說的角色往往互相緊扣，或互補、或襯托、或產生矛盾、或激化矛盾。

（一）正襯

　　所謂「襯托」，又稱「正襯」，就是角色之間起著相得益彰的效果。一般來說，這種角色相互關係往往以主角為軸心，也即是說，敘事文本藉其他角色襯托起主角的特點來。如主角是一誠實可靠的人，那麼所謂「襯托」就是以一十分誠實可靠的小角色或配角，來突出主角的誠實可靠來，也就是說，小角色的誠實可靠已廣為人所讚賞，主角則更誠實，更可靠，那麼我們可以肯定的說，主角絕對誠實，絕對可靠。這就是襯托的作用。

（二）反襯

　　所謂「產生矛盾」或「激化矛盾」，也即是「反襯」。一般來說，為製造戲劇效果，敘事文本往往在主角的相反方面安排一截然不同的角色，以作反襯。如主角是一正派角色，那麼便安排一反派跟他對抗，以突顯主角的正義和公正。

（三）〈馬褲先生〉角色之間的反襯關係

　　如以〈馬褲先生〉這篇小說為例，一共有四個角色，包括主角馬褲先生、另一乘客也是限知敘事者的「我」，火車服務員茶房，以及一坐於同一車廂，四十來歲，無甚戲分的男人。除了最後一位角色，由於沒有戲分，無法分析外，其餘兩位跟馬褲先生的關係，成為理解或構築這篇故事的極重要的切入點。

1.茶房與馬褲先生

限知敘事者「我」，由於跟馬褲先生同屬乘客身分，都屬過客，兩者可沒有任何必然的關係。茶房跟馬褲先生則不同，由於茶房是服務員，馬褲先生是服務對象。在這種工作關係的前提下，如遇上服務不周的情況，兩者之間的矛盾便很易形成，茶房對馬褲先生的反襯作用便越見明顯。

馬褲先生是一個無時無刻、事事要求茶房提供服務的乘客，而且處處挑剔，不理會別人感想和處境。可是這種性格的角色，如果遇上一個服務態度不好，好食懶做的茶房，便無法讓讀者產生極深刻的印象，也無法準確認清馬褲先生的為人。因為面對這麼一位差勁的服務員，馬褲先生的要求變得合理，不再是挑剔。只有當他面對的是一工作態度認真，事事以客為先的服務員，才能突出馬褲先生的無理取鬧來。服務員形象越正面，馬褲先生的形象才更覺負面，也越能給予讀者深刻的印象。文本中的茶房正是這樣一位服務員，隨著故事的開展，即使連這樣一個好服務員也不得不跟他抬槓，可見馬褲先生是何等的討厭和可憎。這樣，反襯的效果才夠明顯。

茶房所起的反襯效果完全取決於他作為服務員身分而來。換句話說，即利用服務員與乘客之間的關係來突顯馬褲先生的性格特點。由於一位是提供服務者，一位是接受服務者，因此兩者之間的矛盾往往突顯在服務的質素上。如服務質素良好，兩者的關係應是融洽的，乘客應有賓至如歸的感覺，也不應有甚麼不滿和投訴。如服務不佳，關係便不好，乘客的投訴和不滿變成理所當然，而且得到讀者的同情。但如服務態度很好，質素也很不錯，而乘客仍有不滿和怨懟的話，那麼讀者自然得出「錯在乘客」的結論。這篇短篇小說的設計，便是沿著製造「錯在乘客」，而且是錯在馬褲先生的道路發展和建立的。

在讀者心目中，總對乘客及服務員兩種社會角色有一定的要求和期望。敘事文本也就是從這裏出發，製造預期的敘事效果。讀者腦海裏總有甚麼是一位理想服務員的看法，同樣道理，一個正常的乘客是怎麼樣，讀者往往也有一定的想法。總的來說，茶房符合讀者的要求和期望，因為他態度認真，

努力做到最好，在忙亂間仍嘗試滿足馬褲先生無理的要求。相反，馬褲先生作為一位乘客，卻處處提出不合理的要求，總愛找茶房的麻煩。由於茶房與馬褲先生的表現給讀者截然不同的印象，前者合乎甚至超出期望，後者則無法達到讀者的標準，造成兩種社會角色極大的差距，反襯效果也因此更見明顯和強烈。

讀者對角色印象的改變

	馬褲先生	茶房
閱讀前	＋	＋
閱讀後	－	＋

2.「我」與馬褲先生

　　茶房的作用明顯從突顯馬褲先生角度出發，從而得出馬褲先生是一不合情理，處處找茶房麻煩的乘客的結論。以上只從服務員角度突出他作為乘客的特點。與此相較，限知敘事者「我」則從理性角度，突出馬褲先生非理性的一面。

　　由於「我」和馬褲先生同屬乘客，沒有馬褲先生跟茶房那種必然的業務關係，因此「我」跟馬褲的瓜葛只限於兩者在車廂接觸，直至「我」下車離去便結束。而兩個角色的接觸也較少涉及行為上，而多牽涉對話上。即是說，讀者借文本的對話部分，借「我」所站的理性立場，審查馬褲先生的言行，從而得出馬褲先生不合常理的思想、行為和性格來。

　　一般來說，「我」站在理性立場敘述故事，也從此反襯出馬褲先生的怪誕思想來。按常理，火車還未開行，自然停在始發站，車廂內的乘客也只能於始發站登車。奇怪的是，馬褲先生於火車還留在始發站北平的時候，問「我」是否從北平登車。由此可見，馬褲先生的思維並不正常。

　　文本處處顯示「我」的正常和合理，為的是為小說世界訂下一個合乎常理的標準，好去測試、評核和衡量馬褲先生的「不合理」和「不正常」。也就是說，「我」越是合理，越是正常，便顯得馬褲先生越不合理，越不正常。兩位角色的反襯效果也越明顯。馬褲先生是一滿腦子奇怪思想、不盡合

常理及人情世故的戇漢；「我」則是一明白事理、理性的人。

四、從外貌到言行──馬褲先生的性格特點

塑造一個角色的形象，外貌描寫是一直接而且有效的手段。為了盡快建立好角色尤其是主角的形象，為故事定下調子，一般短篇小說利用文本開頭帶出主角的外貌，〈馬褲先生〉便是一例。

(一) 外貌：不倫不類

故事一開始，限知敘事者「我」便給穿馬褲的乘客問個正著：「你也是從北平上車？」（#2）正如先前所說，身在始發站北平的「我」，還能從別處登車嗎？可見發問者思維不合常理。再看這段文字中，有一段不合漢語語法，用以修飾「先生」這個主語的定語結構，很好地描述馬褲先生的外貌和暗示他的性格來。馬褲、平光眼鏡、青絨子洋服、小楷羊毫、青絨快靴，五種不一樣的東西拼揍出一個怪模怪樣的主角來（#1）。

由於馬褲是西方騎馬時穿的褲子，因此給人好動、活潑的形象。可是，平光眼鏡卻有另一番感覺：文質彬彬，有著高深教養，甚至受西方教育的⋯⋯。這跟洋服配合起來，西化形象便更加突出。可是胸袋不放手帕，而放上富中國傳統文化色彩的小楷羊毫。這還不止，西服西褲下面，穿的卻是中式的靴子。這個不中不西，不文不武的四不像形象，實在叫人發笑。馬褲先生正是這麼一個角色。

(二) 言行

1.不顧別人感受，自私自利

馬褲先生是一不顧別人感受，只想到自己的人。這從車子還未開，他便著茶房，給他拿毯子、枕頭等物事中可見。當時茶房正忙得不可開交：替客人搬東西，安頓座位等（#3）。按常理：天還未黑，遠未到睡覺的時候，毯

子枕頭等並不是十分急需的東西，待一切安頓妥當後，車開了，才一併替他安排也不為過。可是，馬褲先生不這麼想，他便是如此不通情理。

馬褲先生不僅不顧茶房緊張的工作情況，還無視同一車廂內其他乘客的感受。雖然馬褲先生出於善意詢問「我」有沒有行李，但當他得知「我」和另一乘客沒有帶任何行李乘車時，竟透露他除放進車廂，佔去兩個上舖的 8 件行李外，還有另外 4 件行李和一口棺材寄存於行李車廂。並指出若早知其他乘客沒帶行李的話，便可不用付錢將棺材等全放進車廂內（#6）。這種不顧別人感受，只想佔盡便宜的性格，在這一段文字中可謂表露無遺。

2.不顧公德

說實在的，馬褲先生並不是壞人或惡人，甚至可以說他的心地還頗善良。可是，他自私自利，罔顧他人的性格卻令人反感。當然他不顧公德，在別人頭上擊打靴底的泥土（#10, 14）；用公家的毛巾清理耳鼻孔，還擦手提箱的泥土（#19）。他的領帶、帽子和大衣佔去車廂內所有掛鈎（#8）。他也全無衛生常識，不僅當眾挖鼻，還隨便吐痰，更吐到車頂上去（#3, 14, 16, 21）。

3.言行無聊

馬褲先生行為無聊，除了喊茶房拿這拿那外，便是呼呼入睡，當火車中途於天津停站上客時，他趁便到處走走：在走廊阻礙來往的旅客和腳夫，毫無目的地看看這個，看看那個，不為光顧，只在消磨時間（#16）。至於他跟「我」搭訕的盡問著無聊而且不合情理的問題，如問「我」是否從北平上車，問「我」坐的是不是二等，問停站地點是不是天津等；前文已有討論，這裏不贅。

五、總結

● 從敘事功能認識角色屬較易掌握的方法
● 可作為培養學生賞析文學能力的一種嘗試

參考文獻

陳平原：《中國小說敘事模式的轉變》，上海：上海人民出版社，1988 年 3 月。

老舍：〈馬褲先生〉，《老舍短篇小說選》，北京：人民文學出版社，1956 年 10 月，頁 92-97。

熱奈特著，王文融譯：《敘事話語、新敘事話語》，北京：中國社會科學出版社，1990 年 11 月。

Black, John B and Gordon Bower. "Story Understanding as Problem-solving." *Poetics.* 1980.9, pp. 223-250.

Chatman, Seymour. *Story and Discourse: Narrative Structure in Fiction and Film.* Ithaca: Cornell UP, 1978.

van Dijk, Teun. "Story Comprehension: An Introduction." *Poetics.* 1980.9, pp. 1-21.

Genette, Gérard. *Narrative Discourse: An Essay in Method.* Trans. Jane E. Lewin. Ithaca: Cornell UP, 1980.

Honig, Bill et al. *Teaching Reading Sourcebook for Kindergarten through Eighth Grade.* Navato: Arena P, 2000.

Prince, Gerald. *Narratology: The Form and Functioning of Narrative.* Berlin: Mouton, 1982.

Rimmon-Kenan, Shlomith. *Narrative Fiction: Contemporary Poetics.* London: Methuen, 1983.

Stanzel, Franz. *A Theory of Narrative.* Trans. Charlotte Goedsche. Cambridge: Cambridge UP, 1984.

Thorndyke, Perry. "Cognitive Structure in Comprehension and Memory of Narrative Discourse." *Cognitive Psychology.* 1977.9, pp.77-110.

附錄

老舍〈馬褲先生〉敘事事件表

情節	敘述對象	事件	原文
1.	馬褲	形象	火車在北平東站還沒開，同屋那位睡上舖的穿馬褲，戴平光的眼鏡，青緞子洋服上身，胸袋插著小楷羊毫，足登青絨快靴的先生
2.	我↔馬褲	北平上車？	發了問，「你也是從北平上車？」很和氣的。 我倒有點迷了頭，火車還沒動呢，不從北平上車，難道由——由哪兒呢？我只好反攻了，「你從哪兒上車？」很和氣的。我希望他說是由漢口或綏遠上車，因為果然如此，那麼中國火車一定已經是無軌的，可以隨便走走；那多麼自由！
3.	茶房↔馬褲	拿毯子 拿枕頭 拿茶	他沒言語。看了看舖位，用盡全身——假如不是全身——的力氣喊了聲，「茶房！」 茶房正忙著給客人搬東西，找舖位。可是聽見這麼緊急的一聲喊，就是有天大的事也得放下，茶房跑來了。 「拿毯子！」馬褲先生喊。 「請少待一會兒，先生，」茶房很和氣的說，「一開車，馬上就給您舖好。」 馬褲先生用食指挖了鼻孔一下，別無動作。 茶房剛走開兩步。 「茶房！」這次連火車好似都震得直動。 茶房象旋風似的轉過身來。 「拿枕頭，」馬褲先生大概是已經承認毯子可以遲一下，可是枕頭總該先拿來。 「先生，請等一等，您等我忙過這會兒去，毯子和枕頭就一齊全到。」茶房說的很快，可依然是很和氣。 茶房看馬褲客人沒任何表示，剛轉過身去要走，這次火車確是嘩啦了半天，「茶房！」 茶房差點嚇了個跟頭，趕緊轉回身來。

情節	敘述對象	事件	原文
			「拿茶！」 「先生請略微等一等，一開車茶水就來。」 馬褲先生沒任何的表示。茶房故意地笑了笑，表示歉意。然後搭訕著慢慢地轉身，以免快轉又嚇個跟頭。轉好了身，腿剛預備好要走，背後打了個霹靂，「茶房！」 茶房不是假裝沒聽見，便是耳朵已經震聾，竟自沒回頭，一直地快步走開。 「茶房！茶房！茶房！」馬褲先生連喊，一聲比一聲高，站台上送客的跑過一群來，以為車上失了火，要不然便是出了人命。茶房始終沒回頭。馬褲先生又挖了鼻孔一下，坐在我的床上。剛坐下，「茶房！」茶房還是沒來。
4.	馬褲	行為－挖鼻	看著自己的磕膝，臉往下沉，沉到最長的限度，手指一挖鼻孔，臉好似刷的一下又縱回去了。
5.	我↔馬褲	你坐二等？	然後，「你坐二等？」這是問我呢。我又毛了，我確是買的二等，難道上錯了車？ 「你呢？」我問。 「二等。這是二等。二等有臥舖。快開車了吧？茶房！」
6.	我↔馬褲	不帶行李 與棺材同行	我拿起報紙來。 他站起來，數他自己的行李，一共八件，全堆在另一臥舖上——兩個上舖都被他佔了。數了兩次，又說了話，「你的行李呢？」 我沒言語。原來我誤會了：他是善意，因為他跟著說，「可惡的茶房，怎麼不給你搬行李？」 我非說話不可了：「我沒有行李。」 「嘔？！」他確是嚇了一跳，好像坐車不帶行李是大逆不道似的。「早知道，我那四隻皮箱也可以不打行李票了！」 這回該輪著我了，「嘔？！」我心裏說，「幸而是如此，不然的話，把四隻皮箱也搬進來，還有

情節	敘述對象	事件	原文
			睡覺的地方啊？！」 我對面的舖位也來了客人，他也沒有行李，除了手中提著個扁皮夾。 「嘔？！」馬褲先生又出了聲，「早知道你們都沒行李，那口棺材也可以不另起票了！」 我決定了。下次旅行一定帶行李！真要陪著棺材睡一夜，誰受得了！
7.	茶房↔馬褲	拿手巾把	茶房從門前走邊。 「茶房！拿手巾把！」 「等等，」茶房似乎下了抵抗的決心。
8.	馬褲	行為－佔所有鉤子	馬褲先生把領帶解開，摘下領子來，分別掛在鐵鉤上：所有的鉤子都被佔了，他的帽子，大衣，已佔了兩個。
9.	茶房↔馬褲 我↔馬褲	買報	車開了，他頓時想起買報，「茶房！」 茶房沒有來。我把我的報贈給他，我的耳鼓出的主意。
10.	馬褲	行為－拍土、夢話	他爬上了上舖，在我的頭上脫靴子，並且擊打靴底上的土。枕著個手提箱，用我的報紙蓋上臉，車還沒到永定門，他睡著了。 我心中安坦了許多。 到了豐台，車還沒站住，上面出了聲，「茶房！」 沒等茶房答應，他又睡著了；大概這次是夢話。
11.	茶房↔馬褲	拿茶 拿開水 拿毯子、枕頭、手巾把	過了豐台，茶房拿來兩壺熱茶。我和對面的客人——一位四十來歲平平無奇的人，臉上的肉還可觀——吃茶閒扯。大概還沒到廊房，上面又打了雷，「茶房！」 茶房來了，眉毛擰得好像要把誰吃了才痛快。 「幹嗎？先——生——」 「拿茶！」上面的雷聲響亮。 「這不是兩壺？」茶房指著小桌說。 「上邊另要一壺！」 「好吧！」茶房退出去。

情節	敘述對象	事件	原文
			「茶房！」 茶房的眉毛擰得直往下落毛。 「不要茶，要一壺開水！」 「好啦！」 「茶房！」 我直怕茶房的眉毛脫淨！ 「拿毯子，拿枕頭，打手巾把，拿——」似乎沒想起拿什麼好。 「先生，您等一等天津還上客人呢；過了天津我們一總收拾，也耽誤不了您睡覺！」 茶房一氣說完，扭頭就走，好像永遠不再想回來。
12.	馬褲	行為－鼻鼾、咬牙聲	待了會兒，開水到了，馬褲先生又入了夢鄉，呼聲只比「茶房」小一點。可是勻調，繼續不斷，有的呼聲稍低一點。用咬牙來補上。
13.	茶房↔馬褲	給開水 拿手紙 廁所在哪？	「開水，先生！」 「茶房！」 「就在這兒；開水！」 「拿手紙！」 「廁所裏有。」 「茶房！廁所在哪邊？」 「哪邊都有。」 「茶房！」 「回頭見。」 「茶房！茶房！！茶房！！」 沒有應聲。 「呼——呼呼——呼」又睡了。 有趣！
14.	馬褲	行為－喝水、擊靴、挖鼻	到了天津。又上來些旅客。馬褲先生醒了，對著壺嘴喝了一氣水。又在我頭上擊打靴底。穿上靴子，溜下來，食指挖了鼻孔一下，看了看外面。 「茶房！」
15.	茶房↔馬褲	拿毯子	恰巧茶房在門前經過。

情節	敘述對象	事件	原文
			「拿毯子！」 「毯子就來。」
16.	馬褲	行為－ 立在走廊中間 挖鼻 下車看梨、報、腳行號衣	馬褲先生出去，呆呆地立在走廊中間。專為阻礙來往的旅客與腳夫。忽然用力挖了鼻孔一下。走了。下了車，看看梨，沒買；看看報，沒買；看看腳行的號衣，更沒作用。
17.	我↔馬褲	這裏是天津？	又上來了，向我招呼了聲，「天津，唉？」 我沒言語。他向自己說，「問問茶房，」緊跟著一個雷，「茶房！」我後悔了，趕緊的說，「是天津，沒錯兒。」 「總得問問茶房；茶房！」 我笑了，沒法再忍住。
18.	茶房↔馬褲	給馬褲頭一份毯子、枕頭及手巾把	車好容易又從天津開走。 剛一開車，茶房給馬褲先生拿來頭一份毯子枕頭和手巾把。
19.	馬褲	行為－手巾抹身、手提箱	馬褲先生用手巾把耳鼻孔全鑽得到家，這一把手巾擦了至少有一刻鐘，最後用手巾擦了擦手提箱上的土。
20.	茶房↔馬褲	火車向哪面走？	我給他數著，從老站到總站的十來分鐘之間，他又喊了四五十聲茶房。茶房只來了一次，他的問題是火車向哪面走呢？茶房的回答是不知道；於是又引起他的建議，車上總該有人知道，茶房應當負責去問。茶房說，連駛車的也不曉得東西南北。於是他幾乎變了顏色，萬一車走迷了路？！茶房沒再回答，可是又掉了幾根眉毛。
21.	馬褲	行為－ 摔襪子 吐痰往車頂	他又睡了，這次是在頭上摔了摔襪子，可是一口痰並沒往下唾，而是照顧了車頂。
22.	我及其他人	行為－睡不	我睡不著是當然的，我早已看清，除非有一對「避

情節	敘述對象	事件	原文
		著	呼耳套」當然不能睡著。可憐的是別屋的人，他們並沒預備來熬夜，可是在這種帶鉤的呼聲下，還只好是白瞪眼一夜。
23.	我	行為－到站下車	我的目的地是德州，天將亮就到了。謝天謝地！車在此處停半點鐘，我僱好車，進了城，還清清楚楚地聽見「茶房！」 一個多禮拜了，我還惦記著茶房的眉毛呢。

8. 李潼兒童短篇小說敘事模式研究
──台灣兒童小說模式初探

一、導言

綜觀台灣的兒童文學界，無論從量到質，李潼（賴西安，1953-2004）的作品，都是數一數二，而且甚具代表性的。本文原計劃研究李潼四部兒童小說的敘事模式，只是其後發現《順風耳的新香爐》和《天鷹翱翔》兩篇因篇幅夠得上中篇，敘事結構比《大聲公》和《大蜥蜴》兩部短篇作品遠為複雜，與其勉強湊合，不如乾脆將焦點全放到《大聲公》和《大蜥蜴》兩部小說集，集中論述李潼 44 篇兒童短篇小說文本為好[1]。

要討論李潼兒童小說的特點，我們須先了解李潼文本的「小說」元素。要是李潼文本沒有「小說」特質，即使它們能協助兒童成長，也不可能是成功的「兒童小說」。當然要夠得上「兒童小說」這名詞，李潼文本還須擁有「兒童」元素才行。因此，本文討論李潼兒童小說的次序也如此，即先「小說」，然後「兒童」元素。

---

[1] 四部兒童小說出版資料如下：《大聲公》，台北：民生報社，1987 年 10 月 1 版，2000 年 7 月再版；《大蜥蜴》，台北：民生報社，1987 年 10 月 1 版，2000 年 7 月再版；《天鷹翱翔》，台北：民生報社，1986 年 1 月 1 版，2001 年 1 月再版和《順風耳的新香爐》，台北：民生報社，1986 年 4 月 1 版，2001 年 3 月再版。

二、李潼兒童短篇小說的「小說」元素

最能體現李潼兒童短篇小說特點的方法，就是借用西方敘事理論，嘗試建立李潼兒童小說的敘事模式。為了避免硬套理論，筆者有意識地先選定李潼兒童小說的範圍，然後進行全面的閱讀，嘗試歸納出最能代表李潼兒童小說的結構。有了這樣抽象但明確的觀察後，筆者接著嘗試找尋一種最能體現李潼兒童小說特點的說法，作為本文的解說基礎。換句話說，這裏借用西方敘事理論的目的不在展示這些理論的優勝之處，也不在證明它無遠弗屆，放諸天下而皆準；而只作為說明李潼文本特點的工具，取其方便歸納方便說明的優點而已。

本文採用沿用於研究民間故事的敘事模式理論，主要因為它是敘事理論較為簡明的部分，更重要的是這次討論的研究對象為兒童短篇小說，不論篇幅還是結構，都跟民間故事相像，因此筆者相信敘事模式理論能有系統地道出李潼兒童短篇小說的特點來。

（一）西方敘事模式理論

西方敘事模式理論的出發點，就是嘗試對「敘事文本」（narratives）進行系統性的分析和研究。由於幾乎任何手段都可用作敘事，包括：手勢、口頭及書面語言，固定及動態的畫面等等；加上敘事文本種類繁多，民間故事、神話、傳說、寓言、童話、小說、史詩，以至歷史、悲劇、喜劇，甚至繪畫、電影、連環畫等都存在敘事成分；要建立一個能統攝如此龐大範圍的體系絕非易事，因此學者借助語言學的結構作類比，展開建立這一影響深遠的理論建設工程。由於語言屬人類思維發展和溝通的主要工具，加上語言──尤其是書面語──經歷了長時期的形成過程，它的體系相對較接近人類思維的模式，因此以語言學的結構來比擬人類說故事（敘事）的結構模式，被視之為合理的推論。

敘事模式理論主要借助語言學結構，「確定敘事文本描寫的不同層次，並從每個級別中找出一些相關的語言單位入手，建立能使文章上下連貫的典

型結構。這樣，敘事文本語法，或稱敘事文本結構分析，連同其形態學（主語、謂語、功能）及句法（句子、時序及組句規則）就形成了」[2]。

　　敘事模式理論處理的是敘事文本的故事和情節層面，他們認定語言中的句子與敘事文本的話語之間，有著相似性，因此語法的各個範疇都可應用到敘事文本的故事結構上，把敘事文本看成是帶有各種句子成分的大句子。等同於句子的主語，敘事文本的角色在敘事模式理論者的眼中，並不是甚麼活靈活現，栩栩如生，惹人憐愛或引起認同的人物，而是在情節發展中起著作用的工具。這是普羅普（Vladimir Propp, 1895-1970）對「功能單位」（function）十分著名的定義：「對情節發展有一定意義的人物的行動」[3]（方丹，頁 33）。換句話說，角色有的只是他構成「功能單位」的敘事功能，他因在文本中的言行能引起諸如推動、輔助或阻礙情節的作用和功能而存在，就是角色的性格也是為了發揮上述敘事功能而給設計出來的[4]。

　　普羅普從民間故事歸納出來的 31 類「功能單位」，為建立敘事文本的故事結構體系奠下了堅實基礎。以後格雷馬斯（Algirdas Julien Greimas, 1917-1992）模仿「自然語言的句法結構」，借用了語言學家泰尼埃（Lucien Tesnière, 1893-1954）關於「施動者」（actant）（發起或承擔動作者）的語法觀點，在普羅普的基礎上，概括成一個按句法仿製的敘事功能模式──「施動模式」（actantial model），內裏有六類不同的角色功能，包括：發起者（sender）、主體（subject）、幫助者（helper）、反對者（opponent）、客體（object）和接受者（receiver）（方丹，頁 31-32）[5]。

---

[2]　見達維德・方丹（David Fontaine）著，陳靜譯：《詩學──文學形式通論》（*La Poétique: introduction à la théorie générale des formes littéraires*），天津：天津人民出版社，2003 年 3 月，頁 28-29。這裏筆者將原譯本的「敘事文」改成「敘事文本」為的是避免讀者混淆了「記敘文」與「敘事文本」兩個概念。

[3]　原文見普羅普名著《故事的形態學》（Vladimir Propp, *Morphology of the Folktale*, trans. Laurence Scott [2nd ed., Austin: U of Texas P, 1968]）。

[4]　有關這方面簡略的介紹，可參方丹一書頁 29-31。

[5]　原文參 Algirdas Julien Greimas, *Structural Semantics: An Attempt at a Method*, trans. Daniele McDowell, Ronald Schleifer, and Alan Velie (Lincoln: U of Nebraska P, 1983)；

　　托多羅夫（Tzvetan Todorov, 1939- ）則從敘述句的組成成分，建立他的敘事模式。敘述句的兩個成分就是主語和謂語，因此他的敘事模式也只有施動者和謂項，其中謂項可再分靜態和動態兩種。由這簡單的項目組成的結構，形成敘事文本的基本結構，再由它形成有規律的周期，托氏稱為「序列」（sequence）。他認為一個完整的序列應包括五個如敘述句的結構，也是由一個穩定狀態（最初步驟）到另一穩定狀態（最後步驟）的過程，當中則出現干擾力量或元素（第二步驟），不穩定情況（第三步驟）和反對力量或元素（第四步驟）。這是敘事文本的基本模式，由於一般敘事文本遠較以上架構複雜，因此托氏再在上述的基礎上增加變數，形成三種序列的變化形態：一是「插入」，即一個序列中插進另一序列；一是「連接」，就是序列之間以線狀連接，當中有「穿線式」和「平衡結構」兩類；一是「交錯」，即一個序列一個步驟後，接著交代另一序列的另一步驟，產生「共時」效果。（方丹，頁 33-34）[6]

　　羅蘭‧巴爾特（Roland Barthes, 1915-1980）則嘗試跳出故事情節層面談敘事功能，因此他的「功能」（function）有情節層面上的，也有主題層面的。情節層面的有「核心」（nucleus）或「主要功能」（cardinal function），它是邏輯因果意義上的功能，也是整個敘事文本的骨架，如果將它刪除，文本便出現重大改變，它對情節發展起著關鍵的作用。與之相對的是「催化功能」（catalysis），它在「核心」與「核心」之間填補空隙，屬文本的「裝飾品」。

　　主題層面的功能有「標誌」I 或稱為「指數」（indices），它有著連繫到角色及敘述層面的功能，讓讀者可由此探知文本的主題。另一類功能稱為「信息功能」（informants）；顧名思義，它向讀者提供基本的信息，讓讀

中譯見格雷馬斯：《結構語義學》（*Semantique Structurale: recherche de method*），蔣梓驊譯，天津：百花文藝出版社，2001 年 12 月，頁 264。

[6] 原文見 Tzvetan Todorov, *Introduction to Poetics*, trans. Richard Howard (Minneapolis: U of Minneapolis P, 1981), pp. 48-58。

者能藉此聯繫到現實世界相應的事物上。[7]

（二）李潼兒童小說的敘事模式

為了配合李潼兒童短篇小說文本的結構，筆者參考了上述的理論，選用相關的概念，並加以修正和細分，形成筆者認為適用於描述李潼敘事文本的模式。

要概括李潼 44 個敘事文本的故事情節，並歸納成一敘事模式，無可避免會出現簡單化的情況，但為了抓住這些文本的核心結構，這種簡化過程是必須的。筆者認識到，兒童文學有著協助兒童成長的本質，因此兒童小說的結構也應能體現這種本質才對。要幫助孩子成長，就要讓他們認知；認知過程就是從無到有，或由錯誤認識到正確認識的過程；這裏筆者運用普羅普的「功能」概念，從他「功能單位」中借來「欠缺」（lack）和「填滿」（liquidation of lack）兩個狀態。細看李潼文本，這是它基本的結構，用托多羅夫的「基本序列」來說，最初和最終的穩定狀態就是一個無或錯誤和有或正確的狀態，因此筆者稱之為「最初狀態」和「最終狀態」，兩者都屬於穩定狀態，但它們之間卻是一個明顯的相反關係，也即「無」與「有」或「錯誤」與「正確」的關係。

至於兩者之間的「轉變」過程，筆者從托多羅夫處借來「插入形態」，筆者稱之為「介入元素」，當然部分文本只順序地從「最初狀態」直接步進「最終狀態」，它們便沒有「介入元素」了。「介入元素」有兩類，一是「平衡元素」，這是筆者從托多羅夫的「平衡結構」概念得來的靈感；另一是「推動元素」，這跟巴爾特的「核心」概念沒有兩樣。

除此之外，兒童小說文本為了協助兒童讀者的成長，往往附有重要的信息或教訓，好讓讀者接收或汲取。只是這個信息可以是直接呈現於文本中

---

[7]　Roland Barthes, "Introduction to the Structural Analysis of Narratives," *A Barthes Reader*, ed. Susan Sontag (NY: Hill & Wong, 1983). 羅蘭・巴爾特：〈敘事作品結構分析導論〉，張裕禾譯，《美學文藝學方法論》，《馬克思主義文藝理論研究》編輯部編選。北京：文化藝術出版社，下冊，1985 年 10 月，頁 532-561。

的，筆者稱為「顯性信息」；或間接隱藏在故事情節中，需要讀者爬梳整理出來的，筆者稱之為「隱性信息」。以上這些便構成李潼敘事模式的主要成分，下為此模式的簡圖：

最初狀態　➜➜　介入元素（平衡或推動）　➜➜　最終狀態　➜➜　信息／教訓

　　如以符號代替，模式可簡略如下：

○（空心圓）　➜➜　⊕　➜➜　●（實心圓）

　　以上這模式基本上是圍繞主角而建立的，筆者認為這模式十分適用於描述李潼兒童短篇小說相對簡單的結構。只是協助兒童成長往往需要別人的提醒和協助，李潼文本這方面的考慮十分明顯，因此筆者特別從格雷馬斯那處借來「幫助者」功能，來補充上述模式的不足。只是協助孩童得到從無到有的知識，或發現自己的錯誤以及認識正確的觀念等的角色，往往屬師長輩，因此筆者改稱之為「智者」，以符合他在文本的功能和身分。跟文本「信息」的情況相似，「智者」角色他那協助角色得到新知識或認識正確觀念的功能也有「直接」和「間接」之分，「直接智者」可能將文本信息直接「說」出來，「間接智者」可能將之化為行為，再由角色感受而得到新知或認識真相。有關李潼 44 篇兒童短篇小說的敘事模式概略，可參附錄一的「李潼兒童短篇小說敘事模式表」及附錄二的「李潼兒童短篇小說敘事元素表」。

1.基本敘事模式一

○ ➜➜➜➜ ● ➜ 信息／教訓

　　這個模式結構最簡單，也最自然，在李潼文本中為數不多，44 個文本中，只有 7 個。這裏沒有介入元素，只有時間元素；換言之，即情節只按時間順序展開。除了一篇外，這個模式的文本基本上沒有智者的參與，信息方面，則有「隱性」（5篇）和「顯性」（2篇）。

　　這種敘事模式的例子有〈美麗的畫〉：阿龍到公園寫生，發現一對父子，父親不停跟兒子談這談那，可是那孩子小勤卻不理不睬，因此阿龍有著「這大男孩不懂禮貌，漠視父親」的印象，這是這個文本的「最初狀態」，接著文本並沒有加進任何「介入元素」，便直接交代「最後狀態」：原來這男孩天生缺陷不懂說話，父親一直嘗試誘發他說話的能力，結果成功了，他指著阿龍畫上的荷花，說了一「花」字，父親緊摟著小勤說：「他第一次說話，說話了」（頁 55）。這個文本除了表現父親那種諄諄善誘，無盡愛心的情意外，文本的信息還包括不應只看事情表面便作價值判斷的教訓，當然這個信息並沒有直接呈現在文本，而需要讀者歸納而來，屬隱性信息的一種。

　　再如〈勇士吊橋〉一文本，陳老伯邀請「大家」到山裏他家度假，阿龍建議「大家」步行前往，沿途還可露營，一路上，在「大家」的眼中，「最教我們掃興和看不起的就是阿龍！」（頁 191）還說：「阿龍就是膽小鬼而且是脫隊大王」（頁 191-192）。這是文本的「最初狀態」，隨著情節繼續發展，並沒有加進任何介入元素，當「大家」面對陳老伯家對面懸崖的吊橋時，卻無人敢走過。就在這時，阿龍帶頭過橋，眼見「大家」還是害怕，他在對岸卸下背包走回來，站在橋中央說「我在這裏等你們」（頁 193），結果「大家」終於過了橋，阿龍才自白地說「當然怕，但我不站在那裏，你們又不肯過來」（頁 194），因此「我」終於明白阿龍才是真正的勇士。這是文本的「最終狀態」，恰恰與「最初狀態」形成強烈對比，文本信息藉角色「我」的口（即屬「顯性信息」），向讀者展示文本宣揚的價值「勇氣」的內涵。

2.基本敘事模式二

　　李潼兒童小說多兼有介入元素，共 38 篇，佔總數的 86.36%，屬主要模式。介入元素方面，主要有兩類，一類為「平衡元素」，另一類為「推動元素」。擁有「平衡元素」的文本，就是在主要架構（最初狀態和最終狀態）外，有一與之平衡發展的子架構，角色之所以能夠由誤會或欠缺轉變成了解

真相或得到新知識新領會，主要得力於這個平衡架構。兩個架構中，主架構和子架構有著很多相同點，包括各自的問題和行為，以至結果都相近。

這個「平衡元素」與「最初狀態」沒有直接關係，角色因著這個元素得到啟發，因而得以到達「最終狀態」。回看李潼的兒童小說，其中 10 篇有加進平衡元素。藉「平衡元素」傳遞信息，兒童讀者可從比較中得到教訓，也即從相同結構或同時的不同空間中獲取信息。

先看〈海龜〉一文本，大聲公透露「我真想知道，媽媽要走的時候，她心裏想著甚麼？」（頁 17）這是文本的「最初狀態」，也是角色大聲公的「問題」和困惑，當然與他同齡的「我」、文欽及其他同學是無法解答的。接著文本加進一平衡元素，那就是文本的主題——海龜。海龜的出現，造成同學們很大的反應，除了給嚇跑的外，還有向母龜踢沙的，叫好說要煮海龜肉的。大聲公則挺身阻止他的同學們，不准他們騷擾母龜下蛋。終於母龜掩好新下的蛋後，牠「定定巡視我們，眼眶裏有滿滿的水光。大家都看見牠點頭了，像在對我們鞠躬」（頁 19）。海龜走後，大聲公求大家：「我不准誰洩漏秘密。我們讓那些小海龜孵出來，平安的長大好嚒？就算我拜託大家」。還說：「你沒看見母龜這樣向我們感謝、向我們求情嚒？牠那麼依依不捨，牠要離開牠的小孩，我們也是人家的小孩……」。（頁 20）最後大聲公告訴「我」：「我大概知道媽媽走的時候，心裏想著甚麼」（頁 21）。這是文本的「最終狀態」，也就是說大聲公原有的「問題」得以解答，而幫他找到「答案」的就是海龜這「平衡元素」，「海龜」在文本中擔當「智者」功能，牠間接地向大聲公交代他母親死時的想法。這裏，大聲公的母親等同母龜，大聲公等如那些龜蛋，母龜就在海灘向大聲公展示他母親離開他時的表情，讓大聲公得到困惑著他問題的「答案」。雖然海龜不像人

物角色般能「說出」信息或「答案」來，但牠的行為和表情也足以讓大聲公心領神會，牠作為「智者」的功能也能順利而且稱職地發揮出來。

再如〈大鬍子領港員〉一文本，「最初狀態」是大聲公不滿指揮：鼓號樂隊到南方澳玩，大聲公不服指揮，認為他「有甚麼了不起，指揮這個、指揮那個，出來玩，還要被他牽著鼻子走？不要理他」（頁 110-111）。還說：「光是比手畫腳，就神氣得這個樣子？沒有我們吹吹打打，他行嚜？」（頁 111）

當大聲公和「我」脫隊走到跨港大橋上時，文本加進一「平衡元素」，那是一「大鬍子的中年人」，他擔當著文本的「智者」，經過大聲公和這「智者」的對話後，出現文本的「最終狀態」，那就是：大聲公終於聽從指揮歸隊的指示，「大聲公飛快加入隊伍，我也趕緊跟過去」（頁 115）。

以上就是這「平衡元素」在文本中發揮的作用，且先看文本怎樣寫（……為筆者的省略）：

> 大聲公眨巴眨巴看著他，問說：「先生，您是，這裏的人嚜？」……
> 他愛笑不笑說道：「一半陸地，一半海，我是領港員，……我還當過二十年的船長。……」
> 我們知道，想當船長要懂得很多，……領港員是幹甚麼的，這就不懂了。不過，總是不比船長偉大吧！
> 大鬍子領港員說：「……船員聽船長指揮，船長還得聽領港員的，要不然，幾艘船擠著進港、出港，不惹禍嚜？……」
> 大聲公的眼睛眨巴眨巴閃，他聽得耳朵和眉看都豎起來，「船長還要聽你指揮？領港員這麼威風呀！」
> 「威風是你說的，領港員多懂得這些，大船的船長們得聽我的就是了。」
> ……
> 「您這麼重要？」
> 「船長、船員和掌舵的、輪機的船工都一樣重要，各有各的本份。進

出港的時候，大家聽我領港員指揮就是，統統重要啦！」（頁 113-
115）

這裏，大聲公與指揮的關係，正好在平衡元素中的船長和領港員之中體現出
來，因此「智者」大鬍子領港員的話，直接地「告誡」大聲公，讓他認識到
各人有各人的本分，不按規矩幹，只會出亂子。得到「智者」直接點明後，
大聲公再沒有不服指揮的情緒，乖乖地按指揮的要求歸隊了。

李潼十個加進了平衡元素的文本，除上述兩個外，其餘八個的主要架構
和與之平衡的架構兼述如下：

〈海龜〉──海龜：蛋／母親：大聲公

〈兩個女孩〉──兩個女孩：他們父母／大聲公、我、文欽：各自的父
母

〈大鬍子領港員〉──大聲公：指揮／船長：領港員

〈日光岩〉──大聲公／侏儒

〈大蜥蜴〉──新同學／大蜥蜴

〈孔雀和麻雀〉──榮華：阿龍／孔雀：麻雀

〈堤防上的古吹手〉──阿龍：小彬／50 歲禿頭男人：20 歲兒子

〈睏牛山〉──阿龍及同學／盲老伯

〈外公家的牛〉──我：外公／我：牛阿「呼」

〈防風林的秘密〉──大家：阿呆，大家：小黃／阿呆：小黃

3.基本敘事模式三

○ ➔➔➔　　　➔➔　　⊕　　➔➔➔➔➔ ● ➔ 信息／教訓
推動元素

這種加進推動元素的結構屬簡單的因果關係，邏輯推論模式，過程十分
自然，是李潼兒童小說最重要的敘事模式，共有 31 篇，佔總數的 70.45%。
這裏，「推動元素」與「最初狀態」有關，角色通過「推動元素」得到啟

發，以此解決問題，達到「最終狀態」。

例如〈乾一碗魚湯〉文本裏，大聲公聲大吵耳，嚇退大魚，害釣魚的人釣不到魚，仿佛大聲公的大嗓門不但無用，反而誤事，這是文本的「最初狀態」。接著，文本出現「推動元素」那就是老漁翁掉進海裏去，因著這元素，情節得以進一步發展。由於海浪聲太大，「我」的呼救聲全然無用，結果全靠大聲公，附近的釣魚人以至營帳那邊的同學都聽見，還拿來五個救生圈，救了老漁翁。大聲公最後得到同伴這樣的評語：「你的大嗓門，吵是吵，有時還很管用哩」（頁6），形成文本的「最終狀態」。老翁墮海的片段正好給予文本證明大聲公嗓門有用的機會，成為了推動情節發展的「推動元素」。

再如〈神秘紙飛機〉一文本，文本當初交代主角大聲公、我等人不知道南門圳邊，蓋了一幢十四層高的大樓，引發了包括大家羨慕住高樓的議論，成了文本的「最初狀態」：

> 它是我們鎮上最高的房子，這當然不用說。最讓我們驚奇的是，它竟然是住人的，是公寓。啊，多享福。……
>
> 大聲公……沒事就提議：「我們去看大樓好不好？……站在陽台就能看見大海，像坐在飛機上一樣，甚麼都能看得一清二楚。」……
>
> 「要是我家住在那第十四層樓就好了，比鴿子飛得還高，頂上的風不知有多涼？」
>
> 「只要讓我在樓頂住一天，我，甚麼都甘願，真的。」
>
> 「我只要進去參觀就好了，怎麼有這麼好命的人，天天搭電梯上上下下？」

要是文本由此打住，沒加進任何介入元素，情節是無法開展的，因此文本加進了神秘紙飛機由第十四層陽台鐵窗飛下來，還有兩個紅色大字寫著「救我！」。有了這「推動元素」，情節才得以繼續發展：大聲公等人懷疑單位內有人出事，因此鼓起勇氣，衝進大廈最高層救人。結果發現室內那位小三

的小孩絲毫無損，還喝著果汁，地上則有一地的紙飛機……。結果文本藉那小孩導引到「最終狀態」去：「那小弟說，他討厭住高樓，他羨慕我們住在『地上』」（頁 41）。小孩對高樓的態度正好與大聲公他們的最初想法有很大的出入，似乎在印證「即使住高樓，寂寞也不會比住平房的少」這個「最終狀態」。文本要傳遞的信息明顯屬隱性的，那就是：不管住高樓還是平房，活得開心最重要，如果孤獨一人，無人陪伴，就是住在高樓也不會開心。

4.「智者」傳遞信息的方法

　　李潼文本的「智者」多以說話交代信息，屬明顯的傳遞方式，這種直接由「智者」道出文本信息或教訓的作法，比較適合用於信息或教訓都屬較抽象較艱深的情況。為了避免兒童讀者無法掌握文本的深意，藉「智者」角色明明白白地「說」出來，既可確定信息清晰地傳遞出來，又能減少由敘事者親自說明一切的說教味道，可說是一舉兩得的方法。

　　例如〈月桃粽子〉一文本，寫古舊物件的價值，如此抽象的課題放到敘事文本中，容易變成說教的文字。這文本則在開頭中佈置了一個看不起古宅的「最初狀態」，藉角色「我」道出來：

> 還有甚麼值得一看？么叔也不說清楚。老房子給我的印象，不外是屋角結著蜘蛛網，破舊的家具隨意放置；風吹雨打的時候，屋外大雨，屋內滴著小雨，風聲在陰暗的通道怪叫。（頁 65）。

還有大聲公的一番埋怨，將這「最初狀態」裝得嚴嚴實實，「老房子就是一點價值都沒有的地方」：

> 「看甚麼老房子？我想去逛百貨公司，看點新奇的東西，別出來玩一趟，回去還是土包子」（頁 65-66）。

有了這個「最初狀態」，文本接著就是藉一位中年婦人為推動情節的元素，不僅將大聲公和我帶進陳家古茨內，還發揮「智者」功能，向他們點明文本的信息和教訓。當大聲公這樣問她「一個人住這裏，會不會……會不會怪怪的？」時，她這樣回答：

> 孩子們都出外，但他們的心，還在這裏呀！老屋子有許多老故事，他們忘不掉的。天天擦拭這些一百多年的門窗家具，我的心總是暖烘烘；這上面還留著我們曾祖父輩的手澤，有他們的手印拂拭過才這樣有光澤的，怪甚麼呢？

這位「智者」中年婦人不僅因亮了燈泡，吸引大聲公和我進入古宅，產生推動情節繼續前進的作用，還藉以上這段話，直接帶出文本的信息和教訓。讓大聲公和我消除了對舊房子的誤解，明白古舊物件的價值，大聲公最後那「滿有意思的」評論是最好的證明。

　　智者的身分方面，主要屬前輩，直接智者有 14，間接的有 1，他們不光年紀較大，社會及人生經驗都較豐富，能給予主角適當的建議和告誡。他們是知識豐富的老師（老師、吳老師和代課老師）、經驗豐富的長者（農夫、中年婦人、侏儒）和見多識廣的大哥哥（巴松仁、實習生、表哥、小舅[共4 個文本]、陳大哥、大學生）。屬同輩的，直接智者有 3，分別是大聲公、女班長和我；間接智者中同輩的有 2：阿龍和兩個女孩，還有的是動物禽鳥：蜥蜴、孔雀麻雀和黑狗。

（三）李潼兒童小說的閱讀效果

　　正如李潼著名的少年小說《少年噶瑪蘭》處處現出吸引力一樣，他的兒童短篇小說同樣能運用不同方法，為兒童讀者製造理想的閱讀效果，其中如限知敘事與內聚焦視角（internal focalization）等手法，使兒童讀者置身其

中，有著親自參與情節的樂趣。[8]

就以〈一把舊雨傘〉為例，文本巧妙地運用限知敘事的特點，藉角色內聚焦視角，寫角色「我」和大聲公、文欽在大員山的農家避雨時遇到兩位女孩的片段，帶出文本的信息和教訓來。大聲公、我和文欽在避雨時的情節是文本的「最初狀態」：

> 「爸媽應送雨傘來，不然就是不關心子女」
> 「我爸媽到現在還不送雨傘來，要是我淋雨感冒，看他們怎麼辦？」
> 文欽說：「我已經告訴他們要來大員山，也不來找，我就知道他們不關心！」
> 「他們會關心的啦！大員山這麼大，教他們怎麼找？」我這麼說，心裏卻也覺得不對味，我爸媽會記得送傘來麼？
> 「只要他們想來，再遠的地方也找得到。」文欽說。（頁 92-93）

這裏，限知角色「我」當然不知道父母會不會送傘來，否則他便不用擔心了。如果他有著全知敘事者般的全知能力，那麼情節也無法順利地發展下去。

接著屬「平衡元素」的兩個女孩出場，文本仍用「我」的內聚焦視角，寫她們的言行：

> 小女孩忙著拿毛巾擦頭髮，大女孩撐著雨傘又要出門，卻被那小女孩抓住：「姊，我跑得快，讓我去！」那把雨傘夠大也夠舊了，她們也不怕爭來奪去把雨傘扯爛？

「我」因屬限知敘事者，對這兩名女孩一無所知，當然也不知大女孩為甚麼

8　詳情請參白雲開：〈論李潼《少年噶瑪蘭》的閱讀效果〉，《李潼先生作品研討會論文集》，中華民國兒童文學學會編，台北：中華民國兒童文學學會，2005 年 11 月，頁 109-135。

「又要出門」，也不懂她們爭著出門的原因。可是，正是這兩點讓情節有點懸念，吸引讀者繼續追看下去，由於這文本沿用「我」這內聚焦敘事者，「真相」必須藉別的角色點明，因此文本接著便出現大聲公大膽地詢問她們的問題：

> 還是大聲公膽子大，問那個大女孩：「剛才那個女生還要去接你弟弟？」
> 「不是。」
> 「去接另外一個妹妹？」
> 「不是。」大女孩在屋簷下焦急地探頭，她說：「她去接我爸媽。」
> 文欽和我都以為聽錯了，文欽說：「哪有小孩去接大人的？」
> 那個大女孩的神情很驚訝，她仔仔細細把我們三個人好好打量了一番，說：「難道只有爸媽才應該送傘給我們？」大女孩那種瞧不起人的眼光，真教人受不了！（頁 94-95）

如果沒有限知敘事的限制，以上的情節便不可能發生，如果大聲公、我和文欽都已知道小女孩接的是父母，那便無法製造如上引文的閱讀效果了。「真相」的發現，以至錯誤得以糾正，往往就在於我們知識所限。文本就是利用這種知識的限制，給不只「我」這角色，還有讀者，這個逐步發現「真相」，逐漸認識錯誤的過程。

由於兩位女孩送傘給父母這個「平衡元素」的關係，大聲公和我也懂得自己原先只有父母送傘給子女的錯誤，因此出現文本末尾的「最終狀態」：

> 那天，我們借了那把舊雨傘回家。大聲公先送文欽和我回去，他說還要到鰻魚池接他爸爸。我回到家，發現爸媽都不在，也扎扎實實地著急起來，站不住，坐不住，趕緊打著傘，也到爸媽的工廠門口，等候他們。（頁 95）

（四）小結：敘事模式的局限

上文以敘事模式分析李潼的兒童文本，並沒有貶低他的意圖，採用敘事模式分析李潼兒童小說，只能大略描劃出他文本的敘事結構來，無法兼及細節，因此難免有簡單化的情況。只是通過交代理論概念和運用到個別文本的論述，我們更容易找出李潼文本的特性，更認識台灣兒童小說的基本面貌和內涵。

此外，以敘事功能分析角色，容易造成過分強調角色的行動性質，以及表現主題，傳遞信息的作用。如此，角色實際是誰，他的背景、身分和其他都不重要，他只在發揮他的敘事功能。這種說法對很多人來說都是難以接受的，尤其是那些熱愛李潼文學文本中角色，如阿龍和大聲公等的讀者。可是要客觀分析，並嘗試整理出李潼文本的敘事模式時，我們便必須盡量減少以上角色屬性的滋擾，我們才能將焦點放到敘事模式或結構上。

三、李潼兒童小說的「兒童」元素

兒童文學是協助兒童成長的工具，因此兒童小說應含有教育元素，讓兒童通過閱讀小說文本，仿如經歷認知過程或學習過程般，得到新的知識，或帶引兒童到達新的水平。這該是李潼兒童小說文本最重要的「兒童」元素。事實上，正如前面的敘事模式時所述，李潼兒童短篇小說的敘事模式正好就是一個認知過程的縮影。

兒童文學另一重要特色就是傳遞正面信息或教訓，這在李潼的兒童短篇小說中也有十分明顯的特色。他的小說文本信息類別，主要屬於教訓或提醒類型，大致可分為兩類，一是向兒童讀者建立價值觀念，讓他們認識價值所在，這包括不同價值之間的比較，如現代或都市價值與永恆價值之間的比較，也有向兒童讀者促進正面價值的情況，還有保存珍貴價值，向讀者推介的現象。以下是李潼兒童短篇小說文本宣揚的正面價值，包括：表現、團結、開心、趣味、老舊東西（2）、美、心意、愛、有用、快樂、友情、傳

統技藝、土產、勇敢等[9]。

　　另一類是向兒童讀者建立規範或秩序，讓他們知道哪些屬應該做的，哪些屬不應做的事。這包括（括號內數字為篇次）：應克服害羞、應將心比心、應學懂自我控制、應專心致志、應保護弱小、應珍惜眼前人（2）、不應光憑耳和眼作判斷、犯錯應勇於承認、不應胡亂懷疑別人、不應只看表面、寧枉毋縱、救人應按步驟、應適當保護及培養有藝術天分的小孩、應尊重別人（2）、老師不應分年紀、即使有缺陷，也應對自己有信心、不應輕言放棄、不應存先入為主的成見、不應看輕自己、應守秩序負責任、應做好林木的保育工作等。

　　綜觀李潼兒童短篇小說文本，沒有政治，沒有敏感歷史，沒有死去活來的爭戰。也不煽情，沒有無法彌合的矛盾，即使有競爭，但屬沒有傷害性的，不是真正的鬥爭。觀察所見，李潼文本不是沒有可以發展成危機的情節，只是每當危機有進一步發展可能時，文本已然轉危為安，如〈神秘紙飛機〉中紙飛機上血紅字寫著「救我！」嚇得大聲公和我等角色緊張了一陣，結果原來只是一個小三男孩的惡作劇而已。再如〈瓶中信〉也有著漁滿載號觸礁沉沒，船員罹難的可能，幸好阿龍和小彬拿著瓶中信報警，化險為夷。又如寫天災地震的〈地動驚魂〉，也是有驚無險的。這類只有虛驚，沒有實際危險，沒有痛苦的情節，讓兒童讀者不用聯想到危險，也不用牽動緊張的神經，跟危險保持距離，好讓他們能享受情節，享受閱讀興趣，並由此學懂成長，取得文本內的信息和汲取教訓。

　　此外，李潼兒童文學文本的童趣和童真早為人所稱道[10]，事實上，在 44 篇兒童短篇裏面，充滿著兒童喜愛的活動如遠足、攀石、燒烤、喝紅豆湯、過橋、看戲、探險、露營、拾貝殼、瀑布游泳等。文本處處聯繫生活，保持平實的風格，因此沒有神話人物或超現實角色出現，即如上述所言有著「智

9　除「老舊東西」（骨董棉襖和老茨）分別出現在兩個文本，其餘的都只出現一次。

10　關於李潼作品童心童趣的討論，另有傅林統一文可以參考，傅林統：〈常不輕菩薩的呼喚〉，桂文亞主編：《呼喚：李潼少年小說的聲音》，台北：民生報社，2003 年 5 月，頁 111-113。

者」角色，他們也不像民間故事般的「智慧老人」，有著法力和魔術棒，而只是生活中較具經驗的前輩而已。

四、結論：從研究李潼到建立台灣兒童小說敘事模式？

　　總的來說，李潼的兒童短篇小說有著它明顯的敘事模式，它與西方敘事模式理論所倚重的民間故事之間，在結構上有不少相似的地方。可是，又由於這些小說文本以兒童為讀者對象，那些在民間故事中常常出現的暴力或爭鬥情節[11]，在李潼文本中絕無僅有。當有著以上的認識後，我們是否可以討論台灣兒童小說的敘事模式呢？筆者認為是可以的，因為李潼的兒童文本在台灣甚具代表性，而且正如林文寶所言，「李潼是台灣兒童文學的瑰寶」，這裏再詳論李潼作品的「台灣」元素，實在沒有太大必要，因此我們這裏只提綱挈領，從語言、語意和主題三個層面進行簡略的討論。

　　首先是語言層面。縱觀李潼這 44 篇兒童小說，我們不難找到具有較明顯台灣語言特色的用語，如：「大聲公」、「古吹」、「古茨」、「漏氣」、「骨董」等，李潼的兒童小說文本因此滲進鮮明的「台灣」色彩。

　　至於語意層面，情況更加明顯。李潼文本裏，充滿台灣的物事，最突出的是台灣的地理標誌，其中有山如：睏牛山、百果山、小員山等，有湖如：翠峰湖，還有其他如長虹瀑布、南方澳、龜山島、蘇澳港、員林、日光巖等等。土產方面，也有：北坑龍眼、月桃粽子、金棗、番薯、竹葉蟬等。傳統技藝及節慶則有：傀儡戲、天公誕、喝平安粥等。以上這些台灣物事，給李潼文本無法泯滅的「台灣」味道。

　　最抽象卻又最重要的是主題層面，李潼文本處處表現對鄉土的熱愛，以及維護台灣的本土價值，這可從上述文本傳遞信息或教訓中得知。就如上述

---

[11] 根據普羅普的理論，主角（英雄，hero）與反面角色（villain）的角力，最後主角得勝往往為民間故事主要情節。此外，普氏 31 種敘事「功能單位」中，直接或間接涉及暴力或爭鬥的有第 2,3,6,7,8,12,16,18,25,26,28, 及 30 共 12 個單位，佔的比例實在不小。

台灣物事的出現，以及角色對以上物事的熱愛，也或多或少能反映文本宣揚的本土價值[12]。

　　由此可見，李潼文本兼有「小說」、「兒童」和「台灣」三項元素，因此本文從李潼文本歸納出來的敘事模式，也可視之為「台灣兒童小說敘事模式」吧！

---

[12] 論者寫這方面的論文很多，蘇麗春：〈李潼少年小說中「鄉土情懷」之研究〉便是一例。是文收入《李潼先生作品研討會論文集》，中華民國兒童文學學會編。台北：中華民國兒童文學學會，2005 年 11 月，頁 9-37。

參考書目

巴爾特, 羅蘭（Barthes, Roland）：〈敘事作品結構分析導論〉（"Introduction to the Structural Analysis of Narratives."），張裕禾譯，《美學文藝學方法論》，《馬克思主義文藝理論研究》編輯部編選，北京：文化藝術出版社，下冊，1985 年 10 月，頁 532-561。

白雲開：〈論李潼《少年噶瑪蘭》的閱讀效果〉，《李潼先生作品研討會論文集》，中華民國兒童文學學會編。台北：中華民國兒童文學學會，2005 年 11 月，頁 109-135。

方丹，達維德（Fontaine, David）：《詩學──文學形式通論》（La Poétique: introduction à la théorie générale des formes littéraires），陳靜譯，天津：天津人民出版社，2003 年 3 月。

傅林統：〈常不輕菩薩的呼喚〉，《呼喚：李潼少年小說的聲音》，桂文亞主編，台北：民生報社，2003 年 5 月，頁 111-113。

格雷馬斯（Greimas, Algirdas Julien）：《結構語義學》（Semantique Structurale: recherche de method），蔣梓驊譯，天津：百花文藝出版社，2001 年 12 月。

李潼：《大聲公》，台北：民生報社，1987 年 10 月 1 版，2000 年 7 月再版。

──：《大蜥蜴》，台北：民生報社，1987 年 10 月 1 版，2000 年 7 月再版。

──：《天鷹翱翔》，台北：民生報社，1986 年 1 月 1 版，2001 年 1 月再版。

──：《順風耳的新香爐》，台北：民生報社，1986 年 4 月 1 版，2001 年 3 月再版。

蘇麗春：〈李潼少年小說中「鄉土情懷」之研究〉，《李潼先生作品研討會論文集》，中華民國兒童文學學會編。台北：中華民國兒童文學學會，2005 年 11 月，頁 9-37。

Barthes, Roland. "Introduction to the Structural Analysis of Narratives." *A Barthes Reader*. Ed. Susan Sontag. NY: Hill & Wong, 1983, pp. 251-295.

Propp, Vladimir. *Morphology of the Folktale*. Trans. Laurence Scott. 2nd ed. Austin: U of Texas P, 1968.

Todorov, Tzvetan. *Introduction to Poetics*. Trans. Richard Howard. Minneapolis: U of Minneapolis P, 1981.

附錄一

李潼兒童短篇小說敘事模式表

篇名	當事人	最初狀態(問題)	介入元素		最後狀態	信息／教訓	智者	視角	集名
			推動	平衡					
乾一碗魚湯	大聲公(陳宏亮)	大聲公聲大吵耳,嚇退大魚,害人釣不到魚	老翁掉海	無	大聲公聲大壓過浪聲,呼救聲能及遠,救得老漁翁一命	價值(顯):大嗓門挺有用	無	內聚焦(我)	大聲公
無敵隊不漏氣	大聲公	不敢唱	無	無	唱得好,人人讚	應／不應(隱):克服害羞	無	內聚焦(我)	大聲公
海龜	大聲公	他媽死時想甚麼?	無	海龜海灘下蛋,大聲公保護海龜的言行	從海龜望他的懇求眼神,他知道母親死時在想他	應／不應(顯):對海龜的態度,將心比心	海龜(−)大聲公(+)	內聚焦(我)	大聲公
班狗阿山	大家	對阿山不友善,恥笑他	大聲公演講	無	阿山成為人見人愛的班狗,直至死也不為人添麻煩	價值(顯):表現比品種重要,名不名種並不重要	大聲公(+)	內聚焦(我)	大聲公
超級推銷員	我(林炳煌)和大聲公	拉訂戶很困難	表現鎮定、大膽	無	成功拉競爭對手成為訂戶	價值(顯):團結是力量	無	內聚焦(我)	大聲公
神祕紙飛機	大聲公、我、大家	羨慕住高樓	紙飛機求救	無	住高樓的寂寞不比住平房的少	價值(隱):不管住高樓還是平房,活得開心最重要,孤獨沒人陪伴就是住	無	內聚焦(我)	大聲公

						高樓也不會開心			
失聲	大家	大聲公聲大無用，吵耳非常	失聲	無	大聲公聲大才正常	價值(隱)：現在擁有的，失去了的才知它的可貴	無	內聚焦(我)	大聲公
翠峰湖上的星星	大聲公、我、大家	旅遊目的在找刺激	巴松仁的話	無	旅遊樂趣在過程中	價值(顯)：須懂得找尋趣味所在	巴松仁(+)	內聚焦(我)	大聲公
地動驚魂	大聲公	大聲公聲大無用	地震	無	大聲公聲大幫忙維持秩序	價值(隱)：團結便不怕	無	內聚焦(我)	大聲公
月桃粽子	大聲公	老屋沒甚麼看頭，逛百貨公司，看點新奇的。視老屋為迷宮	中年婦人的話	無	老屋有它的故事，讓孩子無法忘記	價值(顯)：老舊東西的價值在於它的歷史，古茨比起百貨公司更有內涵	中年婦人(+)	內聚焦(我)	大聲公
選美會	大聲公和我	對女同學評分	無	無	分數相差很大	價值(隱)：美的標準各異	大聲公(-)	內聚焦(我)	大聲公
啞劇	整班	教室內太吵	比賽不說話	無	認識說話的可貴	應／不應(隱)：學懂自我控制	無	內聚焦(我)	大聲公
竹葉蟬	整班	章老師離開，送甚麼禮物才好？物輕不值錢	女班長的話	無	送上竹葉蟬	價值(顯)：禮物重心意不重實際價值	女班長(+)	內聚焦(我)	大聲公
一把舊雨傘	大聲公和我	爸媽該於下雨時送傘來	兩個女孩	兩個女孩	打傘接父母	價值(隱)：愛不是單向，而	兩個女孩(+)	內聚焦(我)	大聲公

						是雙向的。孝的內涵			
手心裏的貝殼	大聲公	比賽拾貝殼，大聲公總搶在小男孩前拾起他看中的貝殼	無	無	大聲公往小男孩手心暗送上貝殼	價值(隱)：不應欺負比自己幼小的孩子，分享比獨佔更有意思	無	內聚焦(我)	大聲公
白色手套	大聲公、我和大家	白手套內藏著秘密	無	無	原來沒有秘密，因分散注意力，結果大敗而回	應/不應(隱)：專心致志，一心一意向目標前進，不要旁騖	無	內聚焦(我)	大聲公
大鬍子領港員	大聲公	大聲公不服鼓號樂隊指揮，認為他光神氣，其實不行	無	領港員的話	服從指揮調配	價值(隱)：每個人都重要，不要胡亂貶低別人	無	內聚焦(我)	大聲公
新來的黑鳥	大聲公和我	黑鳥無故攻擊他們	發現真相，黑松林裏有三五隻小鳥	無	不再攻擊	應/不應(顯)：保護弱小，黑鳥攻擊有原因	我(+)	內聚焦(我)	大聲公
日光巖	大聲公	矮，永遠長不高	遇到四名侏儒，一起攀日光岩	侏儒	侏儒幫大聲公和我到達日光岩頂	價值(顯)：天生我才必有用，矮不矮不重要，有用與否才是關鍵	侏儒(+)	內聚焦(我)	大聲公
紀念冊	大聲公及全班	不製紀念冊	看到吳老師珍藏的照[片]	無	決定製作紀念冊	價值(顯)：紀念冊的紀念意	吳老師(+)	內聚焦(我)	大聲公

			片紀念冊			義			
天公生日那天	我	小弟煩人，問個不停，坐立不定	不知所蹤，經歷擔心和驚嚇	無	小弟睡在旅遊車上	應／不應(隱)：愛弟弟的心，珍惜眼前人	無	內聚焦(我)	大蜥蜴
頭頂上的蝴蝶	阿龍及大家	兩隻蝴蝶繞著一推銷員頭上飛	給以訛傳訛，事情完全變了樣	無	真相：推銷員頭髮油香吸引蝴蝶而已	應／不應(隱)：光憑耳和眼是不知道真相的	無	零聚焦	大蜥蜴
回航	阿龍(陳士龍)	偷改成績單，怕被罰，因此出走	實習生的話	無	經歷誤闖貨船後	應／不應(顯)：不是努力得來的「榮譽」不值得擁有，犯錯便要勇敢承認	實習生(+)	零聚焦和內聚焦(阿龍)	大蜥蜴
骨董棉襖	大家	不喜歡代課老師	骨董棉襖，代課老師的話	無	喜歡代課老師，對棉襖產生興趣	價值(顯)：舊的比新好，因內裏有愛	代課老師(+)	內聚焦	大蜥蜴
破案	阿龍	手表不見，被人偷了	老師的問話	無	尋回手表	應／不應(隱)：不要胡亂懷疑別人，不要先入為主	老師(-)	零聚焦和內聚焦(阿龍)	大蜥蜴
美麗的畫	阿龍	大男孩不禮貌，不答爸爸的問	無	無	大男孩天生缺陷不懂說話	應／不應(隱)：不要只看表面作判斷	無	零聚焦	大蜥蜴
瓶中信	小彬	瓶中信是惡作劇，不要理它	阿龍	無	瓶中信的求救是真的	應／不應(顯)：寧枉毋縱，不怕一萬	阿龍(-)	零聚焦和內聚焦	大蜥蜴

						只怕萬一			
長虹瀑布	阿龍和小彬	救人要快	表哥的話	無	作好準備才救人	應/不應(顯)：救人也要有方法，不能操之過急	表哥(+)	零聚焦	大蜥蜴
魔畫	阿龍	隨地作畫很煩人	小舅卻讚他想像力豐富，天分很高	無	讓他擁有自己的畫室	應/不應(顯)：藝術天分要適當保護和培養的，藝術的神妙	小舅(+)	零聚焦和內聚焦(阿龍)	大蜥蜴
大蜥蜴	阿龍	新同學脾氣古怪，常打人	小舅的話	大蜥蜴	了解新同學的處境和心情，不再戲弄他	應/不應(顯)：尊重別人，將心比心	小舅(+)，大蜥蜴(-)	零聚焦和內聚焦(阿龍)	大蜥蜴
孔雀和麻雀	阿龍	榮華家的布置漂亮，玩具多而且新，從未見過。阿龍自漸形穢，覺得自己很土，並認為榮華定是最快樂的人	小舅	孔雀、麻雀	認識自己的快樂來源，開心的唱起歌來	價值(隱)：快樂的標準不在表面和價值，而在自我感受	小舅(+)，孔雀(-)、麻雀(-)	零聚焦	大蜥蜴
堤防上的古吹手	阿龍	學口琴，但不敢向比他小的小彬學，也嫌自己長大了才學口琴難	無	50禿頭男人向20歲兒子學習古吹	懂得坦然面對，打算千方百計也要小彬答應教他	應/不應(顯)：學無前後，達者為師。老師不分年紀，跟自己比	50禿頭男人(+)	零聚焦和內聚焦	大蜥蜴

		為情				賽			
化粧晚會	阿龍和小彬	活動不宜對外開放，患兔唇的簡文楨不會參加，他不能玩	陳大哥和阿龍的鼓勵	無	簡文楨很能玩	應/不應：缺陷：要對自己有信心	陳大哥(+)	零聚焦和內聚焦	大蜥蜴
睏牛山	阿龍及同學	遠足睏牛山，路遠走不動，打算放棄	無	盲老伯	走到山頭	應/不應(隱)：不應輕言放棄，應有毅力和決心	盲老伯(-)	內聚焦(阿龍)	大蜥蜴
一籮葡萄	洪亮	同學將寄來一籮葡萄，不知怎去拿	無	無	花了大氣力，想方設法動員全班同學，原來葡萄只有一小串	價值(顯)：友情的可貴	無	內聚焦	大蜥蜴
狐狸洞	阿龍	野生動物可怕，到狐狸洞時，準備對付狐狸	無	小舅	發現可愛的果子狸	應/不應(顯)：不應存先入為主的成見，動物凶不凶是看情況的，知道人沒有惡意，它們便會變得溫馴	小舅(+)	零聚焦	大蜥蜴
外公家的牛	我	外公老了，中風，不像以前	無	牛阿「呼」	老仍有用，仍值得念記	應/不應(隱)：生老病死的認識，珍惜眼前人	「呼」(-)	內聚焦(我)	大蜥蜴

少年傀儡師	漢堂	傀儡戲不行，沒人看	大學生的話	無	漢堂接棒	價值(顯)：傳統技藝式微，應多加保護和重視	大學生(+)	零聚焦和內聚焦	大蜥蜴
防風林的秘密	大家	智能不足的阿呆笨手笨腳，沒人跟他玩，獨來獨往，自說自話	無	給人趕來趕去，砸石頭的癩皮狗小黃	阿呆懂得愛護小黃，能造小木屋，充滿愛心	應／不應(隱)：學懂愛，尊重，接納，包容和愛護弱小，不要歧視	阿呆(+)	零聚焦	大蜥蜴
破紀錄	阿龍	跳不高，沒有運動細胞	黑狗	無	跟小彬一起給黑狗追，被迫跳圍牆	應／不應(隱)：不要看輕自己的潛能	黑狗(-)	零聚焦	大蜥蜴
番薯勳章	阿龍、小彬	番薯不知誰種，逃跑能跑贏農夫，吃一點不是問題。後接受懲罰，守信用，工作也認真	農夫	無	不夠農夫快，給他抓住，亂挖番薯破壞田地。得到農夫讚賞，一人一包番薯和一番薯勳章	應／不應(隱)：守秩序和負責任	農夫(+)	零聚焦和內聚焦	大蜥蜴
龍眼成熟時	阿龍	土產北坑龍眼不受歡迎，給入口水果搶盡生意，無人收割	阿龍	無	找來同學和家人一起幫忙收割	價值(顯)：土產的價值	無	零聚焦和內聚焦(阿龍)	大蜥蜴
金棗林	金棗伯	金棗伯保護金棗林，不讓人砍伐	阿龍和小彬	無	得力於環保局的保育工作，金棗林得	應／不應(顯)：土產需要保育	無	零聚焦和內聚焦(阿龍)	大蜥蜴

					以保存				
勇士吊橋	大家	阿龍是膽小鬼、脫隊大王	無	無	他雖然怕，但為了讓大家能過吊橋，他硬著頭皮先走，還站在橋中央等大家渡過	價值（顯）：真正的勇敢	無	內聚焦	大蜥蜴

附錄二

李潼兒童短篇小說敘事元素表

篇名	介入元素			教訓／信息				智者		
	無	有		價值		應／不應		無	有	
		平衡	推動	顯	隱	顯	隱		直接	間接
乾一碗魚湯			○	○				○		
無敵隊不漏氣	○						○	○		
海龜		○				○			○	○
班狗阿山			○	○					○	
超級推銷員			○	○					○	
神祕紙飛機			○		○				○	
失聲			○		○				○	
翠峰湖上的星星			○						○	
地動驚魂			○		○			○		
月桃粽子			○						○	
選美會	○				○					○
啞劇			○				○	○		
竹葉蟬			○	○					○	
一把舊雨傘		○	○		○				○	
手心裏的貝殼	○				○			○		
白色手套	○						○	○		
大鬍子領港員		○			○			○		
新來的黑鳥			○			○			○	
日光巖		○	○	○					○	
紀念冊			○	○					○	
天公生日那天			○				○		○	
頭頂上的蝴蝶			○				○	○		
回航			○			○			○	
骨董棉襖			○	○					○	
破案			○				○			○
美麗的畫	○						○	○		
瓶中信			○			○				○
長虹瀑布			○			○			○	

魔畫			○			○			○	
大蜥蜴		○	○			○			○	○
孔雀和麻雀		○	○		○				○	○
堤防上的古吹手			○	○					○	
化粧晚會			○				○		○	
睏牛山		○					○		○	
一籬葡萄	○			○				○		
狐狸洞		○				○			○	
外公家的牛		○					○			○
少年傀儡師			○	○					○	
防風林的秘密		○					○		○	
破紀錄			○				○			○
番薯勳章			○				○		○	
龍眼成熟時			○	○				○		
金棗林			○			○		○		
勇士吊橋	○			○				○		
小計	7	10	31	14	8	9	13	17	22	8

9. 黃碧雲〈嘔吐〉的敘事設計

一、導言

　　本文討論的是黃碧雲敘事文本〈嘔吐〉[1]，這個文本的主題是「理想與現實的差距」，這可說是不少人共有的煩惱和心結。筆者認為，文學就是借助角色，故事和情境等特定的設計，讓讀者在這「虛擬世界」裏細味故事，從而體會「理想與現實差距」這個主題。因此，文本的設計才是文學的價值所在，以敘事文本〈嘔吐〉而言，內裏的「內聚焦」限知敘事角度，以及不同角色的敘事功能，都是這個文本精華所在，值得作仔細分析；本文也就是從這幾方面，探討一下〈嘔吐〉的敘事設計。

二、主題：現實與理想的差距

　　「理想與現實的差距」這個主題主要圍繞主角詹克明而展開。按理，「理想」是我們畢生追求的目標，應該是正面而遠大的；相對而言，「現實」由於受到各種條件和環境影響，一般難以盡如人意，因此我們面對「現實」時，總有不滿，感受也往往比較負面。正因為這樣，我們才有不滿現狀，追求理想的動力。至於詹克明，他「理想」和「現實」的內涵如何，可以從文本裏歸納出來。他的矛盾在文本的第一段已能見到：

　　在一個病人與另一個病人之間，我有極小極小的思索空間。此時我突

---

[1]　黃碧雲：〈嘔吐〉，《突然我記起你的臉》，台北：大田出版社，1998 年，頁 12-36。本文內引文以自然段編號，方便讀者用於不同版本。

> 然想起柏克萊校園電報大道的落葉，以及加州無盡的陽光。是否因為
> 香港的秋天脆薄如紙，而加州四季如秋。在我略感疲憊，以及年紀的
> 負擔的一刻，記憶竟像舊病一樣，一陣一陣的向我侵襲過來。（段
> 1）

雖然光看這一段，我們對這個「我」所知不多，連「我」就是詹克明也不知
道，但當中的信息還是明顯不過的。這個「我」對現狀不滿：不能讓他自由
思考的空間；對自己也感疲憊以及年紀漸大的事實，也不怎麼開懷。相反，
過去在加州的日子，雖然沒有太多的形容，但「無盡的陽光」給人十分正面
的印象。對「我」來說，「過去」的是「理想」的日子，「現在」就是殘酷
的事實。

對於這個事實，在文本第二段開始，已急不及待的呈現得十分清楚：

> 我想提早退休了，如此這般，在幻聽、精神分裂、言語錯亂、抑鬱、
> 甲狀腺分泌過多等等，一個病人與另一個病人之間，我只有極小極小
> 的思索空間。從前我想像的生命不是這樣的。（段 2）

從這段文字，讀者不難猜出「我」的職業——醫生，精神科醫生，而且知道
「我」對這份工作不怎麼滿意。最後還將「現在」與「過去」的差距說得十
分明確，「想像的生命」就是「理想」的代名詞，它與「現實」根本不是一
回事。

對於醫生的工作，「我」不滿的情緒充滿全文，他不但抱怨病人太多，
害得他沒有思考空間。而且對病人已沒有多少同情心，更談不上工作熱誠。
只希望診症不要耽擱他太久（段 4）；一位病人一直有自殺傾向，到他自殺
死了，詹克明竟說「這次結果成功，我可以合上他的檔案了」（段 12）。

他在過去也曾預想自己的未來：

> 我將來會是什麼呢？一個精神科醫生，每天工作十六小時。我的一生

是否如此完成呢？（段 37）

後來，詹克明真的走上當醫生的路，結婚生子，過著他預想的日子，得到的是「生活沉悶」的結論：

我開始在政府醫院工作實習，和趙眉結了婚，很快有了孩子。……這種生活非常沉悶，我卻無法擺脫它。（段 42）

甚至後來自己開診所，發展自己事業的原動力竟也是「窮極無聊」（段43）。

總的來說，詹克明的「現實」就是單調和沉悶；那麼他的「理想」又如何呢？文本中詹克明的「理想」總是在「現實」裏無所作為的沉悶氛圍下，隨著詹的心思展現在讀者面前的。

剛才交代過，文本第一段已經說出來，詹的「理想」跟他唸書的美國加州很有關係，那裏有「無盡的陽光」，還有「陽光無盡，事事都可以」（段3）。換句話說，詹克明的「理想」就在過去，他回憶往事可以體現「理想」的內涵，他回到香港參加釣魚臺學生運動示威時，想到一串往事：「柏克萊校園一個黑人警察打傷我以前的表情，約翰・藍儂的音樂，大麻的芳香氣味，葉細細的嘔吐物，她的萌芽的乳，及加州海灣大橋的清風」（段27）。

此外，當詹當上醫生，結婚，生了女兒後，過著平常日子；當他累極時，心思便會飄到他「理想」的國度：「有時下班回來，很累很累地抱著女兒，在她睡床邊矇矓睡去，依稀聽到了披頭四的音樂，我在柏克萊城張貼標語，懷裏卻是葉細細，才九歲，受盡了驚嚇」（段42）。

到了文本末尾（段62），有著這麼一段總結詹克明心態的文字：

我如此懷念 60 年代，現在我的生命卻如此沉悶而退縮。香港的主權轉移，到底是為什麼。收音機此時卻播起約翰・藍儂的《幻想天堂》

來。美麗的約翰。藍儂。美麗的加州柏克萊。美麗的葉細細。金黃色的過往已經離開我。

以下是上述三段涉及詹克明「理想」的回憶中出現的物事，包括：警察表情，藍儂音樂，大麻味，葉細細嘔吐物，葉細細乳房，加州清風，加州標語，九歲的葉細細，藍儂音樂，加州，葉細細。如果作簡單的歸納，可見他想及的全是過往日子的片斷，大概可以分為兩類，一是屬於加州的，一是屬於葉細細的。

再仔細看最後一段。這裏，除了加進香港主權轉移部分比較突兀外（當然不少評論便是抓著這一點，大大討論這個文本與後殖民香港政治生態的關係），其他的意象與文本基本是一致的。披頭四的音樂，加州校園與葉細細代表著詹克明「金黃色的過往」。加上這三個意象前，文本都冠上「美麗的」三字，可見三者正是構成詹克明「理想」世界的支柱。

如果披頭四音樂代表追求理想生活的願想，加州校園代表為自由公義而付諸行為的浪漫，那麼葉細細會不會代表最荒謬但卻最理想的愛情呢？當葉細細向詹克明首次表達愛意的時候，詹克明是這樣形容這段愛情的：「這是我所知道的，最荒謬的愛情故事了」（段36）。

按理，「理想」應該充滿正面信息，可是他回想的影像／物事／意象裏，「音樂」「大麻味」「乳」和「清風」還可算是正面的，讓人高興，興奮的；可是鎮壓他的警察的「表情」，「嘔吐物」怎樣也很難與常人的「理想」拉上關係。這也是詹克明心理上的特點，後文再論。

綜觀詹克明的「理想」，似乎並不怎麼好，只是「自由」「隨意而為」之類；或因年紀大了而對已經失去的有著眷戀而已。雖然他一直想望著過去，但就是真的能回到過去，相信他仍不會滿意的；因為他的「理想」並不存在於現實，只活在想像當中。

一般的生活，詹克明似乎並不抗拒，也因為「親密溫柔」的感覺，詹願意與趙眉結婚：「我握著她（趙眉）的手，感到了著實的親密溫柔。我也首次生了與一個女子結婚的意思」（段31）。只是他似乎嫌這過於平淡和沉

悶，不夠刺激。可是過於刺激的人和事，如葉細細，他又不能承受，無法真的發展與葉的感情。到了葉細細毅然割斷對詹的情絲，離他而去後，他便覺得他的「過去」離棄了自己（段 54）。結果這個「美麗的」葉細細成了他「過去」的代表，也是一種永遠無法實現的「理想」。

三、詹克明的「內聚焦」限知敘述

　　表現上述「理想與現實差距」這個主題有以下幾個途徑，其中最主要的是敘述，也是這個文本最主要的敘事角度——主角詹克明的「內聚焦」限知敘事角度[2]。通過這種敘事角度，讀者能讀透詹克明這角色的情緒和反應，以及他的思想和對別人的看法和評價，其中最重要的莫過於他對女主角葉細細的評價。

　　這文本的內聚焦限知敘事者是主角詹克明，因為女主角葉細細沒有敘述的分兒，她的一切都靠文本內僅有的兩個敘事者：詹克明和陳先生提供，但也因此難有「真相」，完全欠缺她自己的聲音。也因為這樣，葉細細的形象一直是別人眼中的形象，這也可突顯這種限知的特點，以及限知敘事者的性格取向等。因此，說得極端一點，在詹克明「視角」下有關敘述葉細細的文字裏，不一定能看到「真正的」葉細細（在沒有別的敘述比對下，讀者根本

---

[2]　所謂「內聚焦」（internal focalization）是西方敘事學家熱奈特（Gérard.Genette, 1928- ）的用語，意指文本的敘事任務由故事裏一個涉及故事的角色擔任，這樣的敘述就是運用了這個有著時空以及各方面限制（如對事件以及其他角色的了解程度）的角度（也叫「視角」）進行，其中有著明顯這個角度的主觀的判斷，猜測和估計。有關這種視角的特點和說明，可參筆者在別處的介紹，或者熱奈特的原文。有關「限知敘事」或「內聚焦視角」在敘事文本的使用情況，可參筆者幾篇論文：〈短篇小說構築角色的設計與痕跡——以老舍「馬褲先生」為例〉，〈論李潼《少年噶瑪蘭》的閱讀效果〉以及〈王文興、施蟄存、穆時英敘事文本對讀初探〉。至於「內聚焦」（internal focalization）的理論解說，則可參 1.里蒙-凱南，128-154；原文 Rimmon-Kenan, pp. 71-85。2.熱奈特，頁 129-133；原文 Genette, pp. 189-194；3. Gerald Prince. *Dictionary of Narratology*. Lincoln: U of Nebraska P, 1982, pp. 31-32, 67。

無法「歸納」出葉細細的「真貌」），但卻肯定能看出敘事者詹克明心中的「葉細細」，由此讀者也可以作出在詹心中葉細細所佔的地位之類的判斷來。這也是這篇論文其中一個重點所在。

文本呈現詹克明的兩個內心世界。如從「心理分析」角度看，可能就是所謂「理性／意識世界」和「內心／潛意識世界」之間的差距。當然整個文本涉及的仍是詹克明意識世界範圍內的思想，主要通過回憶表達；因此詹仍很清醒，不至於如「心理分析」小說般很多暗藏著信息的怪異行為。相反，整個文本裏，詹的敘述都是極清晰極有條理的。換言之，詹作為內聚焦敘事者仍以客觀理性角度講故事，因此敘述就是按詹的限知進行。雖然詹敘述屬限知，因此無法知悉葉細細離開後的情況，但因為多數他敘述的是往事，敘事角度屬「現在」的詹克明，敘述的是「過去」的詹克明，因此仍有較高認知水平，用上剛才提及的客觀和理性眼光，所以詹的敘述仍具一定的可信性。

詹的敘述雖然處於幾近壟斷的地位（他沒有提供的讀者便不知道，當然還有陳先生的補述，但影響不了詹在葉細細跟詹有瓜葛時期的「單一」話語地位），但文本仍借助不同手段為詹克明提供的信息外，加添足供讀者思考的空間，其中包括：

角色功能、葉細細的言語和空間意象等。

四、角色功能[3]

角色功能是〈嘔吐〉敘事設計一個重要方面。這個文本有幾組重要的角色功能組合，分別是葉細細和詹妻子趙眉，還有詹克明和他的病人，葉細細的男朋友陳先生。

---

[3] 本文以「角色功能」角度分析角色，為的是嘗試從構築文本角度入手，分析不同角色的敘述和傳意功能；並沒有任何否定文本塑造成栩栩如生的能力，造詣以至價值的意圖，這裏必須作個聲明。

（一）葉細細與趙眉

簡單來說，這兩個角色在功能上既有重複，也有對比；可算是一對互補又互相排斥的兩股力量，對主角詹克明來說，他們的重要性是不言而喻的。

這兩位女子都喜歡詹克明，詹對二者都有好感。葉細細曾親口對詹克明說「我愛你」（段36），而且對詹的「痴愛」已變成病態（段49）。不管別人怎樣說，她對詹的愛是一往無前的。

至於趙眉，她對詹的愛意明顯含蓄得多，當詹示威受傷臥床休息時，趙眉間中探望：

> 趙眉是一個溫柔羞怯的女子，來到我家，總是拘拘謹謹，反而是我逗她說話，只是她總來看我，攜著百合、玫瑰、鬱金香，先在我房裏坐得遠遠，慢慢地坐到我床沿來，有時念一首她寫的詩。我握著她的手，感到了著實的親密溫柔。我也首次生了與一個女子結婚的意思。（段31）

詹對她有好感，並因有「親密溫柔」的感受而想跟她結婚。趙眉是能讓詹克明安心的合作伙伴，所以當葉細細失蹤後，趙陪伴詹到處找尋，並在詹情緒低落時，給他支持。（段34-36）

後來詹與趙結婚生了女兒，給他平穩安靜的生活，就是趙眉患了胰臟炎做手術回家休息時，給詹的還是那份「安全」的感覺：

> 趙眉十分虛弱，倚著我身上，十分的信任，連我也覺得安全，畢竟是一個妻。（段51）

如從「角色功能」角度看，趙眉的「功能」較單一，她是詹克明「現實」的代表：詹結婚生子的對象，也就是最能體現詹「現實」的一面，一位在正常生活不可缺少的角色：妻子，孩子的母親和伴侶，可是這角色似乎不能彌補

詹心靈上的空虛，詹的內心似乎更需要葉細細。趙眉不能滿足他，尤其是他有著「徹底疲倦」的心態（段45），詹這樣自白：

> 後來母親心臟病猝發逝世，細細回來奔喪，在喪禮中招呼親友，張羅飲食，竟也十分周到。我並不悲痛，只是十分沉重，吃了鎮靜藥，只得一個軀體，心底有一種很徹底的疲倦。趙眉跟女兒自然也不知道，女兒如常撒嬌，趙眉如常哄護。

在詹看來，他自己的心理狀態，趙眉是永遠無法明白的，所以「如常」的動作，間接說明一直以來，趙眉和女兒的任何言行，似乎都無視詹心情以至心態的變化。換句話說，詹在家裏沒有知音。

所以當他堅持在山頂租屋住，原因是那秋景很像以前詹所十分欣賞的加州風光；可是趙眉不明就裏，卻因嫌租貴而反對（段43）。

可見，趙眉這角色就是一個總想著實際的現實性人物，詹的心靈世界似乎無法與趙溝通。總的來說，趙眉不是能夠與詹作心靈互通的伴侶。

與之相反，葉細細就是趙眉的反面，一位只可企望但不可能實現的所謂「理想」，她神秘，有病，但又充滿誘惑力；在平凡生活中，葉細細是詹刺激和充滿挑戰的根源。

關於葉細細，文本相關的文字很多。由於文本主要以詹克明的「內聚焦」「限知」視角敘述，所以對葉細細的評價大致就是詹的看法。對於詹來說，葉細細這人物很負面，「可怕」（段 25），「有無盡的可能性」（那就是無法預知，難以捉摸的意思；段 25），還說她是「一隻妖怪」「有病」（段 38），可見在詹心中，葉細細有如魔鬼一樣，是妖怪與理想的結合物。她是妖怪，因為她不可預測，而且有暴虐傾向；反之，葉細細有著誘惑力，而且是詹過去美好日子的部分。對於葉細細，詹有著很矛盾的心理，既感刺激，又覺痛楚：「有關她的聯想與記憶，總是非常痛楚」（段 29）。

關於這個方面，文本也不乏例子：對詹來說，葉有著「難以抗拒的刺

激」（段 17）。在詹母親火化的時候，葉握著詹的手「細細伸手握著我的手，她的手很溫柔而堅定，就像當年趙眉的手，跟她小時候不大一樣」（段 45）。類似的評語「親密溫柔」出現在段 31，但那是趙眉的手，結果詹與趙結了婚。可是現在當詹情緒處於極度脆弱的時候，支持他的已換成葉細細，大有取代趙眉地位的暗示。

從詹的心靈世界來看，葉細細的地位確比趙眉的高。譬如當葉細細決定離開詹後，當詹發覺葉真的「不再愛我」後，詹竟然有著嘔吐的感覺，這可顯示葉在詹心中的地位。

這個超越趙眉地位的見證，在文本裏出現不只一次，如：「細細還能牽動我最深刻而沉重的回憶」（段 22），「以後有關葉細細的回憶總是非常痛楚」（段 15），「每逢我想起葉細細，我便有這種冰涼的感覺」（段 11）。到一次在電影院重遇葉細細後，詹心中「非常迷亂」（段 59），連繼續看電影的心思都沒有，結果提早離開了。

由此可見，葉在詹心中佔著足以影響他情緒的地位。雖然詹在葉面前口口聲聲說葉只是他的病人，他是葉的醫生，可是詹不但與她發生關係（段 49），還有與她生個孩子的衝動（段 46），甚至在病人同時是葉的男朋友陳先生面前，否認曾與葉造愛。還因著陳先生透露葉說過曾有過自己孩子的時候（段 61），生出「我亦不明白我自己」的感慨，最後也如葉細細般激烈地嘔吐起來。葉細細的離開，詹克明變得失去靈魂的軀殼。由此可見，對於詹克明來說，葉細細佔有極重要的地位，遠遠不是趙眉可以比擬的。

詹克明是醫生，葉細細是病人，詹總以葉有病是他病人為理由拒絕她的愛（段 36）。可是從心靈寄托的角度來看，詹也很依賴葉細細，是他精神的支柱；也因為這種依賴，使得連葉細細病態的行為，以至嘔吐物，詹克明都有所依戀。從這個角度看，詹才是病人，葉反而是治他病的良藥。

（二）詹克明與陳先生

另一對角色就是詹克明與陳先生，兩者同是葉細細的情人，都與葉有肉體關係，這是故事層面的內容，也是其中一項相同的地方。另一方面，通過

詹克明這個內聚焦敘事者的觀察，發現兩者在很多方面都極相像：

> 我如今才仔細打量我這個病人，只是奇怪的，覺得非常的眼熟。他那
> 種低頭思索的姿態，一臉無可奈何的表情⋯⋯如同讓我照到了鏡子。
> （段 39）

> 此時我突然心頭一亮：在黃昏極重的時刻，眼前這病人和年輕的我如
> 此相像，低頭思索的姿態，一臉無可奈何的表情。（段 55）

> 病人與我一同離去時，我才發覺，他跟我的高度相若，衣著相若，就
> 像一個自我與他我。我們都是細細在追尋的什麼，可能是愛情，也可
> 能是對於人的素質的要求，譬如忠誠、溫柔、忍耐等等。我們不過是
> 她這過程中的影子吧。病人也好，我也好，對她來說可能不過是象
> 徵。（段 61）

以上的發現，正好說明葉細細在擺脫愛詹的魔咒的過程中，雖然離開了詹，
但仍找來他的替身，延續魔咒的力量。從這個角度看，葉細細眼中，詹和陳
是相同的。

　　當然，正如上面所述，詹和陳的「角色功能」同是內聚焦限知敘事者，
也有著相同的敘事功能，而且陳先生的敘事角色，有著補充有關葉細細信息
的功能。

　　葉細細的幹練，是詹不認識的另一面：

> 我是她律師樓的同事，你知道，她很吸引人。她的思維跟行動都很
> 快；高跟鞋跳躍如琴鍵。跟她合作做事，像坐過山車⋯⋯我們一直都
> 很愉快。（段 41）

這方面的「知識」由文本另一位「限知敘事者」陳先生提供，作為主要敘事

者詹克明的補充。這種明顯的分工現象正好顯示敘事文本提供信息來源的重要性，也是筆者分析「角色功能」的原因之一。

五、葉細細的言語

　　另一傳達主題的重要途徑是女主角葉細細的言語。在這個文本裏，葉細細唯一屬於自己聲音是她的言語，主要是她跟詹的對話部分。雖然仍須通過內聚焦敘事者詹克明的轉述，但已是最能反映葉細細真面目的部分，也是文本傳達信息的重要途徑[4]。

　　一般來說，我們內心的矛盾都無法自知，因此有關信息少有由內聚焦敘事者說出自己的矛盾來。從敘事設計來看，這個內心矛盾的信息須由比詹克明自己還要了解的角色葉細細帶出來，方法就是在對話裏，提出問題，以下是文本裏葉幾次的詰問：

　　「你愛她嗎？」（段 33）

　　「你可以愛我嗎？」（段 36）

　　「你要我嗎？像他們要媽媽一樣。」（段 37）

　　「詹克明，你對你的生命滿意不滿意？」（段 45）

　　「有沒有像我這樣的女病人？」「有沒有碰她們呢？」「你是個好男人嗎？」（段 46）

---

[4]　另一可以間接反映葉細細性格特點和喜好的是她家居的情況，如環境整潔，喜歡喝咖啡，塗深草莓口紅，愛讀名著《尤里西斯》等等。（段 24）

以上提問，全點在詹克明的死穴上。其中第一問問的是詹愛不愛趙眉，第二三問涉及葉和詹之間情和慾的關係；第四問更直插主題，詰問詹現實與理想的差距；最後一連串問題則回歸情感範疇，挑戰詹道德的界線，讓他面對性慾與「好男人」之間的抉擇，接下來就是堅持詹目睹她墮胎的過程，引發詹內心潛藏的對葉細細的慾望……。以上這些言語的作用就在於直接揭示詹克明內心深處的矛盾，那就是：既捨不得葉細細，但又無法接受她。這多番詰問就像是詹的「本我」本著潛意識中的渴望，向符合道德規範的「超我」的質問，是讀者理解詹克明終極矛盾——理想與現實的差距，一個很關鍵的部分。

六、空間意象：加州與香港

文本裏的加州和香港兩個場景，同時也是空間意象，值得我們多加注意。簡單來說，兩者既有重複，又有對比的關係。

文本第一段的描述，已將兩地對比，甚至對立起來：

> 此時我突然想起柏克萊校園電報大道的落葉，以及加州無盡的陽光。是否因為香港的秋天脆薄如紙，而加州四季如秋。（段1）

在香港找住處也要有加州的影子，可見加州就是詹克明的「理想」之鄉：

> 在山頂找了間小房子，窗外有落葉，迎著西。趙眉嫌租貴，地點又偏遠，但我堅持租下，因為在此，很像在加州，可以看到窗外金黃的季節。（段43）

> 那時陽光無盡，事事都可以（段2）

加州是詹克明留學地，也是他的夢想之鄉，有著一切美好的回憶，代表著他

的「理想」。

　　相反，香港就是一處幹活的地方，沉悶無味，正好是他「現實」的寫照。

　　對於詹克明，香港的負面形象貫串整個文本，能找到相關文字的，全是負面形容：

　　　　城市那麼大，霓虹光管如此稠密，連海水也是黑的，密的，像鉛。城市是這麼一個大秘密。這時我才發覺，我根本不認識香港。（段34）

　　　　……在深水埗，我和趙眉便踏著彎彎曲曲的街道去找她，而我又不慎踩到了狗屎，幾個老妓女在訕笑。吸毒者迎上來向我拿十塊錢。單位在一間鐵廠的閣樓。晚上鐵廠在趕夜班，一閃一閃的燒焊，「嘩」的著了一朵花。我踏著微熱的鐵花，感到眼前的不真實，……（段35）

詹克明對香港的認識很少，也很淺，但那負面形象是十分明顯的。

　　從故事層面看，詹在兩處都參加了示威遊行，都同樣被打受傷，兩地在某個意義上有著相同的地方。當然，對詹來說，「美麗的」加州存活在詹美好的過去裏，永遠是最好的；相反，「現實」的香港連繫著他沉悶的工作和「如常」的家庭生活，變成異常負面，與「加州」變得無法相比。

七、落葉意象

　　〈嘔吐〉另一個敘事設計就是用上「落葉」這個意象，現錄下文本裏「落葉」的文字：

　　柏克萊校園電報大道的落葉（段1）

落葉敲著玻璃窗（段3）

另一片落葉敲著玻璃窗（段7）

我回到家已經近深夜，家裏靜悄悄的，只聽到園子裏細碎的蟲鳴，以及一片落葉，輕微清脆的聲音（段18）

我才知道香港有影樹，秋天的時候落葉如雨（段21）

在山頂找了間小房子，窗外有落葉，迎著西。（段43）

由於文本以詹克明為「內聚焦敘事者」，因此相關的描述必須通過詹克明的感官；也因著這些感官的接觸，文本可以用「落葉」這個意象作為媒介，讓讀者隨著詹克明的聯想，走進他的回憶裏。

這意象是連繫文本主要信息的象徵意象，它因與葉細細的姓氏「葉」屬同一字，所以可產生暗喻葉細細的作用；又因「落葉」能讓主角詹克明回想往日在加州落葉的日子，所以又可成為過去美好日子或所謂「理想」的象徵物。由於詹也視葉細細為他的理想，她離開他時他極為失望，因此「落葉」可視為詹所有「理想」的象徵物。

可是，如從「落葉」自身的意涵考察，我們也許可對詹的心態有著更深刻的了解。「落葉」是沒有生命的，它因失去養分，乾涸而從樹枝上掉下去；只要一掉下，落葉便絕不可能回復往日的模樣；因此「落葉」意象有著永遠失去，不可復得的意涵，代表著往日美好日子和燦爛光輝的一去不復返，也成為失去的永不回頭的過去的美好的回憶的聯想物。因此，文本以「落葉」來象徵詹的「理想」，似乎也突顯他的「理想」是永遠無法實現，只能是一廂情願的無奈現實。

八、結論

　　這個文本常與香港政治狀態連起來，仿佛沒有這「九七」大限，這文本便毫無價值似的。這種想法使人想起張愛玲〈傾城之戀〉這名篇的情況，這個文本背景是香港淪陷，主線寫白流蘇和范柳原的感情關係。如沿用〈嘔吐〉暗寫「九七」的邏輯推論，〈傾城之戀〉豈不就是藉白范愛情隱喻香港淪陷？按著這類的算式，將〈傾城之戀〉內情節和角色遭遇等一一對應淪陷時香港的情況，似乎很是牽強。同理，以「九七」來規限分析〈嘔吐〉的自由，筆者認為等同抹殺了這文本的文學價值。事實上，這個文本刻意安排上述的途徑表達「理想與現實差距」的主題，因此宜讓論述和分析回到文本中去，這才是分析的根本，也就是本文寫作的本衷。

參考文獻

白雲開：〈短篇小說構築角色的設計與痕跡──以老舍〈馬褲先生〉為例〉，《全球化語境下的中國文學》，陳學超主編，香港：香港教育學院，2004 年，頁 416-440。

───：〈論李潼《少年噶瑪蘭》的閱讀效果〉，《李潼先生作品研討會論文集》，中華民國兒童文學學會編，台北：中華民國兒童文學學會，2005 年 11 月，頁 109-135。

───：〈王文興、施蟄存、穆時英敘事文本對讀初探〉，加拿大卡里加利大學，中文敘事語言的藝術：王文興國際研討會，2009 年 2 月。

Genette, Gérard. *Narrative Discourse: An Essay in Method.* Trans. Jane E. Lewin. Ithaca: Cornell UP, 1980.

Gerald Prince. *Dictionary of Narratology.* Lincoln: U of Nebraska P, 1982.

里蒙－凱南著，姚錦清等譯：《敘事虛構作品》，北京：三聯書店，1989 年 2 月。

熱奈特著，王文融譯：《敘事話語‧新敘事話語》，北京：中國社會科學出版社，1990 年。

Rimmon-Kenan, Shlomith. *Narrative Fiction: Contemporary Poetics.* London: Methuen, 1983.

附件

黃碧雲：〈嘔吐〉時序分析表（按時間先後次序排列）

原序	原文	時間	空間	事件	內容性質	詹	葉	陳
14	不知能否說葉細細是我第一個病人。我第一次見她的時候，是1970年。當時我還在柏克萊的醫學院，在一次校內的反越戰示威，警察開入惹受了傷，用水炮及警棍驅散示威的學生。我在拉扯間惹了惹，頭被打破，小縫了十多針。母親知道我拉回校內惹放暑假。便到加州來找我，迫半哄的把我拉回香港放暑假。我傷了頭，逼得剪掉了長頭髮，母親又扔了我的破牛仔褲，我只有穿新衣服，儀容便由此整齊了很多，母親才敢帶我去見她的朋友。母親本來不是一個小明星，母親繼承了父親年輕時跌湯不羈製衣廠，年輕時有好下場，不過，她的舊朋友並不全像她這樣幸運。她的一個金蘭姐妹叫葉英，跟了一個黑人導演，到了美國，後來黑人扔了她，她帶著一個混血血的女兒。再回香港見食，偶然在電視肥皂劇裏當閒角，又到夜總會裏唱歌，一夜被人姦殺。忽然患了一個病，便是不斷地嘔吐。葉英死後，母親暫時照照她的女兒，把她帶回家來，是一個骯髒瘦弱的小女孩，皮膚微黑，頭髮是黑人那種蓬鬆好，雙眼非常非常大，如此靜靜地看著世界，充滿了驚惶與好奇。她看見我，也不言也不語，忽然輕輕地碰一下我的手，拿著我的掌，便在其中嘔吐起來，找雙手盛著又黃又綠的氣味、酸臭的嘔吐物，這個小女孩，九歲，在我手裏嘔，找也不期然的作嘔。	1970年暑假	加州柏克萊香港詹家	葉英死、細細病、嘔吐、詹視角：現在性、死亡	回憶、敘事、肖像、感受、感覺	於加州示威被打後回港	9歲	

原序	原文	時間	空間	事件	內容性質	詹	葉	陳
	吐，全身發抖。她的母親被姦殺，而她只是靜靜而驚惶好奇地目睹此與死亡，是否因為如此，我在此刻忽然記得毆打我要嘔吐出來。警察的面容，是否因為如此。							
16	那個夏天葉細細在我家暫住。備人洗淨她，為她換上了碎花紗裙，頭髮束起，結一隻血紅大蝴蝶。葉細細待我，卻有一種非常詭異的，近乎成人的誘惑的親暱。她見著我，總拖著我的雙手，小臉埋在我手間，如同在此地叫我的名字：「詹克明。」低低地叫我克明。	1970年夏天晚上夜半	香港詹家	詹視角：現在 葉與詹嘔吐性	回憶 敘事 感受			
17	她從不肯叫我「哥哥」，「叔叔」或其它。她又要與我玩騎馬，讓我緊緊抱抱她。晚上就哭鬧她，要我同睡。我拗不過她，也就撫撫她的背，哄她入睡。她有時夜半會發病，渾身發抖，然後嘔吐。嘔得我一臉一身。漸漸隱隱吐的酸餿之氣，猶如一種難以抗拒的刺激，細細又喜歡在我身邊講話。編很多的故事，小嘴若有若無的吻我的耳後。我反正心裏沒多想，也由著她，她又喜歡用小手抓我的背。	1970年夏天晚上夜半	香港詹家	詹視角：現在 葉與詹嘔吐性	回憶 敘事 感受			
18	夏日將盡，每天的陽光來愈早消失，空氣蘊藏冰涼的呼吸。我也要收拾行裝，返回柏克萊，母親亦為葉細細找了一間寄宿學校，將她安頓，又為她掌管英留下來的一點錢財，一筆小錢，足夠供細細上大學，算是盡了間夏姐妹的情誼。啟程在即，我也不再與細細斯混，日金蘭姐妹裏買點日用品，幾件衣服，行李箱，幾件隨身用的電器，先在家裏擱著，晚上又與幾個中學同學聚舊話	1970年夏末晚上深夜		將分開：詹回柏克萊 葉寄宿 葉與詹嘔吐性	回憶 敘事 感覺 感受 歸納			

原序	原文	時間	空間	事件	內容性質	詹	葉	陳
	別。這天夜裏母親在姊家玩小麻將，備人因丈夫生病，告了假。我回到家已經近深夜，家裏靜悄悄的，只聽到園子裏細碎的蟲鳴，以及一片落葉、輕微清脆的聲音。我想細細已經睡了，便返回房間，開燈。燈沒有亮。大概停了電。陽臺有月色。淡淡地照進房間來，我站在房中央，輕輕道：「細細、細細。」也尋找聲音的來源。走向了我的行李箱，並不見細細，卻分明聽到了聲音。我打開行李箱，在衣服、電風筒、手提錄音機之間，看到了葉細細，小貓似的，伏在那裏嘔吐。不知是那種挑釁的酸餿氣，還是那呻呻呵呵的聲音，我大力地拉她出來，喝她：「葉細細，妳是男孩子我便打死妳。」J細細便看著我，在黑暗裏，她黑暗的皮膚就只像影子——生命如影子，而是狠毒的。忽然她開始打我，不是小女孩撒嬌那種，甚至踢我的下體。我一手揪起她，狠狠的刮她的臉，抓我。咬我，她一直掙扎，以致大家精疲力竭，我渾身都是抓痕。她滿嘴牙血。月色卻非常寧靜而蒼白。這血腥、酸餿、人的氣息，在荒誕寧靜的夜，令我突然想哭泣。我便停了手。細細還在掙扎，微弱地抓我，我便在我的藥箱裏，在針筒裏注了鎮靜藥。這是我第一次為她注射鎮靜劑。她沒有反抗，只是非常軟弱地靠著我，低聲道：「不要走。」我為她抹臉、洗澡。她靜靜地讓我褪去血腥餿的衣服。在黑暗裏我仍然看見她萌芽的乳孔。淡淡			詹視角：當時暴虐性				

原序	原文	時間	空間	事件	內容性質	詹	葉	陳
	的粉紅的乳頭，如退色紙花。我其實也和幾個女友做過愛，但此刻看見她的孩童的姿童肉體，也停了手，不敢造次。鎮靜藥發作，伏著，沉沉睡去。我輕輕地為她拭擦肉體，莫名其妙地感到恐怖的親暱。							
26	我再見葉細細，她已經是一個快十三歲的少女，手腳非常修長，胸部平坦，頭髮梨成無數小辮，縛了彩繩，穿一件素白抽紗襯衣，一條淡白的舊牛仔褲，規規矩矩地叫：「詹克明。」她仍然不肯叫我「哥哥」或成叔叔」，我見得她如此，亦放了心，伸手撫著她的頭：「長大了好些。」她忽然一把把地抱著我，柔軟的身體緊緊貼我相親，我心一陣抽緊，推開了她。	1973年		詹視角：當時	回憶敘事 感覺感受	港醫院實習	快13歲，在港寄宿	
27	當年為1973年，我離開了燃燒著年輕火焰的柏克來大學城，心裏總是有點悵然有所失。我回港後要在醫院實習，並重新考試，學業十分沉悶。香港當時鬧反貪污的釣魚臺學生運動，本著在柏克來所當然的信仰，我也理所當然的成了一分子：沒有比自由更重要。那天我在同人刊物的大本營，相約與同志往天星碼頭示威，抗議港英政府壓制言論自由。港英當局發了通牒：誰去示威便抓誰。在去示威的途中，我縛了頭帶，迎著一排防暴警察，這時候我腦裏想到了柏克來校園，一個黑人警察打傷我海裏漫無目的，想到了柏克來校園，大廟的芳香氣味，葉以前的表情，約翰，藍儂的音樂，她的萌芽吐物，細細的嘔吐物，及加州海灣大橋的清風，我身邊的吳君，此時卻說：「他們都走了。」我回身一看，果然身後所在人都	1973年秋天	香港	詹視角：當時	回憶敘事 感覺聯想感受	示威被打		

原序	原文	時間	空間	事件	內容性質	詹	葉	陳
28	走了，只剩下我們數人，面對著暴防暴警察。他們開始用警棍打我們了，在血腥腥冒汗的氣味裏，我想起了葉細細。	1973年秋天		詹視角：當時暴烈	回憶 敘事 感覺 聯想			
30	她與母親來拘所看我。母親怕我留案底，自此不能習醫，因而哭死去活來。細細只站在她身邊，一眨一眨她的大眼睛，微黑閃閃發亮、肩膊有汗，如黎明黑暗的一滴露珠。她一直沒作聲，離開前緊緊的捉我的手。	1973年秋天	拘留所	詹視角：當時	回憶 敘事 感覺			
31	回家後我得臥床休息，整天頭痛欲裂，吳君和趙眉偶然來看我。趙眉是一個溫柔羞怯的女子，拘拘謹謹，反而是我逗她說話，只是她總來得速速，攜著百合、玫瑰、鬱金香，先在我房裏坐得遠遠，慢慢地坐到我床沿來，有時念一首她寫的詩。我握著她的手，感到了著實的親密溫柔。我也首次生了與一個女子結婚的意思。	1973年秋天	香港詹家	詹視角：當時	回憶 敘事 分析 感受	休養		
32	細細還在客宿學校。偶然回來。一個週末下午，趙眉來，便看我。走的時候就在客廳，我聽得細細想到客廳裏來做介紹，但已聽得細細在問：「你是誰？你為什麼來看趙眉？」我到客廳裏看見趙眉，非常驚懼而細細無助，細細雙眉挑得老高，趙眉在打量趙眉，趙眉勿勿低頭說：「我先走了。」便先先的去了。	1973年秋一個週末下午	詹家客廳	葉家宿期間 詹視角：當時	回憶 敘事		探詹	
33	細細和我在客廳對坐，點上一支煙，而我她戴上黑眼鏡，靜靜的淹沒。她良久方問：「你	1973年秋一個週末	詹家客廳	詹視角：當時	回憶 敘事		情敵趙眉	

原序	原文	時間	空間	事件	內容性質	詹	葉	陳
	愛她嗎？」我十分煩惱，不禁道：「為什麼女子總愛問這樣的問題。」她忽然走近我，扎起我額頭上的繃帶，咬下牙切齒地道：「你好歹尊重我們一些。」然後她放下我，收拾她的手提大袋，回到房間去。細細畢竟長大了，不是那個固在我手掌手裏嘔吐的小女孩了。我竟然有點若有所失。	周末下午			感覺 感受			
34	細細後來失了了蹤。我的頭傷痊癒，細細的學校打電話來，發覺細細細離校出走，已經二、三天。母親現在老了，很怕找我，想脫掉葉細細監護人的身分，正跟校長糾纏，我立刻四出尋找葉細細，趙眉陪我找黑呢？城市那麼大，霓虹光管如此稠密，連海水也是黑的，密的、像鉛。城市是這麼一個大秘密，我根本不認識香港。	1973年後來		葉失蹤 詹視角：當時	回憶 敘事 感覺 感受	找葉	失蹤	
35	我找遍了細細的同學，一個女同學透露：細細收容在一間空置的舊房子裏，在深水埗。踏著彎彎曲曲的街道去找她，而我又不慎踩到了狗屎，幾個老妓女在訕笑。吸毒者迎上來向我拿十塊錢。單位在一間鐵廠的閣樓。晚上鐵廠在趕夜班，一閃一閃的燒焊，「陣」的著了一朵花。我踏著微熱的鐵，感到眼前的不真實，便緊緊的捉著趙眉的手，趙眉也明白，安慰道：「一會兒便好了。」	1973年後來	深水埗	詹視角：當時	回憶 敘事 感覺 感受	找葉		
36	單位沒人應門，裏面一片漆黑。外面是天井，可以從進單位裏面去。我叫趙眉在外等找，便跳入單位去，口跳入單位裏裏。我立刻嗅到熟悉的嘔吐物餿味，這種氣味，讓住在日子的黑暗裏暗回到我眼前，外面是慘白的	1973年後來晚上	閣樓	詹視角：當時 暴君嘔吐	回憶 敘事 感覺 感受	找葉	被害，向詹示愛	

原序	原文	時間	空間	事件	內容性質	詹	葉	陳
	街燈。我歎一口氣，道：「細細。」在黑暗裏，看不清細細的黑皮膚，但我知道她在一會兒一個修長的影子迎上來，緊緊地抱著我。她全身發抖，腸胃抽搐，顯得非常痛楚。細細臉上有明顯的瘀痕，在我耳邊微弱地道：「為什麼呢？細細。」我找低低地說：「我愛你。」我克明。我抱著她。細細抱著我，慘白的燈光照進來，像一盞舞臺的照燈。她在我耳邊道：「你可以愛我嗎？」我只好答：「你知道嗎？細細。」細細寬眉狠狠的咬我的耳朵，痛得我不禁大叫起來。外面的趙眉立刻拍門，趁機替趙眉開門。二人合力制伏了她。道：「妳有病，葉細細。」「但你可以愛我嗎？」我只足妳的醫生。」她道。				評論			
37	那夜我又為她注射了鎮靜劑，自己卻無法成眠，打開陽臺的門，看山下的維多利亞港，半明不滅的黎明就迎著她抽我的煙。我抽了一支又一支的煙，被捕之後，同志紛紛自首，她甚至喜歡苹飯給我吃，我將來會是什麼呢？一個精神科醫生，每天工作十六小時。我的一生是否如此完成呢？我只是十分迷惘。此時細細靜靜的走進客廳來，坐在我面前。我不理她。繼續抽著我的煙。她抱著她自己，也沒動，巨大的黎明就此降臨了，從遠而近。細細慢慢解開她的睡袍。她的聲音很遙遠而平淡。「他們就這樣解掉媽媽的衣服，這是我第二次看見細細的裸體，非常非常的精緻，淡淡巧	1973 年後來晚上黎明	詹家客廳	詹視角：當時暴虐性	回憶敘事感受感覺		分享往日傷痛	

原序	原文	時間	空間	事件	內容性質	詹	葉	陳
	克力色。細細又拿起我的手，輕輕地碰她。她的臉，她的肩，她的乳，她的肚皮。不知她上次出走遭遇了什麼，她渾身都是瘀痕。如今我碰她，很奇怪，並不色情。只是讓她絕口不說。一般痛楚。她讓我的手停在她的膝上。然後，再劃她的小腿。一劃，便劃出淡淡的白痕。一會會沁出鮮紅的血。她手中不知何時拿了一把裁紙刀。邊劃著樣問我。道：「他們這樣劃破媽媽的絲襪。」然後葉細細這樣問我。道：「你要我嗎？像他們要媽媽一樣。」我找閉上眼。道：「我不可以，葉細細。」我歎一口氣，便做了一個決定：「妳不能再留在我身邊。妳要去英國寄宿，不然我還給妳妳的錢，妳離開我們家。」							
42	葉細細離開以後，我的生活得到表面的平靜。我開始在政府醫院工作實習，和諧眉結了婚，很快有了孩子。香港經濟開始起飛，每一個人在賺錢的過程裏有無限快樂。因此昔日的戰友作風雲散。吳君當了一個地產大王的助手。小明當了諧星。還有的進大學教書，都開始禿頭。長肚子。這種生活非常沉悶，我卻無法擺脫它。我除了當醫生，我什麼也不會做，我甚至不會打字，或者使用吸塵器。女兒花了我絕大部分的時間，我的頭髮任不知不覺間斑白。有時下班回來，很累很累地抱著她，在地睡床邊矇矓睡去。依稀聽到了披頭四的音樂，我在柏克萊城張貼標語，懷裏卻是葉細細，才九歲。受盡了驚嚇。這一次和我眼前的一切沒有關係。			詹視角：當時	回憶／敘述　概述　感受　分析　聯想	在港改府醫院工作實習，結婚，生女兒	英國寄宿	
43	窮極無聊，我決定自己開業。好歹賺點錢。在山頂找了		山頂	詹視角	回憶	自己開		

原序	原文	時間	空間	事件	內容性質	詹	葉	陳
	間小房子，窗外有洛葉，迎著西，趙眉嫌租貴，地點又偏遠，但我堅持相下，因為在此，很像在加州，可以看到窗外金黃的季節。			：當時	敘事 感受 聯想	業		
44	細細在英國期間，回來度過幾次假。我總是避著她，與趙眉一起著她。像任同一種美麗的黑人混種少女。她那種流於俗套的青春美，反而讓我心安。因為她正常，每便不會受她誘惑。反正這些青春美女，我年紀選舉都大把的任人觀賞評點，此時我行年三十六，年近不惑，對於皮膚的美麗，只讓它謹止於皮膚。細細同年紀伴而遊，相伴於我之間，似乎就已圓滿結束。			細細度假回港 詹視角 ：當時	回憶 敘事 感受 感覺 評論	36歲	回港度假	
45	後來母親心臟病猝發逝世，細細回來奔要。在喪禮中招呼親友，張羅飲食，竟也十分周到。我並不悲痛，只是有一種很徹底的疲倦。趙眉沉重，吃了鎮靜藥，心底有一種很徹底的疲倦。趙眉跟女兒自然也不知道，女兒如常撒嬌，趙眉如常哄護。母親遺體到濃煙，火化爐外面等。遠處見到哪一個屍體，也不知是哪一個屍體，就像當年。細細伸手握著我的手，她的手很溫柔，然後她低低地問我：「趙眉克明，你對你的生命滿意不大一樣。」我一征，看著那房間的濃煙，跟她小時候找我一征，看著那濃煙死體散去，在空中漸漸散去，暮色蒼茫，此時我內心非常哀傷。		火化爐外	詹母死 詹視角 ：當時	回憶 敘事 感受 感覺 評論		回港奔要	
46	我和細細晚上相約在中環一間義大利館子見面。我診所見細細關了門，特地回家換衣服，洗了澡，穿了一雙新襪子，	晚上 細細	中環 義大利	詹視角 ：當時	回憶 敘事	與情人 ?約會		

原序	原文	時間	空間	事件	內容性質	詹	葉	陳
	才去見葉細細。因為心情有點緊張，抽了根煙，出了家門，又覺得不好，折回家，擦牙，如此折騰，自己也覺得非常禮貌而客氣。細細早到，站起身來迎我，她將蓬鬆的頭髮束起，戴了一雙長及胸前的吊墜耳環，穿一件銀紅的絲襯衫，非常的俗豔。我們開始交割她母親項款的問題，有信件，要她簽署。她亦年滿二十一，母親和我已經完成了我們的責任。細細決定放棄大學二年級的課程，回港定居，她討厭英國，我們叫了冰凍的新酒，曾義大利在義大利被打劫的情況，一會又談到巴塞隆那的米羅博物館，布拉格的城堡與水晶，相對起來，我的工作就很單調，愈來愈像幼稚園教師。她聽了，靜下來，很嚴肅的問：「有沒有像我這樣的女病人呢？」我笑：「沒有。」她又道：「你是個好男人嗎？」我問你：「有。」她又忽然問：「那要待別人來評定。」她堅持：「我堅持我是。」只好答：「我想我是。」	21+歲	館子		感覺 感受 對話			
47	這是我第三次接觸她的裸體。麻醉師為她注射麻醉劑的時候，她拉著我的白袍，問我：「詹克明，你可否愛我呢？」我一怔，反應很慢的，道：「葉細細，我到手術室了。」但她已經失去知覺了。我到手術室，我的舊友非常熟練地張開她的陰道。充當一個護士，拿著鉗子與吸盤。她很快快的流了血。細細的血就像是一個陰謀還是一個誘惑，她的血非常冰冷。我抬頭看見手術室很多的燈。	晚上	詹舊友 手術室	葉墮胎 詹視角 當時 死亡	回憶 歸納 對話 感受 評論／ 分析 聯想		墮胎	

原序	原文	時間	空間	事件	內容性質	詹	葉	陳
48	她的身體很虛弱，我便把她接回家去。告訴諸眉病巧，也事有湊巧。趙眉患了急性胰臟炎，要入院住幾天，做點小手術。有一天實在累極，下午沒有邊兩個親密的病人，便提早關了診所。回家休息。小女兒到趙眉母親家裏去。下午的家靜悄無人。她有點趙細細想來已經休息。她有點酸的低血壓、雙氣息。回憶一陣陣地向我襲過來。這許多年了，此情此景都似曾相識，但其實那些日子都不曾回來了。盛夏炎炎，我感到了一陣冰涼。倒了一點威士忌。加很多很多的冰，就此在客廳睡了。	盛夏 有一天 下午 1984/09/26 黃昏	詹山頂家	詹視角：當時 性 嘔吐 暴虐	回憶 敘事 感覺 感受 對話 評論／分析			
49	醒來是黃昏，眼前卻有一個黑影，我以為是我自己死亡的影子，心裏一驚，便醒過來了。細細以背向我，正在喝我剩下的威士忌酒，想來酒已暖了。我不動聲色地看她。她穿著白色絲質睡衣，沒穿睡褲，只有一條白絲。細細細內褲、皮膚黑亮，腿上卻一滴一滴地承接了眼淚。細細哭了，我不敢驚動她。不知她為何而哭，或許只是為了生存本身：如此風塵閱歷。「莊射唱機開動，隱隱傳來貝多芬的哀傷的曲子」。「莊嚴撒撒曲了」。此時我亦感到了一種非常莊重的曲子。「你為什麼不愛我？」把我嚇了一跳。你嚴傷重的接近「好一會兒，她的淚停了。我伸手揹抹她膝上的	盛夏 有一天 下午 1984/09/26 黃昏	詹山頂家	詹視角：當時 性 嘔吐 暴虐	回憶 敘事 感覺 感受 對話 評論／分析		性 斷絕關係	

原序	原文	時間	空間	事件	內容性質	詹	葉	陳
	淚水。「妳知道，愛情並不是一切。我是妳的醫生。我時常都是。」細細低聲道：「對你的愛情是一種病吧，我渴望病好。」我說：「妳渴望，便得著。」——多麼像耶穌基督，我幾乎要笑出來。她轉身看我：「詹克明，你可否令我幻滅？不再愛你？」我慢慢地撫摸她的乳：「可以。」我原來是一個不值得的人。」這樣她便吻我了，唇那麼輕輕而密，如玫瑰色的黃昏小雨。她褪去她的睡衣，她的皮膚如絲。我們愈接近她讓我進入她的身體。同時我內裏想吐起一種欲嘔吐的感覺。此刻我笑然明白細細地嘔吐起來。細情如此強烈，無法用言語掌握，只得用白常事情。我無法不進入她，如同渴望入她。睡大，如雨後的草原。她在低低地呻吟。說：「我希望做一個正常的人，詹克明。我不要再愛你了。」我一動，便說：裏非常的柔軟而敏感而且痛苦。她額上沁了一滴一滴的汗。我想退出來，卻又笑著。她緊緊地纏住我。「不要走。」她的臉孔扭曲，劇烈地動起來。分不清是痛苦還是什麼又堅硬。我緊緊地按著她的肩膊（她的肩非常瘦削而又堅硬）。劇烈地動起來。也不管她的痛苦，此時我若有小刀還是手槍，我會毫不猶疑的殺死她的。我不知道為什麼。我很快便射了精，而且從來沒覺得這樣疲乏。幾近虛脫。她看著陽臺外的夜色，一城的燈細細碎碎的亮起							

原序	原文	時間	空間	事件	內容性質	詹	葉	陳
	來。我感到十分難堪，立刻穿回衣服，她亦裸著，抽根煙，神情十分冷漠，猜不透。我十分懊惱，大力的捏自己的臉孔。她便邪惡地笑我：「就像一個失節的女子。」這年頭，即使是女子，擇個節可守呀，也無節可守啊。我隨手拿起水晶威士卡杯，擇圓稀爛，便大步走出家門。							
50	我沒開車，獨自走下山去。路上急步，也沒多想。到了城中心，下班的人潮已開始散去。有人在地車站口賣號外：「中英草簽了！中英草簽！」世界將不一樣。我走過中環的中央公園，在現代商廈街頭的學生表演街頭劇，鼓聲咚咚作響。有學生回聲不絕，如現代蠻荒。一個戴面具的學生道：「找一覺醒來不一樣了，不再可以中國……」這世界跟我認識的世界不一樣了，英國變了，決定自己的命運了，在情慾還是政治層面均如此。但以前不是這樣來。在柏克萊，在 60 年代，……以前不是這樣的。	1984/09/26 黃昏	下山 城中心 中央公園	詹視角：當時	回憶 敘事 感受 評論			
51	我不敢再回那個家，在酒店住了幾天，再接趙眉出院，趙眉十分虛弱，倚著我身上，十分的信任，連我也覺得安全。畢竟是一個妻。我也緊地挽著她。還沒有進家，已經闖到一陣焦味。我急步進門，大吃一驚，那張那和細細往上做愛的沙發，我在加州時用的行李箱，以前我穿的舊衣服，細細兒時的玩具，都擱在客廳裏，燒個焦欄，天花都燻黑了。我是怒攻心，就在客廳裏發瘋狂把遺骸亂踢、踢傷了腳，我要告她，我永遠不會再見到她、殺死她。但其實我知道，我永遠再見不到她了。	幾天後	酒店 詹山頂家	詹視角：當時	回憶 敘事 感覺 感受		離開詹	

陳	葉	詹	內容性質	事件	空間	時間	原文	原序
			回憶歸納	詹視角：現在		現在	細細走了。她決定不再愛我，做一個正常的人。	52
			回憶感覺感受	詹視角：當時嘔吐流淚	詹山頂家	幾天後	我在盛怒中忽然流了眼淚，此時我體內升起一陣欲嘔吐的感覺，強烈得五臟都被抓個稀爛，我衝到洗手間，只嘔出透明的唾液，眼淚卻不停的流下來。	53
	當空姐，倫敦學法律		回憶敘事	詹視角：現在	倫敦	二三年前以前	我輾轉知道她當了兩年的空姐，因為涉嫌運毒被起訴，後來罪名不成立。她就到了倫敦念法律，所以停了職。	59
			敘事評論	陳視角：評論葉性暴烈嘔吐		二三年前以前	「我是她律師樓的同事，你知道，她很吸引人。她的思維跟行動都很快：高跟鞋跳躍如琴鍵。跟她合作做事，我們一直都很愉快……直到我此時也仔細的打量我：「你不不介意吧？」「唔。」「她開始叫一個人的名字。聽不清楚她叫什麼，後來我仔細聽清楚，姓詹，是詹……想……咬……咬掉我，不是挑情那種咬，不知如何是好，而且……哎……每次做愛……哎……每次做愛她都嘔吐。像男人有精液一樣。很可怕。完事之後她便嘔吐，很可怕。」「你有沒有離開？」「沒有，此外她一切都很好。她很溫柔，又很堅強。我炒金炒壞了，她去紐約講經紀講數。借錢給我，去旅行她訂酒店、弄簽證、負責一切。我家的水龍頭壞了，她來替我修理。我跟她生活，感覺很好，雖然行為常覺怪異	41

原序	原文	時間	空間	事件	內容性質	詹	葉	陳
	得無法接近她。 「你覺得很好，她呢？」 「我不知道。我真的不知道。」 「這樣，你為何要來找我呢？」 「因為現在我想離開她。」							
10	「在一間電影院，三年前的事。那時放映的是《碧血黃花》。你當時可能剛下班，穿著襯衣西褲，而且身上帶一種藥味。我已經記不清你的臉容，因為當時很幽暗，電影已經開始了。」	那時 二三年前	電影院	陳視角：葉與詹見面	敘事			
12	那年我剛巧接到一個病人跳樓自殺的消息。他來看我已有五、六年，有強烈的自殺傾向，這次結果成功，我可以合上他的檔案了。然而我的心情很抑鬱，於是去看了一部 60 年代的舊電影，在幽暗的電影院裏，碰到葉。葉很細，她走過來，緊緊捉著我的手說：「是你是我找了一陣，道：「是你。」她已經走了，依稀身邊有個男子。	那年 二三年前	電影院	詹視角：現在 詹與葉見面	回憶 敘事 感受 聯想			
59	但那天她在電影院來將我的手緊緊一握，我在電影院裏，便非常迷亂，連電影裏的 60 年代也無法牽動我。電影還未完便便走了。	二三年前	電影院	詹視角：當時	回憶 敘事 感受 評論 感受			
57	「大概是去年冬天吧。那誕節假期之前，她和我都留得比較晚。我埋頭在寫報告，抬頭已是晚上十時，我去找她吃飯。她在影印。我站在她身後，一看，她在影印的全是白紙。我叫她，她便開始伏在影印機上嘔吐。好可	去年冬天	律師事務所	陳視角 嘔吐	敘事			

原序	原文	時間	空間	事件	內容性質	詹	葉	陳
	怕。嘔得影印盤上全是又黃又綠的嘔吐物。她在嘔吐間，斷斷續續的告訴我，很厭倦。不知道她厭倦些什麼。」「那天後她就拒絕與我做愛。」「那時她開始有病吧。很奇怪，她在很笑兀的時刻嘔吐，譬如與一個客人談價錢，或在庭裏裏勝訴。或在吃東西，看色情刊物等等。」							
13	「細細失蹤了。」	現時	診所	陳視角：葉失蹤			失蹤	
24	「我們住在同一層樓宇，兩個相對的單位。我沒有她公寓的鑰匙。她堅持要有她私人的空間，我只好尊重她，但我連續幾天按她的門鈴，總是無人接應。我又嗅到強烈的腐爛綜累味，便報了警。消防員而入。她的客廳很整齊，跟平日一樣。書桌上還攤著一本《尤茲里斯》，不知是什麼作家的書，只是她很喜歡讀。桌上還擱著咖啡，印著她喜歡的深草莓口紅。只是客廳的一缸金魚全死了，發出了強烈然的臭味。她的床沒有收拾，床邊有一攤嘔吐物，已經乾了，家裏的雜物沒動，不過她帶走了所有的現款、金幣及旅行證件。」	現在		陳視角：交代葉失蹤後住處的情況嘔吐	敘事			
25	「有沒有反常的物件呢？」「唔……桌上還釘了一大堆瞬請啟事：接待員、售貨員、金融經理，其實對她沒用，她是個正在行內竄紅的刑事律師……」	現在		陳視角：陳對葉的評論	敘事評論			

原序	原文	時間	空間	事件	內容性質	詹	葉	陳
	「她是自己離開的，陳先生。」 「但不可能。她是這麼一個有條理的女子……鋼鐵般的意志，追一件案子敖它三天三夜……每天游泳，做六十下仰臥起坐，絕不抽煙。她不是那種追求浪漫的人……」 「葉細細是一個可怕的女子。她的生命有無盡的可能性。」							
1	在一個病人與另一個病人之間，我有極小極小的思索空間。此時我突然想起柏克萊校園電報大道的落葉，以及加州無盡的秋天游移如紙，而加州四季如秋。是否因為香港的秋天敗壞如紙，以及年紀的負擔沉重，記憶竟像舊病一樣，一陣一陣的向我侵襲過來。	現時 那時	香港診所 加州柏克萊	詹視角：現在 回想過去	感想 聯想			
2	我想提早退休了，如此這般，在幻聽、精神分裂、言語錯亂、抑鬱、甲狀腺分泌過多等等，一個病人與另一個病人之間，我只有極小極小的思索空間。從前我夢想過的生命竟是這樣的。	現時 從前	香港診所	詹視角：現在 回想過去	感受			
3	那時陽光無盡，事事都可以。 落葉敲著玻璃窗。	那時	加州柏克萊	詹視角：現在 回想過去	感受 感覺			
4	最後一個病人，姓陳，是一個癌症，希望不會耽擱得太久。我對病人感到不耐煩，是最近一、兩年開始的事情。病人述說病情，我漫無目的，想到一瓶發酸牛奶的氣味，一個死去病人的眼珠，我妻扔掉的一塊破碎的小梳妝鏡，閃著陽光，一首披頭四的歌曲，約翰、藍儂的微笑，我以前穿過的一件破爛牛仔上衣，別著那枚鏽鐵	現時	香港診所	詹視角：現在 新症：陳	感受 聯想			

原序	原文	時間	空間	事件	內容性質	詹	葉	陳
5	「詹醫生，你好。」「我如何可以幫你呢，陳先生？」	現時	香港診所		對話			
6	病人是一個典型的都市雅痞，年紀三十開外，穿著剪裁合適的義大利西裝，結著大紅野玫瑰絲質領帶。恐怕又是一個抑鬱症、緊張、出汗、幻想夢遊、甚至望殺等等。我解掉掉白袍的一顆鈕扣，希望這一天快點過去。	現時	香港診所	詹視角：現在 陳肖像	觀察 感覺 感受			
7	病人忽然墜入長長的靜默。另一片落葉敲著玻璃窗。	現時	香港診所	詹視角：現在	觀察 感覺			
8	「我見過你的，詹醫生。」「哦。」	現時	香港診所		對話			
9	病人咬字清晰，聲音正常。	現時	香港診所	詹視角：現在 陳肖像	觀察 分析			
11	空氣漸漸的冷靜下來，而且感覺冰涼。畢竟是秋天了吧，每逢我想起葉細細，我便有這種冰冰涼涼的感覺。	現時	診所	詹視角：現在	感覺 感受 聯想			
15	這是我第一次見葉細細。以後有關葉細細的回憶總總是非常清楚。	現時		詹視角：現在	歸納 感受			
19	這也是我第一次接觸她，同時想避開她。	現在		詹視角：現在	回憶 歸納 感受			
20	再見細細已經是幾年後的事情。那是一個秋天。	現在 秋天		詹視角：現在	回憶 敘事			

原序	原文	時間	空間	事件	內容性質	詹	葉	陳
21	我才知道香港有影樹，秋天的時候落葉如雨。陽光漸漸昏黃與暗淡，年光之逝去。	現在		詹視角：現在	回憶 感覺 感受			
22	現在的我，與那個來自柏克萊，長了長頭髮的青年，已經隔了一種叫年紀的東西。年紀讓我對事事反應平淡，雖然細細還能牽動我最深刻而沉重的回憶，	現在		詹視角：現在	回憶 感受			
23	但我只是淡淡然的問我這個「病人」：「她又怎樣失蹤的呢？」	現在		詹視角：現在				
29	有關她的聯想與記憶，總是非常痛楚。	現在		詹視角：現在	歸納 感受			
38	葉細細是一隻妖怪。她有病。	現在		詹視角：現在	歸納 評論			
39	「你知道她有病嗎？」我如今才仔細打量我這個病人，只是奇怪的，覺得非常的眼熟。他那種低頭思索到了姿態，一臉無可奈何的表情……如同我照照到了鏡子。	現在		詹視角：現在 陳	感覺 感受			
40	天色開始昏暗。我的登記護士下班了。	現在黃昏	診所	詹視角：現在	敘事			
54	我的過去已經離華我了。	現在	診所	詹視角：現在	感受			
55	此時我突然心頭一亮：在黃昏重的時刻，眼前這病人和年輕輕的我如此相像，低頭思索的姿態，一臉無可奈何的表情。	現在黃昏	診所	詹視角：現在 陳	評論 歸納 感受			
56	「為什麼你想離開她？」我問。	現在	診所		對話			
57	「我想……她有病。她看起來卻一切都很正常。」	現在	診所	陳視角：現在	敘事			

原序	原文	時間	空間	事件	內容性質	詹	葉	陳
58	「我為了她的嘔吐想離開她。」 「她失了了蹤你應該很高興。」 「我應該是。但我……」	現在	診所	嘔吐 陳視角 嘔吐	敘事			
59	那次在戲院裏碰到細細是後後走是唯一的一次。	現在		詹視角 ：現在	回憶 歸納			
59	她決意做一個正常人、正常的職員、有一個正常的男朋友，她的生命從此便沒有我的分兒，我想理應如是。	二三年前		詹視角 ：當時	評論 感受			
60	此時天已全黑。我們兩人在小小的檯燈前，兩個影子，挨湊著，竟然親親密密。我擒掉白袍。病人擒坐著不動，我不禁問他：「我應否去找藥細細呢？」他才答：「啪」的我關掉了燈。一切陷在黑暗中。我說：「她已經離葉你了。」聲音如此低，就像跟我自己說：「不用了吧，她會為她自己找尋新生活。」	現在	診所	詹視角 ：現在	對話 感受 感受			
61	病人與我一同離去時，我才發覺，他跟我的高度相若，衣著相若，就像一個自我與他我。我們都是細細在追尋的什麼，可能是愛情，也可能是對於人的素質的要求，譬如忠誠、溫柔、忍耐等等。病人也好、我也好，對她來說可能不過是象徵。我們二人在車裏都很沉默，很快我們便下了山，他人要到中環去赴一個晚餐的約。快要抵達目的地時，他忽然問我：「詹醫生，你和細細在晚餐做過愛？」「沒有，」我登地紅燈一亮，我登地煞了車，二人都往前一衝。「我	晚上	中環	詹視角 ：現在	對話 分析 敘事 感受 感受			

原序	原文	時間	空間	事件	內容性質	詹	葉	陳
	說。「為什麼？」他便答：「因為細細有一次說，她曾經有過你的孩子，病人不等我回答，便說：「我到了，再見。」便下車去了。我呆在那裏，不知他的話是何意思。是細細的幻想還是我這生或許沒有機會知道了。我亦不明白我自己。							
62	我分明與葉細細做過愛（她的內裏非常柔軟而又充滿痛苦），我竟要騙他，現在我為的生命卻如此沉悶而退縮。香港的主權轉移，到底是為什麼。收音機此時卻播起約翰‧藍儂的《幻想天堂》來。美麗的約翰。藍儂。金黃色的過往已經離開我。美麗的葉細細。美麗的加州柏克萊。我身後的車子響聲徹天。我此時感到整個世界都搖搖欲墜。難以支撐。我便下車來，在車子堵塞的紅綠燈口，想起我的前半生，我搖搖擺擺地扶著交通燈杆，這前半生就像一個無聊度日的作者寫的糟糕透流行小說，煽情、做作、假浪漫，充滿突發性情節、廉價的中產階級懷舊傷感，但畢竟這就是我自己，也實在難以理解。而這時候其實我已經是冬天了。秋日的逝隱在城市裏並不清楚，新夜裏我感到一點涼意、胃裏直打哆嗦，全身發抖，我彎下腰去，看到灰黑的瀝青馬路，我跪下，脾胃抽搐，就此強烈地嘔吐起來。	現在 冬天	紅綠燈口	詹視角：現在 嘔吐	分析 感覺 感受			

10. 余秋雨〈道士塔〉敘事文字分析

一、導言：〈道士塔〉的敘事文字

余秋雨（1946-）〈道士塔〉[1]處理的是二十世紀初敦煌文物給西方劫掠的題材。如從文字性質[2]角度看，這個題材一般以抒情文字為主，大概會表達對西方劫掠者的憤怒之情，以及惋嘆中國珍貴文化遺產遭逢巨劫的不幸。或者加上描寫文字具體描述敦煌藝術之美，以顯示它們連城的價值；也許還會加上議論，提出中國必須盡力保護文物的主張之類。可是，〈道士塔〉裏抒情文字雖然也佔重要地位，但篇幅最多的卻是敘事文字，主要以道士王圓籙的視角，寫敦煌文物遭破壞及劫掠的情況；甚至有跨越時空，出現作者余秋雨獨鬥西方探險家的情節。由於敘事文字在〈道士塔〉有著特殊的地位，本文因此將集中分析文本內敘事文字的作用和功能，看看它如何配合主題，如何協助抒情主體余秋雨抒發感情。

二、敘事文字的作用

一般散文都以說理（議論）或抒情為主要內容，這個文本也沒有例外，主要是抒情，抒發的是對中國敦煌藝術瑰寶被劫歷史的激憤和無奈。只是文

---

[1]　見余秋雨：《文化苦旅》，上海：東方出版中心，1992 年 3 月，頁 1-7。

[2]　這裏所謂「文字性質」指的是語文五種表達類型的特點：議論、抒情、描寫、說明和敘事（或稱記敘）。筆者認為，不同類型的表達文字有著不同的特點，如能從各自表達性質的特點，掌握相關文字，分析會比較到位。因此，判別文字屬於哪一表達類型，對展開分析有很大的幫助，也是文本分析的一項基本步驟。

本並不一味抒情，它加進不少敘事成分，佔去相當重要的篇幅。

　　散文中的敘事成分常擔任框架角色，為文本立好架構，也向讀者交代時地人等背景資料[3]，如柳宗元的山水遊記中的敘事文字便屬此類。也有借事抒情的，也就是說抒情主體（抒發感情的人）同時也是敘事主體（說故事的人或稱敘事者），在說故事的同時抒發感情，如朱自清的〈背影〉裏面的敘事成分便如此，在說及與父親的往事（敘事文字）時，表達對父親的懷念之情（抒情成分）[4]。

　　〈道士塔〉中的敘事文字，除了以上兩種作用外，還有一更重要的功能，那就是藉道士王圓籙的視角，述說敦煌文物遭破壞遭劫掠的事實，提供另一嶄新的觀點和角度，給讀者帶來很不一樣的閱讀效果。

三、敘事文字的分析角度

　　要分析敘事文字，便需要掌握適用於敘事文字的分析工具[5]，敘事的分析角度主要有三個方面，分別是故事，角色以及敘述。

---

[3]　從這個角度看，敘事文字同時也是說明文字，起著提供前因後果等信息的作用。

[4]　可參看筆者〈朱自清《背影》文本結構分析〉，中華章法學會主編：《章法論叢》第五輯，台北：萬卷樓圖書公司，2011 年 10 月，頁 81-100。

[5]　由於本文旨在說明敘事在這個文本的重要性，因此只對分析角度作簡略的解說，有關敘事的理論介紹等，可參「敘事學」文獻，如：有關全知觀點（omniscient point of view）、限知觀點（limited point of view）、「零聚焦」（zero focalization）、「外聚焦」（external focalization）和「內聚焦」視角（internal focalization）的論述，可參 Seymour Chatman (1930-), *Story and Discourse: Narrative Structure in Fiction and Film*, (Ithaca: Cornell UP, 1978)；Shlomith Rimmon-Kenan（里門-凱南）, *Narrative Fiction: Contemporary Poetics*《敘事虛構作品》, (London: Methuen, 1983)；Gérard Genette, *Narrative Discourse: An Essay in Method*, trans. Jane E. Lewin, (Ithaca: Cornell UP, 1980)；熱奈特著，王文融譯：《敘事話語、新敘事話語》（北京：中國社會科學出版社，1990 年 11 月）及 Franz Stanzel, *A Theory of Narrative*, trans. Charlotte Goedsche, (Cambridge: Cambridge UP, 1984) 及 Gerald Prince, *Narratology: The Form and Functioning of Narrative*, (Berlin: Mouton, 1982) 等。

（一）故事

首先要交代「故事」（story）與「文本」（text）的關係：讀者看到的是「文本」，「文本」是讀者直接閱讀的東西，它可細分成一起一起的「事件」（event）。「故事」是抽象的，讀者不能直接讀到，他需要從閱讀「文本」中歸納出「情節」（plot）來；再按順序排列便成「故事」。因此有關「故事」分析角度都是從「文本」與由此整理出來的「故事」之間的比較而來，一個是「文本」與「故事」的「次序」（order）問題，另一是「時距」（duration）問題。

1.故事：次序

如果「文本」不按時間順序交代「事件」，「次序」的分析便會變得十分重要。以〈道士塔〉為例，寫的就是敦煌文物被劫掠的「故事」。至於「事件」，則屬於這個故事的細微部分，主要有五起：「刷牆」、「造像」、「發現」、「買賣」和「攔阻」[6]；其中以王圓籙為主要角色的事件，有「刷牆」，「造像」，「發現」和「買賣」四起。以斯坦因等西方探險家為主要角色的事件是「買賣」，他們與王圓籙同場出現。另一事件則為作者余秋雨為主要角色的「攔阻」，西方探險家也是角色之一。後三者由於有歷史根據，有著具體的日期——1900 年 5 月 26 日，所以比較容易理出順序；相反，前二起事件沒有標出特定時間，難以判定它們與後三者的前後關係。大致而言，文本事件的次序可算是按對文物損失程度由小到大排列，「刷牆」最輕，「造像」次之，「買賣」最嚴重；「發現」和「攔阻」則較自然地分別出現在「買賣」的前後。

2.故事：時距

所謂「時距」角度是指五起事件涉及的時間與「文本」中相關文字的篇幅的比較，如事件牽涉時間較短，但文本篇幅較大，便屬「擴張」或「延長」；相反，如事件時間較長，但文本篇幅較小，則屬「壓縮」或「縮

---

[6] 這是筆者給五起「事件」起的名字，為的是方便討論。

短」。相較而言，五起事件中，「買賣」所佔篇幅特大，「擴張」的情況非常明顯，由於篇幅增大容許更多信息，情節也越仔細，因此也更重要，值得多加留意。

（二）角色

至於「角色」（character）[7]，一般可從「性格」和「功能」兩個方面進行分析。角色性格特點和角色功能往往又與文本主題的傾向有關，所以特別值得留意。

1.角色：性格

文本塑造「角色」，為的是在讀者腦海裏留下形象，因此「角色」的外貌，言行以至心理活動等都能建構角色的特點以至他的喜好、性格等。〈道士塔〉的主要角色包括：王圓籙，縣長，學台，藩台，京官，斯坦因等西方探險家，中國敦煌學學者，以及余秋雨。

2.角色：功能

另一重要分析角度就是「功能」，指的是角色在文本裏向讀者傳達信息，幫助歸納故事的作用，如「主角」、「配角」、「忠角」、「反角」等。此外，一般還可從角色之間的關係入手，如「正襯」、「反襯」、「輔助」等。

（三）敘述

最後就是「敘述」（narration）處理的是敘事文字的「誰感」，「誰知」和「誰說」三個課題。所謂「誰感」，就是所謂「視角」問題，也就是事件藉哪一個角色或哪一方面的感官感覺交代。「誰看」（who sees）和「誰說」（who speaks）原由熱奈特（Gérard Genette, 1928-）提出，旨在解

---

[7] 以往一直稱為「人物」，但因角色不一定是人，可以是動物，外星人或機械人等，所以從分析角度，稱為「角色」比較合適。

釋敘事文本「視角」（focalization）和「敘述」的理論問題。只是筆者認為，因為敘事文本如由個別角色進行敘述，不光他的視覺而是包括視覺的五官感覺都會加進敘述中，所以內含視聽觸味嗅五官感覺的「誰感」（who feels）應較「誰看」更能符合實際情況。此外，筆者還認為，光分出「視角」和「敘述」仍然不夠，應還有「認知水平」（level of knowledge）這方面需要注意，因此提出「誰知」（who knows）角度處理敘事文字認知水平的問題。如屬全知全能的「零聚焦」（zero focalization）敘事者，認知水平屬「全知」；如屬個別角色，那他的認知水平便屬「限知」（limited knowledge）。然而由於各種不同情況，「限知」認知水平有近乎無限的可能。一般而言，事情發生當刻的當事人的認知水平屬「一般限知」。認知水平也可以是「較大限知」，例如角色事後追述故事的敘述便屬此類。由於「現在」的他已經歷事件，比「當時」的他的認知水平高出很多，所以屬「較大限知」。再如角色事後因意外導致失憶，「現在」的他的認知水平便低於「當刻」的他，這便是「較小限知」。

以〈道士塔〉敘事文字為例，主要以王圓籙的角度交代事件，因此相關的情緒和感覺都是王圓籙的。由於以王圓籙為「內聚焦」（internal focalization）視角，因此相關敘事文字的認知水平也屬王圓籙的；換句話說，對事件的了解和認識程度，都與王圓籙這無知農民看齊，給讀者帶來無知，可笑或者可悲的閱讀效果。至於「誰說」這個「敘述」的責任，則由作者余秋雨承擔；因此，敘事文字中那些評論文字以及概述文字，以及選用的用詞，都可用以顯示余秋雨的立場和態度。

四、〈道士塔〉的敘事文字分析

為了分析方便起見，本文按事件在文本出現的先後逐一分析，為的是了解敘事文字如何發揮作用，以及它們如何呈現主題，如何協助余秋雨抒發感情。

（一）「刷牆」事件

　　這段敘事文字[8]站在王圓籙角度寫刷牆。余秋雨雖然擔任敘事者（誰說），但採用王圓籙的視角（誰感）以及他的認知水平（誰知）說故事，因此裏面表現出來的品味和立場等仍屬王圓籙。文字一開始，出現「王道士每天起得很早，喜歡到洞窟裏轉轉，就像一個老農，看看他的宅院」的敘述，寫的是王主理敦煌洞窟時的日子，內中的用語「很早」和「喜歡」當然屬於處身事外的余秋雨，因為對於王圓籙自己來說，他是沒有起得早不早或者喜不喜歡那麼清晰意識的。後面用上比喻，說王像老農看宅院，則更加不可能出自王的認知和感覺。

　　「他對洞窟裏的壁畫有點不滿，暗乎乎的，看著有點眼花」。這裏寫王看洞窟牆壁時的感覺和感受，其中「有點不滿」是王的情緒反應，屬「感受」[9]文字，「暗乎乎的」是「感覺」文字，「有點眼花」也是「感受」，因此便有「亮堂一點多好呢」的進一步反應。然後是王的行動：找人一塊兒刷牆，接著寫刷牆效果：「第一遍石灰刷得太薄，五顏六色還隱隱顯現」，這是王的感覺，於是交代王「細細」再刷一次，中間還加了余這敘事者的評

8　余秋雨：《文化苦旅》，頁2。

9　筆者在研究如何分析「描寫」文字時，提出三種不同的文字類型：「感覺文字」、「感受文字」和「感慨文字」。「感覺文字」指描寫主體對描寫客體或描寫對象的感覺性描述，如「紅紅的蘋果」中的「紅紅的」就是對描寫客體「蘋果」的「感覺」描寫，涉及視覺的色彩方面。這類文字的特點在於描述的內容有一定的客觀性質，也就是說不同描寫本體都能得到相同的感覺：大家都從這蘋果中看到紅色。「感覺文字」就是描寫本體對客體的客觀而且直接的感官反應。「感受文字」則是主觀的，是主體產生「感覺」後的主觀反應。由於主觀，「感受文字」人言人殊，甚有個人特色，因此「感受文字」雖屬「描寫文字」的一種，但同時也是抒情文字，有著表現個人情緒的作用。如以「紅紅的蘋果」為例，「很是好看」便屬產生「紅紅的」感覺後的主觀反應。至於「感慨文字」，它離描寫客體更遠一點，是主體更主觀的情緒發揮，屬「抒情文字」的一種。從「感受文字」的主觀反應出發，進而結合主體的身世遭遇，人生觀等描述事物，寫就較哲理性，類似箴言式的文字。有關上述三種文字的解說，可參筆者另一未刊論文〈解讀散文系列理念〉。

語：「農民做事就講個認真」。然後再交代效果，用的是余秋雨的認知水平：「這兒空氣乾燥，一會兒石灰已經乾透」。接著離開幾十年前的過去時光，插上余秋雨這敘事者「現在」看到洞窟的感覺以及感受：「什麼也沒有了，唐代的笑容，宋代的衣冠，洞中成了一片淨白」。緊接著文本繼續寫王刷完牆的反應「道士擦了一把汗憨厚地一笑」和「他達觀地放下了刷把」，當中有屬敘事者余秋雨對王的評價式的修飾成分「憨厚地」和「達觀地」，兩個都屬褒義詞，評價正面，充分表明余秋雨對王這個歷史「罪人」[10]態度的轉變。此外，這段文字還有王的內心活動，交代王的思想活動（也可視作「感受」），還用上「內心獨白」呈現在讀者面前：「就刷這幾個吧」，打聽石灰市價，可能為了省錢，便不再繼續刷牆的情節，間接顯示王的節儉和忠厚的性格特點。這部分的認知水平當然屬王圓籙的，由他不知石灰價錢這事實可證。

（二）「造像」事件

刷牆之後是「造像」事件[11]，可分成「造像緣起」「毀像」和「造像」三個細節，這裏沿用余敘述，視角和認知水平屬王的格局。「惹眼」用語屬余秋雨，感受是王的，「婀娜的體態」「柔美的淺笑」用語屬余，感覺中視覺，還有觸覺則屬王，「招搖」「尷尬」也是王的「感受」。這裏也有用「內心獨白」交代王的思想（感受）活動「（王道士）想起了自己的身分，一個道士，何不在這裏搞上幾個天師、靈官菩薩？」然後是「毀像」細節，這裏沿用王的視角和認知水平，用語則仍是余秋雨的，寫成「讓原先幾座塑雕委曲一下」；跟著是余的評語「不賴」，但認知水平和視角仍沿用王的，緊接的則插入「現在」余秋雨認知水平和感覺感受等寫成的文字，交代鐵錘打下的效果：「婀娜的體態變成碎片，柔美的淺笑變成了泥巴」。「毀像」後便是「造像」，通過敘事者余秋雨的想像，設計出泥匠不懂造像的效果

10　同前註，頁 1。

11　同前註，頁 2-3。

來；王安慰他們的用語，是盡量貼近王口語風格的「不妨，有那點意思就成」。這些文字既製造現場說故事的真實效果，還間接塑造了王這個平易近人憨直的好人形象。

與「刷牆」事件中的兩個幫手相比，這起事件的泥匠有著明顯的角色功能，如果說身為道士，恪守本分的王圓籙不懂天師和靈官的形象是說不過去的，因此泥匠的作用就是用來解釋為何最後造出來的像成了怪物的原因。並因著王道士安慰泥匠的說話，還有著反映王道士與人為善，不強求別人良好品質的作用。「頑童堆造雪人」這比喻當然是余秋雨的敘述語言，也是他的評語，但「這裏是鼻子，這裏是手腳，總算也能穩穩坐住。行了」則屬王的語言。接著余秋雨敘事者用簡單語言交代造像的細節：「再拿石灰，把它們刷白。畫一雙眼，還有鬍子，像模像樣」。

文本接著跳到「今天」，交代「現在」的余秋雨看到洞窟的白牆和怪像的感受——「慘白」，然後是感性的抒情文字「我幾乎不會言動，眼前直晃動著那些刷把和鐵錘。『住手！』我在心底痛苦地呼喊」。文本繼續馳騁想像，寫王聽到這呼喊的反應和感受「王道士轉過臉來，滿眼困惑不解」。文本再跳回「現在」，用余秋雨的語言，站在王圓籙的立場（包括視角和認知水平），寫出「是啊，他在整理他的宅院，閒人何必喧嘩？」這裏既寫余秋雨的主觀情緒，更通過跨越時空，插入呼喊「住手」的余秋雨，進一步撇清王道士的罪名：他刷牆和造像的本意並無歹心，只為整理自己宅院。雖然他有破壞文物之實，但他仍然懵然不知，所以王道士實在不應深怪。

綜合以上兩起事件可見，王圓籙以農民道士的身分看守敦煌石窟這個地方，他為了讓這個他視為家舍的洞窟「亮堂」一點，因此在洞壁的壁畫上刷灰。對於一個完全不懂藝術，一點文化水平都沒有的農民來說，他「破壞」敦煌壁畫藝術便是「無心之失」。再說他搗破「飛天」美女雕像，在這個文本的敘事文字裏給王圓籙一個無可挑剔的解釋：那就是身為修身不近女色的道士，在自己居室裏怎能容許「婀娜」的美女像？因此將它們改成自己信奉的道教塑像，又誰能干涉，誰能說是錯誤呢？如果讀者能循王圓籙角度看敦煌浩劫，應該不難如文本所述般得到以下的結論：敦煌藝術被劫掠的罪責不

應由這愚昧無知的小角色承擔。

　　根據文本開頭抒情主體余秋雨的定位，王圓籙該是「罪人」，該是承擔整個敦煌浩劫的關鍵人物，讀者根據這個思路，沒有理由會懷疑這個判斷的真確性。可是，隨著文本的推展，尤其經過敘事文字的部分後，「罪責」變成「情有可原」，甚至出現余秋雨抒情成分很重的結論：由這樣一個無知農民來承擔整個罪名有點「無聊」，讀者原有的價值系統，針對王圓籙的道德批判的方向，一下子亂了套，這樣震撼或者出乎意料的「轉向」相信不難製造驚訝以至無所適從的閱讀效果。

　　余秋雨這個主要的抒情主體，由於有著作者的身分，所以相關抒情成分、價值判斷，感情色彩等都有著舉足輕重的作用。如從抒情對象看，文本中的余秋雨對王圓籙這個抒情對象，感情色彩出現了明顯的變化：由原先「罪人」的極端負面評語，到後面稱他為「小丑」[12]。雖然負面感情色彩依舊，但程度已減輕了很多。再經過上面提及的以王圓籙為視角的敘事文字後，王圓籙的責任似乎已經給抹得一乾二淨。如果「誰應負上敦煌藝術遭劫罪責」是這個文本的主要課題的話，既然排除了王圓籙這個原先視為「罪人」的責任後，那麼究竟誰應負責似乎成為這個文本潛在的疑竇和最重要的懸疑效果了。

（三）「發現」事件

　　第三起事件是「發現」[13]，寫王道士無意間發現隱藏在洞穴的敦煌文物，敘述仍由余秋雨擔任，感覺和感受（誰感）以及認知水平（誰知）仍屬王圓籙，寫王清除積沙的文字中用了「辛辛苦苦地」的修飾成分，暗含對王勤懇辛勞性格特點的評價。「沒想到」「似乎」等正好道出認知水平屬王圓籙的「現場限知」：「有點奇怪」是王道士的反應；「嗬，滿滿實實一洞的古物！」則是王自己的言語，充分表現他面對奇事的感覺和感受。後面出現

---

[12] 同前註，頁 1。

[13] 同前註，頁 3-4。

「有點蹊蹺」的評語，當然是文化水平比王高出很多的敘事者余秋雨的用語，但寫的是王的心理反應，接著文本再走進王的世界裏，藉王的內心獨白，交代他的所思所想：「為何正好我在這兒時牆壁裂縫了呢？或許是神對我的酬勞」。這裏一來表現王的愚昧和迷信，另一方面卻又反映王緊守本分的性格以及信賴父母官的傳統思想：由於他不懂發現的古物，因此便求教於他信任和倚仗的父母官縣長。文本裏呈現出來王所思所想以至一言一行，似乎都在為文本前面所判定的論點作進一步說明，那就是王只是這齣歷史悲劇「錯步向前的小丑」，他固然有錯，可是他「太卑微，太渺小，太愚昧」。這樣一個無知的小人物，絕對不應承擔這樣一個歷史罪名。

接著便交代敦煌文化給發現後的情況，明顯道出文本的批判對象已從文本開頭稱為「罪人」的王圓籙，轉而為中國官員：「縣長是個文官，稍稍掂出了事情的分量。不久甘肅學台葉熾昌也知道了，他是金石學家，懂得洞窟的價值，建議藩台把這些文物運到省城保管。但是東西很多，運費不低，官僚們又猶豫了。只有王道士一次次隨手取一點出來的文物，在官場上送來送去。中國是窮，但只要看看這些官僚豪華的生活排場，就知道絕不會窮到籌不出這筆運費。中國官員也不是都沒有學問，他們也已在窗明几淨的書房裏翻動出土經卷，推測著書寫朝代了。但他們沒有那副赤腸，下個決心，把祖國的遺產好好保護一下。他們文雅地摸著鬍鬚，吩咐手下：『甚麼時候，叫那個道士再送幾件來！』已得的幾件，包裝一下，算是送給哪位京官的生日禮品」。

這裏的敘事文字沒有像前面般找個別角色的視角來敘述，改而將「誰知」「誰感」「誰說」的敘事責任全放到余秋雨身上。這裏交代了官員如縣官、學台等都有識力，知道敦煌文物的重要，但卻缺乏承擔，因運費不少而猶疑，畏首畏尾，所以有著「他們沒有那副赤腸，下個決心，把祖國的遺產好好保護一下」的直接評語。另一方面，文本雖然沒有將「貪污成風」「自私自利」的評語寫在文本裏，但通過敘事文字，那「在官場上送來送去」的諷刺和批判力度，絕對不下於直接抨擊。

這段夾敘夾議的文字裏，官員有著「窗明几淨」的書房，「文雅」的姿

態，加上推測文明年代的動作，形象地顯示他們的文化水平和識力，以及後面的內心獨白「已得的幾件，包裝一下，算是送給哪位京官的生日禮品」，便也將中國官員「送來送去」的內幕，清楚地「再現」於讀者眼前。如果文本有著議論成分，如果問題是「誰該負上敦煌被劫責任」的話；那麼，這段敘事文字正好作為論點「中國官員該負主要責任」的論據。這裏，縣官等官員與王道士明顯有著反襯對比的作用：王無知無權，官員則有識見，有權但無心；雖然兩者都有責任，但王是無心之失，官員則責無旁貸。這個評價主要通過兩組角色的反襯關係顯示得更加清楚。

（四）「買賣」事件

　　這起事件[14]的主要角色是西方冒險家和王圓籙。敘事文字先寫西方冒險家千里迢迢趕到敦煌，用的是綜合歸納式的敘述，語言是余秋雨的，連視角和認知水平也改用余的。雖然這些敘述的認知水平仍不能算是全知，但肯定比 1900 年當時的要高得多，而且也將西方冒險家的心願和盤算都寫了出來，所以屬「較大限知」。通過這樣的文字，讀者可直接從敘事者余秋雨的綜合評價中，認識西方冒險家的性格特點：他們願意犧牲而且不辭勞苦，富有冒險精神而且努力不懈，以上種種評價全是正面的。由於用語屬余秋雨自己的，正好顯示雖然有著西方冒險家掠奪中國敦煌文物的現實，但余秋雨仍佩服他們的勇氣和對文物認真的態度。為了突顯敘述的道德批判方向，文本刻意寫西方探險家在沙漠燃起「股股炊煙」，一來表現他們勇敢而甘冒風險的精神，二來也藉接著兼寫中國官員客廳的「茶香縷縷」，作了強烈而富諷刺意味的對比，當中暗含中國官員耽於逸樂，不肯承擔的嚴厲批評。

　　敘事文字繼續發揮視角敘述的現場效果，將沒有關卡，不用任何手續而到敦煌石窟前的情況，藉西方冒險家的視角呈現讀者眼前：「洞窟砌了一道磚、上了一把鎖，鑰匙掛在王道士的褲腰帶上」。接著文本利用西方探險家的認知水平和感受，將原先設想極端困難的闖關一下子落空的情況表現出

---

14 同前註，頁 4-5。

來：「外國人未免有點遺憾」「原先設想好的種種方案純屬多餘」；這裏還
將遺憾的緣由寫得清清楚楚：「他們萬里衝刺的最後一站，沒有遇到森嚴的
文物保護官邸，沒有碰見冷漠的博物館館長，甚至沒有遇到看守和門衛，一
切的一切，竟是這個骯髒的土道士」。這裏的認知水平比西方探險家當刻的
還要高，可說屬余秋雨站在「現在」回顧當刻的認知水平，讀者不難猜想這
樣表達的用意：突顯中國文物保護意識薄弱，官員自私自利，傷害國家利益
的自私心態。按常理，以敦煌文物價值論，設「文物保護官邸」，「博物
館」，派遣看守和門衛嚴密看守都不為過，可是結果甚麼都沒有；只有一位
甚麼都不懂的王圓籙。

　　「買賣」事件另一部分是敦煌文物被劫掠的事實，這部分文字用余秋雨
「復述」大概，突出表現西方探險家勃奧魯切夫，斯坦因，伯希和，吉川上
一郎等以極小代價，取走大量價值連城的文物。這裏只簡單地交代敘述者余
秋雨的「不太沉穩」的情緒，沒有更多或更大的宣洩。

　　然後再一次以王圓籙為視角寫這些買賣：「道士也有過猶豫，怕這樣會
得罪了神。解除這種猶豫十分簡單，那個斯坦因就哄他說，自己十分崇拜唐
僧，這次是倒溯著唐僧的腳印，從印度到中國取經來了。好，既然是洋唐
僧，那就取走吧，王道士爽快地打開了門」。這裏寫余秋雨並沒有任何責怪
王圓籙的意思。他「猶豫」，顯示他信神佛而純真，而且他厚道不計較：既
然唐僧當年曾取走印度經書，現在讓探險家取走一些，也算公道：因此他
「爽快」開門，這裏給他的評語全是正面的。後面再以敘事文字交代買賣結
束，王道士送走西方探險家一幕。他「頻頻點頭」「深深鞠躬」「恭敬地」
「依依惜別」「感謝」等直接描述文字，感情色彩也十分正面，顯現王禮數
有加，厚待別人的好好先生形象，當然內裏暗含無知愚昧的批評。至於西方
探險家，敘述者余秋雨用上「哄」字，暗含責備的意思，負面的信息十分明
顯，但並不強烈。相反，往後一段余秋雨的抒情文字，明顯將罪責放到中國
官員頭上：「沒有走向省城，因為老爺早就說過，沒有運費。好吧，那就運
到倫敦，運到巴黎，運到彼得堡，運到東京」。沒得到中國官員盡心的保
護，敦煌文物最終只能給掠走。

這裏，西方探險家與中國官員的對比關係更加明顯，一個有心有意而為，一個無心無意，苟且偷安，只顧自身，罔顧國家利益。夾在兩者之間的王圓籙，好心迷信但無知，給人騙了還聲聲道謝，給讀者的是一個可憐可嘆，但並不可恨的形象。

（五）「攔阻」事件

最後一起事件是「攔阻」[15]，敘事者余秋雨化身成為角色之一，穿越時空，到達 1900 年代的敦煌，企圖阻止西方探險家掠走敦煌文物。這段文字不光敘述語言，還有認知水平和視角都屬余秋雨。只是當中的認知水平卻由以往「現在」的「較大限知」，改成「當刻」的「現場限知」，給讀者設身處地面對窘境時那種強烈的無奈感。原文如下：「但我確實想用這種方式，攔住他們的車隊。對視著，站立在沙漠裏。他們會說，你們無力研究；那麼好，先找一個地方，坐下來，比比學問高低。什麼都成，就是不能這麼悄悄地運走祖先給我們的遺贈。」

文本虛擬這一幕對峙場面，余堅決不讓西方探險家拿走國寶，還假設成功攔住文物。接下來的處境卻讓余只能「嘆息」：以個人之力無法保護文物，唯一途徑是「送繳京城」。可是，即使讓官員束手的運費問題能夠解決，文物還是沒有得到足夠的保護：「洞窟文獻不是確也有一批送京的嗎？其情景是，沒裝木箱，只用席子亂捆，沿途官員伸手進去就取走一把，在哪兒歇腳又得留下幾捆，結果，到京城時已零零落落，不成樣子」。文本推進到這裏，出現兩個屬於敘事者余秋雨強烈的抒情情緒：一是站在「現在」認知水平，因文物被官員糟蹋而生的喪氣話「比之於被官員大量遭踐的情景，我有時甚至想狠心說一句：寧肯存放在倫敦博物館裏！」另一是站在「當刻」的認知水平，延續剛才虛擬對峙場面，將文物停駐在沙漠裏，完全沒有出路，只能「大哭一場」；然後余極端無奈的情緒由虛擬敘事世界回到「現在」而發出強烈指控：「我好恨！」矛頭直指中國當時整個官僚架構，這無

---

[15] 同前註，頁 6-7。

疑正是敦煌藝術遭劫掠的元凶！

這次余秋雨粉墨登場，在虛擬場景裏阻攔西方探險家劫掠文物的車隊，作用在以有識見的余秋雨取代無知的王圓籙守護敦煌。雖然能夠攔住車隊，文物不至於流向外國，但無有權有力的中國官員真心保護，文物也難逃損壞流失甚至毀壞的命運。通過余秋雨這個「角色」，中國官員的罪責更加明顯。

五、結論

總的來說，敘事文字在〈道士塔〉文本裏有著十分突出的作用：它突破敘事文字在抒情散文一般較為泛泛的作用，以「罪人」王圓籙為視角，帶出這個地位低微角色的感覺和感受，為洗脫他千古罪人的罪名，提供雖屬虛構但合乎情理的證據。此外，還藉西方冒險家和化身角色的余秋雨的視角，突出中國官員自私自利，無視國家文化遺產遭破壞和劫掠的事實。這個文本就是通過限知敘事而生的特殊效果，加深了批判中國官員以至官僚制度的力度，將「誰該有敦煌文物遭劫的責任」的議題，作非辯論式論證。

筆者通過以上的分析，嘗試展示從敘事文字看抒情散文的方法，並希望由此逐步建立以個別「表達方法」為基礎的散文賞析方法系統，最終能幫助包括老師和學生的讀者，掌握解讀和分析經典散文的方法和步驟。

參考文獻

白雲開：〈解讀散文系列理念〉，香港教育學院，第一屆兩岸三地語文教學圓桌會議，2009 年 4 月，未刊論文。

——：〈描寫文字研究：「描寫」文字的內涵及細項〉，香港教育學院，第一屆兩岸三地語文教學圓桌會議，2009 年 4 月，未刊論文。

——：〈王文興、施蟄存、穆時英敘事文本對讀初探〉，加拿大卡里加利大學，中文敘事語言的藝術：王文興國際研討會，2009 年 2 月。

——：《詩賞》，台北：台灣學生書局，2008 年 10 月。

Gérard Genette. Trans. Jane E. Lewin. *Narrative Discourse: An Essay in Method*. Ithaca: Cornell UP, 1980, pp185-189.

熱奈特著，王文融譯：《敘事話語、新敘事話語》，北京：中國社會科學出版社，1990 年 11 月。

Rimmon-Kenan, Shlomith (里門－凱南). *Narrative Fiction: Contemporary Poetics*《敘事虛構作品》. London: Methuen, 1983.

余秋雨：《文化苦旅》，上海：東方出版中心，1992 年 3 月。

11. 王文興、施蟄存、穆時英 敘事文本對讀初探

一、導言：對讀的意義

　　本文探討的三個敘事文本，分別是王文興（1939-）的〈玩具手槍〉、施蟄存（施青萍，1905-2003）的〈在巴黎大戲院〉和穆時英（1912-1940）的〈偷麵包的麵包師〉，它們雖然分別寫於六十年代以及三十年代，但同屬刻劃角色心理狀態的典型現代小說。將它們放在一起對讀，為的是藉這三個文本，檢視中國現代小說限知敘事手法的使用情況，以及手法的變化與閱讀效果的關係。

　　這裏所指的「現代小說」，並不指歷史意義的、屬「中國現代文學」範圍內的小說的意思，而是從敘事手法角度，與中國傳統小說有明顯分別的小說。陳平原（1954-）在《中國小說敘事模式的轉變》一書中有概括的描述，他從傳統小說的特點入手，在比較中認識中國現代小說的特點。根據陳平原的分析，中國傳統小說有以下三大敘事特色：

1. 從敘事時間而言，傳統小說基本上採用連貫敘述（即順序）安排情節；
2. 從敘事角度來看，傳統小說多以全知視角敘述情節；
3. 從敘事結構來說，傳統小說主要以情節為結構中心。

陳平原再歸納現代小說的特點，分別是：

1. 採用連貫敘述、倒裝敘述、交錯敘述等多種敘事時間；
2. 全知敘事、限制敘事（第一人稱、第三人稱）、純客觀敘事等多種

敘事角度；

3.　以情節為中心、以性格為中心、以背景為中心等多種敘事結構。[1]
由此可以看到特點出現了變化，陳平原認為這個「蛻變」過程大約發生在二
十世紀初期，到 1922 至 1927 年期間的小說創作，已有 79% 的作品突破了
傳統小說敘事模式；那個時候，中國小說已基本完成轉變過程。[2]

簡括來說，傳統小說多以全知觀點敘述，角色個人的感受、思想等多透
過敘事者轉述。現代小說則減少敘事者的干預，多讓角色自己說話，無論是
對話、心中所想或內心獨白等都如是。

二、敘事學角度下的「現代小說」

如果從敘事學（narratology）角度審視，所謂「現代小說」，我們不難
發現，「現代小說」在敘述（narration）方面有它明顯的特點。「敘述」即
說故事的方式，可分三個方面加以分析，分別是「誰看」、「誰知」和「誰
說」。[3]

1　見陳平原：《中國小說敘事模式的轉變》，上海：上海人民出版社，1988 年 3 月，
　　頁 4-5。

2　同上，頁 7-14。

3　這方面的論述，源於西方文學理論一直沿用的「敘事觀點」（point of view），以及
　　由此而生的所謂「第三人稱」敘述（third-person narrative）及「第一人稱」敘述
　　（first-person narrative）手法。敘事學著名理論家熱奈特（Gérard Genette, 1928-）批
　　評以上概念糾纏不清，那些「人稱」手法的分類完全無法說明問題；並正確地將「敘
　　事觀點」一分為二來看，分成「誰看」（who sees?）和「誰說」（who speaks?）二
　　個角度分別處理。有關討論，請參 Narrative Discourse: An Essay in Method 一書
　　（Trans. Jane E. Lewin. Ithaca: Cornell UP, 1980, pp185-189）。筆者則認為，敘事認知
　　水平即（誰知）應與上述兩個方面並列，才能更全面地反映敘述的複雜特性，由此而
　　生的分析才能更準確地並細緻地分析各種各樣不同的敘述組合。有關全知觀點
　　（omniscient point of view）、限知觀點（limited point of view）、「零聚焦」（zero
　　focalization）、「外聚焦」（external focalization）和「內聚焦」視角（internal
　　focalization）的論述，可參 Seymour Chatman (1930-), Story and Discourse: Narrative

三、誰看／感

「誰看」主要牽涉視角（focalization）的問題，也就是通過誰的五官感覺來說故事的問題，因此嚴格來說應稱為「誰感」才更為準確，一般可分「內聚焦」、「外聚焦」和「零聚焦」三種。

「內聚焦」指由故事中其中一位角色的感官和角度說出來，這當然極受該角色自身的時空限制，他看不到、聽不到的便不能說得清，只能猜度。

至於「外聚焦」視角就是一種仿似處於事件現場的一部攝錄機，它在場但不隸屬任何角色，但仍受場面角度的限制，不是現場內任何事件都能敘述，這種視角同樣也無法測知任何角色的內心世界，只能描述所見的動作、行為、言語等，供讀者猜測。

「零聚焦」視角就是不涉事件現場的敘述，由全知敘事者擔任。以這種沿用全知敘事者高於一切的視角敘述的文字，提供捨我其誰，極具權威的角度交代故事。

傳統小說多用「零聚焦」視角；現代小說則多用「內聚焦」視角，間中也有用上「外聚焦」，「零聚焦」的使用頻率則不高。

四、誰知

除了「誰看／感」的問題外，還有「誰知」的問題，這牽涉到對事件的認知程度，傳統上所謂「全知」就是指敘述者的知識水平等同全能全知的上

Structure in Fiction and Film, (Ithaca: Cornell UP, 1978)；Shlomith Rimmon-Kenan（里門-凱南）, *Narrative Fiction: Contemporary Poetics*《敘事虛構作品》, (London: Methuen, 1983)；Gérard Genette, *Narrative Discourse: An Essay in Method*, trans. Jane E. Lewin, (Ithaca: Cornell UP, 1980)；熱奈特著，王文融譯：《敘事話語、新敘事話語》（北京：中國社會科學出版社，1990 年 11 月）及 Franz Stanzel, *A Theory of Narrative*, trans. Charlotte Goedsche, (Cambridge: Cambridge UP, 1984) 及 Gerald Prince, *Narratology: The Form and Functioning of Narrative*, (Berlin: Mouton, 1982) 等。

帝，他既知過去、現在也知未來；他既能走進任何角色的內心世界，交代他們的所知所感，又能同時穿梭於一眾角色；他既知事件的緣由，也知它的變化和結果。總而言之，他是無所不知的。等而下之，還可有各種各樣不同認知水平的敘事者，他們都屬「限知」敘事者，如事後回憶事件的敘事者，由於他已經歷事件，所知一定比當時身處事件的自己為多，所以他屬於較高認知水平的限知。此外，就是了解事件來龍去脈的敘事者，假設在事件現場有個別角色認識全部在場人士，有的則初抵現場，那麼如以前者敘述，他所知便比後者為多，這便屬稍高認知水平的限知。如以後者「內聚焦」視角敘述，仍用他的限知水平，那麼便屬較低的認知水平的限知了。以上都屬常情下的認知水平，有的文本的採用一低智商或患神經病角色的視角，同時配合他的認知水平敘述的話，這類限知便屬低於一般認知水平的限知。

採用限知敘事，讀者跟限知角色同步一點一滴地掌握信息，容易讓讀者產生感同身受的閱讀效果。另一方面，如用全知角度向讀者提供連角色也不及知道的信息，讀者便仿佛站在高處「觀看」角色的經歷，容易製造「旁觀者清」的理性分析角度，有利於讀者客觀地審視文本帶來的課題。

傳統小說的認知水平絕大多數是全知；現代小說大部分為限知，當然限知變化極大，這也是現代小說魅力不減的原因之一。

五、誰說

最後就是「誰說」的問題，那就是故事是由誰「說」出來，這牽涉所用的言語特色。簡單來說，可有由「全知」敘事者敘述的說話，它的特點就是多用第三人稱言語、也多概括性言語交代情節甚至角色的行為等，表示較為客觀的描述，也可能有價值判斷式的評語，表現具權威感的語言風格。相較而言，也有由在現場的「非角色」敘事者敘述故事的情況，它的語言權威感不強，但也較客觀，多隨事件發展敘述，少有概括性用語。另一類是用限知「角色」自己的言語說故事，語言風格屬角色自己，因此，多用感歎詞以及口語等表現個人風格的言語。

　　傳統小說絕大多數用全知敘事者的言語說故事；至於現代小說，言語多屬角色，或是身在現場不屬任何角色的。以上為現代小說在敘述上的特點，以下則從三個文本分別分析其中的敘事方法，三者大致都是限知敘事，但方法不盡相同，值得仔細探究。

六、〈在巴黎大戲院〉的限知敘事

　　〈在巴黎大戲院〉的限知敘事比較簡單，因為這個文本純粹由限知角色「我」的「內聚焦」視角敘述。整個文本都由「我」的視角出發，在「我」的限知環境下，敘述「我」與她一起到巴黎大戲院看電影的情節。當中充滿「我」的感覺、感受、猜想、思考等，是一個完全限知敘事的好例子。

　　由於所知限制在角色自身，因此這個文本都站在「我」的角度敘述，凡「我」看不到的便無法確知，同理凡超出「我」感覺範圍的，「我」都無法敘述，只能憑所知所感猜度；此外，凡「我」所不知的，讀者也無法得知。文本並不是從所謂事件開始處展開，而是硬生生地切入一個情景中，請看文本的開頭：

> 　　怎麼，她竟搶先去買票了嗎？這是我的羞恥，這個人不是在看著我嗎，這禿頂的俄國人？這女人也把眼光釘在我臉上了。是的，還有這個人也把銜著的雪茄烟取下來，看著我了。他們都看著我。不錯，我能夠懂得他們的意思。他們是有點看輕我了，不，是嘲笑我。我不懂她為甚麼要搶先去買票？……她難道不知道這會使我覺得難受嗎？我是一個男子，一個紳士，有人看見過一個男子陪了一個女子，——不管是哪一等女子，——去看電影，而由那個女子來買票的嗎？沒有的；我自己也從來沒有看見過。……我臉上熱得很呢，大概臉色一定已經紅得很了。這裏沒有鏡子嗎？不然倒可以自己照一下。……[4]

4　應國靖編：《施蟄存》，香港：三聯書店，1988 年 1 月，頁 111。

敘事文本是虛構的，讀者掌握文本的信息必須從文本的第一個字開始，這裏，文本一劈頭便提出疑問，讀者在莫名其妙下接收信息，知道「她」早於「我」去買票，「我」感到驚訝甚至羞恥；按常理，「我」應是男子，才會有這種感覺，這猜想到文字後半得到證實。這段文字都圍繞這「先買票」的事件，主要從「我」的視角敘述「我」所見所感等。根據「我」的觀察，禿頂俄國人、女人和銜著雪茄的人都看著「我」，「我」猜想是因為「我」竟讓「她」買票而「看輕」，甚至「嘲笑」「我」。在「我」的限知敘事中，讀者還知道「我」因感到羞愧而難受，身熱而且臉紅。只是由於用上「內聚焦」視角，讀者能夠意識到這種觀察存在相當大的主觀成分，那些人的笑未必針對角色「我」，甚至那「對著我笑」的行為也可能是「我」心理作祟的結果。甚至「她」買票的行為也未必如「我」想像般有別的動機，所謂「搶先」也可能是「我」一廂情願的想法而已。

　　由於「內聚焦」視角受制於限知角色所處的位置和所認識的事實，情節因此也有顯示無法知道部分信息的地方：

> ……怎麼啦，還沒有買到戲票嗎，我何不擠上前去搶買了呢，難道我安心受著這許多人的眼光的訕笑嗎？我應該上前去，她未必已經買到了戲票。這裏的價目是怎樣的？……樓下六角，樓上呢？這個人的頭真可惡，看不見了，大概總是八角吧。怎麼，她在走過來了。她已經買到了戲票了。奇怪，我怎樣沒有看見她呢？她從甚麼地方買來的戲票？[5]

這裏，「我」能夠看到樓下票的價目，但樓上票的價目則因給面前人頭遮擋視線而看不見，只能猜想——「大概總是八角」；另一方面，由於「我」專注於找尋價目，因而無法看到「她」買票回來。讀者只要轉念一想，便能明白「我」不能看見「她」回來的原因。從這種敘述方式，角色多疑而且有點

5　應國靖編：《施蟄存》，香港：三聯書店，1988 年 1 月，頁 111-112。

窩囊的形象慢慢的給浮現了出來。

七、〈偷麵包的麵包師〉的限知敘事

　　與〈在巴黎大戲院〉相比，〈偷麵包的麵包師〉的限知敘事稍為複雜。這文本寫的是麵包師一家渴望能吃到蛋糕，可是這家人就是應付日常開銷已很困難，根本無法負擔這樣的奢侈品，因此家中由麵包師的母親（奶奶）、妻子（媳婦）以至兒子都對蛋糕垂涎已久，結果老實的麵包師為了滿足家人的口腹之慾，竟偷了一個蛋糕給母親做壽，結果當場給人撞破，連工作也丟掉。

　　為了將各角色自身的信息傳達給讀者，文本採用不斷改變敘事視角的方法，利用奶奶、媳婦、兒子和孩子四個不同的「內聚焦」視角，讓他們自己說出自己的想法和感受，從四個不同角度敘述這個故事。

　　　　老的小的走了，小的有點兒捨不得離開，把手指塞在嘴裏回過腦袋去瞧，老的也有點兒捨不得走，可是不好意思回過腦袋去瞧，心裏邊罵自家兒：「老饞嘴，越來越饞了！」
　　　　老的小的回到家裏，媳婦瞧見他們臉上那股子喜歡勁兒，就明白多半又是到鋪子前去逛了來咧。問：
　　　　「奶奶上大街逛去了嗎？」
　　　　「可不是嗎？鋪子裏又多了新花式了。」
　　　　奶奶坐到竹椅子上，講洋餑餑兒上奶油塑的花朵兒，講洋餑餑兒的小模樣兒可愛，一邊用手比著，一點零碎兒也不給漏掉。漏掉了孩子就給補上，媳婦望著奶奶的嘴聽出了神，心裏想：「成天的講那些講得人心裏癢！簡直的比唸佛還得勁！」孩子愛上了那張嘴，掉了門牙的嘴——奶奶的嘴唸起佛來快得聽不清，講起故事來叫人不想睡覺，談到洋餑餑兒簡直的聽了就是吃飽了肚子也會覺得餓咧！
　　　　「只要能在嘴裏擱一會兒才不算白養了這麼個好兒子！」奶奶說完了

總在心裏邊兒這麼嘀咕一下。

那一家子那一個不想哪？孩子老夢著爹帶了挺大的洋餑餑兒回來，搶著就往嘴裏塞，可是還沒到嘴，一下子就醒了。一醒來就心裏恨，怎麼不再挀一會兒呢！到了嘴裏再醒來也總算知道洋餑餑兒是甚麼味兒咧。想著想著又夢著爹帶了洋餑餑兒回來啦。

媳婦閑著沒事，就在心裏邊烘洋餑餑兒，烘新的，比甚麼都好看的。她烘麵包的法子全知道，她知道甚麼叫麵包，甚麼叫蛋糕，甚麼叫西點，她還知道吉慶蛋糕要多少錢一個。麵包的氣味是很熟悉的，吃蛋糕的方法是背也背得出了。第一天嫁過來，晚上在丈夫的身上就聞到麵包香，第二天起來奶奶就告訴她吃麵包的法子。有這麼一天能嘗一嘗新，真是做夢也得笑醒來咧。[6]

這裏頗為集中地交代眾人對蛋糕的期盼，主要用各角色的視角來敘述，用內心獨白交代感受：孩子與奶奶往麵包店看蛋糕，捨不得離開，奶奶還用內心獨白罵自己饞嘴，交代她的內心矛盾。

接著文本用上媳婦視角，看到奶奶和孩子回來的開心模樣，便猜想他們去看蛋糕。當奶奶在娓娓道來新蛋糕花式時，媳婦還用內心獨白交代自己的感受：「成天的講那些講得人心裏癢！簡直的比唸佛還得勁！」敘述緊接著分別用上孩子和奶奶的視角，首先交代孩子愛上奶奶那張嘴，因為說到蛋糕的模樣，孩子「聽了就是吃飽了肚子也會覺得餓咧！」接著寫奶奶說完新蛋糕模樣後的內心獨白，「只要能在嘴裏擱一會兒才不算白養了這麼個好兒子！」

孩子常發吃蛋糕的夢，老恨自己蛋糕未到口便醒；媳婦則對蛋糕所知甚多，不管種類、價錢、做法、氣味、吃法等都瞭如指掌，最後仍是用上內心獨白，透露自己的盼望：「有這麼一天能嘗一嘗新，真是做夢也得笑醒來

6　穆時英：《南北極》，上海：現代書局，1933 年 1 月，1933 年 7 月再版，上海書店1988 年 4 月影印版，頁 184-186。

咧」。

　　光看這段引文，視角轉換已十分頻繁，首先是孩子和奶奶，接著是媳婦，再回到孩子，然後奶奶，再回到孩子，最後是媳婦。可是這樣頻繁的轉換並沒有給讀者帶來多少麻煩，反而由於各個角色想的都是同一件事，能讓讀者了解這種希望吃到蛋糕的渴望是如何的熾熱。

　　就是這種渴望，迫使無力購買蛋糕的麵包師鋌而走險；他深深明白家人的渴望，可是蛋糕太昂貴，買不起。他身處兩難，要滿足家人的要求，唯有偷竊一途，但是這對老實的他是何等困難的事。由此可見，描述他內心掙扎的文字便成了這文本的重要情節，用的手法當然是限知敘事，這樣才能將角色所見所感，以及所思所想，仿佛如實地呈現在讀者面前；也邀請讀者跟角色一起經歷他每一刻的情緒波動和激烈的掙扎。

　　麵包師激烈的心理交戰不只一次，由於他不敢下手，而且做壞事便臉紅讓他倍感困難，他嘗試狠下心腸去偷，但卻遲疑，到臉紅後他便恨自己窩囊：

> 第二天他一起來就記起了是初三了，就是後天啦！怎麼辦哪。搓麵粉的時候兒心裏邊嘀咕著：「偷一個回去吧？」臉馬上紅了起來。糟糕！好容易腮幫兒上才不熱了。烘麵包的時候兒又這麼嘀咕了一下，喝！一點不含糊的，臉馬上又熱辣辣的不像樣了。這老實人心裏恨，怪自家兒沒用。怎麼一來就紅了！媽媽的，趕明兒拿剃刀刮破你，刮出繭來，瞧你再紅不紅。[7]

以上這些，都是藉麵包師的「內聚焦」視角，用上他自己的語言敘述出來，內中包括角色自己的思想、內心獨白，還有自己對自己的謾罵。接著他決心真的行動，可是在心裏有鬼作祟下，本想抓個大蛋糕，卻不知怎的拐了彎拿了個麵包。本來已是神不知鬼不覺，可是自己卻忽然嚷了出來，還將麵包硬

7　穆時英：《南北極》，頁191-192。

生生的拿回桌上；這一嚷反而引起同伴的注意，惹起他們的詢問，不但行動失敗告終，還惹來一陣虛驚：

> 可是後天就是初五了，偷一個吧！偷一個吧！只要小心點兒鬼才知道。把那勞什子往桌子下一塞，裝作熱，卸下褂子來，扔到桌子下，蓋在上面，到五點鐘，把褂子搭拉在胳膊肘上，連那勞什子一同帶了出去，誰也瞧不出的。就留神別讓臉紅！想著想著，便想去抓那大蛋糕啦。不知怎麼股子勁兒，胳膊一伸出去就拐彎，摸了個麵包往桌子下一扔，搭訕著：
>
> 「天好熱！」
>
> 一瞧誰也沒留心，便卸下褂子來想往蛋糕上面蓋去，不知怎麼的心一動，就說道：「好傢伙，怎麼就跑到桌子底下去啦。」一伸手又拿到桌上來了。這一嚷，大夥兒倒望起他來咧。好像誰都在跟他裝鬼臉似的。
>
> 「你怎麼熱得直淌汗？」
>
> 「可不是，天可真熱。秋老虎，到了九月卻又熱起來了。」
>
> 一邊這麼說著，一邊懊悔起來咧。不是誰也沒瞧見嗎？把褂子往桌子下一扔就成，怎麼又縮回來了。真是的！望著那麵包心痛。媽媽的胳膊也不聽話，一伸出未就拐彎，抓了這麼個勞什子還鬧得自家兒受虛驚，大不值得咧。[8]

這裏充分發揮限知敘事的特點，將限知角色麵包師的心理狀態、動作、思想和情緒等都放到文本上讓讀者看個明白，讀者仿佛身處現場，「看」著他行事，隨著他苦惱，也替他捏汗，代他緊張，也許也為他的行動失敗而感到可惜。

經過一天的虛驚後，麵包師到初五奶奶生日當天，便到了不得不鋌而走

---

8 穆時英：《南北極》，頁192-193。

險的地步，讀者也隨著他限知敘事，跟他一起經歷再次涉險，再次遲疑，再次動手以致最後失敗被炒的整個過程：

> 「偷一個吧！偷一個吧！」這麼的嘟念著。
>
> 從爐子上拿下一個烘好了的大蛋糕來，手裏沉甸甸的，麵香直往鼻翅兒裏鑽，熱騰騰的。得賣十多塊錢哪！甚麼都瞧不見了，頭昏得厲害，不知怎麼一下子就擱到桌子底下去了。一望，沒人在瞧他。一不做，二不休，索性一卸褂子蓋在上面。嘆了一口氣，滿想舒泰一下，可是兀的放不下心。眼皮跳得厲害。別給瞧見了吧！汗珠兒從腦門那兒直掛下來，掛在眉毛上面。兩條腿軟得像棉花，提不起，挪不開。太陽穴那兒青筋直蹦，眼也有點兒花了。
>
> 到了散工的時候兒，心才放下了一半。等人家都走開了，他才站起來，解了竹裙，馬上就想低下身子去拿那勞什子。真的是上場暈，衣服也忘了咧。一身的白麵粉，急急忙忙的不明顯著偷了甚麼去嗎？便像平日那麼的抽上一枝烟，劈劈啪啪的拍衣服。可是饒他一個心兒想慢慢兒地來，越是手慌腳忙的一回兒就完了，連帶著脊梁蓋兒上的粉屑也沒拍掉。連蛋糕帶褂子拿了起來，就往外跑，又怕人家多心，便慢慢的踱著出去，抽著烟，哼哼著。
>
> 猛的大夥兒在後邊兒笑了起來。他的心碰的一跳三丈高，只覺得渾身發冷。完了！趕忙回過腦袋一瞧，不相干，不是笑他。便連為甚麼笑也沒知道的，跟著也哈哈地笑了起來，只想急著往外走，卻見監工的正在對面走來，笑也笑不成了，臉上的肉發硬，笑也不是，不笑也不是。只得拼命的笑著，大聲兒的。那聲兒真有點兒像在吆喚。還好，監工的也沒查問他，只望了他一眼，就從身邊過去了。
>
> 走出了門，便一百個沒事啦。不相干咧！不料啪的一聲兒，那勞什子溜了下來，跌在腳上，一腳踹了出去，直滾到門外。也不敢回過腦袋去瞧，趕上去撿了起來，剛想揣在懷裏放開腿跑，後面監工的喊道：「慢走！」

回過身子他已經跑了過來。

「看你人倒很老實的，原來還有這一著兒，啊？這是你的嗎？」[9]

這裏不但如上一段文字般寫角色主觀感受、思想和情緒，還寫角色無法預知，因此只能憑所知猜想；也因為猜想常有出錯的機會，因此便有見監工朝他走來，便以為東窗事發，後來發現原來是虛驚的一幕。此外，也由於角色的限知，他自然無法料到蛋糕最終還是掉了出來，滾到門外；他還以為無人看見而趕上去拿起蛋糕，萬料不到還是給監工看得清楚……一連串緊張的過程，讀者隨角色的心情起伏，也隨角色行動成敗而悲喜；在限知敘事的作用下，讀者仿佛就是角色本身，整個情節也如發生在自家身上一般，比以全知敘述出來有更逼真和更切身的閱讀效果。

由於整個文本主要就在麵包師、奶奶、媳婦和孩子四個角色限知視角之間轉換而完成，讀者不難「內化」了他們的視角，並站在他們的立場去看這個「麵包師偷麵包」的事件。到了末尾，文本藉孩子提出以下的詰問：「奶奶，為甚麼爹不能把洋餑餑拿回來？不是爹做的嗎？」還藉奶奶的口說出：「你孩子不懂的」。接著全知敘事者的口吻卻將整個文本的主題仿佛給點了出來：「可是她這一代人不懂，孩子的一代是會懂得的」。到了最後一句，又回到麵包師的限知敘事中，他自己心裏在想，用上內心獨白，帶出這個值得進一步思考的問題：「真的，為甚麼我自家兒烘洋餑餑兒我就不能吃呢？」

不管文本傳達的信息是否合理，「自己做的東西自己為甚麼不能吃」這類疑惑也許不必問，只是通過限知視角的轉換，讓讀者穿梭於四個不同角色的內心世界裏，確實能為讀者提供比單一限知視角更廣濶的視界，能從不同角度和立場看這個課題，也為讀者思考這個課題，提供了必要的平台，這也是〈偷麵包的麵包師〉需要不停轉換限知視角敘述故事的原因。

9　穆時英：《南北極》，頁195-197。

八、〈玩具手槍〉的限知敘事

　　至於王文興的〈玩具手槍〉，情況則沒有上述兩個文本般簡單，因為這文本的敘述雖然主要還是限知敘事，但視角除主角胡昭生的「內聚焦」外，還有「外聚焦」；認知水平雖然仍屬限知，但不是胡昭生的認知水平；敘事語言也少有屬胡昭生的。請先看文本的第二段：

> 仁愛路二段的尾端，一條寂靜的巷子中，這時忽然出現一條人影。這人影，疾步潛入一座築有高牆的巨宅，因為大門虛掩，他不曾驚動任何人。人影繼續向內侵入，他推開房屋的紗門，脫了鞋子，踏上地板，沿著一條狹長的走廊筆直往裏穿，直趨廊底。最後，他停在廊底客廳的門口。他站在那兒發怔，不復再向前移一步。[10]

這段文字採用「外聚焦」視角，交代「一條人影」「潛入」「巨宅」，這裏視角仿如現場裝置的閉路電視一樣。其中「忽然」二字顯示事出突然，不應出於全知全能的全知敘事者之手，加上用上「侵入」一詞，使本來屬客觀平實的「外聚焦」視角平白加進了主觀評論的意味，仿如正在監察現場的保安人員，看到角色進入屋內時的反應一樣，嚴格來說，這也可說是「外聚焦」的一種變種。

　　接著再看下一段，這段文字情況比較單一，視角屬主角胡昭生，文本藉胡的「內聚焦」視角描述室內的各種情況，並滲進屬胡主觀的感受如「混亂」、「瘋狂」等文字，也顯示如常人般對不確定的事件只能猜度的特點，文本用上「忽然」、「好像」和「似乎」等屬無法確定的用語，進一步確認這是「內聚焦」視角敘述的文字：

---

[10]　王文興：《十五篇小說》，台北：洪範書店，1979 年 9 月，1988 年 11 月 6 版，頁 1。

首先，他被室內一股溫暖的氣流迎面沖得微醉似地昏眩起來。等他稍為恢復後，他發現這是一所忽然開豁，極寬敞，極高大的客廳。天花板下吊著幾門昏昏陶陶，關在白玻璃缸裏的電燈。在昏黃不亮的光線之下，客廳呈一片火紅色；地板是紅漆的，天花板也是棗紅色，甚至沿著窗子——拉上的大幅窗簾也是火紅的。廳中情形異常混亂，除了聽到跡近瘋狂的搖滾樂之外，還有嗡嗡不停的人聲。只見到處都是人，坐著擠在沙發上的；站著靠在牆上的；倚在椅背上的；還有坐在地板上的，斜躺在地板上的。桌子和椅子，方向也都搬歪了，酷似逃難時火車站裏的情形。然而他們絲毫沒有焦灼不安的現象，倒好像是安之若素，看來似乎只有這種混亂才能給他們的精神帶來舒適的休息。[11]

第四段文字主要介紹主角胡昭生，大致用上「外聚焦」視角，如一開始出現「這」字，屬現場視角，但也有「闖入者」這類明顯有價值判斷的用語。可是段落後半有主角的一句內心獨白「我遲到了！」，由於「外聚焦」視角無法進入任何角色的內心，因此這部分屬「內聚焦」視角：

這闖入者是一個年輕人，矮個子，身材瘦弱，混身上下，被衣服包裹得密不透風。脖子上，纏著一條黑格子紅圍巾；上身，穿一件黑皮夾克，拉鍊從底一直拉到頂；下身，穿一條黑呢西裝褲。「我遲到了！」他心裏說，雙手插在夾克口袋裏，垂著蒼白的臉，微喘著氣站在門口，陰鬱地向裏望。[12]

第五段仍屬「外聚焦」視角的文字，因內裏有很多顯示身在現場的「這」字，還有「仿佛」、「像是」等屬光憑表情、動作等作猜想的用語。至於認

---

[11] 王文興：《十五篇小說》，頁 1-2。

[12] 王文興：《十五篇小說》，頁 2。

知水平，則要細看第一行「大家齊用一種這一代青年慣用的調笑方式」一句了，這裏顯示認知水平應與這群青年以及當時時下潮流趨勢一致，大致超過只活在自己世界的主角胡昭生：

> 後來，他們發現他了，大家齊聲用一種這一代青年慣用的調笑方式，一種沒有字意的怪叫來招呼他。然後有一個走上前跟他握手，這是主人馬如霖。接著，許多人都伸出手來和他握，不過他彷彿不太自在，不甚自然地微笑著，被動地把手伸給他們。一一握過手後，出來一個身材高大的青年，寬闊的肩膀，穿一件白襯衫，打一根印有紅薔薇的領帶，看來像是一個運動員。他對這位瘦小青年的歡迎方式與別人不同。他一把抓住這瘦小青年的肩膀，猛烈地搖撼他，對他說道：「啊！你怎麼越來越清秀了。」這話引得大家哄笑起來。這瘦小的青年聽了之後，面露不快之色。然後，主人領他到一個牆角落去，那裏有一張椅子，這瘦小的青年就坐了下來。[13]

以下文字也屬「外聚焦」視角，也用在場專有的「這」字，也有交代這次聚會的性質，各角色的姓名及背景等資料，證明認知水平比胡昭生高，大致等如其他同學的水平：

> 這是慶祝馬如霖生日的聚會，馬如霖請了他中學時代的同學，來他家吃晚飯。剛才進來的青年，名叫胡昭生，是一個埋頭用功的文學院學生。搖撼胡昭生的那個高大青年，名叫鍾學源。鍾學源是個籃球選手，儘管他不唸書，言詞粗俗，但是無論在甚麼地方總是風頭最健的人物。[14]

---

13 王文興：《十五篇小說》，頁2。
14 王文興：《十五篇小說》，頁2-3。

九、三個文本的限知敘事比較

以上已將三個文本的敘述情況簡單交代，以下將三者放在一起作個比較。

〈在巴黎大戲院〉屬純粹內聚焦視角限知敘事的文本。信息全由限知角色「我」傳遞，讀者仿如活在「我」的腦子裏，對「我」的一切瞭如指掌。「我」的一言一行，一思一想都藉自己的言語表達出來，毫無保留；因此文本少有概括角色情緒的描述，而是直接用上大量內心獨白，信息依賴主角「我」總結或歸納而得，「我」從錯誤中學習，讀者得接受「我」的邏輯，也得隨「我」的思路思考。這文本的敘述方法可概括如右：角色限知＋角色視角＋角色語言。

〈偷麵包的麵包師〉大概也算內聚焦限知敘事，只是視角不像〈在巴黎大戲院〉般那麼單一，而且角色之間轉換。除了四個角色具各自特色的言語外，文本還有少許全知敘事者的言語。這文本的閱讀效果與〈在巴黎大戲院〉相近，但信息更立體，因為文本從不同角色的視角說故事，讓讀者「看」得更全面；換句話說，這文本既邀請讀者跟角色一起主觀看問題，也通過不同角度客觀審視問題，讓讀者更能了解問題所在；文本雖然沒有提供答案，但卻提供平台供讀者思考誰對誰錯。這文本的敘述方法可概括如下：角色限知＋角色視角＋視角轉換＋全知語言＋角色語言。

〈玩具手槍〉的視角兼有「外聚焦」和「內聚焦」，主要用能製造身在現場感覺的「外聚焦」視角，使得文本的在場感受特別強烈，並有提供現場信息的功能，信息也較可信。文本的「內聚焦」視角屬主角胡昭生，它發揮固有的作用，那就是從他「所見」的渠道，將包括現場所見以及角色所想所知所感等信息傳達給讀者。文本的認知水平仍屬限知，仍受時空限制，只知道過去，但不知未來，因此仍有將信將疑的閱讀效果；但所知比主角胡昭生為多，大致等同其他角色如馬如霖等那時代年輕人的水平，如知道參加生日派對的人是誰，能補充人物的背景資料，也能交代事件來龍去脈。

如果比較以上三個文本，我們不難發現：後者不及前二者那麼親切，與

讀者距離那麼近，後者的敘述文字總給人有點隔閡的感覺。這是因為它的視角屬限知角色，認知水平也是限知，但說故事的敘事者卻是「全知敘事者」。細看文字，「胡昭生」、「他」這些屬第三人稱的稱謂較多，而且少有屬於角色第一身的感受用語和感歎詞。因此王的文本用的並不是純限知敘事，當中滲進全知敘事者的成分，只是這裏只用上全知敘事者的語言，不多用角色自己語言寫內心，反多從外面寫，使得這文本多了點客觀而較有距離感的效果。使用這種語言不在強調與角色共知共感，產生同情之類的感覺，而是藉文本突顯當時一般年輕人玩樂心態，也就是突顯類型多於個性；主角胡昭生的情況也如此，敘述他的所感所想就是不多用胡昭生自己的言語，顯示文本嘗試強調的不是胡的個性，而是如胡那樣孤芳自賞的人所共有的心態。這文本的敘述方法可概括如下：

在場限知＋在場視角＋角色視角＋全知語言。

　　以下是三個文本敘述的簡表：

敘事文本	敘述							
	誰知		誰見／感			誰說		
	全知	限知	零聚焦	外聚焦	內聚焦	全知	非角色	角色
玩具手槍		○：熟知馬如霖等角色及其行為模式		○：在現場	○：主角胡昭生	○：概述和歸納胡昭生的感受等	○：有價值判斷	
偷麵包的麵包師		○：分屬四個角色的－麵包師、奶奶、媳婦和孩子			○：分屬四個角色的－麵包師、奶奶、媳婦和孩子	○：概述及過渡部分		○：分屬四個角色的－麵包師、奶奶、媳婦和孩子
在巴黎大戲院		○：我			○：我			○：我

十、結論

　　總的來說，以上三個文本雖然同屬現代小說，寫的都是城市生活，敘事方式也都用限知，但仍有很大的不同，效果也各異；寫作重點不同，敘事方式也不一樣。〈玩具手槍〉截取生活片斷，事件仿佛繼續，沒完沒了。寫的是胡昭生內心世界，但同時也寫其他角色，但不深刻，而且全在外貌動作；敘事的焦點似乎放在該時代年輕人的玩樂心態，以及孤芳自賞人士的孤獨心態。〈在巴黎大戲院〉重點在認識角色心理和性格，事件仿佛還在繼續，但不似是重點；可以想像，事件沒完沒了，主角還是那樣。重點放在刻劃角色性格，很有個性，很特別。〈偷麵包的麵包師〉理性認識主題，事件停下來，沒有後續，探討的課題是：誰擁有吃麵包糕點的權利。角色性格並不深刻，他們都屬身分角色，按身分而想而行而說，少有角色的個性。

　　總的來說，三個文本都是限知敘事的例子，但內中比想像中來得複雜，由此而生的效果也可有很大的分別。以上分析不為探究理論，也不在建立甚麼敘述模式，而是藉以上的分析，嘗試了解文本使用不同限知敘事方法能帶來的閱讀效果。

12. 微型敘事文本的經營：
以黎紫書《簡寫》為例

一、導言

　　微型敘事文本或稱微型小說[1]很難定義，字數上也沒有一定限制。如以一般微型小說多在一至二千字的篇幅來看，收在《簡寫》中只有不到千字的文本，應算是微微型小說。當然，探討微型小說，尤其是經營方面，篇幅並不是最重要的元素；更準確一點來說，篇幅極小是微型小說的特點。由於這個特點，使得原可充分發揮的各種小說的元素，包括角色，情節，結構等，都需要作極大程度的壓縮，甚至變得無用武之地。作為一種文體的挑戰，黎紫書（林寶玲，1971-）勇敢地接受了，而且結集了三部微型小說集。筆者嘗試將討論焦點集中到她被公認最成熟的第三部微型小說集《簡寫》[2]上。

（一）微型敘事文本的特點

---

[1]　關於微型小說的研究，為數不少，這裏舉出較有系統的幾種，對我們理解這種文類不無幫助：凌煥新：《微型小說美學》，北京：鳳凰出版社，2011 年；陳國祥：《微型小說及其創作技巧》，香港：洪波出版公司，2010 年；龍鋼華：《小說新論：以微篇小說為重點》，長沙：湖南人民出版社，2006 年；阿兆（林兆榮）：《微型小說的鯤與鵬》，香港：阿湯圖書，2005 年；劉海濤：《現代人的小說世界：微型小說寫作藝術》，上海：上海文藝出版社，1994 年。

[2]　黎紫書：《簡寫》，台北：寶瓶文化事業公司，繁體字版，2009 年；吉隆坡：有人出版社，簡體字版，2009 年。另外兩部集子為：《微型黎紫書》，吉隆坡：學而出版社，1999 年；《無巧不成書》，吉隆坡：有人出版社，簡體字版，2006 年；台北：寶瓶文化事業公司，繁體字版，2010 年。

微型敘事文本首要特點就在篇幅上，不管是不上千以至二三千字的篇幅，對創作敘事文本而言，都是極小的空間。由於這種先天的限制，微型敘事文本必須點到即止，但卻要求意在言外，否則難有理想的閱讀效果。角色絕對不能多，主角一個，配角最多兩三個已是極限，否則只如過眼雲煙，起不了角色功能和作用。節奏要明快，不能拖沓。內容要集中，因為根本沒有鋪寫的空間。

小說這種敘事文本由於先天有著虛構的特性，因此容許作者無中生有，有著幾乎無限的創作空間。至於讀者而言，敘事文本的閱讀始於文本的第一個字，理論上來說，讀者沒有先設，沒有預見，只能從文本的第一個字開始，建構起對這個文本的理解，以及附之於這文本的故事的認識。讀者從第一個字開始，隨著沿著文本一字一句的閱讀，不斷累積他對文本的理解，直至文本最後一個字，讀者閱讀完成，但理解繼續，直至讀者對文本的理解完成為止。由於文本內的每字每句是讀者理解文本的最重要信息來源，因此文本如何安排信息，通過誰發放，如何發放，用甚麼方法，甚麼語言，何種次序發放等，都在影響讀者接收信息的質和量，因此也影響讀者理解文本的方法，效果，甚至精廣度，深淺度，準確度都有著既深且廣的影響。總的來說，這個文本的信息管控系統就是敘事文本成敗的關鍵。對於篇幅更形細小的微型敘事文本來說，信息量自然更有限，這方面的要求只有更高。

（二）黎紫書對微型敘事文本的理解

黎紫書在《簡寫》各輯的前言中，都有談及她對微型敘事文本寫作的看法，也毫不諱言她在「做的是形式和技巧上的探討」。她在輯一的前言中提到要提高每字的效能，甚至放大每個標點的作用，目的明顯在增加微型敘事文本的承載信息的容量[3]。輯二前言強調的是微型敘事文本那份珍貴的觸感和動人心弦的效果[4]。輯三前言則暗示她追求的是沒有故事但具有眾多寫法

---

[3]　《簡寫》，頁 21。
[4]　《簡寫》，頁 69。

的微型敘事文本[5]。輯四前言突顯小說（即敘事文本）與故事的分別，強調微型敘事文本不重在寫完故事，而重在適當的留白，製造餘韻，使空間延伸[6]。到了作為後記的〈簡約主義 2007-2009〉，黎紫書她坦言自己崇尚「語感與意境之美，以及無技巧的技巧」。還有「佈局中無技巧裏的技巧，以及簡樸文字中的豐美」。另外也更希望讀者能領略她「有過的觸動、憂鬱及失落」[7]。

（三）本文的意圖

如何使得微型敘事文本意味深長而且耐讀，值得翻看，似乎是黎紫書在意攻克的難關。正如前面所言，黎紫書方法之一就是企圖增加文字的信息容量，用的包括象徵，這方面黎氏文本裏有極多的例子，這裏不贅[8]。此外，黎氏另一方法就是「適當的留白，製造餘韻，使空間延伸」；換句話說，就是一套鼓勵讀者重看翻看的機制，使得文本的閱讀生命不因篇幅短小而變得短暫，反而因讀者的翻看和重讀，延長它的閱讀生命，達到短篇長讀的效果。筆者就是嘗試通過屬於閱讀效果的懸念，屬於結構層面的平行敘述，以及敘述層面的認知水平三個面向，以《簡寫》其中六個文本為分析對象，探討黎紫書在技法上如何經營她的微型敘事文本。[9]

---

[5]　《簡寫》，頁 111。

[6]　《簡寫》，頁 149。

[7]　《簡寫》，頁 206-207。

[8]　黎紫書文本的象徵很多，但跟傳統的象徵多有不同，它們都不是價值連城的珍寶，或者已成文化代表的象徵物，如稀世寶石，名貴鑽戒，龍，長城，黃河，聖杯之類，而是平常不過的事和物，如〈舊患〉的齲齒，〈幸福時光〉的抽屜，〈窗簾〉的窗簾，〈青花與竹刻〉中的青花瓷和竹刻筆筒，〈拖鞋〉中的拖鞋，〈內容〉的枕頭，〈暗巷〉的獎狀，〈遷徙〉的壁虎等等。前四個文本在後面有討論，請參看。

[9]　本文探討的三個面向並不絕對，而且也並不互相排斥。事實上，同一文本可能上述三種元素都存在，只是為了論述方便，將它們一一獨立成章罷了。作為對黎紫書微型敘事文本技法的探討，筆者認為獨立分述比綜述來得合適。當然對讀者來說，閱讀從來都是一種綜合的體驗，如本文般切割，不免容易流於瑣碎和無聊。

二、懸念

　　經營微型敘事文本，管理和控制好信息的發放最重要的工具莫過於懸念。懸念是一種既經濟又實用的方法，幾乎所有敘事文本都有它的身影。懸念是俯拾即是的，尤其在敘事文本的開頭，由於信息才開始發放，它不可能完整，也不可能一目了然，一覽無餘，因此即使最平凡的敘事文本，都能在文本開首生出引起讀者進一步閱讀的懸念。

　　懸念的原理很簡單，懸念就是疑問，是讀者閱讀時發現不可解時產生的問題。由於疑問引發讀者進一步閱讀，甚至廢寢忘餐地追看，希望他的疑問得到解答，那便產生懸疑效果。由此而引發讀者尋找答案的興趣和欲望。不一定所有疑問都能產生懸疑效果，按理，越遲給予讀者答案，越與主題有關的疑問，如：誰是凶手之類的疑問，最能產生懸疑效果。

　　適時的設下懸念（設懸），適時適量的解開懸念（解懸），以及其他由此而衍生的各種懸念技巧，是管控信息的有力手段，也是製造理想閱讀效果的重要工具。信息通過疑問的引導而傳送給讀者，發放信息的先後次序關係著效果，加上疑問之間有著不同程度的關連，在文本中構成複雜的信息網，因此理清文本內懸念的各種變化，當能掌握信息的先後次序，以及信息之間的千絲萬縷的關係。

（一）〈幸福時光〉[10]

　　這裏先討論比較簡單的〈幸福時光〉，它結構不大複雜，懸念主要的只有一個，並且有較大的預示性。讀者能夠在題目「幸福時光」開始，便預示了它就是文本中抽屜藏的內容。文本頭一段便「設懸」，將書桌右邊一個抽屜「裏面有甚麼」，藉「我」的提問提了出來，變成整個文本的主要懸念，可是這個文本的「解懸」早在第三段已由我的父親告知，那是幸福時光。只是這畢竟只屬「部分解懸」，因為幸福時光的內涵對小時候的「我」來說太

---

[10]　《簡寫》，頁 105-107。

過抽象，也很模糊。因此這個懸念得以延續，讀者必須讓主角「我」通過時間，從自己的體驗中才能體會這個謎底的真正內涵。直到最後一段，當我認後母林阿姨為媽時，便從她手裏取來打開這神秘抽屜的鑰匙。只是裏面除了一張父親寫的字條外，一無所有，而所寫就是：「妳長大了，懂事。爸爸很高興」。當然這個懂事指的是「我」能認後母為媽媽的成熟和體諒。由那後母林阿姨給「我」帶來的幸福和溫暖，正是這個幸福時光的真正意義，也在「我」能認同林阿姨，並視這後母為媽媽的時候，這種認同才是幸福所在。而那空無一物的抽屜就給初春微涼的日光所斟滿，可見這暖和陽光代表著幸福和溫暖。回應文本前面有著相類的說明：「自從林阿姨搬了過來，總將全屋窗子打開，陽光得以進去，家變得明亮。房子總窗明几淨，書桌一塵不染，這種幸福感讓失去父母的我，幾乎忘記了自己是個孤兒」。一個懸念牽動著整個文本的發展，也隨著懸念的「設懸」而「部分解懸」到「全部解懸」，信息也因著懸念的節奏而傳送給讀者。

（二）〈青花與竹刻〉[11]

相較而言，另一個文本〈青花與竹刻〉便複雜得多，而且也是一個以懸念交織構築而成的文本，掌握懸疑效果的構成和分佈，對了解這個文本十分關鍵。文本以「青花與竹刻」為題，青花就是青花瓷，竹刻是竹刻筆筒，在文本裏兩者有著象徵的作用。文本劈頭第一句：「他們說我失去了一對青花瓷」。正如一般敘事文本，文本開頭都是產生懸念的地方，這裏也不例外。這句大致可生成四個懸念，分別是：

設懸一：他們是誰？

設懸二：我是誰？

設懸三：失去青花瓷代表甚麼？

設懸四：一對青花瓷是甚麼？青花瓷有甚麼意義？

就這四個懸念而言，懸念一沒甚麼作用，可以略去。懸念二當然重要，

---

[11]　《簡寫》，頁185-187。

因為「我」是這文本的限知敘事者，她的一切信息，都有助讀者對文本的理解。隨著文本在第三段的披露，你我之間有著情意，使得這懸念得以深化（深化懸念），變成「你我是甚麼關係？」這個屬於文本的核心信息，在第四段進一步交代出來，產生「部分解懸」的效果，文本說「我」特意為你做你喜歡吃的核桃派，可見你我之間關係相當親密。到第四段末我邀請桃子到我們家裏的時候，你我的關係變成更加清楚：既然有家，應該是夫妻關係。「你我關係如何」這個懸念到第五段可謂完全解開了，因為文本提及你我的家庭照，結婚週年禮物等，確認你我是夫妻，並且結婚多年。

至於懸念三「失去青花瓷代表甚麼」，明顯是這個文本重要的信息之一，因此除了第一句出現外，還在第八段重現，由於微型敘事文本篇幅極為有限，任何重復出現的物事都應加倍注意。讀者從第五段中知道，這對青花瓷是「你」在外地特意買來送給「我」，作為結婚週年禮物的。因此失去青花瓷的意義，在第八段有著進一步的解答：「地震可以帶走你的生命，但我沒有失去你」。當然到了最後一段──第九段，懸念三最終給揭開了：地震奪去你的生命，震碎了青花瓷，同時也暴露了「你」和桃子的曖昧關係，因此青花瓷作為你我感情的象徵物，也給弄碎了，失去了青花瓷，同時也失去了你我的情意。

文本第二段主要作用還在製造懸念，這當中包括：「你是誰？」你屬主要角色，重要性不言而喻。還有一個重要事發時間：「當時」，它牽引著整個文本，起著提綱挈領的作用。讀者對你最感興趣的是你與我的關係，正如上面所說，你與我是結婚多年的夫妻關係。除此之外，就是「你」做與說的二個懸念，一是別人掰開「你」手時，發現「你」緊握著竹刻筆筒，當然掰開「你」手暗示「你」已死亡，這在第八段得到證實。至於進一步而產生的懸念：「你為甚麼要抓緊竹刻筆筒」，文本除在第三段首次這個疑問外，還在第四和第七段重復了兩次，突顯了「你」這動作的重要性：抓緊這動作代表怕失去，尤其在地震當刻，也代表生命中最珍視的東西。由於讀者在第八段知悉「我」在「你」出門前曾提及桃子的生日快到，著「你」買件竹刻玩意送桃子，因此這竹刻筆筒無疑代表桃子，這便揭露了這文本一個重大秘

密，那就是你和桃子的曖昧關係。由此可知，第五段中，「你為甚麼要叮嚀我不要在桃子面前表現得太過幸福」這個懸念，便有了新的答案；原先在第六段提到桃子原來有段不幸的婚姻，原以為這正是你叮嚀我的原因，現在變成一個「偽解懸」。真正的原因是：你和桃子有曖昧關係，不願我在桃子面前炫耀自己幸福，免得桃子妒恨。

　　關於你和桃子的曖昧關係是這個文本最大的秘密。這個之所以是秘密因為桃子和你的關係一直不是文本內的懸念，讀者從沒有懷疑過兩個角色：「你」是「我」結婚多年的丈夫，每年都送陶瓷作為結婚禮物，沒有可疑。同樣沒有可疑的是桃子，她是「我」的好友，為了幫忙「我」做核桃派，願意將自己囡囡放托兒所，告假半天給她弄。因此，光是臨死時手執大致送給桃子作為生日禮物的竹刻筆筒，仍不足以視為確證，因為出主意的是「我」，死時握著也可能是偶然。因此文本安排更重要的線索，好確認桃子和你二人之間的關係，那就是從桃子這角色的行為中交代出來。桃子這角色到第四段才出場，動作和言語也不多，最重要的是第六段兩個與桃子有關的懸念，一是「我」身在廚房時，在廳裏的桃子接到電話，但文本沒有交代誰打來；另一是我從廚房出來，見到桃子臉白如骨瓷，這是為甚麼呢？這兩個懸念到文本最後一段即第九段，通過從「你」另一手中取下的手機，提供重要的解懸信息，一是最後通話時間：五月十二日下午二時三十分，那是「我」和桃子在吃核桃派的時候；另一是打出的手機號碼——很熟悉的電話號，雖然文本沒有明示，但結合第六段的懸念，明顯在你遭受地震襲擊的一刻，給桃子最後電話，以致桃子臉白。結合手握著的竹刻筆筒，你在生命最後一刻記掛的明顯不是我而是桃子，因此電話沒有給我，手握的也不是青花瓷而是打算給桃子的竹刻筆筒。

　　這個文本以綿密的懸念築起，結合代表感情關係的象徵物，以及足以顯示重要性和價值的臨死緊握的動作，在沒有大量篇幅支撐情節的情況下，利用簡單的顯現，將一段三角感情關係交代出來，可以說是充分用上了懸念這個作為信息管控工具的特點，將它發揮得淋漓盡致。

三、平衡敘事

平衡敘事屬敘事文本的結構類型。從文本與故事的關係來看，平衡敘事就是兩個或以上的故事在文本裏平衡進行，故事之間有很多相似的地方，而且有類比關係。一般而言，其中一個故事是主要信息，只是文本沒有將它放在主要位置上，反而以與它相類的別的故事為主，展開敘述。以微型敘事文本而論，由於篇幅太小，一般只能容納兩個故事。平衡敘事形態主要有兩種：一是顯性的，一是隱性的。顯性平衡敘事，就是兩個相類的故事在文本中清楚明白地表現出來，兩個故事之間的關係也明擺著讀者面前。相反，隱性平衡敘事中，在文本中能清楚見到的故事並不是最重要的；至於屬於主要信息的另一條故事線，一般只稍稍顯示在文本上，痕跡不一定很明顯，大部分主要信息都在文本之外與文本內的故事暗相呼應。平衡敘事的好處是較迂迴，很多信息沒有直說出來，韻味比較足；尤其是隱性的，由於大部分信息不在文本內，由表面的故事平衡地引發出文本外的故事，能將閱讀效果延長，這是篇幅短小如微型敘事文本比較耐讀的重要因素之一。如從信息管控角度看，平衡敘事能讓讀者細緻比較兩個故事的異同，並因著兩者平衡關係，讀者可自行填上及類推文本沒有明說的其他內容，增加讀者的參與度，同時也能增加文本的可讀性。

（一） 〈舊患〉[12]

現在先看一個顯性平衡敘事的例子。〈舊患〉雖然它以懸念開頭，但通篇懸念使用率不高，反而處處利用平衡敘事，將治牙患與過去感情瓜葛這兩個故事平衡地展現出來。文本開頭一句「很尷尬，沒想到會在這種情況下重逢」，帶出幾個懸念來：1.尷尬甚麼？2.這種情況是甚麼情況？3.與誰重逢？

三個懸念的神秘感沒保持多久便在第二段中給解開了：1.見到初戀情人

---

[12] 《簡寫》，頁 69。

感到尷尬；2.治牙患；3.牙醫是自己的高中同學，也是初戀情人。由於對方的兩重身分，現在的牙醫和當年的情人，因此從第四段開始，文本便同時交代現在和當年的情況，以下簡表交代了整個文本的平衡敘事的情況：

內容	現在：治牙	當年：初戀	原段	連繫今昔
躺下	在那張手術床一樣的椅子上	估計在床上	2, 4	
反應	只好聽話，溫順地躺在	照做	2, 4	想起多年前
疼嗎？	金屬小工具碰在她的蛀牙	估計在暗示造愛時弄痛她	6	竟然和當初一模一樣
勘探	她洞開嘴巴，讓他用奇怪的器具去探索自己的口腔，像在刨掘她的私隱	估計在暗示造愛過程	5	
除掉煩惱	拔掉它吧：拔掉齲齒	做掉他吧：墮胎	9	跟當初說……一樣
心情	無助，逼不得已，噙淚點頭	無助，逼不得已，噙淚點頭	9	仍然像以前一樣的
感覺	疼痛與麻木，搜索與拔除	疼痛與麻木，搜索與拔除	10	一切都和以前太相似了
空虛	感覺到牙齒被拔掉後的某種空虛。是空虛，卻不痛了	估計是失戀後的空虛	11	
再見？	出來會面……嗯，很好，一定是因為拔掉蛀牙後感到前所未有的輕鬆，現在她認清了，眼前這人就只是個牙醫	說過此生都不要再見面的高中同學，估計因現在重逢再沒有記掛，眼前這人已不再是初戀情人，自己終於從空虛中走出來，不再感到痛苦了	12	

從上表可見，文本中有五處出現連繫著現在和以往的表達，在短短八百多字的文本看，明顯是相當頻密的，因此這個文本的平衡敘事屬顯性。雖然正如上表關於當年初戀的情節，有不少沒有明說，可能因為牽涉性愛題材，不便

寫得太明白，需要讀者作出估計，但上述估計相信不會有太多異議，而且都在文本內交代了出來。

　　光靠平衡敘事，這個文本仍然未必能產生應有的閱讀效果，或在讀者中產生共鳴，因此文本還刻意經營「齲齒」這個象徵物。文本中交代得很清楚，這顆齲齒「快要化膿」，必須拔掉，而在第十一段更在直接的描寫：「那一顆讓她受盡折磨，而今終被連根拔起的齲齒，正帶著污穢的血絲擱在一個小小的盤子上」。從平衡敘事的結構看，這顆齲齒等同她對初戀失敗的一根刺，一直讓她受盡折磨，而且過程中有著污穢的記憶，相信包括墮胎之類，讓她耿耿於懷。同理，因著牙齒被拔掉留下的空虛等同於初戀失敗後的空虛，讓她感到十分痛苦。現在齲齒被拔掉，已經不痛了；可是當年感情給她的痛苦呢，到了第十二段當她回到再直視當年初戀情人時，終於發覺對這人已沒有餘情，現在的他只是一個給她治牙患的牙醫了，因此感到如釋重負的輕鬆。

（二）〈老畢的進行曲〉[13]

　　這個文本的平衡敘事是隱性的。文本表面上的故事是老畢跟父親當年的齟齬，至於老畢與他兒子的瓜葛，則一直到文本第十三段才將指揮家原來是老畢兒子的懸念解開了。當讀者知悉老畢兒子等如指揮家的答案後，當會理解文本寫老畢與父親，與指揮家兒子與老畢是一對平衡敘事的架構。由於隱性平衡敘事的性質，讀者必須重讀全文，才能理清這個故事之間的關係和異同，讀者才能充分掌握文本的重要信息。

　　先看老畢與他父親的故事：

> 年輕時的某一天，他開口要父親託點人事把他送到這樂團來的情景。
> 是在飯桌上，父親一臉為難，一口飯在嘴裏泡著，怎麼也嚥不下去。
> 我，能找誰呢。老畢記得自己當時很生氣，為父親這窩囊的模樣。他

13　《簡寫》，頁 92-95。

突然推開碗筷站起來，惡狠狠地說，你這輩子實在太失敗了。你怎麼
連個朋友都沒有！……燈下，父親捧著飯碗，一臉驚愕與愧疚，彷彿
過了很久才低下頭，努力地把嘴裏的飯嚥下去。不知道父親後來用了
些甚麼法子，或是走了些甚麼親戚，老畢最終從他顫巍巍的手裏接過
了介紹信。[14]

以上是文本內老畢回憶他父親的片段。當年老畢因為希望加進樂團而要求沒
多少人事關係的父親找人幫忙，還因為父親說沒人可找而大發雷霆。

　　至於老畢與他當上指揮家的兒子之間的部分，隨著第十三段將指揮家等
同老畢兒子的真相曝光，文本兩人的瓜葛也清楚地浮上來：

指揮的耳尖，叫停。停。停。停！昨天，就在一聲咆哮那樣的喊停聲
以後，老畢霍然站起來，樂譜架子都被撞倒了。他脹紅脖子，睜大眼
睛瞪著那青年冷峻得像冰一樣的臉。這是張甚麼臭臉呢，這是甚麼責
難與輕蔑的眼神。老畢真想衝前去給他兩個耳光。可他最後卻頹然坐
下，垂下頭。
後來更因為這個緣故，給指揮家兒子從樂團的長號手位置上換了下
來，無法完成自己退休前的最後一次演出。[15]

老畢最後一次演出泡湯了，是因為練習時總慢了節拍，給自己指揮家兒子逮
著，將自己換下來。老畢出錯緣於他走神，在演奏〈葬禮進行曲〉時，總想
起曾給自己大罵沒出息的「父親無聲無息的死和草草的冷清的喪事」，覺得
對不起自己的父親。現在可能是報應般因自己錯了節拍給兒子咆哮著叫停，
並不留情面地換下他。老畢的進行曲最後沒法完成。當年自己喝罵父親，正
好對應現在兒子叫停父親。當年自己惡狠狠地數落父親失敗的一生，正好對

14　《簡寫》，頁 92-93。
15　《簡寫》，頁 93-94。

照現在自己兒子對自己責難與輕蔑的眼神。當年父親愧疚的反應，也與現在他頹然坐下，垂下頭的反應遙相呼應。

　　兩個故事遙遙相對，老畢的身分由當年的兒子變成現在的父親，當年父親的處境現在彷彿感同身受，對父親的愧疚跟對兒子的憤怒，疊加成文本平衡敘事努力建立的信息，也豐富了這個微型敘事文本的內涵以及它的可讀性，大大增加了這個文本的魅力和吸引力。

　　平衡敘事能以結構駕馭信息，將不同故事中的信息分了類，並給讀者預設了比較的空間，信息因而變得更有脈絡可尋，這對篇幅極小，節奏明快但又須承載大量信息的微型敘事文本尤為重要。

四、認知水平

　　認知水平屬敘述層面的概念，敘述就是說故事的意思，從分析敘事文本如小說看，敘述牽涉三個面向的問題，那就是「誰知」「誰感」「誰說」的問題[16]。「誰知」就是研究敘事者即說故事的人的認知水平的問題。這裏牽涉到「全知」與「限知」的概念，「全知敘述」是比較多人認識的，指的是敘事者有著無限的認知水平，即他無所不知，無所不懂，對過去現在未來，對所有事件角色，都瞭如指掌。只是現代的敘事文本已很少用上這個認知水平的敘述了，絕大部分用的是「限知敘述」。顧名思義，所謂「限知敘述」，就是以一個有限制的認知水平的角色說故事。只是這個「限知敘事者」的認知水平並不只有一個，而是極多，而且差別可以很大。理論上是無

---

[16] 關於敘述（narration）的概念，敘事學著名理論家熱奈特（Gérard Genette, 1928- ）將它分成「誰看」（who sees?）和「誰說」（who speaks?）二個角度分別處理。有關討論，請參 *Narrative Discourse: An Essay in Method* 一書（Trans. Jane E. Lewin. Ithaca: Cornell UP, 1980, pp.185-189）。筆者則認為，敘事認知水平即（誰知）應與上述兩個方面並列，才能更全面地反映敘述的複雜特性，由此而生的分析才能更準確地並細緻地分析各種各樣不同的敘述組合。有關「誰知」的詳細解說，可參筆者論文〈王文興、施蟄存、穆時英敘事文本對讀初探〉，黃恕寧、康來新主編：《無休止的戰爭——王文興作品綜論》，台北：國立台灣大學出版中心，2013 年，頁 168-188。

限的，從低於「全知」的無限，到認知水平大於零之間都是可能的。

　　一般來說，大概可以用角色所知來分辨不同的認知水平，如事件中的當事人，以及同場的其他角色，按理當事人的認知水平要比其他角色為高；至於事件發生後的當事人，由於事件已經發生，一般對事件的認知水平應該比當時在場的自己為高。從另一個角度看，如果算上讀者的認知水平，那情況會變得更加複雜。如果文本由「全知敘事者」敘述，那讀者的認知水平無論如何也不可能高於無限的「全知敘事者」，因此讀者的認知水平不等於也不高於「全知敘事者」。至於「限知敘述」，讀者大致隨著「限知敘事者」掌握文本信息，認知水平大致等同「限知敘事者」。但也有可能，由於讀者能兼看文本其他信息，他的認知水平甚至可高於有很多束縛的「限知敘事者」，這種安排能大大拓寬敘事文本的想像空間，也能大大增加讀者的參與度，以及提高思考內裏課題的深度和廣度。如從信息管控系統角度看，認知水平既牽涉誰提供信息以及信息多寡的問題，同時也在處理讀者怎樣掌握信息的課題。

（一）〈歸路〉[17]

　　現先從〈歸路〉這個文本談起。這個文本第一段只有一句：「經常來報失的那個老人，昨天失蹤了」。這裏一開始便帶出一串懸念來，而且包含最重要的懸念：

　　設懸一：報失甚麼？

　　設懸二：那老人是誰？

　　設懸三：他為甚麼失蹤？

　　懸念一到第四段給解了。懸念二從第二段起便一直在解，譬如說老人有兒子（第二段），老人早上騎自行車，穿過大門拐右，再轉左邊小道，往河邊去，穿的是灰藍色上衣，頭戴舊呢帽（第三段）。第五段吐露了老人犯了老人癡呆症，第六段交代了老人多年前因工傷昏迷不起，當了植物人，兩年

---

[17]　《簡寫》，頁 28-30。舊 182-184。

前忽然醒過來，但腦筋不再靈活，記憶也錯亂，行為失常，也不太認路。他的兒媳對老人頗有埋怨。至於懸念三，文本內沒有「解懸」，文本顯示派出所的人對老人失蹤還不當真，還一直在當笑話說，因此一直到文本末這個懸念仍然未解。

當然如果從認知水平的角度分析，是屬於文本敘述策略的一種，目的在通過不同的認知水平，讓讀者自行思考，懸念交由讀者自己來解。文本是以「我」這個「限知敘事者」交代整個事件，如果與兩位最年輕的警察相比，「我」認知水平較高。首先，兩位最年輕警察一直只將這失蹤案當成笑話，未有認真研究情況。其次，「我」曾在第三段交代昨天早上曾親眼看見老人騎自行車。「我」也從別人口中知道老人的過去，而且因為我曾見著老人失蹤前最後的動向，使得最能解開疑團的擔子放在「我」身上。第七段「我」赫然發現小區前面小道，因要併入綠化帶而給剷走了，事情正發生在昨天早上以後。謎底似乎呼之欲出，讀者可以按「我」的觀察，以「我」的認知水平大概可猜想老人失蹤的原因，就是迷路，就是昨天早上騎自行車進了小道再往河邊去了以後，他那必經之路卻給剷除了，以致這位不太能認路的老人，無法沿著原路回家，以致失蹤。相信閱讀這個文本的讀者大概也能解開這個在文本內面屬於「未解懸」的懸念。

如果再從老人一直報失的內容看，他報失的全是過去的，舊有的東西，卻因時代進步改變了，而失蹤了，因此老人要去派出所報失，當然這點，文本中的其他角色都不大了解。可是，擁有比文本中所有角色的認知水平還要高的讀者來說，相信當能了解這個關鍵信息。再證之小道的消失是與發展，與時代進步有關：要填平小道來建綠化帶。因此文本的第一句：「經常來報失的那個老人，昨天失蹤了」，變成充滿寓意的一句話：本來老人報失他失去的各種舊時物事是為了將它們尋回，可是卻不能讓身邊的人明白，無人理會，因為其他人心中想的都是發展和進步。也正因為社會需要發展而剷去老人回家的小道，斷了他的歸路，使得這個報失人也給迷失了……。藉著讀者高於所有角色的認知水平，文本嘗試讓讀者讀懂這個重要信息，並引起對社會發展和保留舊物的更深層的思考。

（二）〈窗簾〉[18]

　　〈窗簾〉這個文本的第一句：「這窗簾是怎麼回事啊？」起碼能生起以下的疑問來：

1. 如這句所言，這窗簾發生了甚麼事？
2. 這是誰的窗簾？
3. 提出這疑問的是誰？
4. 這窗簾從何而來？

接著的一段，已出現「解懸」，將上面的二三兩道問題一併解答了：是「他」的窗簾，提出疑問的也是「他」。由於解懸與設懸的距離很接近，難以造成懸疑效果，因此這類懸念的效力不大，但它們作為信息的發放，提供了引起讀者注意的效果。這跟直接將信息一股腦兒提供，如「他想：我這窗簾是怎麼回事啊！」比較之下，兩者還是有著明顯分別的。接下來，文本的第三第四段，交代了這窗簾的來歷，換言之，解答了設懸四的疑問，窗簾屬訂報贈品，為了遮擋著對窗夫婦親密行為而掛上。

　　至此，首句產生的懸念剩下設懸一未有解答，事實上，這疑問一直沒有得到解答，而且在第六段給重提：「但這窗簾到底是怎麼回事啊？」這還不只，隨著情節發展，這懸念不但沒得到解答，反而變得越來越具體仔細：「他真不明白這窗簾是怎樣出賣他的，不就是老樣子嗎？」

　　這個懸念一直沒有得到解答，成為文本的「未解懸」，留待讀者自行思考。到了文本最後，這疑問一直還困擾著主角「他」：「得先搞清楚這窗簾到底出了甚麼錯」。短短八百多字的文本，同一懸念相關文字出現四次，可見密度之高，同樣可知它的重要性有多大，這個「未解懸」構成整個文本最重要結構，也是最關鍵的框架。

　　關於這個窗簾的有關信息是這個文本的核心內容，至於信息主要由擔任「限知敘事者」的「他」透露出來的。如果第一句是第一組懸念的話，文本的第二句肯定會讓讀者疑竇再起：「那是在上庭的前一天」，從而產生如下

---

[18] 《簡寫》，頁 22-24。

的疑問：「上庭？」「為甚麼需要上庭，跟窗簾有甚麼關係？」之類。這個懸念在第七段得到解答：他因整天垂下窗簾，對窗一對男同性戀者視之為歧視，因此向他發控訴書，興訟問罪。

對於惹下的麻煩，他百思不得其解，原來因為那對年輕夫婦過於熱情，避免有著偷窺別人私隱的口實，所以垂下窗簾，他以為這樣做，不失為禮貌之舉：在不妨礙別人的同時，避免自己尷尬。而且還收到不錯的效果：「果然那窗簾讓兩戶人家相安無事」。如按這個信息，他當初產生的「懸念一」似乎有了「解懸」的可能。可是到第六段，他再重提這個疑問時，明顯的是他以為能避免麻煩的窗簾，反而在增添他的麻煩。初是對窗男子鬧離婚，並公開自己同性戀的傾向。到了第七段，另一男子住進對窗房子，兩人實行同居起來，因此他更不敢掀開窗簾。正因為他長期垂下窗簾，對方認為他是歧視同性戀人士，因此收到控書。並受到社會輿論的猛烈攻擊，就是當年為他提供這窗簾的報社，也受到極大壓力，寧願選擇向他回收他們的贈品。這些都是他所不明白的地方，因此文本透露，他沒有答應報社的要求，也搞不懂自己的處境，更不明白窗簾究竟出了甚麼事。

讀者通過文本從「限知敘事者」角度得到信息，這個「未解懸」，身為讀者能否憑自己所知解開那個連角色都無法解開的疑問呢？關鍵在於「他」所不懂的讀者能否懂？那得先看看角色「他」的認知水平如何？讀者從第三段可知，對窗年輕夫婦在家裏的行逕，「他」是看不過眼的，所以有「恩愛得有點過頭，把他與老妻嚇壞」的評語。究竟對窗夫婦在家裏幹了甚麼？那就是「擁抱接吻，光著身子」乍現。從「老妻」一詞可知，他與他妻子年紀不小，當然也可理解成他倆結婚已久而不直指年齡。但在第四段，當他交代掛下窗簾表示禮貌的時候，文本用上「非禮勿視」一詞，可見「他」的道德觀與儒家接近，與現代的婚姻和愛情觀有相當的距離。到了男的離婚，宣佈自己是同性戀的，他直言自己搞不懂。到另一男子到對窗房子共赴同居時，他的心態是「吾不欲觀之」，因此不敢掀開窗簾。由於「他」有著傳統的儒家思想，觀念不免守舊了點，因此不懂同性戀等的心態是可以理解的。如從認知水平看，「他」由於保守心態，水平相信會比一般現代讀者為低。

　　文本另一組信息是關於公眾輿論審判的，說那位在文化圈有點小名氣的男子對外公開自己是同性戀，還坦言說出自己深受世俗道德與價值觀所苦，並因此獲得廣泛的支援，甚至認為這位男子這種行為屬於文化覺醒。至於「他」整天垂下窗簾，被認為是屬歧視不同性傾向人士的舉動，還因此向法庭興訟。由於輿論都站在那同性戀者的角度看事情，以致任何平凡不過全無惡意的舉動，都因著有色眼鏡看別人的心態，變成帶著歧視的意味。接著傳媒跟進事件，連當初將窗簾當禮品給他的報社，也希望回收窗簾，可見輿論龐大的審判力量。同樣道理，由於超出當事人「他」較趨向守舊的認知水平，「他」無法明白當中的信息。相反，作為現代讀者，一般都受過西方教育，觀念比較開明，認知水平當在角色「他」之一，能夠明白對窗年輕夫妻的行為，也能了解輿論審判是甚麼一回事。

　　這個文本不是光從硬繃繃的道理去說理，而且藉著窗子和窗簾這組象徵物，將信息以至這思辯課題藏於其中，由讀者自行發掘，自行解懸。窗子原有通風透光的功能，也能讓窗裏人看到窗外事物；同理，也能從窗外窺見室內事。文本中的窗由於是對窗，因此同時有窗裏看窗外和窗外窺見室內的作用，室內物事涉及私隱，因此窗簾在這裏變成不是不讓別人看到自己私隱的用品，而是不干涉別人私隱的工具，一種守禮的工具，這起碼是角色「他」的想法。原先這種想法在對窗年輕夫婦一事上算是能妥善處理，矛盾也得到緩解，某程度上等同將「設懸一」給解開。只是後來事情出現變化，原先的年輕丈夫離婚了，並自認是同性戀，對這位同性戀者來說，對窗的「他」整天垂下窗簾，等同否定自己不屬規範的同性戀傾向，因此視為侮辱，視為歧視，這明顯是觀點與角度的問題，原本不至於對「他」構成任何影響。只是輿論的審判，社會上過於偏執的取態，將正常不過的垂簾事件無限擴大，演成刻意歧視不同性傾向的意識形態之爭。這種不正常的社會政治意識形態的生態轉變似乎正是這個微型敘事文本希望探討的課題。

　　這個文本以兩個認知水平築起，藉保守而且傳統的「他」帶出一個不懂社會轉變的認知水平，並以這認知水平擔任說敘事者，引導讀者通過「他」接收信息；同時，在強調「他」不懂的情況下，鼓勵讀者認識和讀懂包括開

放的夫婦生活，同性戀，社會輿論的觀點和角度，並通過比較，將文本內屬於「他」那不懂解答的懸念，留給讀者自行解答，自行體會，從而由讀者自己給予這文本最重要懸念的答案。一般涉及社會議題，又或思辯及哲學之類課題的文本，容易流於抽象，文字也多說理。〈窗簾〉這文本雖然只有不到千字的文字，卻能將課題藏於文本外，只留痕跡和「不解懸」讓讀者自行探索，將閱讀效果溢出文本，大大增加文本的容量和深度。

五、結語

從上述的分析可見，黎紫書經營微型敘事文本，故事本身並不是最重要的，她看重的是說故事的方法，微型小說本來就因為篇幅限制無法充分開展故事，因此極大程度地棄用動作，取而代之是交代角色關係，靜態的景和物，以至今昔的狀態，讓讀者自行填充，補上當中的故事情節。將焦點或放到思考箇中緣由（如：〈窗簾〉和〈歸路〉），或放到主角引以為憾的往事（如：〈老畢的進行曲〉），或放到發現真相的震憾和無奈（如：〈青花與竹刻〉），或放到同時卸下身心負累的輕鬆（如：〈舊患〉），或放到一隻同時裝著幸福和陽光的抽屜（如：〈幸福時光〉）裏去。

上面提及黎紫書追求「製造餘韻，使空間延伸」的效果，倚杖的是「適當的留白」。如按筆者信息管控系統的理解看，就是用上包括懸念，平行敘事以及認知水平的不同手法，讓讀者自行填上當中的留白，達到短篇長讀，意在言外的效果。

參考書目

白雲開：〈王文興、施蟄存、穆時英敘事文本對讀初探〉，《無休止的戰爭──王文興作品綜論》，黃恕寧、康來新主編，台北：國立台灣大學出版中心，2013 年，頁168-188。

陳國祥：《微型小說及其創作技巧》，香港：洪波出版公司，2010 年。

黎紫書：《無巧不成書》，台北：寶瓶文化事業公司，繁體字版，2010 年。

———：《簡寫》，台北：寶瓶文化事業公司，繁體字版，2009 年。

———：《簡寫》，吉隆坡：有人出版社，簡體字版，2009 年。

———：《無巧不成書》，吉隆坡：有人出版社，簡體字版，2006 年。

———：《微型黎紫書》，吉隆坡：學而出版社，1999 年。

林兆榮（阿兆）：《微型小說的鯤與鵬》，香港：阿湯圖書，2005 年。

凌煥新：《微型小說美學》，北京：鳳凰出版社，2011 年。

劉海濤：《現代人的小說世界：微型小說寫作藝術》，上海：上海文藝出版社，1994年。

龍鋼華：《小說新論：以微篇小說為重點》，長沙：湖南人民出版社，2006 年。

Gérard Genette. *Narrative Discourse: An Essay in Method*. Trans. Jane E. Lewin. Ithaca: Cornell UP, 1980.

附　錄

13. 概念釐清

13.1.　敘事文本與小說

　　小說這個詞語首先出現於先秦時代的九流十家，即小說家。指的是道聽途說的故事。唐以後的傳奇，宋的話本小說，明清的白話章回小說，都屬於小說的範圍。這種原於口耳相傳再發展到後期由文人執筆寫成的文言小說，都有著濃重的說書元素。明清以後以至民國時期，仍有專門說故事的說書先生。

　　他們按著大致相同的故事，通過他們自創的表達方式，向聽眾講述一個又一個的故事。有些廣為傳誦的故事引起知識分子的注意，在加進自己表達色彩的情況下，以他們熟練而規範的語言，寫成現仍傳世的經典小說作品。

　　與傳統中國小說大致相對應的概念，在西方叫 fiction，從 fiction 的語意可知，西方認為小說先天有著虛構的性質，這與中國傳統小說重視反映社會現實的性質很不一樣。如果從小說含有事件，角色和環境，加上裏面的言語行為，以及考慮小說戲劇性以及感染力的閱讀效果，小說與現實的距離其實極大，當中加進較多虛構成分難以避免。因此，我們應當接受小說有著虛構成分這一事實，避免處處與現實生活對照比較，甚至以是否真有其事作為評價小說高下的標準。

　　由於傳統中國重視小說反映現實的作用，因此欣賞以至分析小說的重點

往往放在故事，情節以及角色這幾方面，往往傾向找尋小說裏面的微言大義，人生道理以及道德教訓等信息。

相反，西方的小說分析和欣賞，重點較多放在作品如何將主要信息，通過虛構的情節角色等元素，設計成一個可讀性甚高的信品。由於作品受歡迎，相關信息便能順利通過閱讀傳遞出去。

正如上面所說，小說語意上有繼承傳統中國各類故事型文類的含意，因此稱這個主要是說故事的文本為「敘事文本」較為適合。此外，為了分別小說與詩歌和散文的分別，我們更強調小說說故事即敘述事件的特點，因此我們以敘事文本代替小說，更符合我們這裏討論的需要。

事實上，敘述事件是一種表達手法，因此在詩歌和散文裏，我們都可以發現這種手法的痕跡。另一方面，敘述事件也是一類內容，以敘事為主要內容的不只小說，最少還包括電影，電視劇等，當然這些不屬於文字語言藝術的範圍，而是多媒體藝術領域。只是有關敘事文本的研究和分析，同樣適用於電影電視劇等藝術門類。

13.2.　文本與作品

本質而論，文本與作品可有明顯的區別。顧名思義，文學作品（literary work/piece）屬於傳統說法，作品就是作家創作出來的產品的意義。由於傳統十分重視作家的作用以及作品能反映作者想法，因此一直沿用「作品」一詞。

相反，文學文本（literary text）是從西方引用過來，文學文本強調這個文學性產品是由語言符號組成的文字組合，能撇開作者獨立存在，強調它是經過創作過程後，以白紙黑字表達出來，實際存在的形態，刻意將這產品與生產者即作者的關係淡化，因此，相比於作品的說法，使用「文本」一詞，相對於作品，文本更適合用來作為分析和研究的客體。

13.3.　文本與故事

　　文本與故事可從內容角度區別開來。故事必然是順序的，而且是讀者通過閱讀文本，再經過自己的整理，理順時間次序和關係後得到，對情節的總體理解。至於文本，除了屬於實際存在於世上的特點外，文本也是讀者唯一能夠接觸的文字符號，讀者並不能直接閱讀故事，只能通過閱讀文本才能歸納出故事來。沒有文本，便不可能有閱讀活動，讀者也無從讀起，也沒有可能知悉故事，事件，角色等事項，更遑論欣賞，分析和討論了。此外，與故事相比，文本不一定是順序展開故事的，文本可以使用時間和空間的各種維度展示故事以及其中的各個事件。

　　很多人都誤會了，以為閱讀文本就是閱讀故事。如果從嚴格的定義來看，讀者閱讀的是一堆文字符號所組成的文本，而不是故事。那麼甚麼是故事呢？故事是由閱讀過文本的讀者重述出來的才是故事。兩者之間存在的區別在於兩者的次序有別。文本是經過設計，按一定的組織安排的特定次序，其中不是每一個事件都是按時間順序由頭到尾地交代出來。相反，所謂故事，就是按時間順序，從頭到尾地將情節交代出來。

　　一般敘事文本都不會按事件順序交代，除非是閱讀對象為兒童的兒童小說。由於孩童的理解能力有限，這類的敘事文本就如同直接口述故事，純粹按時間順序將事件交代便行，這時文本和故事沒有分別，都基本上按時間順序進行，如以從前有一個王子開始，到最後王子和公主便快快樂樂地生活下去結束。

　　我們一般接觸得到的敘事文本，尤其名家名著都是以非順敘方式交代故事。單是閱讀後理清事件先後，掌握情節脈絡，已經需要讀者投入大量精力和時間，這也是現代敘事文本引人入勝的地方之一。

13.4.　角色與人物

　　角色指在文本裏面也即是故事情節中，執行動作的單位或受動單位，傳

統稱角色為人物。因此傳統小說裏，只有志怪小說的精靈或鬼怪有著人類相貌的才能成為角色，因此使用人物一詞還不算錯誤。

只是現當代的敘事文本，不論是人是鬼是靈魂，甚至是動物植物甚至死物如玩具，機械人等都可以執行或承受動作，因此一概稱為角色便穩妥而且準確得多。

此外，建構及設計敘事文本，需要考慮角色能製造甚麼作用，能擔任甚麼功能，因此視這些角色為一種設計，為了發揮它的功能和作用而被安排到文本去，使用角色明顯更為合適。因為人物一詞跟現實世界活生生的人過於接近，對於很多人來說，視接近活人的人物為工具，死物，只有功能和作用，並不怎麼理想，這種背離常理的想法很多人都不能接受。

13.5. 呈現與講述

講述（tell）：直接，不用轉彎抹角，傳遞信息的效率應該較高，但能否產生效果便很難說了，因為一般讀者對於硬銷到他們頭上的信息或指令都容易產生抗拒感，不那麼容易入信。如因為直接講述道理，使得讀者感到不舒服，產生反感效果可能適得其反。

呈現（show）：間接，多借不同媒介傳遞信息，效率雖然因為比較間接未必特別高，但卻因為通過較為吸引讀者的手段和方法，較容易在讀者心裏形成形象，使得信息的傳遞也較持久，產生的影響也較深遠。不少重視文字本身價值的人士，往往更接受「呈現」作為文學的傳情達意方法，信息不一定直接交代，但通過事件，情節，角色遭遇等，讓讀者深有同感，引發他們的「共鳴」，充分發揮文學強大的感染力量。

就以傳遞道理或教訓的信息為例，如以「講述」方法交代，往往會出現直接說出道理和教訓的片段，以旁白形式出現。雖然信息傳遞得沒有障礙，但不免有強迫接受之嫌。至於寓言之類的敘事文本，便以「呈現」方式傳遞同類信息，文本裏甚至連教訓甚麼，道理在哪都沒有清楚交代，只以說故事形式，將情況和現象呈現出來，文本點到即止，沒有說穿所有細節，也沒有

歸納出任何道理和教訓。主要通過了解事件及情節，由讀者自行理解和體會箇中的信息。

13.6.　敘述與人稱

「人稱」本來是西方，特別是英語的語言現象，用到文學上本無不妥，因為文學是語言藝術，以語言現象作為分析手段完全是可行的。只是，人稱雖然在印歐語系裏，的確十分重要，但它與漢語使用習慣有很大距離，漢語裏人稱基本上沒有特定的作用，語法成分可以省略，所以借助人稱來分析中國敘事文本的敘事手法便會出現問題。此外，「第一人稱」和「第三人稱」的說法沒有說明敘事文本的情況，也容易產生誤會。

「第一人稱」（first person）最明顯的表徵就是出現「我」「我們」等字樣，所謂「第一人稱敘述」就是文本以「我」作為敘事者展開敘述。問題是：漢語環境裏，主語如「我」並不常常出現，有時甚至刻意隱藏起來，如用「第一人稱」進行分析，會產生很多不便。

更重要的是，使用「我」這角色當敘事者，並不代表敘述的所有方面都按「我」設定的。如根據敘述可分「誰知」「誰感」「誰說」三個層次理解的話，以「我」敘述事件，只勉強說明了「誰感」的問題。「誰感」指敘述時所表現個別限知敘事者角色所有的五官感覺，包括視聽觸味嗅，也就是以「我」的感官感覺交代事件。至於「誰說」，表面上看，也就是由個別限知敘事者角色這個「我」述說事件；只是「我」的表述，不一定就是這位個別限知敘事者自己的聲音，可能是全知敘事者借「我」的口交代事件，也可以是其他角色轉述事件時用上「我」……。這些變化便無法通過「第一人稱」這個過分簡單化的概念展現得清清楚楚了，可見「第一人稱」的說法很有局限，甚至有產生誤導之嫌。

至於「誰知」，光使用「我」「我們」第一人稱，基本無法說明問題。「誰知」指敘事者對事件的認知水平，可以屬全知敘事者的全知全能般對事件的前因後果以至所有方面都瞭如指掌的，也可以屬限知敘事者，即「我」

自己，但處於事件發生之後，因此他（即事後的「我」）的認知水平較當時的「我」較高，他掌握事件發生的前因後果，以及自己所知的部分，但不能如全知敘事者般全盤知道所有事情，包括其他角色的所知所想，沒有發生但與該事件很有關係的細節等。

所謂使用「第一人稱敘事」能有的真實感和親切感等，其實是限知敘事者敘述的效果，跟「第一人稱」還是其他人稱是沒有關係的。因為只要全知敘事者，以限知角色的感覺加上他的語言說故事，便能製造真實感和親切感。

同理，「第三人稱」（third person）即文本中出現「他」「他們」；所謂「第三人稱敘事」，就是以全知敘事者說故事，因此出現主角時，便用「他」來指稱。可是出現「他」的情況很多，可以是全知敘事者，較高認知水平的限知敘事者，甚至其他角色的轉述，也有機會出現以「他」作為敘事者的假象，斷不能因為出現「他」這類指稱，便說相關敘述屬於「第三人稱敘事」。

至於「第三人稱敘事」的優點，諸如客觀，能超越時空限制之類，其實是全知敘事者的特點，跟「第三人稱」沒任何關係。正如剛才所說，較高認知水平的限知敘事者，如果是曾深入研究陳年凶案的罪惡專家，他對這凶案都有超越時空限制的認知水平，而且也可以有客觀分析的效果，但他既不是全知敘事者，也不是「他」這是「第三人稱」的角色。

綜上所述，以「人稱」作分析手段，由於缺點太多，無法處理敘事文本敘述方面的各種眾多複雜而且細微的變化。作為分析手段，它比剛才提及專用於敘述層面的「誰知」「誰感」「誰說」分析角度，明顯有著先天的缺憾，因此筆者強烈建議全面轉用後者作為分析敘述的工具。

13.7. 心理活動與意識流

「意識流」（stream of consciousness）原屬哲學以至心理學概念，由詹姆斯（William James, 1842-1910）提出來，想法源於法國哲學家柏格森

（Henri Bergson, 1859-1941）。意指人意識內的思想，如流水般流動，源源不斷。

　　至於文學中的所謂「意識流手法」，指的是文本摹擬角色思想流動時的全過程，並將之如實地描述出來的方法。問題是：文學文本本質是虛構的，因此所謂「如實」無從說起。至於這過程的描述，只是展現一般人在思想過程中，所思所想所感的各項內容之間，不以時間或空間順序排列的現象。它本身完全是簡單到極點的事，不是一種技巧，更談不上文學手法。只有在與按時空順序排列的內容對比之下，才會顯出它的不同。

　　如果從心理活動的現象角度看，這種時空交錯的現象，平凡不過。要知道，人本來的思想就是東拉西扯的，就是不按時空順序排列的，只要自己想一想剛才一分鐘內所思所想，將這個流程照本宣科地呈現到文本內，便是「意識流」了，幾乎全沒有甚麼難度，可見這個所謂「意識流手法」其實不值一哂。

　　我們心裏所想，主要都不是以時間或空間順序排列內容的，而是按相關人事物等的聯想連繫起來。如見到朋友甲，想起與甲一起的小孩乙，再從乙所身處的丙地，想起自己曾身處丙地時的某些回憶……。

　　嚴格來說，「意識流」不是一種文學手法，而只是一種正常的心理現象，是人類進行心理活動時必然產生的現象，十分稀鬆平常。只是我們習慣於閱讀時間以順序或空間按序敘述的文本，因此閱讀角色相關的心理活動時，發現不按時空次序時便以為大有發現，因此美其名曰：「意識流手法」。但說穿了，就大概是按聯想次序而不按時空順序的心理活動而已。

　　事實上，這些心理活動才是如假包換的角色應有的情況，如果需要挖掘角色內心活動的精彩處以及相關的閱讀效果，可以通過分析角色的「內心獨白」（interior monologue）而得。由於敘事文本需要通過文字呈現角色的心理活動，心理活動主要通過「內心獨白」這種言語形式表現出來，因此分析「內心獨白」便是最自然也最直接的手段。

　　此外，心理活動不以時空順序連繫各項內容，主要改以聯想機制建立起心理活動的次序，因此要真的探討心理活動的邏輯和結構，掌握和分析這個

聯想鏈條也是十分有效的方法，值得注意和多加了解。至於「意識流手法」
這個虛名，還是算了吧！

13.8.　時空交錯與蒙太奇

　　跟「意識流手法」一樣，「蒙太奇手法」也給神化了。所謂「蒙太奇」
是法語 montage 的音譯，原指組合，是建築學的術語；後用到電影方面，專
指電影流程中的剪接編輯工序：由於拍攝期間很多不可預知的事情，以致拍
下來的膠片（film），不一定合用，都需要後期製作，那就是將拍下來的所
有膠片，經刪換調等重組，編輯成最後版本，這是剪接工序。蘇聯電影理論
家愛森斯坦（Sergei Eisenstein, 1898-1948）提出「蒙太奇」作為創作的剪接
方法，具體是刻意將原本沒有必然次序關係的不同鏡頭膠片，連接起來，由
於給接起來的膠片不是自然連接，給予觀眾突兀感，同時也鼓勵觀眾思考它
們之間的關係，以及這等安排與主題之類的關係。由此可見，「蒙太奇」有
兩層意義：屬本義的剪接工序，以及屬特殊安排的創新組合。

　　至於文學文本的所謂「蒙太奇」手法，則有點奇怪，因為文學沒有電影
那種膠片剪接的工序；那種重組素材的工夫是自古以來都有的過程，沒有特
別命名的必要。如論創新的組合，文學文本中出現這種情況的大約有以下幾
種：

　　其一是景物的拼合，如「枯藤老樹昏鴉」，有點像電影鏡頭的創意組
合；可是在文學文本中，除了詩歌因為密度高，較易出現上述現象外，其他
文體如散文和小說，很少出現這類現象。就是有相類現象，是不是必須拉這
個「蒙太奇」很有「高大上」的專有名詞出來不可？還是只需用描寫景物角
度看，便能充分說明這種安排高度濃縮製造張力的效果呢？

　　如在敘事文本內出現這類現象，其中一個可能是藉個別角色（限知敘事
者）的五官感覺描寫他所思所見，各景物之間沒有必然關係。如果稱之為
「蒙太奇」手法，其實也沒有甚麼必要，因為這在敘事文本分析體系裏已有
足夠術語加以說明，寫的就是角色限知所見所想，其中一個特點就是沒有時

空必然的次序關係，如有著聯想關係的話，那證明角色的思想頗具邏輯性，屬理性角色；如所思所見，無法從聯想加以解釋，可理解為該角色當刻的思緒較紊亂或處失控狀態，又或可反映該角色有著較感性，率性而為的性格之類。

　　無可否認的是，二十世紀二十年代隨著西方電影的普及，全球的文學文本都受到衝擊，因此文學文本出現有著電影鏡頭般的處理絕不出奇，而且可算是可喜的，因為這給文學新的元素，新的活力；如將「蒙太奇」作為電影的統稱，那凡用上電影鏡頭般處理的文本部分都可以說用上了「蒙太奇手法」；要不然，如上面所說，「蒙太奇」是一種只適用於電影操作的技法的話，我們便不要盲目地追新，將本來不屬於文學範疇的概念硬塞進來，這樣是沒有好處的。

13.9.　陌生化效果與陌生化手法

　　至於文學性的實質，則要從形式主義（formalism）追隨者對所謂「陌生化」（defamiliarization）概念中找到具體的說明。「陌生化」就是使為人熟知，因而被忽略的現象，以另一形象顯現出來，讓人重新發現這現象原有但被忽略的面貌。據什克洛夫斯基（Victor Shklovsky, 1893-1984）的解釋，文學如有任何功能的話，它的功能就是「陌生化」，就是將理所當然的東西變得「陌生」，從而喚起人們的重視[1]。

　　由於慣性的緣故，人們常將周遭事物簡單化、「習慣化」（habitualiza-

---

[1] 有關「陌生化」的簡介，請看「陌生化」（Defamiliarization）一條，收於 *A Glossary of Contemporary Literary Theory* 一書, Jeremy Hawthorn, (New York: OUP, 2000), p.68-69. 什克洛夫斯基談論「陌生化」的部分，請參他〈作為手法的藝術〉（Art as Technique）一文，英譯見 *Russian Formalist Criticism*, trans., Lee Lemon and Marion Reis, (Lincoln: U of Nebraska P, 1965) p.12-13. 中譯見什克洛夫斯基等著，方珊譯：《俄國形式主義文論選》一書，北京：三聯書店，1989 年 3 月，頁 6-8。方珊這裏將「陌生化」譯作「反常化」，意同。

tion），或形式主義者所稱「自動化」（automization）。文學創作就是一個「陌生化」過程，使這些事物再現本來面目。只有能達「陌生化」效果的才是文學。只有「陌生化」的文學手法才能達到「陌生化」效果。可是文學手法跟其他事物一樣，也有「習慣化」的危機，因此之故，沒有一種文學手法永遠是「陌生化」手法，作家必須常常為了達到「陌生化」效果，而不斷探索，進而採用不同的文學手法進行創作。

「陌生化」又稱「前置法」（foregrounding）。夏維蘭力克（Bohuslav Havránek）的說明最為經典，他是在討論語言各種功能的差異時提出來的：

> 所謂「前置法」意指運用語言表達手法時，該手法能吸引讀者的注意，如鮮活的詩化隱喻，因為它被視為不尋常、「反自動化」的，它跟已成日常語言一部分的隱喻不同，它已是耳熟能詳的，「自動化」的語言[2]。

正如上面夏氏所言，鮮活的詩化的隱喻往往能給人驚喜，達到陌生化的效果。

一般人對陌生化的理解，多視之為一種手法，也就是能產生「陌生化效果」的手法。這種理解本來沒有甚麼毛病，只是很多人因此以為實有個別手法視為陌生化手法，這便出現邏輯錯誤。由於陌生化效果會隨著某手法多用了甚至使老了，以致陌生化效果越來越不顯著，甚至會淪為另一種「習慣化」「自動化」了的手法。由此可見，文學要保持陌生化效果，必須在各個方面包括文學手法上不斷變化，不斷創新，避免手法變得僵化，因此文學只有必然的陌生化效果，沒有必然而且固定的陌生化手法。

---

[2]　見 Havránek Bohuslav, "The Functional Differentiation of the Standard Language," in *A Prague School Reader on Esthetics, Literary Structure, and Style*, trans., Paul L.Garvin, (Washington: Georgetown UP, 1964), p. 10.

本書討論主要敘事文本目錄

Bai

白先勇：〈遊園驚夢〉，《臺北人》，台北：爾雅出版社，1983 年 7 月新四版，頁 205-
　　240。

Cao

曹雪芹：《紅樓夢》，俞平伯校訂，香港：中華書局，1997 年。

Dong

董啟章：〈快餐店拼湊詩詩思思 CC 與維真尼亞的故事〉，《名字的玫瑰》，楊淑慧主
　　編，台北：遠流出版事業公司，1998 年 7 月，頁 55-82。

Huang

黃碧雲：〈嘔吐〉，《突然我記起你的臉》，台北：大田出版社，1998 年，頁 12-36。

黃仁逵：〈夜市〉，《放風》，香港：素葉出版社，1998 年 11 月，頁 66-67。

───：〈回家〉，《放風》，香港：素葉出版社，1998 年 11 月，頁 10-11。

───：〈粥王〉，《放風》，香港：素葉出版社，1998 年 11 月，頁 60-61。

Jin

金庸：《神鵰俠侶》，香港：明河社，四冊，1976 年初版修正版。

───：《射鵰英雄傳》，香港：明河社，四冊，1978 年 11 月初版修正版。

───：《笑傲江湖》，香港：明河社，四冊，1980 年 1 月初版，1982 年 9 月三版。

───：《倚天屠龍記》，香港：明河出版社，四冊，1976 年 12 月初版修正版，1989
　　年 8 月十版。

Jun

君比：〈覓〉，《香港作家小小說選》，秀實，東瑞編，香港：獲益出版事業公司，
　　1995 年 9 月，頁 22-23。

Lao

老舍：〈馬褲先生〉，《老舍短篇小說選》，北京：人民文學出版社，1956 年 10 月，
　　頁 92-97。

───：〈月牙兒〉，《老舍短篇小說選》，北京：人民文學出版社，1956 年 10 月，

頁 128-154。

Li

李碧華：《霸王別姬》，香港：天地圖書公司，1992 年 5 月新一版，1992 年 9 月五版。

———：《胭脂扣》，香港：天地圖書公司，1984 年 1 版，1998 年 19 版。

李潼：〈乾一碗魚湯〉，《大聲公》，台北：民生報社，1987 年 10 月 1 版，2000 年 7 月再版，頁 1-6。

———：《少年噶瑪蘭》，台北：天衛文化圖書公司，1992 年 9 月一版，2004 年二版。

黎紫書：〈青花與竹刻〉，《簡寫》，台北：寶瓶文化事業公司，2009 年，頁 185-187。

———：〈舊患〉，《簡寫》，台北：寶瓶文化事業公司，2009 年，頁 69。

———：〈窗簾〉，《簡寫》，台北：寶瓶文化事業公司，2009 年，頁 22-24。

Liu

劉慈欣：《三體》，重慶：重慶出版社，2008 年 1 月。

劉以鬯：〈打錯了〉，《多雲有雨》，香港：三聯書店，2003 年 12 月，頁 10-12。

———：〈動亂〉，《多雲有雨》，香港：三聯書店，2003 年 12 月，頁 45-53。

———：〈吵架〉，《多雲有雨》，香港：三聯書店，2003 年 12 月，頁 77-83。

Lu

魯迅：〈藥〉，人民文學出版社編：《魯迅全集》，北京：人民文學出版社，卷一，1981 年，頁 440-449。

———：〈狂人日記〉，人民文學出版社編：《魯迅全集》，北京：人民文學出版社，卷一，1981 年，頁 422-433。

———：〈一件小事〉，人民文學出版社編：《魯迅全集》，北京：人民文學出版社，卷一，1981 年，頁 458-460。

———：〈孔乙己〉，人民文學出版社編：《魯迅全集》，北京：人民文學出版社，卷一，1981 年，頁 434-439。

———：〈阿 Q 正傳〉，人民文學出版社編：《魯迅全集》，北京：人民文學出版社，卷一，1981 年，頁 487-532。

———：〈白光〉，人民文學出版社編：《魯迅全集》，北京：人民文學出版社，卷一，1981 年，頁 542-548。

———：〈肥皂〉，人民文學出版社編：《魯迅全集》，北京：人民文學出版社，卷二，1981 年，頁 44-55。

Luo

羅貫中：《三國演義》，人民文學出版社編輯部編，北京：人民文學出版社，上下冊，

1973 年 12 月第三版。

Mu

穆時英：〈偷麵包的麵包師〉，《穆時英全集》，嚴家炎等編，北京：北京十月文藝出版社，卷一，2008 年 1 月，頁 184-195。

———：〈夜總會的五個人〉，《穆時英全集》，嚴家炎等編，北京：北京十月文藝出版社，卷一，2008 年 1 月，頁 266-287。

———：〈Craven A〉，《穆時英全集》，嚴家炎等編，北京：北京十月文藝出版社，卷一，2008 年 1 月，頁 288-303。

———：〈上海的狐步舞〉，《穆時英全集》，嚴家炎等編，北京：北京十月文藝出版社，卷一，2008 年 1 月，頁 331-341。

———：〈白金的女體塑像〉，《穆時英全集》，嚴家炎等編，北京：北京十月文藝出版社，卷二，2008 年 1 月，頁 5-13。

———：〈街景〉，《穆時英全集》，嚴家炎等編，北京：北京十月文藝出版社，卷二，2008 年 1 月，頁 64-69。

———：〈某夫人〉，《穆時英全集》，嚴家炎等編，北京：北京十月文藝出版社，卷二，2008 年 1 月，頁 127-133。

———：〈五月〉，《穆時英全集》，嚴家炎等編，北京：北京十月文藝出版社，卷二，2008 年 1 月，頁 178-230。

Pan

潘明珠，潘金英：〈麻雀大合唱〉，《超級哥哥》，香港：啟思兒童文化事業公司，2003 年 8 月，頁 56-58。

Qian

錢鍾書：〈圍城〉，《錢鍾書集》，北京：三聯書店，2001 年 1 月，頁 1-415。

Shi

施蟄存：〈在巴黎大戲院〉，應國靖編，香港：三聯書店，1988 年 1 月，頁 111-121。

———：〈魔道〉，應國靖編，香港：三聯書店，1988 年 1 月，頁 122-138。

———：〈旅舍〉，應國靖編，香港：三聯書店，1988 年 1 月，頁 139-145。

Su

蘇童：〈美人失蹤〉，《末代愛情》，南京：江蘇文藝出版社，1994 年 12 月，頁 98-107。

Wang

王安憶：〈舞台小世界〉，《中國大陸當代小說選》，香港：藝術推廣中心，冊三，1987 年 10 月，頁 32-63。

王文興：〈玩具手槍〉，《十五篇小說》，台北：洪範書店，1979 年，1988 年 6 版，頁
　　　1-3。

Xi

西西：〈感冒〉，《像我這樣的一個女子》，台北：洪範書店，1984 年 4 月一版，1991
　　　年 3 月八版，頁 131-169。

─────：〈像我這樣的一個女子〉，《像我這樣的一個女子》，台北：洪範書店，1984
　　　年 4 月一版，1991 年 3 月八版，頁 109-130。

Xiao

蕭紅：〈呼蘭河傳〉，《呼蘭河傳》，姜德銘主編，北京：中國戲劇出版社，2001 年 11
　　　月，頁 92-265。

蕭乾：〈栗子〉，《蕭乾短篇小說選》，北京：人民文學出版社，1982 年 1 月，頁 83-
　　　92。

Yu

余華：《現實一種》，北京：新世界出版社，1999 年。

─────：〈我沒有自己的名字〉，《我沒有自己的名字》，昆明：雲南人民出版社，
　　　2002 年 11 月。

余秋雨：〈道士塔〉，《文化苦旅》，上海：東方出版中心，1992 年 3 月，頁 1-7。

Zhang

張愛玲：〈傾城之戀〉，《張愛玲小說集》，台北：皇冠文化出版公司，1984 年 6 月第
　　　二版，頁 203-251。

─────：〈色戒〉，《張愛玲典藏全集》，台北：皇冠文化出版公司，冊七，2001 年 4
　　　月，頁 228-252。

Zhong

鍾曉陽：《停車暫借問》，香港：天地圖書公司，1991 年。

參考文獻

英語文獻

Bal, Mieke. *Narratology: Introduction to the Theory of Narrative*, trans. Christine von Boheemen, Toronto: U of Toronto P, 1985.

Banfield, Ann. "The Formal Coherence of Represented Speech and Thought," *PTL* 3 (1978): 289.

Bonheim, Helmut. *The Narrative Modes: Techniques of the Short Story*. Suffolk: Boydell & Brewer Ltd, 1982.

Chatman, Seymour. Story and Discourse: Narrative Structure in Fiction and Film. Ithaca: Cornell UP, 1978.

Cohn, Dorrit. *Transparent Minds: Narrative Modes for Presenting Consciousness in Fiction*, Princeton: Princeton UP, 1978.

Dillon, George L. and Frederick Kirchhoff, "On the Form and Function of Free Indirect Style," *PTL* 1 (1976): 431-440.

Doležel, Lubomír. *Narrative Modes in Czech Literature*, Toronto: U of Toronto P, 1973.

Genette, Gérard. *Narrative Discourse: An Essay in Method*. Trans. Jane E. Lewin. Ithaca: Cornell UP, 1980.

---. *Narrative Discourse Revisited*, trans. Jane E. Lewin, Ithaca: Cornell UP, 1988.

Hagenaar, Elly. *Stream of Consciousness and Free Indirect Discourse in Modern Chinese Literature*, Leiden: Leiden U, 1992.

Hernadi, Paul. "Dual Perspective: Free Indirect Discourse and Related Techniques," Comparative Literature 24 (1972): 36-41.

Lemon, Lee T. and Marion J. Reis, eds. *Russian Formalist Criticism: Four Essays*. Trans. Lee T. Lemon and Marion J. Reis. Lincoln: U of Nebraska P, 1965.

Martin, Wallace. *Recent Theories of Narrative*, Ithaca: Cornell UP, 1986.

May, Charles E, ed. *The New Short Story Theories*. Athens: Ohio UP, 1994.

McHale, Brian. "Free Indirect Discourse: A Survey of Recent Accounts," *PTL: A Journal for*

Descriptive Poetics and Theory of Literature 3(1978): 249-287.

Pak, Wan-hoi. The School of New Sensibilities (*Xin'ganjuepai*) in the 1930s: A Study of Liu Na'ou and Mu Shiying's Fiction. Diss. U of Toronto, 1995. Ann Arbor: UMI, 1995.

---. "An Intertextual Study of Mu Shiying's 'Urban Streets'." *The Force of Vision 6: Inter-Asian Comparative Literature*. Eds. Kawamoto Koji et al. Tokyo: International Comparative Literature Association, 1995, pp68-80.

Pascal, Roy. *The Dual Voice: Free Indirect Speech and Its Functions in the Nineteenth Century European Novel*, Manchester: Manchester UP, 1977.

Prince, Gerald. *A Dictionary of Narratology*. Lincoln: U of Nebraska P, 1987.

---. *Narratology: The Form and Functioning of Narrative*. Berlin: Mouton, 1982.

Rimmon-Kenan, Shlomith. *Narrative Fiction: Contemporary Poetics*. London: Methuen & Co Ltd, 1983.

Stanzel, Franz. *A Theory of Narrative*. Trans. Charlotte Goedsche. Cambridge: Cambridge UP, 1984.

Todorov, Tzvetan. *Introduction to Poetics*. Trans. Richard Howard. Minneapolis: U of Minnesota P, 1981.

van Dijk, Teun. "Story Comprehension: An Introduction." *Poetics*. 1980.9, pp. 1-21.

Volosinov, V. N. *Marxism and the Philosophy of Language*, trans. Ladislav Matejka and L. R. Titunik, Cambridge: Harvard UP, 1973.

Wright, Austin M. "Recalcitrance in the Short Story." In *Short Story Theory at a Crossroads*. Eds. Susan Lohafer and Jo Ellyn Clarey. Baton Rouge: Louisiana State UP, 1989, 115-129.

漢語文獻

BA

巴爾特（Barthes, Roland）：〈敘述結構分析導言〉，謝立新譯，《符號學文學論文集》，趙毅衡編選，天津：百花文藝出版社，2004 年 5 月，頁 403-438。

BAI

白雲開：《詩賞》，台北：台灣學生書局，2008 年 10 月。

———：〈王文興、施蟄存、穆時英敘事文本對讀初探〉，黃恕寧等主編：《無休止的戰爭：王文興作品綜論》，台北：國立台灣大學出版中心，下冊，2013 年，頁 168-188。

———：〈余秋雨《道士塔》敘事文字分析〉，《國語文教學理論與實務的多元探

索》，台北：五南圖書公司，2012 年 2 月，頁 431-443。

———：〈黃碧雲《嘔吐》的敘事設計〉，香港中文大學中國語言及文學系、香港教育
學院中國文學文化研究中心、美國哈佛大學東亞系，「香港：都市想像與文化記
憶」國際學術研討會，2010 年 12 月。

———：〈都市文學的市場及媒體元素：以李碧華及穆時英小說為例〉，香港中文大學
中國語言文學系、香港教育學院中國文學文化研究中心編：《都市蜃樓：香港文
學論集》，香港：牛津大學出版社，2010 年，頁 231-252。

———：〈李潼兒童短篇小說敘事模式研究——台灣兒童小說模式初探〉，《兒童文學
學刊》第 16 期，2006 年 11 月，頁 127-165。後收入《李潼（1953-2004）台灣現
當代作家研究資料匯編》，許建崑編選，台南：國立台灣文學館，2016 年 12
月，頁 311-341。

———：〈微型敘事文本的經營：以黎紫書《簡寫》為例〉，馬來西亞，第二屆馬來西
亞華人研究國際雙年會，2014 年 6 月。

———：〈論李潼《少年噶瑪蘭》的閱讀效果〉，《李潼先生作品研討會論文集》，中
華民國兒童文學學會編。台北：中華民國兒童文學學會，2005 年 11 月，頁 109-
135。

———：〈短篇小說構築角色的設計與痕跡——以老舍〈馬褲先生〉為例〉，《全球化
語境下的中國文學》，陳學超主編，香港：香港教育學院，2004 年，頁 416-
440。

———：「穆時英小說與現代讀者」，華文文學與中國文化國際學術研討會，2002 年 6
月。

———：〈強者、弱者、觀察者：穆時英小說的男性形象〉，《方法論於中國古典和現
代文學的應用》，黎活仁等主編，香港：香港大學亞洲研究中心，1999 年，頁
131-156。

———：「穆時英小說的女性形象：現代型女性」，香港中文大學中國現代文學研討
會，1998 年 6 月。

———：「中國現代派小說的現代感」，香港大學中文系七十周年紀念國際學術研討
會，1997 年 12 月。

———：〈重複與「黑牡丹」〉，《城中論叢：香港城市大學人文及社會科學部應用中
文組學術論文集》，香港：香港城市大學，1994 年，頁 1-13。

CHEN

陳平原：《中國小說敘事模式的轉變》，上海：上海人民出版社，1988 年 3 月。

FAN

范培松：《懸念的技巧》，廣州：花城出版社，1988 年。

GE

格雷馬斯（Gremias, A.J.）：《結構語義學：方法研究》，吳泓緲譯，北京：三聯書店，
　　　1999 年 7 月。

HU

胡亞敏：《敘事學》，武漢：華中師範大學出版社，1994 年 6 月。

HUA

華萊士（Martin, Wallace）：《當代敘事學》，伍曉明譯，北京：北京大學出版社，1990
　　　年 2 月。

KU

庫爾泰（Courtes, J.）：《敘述與話語符號學》，懷宇譯，天津：天津社會科學出版社，
　　　2001 年 7 月。

LI

里蒙‧凱南（Rimmon-Kenan）：《敘事虛構作品》，姚錦清等譯，北京：三聯書店，
　　　1989 年 2 月。

LUO

羅綱：《敘事學導論》，昆明：雲南人民出版社，1994 年 5 月。

RE

熱奈特（Genette, Gérard）：《敘事話語‧新敘事話語》，王文融譯，北京：中國社會科
　　　學出版社，1990 年 11 月。

SHEN

申丹：《敘述學與小說文體學研究》，北京：北京大學出版社，1998 年 7 月。

SHI

什克洛夫斯基等著，方珊等譯：《俄國形式主義文論選》，北京：三聯書店，1989 年 3
　　　月。

WANG

王先霈等主編：《文學批評術語詞典》，上海：上海文藝出版社，1999 年 2 月。

XU

徐岱：《小說敘事學》，北京：中國社會科學出版社，1992 年 9 月。

ZHAO

趙毅衡：《當說者被說的時候：比較敘述學導論》，北京：中國人民大學出版社，1998
　　　年 10 月。

索　引

國家圖書館出版品預行編目資料

小說賞析學

白雲開著. – 初版. – 臺北市：臺灣學生，2020.03
面；公分
ISBN 978-957-15-1825-1 (平裝)

1. 小說　2. 文學評論
812.7　　　　　　　　　　　　　　　　109003298

小說賞析學

著　作　者　白雲開
出　版　者　臺灣學生書局有限公司
發　行　人　楊雲龍
發　行　所　臺灣學生書局有限公司
地　　　址　臺北市和平東路一段 75 巷 11 號
劃 撥 帳 號　00024668
電　　　話　(02)23928185
傳　　　眞　(02)23928105
E - m a i l　student.book@msa.hinet.net
網　　　址　www.studentbook.com.tw
登 記 證 字 號　行政院新聞局局版北市業字第玖捌壹號
定　　　價　新臺幣七〇〇元
出 版 日 期　二〇二〇年三月初版
I　S　B　N　978-957-15-1825-1